江畔晚鐘

大荒 著

博客思出版社

目錄

1943 年

1944 年

1943

1. 香蘭軋戲 馬不停蹄

李香蘭回到東京，在乃木坂公寓輕鬆了兩三天，正盤算島津的新片《誓言的合唱》何時進入時程時，雅子突然跑進她房間：

「妳還有一部電影還沒收尾，我幫妳做的記事本，我剛看了一下……」

「啊對了！」香蘭仰看天花板下昏黃的燈光，再看了一下手錶，已經晚上快九點了，「《戰鬥的大街》，這部電影主題跟我以前演的幾部電影，精神上有相通的地方。因為一直重複過去演過的，我一直沒有把它放在心上……」

「記得妳說過有些情節有點像《黃河》，中國百姓向日本軍人求援，共同抵禦共產黨游擊隊。」

「日本軍方為了加強中日協和、共榮的宣導，一直冷飯熱炒，玩不出新的花樣。」香蘭神情平緩了下來，「我就是演那中國流動劇團的戲子，男主角上原謙是日本派到中國的宣撫班員。」

「然後又重複《支那之夜》那種場面？」

雅子說著笑了起來。香蘭：

「兩人共同跨越國界，相互認同，有一點情愫。就是這樣。」香蘭頗感無奈，「現在又要再度面對這個老掉牙的故事。」

她 11 點不到便上床，但久久未能成眠。《戰鬥的大街》的男主角上原謙牽動她的思緒。東寶藉由大陸三部曲把她和長谷川一夫造成銀幕情侶，但這已成過去，松竹似乎沒有這樣的打算。她覺得上原形象勝過長谷川，性情和身材都比較好。與有時胖得像大叔的長谷川相較，她是有點仰慕上原，可惜未能在戲裡和他繾綣，留下佳話。當然這跟電影的素材有莫大關係。《愛染桂》這種比較純情的電影留給了田中絹代，自己若只能和他框限在政治掛帥的電影裡，又怎會有深刻的交流？追根究柢，是自己太中國化了，電影界的那些大人先生也一定被偏見蒙了眼。香蘭的思緒後繼乏力，意識迅速模糊，心頭的結還沒解開，一早便醒來。她熬到八點，料茂木已經上班，電話打了過去，電話中，看見雅子認真地翻閱親手整理過的資料，她也拿了一本剪貼簿翻閱一番。電話鈴響了，竟是久未謀面的編劇內田岐三雄。他也是從茂木久平那兒得知她的電話。既然《戰鬥的大街》的幾齣棚內戲刻不容緩，她於是又緊急聯繫島津保次郎，希望他的新戲《誓言的合唱》暫時讓一下路，如此三部戲在她心裡撞在一起，她頗心煩了一會。待《戰鬥的大街》補戲決定速拍速結，她始稍稍釋懷一些。

第二天一早，內田岐三雄前來接她，結果上原謙也同車來了。由於事先講好，香蘭一人前往，在大船攝影所附設的宿舍一連住個三四天，幾幕戲拍完即專車送回，所以這次沒有勞動到兒玉；落單的雅子也準備回千葉老家一趟。

劇作家內田岐三雄和上原謙的模樣有些雷同，都是瘦高，長臉，只是內田的眼睛沒這麼亮，前額髮也少了許多。他接過香蘭的行李箱，放進車後箱。

「這兩天我有事，上原載我回東京處理，現在我載他回去。」內田關上車後箱蓋，「導演原研吉和劇組多數人都還在大船等著。」

「不好意思讓他們久等。」

「還好。」

三人上了車，香蘭和上原坐後座，內田啟動車子，上原對香蘭噓寒問暖，車子走過乃木坂，滑過青山墓園，香蘭：

「去年在北京，來去太匆匆，都沒有時間和上原先生好好聊一下，有事情好好討教一番。」

「李小姐太客氣了。我很能體會妳的感受。」上原想快點拉近和香蘭的距離，「妳好像對這個劇情不太滿意。」

「也不能這樣說，內田先生寫的這麼辛苦。」

「這沒什麼，我也不喜歡這個劇本。」內田的聲音從前面傳了過來，「我也是奉命改寫軍方報導部的戰情報導。我一直不認為這是我的作品。」

上原和香蘭側眼相視，有些靦腆。

「這部電影就快結束了，就當做過去的事來談。」聲音又從前面傳來，「都同事了，別李小姐，上原先生了，上原兄，你就使用小香或小蘭好了。」

香蘭和上原去年夏秋之交在京津一帶共戲了三四週，隔了幾個月再見面，好不容易建立起來的一點熟識也被《我的夜鶯》和即將接演的《誓言的合唱》兩齣戲沖刷殆盡，被內田的話激刺過後，親切感油然復甦。香蘭：

「上原兄，最近有什麼新作？」

「啊！去年就只演戰鬥的這一部，結果拖到現在。」上原側視香蘭，瞬了她明亮的眸子，「最近是低潮，前年演了《櫻之國》，情節跟戰鬥的這一部有些雷同，我也是演宣撫官，被派到中國後和當地人有了感情……」

「這種題材，小蘭都演膩了。」內田在前面笑了起來，「人的一生都在消耗，但還是要期待，兩位都還年輕，等著你們的機會多得很。」

「我倒很期待演出像《愛染桂》這樣飄蕩著時代無奈、哀愁，有藝術價值的電影，即使有戰爭的場景，或籠罩戰爭的陰影也很好。」

香蘭夢囈般說出心中話，上原頗感震驚：

「說的也是，比較契合女孩兒的電影夢。」

「那種形象比較能夠滲入觀眾的心裡。」

香蘭說著，上原回想那一年和田中絹代演出時，觀眾的回響，也想到了香蘭演唱會成功時，田中絹代發出的讚嘆，於是說道：

「小蘭兩年前日本劇場那一場演唱才羨煞國內的男女明星呢。」

「那只是掌聲，掌聲過後呢？」香蘭若有所思，將視線從街頭一排紅磚牆收回，「一陣狂熱過後，腦中的殘影就模糊了，沒有了。」

「腦中殘影……」

「我深切體認到一陣狂風暴雨過後，風平浪靜，好像什麼都沒發生。」香蘭兩手交胸，吐了一口悶氣，「還不如一股穩定的浪濤一年不斷地拍岸。」

「《愛染桂》這種百年一遇的題材是日本，尤其是關東、關西一帶土地孕育出來的根深蒂固的故事，可以很從容地不理會戰爭。現在電影不和戰爭扯上一點關係，很難。啊！澀谷車站快到了。」

內田岐三雄說著專心開車，後座兩人不再開口，好像專心等車子到澀谷車站再說。香蘭尤其難過，好像她刻意強求這種題材。車子駛過一整排布蓬遮著店面的兩三層樓房，進入澀谷車站站前廣場，內田放慢車速，好像考察戰時庶民經濟，觀看車外每一家店面，上原和香蘭也都隨著他的目光往外逡視。車子過了一座橋，街屋或店面已沒這麼嚴整。內田：

「我剛剛談到電影的根性，文學也一樣，長久在一塊土地上滋芽生根，題材才會感人。同樣的，也只有本土藝人才會出演這類題材的電影。」

上原聽懂了內田的話，知道內田在講香蘭，也就不好接口，香蘭也後悔自己一時唐突，剛剛啟動的話題最後揭露了自己並非本土藝人的尷尬。內田繼續說：

「小蘭也不用難過。流浪藝人或者說遊走藝人，也有他令人感動的地方。對於李香蘭來說，或許那種相應的題材還沒出現。」

被說成流浪藝人，香蘭苦思話裡頭的貶意，心頭開始悶燒。上原很想替香蘭解圍，但又怕撫慰不成反加傷害，細思流浪藝人這句話，想來香蘭演唱會造成的爆炸性的成功，這種流浪感是最大動能，只是不知道什麼樣的劇本可以讓這種流浪情爆發出來。上原決定打破沉默，問起香蘭最近的拍片計畫。香蘭悠悠述說暫時中斷演出島津保次郎的《我的夜鶯》，接著演他導的《誓言的合唱》後，上原也說出自己的下一部戲。

「敵機空襲！」

香蘭說著，精神一振，前面的內田也哦了一聲。上原：

「野村浩將要我出演，劇本在寫，但我和編劇齋藤良輔聊過，大概內容了解了一些。」

「這是電影，也是現實，欠人的終究要還。」內田讓車子順著一道圍牆轉向右邊，「去年四月東京、阪神一帶被炸了一下。以為美機從中途島起飛，是新的轟炸機，航程特遠。」

「後來證實是 B-25，從航母起飛。和我軍偷襲珍珠灣一樣。當時剛好東京的防空演習剛剛結束，美國轟炸機低低飛過來的時候，防空人員還傻傻地以為外海演習的戰機回來了。」

上原補了一句，香蘭有些納悶，忙想著去年四月自己到底在做什麼？好像是滿洲建國十週慶後，在吉岡家過著一段安逸的日子。香蘭：

「對不起，我都不知道這件事，被炸得很慘嗎？」

「損失不大。聽說每架轟炸機只攜帶一顆超級炸彈，加上超出戰機的飛航範圍，每架飛機匆匆丟下炸彈後就往中國那邊逃，有些還迫降在我軍的佔領區，當場被逮。」

上原對自己隨興講出的話感到討厭，他很怕被香蘭認為好戰。內田又在前面開口了：

「以後美軍如果來轟炸，就不會這樣狼狽了。去年中途島和所羅門群島海戰，我國大敗，西太平洋的海空優勢大失……」

「我們談這一些，妳會不會覺得反感？」

上原不再仰頭向前說，親切地側頭問香蘭。

「這是很實際的問題，町役所的人要把我編入地方防空隊，我助理說，我來自滿洲，實際看過我的身分證後，就不再來找我。」香蘭有些自責地瞟了上原一眼，「防空演練做一些什麼事？」

「教人如何有秩序地進入防空壕，或是家裡的地窖，發一個小水桶，教人如何接運水，送到火災現場。女孩兒可能還被要求學習一下包紮傷口。」

「拍這部電影，等於給民眾教育。教他們繃緊神經。」內田順著車子的晃動，頭臉向左側傾了一下，「中學校都有軍事課程，民間所受的這種訓練相對較少……」

話題逐漸扯遠，上原的話興開始轉淡，車外亦城亦鄉的景觀開始牽動大家的目光，車子最後在香蘭和上原睡意朦朧間進入橫濱街區。

一整排舶來品商店風情獨具，歐洲店、中華店，甚至阿拉伯、印度式的招牌，在他們眼前流過。隨著舶來品的話題，車子駛進站前廣場。橫濱車站站體高大，看來比東京車站還現代化，旅客川流不息，三人下了車，警覺地走在一起，進入站內洗手間。小解完後，三人到齊才一起走出車站。

車子駛離車站，往西馳去，避開了港區的鬧街，沿著東海道一路奔赴鎌倉大船。

香蘭在大船宿舍住了三天，和上原、三浦光子等人的互動戲補拍完後才跟劇組人員返回東京。

香蘭像機器人，休息兩天，又得進入新戲的進程，只是東家由松竹換回東寶。《誓言的合唱》主題曲由服部良一作曲，西條八十作詞，香蘭得以再度和這兩位老師見面暢談。經過去年一整年的奔波，她知道在東京的日子不會太久，拍片之餘還得走訪此地的老友山梨稔、茂木久平，或探視三浦環老師。服部召她練唱主題曲〈母愛天長〉時，也不忘讓她復習《我的夜鶯》會用到的三首曲子。〈我的夜鶯〉、〈新夜〉這些歌曲，雖然用俄語唱，但她已練到像自己的心思一樣，揮灑自如。

一天的戲告一段落，工作人員開始收拾工具，雅子走了過來：

「茂木在會客室。」

香蘭楞了一下時，兒玉也在散戲後的混亂場景中冒出頭來。幾個人走進東寶砧攝影所會客室，茂木旁邊坐著一位頭頂半禿，有點胖碩的男子，茂木看見兒玉和雅子：

「啊！你也在啊。等一下一起走。……現在荒木都不給我們的李香蘭服務了。」

「李香蘭難得在東京，我提供服務和保護就夠了。」

兒玉說著把手伸向禿頭男。

「這位是松竹導演清水宏，這位是東寶日本劇場文藝部的兒玉……」

茂木替他們介紹過後，香蘭和雅子相繼向清水導演握手致意時，導演島津保次郎也進來了。

「甘粕理事長有新的使命。」

茂木說著，大家知道新的使命一定落在李香蘭身上。茂木邀大家到日谷比公園對面的小春日和餐廳用餐兼談事情，兒玉和島津當然知曉日比谷，但它對面的小春日和到底隱在那條巷道，似乎沒有太多印象，彼此費了一些唇舌，摸索出餐廳大概的位址後就趕著上路。

香蘭和雅子坐兒玉的車，言明緊緊跟隨茂木的座車，於是三輛車同步朝十餘公里外的滿映東京分社進發。兒玉猜想，甘粕和松竹談好了，請清水宏導香蘭的新戲，但事情還未明確，不好向她賀喜。

「不曉得茂木社長賣什麼膏藥？」後座的雅子側身看向香蘭，「妳好像說過以前甘粕理事長透過茂木突然宣布要妳開個演唱會，搞得妳和東京的一些藝人人仰馬翻。」

香蘭剛剛就想到這件事，三年前，她人在東京，在古賀的指導下練歌，準備錄唱《沙漠的誓言》的主題曲時，甘粕隔海透過茂木突襲，大阪松竹映畫劇場演唱會就在幾天內從無到有確立起來。她想著看向兒玉的背影，想來他應該對這話題有興趣。

「那一場演唱會確實是節外生枝，我接到訓令時確實很錯愕。另一方面，演出電影是我主要的工作，理事長幫我守住這一塊，我是很感激。」

「確實，妳一年到都頭都不在新京，他想告知妳演出的事，見妳不在身邊，一急便打電話，非把意念傳達出去不可。」

三人沉默了片刻，香蘭感謝兒玉對她處境的理解，至少這次在哈爾濱，先從島津口中得知，後來經由電話，接到甘粕要她即刻赴東京拍片的訓令，就沒感到這麼突兀了。香蘭每回拍片，主場都在中國或滿洲，來日本往往只是收尾，過個場。這回《誓言的合唱》全然在日本拍攝，兒玉想，即將揭曉的新片理應也會在日本東京和鎌倉大船拍攝。

小春日和在滿映東京分社旁邊的巷子內，三車陸續抵達後，幾個人進入餐廳依序就坐，在外面客廳交換意見的清水宏和島津保次郎兩導演談妥後，也進來坐定。茂木面向香蘭：

「渡邊濱子唱的〈莎韻之鐘〉聽過了？」

「很好聽。好像是在述說台灣民間的傳說。」

「是真實的故事，甘粕理事長希望妳去演這個故事。」

茂木說著，兒玉有些失落，台灣的故事搬到日本演出嗎？

「這個故事發生在昭和 13 年，也就是五年前。」茂木把故事的梗概說了出來，「事實上我了解的也不多。總督府希望重要相關人員近日能夠到台灣一趟實地了解。」

「台灣總督府？」島津。

「台灣總督長谷川清一直非常重視這件事，〈莎韻之鐘〉這首歌就是他委託古賀政男和西條八十作的。」

「怪不得，在滿洲也有很多人聽。」島津。

「歌成功了，總督希望故事電影化。甘粕最近指派岩崎昶到台灣中部先行勘察，已經回來了，電影由他企畫，他也可能出任這部電影的製片。」

茂木說著，兒玉憂不形於色，心情在沉澱中快速消化失望。看來新片拍攝時，香蘭會離他更遠，這也正是香蘭不斷在逸離中流轉的星路。他覺得台灣遙遠得不可想像，但對她來說，只是舊地重遊。

島津保次郎難得和茂木久平見面，但對於他和甘粕的親密關係，耳聞了一些；如今更見證了他成功扮演甘粕影武者的角色。他把視線從茂木抽回，環視大家：

「我剛剛和清水宏兄商議的結果，《誓言的合唱》故事簡單，拍攝也順利，而且不會如李香蘭過去常遇見的在中國出外景，最後還要到東京或鎌倉戲棚收尾的情況。完全拍完後，冬天也就結束。李香蘭春天就可到台灣進行清水宏兄新電影的拍攝。台灣山地春天很涼，但也會拍到熱。順利拍完了，夏天到了，就到哈爾濱繼續《我的夜鶯》的拍攝。」

酒菜來了，一大盆熱湯先讓大家暖胃，大家的話題開始擴大，兒玉和雅子也聊了開來，禿頭的清水宏指出，新電影也可能取名「莎韻之鐘」，隨即看向香蘭：

「莎韻是女主角，當然由妳出任，正好妳在台灣很受歡迎。」

香蘭沒有很興奮，用湯匙攪動碗裡的湯汁，好像湯汁是她心中的愁緒一般。她知道現在面對的是一部政策性很強的電影，結果還是由最乖戾的岩崎昶掛帥。岩崎出任製片，心裡的疙瘩一定遠甚不久前開拍的《萬世流芳》和《我的夜鶯》，他加諸別人身上的不愉快也一定加倍於前。香蘭期盼不再在他批判性的鷹眼下工作，但也無可如何，只好無奈地喝了一點湯。

「李香蘭小姐，妳想一想，妳拍過這麼多電影，對我有沒有一點印象？」

清水宏語驚眾人，李香蘭不由得張眼直視這位導演胖碩的臉顏。清水：

「去年這時候，妳不是拍《迎春花》嗎？我就是編劇之一。」

「哦！」香蘭蹙眉思索，思緒好像穿過門限處處的長廊，「你只是掛名，並沒有跟著劇組走。」

「也不能說是掛名，我實際寫了一部份，因為導一部戲，沒法分身，編劇就全由長瀨喜伴出面。很巧，妳的新戲，他也是主要編劇。」

「拍電影，加上表演，人生的布幕抽換太快。你不提，我也幾乎把他忘了。」

「他還是老樣子，瘦瘦的，戴眼鏡。」清水宏知道大家都希望他趕快結束編劇的話題，「他現在在台灣進行取材旅行。」

香蘭同時想到哈爾濱和台灣，跟著佐佐木康和長瀨喜伴拍攝《迎春花》的哈爾濱回憶苦苦地從不久前拍攝《我的夜鶯》的哈爾濱憶景當中掙脫出來，在台灣巡迴演唱的回憶從更久遠的時空飄來，觀眾的掌聲、狂熱變模糊、虛幻了。她沒想到會再次光臨台灣。這個新台灣不會是沿海的城市帶，而是在山林裡面，她對台灣有新的憧憬，又有點擔心艱困生活的難熬。茂木看著島津：

「現在是 2 月 21 號，清水宏預計 2 月 27 號坐飛機前往台北，你的李香蘭就借用四五天。」

「去幾天就回來？」

「對，但我不去，導演清水宏和幾位男女主角前往台灣看一下環境就可以了。」

茂木說完，島津笑看香蘭：

「妳呢，妳意下如何？」

「那也好。到台灣溫暖個幾天也很好。」

誠如香蘭說的，《莎韻之鐘》劇組二月下旬到台灣初勘確實是個溫暖的行程。雅子沒有跟來，同行的除了清水宏、男主角島崎潑、攝影豬飼助太郎、助理外，和她合演過《迎春花》的另一男主角近衛敏明也在同行之列，這個突如其來的劇組對香蘭來說，總算突然親近了許多。

2. 追尋莎韻 深入霧社

一行人從福岡出發，經過四小時的飛行，終於來到台北松山飛行場，在台灣中部霧社一帶踩線旅行一段時日的兩位編劇長瀨喜伴、牛田宏也隨著總督府的車子前來迎接。和長瀨喜伴在台灣重逢，對香蘭也算是一個補償，以前只顧和近衛敏明演戲，老是把他晾在一旁，這回要好好補償他了。

沒有宣傳，也沒向報社透露行程，所以沒有影迷和記者追星，香蘭一行順利被接往台北車站對面，圍牆綠樹環繞的台灣鐵道飯店。雖然兩年前來台灣巡演時，也入住這家飯店，但她已無法從花式吊燈垂掛，方柱林立的大廳找回當年留存眼底的一些印象。

第二天用過早餐，一行人從鐵道飯店被接到總督府附近的總督官邸。同樣是黑色馬薩屋頂三層建築，飯店建築主體生意湛滿的紅磚牆面還殘存眼底，官邸沉靜的灰色牆面已迎面而來。巴士在門口留步片刻，接受憲兵目視檢查乘客後，直接開到官邸門口，文教局長西村高兄親自迎接。一行人遵囑，把大行李留在車上，只帶著簡單的提包下車。西村：

「總督長谷川清考慮再三，決定請你們在這裡開會。」

一行人拾階進入車廳，進入大廳後踩著紅地毯上了樓，飽覽白色牆壁和柱頭上面的巴洛克式鑲金花葉雕飾，隨後進入一間中間擺放長條形桌組的小房間，桌組靠近裡面的幾個桌位上擺放著資料。西村高兄坐在主座旁邊的位子：

「不用客氣，坐在有資料的地方。」

西村高兄給自己做了簡單的介紹，也要求來賓作一個簡介後，繼續說：

「官邸這麼大，有時比較不正式的會議，總督會安排在這裡開。」

「總督先生現在在那？」清水宏。

「正在總督府上班，接近中午時分，他會回來請大家用個便飯，然後送你們到車站，車票都準備好了。」西村高兄環視了一下諸賓客，「現在來讀手邊的資料。這些資料，是我們局裡同仁花了很多時間準備出來的。」

香蘭看了一下，第一頁上頭和下邊都附了一張照片，第一張照片和剪報裡頭的是同一張，照片上面註記著「故事的起源」，剪報照片上邊的日文標題寫著「蕃婦掉落溪流 行蹤不明」，剪報旁邊寫著幾行字，下邊畫著台灣北部的地圖，地圖和文字的一筆一畫都出自人手，她身旁的近衛敏明和編劇看著的資料也都是如此用人工抄寫描繪。西村高兄：

「剪報新聞搭配地圖，故事主人翁替老師挑行李下山，最後墜溪的路線都看到了？都在地圖的右下角，起腳點利有亨村在山裡，一路往東移動，到武塔村南溪墜橋時已經很接近南澳車站，也很靠近海邊了。台北，我們現在所在地就在西北角。」

「他們……」編劇長瀨喜伴看了一下文教局長西村高兄，「我是指莎韻和警丁柿田的目的地是南澳車站？」

「沒錯。」

「實在很可惜，風雨交加，十六七歲挑重物走獨木橋，實在太為難了。」

「那天是颱風夜，那女孩聽說還發燒。」西村高兄喝了一口水，「下面那張照片是一個小鐘樓，裡頭的鐘是我們總督昭和 16 年象徵性地送給女孩家屬，把它掛在她殉難的地方後，等於送給她的家鄉了。」

香蘭看著上面剪報旁邊的註記：「台灣日日新報昭和 13 年 9 月」，知道總督送鐘已是事發三年後的事。她翻到第二頁，這頁主要是抄錄兩個月後報紙報導的內容，標題是「少女莎韻追悼會」，香蘭看了一下，文中不再稱呼莎韻為蕃[1]婦，改稱少女，感覺舒服了一些。西村引導大家讀到這兒時，簡單說明過後，讓大家閱讀。編劇長瀨喜伴：

「這個追悼會，莎韻的親友、同學，和她生前共處過的教育所的教員、警手前來武塔村參加，是可以理解的，至於她所屬的女子青年團團員……」

「台灣蕃社青年團發展得很好，比平地好多了，尤其是你們要去拍片的霧社地區，十幾年前發生大事件之後，理蕃政策越做越好。你有沒有看到我們總督府理蕃課長也率領多位官員前往參加。」西村高兄。

「確實你們的反應很快。」另一編劇牛田宏眉頭緊鎖，「不過，好像有點問題，前面最原始的報導寫說莎韻替兼警手的柿田老師挑行李，這則又說正在華北戰場作戰的田北正記也從中國戰場發電報表達感激與懷念之意，這個田北是不是柿田的筆誤。」

「你明察秋毫。柿田才是筆誤，當時記者發稿寫錯了。下面這一首悼念的詩是我們台北州知事藤田傊治郎那年年底到利有亨社巡視時有感而發的創作，功力雖然沒有西條八十深厚，還是很感人的，接下來我們看下一頁。」

香蘭看了一下，這一頁也用照片呈現，而且篇幅很大，是《台灣愛國婦人新報》在事發後第二年元月號刊出的長文〈蕃界後方哀話－少女莎韻之死〉，同樣是悼念文，但通篇重新打字，看得清楚。西村高兄：

「大家有沒有注意到，短短幾個月，輿論開始塑造這位少女，前面那篇追悼會的報導，好幾家報紙都有刊，台灣日日新報還是用蕃婦稱呼莎韻，但這時候開始，大家都用少女稱呼她了。」

「戲劇的氣氛越來越濃了。」

清水宏說完，大家隨著西村的示意翻到下一頁。這一頁是手書的報導，交代昭和16年2月台灣高砂族青年代表在台北公會堂演出的「皇軍慰問學藝會」，會中莎韻的同學那米娜（松村美代子）分別用泰雅語和日語演唱以藤田知事寫的〈懷念少女莎韻〉詩文譜成的歌曲，因歌詞感人，曲調、唱腔優美，獲得滿堂彩，總督長谷川清深受感動，深入了解故事的來龍去脈後，決定送一口「愛國少女莎韻的銅鐘」給她的家鄉。

「這位少女真的就變成蕃界的守護神了。」近衛敏明。

「真的就這樣，這不是開玩笑的。你看後面，名畫家桃月鹽甫給她作畫，臺灣作家吳漫沙給她立傳，再來，立碑，用話劇演出她的故事，臺灣、日本媒體爭相報導她的故事……不一而足。」西村高兄看著一直不太講話的香蘭，「我們的大明星，妳的看法呢？」

「她犧牲這麼多，犧牲最寶貴的青春年華，喚醒了這時代的女性，成就一個傳奇，我覺得……」香蘭不知說什麼好？難掩心中的不安，「擔心自己無法詮釋那種情境，怕演得太生硬，感情無法自然流露……。」

「看李香蘭小姐這麼謙虛和真誠，就知道演出絕對不成問題。」

清水宏及時救援，香蘭吁了一口氣，希望別人別再用問題考她。

「電影就是塑造英雄，表現傳奇最好的東西。我對李小姐深具信心。」西村高兄局長看著香蘭再望向清水宏，「渡邊濱子唱的〈莎韻之鐘〉作為主題曲，應該不會變吧。」

「不會。」

「那李香蘭小姐在電影中可以唱嗎？」

「這樣說吧。李香蘭內定演莎韻，而〈莎韻之鐘〉是在片尾幕後唱出表達對莎韻哀思和懷念的歌，即使渡邊還沒唱，李小姐在影片中也沒立場唱。因為這首歌是電影中的她過世後，別人悼念她的歌，是主題曲，也是片尾曲。當然她戲外唱這首歌給某家唱片公司灌唱片，應該是可以的。」

「這樣不好，尊重原唱的版權，比什麼都重要。」香蘭。

「古賀和西條答應再作一兩首給李小姐唱。這麼浪漫的南方故事，劇中不能沒有歌。」

清水宏說著翻到另一頁，香蘭跟著翻到新頁，用油印方式印出，再用自來水筆加注或加強線條的地圖呈現眼前。西村高兄舉起資料，把地圖懸在每人的視線內：

「大家看這個地圖，是以你們取材、拍攝的地點－霧社為中心繪製的，長瀨喜伴和牛田宏兩位作家一定比我更了解。」

長瀨喜伴取得長官的默許，站了起來：

「我們現在編劇取材和電影拍攝地都在霧社一帶，大家看一下，霧社剛好在地圖中央，地圖右邊是中央山脈的能高山，左邊是台中。台灣中部山區，一直延伸到莎韻住的宜蘭郡山區都是泰雅族的居地。大家再把眼睛移向霧社，右邊一點的櫻蕃社就是我和牛田兄正在寫的劇本的主要場景，旁邊括弧內寫著的『荷戈』是以前的稱呼。」

「小弟孤陋寡聞，清水兄拍的電影沒看過……」西村有些不好意思，但想到自己是長官，也就直言了，「看過報導說清水兄喜歡拍自然風光，這一次有機會到台灣中部山區，實在是……」

「沒錯，清水老師是有名的山地導演。」

看著牛田宏搶著回話，清水宏：

「不好意思，年輕時喜歡用風景來抒情。人傷心的時候會親近自然，譬如一位女子暗自神傷，她的愁容佔滿銀幕，鏡頭開始拉遠，她就要消失在風景當中時，整個鬱鬱蔥蔥的山林就變成她的憂鬱了。」

「太好了，果然是大導演。」西村輕敲桌面，「台灣高山雄壯巍峨，正好可以用來描述高砂青年的愛國壯志。」

清水一時傻住，腦筋隨即機靈轉了一下。

「長官指示有方。我以前在伊豆拍外景，那種小風景適合表達個人的情緒，台灣的崇山峻嶺更適合表達整個民族的情緒。」

清水宏說得大家都有些動容，西村還是抑制住一時的興奮。做為總督府的一級主管，他喜歡聽逢迎的話，但也知道這些話沒有多少實質性。現在這個小型會議的紙上漫遊既然來到霧社，他就必須解開這個歷史的節：

「13 年前霧社這裡，山明水秀的這個地方發生一件重大事件，想必大家都知道。」

「霧社事件。」

長瀨說著看了長官一眼，西村接口道：

「看見大家心情沉重的樣子，對於 13 年前那場震驚世界的事件，想來還是心有餘悸。當時霧社一帶住的都是兇悍的賽德克族人，事件平息後賽德克族人死傷殆盡，全部遷往西北邊的川中島，原居地全部劃給泰雅族人，『荷戈』就是以前賽德克人居住時的地名，泰雅族人入住後改名櫻蕃社，稱櫻社也可以。至於故事實際發生地的利有亨社的泰雅人，也是從霧社這一帶移過去的，之所以選擇在霧社一帶拍攝，除了交通比較便利外，總督大人是希望一洗霧社事變殘暴、血腥、仇恨的一面，呈現霧社族群和諧、蕃民忠誠、有教化的一面。」

西村高兄說完，見大家沒意見，出去一下後回來，隨後指引大家上洗手間，大家看到每個廊角都有憲兵站崗，不敢隨便走動，上完廁所便回來。西村：

「剛剛讓各位了解這麼多莎韻故事的背景，也讓大家了解總督府或相關州郡對事件的宣傳。現在你們拍電影，大家都要協助宣傳，但不能讓觀眾感覺這部電影在宣傳愛國或皇民思想。」

「局長的意思是，讓他們感動，在不知不覺當中受到影響？」清水宏。

「這不就是電影最擅長的嗎？」西村望向兩位編劇，「你們的拍攝同仁明天到霧社，你們還是跟去吧。」

「自然。當然也給他們當導遊。」

牛田宏的回答拂過耳際，西村高兄道：

「你在霧社待了這麼久，有沒有感到霧社的新氣象？」

「泰雅族人織布水準滿高的，婦女喜歡編織。我深入了解後嚇了一跳，他們的日語普及率比平地人高出很多。」

「其他山地族群也一樣，沒有漢文化的抗拒，可塑性確實比較強，一般中老年人都會講日語，比平地漢人的情況好。」西村環視了一下劇組人員，「看來演戲時對話都可用日語。」

清水宏胸有成竹地點頭，然後看著牛島：

「台中到霧社多遠？」

「70 幾公里，搭車要兩三個小時，走的是山路。」

「住台中然後到那邊拍片就不可能了？」

「住霧社就可以了，那邊就像是日本鄉下，還有郵局、警察所、學校，都是日式木造房……」

會議進入尾聲，西村領著大家蜻蜓點水似的參觀，雖然只是浮光掠影，但簷廊垂柱的金碧輝煌讓人印象深刻，眾人隨著西村走出主體建築，進入邸後庭園，站在水池邊回望官邸。

「好像奢華了一點。」西村未見有人回答，「總督都覺得太鋪張、浪費了。」

「以前為了迎接皇室成員，尤其是當時皇太子，當今天皇來台，才建得這麼華麗吧。」

近衛敏明也覺得官邸內部裝潢十分刺眼，剛剛說完，西村：

「沒有錯，我們在這邊走看一下，大約 15 分鐘後回去官邸。」

西村帶著大家走一圈，回去官邸時招呼大家上洗手間。他關心攝影有沒有跟過來，表明希望把總督講話的過程拍成紀錄片，攝影豬飼助太郎隨即和助理趕到剛剛搭乘的巴士，取來攝影機。隨後大家被安排在大會客室等候。時間一分一秒地過去，高大寬宏、金彩熠熠的會客室形塑的緊張令人喘不過氣，依稀聽到腳步聲，豬飼助太郎把攝影機鏡頭瞄向聲源。

看見西村起立，大家跟著站了起來。身著黑色軍服的長谷川清大將一進來便示意大家坐下，寒喧幾句後拿起茶几上的名單一邊唱名，一邊和被叫到名字的賓客閒話幾句，把氣氛緩了下來。

「今天大家都為一位小姑娘莎韻前來。每回想到她，我總是感慨萬千。相信今天在西村局長帶著研讀相關資料後，大家對莎韻的故事有一概略性的了解。她送恩師出征途中落水喪命，面對老師的心情大家都一樣，她的恩師田北只是一名上兵，但一樣值得莎韻尊敬，同樣的，我想到以前的恩師，我還是必須脫掉軍服，像小學生一樣恭候一旁。莎韻捐軀時才 17 歲，比我帶過的任何軍士年紀都小，但她的精神是一天比一天壯大。她的恩師為國出征，而她尊貴地為他捐軀，等於是為國效命，愛國心完全釋放開來。我感謝她給我們樹立的榜樣，也衷心期盼各位，你們的團隊透過你們的專業重新塑造她的影像，讓她活在全島每一位軍民的心中……」

總督滿是感性的談話，香蘭有些感動。這種感動少許源於莎韻的悲劇，多少源於總督對這件事情的重視。佔滿一名大將心思的應該是軍國大事，怎會是無足輕重的女子。再說把莎韻捧紅了，又能造成多大影響力？長谷川清眯著眼說完，停頓了一下向清水宏和兩位編劇垂詢拍片計畫。清水宏：

「雖然劇本還沒完成，但結尾已經知道，也有了構想，一定要呈現一位平民踏上征途的光榮，深山暗夜送行者眾，驪歌、軍歌在風雨中迴蕩，莎韻落水的時候，『風雨就停止了』，但不是真正的停止，而是觀眾不再關心這場風雨。」

「應該能激勵，不管是內地人或台灣人，山地人或平地人從軍報國吧。」

「會有這種效應。莎韻的犧牲自然能癒合族群之間的傷口，變成台灣各族群和平相處的象徵。族群這麼多，但心只有一條，為國出征的心自然更強烈。」

清水說著時，長谷川清一直點頭，表示嘉許，隨後再翻閱手上的名單。

「莎韻這女孩兒是死了後才活在人們的心中。可以說是死後才出生。我們這兒也有一位奇女子，她一直就活在很多人的心裡面。」長谷川大將的眼縫瞇向香蘭，「李香蘭小姐，妳兩年前來台灣演出時，到處轟動，驚動了我們，有點擔心社會秩序會失控。」

「造成你們困擾，真是罪過。」香蘭。

「我們這邊才不好意思。我們讓莎韻以這麼大的能量重生也是從妳那兒得到靈感的。」

談話變得更加輕鬆，但也接近尾聲。和總督共同用過一頓精緻、簡單，有些拘謹的午餐後，一行人搭乘原巴士前往車站搭乘前往台中的列車，島崎潑和牛田宏並排坐，其餘四人面對面坐成一個方塊。清水宏：

「長瀨兄，事實上，總督府提供的資料也沒有你了解的深入。」

「我和牛田到霧社之前也走訪了莎韻在宜蘭的老家利有亨社，也問過她姊姊，她姊姊對於妹妹被這樣神化，相當不以為然，甚至憤怒。認為妹妹莎韻根本就不認識田北老師，也不是她的學生。」長瀨喜伴有些無奈，「不過莎韻同學那米娜的說法完全不一樣。說學校這麼小，只有兩三位老師，莎韻雖然畢業了，但時常回到學校幫忙，一樣稱呼田北老師，況且也時常到警所協助值勤，和田北時常見面聊天。在鄉下偏遠地方都是警察兼教師的。」

「一人當兩人用，容易出事。」

清水宏意有所指，但不想申論下去。長瀨：

「是啊。什麼都管，什麼都做，和居民關係密切，所以我還是比較相信那米娜的說法，莎韻的姊姊可能不希望妹妹被公眾化，基於保護的心理才說出那些話。」

香蘭和近衛敏明點頭表示同意。近衛：

「這裡頭有一個問題，就是官方對莎韻故事的宣揚，一定認為是基於實情，如暗戀田北老師，但替老師扛行李說成是基於愛國心，就有點官腔官調了。有的宣揚，家屬會不同意，認為言過其實。但我們拍電影，就不受這種限制。莎韻的故事對我們來說只是素材，電影允許我們重塑人物和故事，編劇必然要做某種程度的虛構。拍出來，家屬即使不認同，也沒關係，我們甚至可以說，電影中的莎韻，或者改個名字，並不是妳家的那個莎韻。」

近衛敏明不只一次碰到這種俗世見解和電影世界的衝撞。清水頗認同他的話：

「李香蘭，妳認為呢？」

「第一次演這麼接近事實的電影，總督這麼重視，讓人驚訝，感覺深受鼓舞，壓力隨之而來。去年拍《黃河》，也是應華北方面軍的要求拍攝，故事是反映昭和 13 年日本軍人在黃河中游協助中國農民築堤抗澇的故事。這個故事應該只反映了一時、局部的真實，我們拍片時，故事的背景已經過去四年，很可能短暫的友日實情早就被中國一貫的抗日洪流淹沒。」

「滿映和東寶合作的電影？」

近衛明敏這一問，香蘭聽他口氣，知曉他心裡的疑點：

「滿映獨立拍攝，編導同一人，都是中國人。」

近衛哦了一聲，不再開口。清水和長瀨也都暫時耽在香蘭述說出來的過往的弔詭裡，但不想跟進談論，把話題扯遠。片刻，清水宏開口了：

「長谷川總督貴為大將，他用心塑造莎韻自然有他軍國思想的用意，但他大概不再指揮軍隊，離開戰場一段時間了，看起來沒這麼冷血了，有些感受性了。很難想像一名大將腦裡為一位不足輕重的山地小女孩煞費苦心。這點不解讓我有更多的動力去拍這部電影。」

大家聞言頗有同感，但接不太下話，其實大家都有些累。香蘭對這位海軍大將的認知，可謂一片空白。近衛敏明比較了解這位大將，但對於他被描繪出來的心理圖像倒有些嫌惡。近衛和香蘭把座位調回去後，有一段時間只看窗外風景，耳聽車輪軋軌和車廂擺動的聲音。窗外椰子樹多了起來，但天色漸漸昏暗，到台中已是向晚時分。台中軍方派人前來迎接，大家入宿鐵道飯店。飯店內，香蘭獨宿一房，壓力釋放開來後，閒散地翻閱早上讀過的資料，決定不去想莎韻和她的故事，用完餐後，和同仁在飯店咖啡座小敘，迎來晚眠的時刻。

第二天八點四十，台中州理蕃課派來的巴士前來接人，安達柳課長還貼心地給每個人一個中餐用的壽司便當。巴士隨著蜿蜒的山路到達霧社時已近中午，大家在車上吃完冷涼的壽司，車子最後停在霧社警察分室外頭。

大夥拜會過分室主任鳥居勇造，隨後在一名蕃社出身的警手的帶領下，四處觀摩部落婦女紡織，餵養雞鴨、山豬，和男丁耕作、造屋的場面，再和各部落酋長座談，一天就過去了。晚上大家聚在霧社警所用餐，談的最多的是霧社事件。警分室主任鳥居勇造和警察打開了話匣子，劇組人員不斷追問，對香蘭來說，由原居荷戈社的賽德克族人發動的事件輪廓慢慢成形。

「照你們說的，部落居民之所以反抗，主要是土地、森林被掠奪，祖靈祭被禁，被強行參拜神社；勞役過多，男女上山下谷做個不停，得不到報酬，或者工資甚低，而部落傳統的狩獵和耕種也被荒廢了。不過，不管勞役有多重，一時興起就砍向日本婦人和小孩，結果換來幾乎滅族的慘劇，真是應驗了中國一句老話：小不忍亂則大謀。」

近衛敏明針對警所人員的談話作了簡單評論後，香蘭不由得想起了小時候的平頂山事件，照警所人員的說法，霧社事件發生於 1930 年 10 月，還比平頂山慘劇早了兩年，她想到了撫順炭礦火光衝天的那一晚，父親冒險到辦公室應對變局，母子六人在暗黑的小房間抱在一起，擔驚被外頭的亂民發現，而被殺害的慘境。

「霧社事件發生後第二年還有一個後續事件，同樣屬於賽德克族，有一個道澤部落的幫助皇軍平亂，事後擔心被我們軍方看管的族人報復，也在我們軍方的默許下突襲四處賽德克族人收容所，被看管的族人死了 200 多人。總計這次事件，我軍和賽德克蕃共死亡上千人，其中我方 160 多人，婦人和小孩佔多數。」鳥居勇造主任看出大家對於死亡人數的心驚，「後來根據官方報告和私人口耳相傳，當時大家都不想活了，死神主宰一切，部落居民集體自殺，死了近 300 人，有一個警手的太太掩護 17 個日本小孩躲在校長宿舍的廁所內，最後被救出，總算給死神一個小小的挫敗。」

鳥居說完，沒人搭腔，冬風在包覆著警所的龐然夜黑搖竹晃樹，好似冤魂哀嚎，冷風滲入門縫，煤油燈火搖曳，人影、物影微動，沒有人知道有多少亡魂徘徊在這種幽影的波漾中。警察秋田：

「整個事件可以說是錯誤的人做出錯誤的事，才會一發不可收拾。兇蕃的頭子莫那魯道不識詩書，個性兇殘，他如果是男子漢，挺身而出跟我軍正面對決的話，事情不致無限擴大，結果他用突襲，殺了幾名警察後碰到婦人、小孩便殺。賽德克族無辜的婦人、小孩之所以活不下去，集體自殺，就是因為莫那魯道那些人濫殺日本婦孺。那些自殺的族人基本上是痛恨莫那魯道那干人的。」

「我看那位莫那什麼的，或那一伙人的魯莽、衝動，和發動太平洋戰爭的聯合艦隊沒什麼兩樣。皇軍的報復和美軍的復仇一樣，都很慘烈。」

預定出任蕃社青年的島崎潑說完，室內一陣輕笑。內地都市如影隨形的監控感，在這寂寥偏遠的地方弱化了，晚上近九點，算是很晚了，每人開始有了睡意，鳥居主任繼續談論有名的花岡一郎和二郎，香蘭對於這兩位受過日本教育，當了日本警察，既無法協助日警討伐自己的同胞，也不願幫助族人攻擊自己同事的山地青年，最後選擇自殺，留下深刻而良好的印象。但實在太疲倦了，回到宿處後，沒想太多，簡單梳洗過後便睡了。

山居人早起，倦意沒有完全消除，日上竿頭後又是行程緊湊的一天，早上大家在編劇的帶領下觀覽附近景物，探視民情，回來後提早用中餐，隨後趕往台中車站，忍著饑肚連夜趕回台北。

註 1：日據時代，與台灣原住民相關事物率稱為蕃，非番，如蕃社、蕃界、蕃地、理蕃……。

3. 慰傷演藝 台北演出

回到東京，香蘭繼續拍片，松岡也再次感受到和香蘭約會就在當下的必要。松岡很羨慕年輕有錢時便帶著情人到處旅遊的老一輩作家、醫生，甚至教師，現在他困居軍營一隅，只能圖謀一點時間和香蘭小聚，不要說歐遊、美旅，東京附近的一日遊都不可能。他很懷念以前和香蘭繾綣瓢亭的時光，但現在軍職在身，世界又越來越緊縮，無法出國，直覺那種繾綣是越來越不切實際。

松岡知道每每和香蘭好不容易見了面，但也面臨分離，他特地向兵工廠請了禮拜一上午的假，以便充份運用禮拜天，拜一中午再前往兵工廠報到。

拜日早上，他親自開車到乃木坂公寓作客，和香蘭、雅子聊了一陣後載香蘭上瓢亭。快兩年沒來，瓢亭老樣子，老闆娘和女侍阿時還記得香蘭，松岡訂到以前光臨過的隔壁間，阿時走後還記得把房門帶上，松岡把房門拉開時，香蘭祭以會心一笑。

松岡把唱盤放進留聲機，貝多芬小提琴協奏曲的樂音響起，他似乎慣於用這雄渾、細膩交奏的樂音遣散自己的情慾。香蘭提到這次到台灣的所見所聞，但沒說到霧社事件。松岡：

「妳說的那位海軍大將總督就是木更津航空隊轟炸南京的總指揮官，他下面當然還有各艦隊的戰機群，轟炸的範圍遍及中國沿海各城市。」

「他看起來很斯文，溫文儒雅。」

香蘭說著思維渙漫在軍人的殘酷和無奈間，不想想太多。她知道將官也要秉承上意完成任務，有些人身不由己，但也有的跋扈過頭。松岡：

「他現在是總督，等於是穿著軍服的文官，遠離戰場了，發號施令的習氣收斂了。想想他當年當第三艦隊司令時候的霸氣吧。以三艘航母為主力的聯合艦隊停在上海外海，兩支航空隊，有的從一千公里外的長崎、鹿兒島出擊，艦載機、陸上攻擊機輪番上陣，妳在上海拍戲看到被轟炸過後的廢墟就是他們的傑作。」

香蘭一開始打從心裡抗拒松岡摧殘長谷川給她一點好印象，後來索性放任不管了。畢竟她和那位總督緣淺關係疏。

「身經百戰，官至大將、總督，但要贏得敬重有時也難呢。」

「做為一名指揮官，他比較沒有近敵的作戰經驗，當艦隊司令官的時候，對中國海戰，中國海軍弱，有狀況，交下面的艦長處理就夠了，指揮遠距轟炸時，更是慣常坐在旗艦指揮室，氣定神閒地發號施令。所以養成一派優雅的神情，屬下的死傷，或是敵陣的傷亡，都跟他隔了一層或好幾層。」

「看來他是一名福將。陸軍將官可能就沒這樣幸運，或者更兇吧。」

「當然。如果臉上有疤，那就更嚇人了。」

松岡說著笑了起來，香蘭還是持平地把自己的想法講了出來：

「長谷川做為一位大將，為一位異族無足輕重的小女孩請命，確實放得開，雖然他的動機和目是希望用這部電影鼓舞在地男子從軍，赴海外作戰。」

「我看不要談這些，越談思想越混亂。」松岡看著走進來的阿時把盛著食物的碗盤放妥，「現在高中生都到我們工廠實習，甚至上工了。」

香蘭兩眼睜了一下，晶亮的瞳光射出幾許驚愕。松岡：

「我們發動機部最近就來了不少訓練過的木更津高等女校的學生。她們綁著頭巾認真工作，看了就讓人難過。」

「戰爭是學生的惡夢，但也可能是學生的十字架。」香蘭夾了一塊鮪魚握壽司，「我從中國那邊過來。中國很多學生都自願從軍。」

「看起來，或許沒多久，中學生都要上戰場了。」松岡耳聆音樂，眉頭揚起，眼凝香蘭，「妳在中國耳聞中國學生從軍，在日本看見學生到兵工廠打工，心裡會不會錯亂啊？」

「在心裡不再有中國、日本之分，都是學生，可悲可憫。」

「我的感受也一樣。最後變成戰爭才是敵人。」

松岡不想往下追出戰爭發動者。這些話題讓他厭煩。他說著站起走向外側門廊，打開紙門後欣賞廊下小魚悠游的小溪。香蘭好奇地起身靠近，視線越過木籬邊的一排朱槿，停在巷子另一邊的屋舍：

「你在看什麼？」

「沒事，隨便看看。」

兩人回座後，阿時端著盤食，帶著一位青年進來。松岡：

「這是我的好友伊藤康宏，這位是李香蘭小姐。」

伊藤客氣地向香蘭行禮，香蘭坐著回以注目禮，然後垂首致意：

「好像見過面了，兩年前在海軍經理學校外面的餐廳。」

伊藤盤腿坐下後：

「李小姐好眼力。眼眸兒大，像高級相機的鏡頭，攝相功能也佳。」

阿時把盤食擺好了，也被逗得笑著離去。松岡：

「伊藤君以前在滿洲國外交部工作過。」

「哦！」香蘭看著這位不速之客，還是很有禮貌地點頭，「看來我們還是扯上了一點關係。」

松岡聞言大喜，勸伊藤進食，然後繼續剛剛的話題：

「我在想，歐洲的德國和英國隔著狹小的北海，兩國的轟炸機越過北海互轟，太平洋夠寬，所以我們還能在這兒用餐。」

「最近聽一位男演員說，美國飛機轟炸過日本。」香蘭。

「哦！這妳也知道。去年春天我還在西貢的時候有過一次，是屬於那種蜻蜓點水式的攻擊。戰機從很遠的航母起飛，」松岡作了飛機起飛的手勢，「投完彈後，回不了航母，全部在中國降落，有的墜毀，有的在我國軍隊佔領區迫降，當然就成了俘虜。」

香蘭聞言，耳邊響起上原謙的話，顯然上原所言不假。松岡繼續說：

「東京、名古屋、神戶各大城市都挨了彈，但損失不大，因為很多飛機找不到目標，炸彈隨便一扔就往西逃走。」

「希望戰爭趕快結束。」香蘭看向一直沒開口的伊藤，「你認為呢？」

「戰爭要追求勝利，不要打沒有把握的仗。早先我國既然進軍中國，就要好好經營中國戰場，不管是完全佔領，或最後尋求合併或統一，百年後，這個內部矛盾已經化解的東亞大國才有資格向美國叫陣。」伊藤喝了一口湯，「那知後來瞎搞，跑到老遠打美國。現在在中國陷入泥淖！在太平洋又到處挨打，越僵持，我國損失越大，現在只剩一條路，趕快尋求談判，戰爭越快結束越好。」

「問題沒這麼簡單。如果主和派抬頭，主戰派就會蠢蠢欲動，226 事件可能再來一次。其實對很多人來說，戰爭還沒開始，只是先聞到那種氣氛。」松岡撩撥了一下碗中湯，「戰爭是高消耗的事業，所以我們的工廠一直在擴建，南邊的八重原村要蓋一座分廠，運來了一大批朝鮮人，也徵用了一整宿舍的臨時工，在那兒整地打樁，朝鮮人仇日心重，如果管理不好……」

「那就像正在埋炸藥，處理不好就會爆炸那樣。」

「正是這樣。蓋兵工廠實在衍生了很多社會問題，軍方用很便宜的價格強徵民地，要老百姓自行遷離，要他們祖墳也一起遷葬，弄得人心惶惶，民怨四起。美軍砲彈還沒打過來，炸彈還沒炸開，社會已經在浮動，亂了。」

松岡說完，伊藤沒再開口，阿時端來了一大碗混煮黃醬，還替每一人換碗，親自把裡頭有著芋頭、肉片的濃湯舀進每一人的碗中後走了。

「你剛剛說的社會浮動？應該說……」伊藤看向松岡，眼角瞬了香蘭一下，「應該說，變得更沉靜了。銀座沒有兩三年前熱鬧了，很多原本熱鬧的地方入夜後漆黑一片。舞廳關了，白米、糖，還有很多食品改為配給，我最近連跑兩家餐廳都吃不到生魚片。女孩不再妝扮，男子也是死氣沉沉，年輕人擔心被徵召。……」

「你這小子，故意跟我唱反調。」松岡瞅了伊藤一眼，「其實你講的和我講的是一回事，根本就是同一件事的一體兩面。社會沉鬱、消沉，底下的人心自然是浮動不安的。」

「會不會有一天，兵臨城下的慌亂不再只是書本或電影上的場景。」香蘭。

「很有可能。」松岡小心地挑出掉落和服上的菜渣，放在矮桌上，「最後防線崩潰後，敵軍像潮水一般湧來，這是典型的畫面。」

三人不再開口，相互對望了一下，各自騁思於戰禍的遙想中。和松岡私會的心情被狠狠潑了冷水的香蘭開始想，松岡的熱情不再，就像在外久戰，滯留戰場，逐漸失去鬥志，不再擁抱戰爭的戰士一樣，實在不用對他一廂情願；松岡把她降格為一般朋友，或許他有苦衷，或另有盤算，就順勢而為吧。

飯後，松岡載香蘭小遊，在市谷把伊藤放回家後，香蘭也請松岡晚上到她公寓作客。松岡腦筋動了一下，把車子開到伊藤家，和伊藤約好明天早上這兒見後，載著香蘭到她還沒去過的城北豐島、板橋轉了一圈，消磨了一個下午。

在乃木坂公寓作客，香蘭親自做羹湯，松岡通體舒泰。香蘭自然希望他熱情再起，邀她前往他在千駄谷的家。香蘭關心他父親的病情，松岡：

「他目前還在家裡靜養，因為他的病，家母更著急了。」

雅子給他倒完茶，故做調皮托腮問道：

「著急什麼？」

「我一回到家，她就託媒要求相親。」

「難不成你現在就有了……」

雅子說著時，左腳被香蘭頂了一下，只好把話吞了回去。松岡：

「我一向討厭逼婚或催婚，感情是兩人的事，自然認識最好，實在不需要老人家操心。」

香蘭暗自思量，想起了一年多前，她在東京拍完《蘇州之夜》，準備回新京的一場歡送會上，一位女作家宣稱被松岡邀至他家密談的往事，從松岡被父母一直要求相親一事看來，那年女作家所言即使屬實，也已成往日煙雲，但松岡一直沒告訴父母和自己交往的事，他一直在父母面前保持隨時都可以讓人前來填補空白的樣狀，那就不用付出太多，隨遇而安，緣份來了再說了。香蘭：

「既然父母要求相親，看一下豈不更好？」

松岡大笑兩聲：

「男女之間就像浮雲映入水中，有時雲滿天無水可映，有時水滿江河，天上無雲，映與不映，要觀天相地理。」

「觀天相地理？聽不太懂。」雅子。

「天相就是，天上要有雲；地理，地上要有河湖。二缺一就不行。」

被香蘭這麼一說，雅子若有所悟：

「連談戀愛也都這樣自然主義，這樣無政府。」

雅子說著，三人笑開，香蘭收斂笑意後，兩眼淡然望著空洞的牆壁。松岡：

「我跟我媽媽說等局勢好一點再說。她似乎聽進去了。」

香蘭把話題轉開，她知道松岡既不多愁也不善感，把他困在兒女私情，還不如放他悠遊論理的世界。世局詭譎多變，聽著他分析，還真能暫解憂愁呢。

電話鈴響了，香蘭親自接聽，傳來川喜多的聲音。川喜多問候了兩句便切入主題：

「如果有機會來上海拍電影，到百代錄《萬世流芳》的兩首歌吧。」

「最近計畫到台灣拍片，已經安排好了。」

「什麼？到台灣拍片？」

「跟松竹合作，剛到台灣勘查場地回來。」

「我想都不會想到那個地方。什麼時候去？」

「月末或四月初。」

「這樣哦。」川喜多想了一下，「如果順利的話，六月份拍完，妳回滿映的時候經過上海，就到百代報到。」

「這樣可以，我儘量做這樣的安排。」

香蘭掛掉電話，松岡關切了兩句，話題自然導向《萬世流芳》拍攝的一些趣事。香蘭說到陳雲裳被要求向日本海軍艦長獻花招致羞辱一事後，松岡：

「官做到這麼大還要擺出這種態勢，有夠難看。」

「那一個做官的不是那樣？」雅子。

「我以前強調無政府主義就是這樣。無政府可以是一種政治理想，也可以是一個心態。妳剛剛說的那位艦長，只是一個大佐，實在該懂得謙虛藏拙。」松岡看著香蘭把空的糖果盒收進茶几下面，「我剛說心態，我想到了妳上次提到的長谷川總督。他是冷冷地執行作戰命令，也會冷冷地看待那種面子問題。」

「有道理。」

香蘭、雅子異口同聲，兩人也都現出睡意了。

第二天早上，松岡載著香蘭上路，到了市谷會合伊藤康宏後，改由伊藤開車，小倆口坐在後座，松岡歸營後，再由伊藤把香蘭載回還車。

天氣太冷了，伊藤開了大半天車子，跟香蘭有點熟了，很想見識香蘭的公寓，適巧被香蘭邀進屋內喝熱茶。伊藤很健談，雅子又是東京通，兩人很有話講，隨後三人還共進午餐，伊藤才盡興返家。

一場雪過後，天氣長晴，春意萌動，《誓言的合唱》的拍攝快馬加鞭，已經定名為《莎韻之鐘》的新電影的一些事前工作也開始進行，在澀谷區上原町古賀政男家裡練唱〈莎韻之歌〉和〈台灣軍之歌〉，耗去她大半個假日，和松岡的約會幾乎泡湯。想到香蘭不久就要離去，松岡有些不習慣，但思前想後，也就處之泰然了。

東寶的《誓言的合唱》進入尾聲，松竹的《莎韻之鐘》成形，除了準備拍電影外，台灣總督府交辦一個慰問台灣白衣勇士和遺族的演藝會。劇組人員開會商討對策，推舉香蘭挑大樑時，不忘調侃軍方一直把傷兵說成白衣勇士的這種說法。這個演藝會安排在台北西門町大劇院共樂座舉行，定位勞軍性質，香蘭這方面看得多，提出女歌男演的方向後，每人各盡其才，節目很快就定了下來。香蘭一人承擔五首歌，其他女演員一人一兩首，島崎潑會演落語，伴奏的鼓琴不勞他人，劇組的中川健三和三村秀子擔當即可。其他男演員湊個兩三齣滑稽戲，秀一點武功，再唱幾首歌，節目也就琳瑯滿目了。

在日本劇場練習室進行的簡單彩排，兒玉、松岡都去看了。看著滑稽戲搏命演出，人聲雜沓，偶爾一首軍歌，主持人模擬幾天後台北場主持人的臨場講話，收到了一些笑果。香蘭頻頻出場，難掩倦容，兒玉和松岡都有些不捨。這幾天，香蘭比較忐忑的是，岩崎昶會不會突然出現。接連兩個片子，岩崎都擔任製片，且全程參與，像監軍一樣，讓她疲憊至極。即將在台灣開拍的新片，或許也由他出任製片，大概是不方便來日，所以至今未出現。到目前為止，除了導演清水宏提過他一次之外，劇組要角沒有人提到他。香蘭心存僥倖，直覺他跟隊南下的可能越來越小。但也很難講，岩崎有時難以理喻，說不定他人已先在台北等候了呢。

幾天後，在東京西南2000公里外的台北，依然未見岩崎。香蘭心情大開，想，在台灣拍片，少了一對鷹眼的監看，山地生活再苦，還是差堪告慰於心矣。

台北共樂座的演出，幾乎把日本劇場的彩排搬了過來，節目不斷更迭，幾番熱鬧，語笑喧闐過後，節目最後，香蘭決定用日語演唱渡邊濱子主唱的〈莎韻之鐘〉，表明以前不曾公開唱，以後也會儘量避免唱。鋼琴琴聲錚鏦，前奏響起，「暴風雨吹襲高峰山谷，洪流沖擊著獨木橋，誰家美麗姑娘正在過橋，紅紅的雙唇，啊！莎韻！」清越棉長的歌聲伴隨著樂音流洩，撫慰戰死者家屬的心，傷殘的士兵感到傷口正被撫平。

莎韻的同學那米娜也獲邀觀賞。和總督長谷川清近距離接觸時，她雖然感受到他的和善，但還是深感軍政的壓力，香蘭的歌聲給了她真正的自由。旋律不斷重複，唱到第三輪尾聲時，台下跟唱聲四起，歌聲迅速升高匯聚。間奏響起，台下滯台日人為主的觀眾開始蓄勢。「清純少女，一片真心，誰能夠不為你灑淚……」千百人的歌聲匯聚成洪，返歸鄉園的心聲相互激蕩、傳遞。「南國日暮，黃昏的深處……」樂音、歌聲攜手高揚，充塞會場，集體的心志凌峰遠去，「鐘聲響起，啊！莎韻！」合唱嘎然收束時，大家似乎聽到了鐘響的餘韻。

演畢，全體演出人員出場謝幕，戰士遺屬代表陸續上台獻花，那米娜亦步亦趨上台向香蘭獻花：

「莎韻在天上會感謝妳的。」

香蘭收納她的心意，片刻後望向被主持人拱著上台合照的總督長谷川清，相信〈莎韻之鐘〉這首歌對他來說，除了制式的「愛國」、「鼓勵出征」的意涵外，還有更多個人的感思。

4. 遠征霧社 山路崎嶇

舟車勞頓，加上演藝會，總數 20 幾人，包含童星中村實在內的劇組，休息不到一個早上，中午到總督官邸接受午宴的款待後搭車南下台中，每人難掩倦容，甚且憂心忡忡。劇組行程匆促，在有限的時間裡，總督府相關人員一再向他們強調現在理蕃工作較之前已有大幅改善，各部落馴化情況良好，日、蕃之間相處融洽，但多數人一想到 13 年前血淋淋的慘景，還是眉頭難展，拍攝新戲的興奮時常難敵前往蠻荒，甚至鬼域的倉惶和恐懼。

列車過了竹南，轟地一聲，車廂突然亮了起來，大家靜靜地看著列車通過隧道，沒多久，車廂又像光管般進入隧道。雅子：

「兒玉很關心妳的安全呢。」

「他最近才知道我們要去的地方十幾年前發生過這麼可怕的事件。」

「他特別選在松岡離開的時候才講那些話，我是深有感觸。」

「什麼話？」

「妳忘了。他說身為護衛官，竟然在妳最危險的時刻沒法前去保護。」

「他好像在背一個劇本裡的台詞。」香蘭瞟了雅子一眼，「他一定很嫉妒妳。」

「怎麼說？」

「我到那，妳就跟到那。妳的機會這麼多，他只能跟著我在日本，我一離開日本，他就『失業』了。不過還是很感謝他。」

松岡和香蘭早已是一對，兒玉對香蘭還是心存仰慕，香蘭一直都收納在心，雅子看在眼裡，頗覺欣慰，至少他的心意沒有被丟進水溝裡。

「那個霧社事變，松岡可能不知道。」

「或許真的不知道，那時他也只是一名學生，比較不會看報紙。再說，這種事情，官方應該會封鎖消息。」香蘭看著車窗外漸多的房舍，知道速度放慢的列車即將靠一個新站。「或許他知道，但海軍一連幾次死傷慘重的海戰恐怕塞滿他腦子，霧社事變變得不是那麼重要。」

列車停了，上下車的旅客多穿著布扣藍衫、黑衫、寬鬆黑褲，和台北相比，這一帶車站的旅客，著西裝的少了，年輕一點的會說日語，年長一些的多講一些難懂的方言，香蘭看著旅客嘰嘰咕咕一番後落座，隨後收回視線。這種地方風情的景像，給她帶來小小的享受。雅子：

「我們說到霧社事變。震驚國內外，當年我就知道，報紙登得很大，都是頭版頭。」

「上次我們要來的時候，妳都不吭一聲。」

「怕妳嚇到，不敢去台灣。等到我們去了，有人刻意提到，最後大家都知道了，我也就不用再提了。」

兩人陷入沉默，車窗外浮光掠影，香蘭腦裡浮想聯翩，一點睡意浮上心頭，列車晃蕩的哐噹聲好像碎裂成模糊心思的一部份，隨著心緒像飄絮漸漸沉落，她心裡面兩個人影也在交錯，兒玉英水的形貌鮮明了瞬刻，隨後她微弱的思緒就隨著松岡謙一郎沉入矇矓。

香蘭打盹兒，雅子沒擾她，香蘭用力點了兩次頭，然後很自警地搖了兩下頭。雅子知道香蘭醒了：

「我們這次去，我們這回去台灣山上，生活應該不會比去年在黃河邊時還差吧？」

「應該會好一點。」

「住那兒？」

「應該是日式房。或許是新蓋的，或許住以前人用過的。我是這麼猜。」

香蘭說著向雅子招呼一下後起身，走到左前方和近衛敏明換位子。香蘭在導演清水宏的旁邊坐下，迎著清水側過來的笑臉：

「中午吃飯時，總督講些什麼？」

「哦！」清水兩眼亮開，「這要怎麼講？他要我在電影表現蕃社皇民化成功。我聽著一直點頭，電影表達這種政治的東西，都是間接的，透過情境隱喻出來的，我擔心他要的是裡頭人物宣示性的直接表示，或在對話中明顯表達出來。」

「他看起來很能體察下情，並不是硬綁綁的軍人。」

「不過也很難講。藝術家習慣迂迴地表達，長官往往喜歡看見明顯的成果。」

「他大概還沒看過劇本吧。」

「他說還沒看，一直很忙。」

「我看了一下劇本，是有些惶恐，擔心演不出莎韻的味道。」

「牛田宏說，要先在那兒生活一段時間，讓我們了解當地住民，也讓他們了解我們。」

清水宏說著，坐在前面的編劇長瀨喜伴和牛田宏把座位翻轉過來，直接面對清水宏和香蘭。長賴面向香蘭：

「莎韻有很多和學童互動的戲，我在裡頭設定了幾個小朋友的角色，除了中村實飾演他雅外，其餘的，心底也有特定人選。戲裡，兒童幾乎都只跟妳互動，而兒童的戲又可以獨立開來，臨時更動內容，也不太影響整個劇情。所以妳和他們相處一段時間後，或許有更好的表達內容，劇本保持一點彈性讓妳臨場發揮。」

香蘭聽著頻點頭，清水宏轉過頭看著香蘭：

「大人部份，角色固定，基本上照著劇情走。兒童部份，妳可以像班長或級任老師一樣，帶動學生演一齣戲，效果可能更好。」

「我們的導演清水老師最喜歡拍兒童的電影，他小時候也是有名的孩子王。這一點，有他依靠，就別擔心太多了。」

牛田宏說著看了香蘭一眼，再望向清水。香蘭笑逐顏開，表面上是喜遇明師，實則擔心清水會以更嚴格的標準來檢視她和小朋友的互動。清水漫不經心地說：

「和兒童在一起，自然就好。小朋友，尤其是一群小朋友，基本上是自然的一部份。」

香蘭沒有回話，大家也都無言，望向窗外或車內。香蘭再次感到列車的慵懶無力，滿洲高速列車開始在她腦海馳騁。……

「他們可能有些人一輩子都沒看過電影。所以和他們相互了解溝通非常重要。」長瀨把黑框眼鏡拿下來擦拭，隨後掛上。「比如拍電影要管制現場，如果溝通不夠，相互欠缺了解，招致輕視蕃民的誤解，拍電影的好意被扭曲，甚至招來禍害，那就得不償失了。」

「你們對於霧社的環境比較熟。」清水看著長瀨和牛田，「在正式開拍前，或許你們就排一個行事計畫，比如今天參觀什麼，明天拜會什麼人，或是學習什麼技能，學跳他們的舞，讓我們的演員更接近他們……」

「我都已經在構思了。有一個課程，我認為必須做的。那就是……」牛田思索了一下，「勞動服務。拍攝的場景大多在野外，演員大部份時間要打赤腳，尤其是演莎韻的李香蘭，所以我們趁著現在天氣比較冷涼的時候，在可能拍攝的地點，清除地上會刺人的小東西，比如瓦片、尖銳的小石頭。」

「這個問題嘛。我們就這幾個人，野外這麼廣。是不是我們發動學校學生幫忙做。」

「重點就在這裡，不要役使部落的土著，以前的警察就是因為役使太多……」

牛田認真地說著，清水收納他的眼神。自從接獲拍攝這部電影的使命後，如何愉快地和當地土著相處一直在清水腦裡盤旋。清水宏知道要克服生活習慣的差異所滋生的嫌惡可能有困難。他無法像捨離較高文明，而被日本的原始魅惑的小泉八雲[1]那樣，傾心蕃社文化，但謹記他的訓諭，或許可以藉由理解，拉近和蕃社之間的距離。清水：

「你的想法正合我意。我一直在想，我們這個攝製團隊就是要做出不同於過去官僚或警察的行事風格。」

「電影人多自由主義者，不喜歡支配別人，正可以向那些山地人展現不一樣的日本人風貌。」

長瀨喜伴認為總督府刻意形塑莎韻可能招致反效果，不自覺地說出電影人的自由主義。清水宏頗有同感：

「我現在想，現在官方稱台灣高山那些土著『高砂』，但政治意味太濃，一般人還是叫蕃民，我們當面稱他們是蕃民，恐怕也會激怒他們。」

「『蕃』是以前中國政府對他們的稱呼，我都直接稱呼他們在地人。當今天皇以前還是太子的時候來台灣，也到過霧社，當時就提出糾正，認為蕃字不好，建議改為先住民。內閣後來討論的結果，決定採『高砂』。因為以前德川幕府就稱台灣為高砂。」

長瀨說著看了香蘭一眼。清水看向長瀨鼻根處的川字形皺紋：

「你說的先住民說，我倒是第一次聽說。說起來倒有點拗口。」

「適合在文書上表示。不過，後來這種說法就沒人再提。」

「先住民！那從中國福建、廣東來的是後住民，日本人就是後後住民了。」

香蘭說著，大家笑了起來。清水不住地點頭：

「原來如此。」

「你剛剛說的在地人，很好，可見你和他們生活過一段時日，很能體會他們的想法。」香蘭面朝長瀨兩手打出優美的手勢，「那些稱呼都是直接從中國話轉過來，『蕃』字冠在人和地的前面，給人的感覺不一樣。比如『蕃民』、『蕃人』或『兇蕃』，歧視的意味就很濃，『蕃社』就比較浪漫。我是這樣直覺，可要實地體會才知道。」

「李香蘭小姐的直覺應該沒錯。那些部落的婦女也常常『歡迎來蕃社，歡迎到蕃社來玩』向外人打招呼。」長瀨喜伴眉角上揚，圓睜的雙眼好像要突穿眼鏡，「那些高砂族人都喜歡唱《莎韻之鐘》，歌詞裡面就有『蕃社』，聽起來也是滿順耳的。」

「剛剛牛田提到部落，這也是很好的稱呼，就稱呼那些高山人為『在地』或者『部落』的人好了。」

香蘭說著，清水大為讚同，調整好的心情和態度讓他對於整個團隊在異域順利展開工作和生活有著深切的期許。

到了台中站已是薄暮時分，香蘭的大行李自然有男同事代勞，一行人慢慢走向車站旁邊的出口，出口幾乎被群眾堵住了，五六名警察不斷吹口哨，把以女學生為主的人群推向兩邊，一個鎂光燈亮開，驚醒了人群。

「likoulan ！ lioulan ！李香蘭！……」

女學生揮舞著手巾，人潮向前壓了過來，雅子趕忙從包包取出一疊香蘭的簽名照遞給香蘭，香蘭困難地向上百雙伸出的手送出照片，最後索性把剩下的半疊整個遞出。

「好！暫時不要動，看這邊。」

「快點排好，一下子就好，後面的人不要被擋到。」

三名手持相機的記者高聲嚷嚷，在稍稍遠離人群，狹窄的空間裡，二三十人的團隊排成三四排，香蘭被安排在中間。拍好照，舉著書有「松竹．滿映攝製隊」紙牌的島崎潑率先擠出人群，迎接人員力擋人群，劇組人員一個個登上巴士，香蘭移動時被迎接人員團團護住，好不容易才上車。

香蘭坐定後不斷地往窗外揮手，見龐然的熱情被隔絕車窗外，一直低調的女配角三村秀子鬆了口氣：

「李香蘭果然名震大日本。」

「對李香蘭來說，算是小意思。前年在東京劇場的那幾場才可怕。」近衛敏明看了一下窗外湧動的人潮，「大概總督府有發新聞吧。」

攝影師、器材和幕後工作人員多上第二輛巴士，司機在車廂後方見第二車司機打出 ok 的手勢後回到座位發車。到餐廳的路程很短，車子做了簡單的 U 轉後直底馬路對面的臺中鐵道飯店。兩車在飯店牆外停下，古雅的圍牆內都是人潮，但警察和飯店職員力保中央通道暢通。

「likoulan ！ lioulan ！李香蘭！……」

和剛剛出車站一樣，日語夾著華語和閩語的叫聲，在黑壓壓的人潮上頭沸騰、翻滾。飯店門口懸掛著「歡迎松竹．滿映攝製隊」的橫幅，一名飯店職員站在石階上頭，手持相機居高臨下不斷拍攝。香蘭邊走邊握影迷的手，其他演員和工作人員也大方地揮手，協助香蘭滿足影迷的心願。

香蘭一行這晚住在臺中鐵道飯店，也在這兒晚餐。一陣忙亂，在餐廳坐定位後，香蘭才看清前來迎接的人們，除了上次陪他們來霧社的台中州理蕃課長安達柳，能高郡守佐藤才幹也專程帶著兩名隨員前來相迎。

餐宴由安達柳作東，席開三桌，劇組人員知道這一晚過後，要開始在那曾發生過恐怖事件的不毛之地過清苦的日子，多少都以最後晚餐的心情用餐，也都很盡興。

次日早餐過後，清水宏指定的劇組重要人員圍坐在飯店大廳東側的沙發座，以茶敘的方式和臺灣日日新報、興南新聞的記者聊了起來。訪談輕鬆愉快，大家都希望持續下去，無奈九點一到，所有人員還是得上車。

路況差，但車子開得快，兩輛巴士到了埔里街，在西門通的郡役所前停了頗久，除了讓劇組人員休息、上廁所外，佐藤才幹也著人搬了兩大袋雜糧上車。大概是駕駛個人的習慣，巴士重新上路後還是開得很快，山路傍溪，車子時而在碎石路面顛簸，車窗劇烈震動，車身好似要解體，巴士緊依山壁懸奔，有時在溪左，有時溪右。溪床寬闊，滿布沙石，一泓春水在溪央亂石堆中潺潺流動。佐藤才幹要司機放慢車速，車子慢了下來，但香蘭感覺暈眩。突然，「哇」地一聲，三村秀子吐了出來。坐在車掌位置的佐藤查問過後，發覺不少人身邊沒有嘔吐袋，於是拿了幾只叫屬下往後傳。乘員暈眩，司機歸疚車內油煙多，要求大家把車窗打開一些，隨後在較為空曠的地方停車。嘔吐似在蔓延，香蘭、清水宏和一些男女工作人員也都忍不住跑到隱蔽處解決。

吐完後，大家覺得舒服許多。車子再出發後不再這麼快，不斷爬升的過程中，顯示後勁不強，陡坡過盡，路面緩下來後，溪床不再滿目砂石，潺潺流水兩邊的水草更加豐美。巴士稍稍喘了口氣，再度爬升時，溪流已不知所蹤，無盡的山林淹沒一切，也吞掉了車子的活力。感覺好多了的香蘭還真希望巴士像不久前那樣蠻牛般地奔馳。

「啊！快到了。」

司機不耐地嚷著時，筋疲力盡的巴士似又在深重的林霧中踅回原方向繼續爬坡，抵消了原先的努力。雅子仰頭看向窗外：

「霧，迷失在山林中，我們的車子就迷失在霧氣裡了。」

「妳在做詩啊！」香蘭驚訝地望著雅子，「有徘句的味道呢。」

「我是有些感觸，剛剛河床寬廣，山霧有出路，就不容易聚集。現在河床不見了，一山高過一山，群山擠在一起，山谷的霧氣自然越積越多。」

雅子的這番話激起了車內同仁討論山霧的熱潮。香蘭從影四五年，來到深山拍攝，這還是第一遭，三四年前在承德拍攝《白蘭之歌》，基本上是在山下作業，和北京相比，承德只不過是坐落在比較高的台地上而已。這兒不僅是山地，而且是深山，是不久前才發生過慘絕人寰悲劇的山地。不過，就像中國人常說的「既來之，則安之」，她不再想太多。

註 1：小泉八雲（1850 － 1904）原籍希臘，原名 Patrick Lafcadio Hearn，童年隨父母赴愛爾蘭，後被母親遺棄，父親戰死，隻身赴英國旅行。1890 年前往日本，與島根縣松江中學的英語教師小泉節子結婚，1896 年歸化日本，改名小泉八雲。著有《日本雜記》、《骨董》、《怪談》等書。

5. 入鄉問俗 事件再探

巴士在兩旁木造住宅、商店的石礫路上緩緩移動，彷彿要車上乘客好好端詳霧社唯一的一條「街道」，沿途看了一些茅屋部落，香蘭第二次來到這個村落，看著眼前文明的景象，還是有些驚艷，兩輛巴士在霧社警察分室前停了下來，兩名警察上車後，郡守佐藤才幹把他們介紹給全車，看到上次接待過他們的霧社警察分室主任鳥居勇造，香蘭備覺親切。巴士繼續前行，一路上坡，在「鳥居」前停了下來。郡守佐藤才幹：

「神社到了。請各位先下車。」

一行人難掩倦容，下了車，鞠躬通過鳥居後仰看四五層樓高的石階，每人都有些腿軟。石階兩旁邊坡滿布雜草，被砍後的巨木殘株紛紛冒出小樹。雅子腳程很快，香蘭追了上去，到了石燈籠旁邊等慢慢上來的同夥。雅子：

「一路沒休息，好不容易到了，竟然先拜神。」

「都是這樣。每次出外景或演唱，遇有長官帶隊，一定是先參拜當地的神社或忠靈塔。多拜多福氣。」

香蘭說著和雅子相視而笑。待所有人到齊，佐藤才幹、安達柳和鳥居勇造領著大夥走進兩旁佇立石燈籠的參道。

偏遠荒村，神社雖簡單，但腹地廣，仗恃著背後的一片巨大的樟樹林，顯得神氣。大家依序在參道旁的洗手台洗手、漱口，繼續前行，參道兩旁一二十株，花兒凋零，新芽遍布的櫻樹，在香蘭和雅子心裡喚起了絲絲鄉愁。

大夥面對拜殿的神龕列好隊，攝影豬飼助太郎隨即架好攝影機。郡守佐藤才幹在攝影機鏡頭下，帶領大家鞠躬拍掌，再鞠躬，背著相機的鳥居勇造站在隊外，給整個過程拍了兩張照……最後由清水宏代表劇組把錢投入賽錢箱。

眾人集體參拜，行禮如儀，轆轆饑腸把每人從疲倦中轉醒過來。參拜完畢，多數人走向東邊排隊上廁所，有些人在西邊的小店買護身符，或四處走逛，漸漸地，神社邊坡越來越多人。神社居高臨下，前面大樹被砍光，山下綠濤中的一片片花紅盡收眼底。

在《莎韻之鐘》飾演蕃青的中川健三看著街屋旁邊山林裡，混在綠樹叢中的幾抹桃紅：

「沒想到在這炎熱的南國也可以看到櫻樹，雖然花多已謝了。」

「剛剛在車上我就看到了。」

童星中村實說著仰看旁邊的大人。

「真的啊？」香蘭望向路旁一處雜草叢生的荒地旁，襯映在幾棵枯樹邊的幾株還有幾朵白色殘花的吉野櫻和後面的一叢桃樹，「雖然無法和內地的櫻海比，但確實很難得，現在反而是桃花的季節。」

鳥居勇造主任走到大家的前面，手指前方：

「看到沒有。那邊的荒地以前是公學校，再過去一片綠中幾點紅白的是有名的櫻台。在這一帶住一段時日，看到的機會很多，可惜花季差不多過去了。」

大夥被催著走下參道，上了巴士，正是午餐時刻。

《莎韻之鐘》劇組的洗塵宴，設在這兒少數幾家餐廳當中，水準最高的「料理滋養軒霧社」，由佐藤才幹作東，他的隨員、安達柳課長、霧社警分室主任鳥居勇造和幾名警察作陪。餐廳的料理，劇組同仁都很滿意，為了紓壓，幾乎所有男士都喝了當地特產的小米酒或其他酒類。香蘭看見牆上掛著的斗笠，想起去年六月在開封柳園口黃河畔拍攝《黃河》時戴過的斗笠，她好奇地拿下端詳，老闆石井知道她是大明星，感覺與有榮焉，決定送給她。

餐宴中，大家談到電影拍攝的事，霧社警察分室主任鳥居勇造表示建在主要拍攝地櫻蕃社的劇組人員宿舍還沒驗收，希望劇組人員暫時安歇對面的櫻旅館。清水宏：

「正合我意。我來前就有一個想法，有幾場霧社的戲份，就住在霧社拍，拍完再走，不要兩頭跑。」

「現在先住個幾天，對霧社多了解一些會更好。」鳥居。

「總督府指定我們主戲在櫻蕃社拍攝，但外人只知道我們在霧社拍，沒有多少人會知道櫻蕃社。」清水宏一臉豪氣，「既然沾了霧社的光，我也希望我們團隊給霧社帶來一點人氣、繁榮。」

「那太好了。待會用完餐先到我的分室辦公室喝杯茶……」

鳥居說著，巡官高橋走到鳥居身邊耳語了幾句，鳥居起身向外走，開門看了一下立刻回座：

「外面很多人。」

「怪不得有點吵」

郡守佐藤才幹略顯緊張，站了起來，清水宏和鳥居跟著走了出去。佐藤看了一下人潮，女孩和小孩居多，稍稍放下心，鳥居望向坐在屋簷下方石椅上的青年：

「來看李香蘭的嗎？」

「噢唔！」

青年說著兩手食指伸向耳邊轉動，一臉滑稽。鳥居看向佐藤：

「應該是影迷。」

「我昨天在台中車站接人的時候見識過李香蘭的魅力。沒想到這種風也吹到深山裡了。」

佐藤才幹說完，和理蕃課長安達柳、清水宏、鳥居、助理導演野間、香蘭一干人商議的結果，除了認為應該回應外，直覺這種因緣際會是上天賜予的理蕃良機。

清水宏把他的構思告知同仁時，兩張椅子已擺在門口，經兩名同仁扶穩後，香蘭欠身站了上去，圍觀的男子發出「啞護」的叫聲，一般小孩和女孩都咧嘴笑開。他們相信站在椅子上的是李香蘭，期許獲得回應，心情自然燦亮。

「大家好，我是李香蘭。」香蘭鞠完躬，把斗笠取下貼在胸前，「託各位的福，很高興來到這個美麗的小山城，……我會在這個小山城工作一段時間，向你們學習，而你們也常可以看到我和一起工作的同仁，天氣這麼冷，不用特地跑到街上來看我……」

圍觀的人群笑了起來，香蘭把話打住時，鳥居一個箭步走到香蘭前側：

「沒什麼好看的，以後看的機會多的是。她和電影公司同仁都會在外面拍戲，很快就會看厭的。回去休息，等一下才有精神上課或工作。……好了，回去了。你們害李香蘭小姐站得腳都痠了呢。……」

鳥居劈哩啪啦講了一堆，訓話帶點幽默剛好搔到人們心裡的癢處，他大手一揮，大小朋友散去了一些，「封鎖線」也後退了不少，待劇組人員出來拍紀念照時，部落住民也都遠遠地觀看。長賴喜伴和牛田宏看到了熟面孔，趨前招呼，近衛敏明、若水娟子、三村秀子一些演員跟進和人群打招呼，把手伸出時，有些女學生反而笑著後退。劇組一邊親善，一邊向斜對面的警察分室走去，以女學生、婦女和兒童居多的人群也變得大方起來，香蘭走在後頭，握了不少手。

劇組人員都登上警察分室還算寬敞的辦公室，州理蕃課長安達和郡守佐藤逕自回到旅館沒上來。鳥居招呼大家就座後，每個人秤自己的斤兩，坐在沙發上或旁邊臨時移過來的座椅，有的站著接過在地雇員遞過來的茶水，觀察了一下便走到緣廊席地就座，望著被圍牆環抱的空曠前庭發呆。

鳥居坐著的大沙發後面牆上掛著一幅手繪的霧社轄區具象地形圖，吸引了坐在對面的近衛敏明的目光。近衛看著鳥居背後的地圖：

「那地圖，畫的吧？」

鳥居回頭仰視了一下：

「畫的，一位小學老師畫的。」

「什麼時候畫的？」

「好幾年了，或許超過十年了。我上任的時候就有了。」

「事件前畫的，還是事件後。」

「自然是事件後。事件發生時，這邊全都燒了。這個辦公室是事變後才蓋的。」

近衛再次端詳地圖中線條鮮明的山巒、水流。中川健三：

「公學校也燒了？」

「對。兇蕃若不燒，事後我們也一定要燒。」鳥居抬頭看了中川的平頭一眼，「那學校四五十個亡魂，而且大部份都是小孩。燒了後變成荒地，怨氣太重，給兒童太大的壓力，公學校只好遷到別處。反正這兒多的是土地。」

「當時分室裡面死傷慘嗎？」清水宏。

「那時分室的警察都在公學校支援運動會，留守的一兩個逃不了一死，最不幸的是槍枝被搶走，造成其他地方更大的傷亡。」

「這個地方這麼荒僻，發生了這種事情，晚上誰敢出去？」

雅子說完，大家笑出了幾許寒意。

「那幾年每年辦法會，就在斜對面死亡最慘的公學校廢墟舉行，總督府理蕃課或台中州理蕃課都會請內地的和尚來主持，聽說有一次是台北別院觀音禪堂主持。這幾年是平靜多了。」鳥居瞬了一下每人專注的神情，「你們也別太擔心，我們這兒警察局的警察不少，後面靠山那裡有軍營，軍警連成一氣，鎮得住陰煞。」

「那就甘脆叫軍隊搬到舊公學校那邊，不是更好嗎？」

雅子這一說頗引發側目。她自忖：不久前隨香蘭到上海拍片時，幾陷於孤立之外，隨香蘭在黃河畔、哈爾濱，或日本拍片時，習慣性的沉默也伴隨著沉悶，同仁同情她的低調的同時，也都很能欣賞她偶爾發出的議論。此刻，同仁清一色日籍，片子還沒開拍，劇組的活動還沒把她斥之於外，她確實很想表達一些意見，紓發一下悶氣。

「這幾年陰陽兩界相安無事，大家覺得這樣維持下去就好，也就沒人想做什麼特別的改變。」

鳥居主任說完，對佛教的儀程頗為了解的牛田宏道：

「佛教，不管教義，或法事也好，溝通陰陽是有它的一套。」

「是的，沒錯。蕃民那邊也有他們的巫術。最重要的還是，我們每天看著那塊陰地日曬雨淋，白天在那兒辦活動漸漸沒有了感覺，夜晚來了，大家才又感到恐懼，不過每天這樣一鬆一緊，不知不覺就適應了。」

鳥居這番話頗耐人尋思。既然來到這兒，不可能自外於那個事件的餘緒之外，香蘭也深覺有必要做一些心理建設，對於事件有自己的理解和看法。顯然是部落婦女的雇員又提著大水壺給每個人的杯子添加茶水。香蘭：

「花岡一郎和二郎也是在這……」

「哦！」鳥居理解香蘭的欲言又止，「一郎、二郎和他們的家屬 20 幾人是在東北方的花岡山自殺的，遺書是寫在宿舍的紙牆上。宿舍在這兒的後面。」

香蘭頭點了兩下，再看鳥居一眼：

「死在花岡山？」

「原本叫小富士山，看起來很像富士山。後來為了紀念他們就改稱花岡山。」鳥居喝了一口茶，嘴唇上的八字鬍抽動了一下，「一郎和二郎都是警察，也不愧於所受的日本的文明教育，他們忠於自己的良心，寧願殺自己也不願殺人。因為這種忠義，我們紀念他們。」

「他們遺書的照片我看過，幾百個字洋洋灑灑，寫得行雲流水，會成為這個事件的重要文獻。我覺得遺書所傳達的是他們族群很多人心裡的話。」

長賴喜伴說著眼神向鳥居流露著幾許徵詢的意味。鳥居：

「沒有錯。他們的遺書有相當的代表性。作亂的那幾個蕃社，莫那魯道父子和他們那一票兇蕃只是少數，但少數挾持多數，以一郎和二郎為代表，老弱婦孺居多的善良蕃民，都以自殺收場。這種自殺其實是死諫，意思是敬告那些兇蕃，『你們那樣亂殺亂砍，連嬰兒都不放過，只會讓大家，讓整個部族活不下去。』

花岡一郎和二郎人性的輝芒給整起悲慘的事件抹上一層生命的莊嚴，鳥居看著每人臉上的慘怛：

「很多蕃童上吊，是因為媽媽上吊，沒辦法。一郎、二郎和上百位蕃婦的選擇，我個人很感佩，也很尊敬。往往這樣：丈夫強悍而殘暴，是兇蕃，但做妻子的，溫馴中帶有堅定的意志。」

香蘭不能不想到小時候聽聞過的撫順平頂山慘案。這個被軍方刻意淹滅，很多人一知半解，但不願揭開，或不敢面對的歷史創傷，一直沒有人討論，終究變成傳聞。霧社事件過程長，紙包不住火，經報紙披露後，成為恆久的話題，現在大家議論紛紛，茶水入口，好似血淌肺腑。想來生蕃出草，人頭須臾落地，日人行刑，手起刀落，也是身首異處。這些慘景伴隨著集體自殺的悲涼和無奈，記憶未遠的當下，大家努力重建生活和人與人間的互信，總算找回了一些失落的尊嚴和活下去的能耐。香蘭想著心頭的緊繃稍稍緩和了下來。

「很多民族都是這樣，男方兇殘霸道時，女性總是特別溫柔。我認為⋯⋯」香蘭意有所指，看著大家有些尷尬的臉顏，「我覺得悲劇已經發生了，但血不能白流，人命不能白丟，這個事件固然起因於人性的醜陋，但多找到一點光明面，想到有些人是犧牲自己，成全大眾，就可以減少一分對於這個事件的恐懼吧。」

「李香蘭講得沒錯，不要笑。這是很多人的經驗，很多人走暗路時，滿腦都是鬼，恐懼到極點時想到一郎、二郎的菩薩心，心中自然升起菩薩，安心了一些。」

鳥居說著時，沙發旁邊的座椅空了不少。一些劇組人員不知幾時離開位子跑到外面的緣廊，或和辦公室其他巡查聊天。不過，坐著的人依舊固著在頗有人文氣息的談論中，鳥居見大家心裡有些沉重：

「別想太多，你們的櫻蕃社單純、乾淨多了，不會有這麼多亂七八糟的事，過兩天放心搬過去住。」

在座的劇組要角默默點頭，表示同意。清水宏：

「主任說得沒錯，總督府要我們在霧社拍電影，而不是在莎韻的故鄉蘇澳郡利有亨社，主要就是要彰顯霧社理蕃有成，皇民化成功。」

「霧社本來就是蕃地的模範村，當年裕仁皇太子才會特別臨幸，那知 13 年前發生慘劇，人間天堂變地獄。現在你們來拍電影，幫助我們重新建立招牌，霧社真是有福了。」

鳥居說完，電話鈴響了，他起身走向辦公桌，應諾了幾聲，又回到沙發座：

「是台中州理蕃課副課長找他課長，清水兄，待會你們到旅館如看到安達課長，告知一下，旅館電話如不方便，到我這兒打也可以。」

「我看時間差不多了，打攪了這麼久。」清水宏。

「我還有最後兩句話。」鳥居再次開口，讓剛剛捨離座位的客人重新落座，「剛剛用餐時，有人提議去當年戰鬥最激烈，死亡最多的馬赫坡叢林探險，千萬別去，別去自找麻煩，花岡山也不要去。那些地方都是被蕃民詛咒的地方。記住千萬別去。」

隸屬台中州廳，這兩天服務松竹員工的巴士，一輛一大早便載著一些人先回台中，另一輛一個時辰過後也要回去，不過還是給劇組人員做最後的服務。霧社蕃產交易所在神社後面的山丘，巴士把松竹拍攝團隊部份成員載上山，順便採買一些山產。攝影團的來到給交易所帶來小小的騷動。陪同前來的警察秋田在不打攪蕃民交易的情況下，向他們說明交易所的情況。香蘭看著一個人用一圓五角的價錢買下一隻山羊；在秋田的事後說明下，大家都看到一名婦人用一袋薯榔換來兩隻蕃鴨。雅子看著很像山芋的塊根狀果實：

「那是什麼？」

「是薯榔，蕃民叫卡馬嘎斯，切成細片煮開後可用來染紅布料。」

秋田說著走向守著兩個雞籠的蕃婦，從手提袋取出一包糖，幾句簡單的日語，便和蕃婦交換兩隻肥大的母雞。

攝影團隊承受太多渴求購買的眼光，他們看著擺出來的果菜，曬乾脫水的木耳、香菇、竹筍，或球莖類的番薯、芋頭，實在不知道該怎麼處理，都沒有人出手購買，輪番看著待價而估的羊鹿、雞鴨，甚至飛鼠、老鼠，漸覺不好意思，不久便隨著巴士下山了。

揮別了巴士和郡守佐藤才幹、州理蕃課長安達柳，攝影團隊在牛田宏和長瀨喜伴的帶領下走向霧峰唯一條街街尾的村長女兒家。劇組人員或者說香蘭引發的騷動已大為減少，他們沿著街道往南走時，還是引發路人的側目，道路兩旁的住民難免停下工作看著他們走過，但不會追著走。

村長女兒的蕃服店坐落街道旁，帶有日式風的木造平房比一般村落的茅草高架竹屋更具現代感。沙發座左邊擺放三排高砂裝，櫃檯前面的矮櫃擺著各種飾品、衣服配件。名叫悠瑪的女主人看見久違的老朋友牛田宏和長瀨喜伴，張開雙手輕輕擁抱，和諸演員握手問候時，也是熱情有餘，展現了走在時代前端的蕃婦的一面。悠瑪的日語還算流暢，很親切地用山茶水招待十餘名來客，同時面向一對盛裝的少女和壯丁，從頭到腳介紹整套蕃服，讓來客開眼界。

這間小店開放來客選購試穿時，剛剛那兩名模特兒立刻變身店員，清水宏主動找悠瑪問各種事情，劇組成員購衣事交服裝師柴田鐵造處理。柴田先要求男女演員各挑一套春衣和夏服作為戲服，劇組其他人先只看不挑。光是這一舉措也讓這間不算太大的店家忙翻。男演員選好了衣服，借用屋角或隱蔽處，由壯丁協助換裝即可，女演員決定好衣服，由少女帶進內室換穿，包裝好買下後，柴田還得用筆標識。柴田開放非演員選衣時，強調每人選購一套春裝或夏裝的，由公費支出，個人超買部份自己付費。悠瑪令兩名壯丁從內室搬出一堆男女蕃服，選衣、試穿再掀熱潮。

近中午時分，蕃服的挑選告一段落，攝影團隊成員先後離店自行走到「滋養軒」。用餐時，香蘭有點食不知味，剛剛試裝時，部落女性服飾的那種單純、鮮明的色彩依舊在她腦裡浮動，她不是很喜歡那種稚拙的設計，也知道那些織物都非機器的產物，反芻那種一針一線編織成的簡單風情時，頗能理解仕女編織時的辛苦和工作的繁複。

清水宏希望趕快進入狀況，不斷探詢各種情況，警察秋田和悠瑪一樣，儘量釋疑。

「可以請蕃民代勞的也不用客氣。你給他們工作，付給他們合理的報酬，他們會很樂意，不用擔心會被認為是在役使他們。有沒有？你過幾天搬到櫻社，請他們用竹簍背著食物過去，給他們一角兩角，他們會很高興。我會請分室裡面的雇員列出一張勞務給付的清單給你們做參考。」

秋田說著，清水宏頻點頭：

「總督府也希望我多雇用他們當臨演，希望用這個來改善內地人和在地人的關係。」

「就是這樣。背東西這種工作對他們來說就像當臨演那樣輕鬆。這和上坡下坡扛木頭，扛不好還要挨鞭子不一樣。」

聽了秋田警察的警語，清水宏沒有回應。他只是在心裡審酌，造成霧社事件的這種奴工創傷除了深深烙印在起事的賽德克族之外，也烙在其他部族之中。他不時聽到這種控訴，相信自己永遠不會犯下這種天條，自然會更加謹慎地處理和部落居民之間的一切。

「你剛剛提到一個問題，我也覺得你是多慮了。」秋田警看著向窗邊另一桌在地食客招呼的老闆石井，再正視清水，「你說你的攝影隊要自己清除拍攝場地或道路上的雜質。基本上這兒路上沒有玻璃、鐵釘或磚屑這種會刺人的雜物，蕃民每天打赤腳走來走去，早把路面磨平了。」

「或許我是用東京人的觀點看待這兒的一切。」

清水宏歉然說完，秋田把椅子後仰，深深看了清水宏小圓帽下那胖碩黝黑的臉：

「雖然你的很多想法被我推翻，但你處處替蕃民設想，一定可以很圓滿地處理好日蕃關係。」

清水宏默默領受這種安慰，心裡還是繫念著演員的順利治裝。

用完餐後，松竹團隊前往街尾的金墩商店買了一些生活用品，再到對面的悠瑪衣飾店繼續購衣裝。劇組成員儘量當場購買，遇有尺寸差太多的才向悠瑪訂製。不久，悠瑪著人搬出一堆披肩、公主帽、頭飾、腿飾、網袋、假蕃刀和其他配件，自己推薦了很多飾品，清水宏和相關人員討論過後，認為劇情需要的才買，個人要買的得自己付費。團隊治裝進入尾聲，清水宏看向悠瑪：

「看來妳的店生意不錯嘛。」

「您在開玩笑，你的劇組來這裡演戲買衣衫，對我們來說是百年一遇，平常是沒什麼客人，這個店幾乎是呈休息狀態。」悠瑪看著店裡面走走看看的客人，「這裡部落的住民都是自己織布自己製衣，開這個店只是給大家方便，比如碰到學校舉行慶祝會，學生或青年團要表演時，我們就可以提供足夠的服裝。」

「妳這個店或許開在城鎮會比較好。」

「沒錯。我這幾年勤跑的結果，埔里街或南投街的一些蕃服店都會向我的店採購，好像我這店也開在城鎮一樣。」

「那很好。」

兩人朝人多的裡門移步。原來很多人聚在門裡門外，觀看裡間三位婦女織布，攝影師豬飼助太郎趁機拍攝一些畫面。剛剛充當模特兒和店員的少女也坐在裡面手腳並用地織布。悠瑪看著笑了起來：

「你們看這位女士把織好的經線套在很像箱子的踏板上，踏板用腳頂在牆上，她手上拿著的梭子纏繞著緯線，梭子穿過經線，再用刀狀的打緯棒往下壓，就是要把緯線壓得密實……」

劇組人員聽得似懂非懂，悠瑪繼續說：

「部落女子織布，看似原始，實際很複雜，現在時間不多了，你們如果有興趣的話，我叫她們示範再講解，會比較容易理解。」

「我們就要回去了。」清水宏轉身，走回店面，「你們是一貫作業嗎？」

「一貫作業？」

「就是織布、製衣和販售，都自己來。」

「衣服大都向家庭買，或是我們需要什麼花樣、規格，向他們下訂。」悠瑪腦筋轉了一下，「哦！剛剛你們看到織布的那兩位年紀稍大的婦人本身就是店員，一般蕃社居民來買衣的話，她們就會出來招呼，讓我休息一下。」

大家走到店門口，牛田宏轉身面向同仁：

「那示範服裝的少女和小夥子是老闆娘的一對兒女。」

大夥閃現吃驚的模樣，但想想又覺得合情合理。若水絹子：

「布的原料來自苧麻吧。」

「不錯，對極了。我們土語叫咖技。是用竹子刮取纖維再加工製成布的。」

「麻纖維的顏色都是植物染成的？」

島崎潑發問後，悠瑪再次解釋：

「沒有錯。有一個例外，纖維埋在近黑色的爛泥裡大約一個禮拜，取出就成為黑線。」

大家發出一個小小的驚呼的同時，對於這一天的所見所聞感到滿意。

6. 探視泰木 移住櫻社

晚餐時刻，霧社警察分室主任鳥居把下屬秋田早上買的兩隻雞交滋養軒宰殺，給大家加菜。鳥居關心《莎韻之鐘》劇組搬到櫻社之後的生活，建議剛開始時，主糧、副食由分室協助張羅再運過去，糧費、運費分室先付，劇組每周一再結清。

「那邊駐在所五六個人的主食都是我們包辦，已行之有年，等環境熟了，副食自己買也可以。」

「就這麼辦吧。」清水宏。

「炊事方面，是要請蕃婦？還是自己來？」

「當然自己來。李香蘭助理雅子在這方面經驗很多。」

清水宏把厚見雅子抖了出來，雅子只好回味往事：

「一般是劇組人力精打細算，騰出一些人力，比如有些助理、輪空的演員晚一點到拍攝現場，然後支援炊煮。沒有煤球，燒木柴，一開始大家忙成一團，很亂，但不太影響戲的拍攝。一兩個禮拜後，比較順手了，需要的人力就大大減少了。」

「炊煮的事就交給妳了，炊事小組名單，我再斟酌一下。隨時作機動調整。」

生活的事一件件有解，清水宏感覺踏實多了。第二天，他們再次前往隔壁的四倉商店，買了一些生活用具攜回旅館。四倉商店由日本人開設，也賣一些蕃服和配件，但太貴了，清水宏依兩位編劇的建議還是選擇在悠瑪的店一次購足。隨後清水宏依計畫帶著九位重要的同仁前往分室旁邊的警眷宿舍拜訪在霧社事件中被殺的警分室主任佐塚愛祐的遺孀亞娃依泰木，其餘的留在旅館休息。

亞娃依泰木在丈夫被殺後，因為是警眷，得以免於被流徙到川中島，但因為丈夫佐塚愛祐生前虐蕃，導致霧社事件，在故鄉白狗蕃駐在所擔任雇員時還是被人指指點點，導致精神失常，火燒駐在所，事後警所並沒有追究她的刑責，把她短暫拘禁後，幫她在霧社找到一處傳統屋舍，最後還讓她一家移住警眷宿舍。

亞娃依希望忘了自己是賽德克人，和她相處久了，她的鄰居或朋友也時常忘了她是賽德克人，賽德克族可怕的回憶漸漸地放過她，她開始憧憬子女的未來。她的子女在日警叔伯的呵護下成長，都嚮往日本，也跟丈夫在內地日本的親人有了連繫。她自忖，即使丈夫仍在世，婚約早就失效，丈夫既死，她更不可能北渡日本，死後一定得返歸祖靈，但樂見兒女回到大神的國度日本。

清水宏一行主要是做禮貌性的拜會，他們知道不能提霧社事件和相關的話題，也要避開日蕃之間的敏感地帶，他帶著兩罐山豬醃肉和兩瓶白米酒敲過門後在佐塚宅外等著時，以為嘘寒問暖一番就可以走人。門開了，驚見亞娃依次女佐塚豐子一身亮麗的和服鞠躬相迎，心頭就像花朵盛放一樣，有新的盤算。

簡單的竹製沙發組坐不下所有來客，豐子和其母只好急急搬來幾張凳子。亞娃依看來開心，但話不多，面對來客的關心和詢問，多以簡語和微笑回答。佐塚豐子話興很高，向來客詢問了日本的點點滴滴，聽過後，立刻把話題導入主題：

「你們來拍電影，姊姊應該知道。」

「令姊佐和子小姐最近都在唱〈莎韻之鐘〉。」若水絹子。

「只在台灣各大城市唱，總督長谷川清要她唱的，因為不是原唱，她到日本時也不太唱。」豐子欠身笑看李香蘭，「姊姊一直希望有機會和妳見面，就唱歌一事向妳討教。」

「那裡，不敢當，令姊受過完整的學校聲樂訓練，我嘛！到處打游擊，跟過幾位老師，但學藝不精……」

大家都知道香蘭謙遜自持，但她也只能這樣說，牛田宏不忍亞娃依沉默太久：「令媛佐和子現在在那兒？」

「還是豐子比較清楚。」

亞娃依說著朝豐子眨了一下眼。豐子：

「現在不知道是在台北還是東京，通常接到信後才比較清楚。」豐子朝旁邊的媽媽亞娃依看了一下，「姊姊東京音樂學校畢業的時候很想到法國留學，結果……」

「這個不要講。」

亞娃依口手並用地打斷女兒的話，場面有些尷尬。沒有人知道這對母女之間有什麼爭議，長瀨喜伴：

「現在世界大亂，法國已經被德國滅了，現在該不會也想去吧？」

「六七年前還沒這麼亂，錯過那次機會就沒有了。」

豐子說著，主客沉默了一會。牛田宏：

「除了令姊之外，令兄昌男也很有名呢。」

「真的嗎？」

「他幾年前被徵召入伍，大概就是莎韻落水身亡的那個年頭，報紙大幅報導，因為是高砂青年第一次為國出征。」

「報紙登很大，那也是一下子而已，你剛好看到。」豐子笑了起來，「他現在只是一般百姓，在台中農業改良所工作。」

「那很好啊，農業改良所就是培養農業種子的地方。」近衛敏明呼吸著南國四月初山地冷冽的室內空氣，「累積了一些經驗和知識後回霧社，可以幫助更多在地農人。」

「他安定了一陣，最近心情又浮動了起來。」

「哦？」近衛。

「他一位同仁，跟他一樣，已經退役了。結果最近又應召當兵了。」

「這是年輕男子難逃的時代宿命，我們正要拍的電影就是以這為主題。」清水宏避談長谷川清總督強調的高砂或內地青年的愛國行動，很技巧地導引豐子的眼神望向顴骨凸出，黝黑，很像高砂族的中川健三，「我們的中川兄就是飾演遠征南太平洋的高砂青年。」

「了不起。」豐子端詳了中川健三幾眼，「真的很像在山林裡長大的青年。」

舉座大笑，中川也難得害羞地低下頭。

在亞娃依家作客時間遠超過預期，清水宏決定提早用餐，並邀亞娃依母女作陪，亞娃依一直婉拒，經女兒力勸始勉強答應。

大夥在滋養軒落座，亞娃依聽著大家熱絡的交談，困窘漸漸消散。豐子一派閒適，身上的和服也停駐了不少目光。在香蘭眼裡，豐子明亮的和服柔化了她有些黝黑的膚色，愉悅的神情和衣衫的亮麗相襯映，看起來真的是一位櫻花姑娘。豐子舉起清水半滿的茶杯，向大家致意：

「剛剛不好意思。都沒有招待你們。」

「那裡，那裡。我們這麼多人突然殺到，害妳們措手不及。」

拜訪亞娃依前，清水宏請鳥居主任代為傳話，幾乎是打亂了亞娃依母女的作息，清水覺得不好意思。這些枝微小事，沒有人想到，更沒有人在意。餐會簡單，亞娃依母女吃得爽口。劇組人員雖也吃得愉快，但飯後，發覺電影開拍前，一堆雜事千頭萬緒，未免有些沮喪。劇組人員回到旅館略事休息，清水宏開始執行下午的計畫，他要求買有蕃服的人員，尤其是飾演部落居民的演員儘量著蕃服，而且打赤腳。

集合時間到了，人員陸續到齊。五六位演部落居民的都著蕃服，其他演員和工作人員也有三四成如此，其他人嫌天冷，還是平日的打扮。清水宏很想看看李香蘭和三村秀子的模樣，看了一眼三村秀子和香蘭一身色彩繽紛的蕃服和只打著綁腿的小腿。

「不冷嗎？會冷的話改穿長褲也行。」

「在哈爾濱冷慣了。這裡還好。」香蘭。

「太勇了。妳不再飾演藝術天份很高的富家千金，現在是活潑、有點野的蕃社姑娘了。」

「我一直很期待呢。」

下午要前往的櫻台和霧社水庫是霧社最有名的景點，尤其是後者，是電影劇本重要的拍攝現場。清水宏一行先到櫻台，香蘭十多年來第一次赤足在外走長路，感覺新鮮、刺激，到櫻台的路容易走，接續到水庫，要上一段崎嶇難行的坡，對她或三村秀子的赤腳來說，確實是磨練。整支隊伍由長瀨喜伴領隊，下了坡，走下一段水泥階梯後往鋼筋水泥平台移動，隨後坐了下來。由於雨季還沒開始，湖面的水不甚滿，寬闊湖面的北段依舊是裸露的砂石。和香蘭坐在一起的近衛敏明伸頭望向稍遠處的長瀨喜伴：

「劇本裡面對部落女性居民來說是禁忌的湖，就在這裡取景？」

「沒有錯。這是台灣有名的濁水溪的支流，南端築壩截流形成湖面。」

「泰雅族真有這種禁忌嗎？」

「虛構的。」

大家望著長瀨笑開。長瀨繼續說：

「原始部落禁忌多，虛設一個更能彰顯原始部族的神秘。」

香蘭和近衛都點頭表示同意。近衛：

「長瀨兄，你編的劇本總會安排小朋友演出，像上次的《迎春花》……」

「我想起來了，一對滿洲小姊弟，名字倒忘了。」長瀨望向近衛，腦海浮現那對小「姊弟」的身影，「現在這部戲就一票小孩子，部落的小孩子像羊群一樣，常常集體行動，這是我和牛田兄來這邊取材得到的心得。」

長瀨的話，大家心領神會。他說完眼望水庫另一邊的山林，隨即和清水宏聊了開來。近衛瞅了香蘭一眼：

「上次和妳合演剛好是去年這時候，感覺好像是很久以前的事。」

「我也有同感。從那以後，我大概演了五部電影，一部電影就是一個人生，等於是隔了五世代。你也差不多吧。」

近衛吸了一口氣，嗅著遠處飄來的四月桃的香氣：

「《迎春花》的那一對姊弟，演姊姊的也演我的中文家教的那位，名字忘了。」

「……叫曹佩箴吧。」

「對！對！實在是很可愛。現在不知怎樣了？」

「她童星出身，還很年輕，現在比我剛出道的時候還年輕，也開始受到重用。你對她存有幻想？」

近衛敏明笑了起來：

「我是故意引妳說出這種話。大環境如此，早就不思女色了。事實上，我心裡有一種擾動，常常感覺自己正在掙脫軍國主義的思維。軍國主義表現在種族歧視上最為明顯。」

「事實上你並沒有掙脫什麼，我的意思是，你一直沒有被什麼束縛著，你的言談舉止總是一派優雅。」

「談不上優雅，只是心裡會有那種不安，不夠自信。總覺得大環境的影響太巨大了。」

「你真不愧是誠實青年。」

近衛想著電影界對他演出角色的歸類，很多人不喜歡這種標籤，但他對電影沒有太大的野心，這種標籤反而代表著他一定的行情。近衛看向走過來的清水宏：

「清水宏兄幾年前導的《風中的小孩》才是最典型的小孩子的電影……」

被近衛敏明這一說，清水宏掛著笑臉停下腳步，香蘭挪了一下位置，讓他坐下：

「恕我孤陋寡聞。最近才知道您是蜚聲國內的小朋友電影名導。」

「就導過兩部以小朋友為中心的戲，但不想被定型。」清水宏瞬了一眼左邊的近衛，「《風中的小孩》裡頭的兩兄弟就像現在要拍的《莎韻之鐘》的他雅一樣，是小孩王，尤其是弟弟三平，振臂一呼，一群小孩就跟著呼嘯奔跑，像一陣狂風吹過小鎮。」

「那部電影，我印象是老大比較穩重，老二和老三三平比較狂野，老是製造狀況。」

「沒有錯。老大善太比較喜歡讀書，沉迷在《魯賓遜漂流記》。」清水宏身子往後退了一點，側著身尋找童星中村實的身影，「那老二和老三三平醉心當泰山，喜歡冒險。這種搭配帶來很好的娛樂效果。」

中村實的尖叫聲傳了過來，原來他在右前方大樟樹下和若水絹子、三村秀子玩鬧。清水宏：

「我剛剛提到《風中的小孩》中的老二和老三，在《莎韻之鐘》中，中村實很頑皮，像老三三平，但隨後想了一下，在這部電影中，李香蘭演的莎韻才是真正的小孩王，是善太和三平的合體，呼喚小孩，一呼百應，除了帶領小孩，還會教小孩，把小朋友弄得服服貼貼。」

被導演這樣一說，香蘭低頭，近衛沉思，三人一時不知該說什麼。島崎潑走了過來，把背包遞給清水，清水順勢站起，隨著島崎走回隊伍的後面，準備待會繼續前行。近衛看了一下手錶，休息時間快結束了，隊伍中有些人站了起來，隨後再面向香蘭：

「我現在終於覺得演電影，人的思維會變得比較自由，會跨越本位主義。像清水宏導過孩童的電影，就比較有童心。我在《迎春花》和滿洲人互動，在《莎韻之鐘》和台灣高砂族互動，也算擴大了心胸。妳呢，路更寬廣了，有時直接演中國人、滿洲人、台灣高砂族，甚至半個俄羅斯人。」

「也演過印度舞女，在榎本健一的《孫悟空》演出過，也演過日本、朝鮮女孩……」

「就是嘛！妳簡直就是一位亞洲人，包容各民族，可以是一個和平的使者。」

一夥人遠足歸來，從壩頂往下走，近衛敏明隨手揀了一根樹枝，折斷一些細枝後當拐杖，很紳仕地點著地往下走，島崎潑揀了一根，覺得不適合，隨手便丟棄。「妳現在是活潑、有點野的蕃社姑娘了。」導演剛剛講的話浮現香蘭腦海，她彈起右腳，立刻超前兩人，過了緩降坡，遇急降坡，她還是觸樹摸藤，步步為營。到了緩坡，她的野性又解放了，三步併作兩步，急行了一陣，「好腳力，但小心啊！」

牛田宏的警告言猶在耳，腳脛被細藤拌了一下，踉蹌兩三步，身體往前猛撲，右膝擦撞到地面。

「啊！」隨著眾人的驚呼，香蘭痛得身體在地上扭成一團。她用手撐離地面時，若水絹子和三村秀子合力把她拉了起來。香蘭右膝一塊紅腫，滲出不少血，香蘭從口袋取出手絹擦掉流出的血跡，一名山青有意背她下山，但香蘭猛搖頭：

「走慢一點還可以。」

「若水扶著她走好了。」

牛田宏說著，近衛直呼不可：

「這樣走山路結果兩人都會摔倒。我的木仗給妳用。」

近衛的木仗太長了，他試著折斷一時又斷不了時，大山健二急急找到一根比較短的，試試韌性後交給香蘭。

走了一段路，香蘭覺得好些，不再這麼痛。但第一位進醫務所，她覺得丟臉。

醫務所的石川醫師受過醫療訓練，知道香蘭盛名，看過她的腿傷後，安慰她這種小傷很快就好，不會留疤，不影響演出。石川在傷口抹上消毒水時，香蘭咬緊牙根，護士林小姐抓住她的小腿，由石川抹上濃紫的碘酒時，香蘭痛得快哭出來。

重重的腳步聲和喘氣聲把香蘭的苦楚淡化了一些，石川「啊」的一聲，香蘭睜開雙眼，陪伴香蘭的四名劇組人員也把眼光投向抱著一肚子血的壯年土著。

石川趕緊讓肚血男躺在另一張床上，交代林小姐給香蘭包紮後，立刻診斷新病號。林小姐要求香蘭躺著休息一會，陪伴的清水、近衛、島崎和三村也不希望太早離去。他們從肚血男和石川的對話知道，肚血男住北方的羅多夫社，捕捉山豬時肚子被豬的獠牙刺傷，只好翻山越嶺到醫療比較好的霧社就醫。石川給肚血男縫合傷口時，打了少許麻藥，縫好後，肚血男沒有接受石川休息一下的建議，從床上坐起便向醫護道謝拔腿而去。這一切，香蘭看在眼裡，暗自驚服，也自覺忸愧，領了藥向醫護致過謝，也就趕快回旅館了。

……………………………………………………………

總督府贈送的棉被和毛毯早已送到櫻社，由駐在所代為保管。這天早上，松竹攝影隊整裝出發前往櫻社。有的蕃青把兩個大行李綁在竹架上，背起負重的竹架時整個身體被壓成弓形，清水宏看不下去，寧願多雇幾位搬運伕。一個大行李最多搭配一個小背包，背起來就沒這麼殘酷。八九名部落青壯年先行，劇組人員跟在後，健壯的男士，如中川健三、島崎潑、近衛敏明，還是提攜自己的大行李，其餘男女也都提著或背著大包小包，香蘭的腳傷經過兩天的靜養，已經結疤，走起路來沒多大大礙，還是跟許多女子一樣，拄著拐仗助行。整支隊伍最後由牛田宏和長瀨喜伴押隊。內地人，有的站在路邊或門口揮手送行，有的看著他們離開。部落居民不禁想起十多年前，他們奉命遷到這兒的過程，這支搬遷隊伍誠然小了很多，但乾淨多了，而且搖曳著幸福感。

兩三公里的路不算太長，一開始兩旁樹林遠遠的，視野寬闊，但一路上坡，藉著一小段緩坡稍稍喘口氣，又是一段長坡，走得大家氣喘如牛，寒風吹來，身體散發出來的暖意暫解一點疲憊。長坡盡處，密林無限，小徑幾乎被鬱林吞沒，前不見光，後不見路。香蘭想，如非這麼多人，一人身陷此處，必感孤絕，心生恐懼。好在此處高低起伏不大，大家跟著部落挑伕的腳步，穩當地趕路。一段長坡下去，又是辛苦的上坡。坡路漸緩，牛田宏：

「走了一半路，最困難的路段過去了。」

事實上，覆蓋小徑的林木不再這麼密，鳥啼獸鳴依稀可聞。隊伍拉得太長，清水宏要求挑伕暫停腳步，待隊伍拉近，大家趁機休息時又飽受山蚊的攻擊。導演清水宏前來關心香蘭的傷腳，發覺她的右膝的痂明顯皸裂：

「痛不痛？」

「還好，不痛。」

三村秀子保管醫療箱，即刻給她包紮傷口。片刻後，被白色紗布和繃帶包覆的傷口看來安穩多了。

開始下坡時，香蘭被安排在中川健三和島崎潑的中間，有了雙重保護，香蘭心裡安堵了些，步履更加小心，休息時微疼的右膝很快便止痛。清水宏要求大家下坡小心，人人步步為營，汗熱驅退了四月寒，走在樹蔭下，汗水遇風又變成沁膚涼。山風送來陣陣花香，山腰桃紅櫻白再現春景，到達櫻蕃社宿處時，清水宏檢視香蘭膝傷，發覺並沒有惡化，囑她多休息。

7. 部落迎賓 圍뼺歡慶

櫻蕃社，或者說櫻社，無愧其名，櫻樹尋常見，只是還沒密集成團，花期也才剛剛過去，劇組住的三間新宿舍坐落駐在所後方，和五間警察宿舍連成一氣，也與疏落的蕃舍遙相對應。這三間新舍，雖由總督府委託能高郡役所構築，但土地屬駐在所，劇組離開後可望無償撥給駐在所，可有效紓解兩戶警眷共住一舍的問題。這三棟宿舍，除了有各自的廚房和浴室外，還設有一間磚砌的公共爐灶。女性成員分配到一棟，房間定調後，香蘭和雅子共住一間，開始頭痛的生活用品歸位，整理房間時，雅子要求香蘭休息養傷，她一人勤奮打理。正整理時，兩名伙頭軍成員把兩大袋鍋盤碗筷搬了過來，雅子和場記德永美子合力把廚具倒在房間的榻榻米上，開始分配。基本上這些廚具和食油、醬油、糖、鹽都擺在公共爐灶。個人使用的碗筷和湯匙，經過雅子和美子配發出去後，由使用人自己保管。小米、玉米一些食糧暫時儲放女舍。

駐在所共有十幾名警察，是櫻社唯一的官署，日本人居多，對於總督府的紅人－近 20 名松竹拍攝小組人員的新來乍到，自然非盡一點地主之誼不可。於是每戶人家準備兩三道菜，全部搬到駐在所擺設，由於駐在所能擺放的地方用盡了，所以一般家小都在家裡用餐，出席歡迎宴的都是當警察的戶長。

《莎韻之鐘》劇本裡面，影射蘇澳郡利有亨社駐在所人員的只有村井部長和警手武田兩名警察。編劇長瀨和牛田在寫作取材時，跟櫻蕃社駐在所巡查部長品川提過劇情梗概，現在攝影團來到，品川拿到劇本看了一下，看到駐在所編制比牛田提過的還少，竟只有兩人，感覺詫異。他看向大山健二：

「你演村井部長，相當於我，男主角近衛敏明演警手相當於我駐在所裡面的深井，怪怪的。我下面甲種巡查有三人，乙種兩人，警手四人，近衛的角色要對應誰？」

「他也可以代表所有警察，劇情的重心在莎韻這個女孩身上，觀眾的眼睛隨著鏡頭轉，對駐在所一瞥的印象剛好就是兩個警察。另外，近衛敏明演出的警手武田，是真實故事裡頭的田北正記。田北正記和莎韻一樣，是真有其人……」

清水宏還沒說完，品川急急問道：

「為什麼田北正記要改名武田正樹？」

「劇本裡頭的莎韻、那米娜和武田是真有其人。」清水宏有些不耐：

「莎韻死了，那米娜本人，我們見過，也徵求她的同意……」

「那就是說，田北正記還活著，但沒見過本人，無法徵求同意，所以改個名……」

品川部長知道導演或編劇不喜歡解釋劇本的細節，他相信莫那和三郎的角色很可能就是編劇虛構的。

「部長英明，沒錯。」

清水說著，品川笑了起來：

「恕我多嘴。是不是有機會藉著鏡頭，讓一個駐在所的陣容顯示出來。」

「有這種機會。戲尾給警手武田的送行宴，大家坐滿一個長桌，會安排一些臨演。啊！就是貴所的警察，坐在裡頭亮個相就可以了。」

「沒事，我只是隨便說說，戲歸戲，現實歸現實，我們很了解。我的人員當然隨時聽候差遣。」

「還有一點。這裡不比大城市有攝影棚，有時拍室內戲時，可能要暫時借用貴所辦公室。」清水宏想到了長瀨喜伴的提議，「或許品川兄可以協助召集青年或農民。很多場面的拍攝都非常需要他們幫忙。」

品川一口允諾。

由雅子負責的炊事組急著做出第一餐，在警手深井和馬歐的帶領下，雅子一行走看這兒的蕃產交易所。馬歐是蕃警，被聘為警手，頗感自豪，一直希望有所表現。蕃產交易所就在村莊旁，不像霧社設在老遠的山上，雖然已經收市，但旁邊有幾家小店。炊事組買了一些蔬菜、木柴和電土。馬歐指出，用這種電土加水，容易點燃，是生火的利器。深井建議買 20 只竹盤，發給每一人，迎賓會時用來裝食物，吃得也比較放心。

炊事組搞好了以小米粥為主食的第一餐，但清水宏和香蘭、牛田宏、島崎潑被駐在所請去用餐，和村長瓦西同席，為了和櫻社居民充份合作，清水自然代表劇組接受第二天村長，也就是部落頭目瓦西主辦的歡迎宴。瓦西的額頭和下巴紋成一塊青黑，從皺紋滿面的臉孔擠出的一對小眼精靈地望著香蘭，脫口日語：

「妳長得很像我女兒。」

香蘭一臉尷尬，望向牛田：

「開服裝店的悠瑪？」

「不是。霧社和蕃櫻社不同部落。」牛田。

瓦西不解他們對話些什麼，還是看向香蘭：

「明天的出草慶祝，妳一定要來當貴賓。」

「出草慶祝會？總督府不是早就禁止他們出草了嗎？」

香蘭說著餘驚蕩漾，巡查部長品川略顯尷尬：

「蕃民傳承了千年的習慣一時要完全根絕不容易，總督明令禁絕後，已大為減少，現在允許他們偶爾為之，各地都如此。現在要緊的是把他們感化成皇民，高砂義勇軍到海外殺敵當出草，就算改造成功了。」

好像高級長官談話，劇組四人聽了都話興大失，瓦西骨碌碌地看著四位劇組代表。島崎潑：

「幾個人頭？」

「就一個。」品川。

清水宏心想還好。畢竟日本人對於被砍下的人頭，並不這麼忌諱。日本軍人到處征戰，砍俘虜的頭顱像劈柴一樣。清水宏四人離開駐在所回到住處把話帶開後，男子多淡然處之，只是香蘭、雅子、若水絹子和三村秀子一干女子心裡很是疙瘩，希望明晚人多場面紊亂，看不到那顆頭顱。

台灣中部山地四月上旬的黃昏，冷冽的空氣瀰漫著烤肉的焦香，迎賓會場東西兩邊烤黑毛豬的爐火已經轉弱，香蘭頭頂垂滿流蘇的泰雅公主帽，頸垂兩條植物果實編結的項鍊，雅子、若水絹子和三村秀子都如此，這一些是剛剛在瓦西見證下，由泰雅婦女給她們戴上的。

站著的部落居民把會場圍成一個圓圈，有座位的一長排特別醒目。這一排以頭髮向後收攏的頭顱祭品為中心分成兩半，櫻蕃社頭目瓦西坐在頭顱的右邊，往右依序是島崎潑、清水宏和香蘭三名貴賓，再來是劇組人員，頭顱左邊是黥面長老，其次是警察、警眷，後面站著高砂青年。這些人直接面對表演用的草地。圍成圓形的其餘弧段幾乎都是部落居民，少部份是熟門熟路混進來的平地人。

香蘭被瓦西欽點落座，擔心觸犯他們的禁忌，一時不敢跑到別處坐，也不敢亂動。剛進場時，固定在木架上的頭顱剛好抬進來，香蘭驚鴻一瞥，墊放頭顱的麻布還有血跡，頭顱好似閉目沉思，頭髮被麻繩綁成一個腦後髻。她兩眼震了一下，剛好看見蕃青把獵槍、蕃刀各一把擱置木架邊。清水宏側臉向香蘭：

「不要怕，也不要看。」

敵性部落勇士的頭顱坐落在整個會場的中央，既像酋長的靠山，又像神靈。香蘭覺得只隔著三個人的頭顱正在看她，她自我惕勵，兩眼正視或向右看，但體內一股力量硬是要她的眼睛扭向左邊。清水宏知曉香蘭的不安，忽見長瀨喜伴走了過來，兩人交談幾句，知道香蘭移往一般座位不會觸犯什麼禁忌後，叫長瀨把香蘭帶開，和劇組人員坐一塊。香蘭和大山健二換座位，幾個人稍做調整後，香蘭和雅子、長瀨比鄰而坐。

暮色更深了，一人手持火把出現在長老席前方，但面相看不太清楚。長瀨提示香蘭：

「是頭目瓦西。」

香蘭順著火光看過去，看見瓦西亮紅的臉，和前面一隻斜放的竹筒。瓦西嗚嗚哦哦吟哦了幾聲，然後改用日語：

「我謹代表櫻社居民特地歡迎來自日本內地的松竹公司的拍攝團隊，我現在點燃竹砲一響，祈求他們平安。」

瓦西說著將火把伸向竹砲，呯的一聲，竹砲噴出火花，大夥一陣鼓掌、呼叫。

頭戴蕃帽，身著蕃裙，打著赤膊的一人從夜暗中冒出，向竹砲口丟進一小塊東西，然後向竹砲的下方灌了一點水，瓦西隨後咕嚕了一陣，又開口了：

「現在再放一砲，祝內地來的所有貴賓快樂。」

砲聲響了，群眾歡呼後，赤膊男又出現，一番擲物倒水後，瓦西又燃砲祈求來賓幸福。

「歡迎儀式結束。」瓦西說著高舉火把走了幾步，原先有些模糊的柴爐的光影浮露出來。

「迎賓節目即將開始，現場兩邊都有燒烤大豬、竹筒飯、小米糕和小米酒。內地來的貴客先行取用，我們泰雅人慢點吃，看完兩三個節目再吃……」

瓦西說著又嘰哩咕嚕一番，大概用土語把剛剛的話再說一遍，隨後身體半蹲，伸長手臂和火把，轟的一聲點燃柴爐。

「呴依呀嘿！呴依呀嘿！」女聲的清唱伴隨著男子高吭的「呀呴」的呼叫，一隊頭頂羽飾，衣著鮮麗的男女蕃青手拉手快步進入會場中央，踏著舞步繞著爐火轉動時，又不時發出「呴嘿呴嘿」的低沉聲。一對對男女分別帶開，各自雙雙手舞足蹈時，「佝依呀嘿」又出現了。歌聲和舞步不時重複，不斷有人離座前去取食，雅子催香蘭一起到烤肉區。香蘭：

「會不會不衛生啊？」

「入鄉隨俗嘛，至少去看看。不然我多拿一些，算是幫妳拿。」

雅子說著走開，香蘭看了長瀨一眼：

「聽說他們肉類料理，切開後不洗就直接放進鍋裡煮，或上架燒烤。」

「我也聽過，但沒看過，但就燒烤來說，我有時這樣想：即使有髒污，也被火洗掉了。」

對於長瀨的解釋，香蘭只是苦笑。香蘭：

「剛剛酋長燃放竹砲，是真有東西發射出去嗎？」

「只是氣爆。雅子昨天買回來一堆電土，這樣一小塊電土丟進竹筒裡面，竹筒下面鑽一個孔，把水倒進去，電土遇水會產生瓦斯。火靠了過去，悶在竹筒裡面的瓦斯就產生一個小爆炸。」

香蘭似懂非懂地不住點頭，長瀨繼續說：

「後來酋長點燃柴爐，也是同樣的原理，爐下層的電土浸在水裡有一段時間，累積多時的瓦斯悶在木柴下，一遇火，自然也發洩了一下。」

雅子端著盛滿食物的竹盤回來，長瀨也起身去取食。香蘭思前想後，認為長瀨講得不無道理，決心放鬆自己，吃了幾塊烤豬肉，覺得口感還不錯。雅子：

「想通了？還是肚子餓得受不了。」

「不想吃，用演的也要吃下去。」

香蘭這樣說著，心裡還是有些掙扎。雅子：

「吃下去，很快就變成回憶了。就像妳過去常說的，日子艱辛就顧不了這許多，不知覺間就喝了不少黃河的蟲水。」

「看來好日子過久了，現在又輪到過苦日子了，沒有驕矜的條件了。」香蘭無奈地笑了起來，「是啊。當演員本來就是要比一般人多幾分能耐。再說，這次拍的電影，臨演特別多，而且是一個群體，尤其是那些小孩子，必須跟他們生活一段時日，不然真會演不下去。」

「妳有沒有發覺，這部戲裡，妳接觸的部落生活遠比其他人多。」

「哦。」

「一般演蕃青的演員最多只是穿他們的服裝，妳不但要背，還要抱他們的嬰兒，甚至抱著他們的大豬，給牠擦身體。」

「導演應該會要求工作人員先把大豬洗乾淨吧。」

「如果叫我抱，我可能要摒住氣息。」雅子吃了最後一小塊米糕，「大豬即使洗過了，我還是會一身疙瘩。」

「看來我要提早演出蕃婦了。一起去取食吧。」

香蘭移動腳步，放眼上望，感受蒼穹的廣遠，柴爐的篝火沒這麼強了，但還是把夜空烘得高而圓。半天高的弦月照出三四層疊嶂，但也抹糊了遠星的光。大概有人離去，圍觀的人群少了一些，烤肉爐邊也不再熱鬧，烤肉的師傅歇息去了，一對部落夫婦給兩位小孩挑揀烤肉和米糕，看見香蘭和雅子禮貌性地點了一下頭。

「以後吃肉的機會恐怕不多。」

經雅子提醒，香蘭在滿布肉塊的大鐵盤上揀了兩塊油滋滋的帶骨肉，雅子的竹盤也多了兩塊肉。兩人往回走，看不見穿梭的人影，表演也暫時中止，整個會場看來透明多了。

「唉唷！」

雅子踉蹌了一下，盤中肉掉進草地上。雅子眼憑一點肉光趕緊把肉塊揀了起來：

「掉在草地上，沒關係。妳知道我看見什麼嗎？」

「看見鬼了。」

「差不多。」雅子把身子轉向一邊，「我看見好幾名部落住民圍著頭顱喝酒。不過既然看到了，也就不覺得太那個了。」

「如果是骷髏頭，我倒不怕。」

「沒關係，頭擺一個角度，就看不見了。」

雅子跌撞出一點勇氣，領著香蘭前進。「呀吼」一聲畫過夜空傳了過來，香蘭半閉的雙眼往聲源處亮開，瞥見兩名男子隔著木架上的頭顱對飲。這個畫面映入腦裡，香蘭好似得到抗體，沒這麼害怕了，隨後走向盤腿坐著的部落居民的行伍，就看不見頭顱了。

香蘭和雅子回到座位，吃了幾口肉，從包包取出手巾擦拭油嘴時，響亮的「呼尬」壓過耳膜，七八名手持竹槍，頭纏布條的泰雅勇士抖動著馬步，向觀眾誇示戰鬥姿態。瓦西閃身過去，勇士身體立刻彈起站直。

「現在泰雅戰士要跳戰鬥舞。這隻舞承品川部長指導，感謝。」

瓦西說著，巡查部長品川立刻起立轉身，向左右兩邊觀眾鞠躬致意。戰鬥舞成員有年輕的，也有老的，警手馬歐赫然在列。年老的戰士，從額頭向臉頰分出的人字形刺青在燈火下，像熠熠發光的瀝青，炫耀著當年出草的功績。四名鼓手坐在稍遠處。手鼓聲響起，戰士先是用馬步強力跺腳，竹槍強力撞地舉起甩了兩圈後做出步槍訓練的那種刺槍的動作，老人刺槍時兩腮鼓著狠勁，香蘭想起霧社事變時，護童的公學校校長被竹槍射死的事。香蘭仰望夜空，這個篝火燭照不到的龐然夜空，似乎還暗藏著賽德克人復仇的怒火。長瀨取食回座了，戰士手中的竹槍刺得更兇，似乎就要隨著他們口叫的吆喝聲脫手而出時，兩位少女舉著高砂義勇隊的旗幟進場揮動。香蘭瞄了若水絹子、雅子一眼，看到她們眼裡的害怕。這樣的節目、這種恐怖的晚會會是品川部長想要的嗎？或許他和瓦西討論過後已經對節目作了相當的控管。部落居民最重要的武器是蕃刀，戰鬥舞理應是蕃刀亂舞，捨蕃刀而用玩具一般的竹槍，用高砂族現代的戰鬥力驅退過往殘暴的記憶。這種結果源於品川的介入，再明顯不過。攝影豬飼助太郎見助手三木開始拍攝後，就不再自己動手。

篝火轉弱，不再添柴火，晚會進入尾聲，所有演出人員出場，手拉手圍著篝火依反時針方向舞動。席地而坐或圍觀的部落居民，在合聲部人員的帶動下，依著簡單的規律，各自向前向後舞開。合聲部「OSAMIRA OSAMIRA WARAMIRA WARAMIRA DORAMIRA

DORAMIRA……」這種歌聲，都是女聲唱完一小段，男聲重複一遍，歌聲女高男低，形成層次簡單的兩部合唱。

演出人員開始邀請日籍客人共舞，警察雖然受邀，但沒有人下海，有的回駐在所、警舍，有的在附近逡巡，倒是有些眷屬下去跳舞。劇組裡的牛田宏和長瀨喜伴率先離座舞開後，清水宏和豬飼助太郎也跟進同樂。香蘭發覺舞者的舞步簡單明瞭：側身前進兩步，再側身後退兩步，她再觀看一會便邀雅子、若水絹子……一起跳開。因為是側身前進後退的關係，身體自然傾斜，不再這麼有稜有角，端坐木架上的頭顱有時在晃動的人影中露臉，由於旁邊的長老，有的加入跳舞的行列，有的離去，孤零零的頭顱看來頗可憐，香蘭邊跳邊旋轉身子，越跳越有興味，想看人頭一眼，已不可得。

8. 抓豬趕豬 與蕃童樂

清水宏按捺住躍躍欲動的心，按照原計畫，暫緩拍片。另一方面，這個山居部落的文化也開始引發他和一些劇組人員的好奇。他請牛田和長瀨擬定實作課程大綱，洋洋灑灑上萬言，令人驚詫。照這個計畫，女演員，不管是否出演蕃女，都被安排學習、了解紡織、舂小米。設計幾個遊戲，把全村兒童召集到駐在所集合場旁的櫻花樹下，由香蘭帶著玩，也是一大盛事。雅子還是忙她的廚事，若水絹子、三村秀子和小孩玩膩了，也會由女師傅帶著複習紡織和舂米的動作。小孩群的運作上了軌，一天還叫他們把家裡或附近的嬰幼兒帶來，讓他們演練背嬰幼兒的動作，香蘭挑中了一個名喚嘟嘟的一歲嬰作為戲中護嬰的對象。劇組人員參觀過村裡人家的豬舍、鴨池和雞舍後，以香蘭為中心的兒童小組最後也把相中的幾頭豬和雞鴨群召來共樂，劇本裡頭小孩互動的場景呼之欲出，大家看了都很欣慰。

女演員在忙碌的同時，男演員不遑多讓，大山健二和近衛敏明到駐在所見習，飾演蕃青的島崎潑和中川健三也在旁觀看。待品川部長召集蕃青到集合場訓練時，他們也就入列同訓，待品川把部隊交由穿好制服的大山健二和近衛敏明實習時，那些蕃青還一度以為大川是新上任的巡查部長。確認要在新拍的電影中擔任臨演後，蕃青都很高興，對於接下來的狩獵、耕稼召訓，也都樂意配合，賣力表現。

劇組和蕃社剛交流時，天候春寒乍暖，待所有計畫都落實，已是春暖似夏了。櫻蕃社長老一直關注事情的進展，對於這個不尚威權，又不吝給付的日本人團體越發感到好奇。成人受召，半天四角，兒童兩角五錢，正式拍戲時還會更多，對於偏遠山壑小村的居民來說，不無小補，緩和了蕃青和駐警之間的緊張，事實上是多少消減了駐在所的權威。

四月中旬周六的艷陽天，豬飼助太郎和助理三木的攝影機正式啟動了。事實上，在這之前，他們也已隨機拍了一些當地生活的風情畫。品川部長接受過短期醫療訓練，一天例行性地給村民看診，攝影豬飼要求大山健二客串一下，大山裝模作樣的看診鏡頭也就被拍了下來。在這個小村落隨意走動，攝影組可以拍到多重文化性的鏡頭，重要劇組成員跟著他們從前村一路走到後村，再走到田野，目睹農婦邊走邊編織、曬布匹、坐著紡織、工匠用蕃刀鋸木、農民背子女上工、牽牛下田……的諸多畫面都一一納入豬飼等人的膠片裡頭。

中午用餐，清水宏精神爽：

「一個上午拍到這麼多算是豐收。」

「放在片頭就有點像紀錄片。」近衛敏明看著清水遮在帽沿下圓胖但結實的臉，「長谷川清總督未必喜歡。」

「既然要拍這部戲了，就不用想太多。」清水宏把圓帽拉起又戴上，「來到這邊立刻就感到不先體會這邊的生活和民族性，片子就很難拍。畢竟文化差異太大了。電影的呈現也一樣，好歹可以用這邊生活的片段誘導觀眾進入故事的情節。」

「下午拍北邊山坡的墾拓地？」長瀨喜伴。

「對，走路和爬坡的時間會比拍攝的時間長，要拍出集體勞動融入大自然的畫面，大家沒事就跟著去，要讓大自然，讓那些高山察覺我們的誠意。」

「這兒沒有學校？」

島崎潑說出劇組很多人的疑問。牛田：

「地方太小了，而且距霧社不遠，學童都步行到霧社上學。」

「霧社小學或公學校，早上升旗的時候，村民看到升旗或聽到

〈君之代〉，都會停下腳步，朝著國旗或國歌歌聲的方向鞠躬，歌聲結束後才繼續工作。這種畫面也非常有意義。」

長瀨說完，清水宏拿起碗筷站了起來：

「這個滿有意思。那一天計畫好，到霧社，把學校的戲一口氣拍完，我也很想看看近衛兄教書的模樣。拍得太晚，住櫻旅館也可以。」

下午的山田獵鏡，香蘭跟著去，展現了相當的誠意。她把自購的蕃服當成戲服的替代品，擱在一邊，穿著一般夏服，赤腳上路，清水宏擔心她腳被刺傷，影響第二天的演出。好在到了山田後只是觀看男女用鋤頭鬆土鋤地，看看攝影豬飼和助手三木運鏡，再不然就是逗逗被放在一邊的小孩，不再走動，飽受大地磨練、滋養的小腳得以充份休息。

回程，豬飼看到一處美麗的香蕉園，主動拍了下來。來到東西向分別通往馬赫坡社和霧社的幹道上，清水宏特地帶隊再次勘查次日趕豬大隊要走的路線。

第二天早上八點多一點，全村所有適齡男童都到駐在所前廣場集合，豬飼和助手三木帶著部份兒童把要上戲的母子豬和明星小豬小黑安置在定點後，令所有男童回家，聽候香蘭呼叫後再出來。待所有人就定位後，清水宏下令開拍。

「啊！哈！」

人在右村村道的香蘭面對豬飼的攝影機不斷呼叫走失的豬隻，豬飼一方拍香蘭，一方也轉向拍攝正在左村道覓食的三頭大小豬，隨即追著大小豬跑，豬本能地跑向豬舍，香蘭，應該說是莎韻，追了過來，剛好再度入鏡，另一方面，穿著雨鞋埋伏在豬舍裡面的三木剛好迎面將莎韻蹦蹦跳跳地趕豬入舍，放下門板的景況拍了下來。莎韻接著清點豬隻，發覺少了一隻後跑回村道，也都被死守在豬舍裡頭的三木攝入鏡頭。

第一幕戲結束，第二幕戲接著開始，莎韻站在另一村道交會口呼叫小黑，另一方面，抱著攝影機的三木正站在後街三村秀子扮演的那米娜和場紀德永美子扮演的蕃婦春米處，小黑就在旁邊覓食。莎韻呼叫聲傳過來時，那米娜看著小黑：

「莎韻在叫你，還不快點回去。」

小黑無動於衷，莎韻衝了進來，看見小黑罵了一聲令牠回去，見小黑不理會，撿起石頭追了過來，小黑開始奔跑，莎韻緊追不捨，小黑機靈地鑽進高架竹屋的下面，莎韻不顧泥塵也跪著爬進去，邊叫邊伸手試圖抓到小黑，三木自然也蹲下取鏡。這幕戲告一段落，安排好的三位小朋友飛快地制服小豬，抱在懷裡。

兩台攝影機分別安置在中街駐在所旁邊和左街一隅。

「噢唷！大家！」

莎韻揮手大叫，一群小孩跑了出來：

「我們的小豬跑掉了，……」

莎韻兩手圈成喇叭呼叫過後，兩手在空中揮舞，男童循聲奔向莎韻，她向駐在所的方向一指，小孩懷裡的小黑被放了下來，跑向空蕩蕩的駐在所的方向，全體男童開始往前追。男童追豬團團轉，攝影師並沒有追著跑。群童逸走後，豬飼拍攝香蘭招手的畫面後再轉身拍攝童星中村實扮演的他雅背著嬰兒回家拿弓箭的畫面。

群童奔跑、追豬的畫面十分生動，為了讓剪接師剪出更好的效果，清水宏決定從另一角度再拍一次。拍攝告一段落，整個劇組開始往村外連絡道前進，村民紛紛走出門外，目送眾多小孩牽著小豬往外走，感覺新奇。剛剛拍攝追豬戲時，有些家長認為不妨也讓他們自然入鏡，但導演希望群童追豬的動線流暢，經瓦西解釋，他們也就乖乖地待在家裡向外窺伺，隱喻成年男女多在山林、田野工作，只剩小孩在家的部落景況。

頑童他雅把嬰兒綁在樹下，是這段追豬戲的插曲，劇組大隊人馬繼續前行，三木單獨把這段戲拍好後，嬰兒由跟著前來的母親抱回。落單的中村實和攝助三木趕緊追上大部隊。兒童部隊轉往通往馬赫坡的幹道沒多久，待中村和三木追上後，清水宏集合大家做了一些說明，隨後劇組散開，各就各位，小豬釋放開來後，又開始一場熱鬧的追豬混戰。這場混戰也有一小段插曲：他雅拿起弓箭想要射小黑時，挨了莎韻一巴掌。

小黑又被捉到了，再度繫上繩子，劇情由緊張趨緩，攝影小組兩人一樣分開作業，豬飼先行下坡，以便正面迎接待會下山的隊伍。三木斷後，除了拍攝呆立思過的他雅，也順勢拍攝兒童部隊離去時的背影。莎韻牽著小豬回家，回家的路上，莎韻藉著簡單的年月日、星期幾的問答，給小朋友複習國語，期間還提到即將來到的五月五男童節和女子禁止前往山中湖一事。日語對話練習告一段落，莎韻一邊揮舞短樹枝，一邊哼唱〈蕃社姑娘〉。

事實上，香蘭並沒有正式開嗓，按計畫，電影後製時會配上她在錄音間唱的正式版本。提到這首歌，她也不能不發出輕輕的嘆息。古賀政男創作這首歌時，本來就命名為〈蕃社姑娘〉，無奈唐崎夜雨作曲，佐塚佐和子唱的〈蕃社姑娘〉大為風行，古賀的〈蕃社姑娘〉只好改名〈莎韻之歌〉，但問題是這首歌從電影《莎韻之鐘》獨立開來時，勉強可稱為〈莎韻之歌〉，但在電影中開唱時，稱為〈蕃社姑娘〉還是比較妥適。畢竟在電影裡頭，莎韻還活著，唱紀念自己的歌，成何體統？

一群小朋友邊唱邊聊地回家，本來就十足鄉土味，他雅突然想到自己忘了把嬰兒背回來，慌張地往回跑，莎韻知道事有蹊蹺，本能地帶著小朋友追了過去。當他雅發覺嬰兒不見了，緊張而大聲地把話傳達下坡的莎韻後，大家自然開始緊張而慌亂地搜救。

大家回到櫻社，散戲了，當地兒童也都回家了，大家在宿舍休息準備開飯。

「一場田園戲突然變調成為驚悚的懸疑劇。」

近衛敏明說著，清水宏：

「這也是我們長瀨兄想出的點子。」

「在這種山裡，我觀察了一段時間，農婦時常把嬰兒背出來放在一邊，有時因為工作一時走遠了，嬰兒就可能被雲豹或黑熊叼走。」長瀨喜伴使出神秘的眼神，「甚至被壞人撿走。」

「中國或日本，從古到今，都有吃嬰的傳聞，他們這種山地部落，以前獵人頭是事實，是不是吃……」牛田宏。

「要吃飯了，還說這種噁心話。」

若水絹子瞅了牛田宏一眼，大家都笑了起來。

「我們只是逗一下觀眾，搜救的戲也只是點到而已。若搜救的戲持續下去，恐慌就會擴大。下午緊接著就拍嬰兒找到的戲。」清水把圓帽摘下搧涼，「十幾個十歲左右的小孩一下子湧到村道，這種原生力量，現代日本，尤其在都會裡是看不到了。這種力量過去被誤導成：長大後獵人頭，不同族群互相殘殺。現在我在電影裡頭要讓它展現為互助、團結的力量。」

助導野間把清水宏註記得密密麻麻的劇本看了一下，又放回桌上。

「總督希望我們把莎韻塑造成愛國、奉獻的女子，但我們大導演清水有他獨特的手法，莎韻的傳奇就在於她可以帶動這些學童，你們不覺得我們的李香蘭就像美國作家巴勒斯筆下的『人猿泰山』那樣，叫了幾聲，那小朋友就像猴子、獅子、大象從四面八方跑出來嗎？」

野間說完，大家笑得人仰馬翻，化妝師井上常太郎端著滿盤熱騰騰的菜餚過來時，矮几上頭，許多人的手動來動去，只好先把菜盤放在房間一角。中川健三：

「我看她奪下中村實的弓箭，賞他一巴掌的樣態，還真有點像小泰山呢。」

「妳演這個角色就是要野，」清水宏看著香蘭，「把妳的野性展現出來，妳也確實擺脫了以前歌唱女子的形象。」

「我感覺我扮醜了。好像來到這裡胖了不少。」

香蘭說著無辜地看著清水，清水也看著她山地姑娘的樣態，兩人相視而笑。香蘭：

「剛剛回來面對鏡頭，我和小朋友練習國語的時候，那漢犯了一個錯誤。」

「那漢？就是跟他雅很要好的那一位？」

「對。他本名叫什麼，我不知道，但在戲裡對話裡頭，他說已經改名大郎了。」香蘭笑了一下，「我問他今天幾號，他回說昭和 18 年 5 月 4 號。」

「今年是昭和 18 年沒錯。」清水摸了一下頭頂日益稀疏的頭髮，「利有亨村的莎韻是昭和 13 年 9 月落水，不說年份就好，既要說就應說昭和 13 年，我們是在演 13 年的故事。」

「我確實聽到那位小朋友說出 18 年。我的劇本並沒有寫出年份，他自己加上去的。」長瀨看著擺滿一桌的菜餚，「不過沒關係，後製時修一下就可以。」

清水宏舉箸夾菜，再望向助導野間：

「這部戲有小朋友出現的場合還真多，下午還有。你負責召集小朋友，看來很費時呢。」

「還好。中村實跟他們混熟了，他們覺得好玩，招呼起來就比較容易。」

「蕃童有角色扮演的就只有這一次。以後都是一群沒名沒姓地出現。當然，中村實一直就演他雅。那些小朋友不按照劇本演出，反而自然。」牛田望了一下童星中村實，「是不是這樣？」

清水宏不想耽誤小朋友的課業，但一時間小朋友的戲份實在多，午飯後他們再來報到，也無法把相關戲份一次拍完，待第二天他們從霧社公學校回到家，用完餐再來拍戲也已下午兩點，凡事太匆匆，他決定拜一給小朋友請假。學童下午來報到，知道第二天不用上學又有錢領，十分快活。

下午又是趕豬大戲。不過這次趕的不是小豬而是要賣出去的大黑豬，看著香蘭賣力地給大黑豬擦身，清水十分欣慰，演出勝過一切，他覺得李香蘭開始擺脫過往的形象，努力做一個演員。演員愛馬和狗尋常見，但跨界到豬，須有更大的包容和自由感，不論是動物或人間，演員有更多的機會跨界，有人演過中國人就不再這麼討厭中國人，電影界瀰漫著自由主義風，應該源於此吧。

櫻蕃社距濁水溪 500 公尺，談不上依山傍水，按長瀨和牛田的劇本規劃，從東南方的高處往下拍，群童從村莊外緣下坡路奔向離河谷不遠，豬販押著大豬走的道路，畫面應該非常壯觀，豬飼助太郎拍完押豬隊伍下山的片段，趕著下去和劇組會合。

「就像螞蟻一樣一個個往下流動。」

「往下流動？」清水宏。

「感覺就是這樣。不像人在跑，好像快速地爬動。村莊如畫，山景壯麗，縹緲的遠山就像神，人看來是這麼渺小。」

「這就對了。」清水宏吁了一口氣，「把鏡頭拉遠可以牽動觀眾的心思。」

「看了這部電影，觀眾會以為山地的小朋友都不用上課，成天跑來跑去。」若水絹子。

「學校總給人感覺是都市文明的東西，在山地部落這種化外之地，老師或學生應該不會這麼死守在教室裡。」清水認真地看著若水，「或許這邊的老師老是帶著學生到處走動增廣見聞，外面的大地似乎更有吸引力。」

若水並非有意質疑，她只是半開玩笑地找個話題，清水宏還是得認真釋疑。清水宏接下來傷腦筋的是趕豬大隊的和唱曲，前幾天下午和劇組、蕃童討論的過程仍在腦裡波漾。

今天早上趕小豬唱〈蕃社姑娘〉，劇本已有明定，下午趕大豬是否唱歌，劇本沒寫，那一天問過蕃童該唱什麼歌，異口同聲的答案是〈戰友〉。這首歌對他來說是既熟悉又陌生，於是請蕃童唱過一遍。年紀大一點的大山健二：

「這是日俄戰爭時期的戰歌，記得是禁歌，被禁的原因是裡頭含有反戰的頹廢思想。」

牛田宏跑回房間，取了三份歌譜讓大家傳閱：

「我和長瀨來霧社取材的時候，常聽小朋友唱，所以準備了一點資料。」

長瀨喜伴取過傳過來的歌詞，複習了一下，也看了一下作者：三善和氣作曲，真下飛泉作詞：

「歌詞很長，可以唱六遍，詞意大概是說，還有行動能力的戰士對身受重傷的說：你們躺在亂石下，我們不應該遺棄你們，但是重傷的說：你走吧，就此道別。整個六段詞意就是從這種情境衍生出來。我以前還看過可以唱 14 遍的版本……」

清水宏先看牛田宏用紅筆畫過的部份，再大略看過一遍，實在想不通小朋友何以喜歡唱這首歌。

「描寫軍人手足之情的歌怎會變成禁歌。不過越禁越紅，連這種山地小學的老師都在教。」

清水宏說著瞅了一下女歌王。香蘭吐了一口氣：

「我去年在中國河南省拍片，駐守在黃河邊的一個小隊也在唱這首歌，我記得是在一個自辦的晚會上，大合唱這首歌，我們劇組的滿人多少也跟著唱，或者和聲。」

「我看這個軍政府，軍歌滿天飛，管的也多。軍歌氾濫了，所以連躺在戰場上等死都變成軍歌歌詞的一部份。既然要求軍歌都歌頌勝利，那就限定幾首歌就好了，不用要求作曲家和詞家一再製作」。牛田宏牢騷滿腹，蹙了一下眉頭，「現在連學生也都在唱。霧社公學校可能不知道〈戰友〉被禁了，老師感覺歌詞有味道就教小朋友唱。」

香蘭也頗感驚訝。她萬萬沒想到這是首禁歌，去年夏天還在黃河畔指揮湯川小隊合唱呢。想來那些兵士唱得這麼起勁、自然，可能地處偏遠的他們也不知道這首歌已被禁唱。不過，天高皇帝遠，有誰會去叨念那些禁令，心裡天空海闊，誰還會有那種介蒂？近衛敏明：

「小朋友唱歸唱，他們只是唱出聲音，往往不知道歌詞的意義。」

「我也這樣想。」清水宏看向香蘭，「妳認為怎樣？讓那些學童唱這一首。」

「如果沒有戰爭，或許音樂家就會譜出〈賣豬歌〉這種曲子。我們這兒是化外之地，政府的禁令有時鞭長莫及，但戰爭還是逃不了。還是請小朋友給時代作見證好了。」

清水宏最後決定讓蕃童唱〈戰友〉，自然由香蘭帶著唱，他還是希望明後天到霧社時，請小學校的日籍學童在風琴的伴奏下唱幾段，後製時再把錄音剪進影片裡面。

莎韻和小朋友互動的戲一幕接一幕，送別大豬的拍攝告一段落，馬上接拍莎韻在集合場旁高地用羊奶餵嬰的戲，一些兒童又得把家裡或鄰近的嬰幼兒背來上戲。第二天早上同一批人馬又得跋涉一段路程，到濁水溪的吊橋邊歡迎從日本學成歸鄉的三郎。緊接著，提早用過中餐後，這一批小孩又得背嬰攜幼地到霧社萬大水庫，拍攝莎韻和三郎這對戲中情人在村民眼中「禁忌的湖」中划竹筏的戲碼。三郎由島崎潑扮演。大概因為事先知道會在戲裡演出情侶，香蘭和島崎近一個月的上戲前置期間，一直相敬如賓，待導演「作媒」才開始進入狀況。下戲後，小孩和嬰幼兒在霧社幾名蕃青、日籍警手的護送下回到櫻社，劇組人員全部住宿櫻旅館。

9. 蕃青出征 村民送行

拍攝漸入佳境，開始接近故事核心。劇組一方面在霧社駐在所拍攝巡查部長和族中長老召開會議懲戒莎韻觸犯遊湖禁忌的橋段，一方面也在公學校的漂亮教室拍攝警手武田－近衛敏明上課，村井部長妻子－若水絹子用風琴伴奏教唱〈邁向大海〉，莎韻抱嬰在外聆聽、哼唱的情景。此外，前些日子蕃童趕豬要用到的日童合唱〈戰友〉錄音，也趁這個機會完成。

三郎學成歸來的歡迎戲，劇本規劃以泰雅傳統的篝火晚會進行。篝火晚會會場本來預定在櫻蕃社分駐所前集合場，但地方太小，分駐所也覺得不適宜，清水遂決定移師霧社南郊的公學校。霧社分室主任鳥居勇造表示歡迎。清水宏也覺得多方位取鏡，有助於整部戲空間感的擴增。

午飯後，布景師江坂實帶領數名蕃青在霧社公學操場進行場地布置。兩條事先做好的「歡迎蕃青三郎學業修了歸來」的布條分別高掛操場兩邊的校樹。學校放學後，幾名蕃青在操場搭設篝火和燒烤區，但燒烤師傅由滋養軒提供。這個場地在攝影機鏡頭下時，是拍攝現場，但一離開鏡頭，便是部落居民的歡慶場合。

篝火升起，晚會村民圍著火燄起舞，劇組人員還忙著在辦公室拍攝室內戲，整部戲的基調從大地的純樸悄悄轉進成屋裡屋外的複雜。

三郎從內地日本學成歸來，被當成英雄，結果引發另一蕃青莫那－中川健三的嫉妒，三郎和莎韻感情頗佳，已論及婚嫁，偏偏莫那嫌棄女友那米娜－三村秀子，鍾情莎韻，見三郎和莎韻被日籍警察祝福，對三郎是更加嫉恨。在部落男女還陶醉在歌舞的律動中時，兩台攝影機悄悄退出，分別在校園的一隅拍攝兩場感情戲。那米娜見莫那魂不守舍，追了過去，但莫那愛理不理。這幕戲拍完，劇組緊接著移師更僻靜的一隅。這兒，攝影師背對著篝火，莎韻和三郎承受著篝火，架在側邊的一組強燈把三郎的素色襯衫照得一片雪白。男女主角退回原先位置，清水一聲令下，莎韻向前慢跑，嬌羞地回眸一笑，三郎跟著過來，莎韻好像要逃避三郎似地再小跑兩步，兩手扶著竹欄杆，驀然回首，凝著三郎：

「三郎，說些內地的事吧。」

「內地？那邊的人天生就好看。」

「內地漂亮的女子很多吧？」

莎韻背對鏡頭說著，竹欄杆另一邊的三郎面對鏡頭：

「內地的女孩很漂亮，氣質優雅，也很有精神。」

莎韻轉身雙手憑欄，面對鏡頭：

「三郎很不情願才回來吧？」

「怎麼說？」

「內地的女孩很漂亮，很有氣質。」

三郎走了過來，手臂靠著欄杆：

「莎韻，……內地女子沒這麼優閒呢，他們工作都很認真，可以說拿出軍人的精神在幹，女子本份的工作不用說，男孩能做的事他們都會做，照顧嬰兒，操持家務……」

「我養豬，擠山羊奶，我還要養很多羊。蕃社的人們每天工作到晚，把小孩和嬰兒留在家，我都成為嬰兒的保母了。」

莎韻說完和三郎相視而笑。三郎：

「這樣啊……」

……莎韻離開竹欄竿，認真地端詳三郎，一臉甜笑：

「三郎！上次你回來，是那麼帥氣，這次回來是更加帥了。」

「這次回來妳也更加漂亮了。」

「哦－呵－」

莎韻凝著三郎，吟哦了一下，嬌羞地別開笑臉，背影轉向鏡頭。清水宏喊卡，香蘭幽幽地把埋在暗黑中的臉轉回來，羞澀、溫柔猶存。島崎乾笑兩聲，化解了一點尷尬。工作人員開始收拾工具，清水宏走向燈光處流覽遞過來的場記表。

「很好！演得很溫柔，氣氛很好。好像這個夜空會流出蜜汁一樣。看來有點野的女子看到喜歡的男子，立刻就溫柔、溫馴起來。」清水宏收好自來水筆，望著夜空，再望向香蘭和島崎，「剛剛那幾句對話、那種神情，可以看到一個家庭。」

「如果家庭和電影事業陷入兩難，李小姐會選擇家庭吧。」

近衛敏明說完跟著清水宏站了起來。香蘭儘管笑，沒回答。長瀨喜伴猜想清水一定想到了年輕時跟他有一腿的田中絹代。

「李小姐和田中絹代比，牢靠多了？我是說，如果結婚的話。」

清水宏沒想到長瀨會提到這種陳年舊事，想一笑置之，但心裡頭滿是苦澀：

「那女的跟電影結婚，跟她交往，就要有這種認識。」

豬飼助太郎提著內裝攝影機的鐵箱子開步，劇組跟著走。牛田宏靠近清水宏：

「你當初和田中假結婚，因此看清了她。」

香蘭沒想到眼前矮胖的清水當年還跟大明星田中絹代有過一段情，想來他年輕時一定帥氣多髮。清水把臉轉向牛田：

「那個田中小姐沒有家庭觀念，心心念念只有電影，把家裡當成攝影棚，身邊的男人時常換，就像電影拍完一部接一部，有些男友交往時日長，有的感情苦短。」

香蘭跟在後面，仔細思量編導和近衛的談話，知道他們有意把她拿來和田中絹代做個比對。香蘭對絹代知之不多，想來她沒有家庭的拖累，戲裡戲外都在演，且感情飄忽，隨收隨放，男子若貿然親近，容易受傷。今晚自己和島崎的感情戲演來溫馨，才讓清水導演對自己老去的浪漫回神了一些。

大家回到晚會現場，「OSAMIRA DORAMIRA SARAMIRA ……」女先男後，女高男低的和聲的聲迴，和剛剛夜戲開拍前一樣，將男男女女動搖的身軀、輕跳的舞步匯成一氣。清水宏：

「想跳舞的趕快下去，還有一個多小時可跳。」

所有演員和一些工作人員早就迫不及待，一旋身就閃進歌風舞浪中了。

這一晚，劇組人員夜宿櫻旅館，外宿加上篝火晚會對他們來說，算是一個小小的浪漫。

前一陣子，劇組與當地居民交流，融入當地生活、風土人情，適應、了解這個新文化，拍攝進度零，經過一些時日的沉潛，現在戲開拍了，問題一個個解決，每個人的心情可說一掃先前的鬱悶。這部戲，主要人物少，情節簡單，主因是：個人恩怨、民俗、禁忌都在集體意識前讓步。莫那基於嫉妒，在狩獵時故意刺傷三郎，莎韻觸犯遊湖禁忌，流放湖邊生活期間，頑童他雅常去接濟，在一次高砂勇士徵集、宣誓大會中，懲戒自然解除。莎韻和三郎的情感，劇中著墨不少，但兩人的故事無疾而終，一股更大力量的驅使，莎韻必須親送警手武田出征，把故事推向另一個結局。

這個故事，大家感同身受，劇情的後半，莫那和兩位高砂青年奉准出征，現實中，櫻蕃社也有三名蕃青入列高砂義勇隊，劇組給他們送行，戲裡戲外相互滲透，搞得劇組有點暈眩。

戲外勇士的出征，最耀眼的還是日蕃混血的佐塚昌男的再次參戰。霧社事件六年後，佐塚以事件受害家屬的身分奉召入伍，在日本服役兩年後退伍，沒想到四年後再度接受徵召前往抗日激烈的印尼東帝汶。總督府的恩寵，不言可諭，而且不只這一樁，他的姊姊佐塚佐和子刻正在台灣演唱〈莎韻之鐘〉，為電影宣傳，所以台中州理蕃課派來一輛巴士前來搭載他的母親、弟妹，劇組人員自然欣然同車前往台中。

劇組人員並未全部上車，巴士的 18 人座，扣除昌男夫妻分別在霧社和埔里的親人外，剩下十個座位，供導編攝和幾位男女要角搭乘。劇組人員久居山林，部份心智明顯萎縮，街道整齊，綠意盎然的小都市足夠讓劇組人員舒展身心。

歡送宴在昌男服務的台中市西郊的台中農改場舉行，巴士駛達時，已超過 12 點，大夥下了車，經過稻田和番茄示範區，順道進入室內瓶栽金針菇專區瀏覽，隨後進入餐廳。餐廳門口掛滿了祝賀、激勵佐塚昌男入營的標語布條。

昌男的姊姊佐和子遠在高雄唱歌，不克前來，其妻下山靜子剛生下一子，滿臉慘怛，小倆口的泰雅媽媽看來也都十分沉鬱，連上次與劇組見面，十分多話的佐塚家小妹豐子也沉默了許多。官員、賓客過多的激勵、誇獎讓昌男必須維持一定熱度的興奮。香蘭知道昌男正在力抗那種政治語言的虐待，心裡五味雜陳，但他致詞回應各方的期待時，還是義憤填膺，講得慷慨激昂，沒有漏一點氣。

用完餐，大家合照一張就散了。巴士開往台中車站，大夥前往鐵道飯店和附近旅館投宿途中，大概是家屬在場的關係，劇組人員都不談昌男和餐宴的點滴，談了一點時局，但話題後繼無力。車子在路面顛簸，陽光在車窗劇烈跳動，抖掉了一點炎熱，幾個月前哈爾濱的天寒地凍，蒸發得無影無蹤，香蘭浮想聯翩，直到車抵鐵道飯店。清水宏向櫃檯索取報紙，但只得到近期的過時報，報上沒有重大訊息，註定晚飯後是一個輕鬆，但有點乏味的夜晚。

話說莫那和兩名蕃青接受徵召的情節，劇組循例要辦一場火炬造勢大會。清水宏向村長瓦西訂了上百隻火把，火把製做簡單，樹皮捲一下，或把乾草和布料塞進竹筒便成，交貨十分順利。

這次大會由櫻蕃社分駐所巡查部長品川催辦，村長瓦西全力協助。看來像電影拍攝場景，有些村民並不知道現實世界也有人入營。

演員混在人群中，入鏡的村民算是臨演。上百隻熊熊火炬燃燒著村西空曠地的夏夜，似曾相識的壯烈感也在清水宏心裡點燃：

「歐洲還是非洲的戰士都用這種方式壯大聲勢？」

「北歐的海盜用這種方式嚇退敵人。」

長瀨的答案，清水不太滿意。

「這種文化可以介紹給國內。」清水看著豬飼再看向香蘭，「準備好了？好，開拍。」

莎韻左顧右盼，兩眼露出關切和讚許的神情，最後顯示出尋找人的模樣。接下來三位入營的蕃青都會安排和家屬對話，也都會攝入鏡頭，莎韻懇切的神情會分段剪進三位蕃青與家屬對話的影片前面，表達莎韻對於每一位征屬的關切。出征的三人和眷屬的分鏡：父勉子、妻勵夫，和那米娜對於莫那的慰勉相繼拍完。

莎韻慰勉三郎的戲要開拍了。劇組愈戰愈勇，攝影運鏡簡單，立馬完成一段戲。清水宏觀察了一下：

「李香蘭，待會妳從那邊過來，不用太優雅了，碰到有人擋路就強行擠了過來，妳現在是野姑娘了，不用客氣。」

不斷移動的數十隻火炬把夜空照得燦亮，清水宏的鼻子吸飽麻油的焦香，一聲令下，剛剛跑到十米外的香蘭，立刻化身莎韻，持著火把擠過一位蕃婦後，急切地走到低頭，模樣落寞的三郎前面。

「三郎，你怎麼這樣頹喪，今天不是高砂義勇隊出征的日子嗎？村子裡的朋友都來到這裡。三郎這次沒被徵召，但第二次、第三次，三郎一定能入選。三郎此後在蕃社還有很多工作要做。」見三郎的頭漸漸轉過來，莎韻轉憂為喜，「你可以引湖水灌溉水田，砍山上的樹木，開墾旱田，努力掘土修建渠道，……」

一身軍裝的三郎把臉轉了過來，認真地凝著莎韻，莎韻手上的火炬被山風吹得像隨風飄動的火旗。

「啊！打起精神，給你的朋友送行吧。」

莎韻拍著三郎的肩膀打氣時，「萬歲」的叫聲從遠處傳來，莎韻把臉轉過去的同時，人潮全朝口號聲的方向移動，「萬歲」聲一呼百應，三郎也不由得大聲呼叫了兩聲。

「遙遠太平洋夜空，南十字星光閃耀。」

莎韻背著鏡頭，對著主題曲之一的〈臺灣軍之歌〉起個音後，清水宏喊卡，停止動作的只是大部份劇組人員。助導野間、瓦西和中川健三領著村民部隊由村北向東移動，再移往村南，由站在高處的三木接手拍攝遠景。

劇組再度整合，在集合場一隅略呈階梯狀的地面排出合唱隊形，幾個沒隨大部隊移動的村民也入列。清水宏：

「會不會太熱，每人的間隔大一些比較好。」

「還好，現在火小了很多。」若水絹子。

「清唱？」

不知道誰問。清水：

「唱兩遍，不會唱的張個嘴就行，屆時會在東京請人配樂，或許兩個版本都當電影背景音樂。」

清水作了一點補充說明後由香蘭起音，大家開始合唱：

「遙遠太平洋夜空，南十字星光閃耀，黑潮浪洗椰子島，怒浪滔天赤道線。……守護我們臺灣軍。啊！威武雄壯的臺灣軍！」

〈臺灣軍之歌〉的歌聲在火把的風火中搖曳，傳送遠方。

歌聲越來越小，在三木的鏡頭裡變成點點燭火的送行部隊終於聽不到歌聲，他們走到村南自動解散回家。

10. 送別武田 莎韻墜溪

最長的一夜過後，白天似乎更好過了。劇組對這兒的農業生活作最後的巡禮，劇中人武田正樹的徵召令，就在此農忙時刻到達。拍攝這個過程，借助農忙景象，自然而順利。飾演武田正樹的近衛敏明角色原本不突出，突然轉紅。山林開始進入雨季，拍攝工作進入尾聲，武田正樹帶著送行者雨夜跋涉這幕戲的場景自然天成，清水心情大好。

這次拍攝女主角莎韻給老師武田送行時落水的場景選在濁水溪的一個小支流。這條溪流水淺沙灘多，岸上有兩間廢棄的草屋，村長瓦西帶著幾名蕃青清掃過後，助導野間、布景師江坂也帶著兩三名劇務助理前往整理，安置座椅、煤油燈、火把等一些器具，作為拍攝夜戲的前進基地。

除了前往溪旁小屋工作的人員外，劇組其他人員躲在住處閒聊，外頭雨聲嘩啦啦，這間木造新屋，屋頂沒有鋪瓦，只塗敷瀝青，開始接受雨季的考驗。大家的話題從山本五十六戰死，到天氣，再回歸劇情，人越聚越多，連品川部長也來湊熱鬧，聊天變得像開會。中川健三：

「或許等到颱風來了再拍，真實感更強。」

「不用再等了，時間有限，我來之前在日本取得資料，五年前九月莎韻出事那天，有一個颱風在南台灣登陸，台灣北部宜蘭的風勢不大，但雨下得猛烈。」

「沒錯。」巡查部長品川想了一下，「台灣的颱風都是這樣，真正造成大災害的是豪雨，風還比較沒什麼。掃到颱風尾的地方，風不大，但外圍氣流籠罩，雨特別猛，往往造成洪水，沖垮一切。」

「拍攝照計畫進行，拍完後若有颱風，當然會拍一些風強雨驟的景象，甚至重拍莎韻送行的場景。」清水宏用眼神安撫中川健三，再看向大家，「我向霧社駐軍借來的兩個大電扇也已經來了，畢竟當年颱風在莎韻故鄉旁邊經過，用大電扇製造強風來襲的效果應該已經夠了。」

「歡送出征者的布幡動搖一下，也會有風的效果。」中川健三輕顰淺笑後，神情嚴肅了起來，「不過有一點很重要，當年莎韻從宜蘭利有亨社走到出事的武塔部落，大概有 20 公里，山路加上地上泥濘、濕滑，一小時了不起走三公里，差不多走了六小時，劇本寫的太簡單了，或許找一個地方讓出征者和送行的人休息喘口氣，表示走了一段遠路，一路勞累……」

清水宏心裡的痛點被挑了起來，牛田宏、長賴喜伴和齋藤寅四郎三人編寫劇本，基於對長谷川清將故事發生地點轉移到櫻蕃社的變通作法，故事收尾部份很快便朝向簡化莎韻遇難過程，凸顯她精神風貌的方向進行。既然劇情朝這方向安排，分鏡鏡頭也據以編繪完成，現在再去揣摩長谷川總督是否屬意這種安排，也已太遲。清水宏看著中川健三臉上的困惑，也想掩蓋自己的惶然：

「這部電影一開始便朝精神上的真實這條路走。劇中人，除了莎韻和那米娜直接沿用真實人物的姓名外，警手田北正記的角色改為武田正樹，你的莫那和島崎的三郎是虛構的。劇情中呈現的這個部落，劇中也沒有人稱呼它為利有亨，最後莎韻掉下去的河，劇中人也沒有人呼它為武塔南溪。整個時空刻意模糊化，簡單化，但在這種簡約中，故事的精神還是如實呈現。」

長瀨喜伴理解清水宏心中的惶惑。這次編寫這部戲的劇本，除了他和牛田宏外，還有齋藤寅四郎，但齋藤沒有來。此外，故事是現成的，寫之前就已經有了框架，總督府要求他們在霧社一帶取材，提出希望莎韻被打造成全高砂族精靈的想望。基於這種揣想，編輯群決定略過莎韻的姓哈勇不說，她侍候的警手由田北正記改名為武田正樹，獨獨保留「莎韻」的名字作為永遠的象徵。

「是否要如實呈現莎韻長途跋涉的過程，我們和總督府沒討論過，如今中川兄提出，我就有些擔心上意如此。但莎韻上路沒多久便墜溪，拍攝時如此，銀幕上呈現給觀眾的印象也是如此。這正符合清水兄剛剛說的時空模糊、簡單化的原則。我看就這樣定調，別再節外生枝了。」

長瀨說完，牛田宏深覺與其摸索外面的情況，揣摩他人的看法，不如在內部形成共識，於是接下清水的問題：

「劇本跟事實確有出入，劇本的最後鋪排就是莎韻給老師送行，注意，是『送行』，不是幫忙『揹行李』，不用一直跟著老師，但她沒有接受老師的勸回，在離家不遠處不小心落水。落水的時地，我的意思是走過的路程和所花的時間，偏離走長路的實情，但無礙於象徵意義的呈現。」

牛田說完，中川不住地點頭，島崎潑看著兩位編劇：

「你們在寫劇本寫到莎韻落水時，想到的是濁水溪？」

清水宏見一名警手探頭進來，又退了出去，想應該沒什麼事，再度面向劇組。

「實際上我們的住所、拍攝地點就在濁水溪上游一帶。這個劇本，最後的場景是舞台化了，呈現整個村民和家禽、牲口列隊前往墜溪處悼念莎韻的場景。莎韻在離家不遠處墜溪的敘事意圖就更加明顯。」清水宏再度凝看中川健三，「如照真實的莎韻的走程，她向下游走 20 公里，差不多就要到埔里了。那最後的場景：全村人畜列隊前往墜溪處悼念，展現高砂族同心報國的壯觀場面就少了立足點。當然戲尾可以改，要設計一個能夠展現高砂族團結意象的場面，可要費一番思量了。」

中川健三知曉本劇如此收尾是為了迎合長谷川清總督的意念，

也就不再開口。清水宏：

「拍攝時會取巧，墜溪鏡頭在小支流，哀悼的場景選在真正的濁水溪。」

「這一點也不矛盾。觀眾可以這樣想：莎韻走過大河再轉進支流，所以在大河邊悼念未嘗不可。」牛田宏。

「依劇本，莎韻生前在櫻蕃社活躍，即使在外地落水，死後還是櫻蕃社的魂魄。用戲劇性的手法超越或凝聚時空，或者說把時空簡單化，主題意識自然比較強烈。」

香蘭說著自覺有些唐突、心虛，自覺想法不夠成熟，而不好意思起來。清水宏：

「不錯。大家徒步悼念的時候，配上最近錄好的〈莎韻之鐘〉大合唱的歌聲，效果會很好。」

「場面感人，大家……即使熟知莎韻殉難過程的觀眾也就不會在意演出是否合乎實情……。」

近衛敏明欲言又止，隨後經過一陣討論，大家支持清水宏照劇本完整演出，清水宏自然感謝大家的配合。

第二天早上十點不到，一名劇務助理回報，小溪週邊的場景布置得差不多了，剛好雨也小了許多，清水宏於是帶著相關人員穿戴雨衣前往。到了現場，雨停了，於是大伙輕裝徐步跟著助導野間和瓦西在溪畔泥濘的小徑走一遭。

「這裡……濁水溪的一個小支流，水淺，撩起褲腳涉水就可過。這幾天下雨，山上下來的濁水很多，但不深，那兩座木橋都是年輕人做的，看起來很危險，過橋掉了下去，也不用驚慌。……」

瓦西看著黃濁滾滾的溪流和架在上面的兩座獨木橋咕噥了許久。清水宏看著漫過獨木橋的滾滾濁流。瓦西照他的指示，把橋架得很低，洪流的效果看來很好。十來人分批走過完整的那座獨木橋，腳踝和腳脛雖然波湧浪竄，但感覺橋身還算牢靠。清水盤算了一下，這幾天晚上都會下雨，夜雨場景的拍攝今晚就可進行，決在拍攝時將兩盞照明安置獨木橋的兩端附近。另一具照照由助理攜著隨時給光攝影師豬飼或三木。這些由電池供電的照明平常省著用，這一期間拍夜戲時，儘量借助篝火和火炬的光，使用的機會不多。這次荒溪兩岸的夜戲亟需用光，只能全部出動。他把近衛敏明和扮演送行者的蕃青叫了過來，對著獨木橋，把今晚演出的動作說明過後，又把香蘭叫了過來，順著她項下的貝珠項鍊，移視溪面：

「看見了，比較近的那座橋，妳剛剛也走過。會不會怕？不過沒關係，妳今晚只走一半就可以。另一座比較遠，首尾並沒有連接兩岸的假橋，用來當做拍攝妳落水的道具。這座道具橋，橋板繫有繩子，繩子一拉就會滑落，當然不會讓妳踩上去，但要讓觀眾感覺妳正走過這座橋。妳落水前的那一刻會在岸上拍，不會拍到妳的腳，只拍妳慌張失措的神情。」

「橋板滑落另外拍？但我要做出看見橋板滑落驚慌的神情？」

「是的。表情和跌落的神態是這幕戲的關鍵。經過剪接後……」

「我了解。」

夜幕低垂，劇組人員搭乘軍卡直赴濁水溪畔。一行人下了車，演出人員，除了近衛披著雨大衣，著膠鞋外，幫忙挑行李的蕃青都不戴雨具，且打赤腳。三木一路跟隨，開始向下獵取他們的腳蹤。路面泥濘，冷光閃閃，手上的火光一晃，裸腳踏上泥濘後，又撩起一股水煙。沉默的腳印不斷拖曳光影，帶出一點跋涉的況味。清水很喜歡攝影機這種角度的詮釋。走到草屋，大家擦乾身子，略事休息。

布景師江坂帶著三名助理到木橋兩端布置燈光。相關劇組人員和蕃青臨演走出草屋外，看見三盞明晃晃的燈光透出片片雨箭和蒸煙，士氣高昂了起來。瓦西站在屋外的火爐邊，把火炬點燃後一一交給近衛敏明和七八名背負行李的蕃青。兩名攝影，三木在靠近木橋的原地往高處移了過去，豬飼跟著近衛小隊走回頭路。清水一聲令下，隊伍回過頭重新整隊，變成武田正樹和隨行的出征隊伍。隊伍在雨中前進，莎韻從後面追上來，經過一段下坡路段，都一一進入豬飼近拍和三木遠拍的鏡頭內。

隊伍快到橋頭時，三木和助手已先行過橋。清水重新整頓隊伍，準備開拍武田看到雨大勸莎韻回去，但她執意跟著送行的橋段。隊伍終於要過河了，瓦西帶著兩名蕃青前往下游，準備拉動橋板。每人都就定位後，清水喊「action」。武田面向莎韻：

「莎韻，妳送到這裡已經很夠了，非常謝謝。蕃社的小孩和嬰兒還要妳費心。就這樣再見了。」

武田說著轉身就走，莎韻看著一雙雙腳接續走過被水流漫過的獨木橋，遲疑了一下也下了橋，走了一段看了一下橋面，然後朝向岸上高呼：

「武田老師，萬歲！萬歲！」

清水還擔心她掉到河裡呢。莎韻回到岸上變回香蘭，靠近較下游的橋邊。清水看著香蘭：

「妳現在是在橋上，助導野間向瓦西打暗號，第一塊橋板滑落時，妳要認為是被水沖走了，然後現出慌張的神色。」

接下來的演出，第一塊橋板滑落時，莎韻慌張地回過頭，踉蹌了一下，發現「前面的橋面不見了」，回過頭，另一塊橋板也滑走了。人在岸邊的莎韻「進退失據」，河面上第二塊橋板「滑落」時，她「啊」地一聲，人倒了下去，逸出了鏡頭，火把也棄入河裡了。

已經在另一邊岸上的隊伍聽到慘叫，回頭尋找時，在豬飼的鏡頭裡，變成浮在滾滾河浪上的殘光碎影。

雨夜行路的戲順利拍竣，清水宏心中的大石掉了一大塊。接下來雨夜送行的戲，不管天晴或下雨，只要把氣氛弄好，他都有信心可以連上剛剛拍攝的夜行戲。

第二天氣候好了些，天空陰陰的，早上劇組補拍了一些戲，下午，久違的太陽露了臉，清水宏擔心天氣轉晴，瓦西知曉清水的心事，特地跑來。清水宏早約好他晚上帶人過來，見他提早過來，以為發生了什麼事。清水請他進屋，但被婉拒，瓦西站在門外：

「沒啥事，我們村裡的巫師說，今天晚上一定會下雨。」

「太好了。你們的巫師是很有經驗的。」

「他說上午看到燕子和蜻蜓低飛，池塘邊青蛙成群。剛剛出了一點太陽，但晚上還是會下大雨。」

「我也有信心，晚上七點半召集你的村民到集合場，拍完〈臺灣軍之歌〉合唱的場面往河邊走，就那幾個演送行的和你的幾個助手跟著走，其他人就可以回家了。」

「接昨天晚上演的那一場？」

「對。你很聰明。」

「篝火還是要準備？」

「對，不管有沒有下雨都要。」

「了解，篝火七點以前準備好。我會帶 30 幾人過來，準備更多的火把。」

「今晚的篝火晚會只供拍片用，不像上次開放大家使用到深夜。」

「了解。最好還是下雨，這樣接續昨晚拍的也比較順。晚上見。」

晚上很快到來。七點一刻，篝火在分駐所前集合場轟然升起，一夥人嗨地共舞，部份警察和警眷也入列。集合場邊的大電扇起勁轉動，插在集合場中央的「祝武田正樹君出征」的幡旗颯颯作響。天空厚雲密布，星月無蹤，山嵐越吹越大，蓋過了電扇的威力。清水宏從充當歡送宴現場的巡查部長品川的宿舍走了出來，幾滴雨打在臉頰，勁歌熱舞中的男女全然無感，香蘭看向攝影師三木。清水：

「等一下。」

雨滴更大了，清水竊喜，但也希望天氣的走向不要偏離劇情的設計太遠，不超出演出人員預備的幾套台詞。

「好開始。」

聽到清水的指令，香蘭小跑幾步旋入舞群，再度化身莎韻，在「SARAMIRA OSAMIRA」的歌舞聲中跳著轉身離開舞群，面向攝影機兩手半舉，測到雨滴後搓揉手掌，隨後轉身對著舞群的背影自言自語地說「下雨了」。莎韻再望向天空，用手擋雨，隨後從後門跑進宿舍拍攝現場，進入豬飼的鏡頭內。

「下雨了。」

大山健二化身的村井部長聽到莎韻的警語起身作出向外探視的動作後轉身面向武田正樹：

「下大雨，還要走嗎？」

「還是得走，今天不走就來不及了。」

「這樣啊？」

村井部長說著落座，豬飼的鏡頭把住宅另一端的莎韻的臉顏拉近的同時，村井開始哼唱古調〈離別歌〉，從後門進來的三木接手拍攝宿舍內的景況。

村井從前門離開宿舍後不久，莎韻也從後門離開，進入集合場時，剛好進入豬飼的鏡頭。雨大了一些，有時風挾雨勢形成水濂，但篝火依舊猛烈。豬飼運鏡把莎韻拉近，開始特寫她在雨中百感交集的神情。村井部長傳到集合場的吟哦好像催眠曲，豬飼盯著鏡頭裡面莎韻的臉發呆，他遺憾雨還是不夠大，但雨水仍然滲進莎韻的雙眼，她眼睛眨了一下，現出傷心的神色，從她臉上滑落的雨滴還真像是淚水。此刻，集合場的村民不再熱舞，村井在宿舍內的吟哦聲隱約可聞。穿著軍雨衣的武田正樹領著幾名手持火把的村民從宿舍走進集合場時，「萬歲！萬歲」的呼聲四起。武田舉手向參與歡送會的村民敬禮時，「萬歲」聲又響個不停。武田一行舉著幡旗走了約 30 米，清水大聲喊卡。

莎韻、村井部長夫婦、那米娜和駐在所支援的警察、眷屬在豬飼鏡頭前略呈歌唱隊形，莎韻起音開始唱〈臺灣軍之歌〉，三木從集合場的另一頭取鏡，合唱的村民大方入鏡。從豬飼的鏡頭看過去，雨水淋濕了所有人，也淋濕了歌聲。三木的攝影機移到合唱隊伍後面，豬飼持續正拍合唱隊伍。

「遙遠太平洋夜空，南十字星光閃耀，黑潮浪洗椰子島，怒浪滔天赤道線。……守護我們臺灣軍。啊！威武雄壯的臺灣軍！」

軍歌歌聲透過三木的鏡頭穿越合唱隊的背影，直達遠去的武田部隊。清水珍惜這種歌聲送行的畫面。武田一行停下片刻，在助導野間的示意下繼續走，舉著幡旗和火把的隊伍隨著歌聲消失在群眾的背影中。

莎韻唱著歌，突然回頭面對村井部長：

「我過去看一下。」

莎韻說著跑開，在一棵樹下攀上一條樹枝眺望時，進入豬飼的鏡頭。隨後聽到清水大聲的喊卡聲。這一段冗長的戲就是要下接昨晚拍攝的雨夜送行的戲。村民合唱時，武田遠去的部隊逐漸隱沒在歌聲中，歌聲止住時便自動停步，等待回來的指令。另一方面，莎韻從合唱隊形跑開，事實是偷跑，以便追上送行的隊伍。

近衛敏明一行回來後，這一晚的工作總算拍竣。瓦西留下幾個人收拾善後，參加歡送會的部落居民開始散去。

劇組回到宿舍才九點多，比起前幾天「中川健三」的最長一夜還要早結束。但和昨晚加起來，「近衛敏明」的夜晚還是略勝一籌。過了這一晚，清水對於接下來的路祭戲呈現他的「自然風」，自然信心滿滿。家畜、家禽、本地人、內地人同框，遠距拍攝時，都成為自然的一部份，自然順利、輕鬆地完成，只等著配上大家合唱的〈莎韻之鐘〉。

拍片是一個巨大的，燙手的工程，每天都希望趕快拋開燙手的山芋，通常一部片子拍完心就遠離了，期待的是新戲。劇組人員離開這個山坳回到日本的心理早就勢不可擋。

這次拍戲動員了部落大小朋友，工資的發放實在是一大艱鉅的工程。有些人有名有姓地參與演出，有的只是出現在現場，對於整體氣氛的營造出一點力。總督府希望工資直接發放個人，不要經由第三手，所以名單的研擬非常困難。最後完成造冊，發放時遇有爭議，都從寬認定，待全部發放完畢，每一個人的心早就飛遠了。另一方面，總督府知道松竹攝影團隊完成任務，也希望他們趕快回到台北述職，同時再次給予慰勞。

要離開這兒待了兩三個月的高山部落，香蘭自然有些難捨，她永遠記住這裡風土人情的純樸、美麗和熱情，其尤是用來歡迎、歡送和慶祝的篝火晚會。這回，部落自然用盛大的篝火晚會給他們送行，晚會還邀請霧社相關人士參加。雖然如此，香蘭歸心似箭的同時，也迫切地想返歸自己。這幾年，尤其是這兩年，她不斷接拍，認真投入演出的角色，希望演技受到肯定，因為認真，事後的倦怠感更大。她想先回北京的家，再向滿映探詢，如果《我的夜鶯》夏季拍攝計畫還沒啟動，就在北京待久一點。

雅子提醒她，經過上海到百代錄音的事。

「我是想到了。當然還是會經過上海，但實在很疲倦，到時再說吧。」

最後在總督府的協助下，劇組大多數人分批搭機或搭船返回福岡或神戶，再搭火車轉至東京。

11. 傷兵舞會 遇川喜多

香蘭和雅子兩人搭船抵達上海後夜宿亞士都飯店，晚上倦極，一覺醒來，天已大亮，飯店的早餐時間已過。通知川喜多與否？她思量了一下，去不去百代？她自己決定就可。沒事可別驚擾好友川喜多長政副董事長。她試著撥打山家亨的電話，他果然在。

等了大約半個鐘頭，山家才敲她的房門。山家身著胸口繡有龍紋的短袖唐裝，右手拄著拐仗，左手提著裝有幾本雜誌的布袋，在靠窗小圓桌邊落座：

「聽說妳到台灣拍戲。」

「是啊，你怎麼知道？」

「川喜多講的。」山家從布袋取出幾本電影雜誌放在桌上，「《萬世流芳》殺青記者會要邀妳參加，他打電話到滿映，知道妳還在台灣拍戲。」

「我事先告訴過他了。拍戲，不但在台灣，是在山地裡面。」

「在山裡曝曬的機會多，怪不得曬黑了。」

「是嗎？剛去的時候三月末，四月初，還很冷，但台灣熱得很快。」香蘭把山家放在小圓桌上的雜誌看了一下，遞出一本給坐在床沿的雅子，「《萬世流芳》殺青記者會什麼時候辦的？」

「快兩個月了，就在這個亞士都樓下大廳。」

山家拿起桌上第七期的《新影壇》，香蘭再次看向雜誌的封面人像：

「是周璇吧。很可愛。」

「對。裡面有一個漫畫更有趣。」

山家說著翻開雜誌扉頁，有人演奏、跳舞和下棋，題為〈郊遊圖〉的漫畫，香蘭一眼就看到右上角，坐著飛機前來的女星。

「這是誰啊？」

「就是妳。妳看這些說明。」

香蘭啞然失笑。山家：

「這裡頭 51 位男女演員，妳是唯一不是中聯的。」

「是嗎？」

「妳總是日本、台灣、滿洲和上海跑來跑去。所以把妳放在飛機上……」

有人敲門，雅子開了，一名侍者端來兩份咖啡早點。香蘭知道是山家叫的。山家：

「妳們用。我早吃過了。」

「你都不陪白光？」

「她上戲去了。」山家把臉別開，避免看到香蘭吃點心，「我剛剛提到中聯。其實中聯也不再有了。它上個月和中華電影合併成中華電影聯合公司，簡稱華影，川喜多還是副董事長。總部依舊在江西路的漢彌爾登大樓。白光現在就在第二攝影棚，下班後我再陪她。今天泰半個白天陪妳和雅子不是問題。」

「我早料到會合併。想來這種合併，是方便日本軍方管控吧。」

「沒錯。」山家拾起放在腳跟的拐杖，玩弄把手，「管理 12 家電影院的上海影院公司也同時併入，所以從製片、發行到放映，一條鞭暢行無阻。」

雅子把另一本中聯機關誌《新影壇》放回桌上，香蘭看著自己和陳雲裳的合照，覺得有些愧忸。山家：

「《萬世流芳》的劇照？」

「不是。是拍戲時，一位攝影大哥拍的，那時還沒卸妝，還是劇中打扮。」香蘭吃了一口蛋糕，啜了一口咖啡，「最近工作還順利吧？」

「本來想辦一個類似武德報的東西，上級本來也很鼓勵，現在反而叫我暫時不要動。」山家亨呼了一口氣，看向窗外，「現在上海的船是越來越少了，都是一些小船。」

坐在窗邊的香蘭看了一下，點頭稱是，雅子也伸長脖子往外看。山家無奈地垂下眼瞼：

「今年開春以來，感覺被人跟蹤、監控。」

「是重慶政府的？」

「自己人哪！」

「會不會是你自己疑神疑鬼。」香蘭把小圓桌上的雜誌疊好，「反正你也被憲兵隊約談過了。」

「像憲兵隊明著來還比較好。現在就怕暗箭難防。」

雖然如此，香蘭並沒有現出太多憂慮，在她眼裡，山家叔永遠是人緣佳，長袖善舞，八面玲瓏的人物，即使一時有災，終能逢凶化吉，轉危為安。

「山家叔，不用擔心。你向來就是福神。」香蘭看向雅子，「雅子！是不是？」

雅子微笑點頭稱是，山家稍覺寬心：

「一件事忘了向妳報告。」

「哦。」

「妳演的《萬世流芳》賣座很好。」

「我只是配角，戲份不多。」

「妳唱那一首歌就夠了！川喜多長政逢人便說，這部電影，重慶、延安都放映，〈賣糖歌〉到處有人唱，變流行歌了。『電影和音樂真的可以超越、癒合政治。』他一直這樣津津樂道。另外，他還說，百代唱片一直希望找到妳灌唱片。」山家打住話語，但嘴角蠕動，「要不要在上海多待個幾天，把〈賣糖歌〉和〈戒煙歌〉錄好，百代，我來聯絡。」

「我來台灣前川喜多就電話提醒我。」

「妳來上海有告知川喜多嗎？……那這樣我安排你們見面好了。」

「不好打擾他。」

「錄音還是要去。這個機會沒把握到，妳在新京要再來一趟上海不容易。」

雅子見香蘭神情猶豫，對於錄歌一事沒有鬆口，暗自著急，把電影雜誌放在床鋪後，打直腰幹：

「既然山家大哥願意幫忙聯絡，小蘭就趁這幾天把歌錄好。」

香蘭被助理這麼一說，只好抑制體內的倦怠，強打起還沒復原的精神：

「放鬆了好幾天，要把狀況找回來……但又怕他們作業拖很久。」

「不管怎樣！好好錄一下，這一兩首歌會讓小蘭真正打入中國人的社會。」

雅子看著山家把話說出口，山家了解雅子的用意：

「李香蘭打起精神，在上海建立歌唱的灘頭堡，把氣勢拉起來，就可以沖掉我的霉氣，就像中國人說的沖喜，……」

擔心雅子聽不懂，山家多講日語，有時也用華語表達他難掩的憂愁，但還是習慣性地堆滿笑臉。他見香蘭還沒完全回神，猜想在台灣高山拍片一定打亂了她的七魂六魄，到現在還沒有完全復元。

「小蘭，我從沒看過妳做事這麼不果斷。」

山家說完拿起電話，香蘭知道他打給百代總經理郭僕。山家除了簡述香蘭的近況外，大部份時間都在唯唯諾諾。電話掛了。山家：

「郭總說現在禮拜五快中午了，最快下禮拜一或二，正常是拜三或拜四，首先要和華影的梁樂音老師聯繫上，即使梁老師在身邊，立刻協調到時間，明天禮拜六上午也得先讓樂隊練習一番……」

「那就下禮拜了。」

香蘭慵懶，有點無奈地回應著，好像背後被人扶著一般。山家又拿起電話聽筒撥給郭總，說明香蘭次日另有行程，確認一切下週再說。山家掛掉電話看著滿臉狐疑的香蘭：

「那就多待幾天吧。明天拜六我想帶妳們參加一個慈善活動，嚴格講是上海各界慰勞傷患的舞會。明天下午。」

「收門票，然後捐給傷患？」香蘭看著山家點頭示意，「很久沒跳了，也生疏了。」

「不跳也好，看一看就好，看看上海的生活百態。」山家呼了一口氣，「嚴格講是慰勞皇軍傷患的舞會，在我住的華懋飯店，憑邀請券進場，好像也是去年帶妳去的那個樓層。不對，去年是到九樓，這次在八樓。」

「那家飯店，上次去了，但印象淡薄。這次的慰勞日軍傷患慈善舞會？是不是達官貴人藉一個名目邀請貴婦名媛來跳舞？」香蘭想了一會，「既然是要安慰在戰爭中受創的官兵，應該會釋放一點和平反戰的訊息吧。」

「和平、反戰？只存在傷患或家屬心裡，妳也想得太深入了。軍方可不會這樣想。」

「你應該帶白光一起去。」

「她不去，叫我一人去，我正好邀妳們一起去。」

「那雅子，一起去吧。」

雅子笑著表示同意。香蘭：

「等等。被白光看到不好吧。」

「跟她報備過了。況且她那時人在戲棚，不礙事的。」

獲得香蘭的應允，山家高興地載著兩位女子沿著黃浦江往南走。山家滿腹憂鬱，望著江輪、帆船和漂泊江面的舢舨，油然興起詩意，他想起了家鄉的老母、幼女，甚至亡妻，對於在中國常相左右的聲色犬馬開始有些厭倦。香蘭放眼江邊的景色，心情不再這麼荒遠，錄歌的心情開始回歸。此刻看著山家蒼茫的眼神，心也軟了下來，心想延後一兩天北上，多陪這位老友也是對的。

山家為了陪下班後的白光，下午四點就結束伴遊，送香蘭回到飯店後，直驅福履里路第二製片廠接白光下班。

香蘭用餐前頗思量了一下，直覺山家變得敏感而小心了。他提到慈善舞會的政治意涵時，是一點點地釋放，由於預料會有上海陸軍高階軍官或將官出席。他也在談話間，透露了想出席試水溫，看看自己在上官面前斤兩的意圖。香蘭知道，如果那些長官態度熱絡，山家就會寬心一些，不再這麼疑神疑鬼。

雅子一直給香蘭重要行事作紀錄，由於香蘭在台灣拍片的後半段行事紀錄做得不完整，她希望趁早補足，徵得香蘭同意後，決定不去參加舞宴。

次日，用過中餐，香蘭頗等了好一會兒，陪白光用過午餐，服侍她午睡的山家才開車趕到亞士都。由於時間耽擱了不少，兩人驅車直奔華懋。過了白渡橋，第一個路口，山家輕輕踩煞：

「華懋只是樓層比較高，房間的格局和妳現在住的亞士都差不多。」

「亞士都住了兩次，有種親近感，很多很華麗的陳設都看成平凡了。」

「其實華懋飯店故事比較多，名氣也比較響。」山家輕踩油門，「人云亦云，傳說多了，益發引人好奇。」

「所以想再去一趟，不是匆匆去開會，開完就走的那一種。有些地方想好好看一下。」

香蘭說著，山家沒有搭腔，沿著黃埔路中央停成一列的車陣緩行，車子停得很密，好不容易看到一個空位，山家倒了車後慢慢把車塞了進去。

「現在南京路那兒不准停車。」

山家說著拔出車匙。兩人下了車，山家想抓住香蘭的手，但被香蘭閃開了。一輛車走過後，山家遙望一輛電車緩緩前來，拄著拐仗快步過了大馬路，香蘭快步跟上，雙雙踏上麥加利銀行前面的步道。外牆紅白相間的匯中飯店，香蘭認得，兩人快步走過，經過南京路，來到沙遜大廈前頭，山家在階梯前停了一下，讓香蘭先上。

兩人在旋轉門前小排隊，香蘭閃進門後，山家跟上。

進入大廈，香蘭踩在乳白色的大理石上，山家用拐杖敲了一下地板，仰起頭，香蘭跟著仰望，古銅色的鏤花吊燈好像遠在蒼穹，一樓的格局確實比亞士都高，很是氣派。兩人走過左右手邊，貼上封條的華比和和蘭銀行舊址，眼前豁然開朗，山家：

「我們不急著上去，慰勞舞會就是那樣子。」

「這就是有名的八角大堂？」

「沒錯，相當高，主要是用來吸收太陽的熱能。」

聽山家說了，香蘭順著一位學童的目光往上看，看著被一格格黃灰色玻璃包覆的穹頂：

「比剛剛的廊道更高，差不多有四層樓高，那玻璃？」

「玻璃頂上面就沒有樓層了，半透明的玻璃一方面透進陽光，也留住陽光，冬天會很暖。」山家向前走了兩步，「飯店的大廳在這裡。」

香蘭走出八角堂，眼前更加開闊，櫃檯作業映入眼簾，幾根大柱撐起的大廳，典雅，有氣派。山家貼著牆壁向左一轉，來到兩座電梯前面：

「這個大樓，四到九樓才是飯店，一到三樓租給公司當辦公間。」

香蘭點點頭，不久在電梯小弟的招呼下，共六人進入電梯。電梯內空氣窘迫，到了八樓，香蘭和山家同另兩個客人步出電梯。兩個客人腳程很快，山家氣定神閒：

「樓上，也就是九樓，部份空間闢做夜總會。」

「那你一定常來。」

「我調來上海的時候，夜總會已關閉一段時間了。」

「日本軍人佔領後就禁掉了？」

「當然。」

「好個當然。」香蘭急行兩步再回頭仰看山家，「這個封，那個禁，像一樓那兩家外銀，外國公司倒了，日本人又沒能力接手。工商就這樣萎縮下去。」

「戰爭到最後就是毀滅，在毀滅前，有些經濟停頓是很自然的。」

山家決絕地說完快速移步，香蘭緊追他拐杖敲地的節奏，兩人經過兩邊分別是中餐廳和和式餐廳，有些幽暗的廊道，山家繼續說：

「日本政府厲行戰時管制，內地和佔領區有別。國內早就禁跳舞了，但這裡舞照跳。哈！哈！」

山家的朗笑甫收束，一陣鼓掌聲從前頭傳來。山家停下腳步，等香蘭跟上後，在華日語交互使用的女聲的聲浪中拄著拐仗快步走向前面咖啡色的大門。兩人進入大門，華懋引以自豪的舞廳中央擺了十幾排折疊椅，椅子上坐了七八成客人，舞廳兩邊靠牆的小圓椅也坐了不少衣香鬢影，身著旗袍或舞衣的女子。

大廳最前面的受禮台很像教室的講台，兩邊附上斜坡道。領完獎狀的傷殘軍人，有的腋下頂著拐仗，有的坐著笨重的輪椅，由護士推著走下受禮台的坡道。山家看著受完獎的傷兵被推向牆邊，或走向前排的座椅時，一位女士走了過來，很熱絡地把山家和香蘭引向第一排貴賓座。女士：

「這位？」

山家把嘴巴附在女士耳邊講了幾句，女士仔細看了香蘭一眼後急步走開。司儀小姐持續用華日語雙聲帶動會議。另一邊第二三排的傷殘受獎者在醫護的護持下開始往受獎台移動。司儀小姐：

「現在河田中尉等八名負傷官兵，不顧自己的傷殘，建立赫赫戰功，我們請上海派遣軍佐佐木少將給他們頒發中國戰場獎章。」

佐佐木少將上台時，透過他空下的座位，香蘭看見川喜多也在座，驚訝和不安襲身，但立刻吞下肚。在崇榮樂聲中，佐佐木少將一一給官兵別上獎章後，一個劍步跨下受獎台，大臉衝向山家，向他握了一下手，山家似乎寬心了不少。司儀小姐：

「現場貴賓陸續到來，我們歡迎上海派遣軍報導部山家亨中佐，還有最近才在《萬世流芳》演出的滿洲映畫紅星李香蘭小姐。」

香蘭站起向後轉，向左右來賓行禮，掌聲如雷響起，要坐下時，眼角餘波收納了川喜多投過來的眼神，心裡壓力大減。司儀：

「現在我們請立法院長兼上海市長陳公博給我們講幾句話。」

陳公博從受禮台旁邊的緩坡上去，他致詞時，先恭維少將幾句，自然也講了「中日提攜，東亞共榮」的場面話，他每講一小段，司儀都幫他翻譯。

「……本人謹向得獎的官兵致上最誠摯的祝賀，至於沒有得獎的，我的賀意也沒有少。我在此對各位在這塊土地的犧牲和奉獻致上最大的感謝。在戰場上，你們可以說是功成身退，即將回到家鄉重建家園，少了一隻手，一隻腳，只要精神在，都可以……」陳公博停頓了一下，話鋒一轉，「戰爭歸戰爭，我們也不以人廢言，這個飯店的創辦人大衛．沙遜是英國人，在大戰中傷了腿，但他本身極愛跳舞，所以在這個飯店設了舞廳。咱們開設這場傷殘官兵慰勞舞會就是從他那兒得到靈感。但他只是跛腳，想跳舞容易克服，但各位，尤其是斷腳的，想跳舞可能還要克服更多的困難，不過現在科技發達，裝上了義肢……最後可以實現跳舞的美夢……」

來賓致完詞，司儀請賓客全部站起離座，改到大廳兩邊小圓桌旁邊休息。賓客離座的混亂中，工作人員開始把折疊座椅搬往大廳兩邊和後面，舞廳的樂隊也在一片試音中就受禮台旁的演奏位置。山家說著等會會回來後就離去，香蘭兩眼瞥向川喜多走開的背影，有些落寞地在附近找椅子坐下。

山家送完長官回來後，舞池中央三名日本殘兵正和三名盛裝的中國女子起舞，兩名手殘的士兵跳得還好，一名士兵拖著義腳，趕著跟上音樂的節拍，最受矚目。此外，一對年輕男女顯然非表演者，在場邊隨著音樂舞動腳步。香蘭：

「你去送客？」

「軍人都走了。不過市長會留下來，等一下會和他老婆共同開舞。」山家兩眼瞄向場邊跳舞的男女，「那個女的，妳知道嗎？」

「她是做什麼的？」

「孫科的姨太，名叫藍妮，是有名的交際花。」

「穿戴得珠光寶氣的。孫科是誰？」

「孫中山，孫文的長公子。」

「哦。」

香蘭略顯驚訝地點了一下頭。山家兩眼閃出職業性的光亮，故意考香蘭：

「孫先生在重慶當大官，他姨太來上海做什？」

「難道是兩個中國政府之間的密使？」

「你想多了。」

山家神秘地笑著時難掩愁容，音樂終了。司儀宣稱第二個特別節目開始，由日本國防婦人會上海支會用傳統舞蹈詮釋流行歌曲〈櫻花〉。

「搭配流行歌不一定要交際舞，傳統舞蹈也很好。這個傳統舞動作簡單，男子，或者傷兵也可以跳……」

司儀說完，樂隊開始演奏，「櫻花啊！櫻花啊！三月的天空，一望無際，雲蒸霞蔚……」歌聲開始流布，七八名，身著和服的婦人會成員隨著歌聲擺頭搖扇，頭向右，扇就向左，反之亦然。律動簡單，扇子在前面畫了幾圈，才開始作一些變化動作……。

「李香蘭！」

聲音從前面傳過來，香蘭一看是川喜多。川喜多一語化解了香蘭遠道返滬，但沒有知會一聲滋生的尷尬，香蘭心寬了不少。川喜多倚在柱子上：

「這樣政治性強的聚會，不要參加比較好。」

被川喜多這麼一說，香蘭頓感惶惑。山家笑了起來：

「有這麼嚴重嗎？」

「她剛開始有了中國影迷，作為一個中國演員，這是有傷的。」

川喜多說著時，女司儀開口了：

「舞會即將正式開始，由陳公博市長伉儷給我們開舞，第一首舞曲是〈支那之夜〉，也就是〈上海之夜〉，我們請在場的李香蘭小姐給我們開嗓，助大家的舞興……」

川喜多快步驅前，登上受禮台後制止司儀小姐。司儀：

「李小姐身體不舒服，我們按原計畫，請各位嘉賓就舞池位置，我們恭請陳市長伉儷……」

川喜多走下受禮台，抓住香蘭的手便往外走，留下山家錯愕的神情。〈支那之夜〉吉魯巴舞曲響起時，川喜多操持華語：

「妳什麼時候來上海？」

「前天……，對不起，沒和你打聲招呼。……但錄歌的事聯繫好了。」

「那好。」

香蘭邊走邊把到台灣拍片的情形簡單交代出來。川喜多：

「這個舞會是一個很奇怪的聚會，日本軍人來這裡打仗殘廢了，固然不幸，但很可能殺了不少中國人，中國政府還要開一個 party 感謝他們。」

「一開始我也覺得有些怪，既然山家叔相邀，我也就趁機打發一下時間。」

「香蘭哪，妳也聽出來了。剛剛陳市長講話也很巧妙地避談感謝日本軍人來中國作戰一類的字眼或話語。」

「對，他只說那些傷兵已功成身退，要他們回去重建家園。」

親眼目睹川喜多的顧忌，她想不通他為何來此，或許只是受邀前來應付一下，而一群傷兵恰好引發他對戰爭的厭惡。說到〈支那之夜〉這首歌，電影已經演過了四年，一般場合，她會從容地唱。但在這滿是戰爭創傷，心思敏感的此刻，她想到了被擴大解釋為國族歧視的那一巴掌。要她唱，心裡的疙瘩梗著，幸好川喜多及時幫她擋下。被川喜多這樣「押著走」，沒向山家說一聲，香蘭覺得很過意不去，回望了一下，遠遠望著被拋下的山家。兩人穿過兩邊是餐廳的廊道，香蘭：

「山家一定很氣你來攪局。」

「不會，妳也知道他的脾氣。」

「他凡事大而化之，不過該頭腦清楚的時候，有時會糊塗壞了事。」

香蘭說著來到電梯口，兩人順利搭上電梯，香蘭面壁想著川喜多的叮嚀，川喜多欲言又止，最後說到天氣時，電梯開了。

川喜多車子停在路中央停車區，兩人穿越馬路，川喜多開了車門，讓香蘭進入，呼了一口氣：

「妳百代的事聯繫好了？」

「山家幫我搞定了。」

「自己的事……」

「在台灣山地待了兩三個月，倦極，對工作都有些厭了。」香蘭看著川喜多善睞的眼神，「畢竟不是鐵打的金剛！」

川喜多笑了起來：

「住那兒？」

「亞士都。」

川喜多把車子駛進車流：

「妳在《萬世流芳》唱的那兩首不就是梁樂音作的曲嗎？」

「對！郭總會找他準備，預計在下禮拜。」

「我會先連絡他。待會下車後，我們互留電話號碼，我也把他的給妳，趁著假日先連絡好。」

來到上海後，香蘭心情一直在低谷徘徊，她依稀察知一些端倪，最近幾部電影拍攝期長，但收穫不成比例，發行的唱片也只是〈紅色的睡蓮〉賣相比較好，但也是好幾年前的事了。出道前三年，好像每年都有大型演唱會，歌聲現賣，掌聲現賺，這才浪漫，與這種即時光采無緣也已兩年多了。在台灣山地拍片，自己確實很努力，也打起了精神，那是靠著團隊在支撐，團隊一解散，個人也就鬆懈了，現在山家和川喜多從背後撐持，總算拾回了一點精神。

12. 上海錄歌 返家惆悵

這個晚上她打電話給梁樂音老師，知道他努力重新編曲，多加幾種樂器，會儘快安排百代小樂隊演練後，精神和鬥志又提振了一些。

雅子書寫香蘭在台灣拍片的紀事，越寫越覺得疏漏處多多，想趁著現在記憶尚新，工作環境比較優越時多整理一些，香蘭知道雅子不喜歡一個人在中國人堆裡枯等，自個兒拉了黃包車便前往百代。

香蘭又來到百代唱片的小紅樓，聞知這兒是貝當路後，頗感心驚，經吳樹揚經理解釋，憲兵隊和百代，分別在路頭和路尾，南轅北轍不搭嘎，她才稍稍卸下心防。

她在吳樹揚經理辦公室坐了片刻，在吳經理一通電話過後，隨即跟著到二樓董事長室。董事長中村對她剛從台灣拍片回來甚感好奇，不斷詢問她在那兒的生活情形。女秘書給大家倒茶時，總經理郭僕提著一布袋封好的唱片進來了，香蘭收下沉甸甸的禮物後，又從他手中接下一只信封。

「這是公司酬謝妳的微薄版稅，妳去年年尾錄歌，〈恨不相逢未嫁時〉今年三月出版，另一面是姚莉的歌，20 張在這個布袋裡。」

郭僕說著，女秘書給他補了一杯茶。中村：

「最好一次出兩首歌，這樣兩面都是同一個人的會比較圓滿。」

「這次就是這樣，今年三月問世的《萬世流芳》的兩首主題曲……」郭僕。

「這兩首歌都有口碑，現在錄音製作出版，剛好打鐵趁熱。準備得差不多了吧。」

「梁老師和樂隊正等著她排練呢。」

郭僕說著，中村發出職業性的驚呼：

「啊！對不起李小姐。耽誤妳的時間了。」

會面結束，香蘭的唱片由吳樹揚提著，兩人一起下樓，梁樂音老師已等在這兒，樂隊也演練多時，香蘭來前也獨自覓地練唱過，進入錄音室，先把那兩首曲子清唱一遍，再由樂隊伴奏，如此再重複一次，已是晚餐時刻。

晚餐在外頭小餐廳進行，總經理郭僕致個意便離去，同餐的有經理吳樹揚、梁樂音老師、音樂編輯黎錦光、姚敏，和歌手龔秋霞、姚莉、白虹。面對這麼多中國籍樂人，香蘭大開眼界，也覺得雅子沒來是對的。香蘭的新唱片〈恨不相逢未嫁時〉是姚敏的佳作，去年秋年錄音時他妹妹姚莉也在場，如今重逢，香蘭感覺格外親切。同桌八人交互問候、聊過後，香蘭始知黎錦光、白虹是夫婦。

大家都是音樂人，彼此交談熱絡，除了避免談到滿映外，都對香蘭多所讚美，對於這些恭維，她都回以客套的謝詞。姚敏提到上次錄的〈恨不相逢未嫁時〉：

「這張唱片在上海音樂界引發不小回響，妳應該拿到了。」

「已經給李小姐 20 張了。」

吳樹揚代為回答。

「陳歌辛老師聽了非常滿意，直覺妳的歌聲發自生命的深處，幽怨天成，轉音也非常優美，把他的感情詮釋得很好。」

姚敏說著看向同座朋友，姚莉和龔秋霞輕盈地笑開，表示同意。姚敏繼續說：

「我覺得中國傳統詩歌裡頭的閨怨化成具體的歌聲就從這張唱片開始。……」

香蘭直覺銷路不是很好，但也不好多問，姚敏老師最後一句「引發特定歌迷的收藏」似乎給了答案。

「剛剛姚敏提到閨怨，不只是獨守空閨自嗟嘆，古詩裡頭，女子的輕顰淺嘆都有時代的影子。王昌齡的『悔教夫婿覓封侯』，白居易的『紅顏未老恩先斷』是如此，陳歌辛的『失望苦痛盡在不言中』也是如此。以前是封建時代，現在是亂世，在大環境的壓抑下，怨婦嘆，棄婦吟，誰人能解個中味？」

黎錦光引經據典，文言入話，大家覺得跟不上，沉默了一會，梁樂音接著談到第二天錄唱〈賣糖歌〉和〈戒煙歌〉的細節，姚敏仔細聆聽。侍者開始供應茶水、小菜，一夥新的食客來了，有些擾嚷，吸引大家的眼光，梁樂音也講得差不多了。姚敏笑看香蘭：

「香蘭小姐一直有著驛動的心。去年見面時，正要趕回長春，如今見面，又從台灣趕回來。」

艷羨的眼光一起投射過來，「我們都是老上海了，什麼地方都沒得去」這種弦外之音也傳進香蘭腦裡。也是作曲家的黎錦光眼瞼下垂，看向香蘭的眼神變柔和了。

「或許我們要這樣看，古有徐霞客，今有李香蘭。」黎錦光難得展現笑容，引發側目，「不過徐霞客會很羨慕妳，妳到過的日本、東北和台灣，他沒去過。」

香蘭對徐霞客略知一二，雖然明瞭這兒大部份人知道她是日本人，但還是細細聆聽每一句話，擔心引發敏感的國籍問題。

「徐霞客生不逢時，生在明代，舟車不便。生在這個時代，飛機才剛發展，各國交戰……，生在不可預測的未來才是……」

姚莉話沒講完，十足吊人胃口，未來世界的想像在每人心裡萌起，香蘭也不禁在心裡築起安和樂利的烏托邦。

「妳這次到台灣山地有沒有深入蠻荒的感覺？」

被梁樂音老師這一問，香蘭想了一下：

「也不能這樣說啦！部落居民生活條件比較差，他們臉上刺青、紋面，看起來怪怪的，不過人是挺和善的。」

「這個我聽說過，中國雲南或中南半島的一些土著也有這種刺臉塗上顏料的習俗，只是沒看過。」

黎錦光說著時，家常菜來了。服務生給每人一碗高粱米飯，紅燒滑魚，你一匙我一匙，很快就去化了一半。黎錦光吃了一口飯繼續說：

「中國古代有一種黥面的刑罰，叫做黥刑，就是在犯人臉上刺上盜賊或奴婢的字樣，一輩子跟著你。」

遠在天邊，台灣泰雅族「SARAMIRA OSAMIRA」的歌舞聲在香蘭耳畔響起。

「對了，在台灣部落的歡迎晚會，酋長帶著一顆人頭來獻祭，然後叫部落男女跳舞給大家看。」

香蘭一語驚眾，一直沒開口的白虹臉露驚詫：

「砍下來的？」

「聽說是割下來的。」香蘭發覺自己誤導話題，「那些部落的惡習，最高當局已經禁止了，不過地方警察有時還是會稍稍縱容一下，讓他們發洩一下。」

武士刀砍頭的慘景在很多人心中喚起時，蔥煎蛋來了，一大盤炒蛋圓了大家的眼神，龔秋霞開始用筷子分割煎蛋，給大家服務。

「我很了解李香蘭小姐在台灣山地的驚魂之夜，說出來減減壓也好。」姚敏察言觀色，語帶貼心，「晚上住這兒？」

「是的。」

「會不會怕？如果會，我叫姚莉陪妳。」

「不怕！不怕！」

香蘭語帶天真，大夥一哄笑開，梁樂音趁勢把話題導開，對日本軍政、文藝態度分離的上海樂壇開始在香蘭腦裡形成概念。

餐後香蘭夜宿小紅樓三樓客房，從房間老虎窗望出去，林木全然沒入夜暗，但中村董事長一家人也都住三樓，香蘭不致太害怕。

第二天，在灌音部主任傅祥巽的安排下，梁樂音老師指揮小樂隊，〈賣糖歌〉和〈戒煙歌〉的錄音順利完成。梁老師要回中聯，香蘭和黎錦光在紅樓門口送走他後，黎老師：

「香蘭，到我二樓辦公室小坐一下吧。」

「好啊！」

香蘭跟著他上樓，隨後進入音樂編輯室。小辦公間內，黎錦光的辦公桌靠窗，朝門口分出兩排並排的辦公桌組。黎錦光請香蘭坐在他座位旁的便椅上：

「很抱歉，這邊沒有待客的沙發座。」

「坐這兒就挺好的。」

「香蘭小姐，梁老師跟我談妳談了很多，說妳熱愛中華文化。」

「這個嘛！」香蘭知道黎老師含蓄的語意，但實在很不想談自己的身世，「我在北京讀過中文中學，對我的成長和見識影響很大，也交了很要好的中國朋友。」

「是的。」黎錦光決定不談香蘭的生活背景，「現在錄好音了就要回滿映？」

香蘭下意識地想說先回北京的家，但立刻警覺黎老師可能會順便談起她的家人：

「是的，畢竟離開公司差不多五個月了。在台灣拍片之前也在東京一帶進行了兩個月的拍攝。」

「太辛苦了。」

黎錦光說著，彼此沉默了一會。香蘭不想談拍片的事，隨便抓了一個話題：

「音樂家或作曲家好像都同在一個國度。尤其在目前這種非常時期。」

「沒錯。妳本身也是歌手，也算音樂人。」

「氣質也一樣，譬如你和梁樂音老師，雖然長得不一樣，但⋯⋯」

「我和梁老師有些不同調。」黎錦光看著女僕把兩只冒煙的茶杯小心翼翼地放在他的辦公桌上，「他在日本出生，還保有日本人的派頭。」

「喜歡人家稱他梁桑。」

「沒錯。既然他跟我一樣很喜歡採擷中國民謠，或田野間的小調，慢慢在心裡上就會完全回歸中國了。」

「您在這兒工作多久了？」

「三年了，老闆由英國人變成日本人。」黎錦光苦笑了一下，「我有空也會到音響室幫忙。」

「音響室？」

「就在隔壁，當個音響助理。」黎錦光看著香蘭不解的神情，「譬如今天梁老師前來指揮樂隊，我就到控制室見習。沒什麼，多學習。一個傑出的音響師成就不亞於音樂師。我這麼認為。」

兩人談得入港，吳樹揚經理走了進來，表示有事到虹口一趟，香蘭住的飯店在虹口，昨兒讓他知道了，明白他的意思後，立刻搭他的便車回亞士都。

由於訂不到機票，香蘭透過飯店拿到兩張第二天到北京的車票。山家不便前來送行，還是由川喜多載她們到上海北站。

車站大廳雖然粉刷過，但舊牆的水色漆淺淡，靠近天花版的新牆，水色漆深了些，月台六年前被轟炸過的痕跡更明顯，支撐頂蓬的水泥柱新舊參半，蓬頂全部換新，被炸毀的殘景只能存在人們的記憶裡。

綠色的列車在小販叫賣聲中緩緩離站，在上海舒適了幾天而止息的台灣回憶又在香蘭腦裡澎湃了起來。列車好似從台灣山林出發，蕃社的歌聲、鼓聲不絕於耳。雅子在上鋪待了好一會兒，爬下來坐在香蘭的鋪位：

「折騰了許久，終於可以回家了。」

「是啊。」

「我的意思是妳北京的家。妳畢竟很久沒回去了。」

「確實。在台灣拍片，大家談到歸返時，我根本就沒考慮要和劇組一起回東京。」香蘭淡漠地看著窗外逐漸把郊屋拋遠的田園，「那一陣子，在中國河南、哈爾濱、上海南北移動拍片時，有時可抽空順道回家一趟，但多沒有時間訪友，記得有一次只停留一晚就走。自從去年 11 月到哈爾濱拍《我的夜鶯》的冬戲，今年初到日本拍《誓言的合唱》，再南下台灣拍片，大半年沒回家，時間不算很長，但在台灣時與世隔絕，所以特別想家。」

雅子自然也很想家，但常常把這種意念淡化在香蘭想家的意念中，香蘭一旦回到了家，跟著「回家」的雅子立刻感染那種鬆脫感，住進別人家裡的那種不自在因而減少了許多。兩人在列車過了一晚，午後安抵北京。

北京六月天氣最好，槐樹的花期才剛開始，滿街槐香讓人放慢腳步。山家應該還在上海，川島芳子變得無影無蹤，應該不至於跟著來到上海吧。長時未見，也沒有她的消息，香蘭相信她應該已經化解「被除掉」的危機，既然在北京、天津不得意，或許已經回日本，或前往滿洲發展。

剛回到家，她去電華北電影公司報備，也打電話回滿映。她一向不喜歡驚動甘粕理事長，照例給牧野理事去了電話，那知電話那一頭表示牧野已經調到東京分社，這支電話改由新成立的上映部使用。以為牧野是接分社長，結果還是理事，規模不大的東京分社有需要理事嗎？她合理懷疑這只是理事長逼人走路的一種手段。牧野夫婦在東京電影界人面寬廣，回到東京，就像籠鹿縱放山林一樣。牧野獲得了解放，自己頓失一個依靠，她正感失落時，電話那一邊的小姐建議她直接去電理事長。她再撥打電話時，甘粕在，表示《我的夜鶯》還沒重啟，島津保次郎要到下旬才會回來，希望她休息一陣再回滿映。

弟妹越來越大了，最小的誠子也已十歲。最大的弘毅和悅子都在中學教中國學生日語，也都十分苦悶，他們都知曉遠在南太平洋的戰爭已經悄悄地北移，戰爭打了這麼久，他們一直都在後方，有時甚至覺得戰爭只是一個幻影。他們期待美日中三方坐下來和談，但和談越來越不可能，他們的生涯永遠會被這種無奈的世局卡住。

13. 貴華憔悴 彈琴惜別

香蘭想到了溫貴華，每回回北京去拜訪她，總覺近鄉情卻，尤其是剛在台灣山地待了兩個多月的此刻。當然一切還是香蘭自己多慮了。此前每回去溫家拜訪，香蘭總覺得貴華和她雙親老是貼心地提高高度和包容心，避免刺傷她，而讓她感到寬心。

早上，香蘭和媽媽、妹妹悅子、雅子在客廳閒聊，電話響了，山口愛接過後轉給香蘭。電話另一頭聲音急促，香蘭聽了好一會才知是溫媽。溫媽：

「貴華的情況實在很不好。電話不方便說，妳來一趟好嗎？」

香蘭沒多說什麼，應允後放下聽筒，把雅子交給悅子照應後立刻上路。她在家外胡同口叫了一輛人力車，人力車轉進王府井大街後急馳，閃進她腦中的第一個意象是：貴華自殺了，或企圖自殺。但既然在家裡，那情況還好。但畢竟久未見面，近來也疏於書信聯絡，世事多變，或許她精神……香蘭胡亂想著，車子過了金魚胡同轉進甘雨胡同，香蘭心臟噗通噗通跳，不祥的預感讓她氣喘了起來。

香蘭按了門鈴，門開了，見到溫媽媽，稍稍鬆了口氣。溫媽媽急急走了兩步回過頭：

「她的模樣嚇人，妳不要見怪。」

香蘭忐忑地跟著走過小花園，登上小洋樓，一進門便看見趴在地上哭的貴華。香蘭當下驚嘆剛剛猜得沒錯：她精神失常了。天氣有點熱，貴華穿著破爛的長袖棉衣，頭髮綁在腦後像女傭，臉上沾滿泥巴，顯然她在擦拭淚水時，淚水溶掉泥巴，擦出大花臉。她身旁放著一只草繩綑綁的柳條行李箱。

「貴華前晚離家出走。我和她爸爸發現後把她找了回來，但她一直哭，什麼也不講，一夜沒睡，也不吃東西，剛剛又企圖逃出去，結果倒在前花園，走也走不動，把她弄回來後，她就賴在地上，像小孩子。」溫媽媽懊惱地看著貴華再看向香蘭，「妳跟她這麼要好，她有事一定願意跟妳講，打電話過去，沒想到妳竟然在家。」

香蘭差一點說出才剛剛從台灣回來，她心一橫站了起來，一把提起貴華的柳條箱，一手伸向貴華：

「來，我的校園美女，我們進房休息好了。」

貴華果然把左手伸出，用右手用力撐起身體時，香蘭放開柳條箱，兩手把貴華拉拔起來。香蘭扶著貴華往樓梯移動時，溫媽媽也過來扶助，溫爸爸提著柳條箱跟著過來。上了樓，貴華開始掙脫香蘭：

「行了，我自個兒走可以的。」

香蘭鬆手後，貴華扶著欄杆走了幾步，摸到自己房間的門框後，一股作氣走了進去坐在床沿。溫媽媽：

「剛剛還賴在地上，朋友一來就有力氣了。」

「心情極度沮喪時，會感覺冷，感覺有氣無力，有力氣也使不出來。」

貴華顯然神智正常，香蘭放心了不少，溫媽坐在貴華旁邊：

「妳裡面有穿襯衣吧，這棉衣都是泥，脫下來洗好了。我馬上給你燒一點熱水，妳先洗個澡再和香蘭聊聊。」

貴華有些忸怩，但還是被母親脫掉上衣，露出貼身內衫，貴華隨即從床上拿一件薄毯給自己披上。溫媽走後，香蘭撇開貴華狼狽的臉，一時不知該說什麼。高中畢業了四年，如果順利升大學的話，現在也已畢業，但時局弄人，貴華一直蹉跎在家單相思，瑟縮，悲觀度日，生命開始萎靡。貴華：

「謝謝妳來看我。」

「想到要來看妳時，妳媽媽剛好打電話過來。」

「剛拍完片回到北平？」

「沒錯。」

香蘭說著時，溫媽端著一臉盆水進來。溫媽把臉盆裡的毛巾扭了一下交給女兒：

「把臉擦乾淨。」

貴華有氣無力地把臉抹了幾下，溫媽隨即搶下毛巾，放在臉盆內洗了一下，扭乾後再強力地在女兒臉顏、肩膀和手臂抹過一遍，隨後看著女兒恢復幾分標致的臉，再望向香蘭：

「剛才也實在難為了我們的香蘭把貴華抱著撐到樓上。」

「我在台灣高山抱著大黑豬拍片也撐了很久。」

香蘭說完，貴華笑得腰彎身俯，把披在身上的薄毯拉下，抱在懷裡。三人繼續有一句沒一句地聊著，溫爸走了上來：

「水燒好了。」

溫媽催女兒洗澡，貴華頗折騰了一會才上路。隨後香蘭跟著溫媽下樓到客廳小坐。溫媽泡了祁門紅茶，把紅裡透褐的茶水送到香蘭跟前：

「妳剛剛說在台灣拍電影。」

香蘭只好把莎韻的故事大略講了出來。

「台灣高山的少數民族就像中國南方的少數民族，想法都比較單純。」溫媽沉吟了一會，「那妳就是演出莎韻囉，我們都很喜歡妳演出的角色。」

溫父走了過來，逕自坐在沙發上：

「妳演的《萬世流芳》，我們一家都看了，妳的古裝扮相還真俏麗。一個賣糖的小姑娘，那時候真的都插滿簪花嗎？」

「打扮得像富家千金。」香蘭面露靦腆，「有時也覺得怪不好意思的。」

「這你就不懂了。」溫媽斜乜了老公一眼，「佛要金裝，人要衣裝，美女自然需要美妝啊。」

「說的也是。貴華看了也希望妳一直演這種古裝的角色，免得惹上現實或政治上的一些紛擾。」

看見香蘭輕顰淺笑，溫父繼續說：

「我聽說日本電影界自由主義風很盛。這一點想向妳討教。」

香蘭把不久前近衛敏明在台灣霧社山林講過的，出演多個國家或民族的演員容易跨越本位主義的思維，變得比較自由的這一番話，先借來回應：

「……不單是演員，導演這方面的傾向更明顯。他們早先經常和國外電影人士交流，相互觀摩，汲取最新的技術。日本很多導演很喜歡美國好萊塢的電影，觀眾也一樣，結果兩國正在作戰。」

「戰爭改變了一切，我看妳出演的電影，還是有一些可以給導演發揮的空間。」

「沒有錯。我只能說，目前日本軍政府還沒有完全收服電影界。所以拍出的真正的戰爭電影很少，以戰爭為背景的也不多。」

香蘭說著喝了一點茶。溫媽：

「妳演的《中國之夜》或《沙漠的誓言》都是以戰爭背景的片子？」

「勉強算是，畢竟戰爭的成份不多。您剛說的以戰爭為背景的電影，軍方會要求做一些親民－親近中國兒童、婦女或一般百姓的一些包裝，但導演也會把他真正想要表現的藏在裡面。有一個龜井文夫[1]就拍了不少這種電影，結果兩年前因為反戰被抓去關。」

「這樣啊？自由主義通常是反戰的，這種邏輯是通的。」溫父發覺自己對日本的態度理性了許多，「我還是要多了解，和兒女溝通後買些有關日本的書籍讀一番。有一點，日本為了應付戰爭需要，軍歌倒是製作了很多，在市區走動時常聽到。看了以戰爭為背景的電影，心裡面沒有多少戰爭，但一聽到那些歌，感覺戰爭就在身邊開打。」

「音樂人追尋自由，藉著音符，想表現什麼就是什麼，但聽者無法直接理解，借助歌詞，明顯或用隱喻的方式表達出來，馬上被禁，但嘗試作曲寫歌的人還是前仆後繼。」香蘭難得和溫父四目交投，隨即笑了一下，「軍政府委託樂人製作大量軍歌，基本上就是壓制音樂的創作。要求他們把心思轉移過來。」

「這樣看來，音樂家都是個人，單打獨鬥，曝身於外，政府容易監管，導演和一群人掛在一起，政府監控起來就比較費力。」

「所以日本政府幾年前就立了電影法，規定電影是國家思想政策的一部分，電影的攝製和發行必須得到批准，拍好了還要送審。法規立在那兒就有震懾作用，大小官員執行起來就很威了。」香蘭好像置身官僚體系一樣，正在宣導政令，自覺有些面目可憎，「不過法律條文是死的，還要看人。像我們滿映的理事長就入鄉問俗，拍了不少要給東北民眾觀看的娛樂電影。」

「中國也是一樣，官僚體系龐大。人家說禮教吃人，官僚更會殺人呢。」

溫父簡單回應後，直覺只憑香蘭幾句話就驟下結論，有些草率。彼此沉默了一會，香蘭：

「不好意思，今天話太多了。不過，我們主要是談統治者。統治不外乎說和做，壓制自由，尚可容忍，奪人生命就不能忍了。」

溫父不住地點頭，表示同意，但不知說些什麼。溫媽叫了起來：

「唉呀，我都忘了。香蘭！妳這次來，待久一點，陪貴華久一點，讓她穩定下來。」

溫媽說完趕著下廚。溫父看著茶杯裡面，顯得更紅的茶水：

「妳演的《萬世流芳》有沒有在日本出外景或上攝影棚？」

「完全在上海拍攝。除了借助攝影棚外，也出外景，利用現成的大宅院也拍了不少。」香蘭頗沉思了一會，「這部電影還沒拍完，我就接下一部。後來拍完了，我也沒看過。老闆和製片都是日本人，拍片中途，他們都說不會在片頭掛名，會讓整部電影，一個日本人的名字都沒有。」

「電影廣告和片頭字幕裡頭都是中國人的名字。」溫父回想當時審看電影，未察覺有任何東洋味後鬆了一口氣的心情，「老闆川喜多長政是中國通？」

「沒錯。如果不是戰爭，他很可能就歸化成中國人了。」

香蘭於是把他父親川喜多大治郎的故事簡單交代出來，溫父十分感慨：

「妳不說，我還真不知道日本人也有這種為中國兩肋插刀的義士，可惜被仇日的潮流淹沒了。」

「如果中日兩國關係良好，川喜多長政一定會走上他父親的道路。」

「那當然。」

「事實上他父親給他的遺書就清楚交代這種事。」

「真是有心。川喜多長政對中國員工很好吧。」

「一直非常好。我覺得不用特別強調他個人。」香蘭兩手切出強調的手勢，「殘殺百姓的日本軍人是中國人民的敵人。但整體說來，日本演藝界並不全然是中國的敵人，甚至可以是友人。」

「跟妳談了這麼多，我有一種想法。」溫父停頓了良久，「就是妳雖然是日本人，遊走中國和日本人或環境之間，但思想正確。我的貴華陷人孤境，沒有外界的污染，照理說，她的想法最純淨了。……」

溫父不知如何結論，但香蘭聽懂了。

「但也最容易受傷。」

香蘭的話觸動了溫父的心裡，她知道他常想到這一點，而且想到這兒時，一定靜思片刻。她看著溫父，腦筋動了一下：

「她不是還有一個弟弟嗎？」

「妳是說勤華。妳還有印象啊？」溫父吁了一口氣，有點擔心幫助小兒做的決定不被香蘭認同，「他去年進入輔仁大學，現在住校，貴華本來有伴的，現在可要等他週六回來了。」

「那貴華也可以……」

「我本來叫她也去考一下，但她嫌自己年紀大了，會被人笑，一方面心繫以前的男朋友。那個男的聽說逃到後方了，她昨天逃家，我懷疑和他聯繫上了，但問什麼都不回答。」

香蘭細嚼溫父的話，想著貴華聯繫上摯愛的可能性，努力回想他的名字時肩膀突然被兩手壓住，她知道是貴華。貴華坐下後用毛巾擦拭濡濕的頭髮，看著父親和香蘭。

「妳可能心裡有疑問，為什麼勤華去讀輔大。」溫父看向香蘭好奇的眼神，「妳知道美日兩年前開戰後，美國人退出燕京大學，輔大本來也是屬於美國天主教會管的，但幸運的，不是由日軍接管，而是由另一個國家的神父接管……」

「德國教會？」

「就是這樣，反正都信天主，不甩納粹的那一套，加上天高皇帝遠，大可以不鳥希特勒。另外，社會系一位姓西井的教授具日本皇族的背景，罵過日本軍人，也讓日本當局不敢隨意來校騷擾。」

「我有很多話要跟妳講。」

貴華不想聽到輔仁的一切，催香蘭上樓，見香蘭不方便走開，逕自上樓去了。溫父看著女兒走開上樓的背影：

「貴華的情況，妳認為會是？」

「您剛說的她的那位男朋友，是她以前在翊教時認識的大學生，應該有四年沒見面了，她應該想去找他。」

「我也這麼想。但問她，她什麼都不講。」

「她可能擔心您會阻止她。」

「妳上去吧。別讓她等太久。不過也快中餐時刻了。」

………………

中餐時分，溫貴華看起來正常，只是有些疲倦，但已超出父母的預期。溫父看向香蘭，繼續電影的話題：

「跟妳談過後，我覺得思想活絡了很多，也算初識電影界對自由的爭取和珍視。」

「說到這裡也是很有趣的。就拿電影《萬世流芳》來說，日本人、中國人各自解釋，日本人當然主打英國侵略中國，希望利用這部電影爭取中國人的支持，中國人倒把百年前的英國侵略想成現在日本人的侵略，兩國政府或人民各取所需。戲前戲後，演員、職工發表意見，公司也不加干涉。」香蘭有點口乾，喝了半杯茶，「國與國間也是這樣，只要不去動武掠奪、侵佔、奪人命，即使心存鄙視，歧見甚深，也沒關係，大家可以好好談，談得不好，吵起來也沒關係，總比兵戎相見好。」

溫媽樂聞敵對雙方對話的看法，也很想了解香蘭在台灣拍片的情況，香蘭知道貴華長久陷入困境，暢談自己到處遊走拍片，難免不會刺激她，於是把話題轉到翊教中學的往事。貴華談興不高，溫父溫母了解香蘭的用意，也就不再多話。貴華顯然精神不濟，筷子掉了兩次。

「貴華，聽媽的話，待會好好睡一覺。」溫媽視線從愛女移向香蘭，悄聲道，「我安排妳到另一個小房間歇一下。」

香蘭知曉，到人家家裡作客，不能待太久，看著貴華和溫父溫母還很需要她，只好耐住性子留下。她被安排在貴華那早已遠遁重慶的哥哥的房間小睡，不太習慣，也沒多少睡意，起初有些心焦，設身處地揣摩貴華的處境和可能的作為後，睡意朦朧了起來。

她被一串珠玉在水中擠撞的琴音喚醒，聽了片刻，猜八成是貴華彈琴，往隔壁間一探，果然是。貴華回過頭，笑著離開鋼琴座，請香蘭坐在桌邊椅，自己坐床沿：

「心慌，彈練習曲解悶。」

「繼續彈嘛！」

「咱聊一聊吧。」

「和陳洪仁，這名字，我沒記錯吧，和他聯絡上了？」

貴華兩眼下垂點了一下頭。

「妳離家是要去找他？」

「我除了這個還能做什麼？」

「他人在重慶？」

「是，在訓練中心當排長。」貴華回復端麗的臉顏看了好友一眼，「我在家裡像廢人一個，只有回到他身邊，才活得有意義。」

「我能理解。」

「早知道那一年就應該跟他一起走，那時進入抗戰區容易多了。現在大家都在擔心。」

貴華說著把前天離家的過程講了出來。想到要一個人逃離雙親，經過一個不知怎樣走的路程，到 2000 公里外的異地，貴華心內百般煎熬。她帶著行李到離車站不遠的老同學家，她沒勇氣一股作氣搭車離開，想借住同學家一晚，培養好勇氣和決心再走。但同學實在太擔心了，也承受不起協助逃家的後果，待貴華一離去，就打電話通知溫父。溫父火速趕到車站，花了一點功夫，找到了還拿不定主義，正向車站詢問處探聽各線路況的貴華。

「我並不怪那位同學。我相信別人也會這樣做。」

「大家都會擔心。就我的了解，長江那一帶戰況很多。」

「沒有錯。」貴華左手托腮，皺了一下眉頭，「我在車站問的結果，長江線走不通，黃河線，那兒有鐵路。」

「我去年在河南拍片，就是坐火車經過鄭縣再轉開封。」

「妳也真巧。隴海鐵路，火車只開到鄭縣，再過去就是交戰區。日本軍人現在連洛陽都還沒有實質佔領。」貴華一掃先前的抑鬱，精神抖擻了起來，「日本軍隊機動掃蕩，游擊隊出沒的地區寬一兩百公里，我打算花三天時間通過這個危險地帶。」

「妳這樣簡直是自殺。日本軍人、土匪、毒蛇猛獸，一關接一關。九命怪貓都沒有這種能耐，況且妳只是一個人一條命。」

「或許在鄭縣、洛陽可以呼朋引伴，大家一起走，或是花點錢找個帶路的。」貴華有些動氣，「或許我們弄到一部車，也或許可以碰見游擊隊。」

香蘭一時不知如何回答，終於可以和相思多年的男友見面的幻想驅使貴華勇敢而浪漫地建構冒險的故事。花錢找帶路的可能被騙，碰到游擊隊，是福也是禍，如果碰上日軍，逃難者只有被視為敵軍，再說有車搭乘更讓她想起去年在黃河畔拍戲時，好幾輛插在河灘上的汽車。這一切她都沒說，她擔心這種歷險故事的揣想和述說反而會助長他人冒進的愚勇。她想了一下：

「然後就到重慶了？」

「只是到陝西。小姐，妳的地理都還給老師了。」貴華噗哧笑開，「從西安到重慶 900 公里，應該不致全程走路，有機會坐車子。至少都在蔣委員長的控制範圍內。」

「妳的計畫非常偉大，精神可嘉，但只是幻想。」香蘭把椅子拉向貴華床鋪，「妳不應該一廂情願想到那邊會怎樣？妳要去，在北平先計畫好，譬如同去的伴，在北平先找好，最好找到有力人士，找到河南西邊山區的接應團體，儘快縮短暴露在交戰區的危險。」

貴華兩腳收起放在床上，側臉向香蘭：

「實在沒時間慢慢經營一個穩扎穩打的計畫。我應該儘快痛快地演出自己，不是一味蹉跎。」

「照妳的劇本這樣演，現代孟姜女萬里尋夫，或者說找男友，那是一個最悲壯的角色。」

香蘭說完，貴華咭咭笑了起來，一個高大的身影突然逸出房門口。溫父不知在房門口聽了多久。香蘭：

「妳應該找父母好好談。」

「是。我不找，他們也會找我。」

「哦！還有一點，妳哥哥不也在重慶嗎？」

「或許他們，我是說陳洪仁和我哥哥孟華已經相互有聯絡了。」

「看來情況沒有想像的這麼糟。」

香蘭訪友向來避免再用第二餐，今兒多睡了一趟午覺，已經太超過。她覺得貴華心緒好了很多，向貴華告辭時，貴華臉色一片慘白。香蘭：

「還是要向伯父伯母說一聲。」

貴華望著樓梯口另一邊的尾間，香蘭直接走了過去。貴華突然快步跟上挽著香蘭的手臂：

「拜託妳別這麼快走。多陪我，妳一走我一個人不知道該怎麼辦？」

香蘭回望身體蹲下，哭得像五歲娃的貴華。前面的房門開了，溫母見狀趕了過來看著香蘭：

「貴華還是很脆弱，妳就多擔待一些，多陪她吧。」

香蘭挽著貴華回到她房間：

「把妳嚇成這樣子。」

「過了這一晚，情況就會好一點。我這樣想。」

貴華說著有點不好意思地看著好友，兩人沉默了好一會，才開始互相彈琴自娛，直到溫媽再次邀香蘭用餐。

用餐時，溫父儘談些中國歷朝典故，隻字不提愛女的出逃計畫。香蘭也知道既用了晚餐，勢必要留宿一晚。入夜後如堅持離去，主人一定也會堅持陪同前往王府井大街叫車，貴華被拋棄的挫敗感一定也更強烈。她想了一下，決定借個電話向家裡報平安。

晚餐後，貴華不再提出逃計畫，喜歡聽香蘭談台灣山地的風土民情和各種動物。香蘭放心了許多，知道她心情開始冷卻，逐漸回復的理性一定會讓她深覺出逃計畫的危險和不可行。

上半夜過了泰半，古城居民陸續進入休眠，溫父溫母也已準備就寢，貴華沉默了半晌，從床上站起走向鋼琴後落座：

「我彈一首貝多芬的〈月光奏鳴曲〉，用來向妳道別，也向這部鋼琴說再見。」貴華側頭看著香蘭，遲遲沒把視線收回，「不論怎麼，我們都是同一國的。是不是？」

這首曲子，香蘭很久沒彈了，以前彈也是在北京跟貝德洛夫夫人練歌時，在老師的看視下用練習的心情彈過而已。她希望貴華彈完後會更加理性，完全離開那種瘋狂的想法。

貴華兩手不停地撫摸琴鍵，微弱的琴音像從烏雲縫滲出的月光，進入第二樂章，節奏漸漸明快，貴華兩手也開始像慢飛的飛鳥，雙手像雙翅在鍵上掠過，是那樣悠閒，好像在回憶翊教早期那段輕快少憂的日子。七八分鐘過去了，貴華的雙手突然在琴鍵上躍起，好像激烈鼓翼的飛鳥，雙翼稍稍喘口氣，又恢復快拍，好似被快火部隊窮追，拚死命逃亡的過程。貴華，妳此刻心情該不會是這樣吧。香蘭越聽越感覺那種狂奔的態勢，貴華兩手舉起更像是奔跑時跳起的樣態，十個手指敲著琴鍵前進，「錚錚鏦鏦，錚錚鏦鏦」，好像追兵的腳步聲，突然跨遠的手勢彈奏出一段高潮。接著快速游動的右手、迸裂的琴音，造成月光遍灑的音效。貴華收起雙手後，愉快地望向香蘭。香蘭：

「可以上台表演了。彈得實在好，映在我腦裡的是一個不滅的影像，滿是別後不能相忘的能量。」

「最近沒事都在練這幾首。」

「妳應該多彈，把心情寄託到這裡。」

「好啦。琴彈完了，我安排妳到客房休息了。」

客房就是她哥哥的房間，香蘭咀嚼貴華剛剛說的「不論怎麼，我們都是同一國的」那句話。她用這句話表示她的決心嗎？她顯然決心越來越強，但或許多少延續學生的習慣，講一些意味深遠的話，用來裝飾虛無縹緲的決心。就像當年被問到日軍攻進北平時，同學「奮勇抵抗，誓死保衛家園」一類空洞的回答。但也不盡然，自己那時答的「我要站在北平的城牆上」是一句空話，但貴華確實提到「我要參加游擊隊」，她說這話主要是呼應男友想「從事敵後破壞工作」的豪語。她男友後來沒當成間諜，但在大後方重慶從事抗日，那她追隨男友到重慶是順理成章的事，雖然最佳的時機已遠去。溫父今天下午顯然偷聽她和貴華講話，她離去後，自然會找女兒溝通，自己實在不用承擔太多，可以放開一些。

香蘭思緒繁雜，但漸漸模糊，一夜無夢，醒來後，貴華精神也很好。用過早餐，她告辭離去，溫父見女兒狀況不錯，也放心不少。

註 1：龜井文夫（1908-1986），日本導演，福島縣人，東京文化學院美術科畢業，曾在列寧格勒的藝術理論研究所學習，早期製作的重要紀錄片有反映日本在中國侵略行徑的《上海）和《北平》。反戰片《戰鬥的士兵》曾經被禁演。1941 年完成一部反映農民艱難生活的影片後被捕。戰敗後重返影壇，執導紀錄片《日本的悲劇》和故事片《戰爭與和平》。

14. 記者會後 漫步太廟

兩天後，香蘭應橫井董事長的邀請走訪市區西北角新街口北大街的華北電影公司廠房，並接受午宴款待，在座的除了公司高幹外，還有北京記者協會總幹事李善懷。李總幹事一口流利的日語：

「妳父親也是我的好朋友呢！」

香蘭嚇了一跳。

「30 多年前北京同學會，妳父親認真學漢文，真是少見的日本謙謙君子。」李善懷向香蘭遞了一張名片，「妳的事情，我是從李際春將軍那兒得知一二的。」

香蘭看著中文書寫的北京記者協會的名片：

「參加這個協會的，中日文報紙都有？」

「都是中文報紙。日文報紙的另有協會。」李善懷要了香蘭的電話，「參加我們協會的報紙都很希望有機會採訪到妳。聯合記者會是很好的方式。主要是談《萬世流芳》這部電影，提問的內容敲定後，我再通知妳。」

「沒有興趣。」

香蘭這樣說了，三四位日本賓客聞言大笑，帶點揶揄。回到了家，記者會一事還是有些疙瘩。她問起父親，山口文雄：

「李善懷嘛！在北京同學會時，他是助教，我是學生，以前很要好，但最近比較少聯絡。」

「我跟他說，對記者會沒興趣。」

「妳就參加好了。給我一點面子。」

父親要她參加，雅子在旁邊敲邊鼓，她的想法有些動搖時，母親山口愛腳步輕快地從廚房走了過來：

「那個溫貴華可能離家了。」

「什麼？」

「她媽媽連打兩通電話過來，沒找到妳，很是失望。先是說一早不見人影，希望女兒在我們這兒，一個時辰過後再來電話，希望從妳那兒得到一點線索。我看應該是離家了。」

她感覺溫家的責難正向她崩塌過來，母親要她打回去，但她無力舉起話筒。不過，40 分鐘後，她接到溫父的電話：

「……那一天，我聽到妳們在房間的對話，妳一離去，我就開門見山跟她談，她激動了好一陣子，但被問到關鍵的問題，就支支吾吾，我怕刺激她，只好留意她。但她還是……我看應該真的上路了。」

「真是對不起。我沒想到她真的這樣做了。」

「這不能怪妳，至少妳讓她洩露了真正的意圖，只是我沒及時制止。」電話另一頭的溫父難掩心中的焦急，「她有沒有說要搭車到那邊？」

「她說，或許在鄭縣、洛陽或其他城市停留一段時間，集合一些同伴後再找人帶路。我跟她說，這樣做九死一生。實在對不起，我一直聽她說，以為她發洩完後就不會想那些蠢事。」

「不能怪妳，我也給她發洩過了。她真想做英雄，我只好認了。」

…………

電話結束後，香蘭像洩了氣的皮球，渾身不起勁。貴華此行基本上是受難，而且是個恐怖的過程，這種恐怖佔滿她內心。以致貴華的死亡反而成為她的安魂劑。貴華可能在槍戰中中槍，也可能被地痞騙財騙色，最後喪生，也可能病死、餓死……。不管怎樣，死了就安息了，免去了更多磨難。她把貴華的墓埤收納在心後，才能開始想一些事情。「不論怎麼，我們都是同一國的」，貴華的話又在心裡響起。這句話是祝福，也是擔憂。這兩個敵對國度，茫茫數億人當中，貴華和香蘭這兩家難得有的交流、互信，也可能隨著情勢的更加惡化，消融在巨大的仇恨和衝突中。

香蘭想到了記者會，滿映一直把她塑造成北京出生的名門千金，在電影裡頭，也常作這種投射。事實上，日本電影界或影片拍攝現場，大家都知道她是日本人，滿映綜合各方面的情資，瞭解公司多年的設計雖然瞞不過日本人，但多數中國人都認為香蘭是滿人或華人，也就不再刻意強調香蘭是華人的這種「國策」，放任情勢自然發展了。香蘭長期為公司政策所困，體內累積了太多欺瞞中國人心生的不安，在電影界自由風的薰染下，早就想做一個無所隱匿、虧欠的電影人。那就趁這個記者會宣告這個真相，回復自由人了。她起了這個念頭，心裡又開始激蕩，擔心沒有事先告知，引發長官有著被背叛的憤怒。

記者會敲定了，地點設在北京飯店騏驎廳，且以李香蘭拍的日語發聲的電影，記者多未涉獵為由，主題侷限《萬世流芳》的內容、相關議題、拍攝過程，和受訪者對上海男女演員的看法。那天早上，李善懷邀香蘭到東長安街記者協會辦公室小坐。香蘭腦裡滿是溫貴華苦難的身影，也努力找回和陳雲裳之間互動的記憶。李善懷從座椅站了起來：

「我們一路走過去，很快就到北京飯店。」

兩人緩步走著，但香蘭心理起伏不定。過了王府井大街口，香蘭停下腳步：

「有一件事情，我心裡掙扎了很久，我今天非說出來不可。」

「妳的意思是，在記者會講出來。」

「是。李香蘭不是中國人，是日本人，本名叫山口淑子。雖然她在中國長大，也熱愛中國，但畢竟是日本人。」

李善懷停下腳步，消化內心受到的衝擊，語氣堅定：

「我全然不同意妳這樣做。」

李總幹事臉頰的法令紋深刻地往下垂。香蘭有些錯愕，李總不是親日派嗎？李總幹事繼續說：

「妳是中國人的電影明星，妳在北京長大，懷著中國人的夢想，也是中國人的夢。妳絕不能摧毀中國人的夢想。可能有些中國人知道妳是日本人，但仍希望妳是中國人，妳如果不當中國人，想想中國人會多麼傷心失望。」

香蘭心沉了下來，原來李總，或許還有一些人，以為她是，或者說，認同她是中國人。她如果坦承自己的國籍，等同背叛，毋寧說，她是有些感動，考慮把已經到了喉嚨的話嚥回去。

香蘭俯首跟著李總的腳步前進。自己幾時成為中國人的夢想，香蘭頗覺惶惑，她早期主演，由滿映開拍的華語電影，川喜多長政的中華電影發行部興趣缺缺，獲得放映的機會恐不多，之後和東寶、松竹合拍的日語電影，中國人看的可能性也不高，去年拍的《黃河》雖然華語對話居多，但只在滿洲一些城市短暫放映。難道一部《萬世流芳》，外加一曲〈賣糖歌〉，就讓自己成了中國人的偶像？

兩人走進停車坪，李善懷：

「會不會緊張？」

「有一點。有那幾家報社的記者？」

「最近北平報社被關了很多。但各地派駐北平的記者，譬如上海、南京、瀋陽的很多。」李善懷停住腳步，叮嚀的眼神瞬了香蘭一眼，「今天我介紹妳的時候，我就不再提妳在滿映的種種。今天的重點是中國電影《萬世流芳》和中國明星。」

「了解。」

李善懷再次停下腳步：

「今天記者會的記者都不認為自己被日本人統治，他們也都多少活在夢想中。」

香蘭點點頭驅退一點暈眩，跟著李總進入大廳，踩著紅毯，穿過高聳、華麗的柱林。李善懷：

「來過沒？」

「來過。第一次拍電影來北平出外景就住這飯店。」

被紅毯裹著的樓梯上去是騏驎廳，李總帶著她上樓，但引她到廳旁的休息室。李善懷：

「妳坐一下，我去現場看看。」

「等一下介紹時，別把我說得太滿，簡單一點。」

李總走後，五六名接待小姐和幾名服務生確認來客是李香蘭後，一擁而上向她索取簽名，香蘭從包包拿出一疊簽名照，李總回來了，看到熱絡的場面：

「這些照片已經簽好名字了，很好。妳們留下幾張，兩位先拿進去發。」

李善懷指使兩位小姐進場發照後帶著香蘭撥開布幕從台前進場，掌聲熱烈響起。香蘭被引導進入台上長方桌前坐下，李善懷坐在右邊，兩人前面都有一具桌上型麥克風，李總前面還有一具桌上直立型麥克風。工作人員把他們的麥克風都打開調好。香蘭看了一下，幾名記者迅速離開右邊桌組的點心區後，前面的幾排座椅大約擠了 50 名文字和攝影記者，李善懷站了起來，靠近直立型麥克風：

「今天是影壇新星李香蘭的記者會。」李善懷回望坐在左邊的香蘭，「我們知道她在北平長大，受教育，最近有機會和上海的中華聯合製片合作拍攝古裝劇《萬世流芳》，今天她剛好人在北平，我臨時找她召開這個記者會，文字資料準備得不夠，剛剛發下去的簽名照是李小姐親自準備的。今天的主題有兩個，一個是《萬世流芳》的電影內容和拍攝過程，另一方面，李小姐對上海電影界的看法，記者小姐先生有興趣，也可提問。」

李善懷話顯然還沒講完，記者座一人起立，李善懷知道他有意見，示意他開口。

「李總，你剛剛訂了兩大提綱，記者有其他和李小姐相關的問題是否也可提問？」

「可以，但是時間有限，留到最後，ok ？」李善懷見上海申報的記者落座，「好，現在有請備受喜愛的影歌雙棲的李香蘭小姐。」

香蘭站了起來，記者拚命鼓掌。

「李小姐，坐著講就可以。」李善懷望向香蘭，待香蘭坐下，「請各位記者就李小姐出演《萬世流芳》的種種提出問題吧。」

「請問小姐，是什麼原因讓妳參與《萬世流芳》的演出？」

「當然是接受導演的邀約。」

香蘭說著，記者群笑聲鵲起，在這種場合，她決定不提滿映或川喜多長政。

「看到周貽白老師的劇本，我心頭一震，有機會參與中國歷史劇的演出，在戲裡感受歷史人物的喜怒哀樂和正氣、氣節，好像親身參與了改變歷史的事件，恍然有種成就感，鼓舞著自己拚命演出。再說，」香蘭停頓了一下，「上海是東亞電影中心，製片公司、電影院林立，有成就的導演、演員輩出，有機會投身這個電影王國成為其中的一份子，實在是個人的榮幸，自然全力以赴，希望在上海電影界留下好成績。」

香蘭說完，掌聲響起。會場另一角，一名記者提到：

「〈賣糖歌〉風靡全國，當初妳唱的時候會想到有這種效果嗎？」

「當初唱的時候沒想到這麼遠，只覺得這首歌好聽，也很有意義。因為這首歌的現場演唱是劇情的一部份，也就是說，不是在錄音間錄好再把聲音放進影片裡頭，在正式上戲攝影前，跟著梁樂音老師從靜止間到走動間勤加練習，最後到類似現場人來人往的場合模擬演唱。因為現場人來人往，我又必須走來走去，感覺音樂忽近忽遠，不小心就會落拍。再來是膠卷吃緊，公司希望一拍就成，不要ＮＧ。在攝影機前正式唱的時候，有些緊張，但後來就渾然忘我，也無視週邊人了，結果真的一次就搞定。唱完後，當然不知道後來會轟動，只知道當時大家對我的觀感已經有了大幅改善了。」

香蘭說完，掌聲落下後，一些記者交頭接耳，引發李善懷側目，一位女記者舉起手。李總：

「呂玉麟小姐，請講。」

「李小姐剛剛說到唱完〈賣糖歌〉『大家對我的觀感有了大幅改善』，能否詮釋一下。」

「我是滿映演員，一開始要融入中聯拍攝團隊這個大家庭，是有些困難，我就像鄉巴佬進大觀園一樣，看到袁美雲、陳雲裳這些影后，就像看到神一樣，距離感很大。唱完這首歌後，大部份是袁美雲的戲，陳雲裳和我比較常輪空，她開始主動找我聊天，也給我很多指導，我們無所不談，成為好朋友，有相機的朋友看見我們就給我們拍照。……」

「〈賣糖歌〉，大家都是跟著廣播學的，而廣播的歌聲又是從電影裡截取的。廣播聽完就沒了，很多人跟著唱都唱得不完整，大家哼著難免走音走調。……」

打領結的徐姓記者說著，記者席起了個小騷動。香蘭：

「這位記者的心意，我很能理解，〈賣糖歌〉和〈戒煙歌〉的訴求就是反煙，大家迫不急待地唱，實際上就是反映國人長久被鴉片毒害，怕了，擔心著。我剛從上海過來，在上海百代唱片錄了音，百代允諾不久就會發行唱片，以後大家唱歌就會有範本。」

香蘭說完，有人鼓掌打氣，掌聲漸熾，氣氛鬆弛了開來。

…………………………………………………………………

經過半小時多的拷問，第一階段的提問結束，李總幹事宣布第二階段提問開始。華北日報記者經李總點名後提問：

「請問李小姐，妳以一位滿映演員的身分，如何看待上海演藝圈？」

「我剛剛說過了，我踏入上海電影圈就像是鄉巴佬大逛大觀園。

上海電影界花繁葉茂，我在上海兩個月，體驗、看到的不多，要說出來，實在是以管窺天。不過我還是要講，」香蘭後悔提到自己是滿映人，但事已如此，只好硬撐下去，「上海一年出品電影四五十部，電影從業人員四五千人，還是獨冠中國，名導和明星輩出，累積 30 年的經驗，出品的電影發行到東北、華北、香港，甚至日本，我想都遠遠超過滿映。這次參與《萬世流芳》的演出，公司安排四位導演，從四位導演的風格，卜萬蒼的愛國思維、楊小仲的特效處理、朱石麟的家庭倫理、馬徐維邦的驚悚畫面，我似乎看到了上海電影的雛型……」

「妳拍攝《萬世流芳》時，那位演員給妳的印象特別深刻？」

「先說男演員好了，男主角高占非演出林則徐的沉穩，王引演出痛改前非的煙客的機靈，當然是一時之選，但我的目光還是停留在配角身上，如片頭演福建巡撫的徐莘園，禁不起晚輩的挑撥，竟持劍要脅殺女兒，再劍逼女兒設下圈套，引誘高占非往下跳，那種心狠手辣，演得絲絲入扣，看得很過癮……」

……………………………………………

記者會 80 分鐘過去了，第二階段的提問已結束，隨後的自由提問，香蘭也答覆了兩位記者的問題。李善懷站在麥克風前：

「如果沒有問題的話……。」

記者會一開場對議程提出問題的申報陳姓記者站了起來：

「我有一個最後的問題，想就教於李香蘭小姐。」

「好，請說。」

李總坐下後，陳姓記者看了香蘭一眼：

「您這次拍攝《萬世流芳》成績亮眼，我個人也十分敬佩，但之前您拍了《白蘭之歌》、《支那之夜》一系列日本電影，這些電影不僅沒有反映真實的中國，反而侮辱中國，李小姐是中國人吧？為何要演出這種電影？為何要把我們華夏民族的驕傲和光榮踩在腳下。」

記者的問題冗長，每問一句就盯香蘭一眼，深怕她跑掉一般。打從記者第一眼，香蘭就覺得不妙，「李小姐是中國人吧？」她想告白自己是日本人的念頭一閃即逝，對李總幹事的承諾依舊牢固在心。剛剛前來記者會現場的路上，李善懷對她的耳提面命，也讓她自覺對中國人有一份責任。幾年前拍攝「大陸三部曲」，她在日本和台灣飽賺人氣，也讓她在中國和滿洲失了魂，這也是為什麼她樂於演出《黃河》和《萬世流芳》這種純中國的電影，從中取得贖罪感的緣故。她決心自己承受下來，慢慢站起遠離桌子。李總幹事神情凝重地回望她，一度想把直立型麥克風移到她前面，但最後決定不打擾她。會場空氣冷凝，香蘭慢慢走到直立的麥克風前，但麥克風太高了，李總想走過去調低麥克風，但怕擾動她的思緒。持續的靜默讓香蘭混亂的腦筋轉為空白，隨後萌生一種自省。

「20 歲以前不懂事，拍了那樣的電影，當時不知道自己在做什麼。現在想來很後悔。在此，想向大家……」她瞄了記者群一眼，閃開了好幾台相機對她拍照亮起的閃光後，再度收納上百隻投射過來的眼睛，「想向大家道歉，不該拍那種影片。請各位原諒，今後不會再犯同樣的錯誤，不會再拍那種電影。」

香蘭說著頭臉深垂，她看不到稀落的掌聲從那兒開始響起，緩慢清脆的掌聲迅速引爆，所有記者起立齊力鼓掌之時，她的頭還是沒抬起來。一名女記者趨前握住她的手，她才張眼望向會場，有的記者開始離去，有的聚在她眼前，她一一和他們握手，看著服務小姐和服務生開始撤走點心。

李善懷總幹事激動的心情平抑了下來，終於等到香蘭有了空閒，把她帶到休息室後，服務小姐各個神情關切，紛紛向前慰問。

「小姐，請問洗手間……。」香蘭。

小姐們笑了起來，再次回想她剛才被拷問的情形。李總也想上洗手間，帶她前往。

「以為是好事一樁，結果還是給妳帶來麻煩。」

「還好。遲早會被這樣問到。」

「妳生在中國，長在中國，在中國受教育，就順其自然……」

兩人分別進入洗手間，李總先出來，等香蘭出來後一起走：

「妳答覆最後問題時站起來，本來想幫妳把麥克風調低的。」

「我聲音夠大嗎？」

「聽得清楚。因為實在太靜了。那一段沉默的時刻，靜得記者的呼吸都聽得到。」

「這樣啊。」

香蘭說著笑了起來。兩人到了大廳，李總：

「要不要坐下來聊一下。」

「我想一個人靜一下。」

「我到櫃檯結場租尾款，待會一起在這裡用個餐。」

「我真的想一個人。」

香蘭說著兩眼堅定地看著李善懷。李總：

「我了解。那就謝謝妳早上的支持。再聯絡。」

李總手伸向香蘭，香蘭握過手後向李總揮手逕自走出飯店。她在東長安街漫無目的地走著，在南池子大街過了橋，發現快到蘇州胡同了，家人正準備用中餐吧，她覺得不餓，繼續西行，在一片林蔭下走動，不知覺間來到了太廟。這是她剛來北京求學時最喜歡獨遊的地方，進入南門，通道上老柏枝幹扭曲勝過虯虬，多數莖幹不再長葉，樹頂的葉子還是難掩禿柏的樣貌。她走過一行枝葉的虯蜷，心裡頭的中日情結依舊糾葛。

進入戟門，來到右邊的前配殿，坐在廊廡下。六月末的太陽正熾，前殿前方的方場空無一人，除了兩三位工作人員外，對面的配殿也不見遊客。七八年前還在翊教時，受不了班上排日的怒吼，一個人躲在這裡。看見了這塊鋪滿石磚的廣場，瑟縮在冬冷中的心不再戰慄。這個方場就像是歷史的思維，同情而客觀地看待現世的一切。中日情結在心裡的融合和矛盾，一直是心裡的秘密，五年前初訪日本時，在下關海關被水警一句「妳這算是日本人嗎」攪渾了，當時心頭雖然氣憤、緊張交雜，但心裡是毫無懸念地貶斥水警無聊、無知。現在在北京被華人記者嚴厲批判，記者群雖然用熱情包容她，但掌聲過後，問題依舊在。那位陳姓記者一人的質疑，應該具有相當的代表性－說出多數記者的心聲，反映了新聞界，甚至社會大眾的看法，是好幾部電影的無數觀眾，甚至社會大眾，交織而成的情意結。剛剛的記者會明天一定見報，若在社會上再度掀波，也可能造成災難性的結果。她思前想後，一切都肇因於「李香蘭」，使用「李香蘭」這名號已經不像十年前在奉天放送局時，帶點羞澀和浪漫，巨大的欺瞞和背叛隨時都可能形成。但要離開「李香蘭」，就必須離開滿映，和滿映的合約明年初到期，還有半年多的時間剛好可以把《我的夜鶯》拍完。

香蘭回家的頭幾天，父親上門頭溝炭礦的夜班，下半夜留宿公司，白天有時代同仁上班，下班後繼續上夜班，有時白天回家補眠，待下午要前往公司時，又是一臉倦容，滿懷心事，香蘭知道父親心有鬱結，不多話，跟他談到台灣拍片的一些趣事，他的興致似乎也不高。

山口文雄輪到上白班，晚餐喝了一點小酒，心情好了許多。

「妳到台灣山裡面，外面發生很多事，可能不知道吧。」

「看報紙的機會很少，事實上，不是很想知道。」

「山本五十六戰死了，妳知道嗎？」

「那個偷襲美國珍珠灣的大將？」

「他的座機在太平洋上空被美國軍機打下來。」

「在台灣拍片時，大家在一起時聽人提過，我、雅子和一些女伴忙這煩那，比較不談，或許那些男演員、編導回到住處後繼續熱議。」

「伯父很崇敬他？」

被雅子一問，文雄有些慌張：

「沒有，談不上。他被大家認為是戰神，戰神一死，內地民心是有些恐慌。不管你喜不喜歡他，他就是一個象徵。」

「他的職務並不是最高，他的上面還有海軍軍令部長、參謀總長、首相，但他的聲望凌駕那些長官。是吧？」

雅子說完，文雄點頭稱許，香蘭開始感覺心慌，多少年來，一直聽到戰事，但沒看過多少戰爭的足跡，但戰神死了，民眾對戰爭應該更有感，……弟妹陸續離開餐桌，香蘭也帶著雅子離座到客廳小憩，記者會的那一幕又籠在心頭。

15. 鶯劇續拍 戲中有戲

哈爾濱中央大街，離馬迭爾飯店兩條街的威克特力亞咖啡廳，《我的夜鶯》劇組人員再度會合，正副導演島津保次郎、池田督，和演員黑井洵、進藤英太郎、松本光男、恩格卡爾德、福馬林、香蘭，併桌坐在一樓裡面的位子，他們邊聊邊等其他的俄籍演員。

沒有看見莎耶賓，香蘭有些不解，看著滿臉鬍渣，有些邋遢的福馬林，香蘭感覺面熟，但想不起他演過什麼角色，待恩格卡爾德和福馬林相互取笑後，她才想起他去年冬天演的是戲份不多的馬車伕伊凡。妮娜．恩格卡爾德右手托腮，端詳著香蘭：

「半年不見，李香蘭，感覺妳變成另一人似的。在路上碰見，我可能會認不出妳。」

「是的，沒有錯。我到南方拍片，住在一兩千公尺的高山上，那邊緯度低，感覺人臉都變大了。」

香蘭說著，引來十幾隻眼睛的觀注。黑井洵：

「還是一樣。只是髮型有點改變，上次在這裡演莎耶賓女兒的時候留著小辮子，有俄國風味。現在髮型回復原來的樣子，曬得比較黑而已。」

「是有這種說法。住在不同緯度，容貌會有些不同，今年初李香蘭到台灣山地拍片，我就在想她要換一個新肺了。台灣對我來說，還不是很遠，但一聽到是在高山，我就覺得很遙遠了。」

島津說完，兩個巨大的人影猛然出現桌前，進藤趕忙從附近拉了兩張椅子給格里哥里．莎耶賓和瓦西力．多姆斯基坐。莎耶賓和多姆斯基朗聲大笑，走著和每一個人握手。莎耶賓看著站了起來的香蘭：

「我的瑪麗亞、滿里子，妳還好吧！」

被莎耶賓用戲裡的名號稱呼，香蘭紅了臉，恩格卡爾德看在眼裡：

「莎耶賓還活在戲裡。」

莎耶賓和多姆斯基落座，接受點餐服務後。莎耶賓：

「我一直希望《我的夜鶯》這部戲是真的，我也真希望自己有一個日本女兒。」

「如果戲成真。你在戲裡最後是進入墳墓的。」

恩格卡爾德說完，大家笑了起來。她把她的歌劇團最近演出的成果報告一遍後，順便提到莎耶賓劇團最近的表現，女侍把咖啡和點心端到兩位新到的客人跟前後，導演島津看著莎耶賓喝咖啡的模樣：

「我在想，莎耶賓先生和李香蘭的父女情不像是演出來的，好像是真實呈現的。」

「謝謝。」

大家輕顰淺笑，笑裡帶有讚許和羨慕。莎耶賓把咖啡當酒敬島津，多姆斯基聽不太懂日語，恩格卡爾德向他解釋過後，他也笑了。島津見香蘭有點不自在，把她的座位和進藤對調，讓她和莎耶賓坐一塊。耶賓耶滿意地看著香蘭，意味深長地說：

「感覺上我對妳的最後印象，不是在車站話別，反而是演出時，我狠心把妳丟到收容所的那一幕。瑪麗亞！」莎耶賓還是用電影內的稱謂呼喚香蘭，「之後，妳就回日本拍片了。」

「不全是。」

香蘭說著把回日本拍片，再到台灣山上拍片的事簡單講了出來。

「我很嚮往山，但我一直生活在平地，不管在俄羅斯，還是現在的滿洲。」

莎耶賓看了黏膩的蛋糕一眼，漫長的逃亡過程像綿亙的波巒在他心裡起伏，在那艱困的日子裡，有時還要飢餐路邊雪，遑論這種美味的糕點，想著心裡頭的波巒變成鋸齒狀的起伏了。香蘭看著莎耶賓好似遠去、淡陌的臉孔：

「那逃亡的過程呢？」

「坐火車，有經過高山，大部份是平野、森林，但印象淡薄了，有時餓得兩眼暈眩，從車窗望出去，看到一片山地，但那是錯覺。」莎耶賓瞬了恩格卡爾德一眼，「是不是？餓到眼球都變形了。人家說那只是一片樹林，畢竟很嚮往山，有時就用默哼的歌聲在心裡描繪高山的樣子。」

香蘭跟著莎耶賓的咕噥回思台灣的崇山峻嶺，內心興起的是樂團的交響。莎耶賓默默看著劇情中的愛女，心情緩和了一些，不想被記憶折磨，於是吃了一小口蛋糕，啜飲了一點咖啡。黑井洵斜瞥了島津一眼：

「聽說《我的夜鶯》劇本發表了？」

「上個月在《日本映畫》刊出。我聽說電影廣告最近也會在《週刊朝日》刊出，沒想到森岩雄這麼急。」

「大概東寶今年拿不出代表作，寄望你這部有異國風味的電影。」

進藤英太郎想到這部電影一旦完成，和一票自戀於日本情境的電影相較，自然獨樹一格，在戰火越發熾烈的此刻，必能散放民族和平的芬芳，故有此言。黑井洵看向島津：

「原樣刊登？」

「對。一字未刪。」

「這也算是你的一個小小的勝利。」

「這也沒什麼。」島津有點後悔引出這個話題，「關東軍報導部應該不知道此事，即使知道了，也不認為這代表什麼。就像一隻螞蟻爬上他的軍靴，他也不會在意，他只要走兩步，螞蟻就掉落了。」

「哈爾濱的夏天，哦，實際上哈爾濱沒有夏天，是春天或秋天，但太棒了。」

恩格卡爾德突然興奮地叫了起來，打斷了片刻的沉默，她尖叫的餘波尚在，又叫了一聲：

「啊！瑪爾莉娜。」

扮演莎耶賓情婦的瑪爾莉娜，30 出頭，身著褶皺蓬鬆的上衣，搭配多層短裙，丰姿綽約，她看見香蘭，面露驚喜，和她相互擁抱貼臉後，又去擁抱恩格卡爾德。島津見劇組要角幾乎都到齊了，簡單地宣布今夏的拍攝計畫：

「今年夏天就從『伯爵』多姆斯基的理髮店開始。」

「『伯爵』已經找到一家了。」莎耶賓還是習慣稱多姆斯基為伯爵，「根據劇本賦予的角色，他早就在道里藥鋪街找到一家俄國人開的理髮店，老闆也都看過劇本了。」

「理髮店離這兒不遠，往北走，拐個彎就到了」

恩格卡爾德說著把導演和莎耶賓的話大致說給多姆斯基聽。島津決定第二天到理髮店現勘，隨後大家都往馬迭爾飯店移動，久別重逢，面臨新的工作，大家都很需要飽餐一頓，天南地北地聊開。

電影拍攝重新熱灶，和新電影開拍一樣，從讀劇本和對戲開始。新聘雇的兩位俄籍通譯適時前來馬迭爾飯店會議室報到，協助李雨時訓練香蘭、進藤和黑井的俄語台詞。

流落中國的俄國貴族，像多姆斯基開個歌劇團，算是幸運的，差一點的開餐廳、書店，再下來，開賭場、理髮店。在劇中，多姆斯基扮演的沒落伯爵經營一家理髮店，店面寬廣，比起當地人開的大許多，內裡還有一間休息間，俄籍人士理髮前後到裡頭閒聊，頗有俄羅斯風情。沒落伯爵變「老闆」，和裡頭的人自然互動，而真的老闆不管入不入鏡，都像一般顧客或夥計，毋須特別注意了。電影就這樣開拍。拉茲莫夫斯基伯爵拿著刊有莎耶賓飾演的狄米特里歌劇團演出的報紙匆匆外出找人時，在中央大街撞到香蘭和瑪爾莉娜，應該說是撞到了滿里子和娜塔莎。此刻已經進入劇情了。拉茲莫夫斯基伯爵從馬迭爾飯店走來，滿里子和娜塔莎從大安街走向十一道街，……。三人在定點站定後，島津遠遠地給他們暗號，他們來回走了三次，才剛好撞上。被伯爵龐大的身軀撞了一下，滿里子向後倒退了兩步，但立刻被他扶起。

滿里子被娜塔莎攬著繼續走時，餘痛未消。這一幕是編劇刻意想到的戲劇反諷效果。在劇中，伯爵多年來致力於替隅田清尋找失去的愛女滿里子，那知竟在尋覓途中撞到早已被俄人收養的滿里子，戲裡當事人不知情，戲外觀眾急著跳腳，「伯爵！剛剛被你撞到的就是你找了 18 年的滿里子」，但又無法進入銀幕告知「伯爵」。如果是舞台劇，演得正動人的時刻，有些觀眾可能情不自禁跳上舞台抓住拉茲莫夫斯基，「伯爵你不用再找了……」。

島津打住了胡思，整好精神後，又帶著劇組前往馬迭爾劇院前廊拍攝多姆斯基的「伯爵」和進藤英太郎的「巽」見面，表示喜獲莎耶賓「狄米特里」演出的消息，希望他轉知黑井洵「隅田」。

這幕戲簡單，兩台攝影機分別從遠近拍攝。拍完後，島津鬆了一口氣：

「總算把時間拉到 15 年後，接近滿洲事變了。」

「這個時候戰爭又要開始，音樂、歌舞又要隱退了。」池田督想起了去年拍的片段情節，「在銀幕消失的 15 年會在銀幕上標註吧。」

「當然會，這 15 年應該從滿里子出生三年後算起，觀眾應該看得出來。」島津鎖眉，頗思索了一會，「這裡頭有一個問題。片頭，俄羅斯革命，俄劇人士流亡滿洲是 1917 年，或者再加一年，那時滿里子還是嬰兒，滿洲事變第二年年初，關東軍進入哈爾濱，距離俄國革命剛好 15 年。這 15 年之中的前三年，伯爵和隅田一直找滿里子，不是一片空白，是有戲的，在銀幕消失的應該是 12 年。」

「我聽得有點迷糊了。」

「如果按照史實來拍，滿里子 1917 年生，1932 年哈爾濱改隸，情勢穩定下來後，和畫家結婚，等於 15 歲就結婚。我去年和大佛次郎討論過了，你可能忘了。大佛不忍心她這麼早結婚，用文字障眼法把滿洲事變和俄國十月革命的時間差拉到 18 年，我劇本的時間就是按他的原著展開。」

「小說是虛構的，不一定要完全遵照史實，這點說得通。」池田督看向一直聚攏過來的工作人員，「其實滿洲人本來就是早婚的。服部富子唱的〈滿洲如娘〉不是這樣嗎：我，16 歲的小姑娘……要嫁到鄰村什麼的。」

「說得也是，滿洲國的皇帝康德也是 16 歲就娶妻，去年娶進來的妃子也才 14 歲，還是小孩兒。這種婚俗變態又殘忍，大佛次郎不鼓勵，所以在文字上變裝避開。」

島津說著看著大家往他這兒集中，剛好是中午用餐時間，大家都等著他帶領前往附近的一家日本料理店。島津看著福島宏把裝著攝影機的鐵箱放進手推車：

「你的機器重新開張，我應該給你一個紅包。」

福島宏用眼示意旁邊正和恩格卡爾德講話的香蘭的背影：

「島津兄，你應該給她，她今天下午開嗓呢。」

香蘭驀然回首，一雙大眼看著島津。島津：

「下午就看妳開嗓了。唱〈波斯鳥〉吧。」

劇本其實沒提〈波斯鳥〉，因為主題曲〈我的夜鶯〉唱的次數多，莎耶賓和恩格卡爾德商議的結果，建議香蘭在劇情初展喉－居家演唱的部份，用〈波斯鳥〉取代。

香蘭下午的開嗓，在整部戲裡是時間的轉折點，也是「滿里子」經過 15 年，以長大後的「瑪麗亞」名號首次和觀眾見面。

新城大街和二道街轉角的公寓，島津一直沒有退租，《我的夜鶯》劇組暫時解散，日籍演員返國期間，公寓就留給俄籍演員自由運用，待劇組恢復運作，俄人自動退出，把房子交還劇組。這天下午，劇組要角－導演島津、攝影福島宏、男女主角莎耶賓和香蘭一干人都在公寓的客廳等候時，屋外的助理向窗內打了暗號，島津立刻下令開拍，莎耶賓、瑪爾莉娜和香蘭立刻站回原位。

恩格卡爾德飾演的安娜坐馬車來訪，屋外的景況，由攝影助理小邱負責。安娜拉門鈴時，瑪爾莉娜飾演的娜塔莎出來應門，安娜：

「狄米特里的家嗎？」

娜塔莎開門欠身，安娜進去了。

小邱的屋外任務結束後，由屋內的福島宏接手。福島宏拍攝安娜進來，和莎耶賓飾演的狄米特里握手寒暄，娜塔莎退去，香蘭飾演的滿里子佇立在旁的畫面時，想起島津早前用餐時講的話：「下午要拍的場面情境是：狄米特里想辦公演，事前在外頭和安娜接觸，承受她和朋友的協助，但安娜倒是第一次造訪狄米特里的家，也第一次見到娜塔莎和滿里子。這段戲也透露出：娜塔莎和狄米確實同居，但一直很低調，雖然一直跟在狄米的身邊，但罕見開口，如果不看到最後，沒人知道她叫娜塔莎……」。福島宏的兩眼隨著攝影機轉。主客兩人的互動果然熱切，狄米感嘆歲月不饒人，安娜不斷恭維狄米的藝術，指他的藝術可以讓人年輕，狄米反誇她怎麼看都年輕，不需重返年輕。另一方面，娜塔莎不再露面，確實低調。

滿里子端著茶和點心進來了。平常短髮垂耳的香蘭變成滿里子後，兩條辮子開始垂肩，是刻意模仿失連多年的柳芭的結果。滿里子把茶和點心放在茶几上：

「請用。」

「謝謝瑪麗亞。」

狄米動了一下腦，日語滿里子念 manriko，安娜直呼她為 Maria，既有俄國風情，又不失日本原味。狄米：

「瑪麗亞！今後就叫妳瑪麗亞好了。」

被養父這樣說，滿里子含羞地走開，狄米起身走向滿里子，心裡再次提醒自己，於是摟著瑪麗亞的肩：

「給夫人唱一首拿手的歌好嗎？」

「務必要唱。」

安娜說著起身。瑪麗亞把托盤放在旁邊的桌子上，狄米給安娜脫掉外套：

「她的〈波斯鳥〉唱得很好。」

瑪莉亞走向鋼琴時，安娜親切地觸摸她的肩膀，她站在鋼琴前面後微微向安娜欠身施禮。

「cut.」

島津喊了一下，示意大家喘口氣：

「李香蘭，妳的屈膝禮做得很好。」

「這樣啊。」

「好，如果沒有其他問題，我們繼續拍。」島津環視了劇組人員，「小邱，你直接到屋外拍福馬林的馬車。」

副導池田督和小邱移到外頭，島津看著仰頭微笑的莎耶賓，下令開拍。

琴音像群蜂嗡嗡，瑪麗亞兩手交握胸前，面露甜笑。

「沾著花蜜飛向黃花，在草地上迴旋慢飛。翅膀在天空輝耀，那振翅的聲音。」

香蘭，或者該說是瑪麗亞，細膩、高揚的俄語歌聲，掙脫了琴音，好似追隨鳥魂，振翅遠翔。狄米身體微仰，快樂地撫琴，心魂也被歌聲攫住了。

「啊！啊！啊！……」

接連升高的花腔也讓安娜右手支頤陶醉其中，點頭不已。

「黃金般的小鳥，您不唱的話，我來唱。用生命之火飛翔，飛出生命之花。我愛你無與倫比。啊！啊！啊！……」

安娜，或者恩格卡爾德，毫不遮掩內心的愉悅。在這之前，她和莎耶賓幫香蘭練唱過幾次，她很高興歌者和欣賞者在此留下永遠的紀錄。

香蘭的美音溢出屋外，歌唱的尾音嫋嫋之際，一輛馬車趕了過來，把原先載恩格卡爾德來這兒，還等在屋外的馬車趕走，原來來車的車伕是莎耶賓劇團豎笛手福馬林扮演的伊凡，他一直以丑角的扮相出現，認為老友屋外的載客生意歸他，別人碰不得。這也算是這場戲的小小插曲。

接下來布爾什維克份子的劇場鬧場事件，島津頗感壓力。經過討論，島津也認為搗亂者掏槍打掉吊燈這一節不演為宜。並不是擔心此舉有損蘇聯形象，而是擔心引發劇場騷亂，甚至相互踩踏的恐慌。莎耶賓歌劇團在馬迭爾劇院定期演出下午場後，觀眾照例高呼「安可」。莎耶賓立刻回應，不過借助廣播說明加演戲要準備一段時間，請觀眾稍安勿躁。島津在池田督的協助下，安排相關演員：

香蘭、恩格卡爾德、進藤英太郎、多姆斯基和演出布爾什維克主義者的兩名俄人入座，一些沒有演出的工作人員和兩名俄籍通譯被安排在各個角落設法安撫觀眾情緒。兩台攝影機架設劇場一角，留下支援的哈爾濱交響樂團練習性的樂音響起後，觀眾開始企盼好戲上場。

加演的是柴可夫斯基創作的《黑桃皇后》，莎耶賓粉墨登場演出賭性堅強，一直忽視愛人的青年赫爾曼。

這個臨時劇採重點切入的方式搬演，每一段戲演到一半便喊卡，布幕快速升降，布景快速更換，劇場的戲劇性添加了劇情的刺激性。島津希望劇院現場或將來戲院裡的觀眾，能夠從這種類似預告片的演出獲致整個劇情的概略印象。

劇情從第二幕的化妝舞會開始，衣香鬢影的古裝男女在華麗的布景裡頭鋪排開來，立刻引發香蘭和瑪爾莉娜看戲的好心情，恩格卡爾德也通過她那手持眼鏡觀看舞台的演出，躲在劇院側邊的攝影機隨即被扛到這些「臨演」前面，拍攝她們的心情。布幕收束時，福島迅速扛著攝影機跑上舞台，用俄語對著下面樂隊池裡頭的指揮呼喚：

「音樂！音樂！」

指揮會意，樂隊隨即即興演奏一段，福島拍到有音樂的全場觀眾後隨即奔向台下。舞台布景換成聖彼得堡冬宮對面的運河畔後，觀眾眼睛為之一亮，不久，劇中女主角－對赫爾曼極為失望的麗莎發出的悲鳴滲入每一個人的心脾。大家期待看她投河，無奈布幕又收了起來。

布幕再度拉開時，布景已經變成賭場，賭桌聚滿了賭客，赫爾曼再度登場時，兩台攝影機已分別由福島和小邱扛到指定位置。赫爾曼展喉後不久，兩名布爾什維克主義者開始發出怪叫、咆嘯：

「老掉牙的爛戲，去死吧。」

「格調低，演技差的爛戲，太無趣了。」

戴墨鏡的搗亂者更是站起揮臂吼叫。觀眾驚叫，有人丟東西，赫爾曼和樂隊的演出備受「干擾」。這時台上賣力演唱，台下一片騷亂，台上台下都是戲，忙翻兩台攝影機，福島和小邱除了近拍搗亂者、附近觀眾的反應外，也要遠拍台上的情況。有些觀眾對於搗亂份子甚感憤怒，但有些人看到兩台攝影機不斷改變地點和角度拍攝，知曉這是刻意安排好的安可戲碼。

島津再度喊卡，但大家意猶未盡，謝幕的場面更是別開生面。舞台劇的演員排好隊後，島津、兩台攝影機和兩名搗亂者都被請上舞台，掌聲久久不息。

劇院鬧場的戲拍好了，島津次日才有心情處理後台戲。「伯爵」多姆斯基盛裝從理髮店出發的戲已經在前天同樣場景順便拍好。現在只要從他在劇院大廳和進藤英太郎演的「巽」見面，拍到他們到後台找莎耶賓的「狄米特里」即可。

在《黑桃皇后》一劇的後台，狄米在自己的化妝室用妝，早已戴上假髮，身披歐洲宮廷服飾，準備演出赫爾曼。在攝影機下，狄米和伯爵久別重逢，第一次見到巽，也從伯爵口中得知巽是救命恩人隅田的好友，代好友尋找妻女，狄米表示隅田妻當年命喪槍下，已代為撫養其女。聞知隅田有意帶回瑪麗亞，狄米萬般難捨，連瑪麗亞的照片一時都不願給巽帶走，但最後還是給了。這段後台戲靠一記催促狄米上台演唱的敲門、呼叫聲，和前一天的鬧場戲銜接起來，背景歌聲也請昨天的「麗莎」在空蕩蕩的舞台上再清唱一遍。

島津不斷誇獎莎耶賓沉穩、老練，所受過的舞台劇訓練用來演電影更是綽綽有餘。

16. 夏戲歌畢 連戲出錯

《我的夜鶯》持續拍攝，戲裡戲外有時還真會混淆呢。戲裡頭，劇院鬧場事件過後，狄米心念俱灰，辭離歌劇院，為了躲避養女瑪麗亞生父友人的追蹤，秘密搬家，而情婦娜塔莎更遠赴上海。狄米亟思轉換舞台，到夜總會覓職，古典不入時的唱法招來日籍老闆的嘲諷。家裡經濟頓失依據，狄米只好典賣家具，致瑪麗亞離開音樂學校到街頭賣花。凡此皆用敘述的方式一筆帶過，襯以夜總會哥薩克舞蹈、後來成為瑪麗亞男友的畫家素描舞女的畫面。

《我的夜鶯》故事的軸線在男女主角的互動，去年冬天，拍了太多狄米和瑪麗亞膩在一塊的戲，島津保次郎和福島宏有種那對父女困在家庭或親情裡頭展不開的感覺。現在瑪麗亞迫於生計到街頭賣花，邂逅一位日籍畫家，進而相戀，給沉悶的劇情開了一扇巧門，導演和攝影的心情也跟著開朗起來。香蘭下了戲，心情愉快，好似把戲裡頭瑪麗亞的幸福帶了出來。

話說戲裡頭……瑪麗亞休學後在聖尼古拉教堂附近街道賣花時遇見在哈爾濱交響樂團擔任小提琴手的瑪修可娃扮演的女同學阿利亞，隨後被張學良治下的警察取締。年輕畫家上野憲二路見不平，把她的花全部買下，開啟了瑪麗亞生活的一扇窗，也讓狄米多了一份擔憂。

畫家上野憲二由松本光男出演，歌女和畫家的交往有點超現實，畫家在外，向歌女買了花，把她帶回家，取得信任後，再次買花時，便託她直接送達他未鎖門的家裡。此時彼此都不太清楚對方的名字，畫家不在家，但她捲起袖子開始幫忙清洗碗碟。接下來是以圖會友的交往，畫家出示日本風物的照片冊讓「還沒到過日本」的歌女，飽覽日本的名山大河、名勝古蹟。畫家最後在一起買畫具的當兒向歌女求婚。

戀愛的戲，福島拍來輕鬆，劇組人員觀戲也覺得愉快，瑪麗亞和上野的戀人形象似乎就要取代她和狄米的父女形象時，她婉謝上野的求婚，故事的主弦律還是回到狄米父女身上。

這天早上，香蘭在公寓拍攝現場拍完受邀參加慈善義演的戲碼後，岩崎昶和服部良一連袂從門外走了進來。服部老師和岩崎突然現身，香蘭頗感驚訝。服部表示想再聽一下哈爾濱交響樂團的演奏，同時和俄籍指揮交換一下意見，特地從日本趕來。香蘭獲邀陪同前往哈爾濱鐵道俱樂部，也樂得輕鬆一個下午。

服部良一和岩崎昶從新京趕了過來，被安排住進馬迭爾同一房間，晚餐後，一夥人擠到服部的房間聊天。服部良一：

「剛剛我聽島津導演講你們最近要開拍的慈善音樂會，李香蘭唱〈我的夜鶯〉，是要和哈爾濱交響樂團綁在一起演？」

「沒錯。那一晚是在哈鐵俱樂部後花園的露天劇場演出，哈響先演奏兩首交響樂，隨後大提琴獨奏時，我們的演員在台下就有些戲了。」坐在床沿的香蘭兩手做出漂亮的手勢，「這些戲都默默地進行，不影響台上的演出。」

「妳演唱前，不是一個叫托波羅夫的男中音唱的嗎？」服部良一看著香蘭，「難道劇本又改了？」

「他有事，不能來，臨時請一位叫阿烈克賽．波哥金的大提琴家來串場。」恩格卡爾德。

「演出或演唱的曲子改了很多，你不在，沒和你商量，深感歉意。」島津保次郎感覺心裡有壓，認真地看著服部良一，「波哥金是哈響第一大提琴手，琴色優美。夜總會那一場戲，李香蘭還是唱你作的〈新夜〉。另外，莎耶賓本來唱馬斯內的〈泰綺思冥想曲〉，也改唱俄國民謠〈伏爾加縴夫曲〉。這一兩天的練習，就麻煩你好好指導。」

「我主要是想看看李香蘭演唱我創作的俄國風味歌曲的效果。」服部難掩疲倦，但思緒裡頭還是有些清明，看了昏倦在自己的疲憊中的莎耶賓一眼，「莎耶賓老師唱什麼，怎容得我指導。再說，他和恩格卡爾德應該也會給李香蘭一些指點。」

「沒有錯。老師心情愉快關心他們的演出就可以了。」

「你先說慈善音樂會，剛剛又說在夜總會演唱，我有點混淆了。」

「慈善音樂會是李香蘭在戲裡首次登台的情節，夜總會的戲主要是莎耶賓在戲裡離職失業後，找地方『打工』的情節。他唱的是〈伏爾加縴夫曲〉，我剛說過了。」島津有些不好意思看著服部和岩崎，「這兩場戲的拍攝地當然要錯開，規劃的場地，夜總會在哈鐵俱樂部，慈善義演在俱樂部後院的露天劇場，地點太接近了，對哈爾濱人來說，戲的浪漫感會大打折扣。」

「明明就是哈鐵俱樂部，硬是要形塑成夜總會。找不到其他場地了嗎？」

服部說完，島津神色淡然而疲憊：

「應該不用找了，反正戲量不長，幾首歌曲的長度，一下子就過去了。」島津張望了一下，沒看到多姆斯基，兩眼看向服部，「這幾天要辛苦你了，我招他們到飯店來，就希望你多了解一些情況。」

「我看我就多看看，不去打擾他們。」

服部說著，大家笑開，也鬆了口氣。

「慈善義演，大提琴演過後，接下來就是李香蘭妳的獨唱。然後台下就有三台攝影機在活動，滿映支援的一部已經來了，一共三部從不同角度拍攝。」島津看了香蘭一眼，然後挪動一下床鋪上的屁股，避免和黑井擠得難過，「我的做法是，不向觀眾強調是拍電影，希望大家以為是拍紀綠片。」

恩格卡爾德伸長脖子，越過莎耶賓，看向香蘭：

「李小姐，記得妳說過妳小時候跟一位俄國女老師學聲樂。」

香蘭吁了一口氣，覺得不好意思，認識了這麼久，竟沒有清楚告知此事。她拋出波多雷索夫夫人的名號後，恩格卡爾德很開心：

「我就知道是她，除了她還有誰？」

「妳認識她？」

「知道她。那時她在莫斯科獨領風騷，年輕，婚姻幸福，夫唱婦隨，讓人稱羨。我在聖彼德堡混口飯吃。俄國革命後，我們都來哈爾濱，我跟她打過照面。不久聽說她到了奉天，原因是她受不了哈爾濱太像莫斯科。一方面是，她不想再當職業歌手。」

「她這點是讓人敬佩的。」莎耶賓剛打完盹，接下老友的話題，但看向香蘭時話鋒一轉，「瑪麗亞！過幾天演唱〈我的夜鶯〉，算是妳在戲裡的第一次登台呢。」

「李香蘭，舞台經驗也是很豐富的。」服部良一看著大家，「記得她說過，第一次登台是 13 歲那年。」

香蘭含羞地指出那一次是幫波多雷索夫夫人熱場後，恩格卡爾德、莎耶賓和服部良一也都把自身第一次登台的過往分享開來，氣氛熱烈。

大家發抒一番陳年舊事後，都不知說些什麼。

「剛剛大家談談到李香蘭小姐，」服部良一突然想到昨天途經滿映時，根岸理事對香蘭的暱稱，「小蘭三四年前在中國熱河和上海拍電影時，我幫她寫了兩首歌，她也唱得很好。我們一直結緣到現在。她在拍這部電影前，師事過一位俄國老師，我也有類似的經驗。這也是另一種緣份。」

「蛤？」

恩格卡爾德嘆著頭兒前傾，她感知服部有更好的話題分享。

「我們剛剛談到哈爾濱交響樂團，它的前任指揮愛曼鈕・梅特爾就是我的老師。」

服部說著，恩格卡爾德和莎耶賓腦裡浮現著幾年前和梅特爾互動的一些片段。

「我們知道他到了日本，也受到重用。」莎耶賓用手抹了一下倦容，「拍這部電影，我都會想到他。他把音樂從西方傳到中國再傳到日本，實在是一位使者，聽說他後來又到了美國。」

「沒錯。不過在美國待了兩年心臟病發過世。已經走了兩年。」

「蛤！」

恩格卡爾德驚呼了一下，引發多人側目，莎耶賓一身倦，神情有些淡：

「我也覺得很驚訝，他只大我十幾歲，現在擺在我們前面的，或是這部電影所顯示的日本、俄國民間的友誼是更加值得珍惜。」

恩格卡爾德一直看著岩崎昶，好奇他一直都不講話。去年電影第一階段開拍，劇組在馬迭爾飯店會議室相聚時，也罕見他開口，聽說他是製作人後，對這位瘦小蒼白的男子更是印象深刻。有點想跟他說上幾句話，又被他的嚴肅打退，深怕他對俄人有什麼偏見而尷尬一場。岩崎身為無產級唯物論者，俄羅斯的勞苦大眾原是他理想民眾的範型，而從中開出的藝術花朵才是他所至盼。至於依附貴族的歌劇人、音樂家或畫家，一直是他批判的對象。俄國十月革命後，普羅大眾好像翻了身，貴族和貴氣的藝術家落難了。這 20 幾年來，證明革命只是產生一個更恐怖的『新沙皇』集團，勞苦大眾爽見沙皇被推翻，在川流不息的動亂中，嗅到了權力的空氣，動亂沉澱下來後，他們依舊被壓在底層。另一方面，貴氣的藝術家落難了，大部份流落西伯利亞，少數投奔異國後還是在當地的藝術界佔有一席之地，但活得惶然。基本上，他對這些在落難中站起來的藝術家是有些同情，現在大家緣牽一室，他也試著去喜歡他們，只是心裡還是有些疙瘩，到了嘴裡的話又嚥回喉嚨。

香蘭看向坐在小圓桌旁的岩崎，低聲道：

「牧野部長為什麼不幹了？」

「牧野是想做事的人，光棍理事對他來說太閒了。我早就知道他會走的。」岩崎想到牧野有時故做的滑稽樣，有點忍俊不住，「去年他老婆從日本來陪他，結果部長職被拔掉。他當然一肚子悶氣，但他畢竟是秉性溫和的人。」

「結果理事長把他調到東京分社。」香蘭。

「甘粕不想留下殺牧野的惡名，把他調到東京分社，讓他在那兒自尋歸宿。」

「牧野家族在東京電影界舉足輕重。」

「李香蘭，妳說得沒錯。他不愁沒事做，他現在已經離開滿映，擔任松竹京都攝影所所長。」岩崎看著香蘭雙眸轉動著幾許疑惑，「是松竹新成立的攝影所，規模比大船小。」

牧野有了很好的歸宿，香蘭覺得欣慰，她接下來只想把「瑪麗亞」在劇情裡的首次登台演好，在服部良一和俄籍猶裔指揮梅捷爾的指導下，找時間和樂團第一小提琴手加緊演練。莎耶賓在演出前夕也加入了在交響樂團部份成員伴奏下的歌唱彩排。

這場夜總會的戲比慈善義演先拍，島津不諱言，可能會安插在劇情較晚的時段。這一晚，在哈鐵俱樂部正式拍攝時，由於演出舞台和餐廳連成一氣，現場觀眾除了一般食客，就是住宿的賓客。場面好控制，島津直接宣布這場演出是一部電影的一個環節，每一個人都是臨演。

「為了增添劇情效果，我們安排兩位臨演演出布爾什維克黨人，希望大家理解。大家或許對整部戲的劇情不是很了解，也沒關係，但可以就這局部的演出作出臨場的，適度的，不要太誇張的反應。……」

島津語畢，掌聲響起。第一小提琴為首的小樂團由哈響部份成員組成，坐在舞台右側。節目首先由哥薩克舞開場帶動歡樂氣氛。開始拍攝後，莎耶賓以狄米的角色上場。劇中，狄米是知名歌劇團的台柱，他不想讓人知道失了業，然後到夜總會賣唱，於是身著燕尾服，戴著面具出場，用渾厚的歌聲唱出縴夫的悲歌。被安排當布爾什維克黨人的兩名臨演了解劇情大要，聽著台上訓練有素，具宮廷風格的歌聲居然唱著底層庶民的悲嘆，故意做出狐疑的神情。狄米好像失明歌者，面具的眼縫不時探望觀眾席，蕩氣迴腸的歌聲不時回到「哎嗨喲謔」，感慨一番。一般賓客多少思索他戴著面具是否想促狹觀眾，背後的動機是什麼，少有人猜測他到底是誰？〈伏爾加縴夫曲〉歌畢，狄米向台下鞠躬時，布爾什維克黨人突然跳上台，一人扯下他的面具，台下嘩然。扯面具男：

「原來是消失一段時日的哈爾濱知名劇團台柱。」

「還是前沙皇皇家劇團的要角呢。」

另一男語帶諷意地說了，狄米：

「我只是賺一點錢餬口罷了。」

「原來沙皇的鐵粉也很布爾什維克了呢。」

扯面具男面向觀眾宣說時，台下再次呼叫，多數賓客也多少融入劇情了。另一男彎腰滑手一聲「請」，狄米從容下台。

接著瑪麗亞以一襲晶紅鑲白點無袖晚禮服出場，第一小提琴樂音帶動小樂團奏出〈新夜〉前奏，在成排的白楊樹的舞台布景中，瑪麗亞「今晚此時，燈火耀目，散放朝氣，確有一股烈焰燃燒，越燒越旺……」的歌聲奔放、昂揚開來，變成片片亮紅沉入每個人的記憶深處。

演畢，簡單的謝幕過後，莎耶賓和香蘭擔心戲裡頭的敘述不夠，一般觀眾會覺得他們只是表演，體會不到他們在戲裡打工背後的辛酸。島津考慮把這個畫面剪進滿洲國成立後的慶祝會上。池田督也覺得 ok，反正狄米那時還沒復出演出《浮世德》，依舊在打工狀態。

這段戲拍過後，香蘭開始準備拍攝慈善義演的戲，這回她和俄裔庫頁島鄂羅克人瑪修可娃搭檔。瑪修可娃是樂團新秀，扮演的阿莉亞也曾是瑪麗亞在音樂學校的同學。香蘭和她在樂團的伴奏下練習時，樂團指揮主導一切，服部、莎耶賓和恩格卡爾德一般會在旁邊看，也沒多說什麼。瑪修可娃和香蘭一樣，覺得是準備一場演唱會，不是演什麼角色。兩人繼續練了兩天，每天一早就到哈鐵俱樂部，大提琴手波哥金本身就是哈響的一員，也陪同練了兩次，他是哈爾濱第一高等音樂學校畢業的高材生，日語流利。島津：

「實在很抱歉，劇本並沒有給你安排角色，你只能演你自己了。」

「瑪修可娃也跟我說過，她雖然也在戲裡演一個角色，但總感覺自己一直就在戲外，一直就是瑪修可娃。」

波哥金的回應，大家覺得有趣。從他的角度看，他的演出似乎是依附在《我的夜鶯》一劇裡頭的一個慈善音樂晚會裡面，事實上，劇裡的這個慈善義演是包裹在哈爾濱交響樂團尋常的音樂會裡頭。「哈響之夜」的節目單裡面，李香蘭是以本名登錄為演出人員。也就是說，從《我的夜鶯》角度看，她是出席慈善音樂會的瑪麗亞，但從「哈響之夜」的角度看，她就是歌手李香蘭。

把劇裡慈善音樂會無痕含融在內的哈響之夜在哈鐵俱樂部後院，當地人稱半拉兒瓢的半圓露天音樂廳開演了，《我的夜鶯》所有有角色的演員都混在觀眾席裡頭，一開始，兩台攝影機分據台上和台下隱密的位置，拍攝與劇情沒關的兩場交響樂演奏，拍完後膠卷送哈響，作為酬謝的一部份。交響樂奏畢，福島宏加入攝影的行列，島津和池田全場走了一遍，對所有演員逐一叮嚀過後，波哥金大提琴的樂音響起，樂團的伴奏翕然從風，島津打出手勢，莎耶賓躲在樹林暗處時開始進入戲中狄米的角色，眼睛不斷地張望。香蘭和瑪修可娃站在觀眾席旁，香蘭一攝入鏡頭就成為瑪麗亞了，小提琴手瑪修可娃在戲裡是阿莉亞，也是小提琴手。瑪麗亞的畫家男友上野憲二走了過來，和瑪麗亞聊了起來，狄米不悅、憂慮的神色被福島攝了下來。狄米隨後向前走了兩步，以便看得更清楚，澄清內心的懸疑。島津看重演員的內心戲，莎耶賓也很喜歡這一段擔心養女被搶走的心理戲。

莎耶賓的心理戲回到劇情來說吧。他扮演的狄米演出《黑桃皇后》被鬧場後搬家了，除了躲避養女生父友人的尋訪外，也沒通知友人。這個音樂會，老友到的不少，養女既然在音樂會露臉，他的失蹤再也隱瞞不住了，但他還是繼續躲在林內暗處，不想被老友這麼快發現。

大提琴演奏結束，瑪麗亞和阿莉亞上場，阿莉亞的小提琴琴音開始泣訴，恩格卡爾德演出的安娜想：瑪麗亞正要演唱〈我的夜鶯〉，卻不見養父狄米，拿起手持眼鏡搜尋了一下，見狄米躲在林蔭暗處鬼鬼祟祟，前往關心。狄米有些虛驚，忙用專心聽養女鶯啼為由，阻止她進一步追問。

「夜霧深沉的夜晚，積雪皚皚的深夜。懷想過往的時光，擁抱思念的歌聲。那是我可愛的夜鶯嗎？每晚都入我夢。聽！那瀟瀟的雨聲！聽！那颯颯的風聲！冬天的長夜將盡，花兒綻放，迎向春天。」

瑪麗亞兩手握胸，歌聲節節升高，盤旋向上，「花兒綻放，迎向春天」像遊絲一般迎向高音域，綻出花腔。

「啊～啊～啊～啊～啊～……」花腔連綿了將近一分鐘，這時百樂靜音，只剩啊聲獨領風騷，隨後百樂齊鳴，「直到那個時候」

歌聲嘎然而止。

瑪麗亞和阿莉亞下台後不久，狄米身體再度前傾，面露憂心，安娜拿起手持眼鏡順著老友的視線，終於看見瑪麗亞和青年畫家親膩的畫面。

哈響之夜結束，島津保次郎喜不自勝。他覺得慈善義演部份表現得很好，在整部戲裡，會比夜總會打工早些露出，算是瑪麗亞的初登台。他和池田督回到飯店房間沒多久，服部良一來訪，表示對這一晚的拍攝過程感到好奇：

「聽眾應該不知道他們除了欣賞音樂外，也可能在不知覺中變成臨演。」

「這叫偷天換日。」池田督思前想後，理了一下思維，「前幾天拍攝布爾什維克份子在劇場鬧場的戲也是利用正式劇演完後的安可戲來拍攝。」

「我們不可能為了幾分鐘的戲，一次找上千個臨演到劇場當觀眾。」

島津說著把正式戲劇演完後，快速布置場地、人員，再把排練好的《黑桃皇后》片段搬上舞台的過程簡單說了一下。

「最後謝幕的時候，鬧場的臨演有被請到台上，經男主角替他們的角色作了簡單介紹後和舞台演出人員一起謝幕，所以有些觀眾最後應該了解他們可能入鏡，然後被帶進銀幕。」池田督試著準確地傳達導演島津的想法，「不過今晚這場演出就像是船過水無痕，劇中人在音樂會場的演出非常低調，一般聽眾察覺不出，謝幕的時候也不上台露臉。聽眾可能會以為攝影機是用來記錄音樂會場，殊不知戲劇片段的演出就藏在音樂會裡。」

服部良一滿意副導的解釋，和島津聊了一下便回房休息。

話說，劇裡的安娜在哈響之夜找回老友狄米，很是高興。接下的劇情：狄米的情婦娜塔莎也已從上海回來，兩女勸狄米到上海發展，狄米遲疑了一下，終於答應。兩女雀躍，娜塔莎就像小女生一樣，拍著手繞到狄米身側，對他摟肩拉臂的，好像現在就要把他拖到車站或機場一樣。

這幕戲拍完，三位俄籍演員下戲了，莎耶賓逕自走到沙發落座，跟上的黑井給他遞了根煙。這一階段的拍攝已經進入尾聲，瑪爾莉娜和恩格卡爾德對導演還是有些依戀，就近坐在島津旁邊。島津看著稍遠處吞雲吐霧的莎耶賓，想：再拍一場莎耶賓等待約會晚歸的香蘭的戲，就可以上接去年冬天他帶著女眷到車站準備南下上海，結果計畫被戰事打亂的那一幕。他把頭轉向瑪爾莉娜：

「妳演的娜塔莎戲份不是很多，但妳那小女人的樣子實在演得很好。」

導演這一誇，瑪爾莉娜後仰前俯，吃吃地笑到不行。恩格卡爾德：

「我們的伊莉莎白，在歌劇裡頭向來是演女主角的。」

「她確實有女王的風範，人長得又漂亮。」

島津再次言誇，心情漸歸平靜的瑪爾莉娜身體又抖動了一下。池田督把椅子挪近了一點：

「現在是連戲有問題。」

島津有些錯愕，池田督繼續說：

「剛剛這場戲接下來就是去年拍的一票人趕往車站的戲。」

「沒錯。」

「剛剛莎耶賓和兩位女孩談論要去上海時，穿著夏服，這幕戲下接去年拍的莎耶賓帶著一批女眷到車站的戲，大家都穿隆重的冬衣，眼尖的觀眾一看就知道有問題。」

島津心裡噢了一聲，差點吐出來。他導演這部戲兼編劇，事先也曾預感編導集一身，可能會有盲點，果然如此。莎耶賓、瑪爾莉娜和恩格卡爾德立刻察覺劇本的疏漏，但悶在心裡。島津用目光撫慰俄籍演員的憂心：

「沒有錯，大家的經驗都是這樣，談論計畫到出遊，幾天，最多一兩個禮拜，中間隔著半年著實……」

島津想到重拍，覺得有些討厭，講不下去了。副導演池田督：

「我看時間或衣著上的矛盾一定要解決，才能給觀眾交代，或許安插一些情節，說好要去的，但遇到事情耽擱了，一拖就拖到冬天。當然商議到上海的戲移到冬天拍，事情就解決了。」

「那就冬天再說吧。故事的結尾的背景是冬季，還有幾幕戲，那就冬天到了再一起重拍吧。」

看著島津有些沉悶的樣兒，香蘭只道重拍是小事一樁。她想，如果島津決定冬天再拍狄米和女伴商議赴滬的戲，那晚上預定要拍的夜戲就免了。島津此刻心裡一定盤算這件事，但遲未見他宣說免拍夜戲，可能會依原計畫拍攝。香蘭看向島津：

「這個連戲的問題，有一個解決良方。」

良方？沒人開口，大家亮開兩眼看著香蘭。香蘭繼續說：

「晚上拍攝狄米告知瑪麗亞，也就是我，要到上海的戲。在這幕戲的戲尾打個半年後的字幕，那麼狄米一夥人冬天趕赴車站的戲就順理成章地接上了。」

「好點子。」池田督看著劇務助理端過來，切好的一盆梨子，「讓觀眾去想，行程被什麼事耽擱了，反正現在戲裡戲外是多事之秋。」

島津不置可否，神情自在了一些，但希望話題趕快過去。香蘭吃了一口梨子：

「島津導演，前幾天拍的演唱〈新夜〉的那一幕，您說要拿來當做慶祝滿洲國建國的一環。」

「沒有錯。劇本也已改寫好了。」

「我提到這一戲段主要還是時間不吻合的問題，滿洲建國三月初一，還很冷，但我是穿著夏裝拍攝的。」

「這個嘛！那只是象徵性的畫面，配合字幕說明，很快就過去了。觀眾大概不會留意妳穿著的服裝違乎季節的問題。」

島津如此說明，香蘭寬心了一些，但察覺剛剛島津連戲出錯的尷尬還沒消淡，又給他漏了一點氣，覺得不好意思。

「其實滿洲國成立後慶祝了一陣，這個政府每逢重大節日就又把建國拿出來慶祝。」池田督看著香蘭些微無奈的神情，「妳就當成七月一日憲法紀念日當天慶祝開國那樣好了。」

池田督的解釋，大家覺得滿意，狄米特里等待約會晚歸的瑪麗亞的夜戲，島津最後決定按表操課。連戲的問題，冬天再尋求解決之道。《我的夜鶯》夏戲的拍攝告一段落，大家互道珍重再見。

滿映和東寶的劇組人員同車返回新京，首席理事根岸和八木保太郎部長前來迎接，而且直接入宴。根岸表示，最近和東寶、松竹都沒有新合作案，甘粕建議香蘭回北京陪陪家人，香蘭想想，雖然兩個月前才離開家門，但總括這幾年，陪父母的時間實在不多，所以在吉岡家待了幾天便單獨回北京，雅子久沒回千葉老家，也在香蘭力勸下搭機返日了。這是兩三年前兩人同赴台灣巡迴演唱以來第一次分道揚鑣，但都是回家溫暖家人。

17. 湖畔歌詠 兩師相逢

香蘭搭火車回北京，看到家人很高興。文雄把她的皮箱提進她房間，兩人轉到客廳落座。文雄：

「有一件事，妳肯定不知道。」

「哦？」

「有沒有聽過山家的事？」

香蘭沒有回答，看著父親，以為他想講山家和白光的事。父親繼續說：

「聽說他被召回東京，被關在東京一個拘置所內。是否已經起訴，不清楚。」

香蘭楞了一下，這麼說來，兩三個月前，華懋飯店的那場慰勞傷兵的舞會，那張愁容真是最後一面了，山家對於自己被監控的憂疑到底不是空穴來風。再往前推一些，香蘭想到了山家過去對川島芳子的指控，山家高度懷疑川島向憲兵隊告了他一狀，但沒有進一步證實。不過總的說來，山家高調的中國名士派行事風格，終究不見容於跋扈、驕橫的日本軍人，倒是事實。當初實在應該勸他留意或低調些，奈何，每每和他久別重逢，總是耽溺在他刻意營造的無憂的小聚會裡，完全失去了警覺。

「他為什麼被抓？」

「不是很清楚。我也是聽人講。好像有洩露軍情這一項。」文雄把茶几上的一本書收到茶几下，「他和中國女孩交往，會給人很多想像空間。但我也不好勸他。當時總覺得他很吃得開，好像正在創造一個傳奇，竟然一點警覺也沒有。」

「我今年到年底恐怕沒有機會到日本，如果去了，我會設法去探望他。」

「很好。我看他是吉人天相……應該會逢凶化吉……」

文雄咕噥著。香蘭當下也直覺如此。不過，細思山家過去高調親華的行事風格，相信他一旦落入頑固日本軍人的手中，一時恐怕難以超生。過去和他相處的場景在她腦裡交疊成流，還真是奇緣，朋友之女不可欺的這種分寸，他拿捏得真好，跟他在一起，一直輕鬆愉快，從不擔心他變臉，或把她當成李明或白光。

文雄遞給她一封信，原來是兒玉寄來的一封名信片，裡頭寫道：「……時局越來越險惡了，自己一人在東京醉生夢死，實在不該。在東京看見妳時還會為妳擔心，現在看不到妳，更為妳擔心，覺得沒有盡到保護妳的責任。實在很希望隨時待在妳身旁，無時無刻保護妳。護衛官兒玉英水。」小小的明信片密密麻麻地寫了上百字，吐露的心意又是這麼露骨。他可以寄到滿映或吉岡家，寄到她家裡，竟然沒有密封，簡直是寫給她父母親看的。

「那個兒玉先生可是對妳有心的。」

面對父親的敲邊鼓，香蘭只是笑著把明信片塞進皮包裡。和松岡交往的事，她一直沒告訴雙親。她原本對松岡抱有期待，但看到他刻意降溫，從來不給承諾，對照沒有名份的兒玉時刻流露出的赤誠，她對松岡的事更羞於向父母啟齒了。山口愛：

「哦，對了。妳那朋友溫貴華，聽說成功逃到重慶，而且和男朋友結婚了。」

「她媽媽講的？」

「對。信不曉得轉了幾手才到他們家裡。」

「那太好了。」

香蘭鬆了一口氣，恭喜貴華的同時，感到一股難以言宣的寂寞。貴華不再是自己可以造訪，傾訴的對象，山家也不會再找她了，回到北京的家，只好帶父母和弟妹出遊，因為該去的都去過了，舉家在附近的太廟消磨一個秋後的下午，也十分愜意。弟妹要她講拍片的故事，講也講不完。兩個禮拜的假期結束了，她期待有新的拍攝計畫，匆匆上路趕回新京，自己租車返回吉岡家，見到悠紀子，才恍然想到好不容易上大學的悠紀子已經二年級生了，和子不知覺間，也已變成亭亭玉立的高中生，而且快畢業了。盼到香蘭「回家」，知道她隨時會出差拍片，悠紀子和她有說不完的話，也有聽不完的拍片秘辛。香蘭一早銷假上班，悠紀子沒課時總待在家裡，更希望她趕快下班再聊。

香蘭到辦公室沒多久，便獲得甘粕召見。製作部長八木引她進入理事長室，欠身離去後，甘粕猶豫了一下，還是沒給她倒一杯威仕忌，寒暄了幾句。甘粕：

「山家亨在東京被收押的事，妳知道吧？」

「知道，我心裡一直很不放心。」

「我知道妳和山家的關係一直很好，妳來滿映，他也從中幫了忙。」

「理事長認識他？」

「一直沒機會見面。」甘粕離座從櫃子取出一瓶威仕忌和兩只杯子，同時給兩只杯子注上一半酒，把一杯推到香蘭跟前，「喝一點吧，算是為山家而喝。」

香蘭喝了一點，把杯子放下。甘粕繼續說：

「他親近、拉攏中國人，這一點，大家都認為他確有一套。但私德不檢點，就是致命傷。」

「理事長的意思是他亂搞男女關係？」

「這是其一。搞軍事情報的最忌諱這一點，做社會情報的，這一點也很重要。他交往的女性，如果不是真心認同大日本，或是有一個組織規範，像滿映，都可能是敵性女性，弄到敵我不分，無敵無我。」甘粕接著談及山家吸食鴉片的問題，「我看妳前往東京看他如何？順便和東寶、松竹的朋友敘舊。」

香蘭點點頭，壓抑心中的竊喜，再喝了一點酒。甘粕繼續說：

「不用這麼緊迫，過一個禮拜再出發如何？」

香蘭再次點頭，甘粕大喜，回到座位隨即撥打八木的分機。

香蘭回到座位，桌上多了一封信。讓她有些驚訝的是她的歌唱啟蒙老師波多列索夫夫人寫來的，收信人書明李香蘭，而非她本名。她和夫人書信聯繫不是很頻繁，除了過年過節會用賀卡問候外，久久會來一封信，她給個回信，報告近況後，夫人沒再回信，聯繫往往就這樣暫時打住。情誼持續平淡，她感覺回不太去了，心中難免失落。她成為滿映人的第一年，回奉天探親時，會前去探望老師，但父親把家搬到北京五年以來，鮮少探視，前年年尾，趁著到奉天出外景，匆匆訪她和先生開的旅館，喝了下午茶，難得熱個一時半天，又是一兩年的疏淡。

香蘭開了信，信中垂詢她《我的夜鶯》拍得如何？提到在奉天看過《萬世流芳》，香蘭也唱得很好。發覺老師對她近況的了解，還停留在《我的夜鶯》這部電影，對她前往台灣拍片一事，一無所知。

「有一件事要緊。妳親炙三浦環老師教誨已數年，羨慕之至，他年輕時到義大利和我所屬的羅馬歌劇團合作演出，《蝴蝶夫人》歌聲至今難忘。我和她有數面之緣，也交談過，想來她已忘記。不久我遠嫁俄國，再也沒見過她，聽說她隱居日本山中已久，很想跟她再敘舊情，如果有機會到日本，可否方便同往，以慰渴慕之情……」

信用日文書寫，香蘭看過信，內心有些焦慮，這次如果一同前往當然最好，但不知甘粕會不會顧忌對方是俄國女子，他想向甘粕請示，但剛剛才見過面，第二天再去吧。她想著心裡有些紊亂，想寫信的心情沒了，索性拿起田村泰次郎送的小說繼續讀。八木部長走了過來，拉了香蘭旁邊的空椅坐了下來，香蘭回過頭嚇了一跳。

「理事長跟我說了，他要妳到東京一趟。」八木用手扶起滑下鼻樑的眼鏡，「妳和山家亨認識多久了？」

「小時候就認識，他是家父的朋友。」

八木點點頭，不想再談山家：

「妳的日本簽證應該過期了？」

「大概吧，回家再看看。不過到東京一事，想攜帶一人同行。」

香蘭說著把波多列索夫夫人的信遞給八木。八木拿下眼鏡，看了好一會：

「她是俄國人？」

「但已入籍滿洲國，算是國民。是我聲樂的啟蒙老師。」

八木戴回眼鏡，沉吟了一下：

「我幫妳向理事長說去。理事長有成人之美，應該會同意。」

八木說著回到座位，電話直撥甘粕，甘粕沒多加思索便交八木全權處理。香蘭隨即被叫了過去，坐在八木辦公桌旁邊的座位上。

「理事長一口同意妳和老師前往，不過她可能要提前來新京一趟。不知道有沒有護照，如沒有，我們會協助辦理。理事長說妳慢點去東京也沒關係。」八木扶了一下眼鏡，「就我所知，妳現住吉岡將軍家裡，妳老師的食宿可以安排吧。」

「應該不會有問題，到了東京後可住我的公寓，或住三浦環老師的山裡面。」

「那好。」

八木隨即向她說明辦理護照或簽證須準備的證件和照片。香蘭這才發覺老師要到一趟日本，問題還滿多的，護照申請到了，簽證也可能不准，但希望事情速戰速決，避免煩心。八木拿起聽筒，搖動電話搖桿，接通電電會社後告知波多索列夫夫人信中的電話號碼，約莫半分鐘，電話接通了。香蘭接過聽筒：

「我是李香蘭、淑子。」

強調了幾次，對方一時沒聽出來。

「小淑子，李香蘭，真的是妳，信收到了！我們多久沒見面了。」

「應該有一兩年了，實在很對不起。現在應該可以會面了。老師有護照嗎？」

香蘭邊說邊問很快就把夫人帶有浪漫夢幻的日本行，變得實際些了。

波多列索夫夫人懷著興奮，有些忐忑的心情來到新京。在總務部長田宮和香蘭的陪同下，到興亞大街外交部申請護照，第二天又到日本駐新京總領事館辦理簽證。離開了宛若軍營的總領事館，波多列索夫夫人和香蘭坐上田宮駕駛的公務車。前座的田宮：

「那我就先送妳們到滿映辦公室。」

「好。下班後，我再和老師搭鈴木的車子回家。」

「謝謝田宮部長。真是麻煩你了。」波多列索夫夫人把頭往前探，「我一直以為日本和滿洲國同一國，直接買機票坐飛機過去就得了。」

「很多人都跟夫人一樣的想法。明天去訂機票，我們派人去就可以了。」

「謝謝。」

回到辦公室，香蘭隨即寫了兩封短信給雅子，都沒提探望山家的事，除了說要帶以前的恩師前往外，只簡單表明可能到東京的時間，一封寄雅子千葉宅，另封寄乃木坂公寓。用過中餐，再修書一封給三浦環老師，信尾還由波多列索夫夫人書寫幾行對三浦師的問候。寫好信置入發信籃後，帶著老師到會客室暢敘，除了避免吵到鄰座，惹來異樣眼光外，到會客室「會客」也合情合理。

不過好事多磨，第二天後事情有了變化，松竹社長來電，希望派代表洽談下次的合作案。甘粕回以直接由香蘭去談即可，將來由誰代表滿映出演，不一定非香蘭不可，松竹導演可自行決定。松竹不久回電表示非常歡迎，知道香蘭早有赴日計畫後更是表示願意提供接機服務。香蘭成了業務代表，決由岩崎率同前往，兩人免不了又被甘粕召見洽談。岩崎前往東京，主要是去履行虛懸許久的東京分社副分社長的職務。

機票搞定後，還要四天才出發，香蘭向公司請了幾天假，在吉岡家司機開車的服務下，陪恩師飽遊新京市區和市郊的景點。波多列索夫夫人作風強勢，以前教香蘭聲樂時如此，現在作客素昧平生的日本人家庭也是如此。她住雅子的房間，用完晚餐逕自坐在悠紀子放在二樓樓梯口小客廳的鋼琴邊便兀自彈唱起來。吉岡夫婦聞聲過來，倒覺得新鮮有趣。香蘭靈機一動，乾脆請夫人辦一個家庭劇院，香蘭彈琴伴奏，夫人唱她拿手的歌劇片段，吉岡一家和眾僕役坐滿小會客室和樓梯階段。夫人一邊詠唱，一邊被這種場景撼動。唱完後，她不禁想到家裡，或老公開的旅館也可以開設這種免費樓梯劇場，甚至把這種樓梯劇院搬到舞台，製作堅固的樓梯道具架設舞台上，打破空間的單調，大大增加歌劇的戲劇感和立體感。

岩崎昶對於滿映和其他公司的合作案，向來興趣缺缺，對於波多列索夫夫人倒有一種莫名的興趣。這位唯物論者，原本就有蘇聯情結，也知道波多列索夫夫人是反共黨的白俄，和《我的夜鶯》那些團長級演員相較，以教學自食其力，也比較踏實些。他對史達林徹底失望，於是把有些情結投射在夫人身上。不過他對三人到東京後的行止定了調，香蘭赴松竹開會，自己專心待在滿映東京分社，而夫人到富士山下找三浦環，如此各忙各的，剛剛好。

他對於香蘭會拍什麼電影向來興趣缺缺，回到東京後，避開了甘粕的耳目，他慫恿茂木陪香蘭前往松竹開會，避免討論到可能讓他不愉快的電影。香蘭回到東京時，雅子也已回來。波多列索夫夫人知道香蘭有工作在身，希望趕快敲定和三浦環的會面，香蘭電話聯絡山梨縣山中湖三浦環老師，獲三浦熱情的回應，隨後徵得兒玉英水的允諾載運，夫人在乃木坂公寓住了一晚，第二天一早便在香蘭的陪同下搭乘兒玉的車子往山梨縣進發。

八月末晨光普照，銷融了東京城區上空薄薄的灰霧，出發前，兒玉秀了一下向三神主任借來，很新穎的德國萊卡相機，夫人頗覺驚艷，很高興地和香蘭在公寓前合拍一照才上路。

車行約莫十來分鐘，車內十分悶熱，車窗打開後，坐在後座的那對師生話匣子也打開了。窗風徐來，暑意大減。車子進入神奈川縣，沿著丹澤山地南沿的城鎮行進，香蘭講述這幾年拍戲和演唱的過往，夫人聽得津津有味：

「現在妳最活躍了。我和三浦的時代都過去了。」

「別這樣說。老師，您現在正是盛年呢。」

「妳在日本、中國，還有滿洲國，到處演。像我就受限了，圈子是越來越小。」

「老師選擇住在奉天，就是想過著半退隱的生活。」

「是基於這種想法沒錯。但有人靠了過來，難免就動了凡心，做了些比較。」

聽老師這麼一說，香蘭有些煩惱，繼而想了一下，老師應該只是湊個話講，於是轉了話題。

「雖然在這三國，但感覺都在同一個國家。」香蘭望著窗外的山林，心裡有些心虛，「三浦老師在國外演出，不是旅行演出，而是生活在倫敦、巴黎和羅馬一段時日後再演出，連美國都去過。她的世界這麼大，現在雖然無法出國了，但也夠了。」

「我也做過美國夢，結果最後來到中國，或者說滿洲國，而被侷限了下來。」波多列索夫夫人看著外頭迎面馳來的一隊軍車，「在滿洲待了近 20 年，本來住在哈爾濱，音樂環境比較好，後來還是選擇奉天，總覺得好的環境還是留給比較需要的人，歌劇演唱者雲遊四海的豪興早就沒有了。」

軍車車隊拋遠了，這對師生沉默了片刻，車子進入松林，開始爬坡。香蘭：

「這次秋季音樂會還是照常舉行吧。」

「回去後要開始準備，這次準備和滿洲醫科大學合唱團合作，初步接觸過了。」

「太好了。」

車子爬坡時開始顛簸，兒玉回過頭：

「道路品質本來就不是很好，被雨水沖刷，瀝青流失，道路坑坑洞洞，政府沒錢修補。」

車子越搖越慢，波多列索夫夫人擔心三浦環老師等太久，有些著急。路面好轉了一陣，又陷入膠著。車子在大小石頭全部裸露的路面蹇行，在一座佛寺前，行進轉為順暢。路況好轉後，一路上坡多過下坡，車行山林蜿蜒間，山頂啣著一朵白雲的富士山時隱時現。兒玉：

「像斗笠的那座山，富士山看到沒？」

「富士山怎麼會是一座禿了頭的山？」

「現在是夏末，天氣還很熱，山頂是有一點雪，看不太出來。」

夫人有些失望，伸長脖子，從擋風玻璃看出去，富士山山頂的稜線和往下伸展的一條條山脊，就像暴露的青筋，看來又老又醜。不過她繼而又想：又不是小女生了，這麼在乎外表，老富士一路相迎，滿有人情味，不也很好嗎？

和香蘭天南地北聊了一陣，車子進入高原，視野遼闊，富士山山脊更加有稜有角，在烈日下金光閃閃。

車子不像在高原馳行，在綿長的密林線下的湖面隨著車行伸展，夫人和香蘭覺得有些冷涼，都從隨身包裡取出一件秋衣披上。車子在湖邊繞行時，湖面框限在村落和岸樹裡頭，三人也暫時失去了富士山。香蘭：

「三浦老師住在湖面視野最好的東北角。」

「這樣啊！」

夫人隨口應和，心裡自然有股期待。車子終於在一片綠茵白宅前停了下來。三人下了車，好像來到了秋天，踩著涼意踏上草坪中間的鋪石小徑，回首望向富士和湖面的倒影。夫人回過頭面向三浦宅深呼吸，適應這兒較稀薄的空氣，兒玉拿起相機，示意香蘭站在草坪上，夫人慢慢吐氣的同時，用義大利語邊走邊詠《蝴蝶夫人》〈美好的一天〉：

「美好的一天，你我將會相見。一縷清煙，自大海的邊際升起。

之後船隻出現在海面……」

波多列索夫夫人義大利語的歌聲緩步攀升，自然流動，歌聲渾厚，牽動著期待，蕩漾在海拔一千米高原的空氣中。兒玉以湖面湖底的富士倒影為背景給她們拍了兩張照。

「我會秉持堅定的信念，引領企盼。」

夫人離三浦宅不到五步，翩然上升的歌聲好像一隻手正在敲三浦的宅門。

「讓我看清楚艦名、艦名、艦名。看見了，是阿伯拉罕・林肯號！」

雍容和穆的歌聲從屋裡徐徐穿透出來，香蘭和兒玉屏住氣息，雖然聽不懂義大利語，但充份感受《蝴蝶夫人》〈櫻花〉這一幕歌聲的莊嚴。三浦環老師歌聲中的期待一直在波多列索夫夫人心中延續。

「他們所有人都在撒謊！所有人，所有人，只有我明白，只有我是深深愛著他。你知道懷疑是多麼愚蠢了吧……」

屋內傳出來的詠嘆略為激動尖銳，香蘭和兒玉聽得出來，波多列索夫夫人再次細嚼用歌聲駁斥「謠言」的那種無奈，而這種無奈讓歌聲更有餘味。

「他回來了！他剛好回來了。……」

歌聲隨著門開了，三浦環夫人展開雙臂，和服像蝴蝶展翅，波多列索夫老師立刻投進她懷裡。兒玉的相機完整攝下了這一幕。

三浦環用屋後菜園栽種的蔬菜，和從小市集買來的湖魚招待客人，三女子有共同的音樂語言，相談甚歡。飯後，波多列索夫夫人還用三浦老師的鋼琴給香蘭上了一課，重溫當年的舊夢。香蘭和兒玉下午兩點多辭別，一路辛苦返回東京，另一方面，三浦環夫人安排波多列索夫老師在湖畔逗留了四天，體會美國湖畔詩人亨利・梭羅的湖邊情懷。

18. 訪山家家 慰其老母

松竹新劇的討論會在松竹映畫位在築地的東京劇場舉行，小川理事致完詞，讓與談人相互認識後便走了，實際與會者只有松竹的野田高梧、田邊新四郎兩位編劇、滿映的李香蘭、茂木久平和一名紀錄。野田表示，有一個倉卒成軍的軍樂隊的構想，希望大家動動腦，看故事怎樣發展下去。

「這個軍樂隊主要是用來鼓舞軍隊士氣，因為故事地點在中國，譬如在蘇州，所以也具有日本軍隊和中國民眾橋樑的功能，題目暫定為『野戰軍樂隊』，注意野戰兩字，表示這個樂隊要開赴前線，在槍林彈雨中吹響勝利的樂章。」

野田說完，田邊瞬了一眼心思的迷霧還沒完全撥開的茂木和香蘭：

「電影一開始可以很好萊塢式的。年輕軍官受命組樂隊時，把事先選好的成員，一個個叫到跟前面試。這種在其他影片一再重複的動作，就可以填滿不少膠片……」

「我本來以為一個合約案已經成形，劇本不但已經寫好，劇組也已經組成，公司要我當業務代表，只等著簽約。當然並不一定由我出演。」

聽完香蘭的抱怨，松竹兩位編劇同感歉意，小型的會議隨即便成閒聊。

「樂隊在兩軍熱戰時站在第一線，是非常好的構思，最好是讓幾個倒下，其他人繼續吹，喇叭變成精神武器。」茂木久平昔時年輕冒險的熱血湧向大腦，停頓了一下，「如果劇本的故事地在蘇州，就不用再強調什麼寒山寺或運河上的石拱橋了。」

「茂木社長的見解很好。蘇州我是去過的，如果排除寒山寺或運河，城裡那一面高牆也是一個非常好的布景，或許更能凸顯蘇州的形象。」

野田說著看向香蘭。香蘭：

「軍樂隊練習或實地演奏是主旋律，安排一些插曲如何？」

「既然要做日本軍隊和中國民眾的橋樑，就可以容納一些中國民謠。」田邊覺得自己想得不夠週到，「或許妳說說看。」

「中國歌謠當然要。另外可安排一個士兵教當地小朋友唱日本童謠，譬如〈鞋子響了〉或〈證誠寺的狸伴奏〉。多種歌曲交響……」

「手牽手，一起走到野外，大家都變成可愛的小鳥……。證，證，證誠寺，證誠寺的院子裡，月，月，月夜裡，大家出來，來，來，來，……」田邊把兩首歌輕唱了一下，「兩首都很好，很適合，不過，〈證誠寺的狸伴奏〉更有力，唱腔裡面自然就有幽默的活力在裡頭。」

四人繼續聊，野田高梧再提一個前提：20 人組成的樂隊，有基礎的和音樂素人參半，為求訓練速成，音樂達人和素人雙雙編成一個責任小組。

「現在有一個問題，會唱歌的女主角是中國人，要怎樣融入故事裡頭。」田邊看著香蘭那常使人心生幻想的雙眸，「妳和長谷川那種才子佳人的模式已經是老套了。」

「如果還是那樣的故事，我也不想再演了。」

香蘭說著大家都笑了起來。茂木：

「我也認為以音樂或歌唱作媒引出中國那一邊的情節，不帶有男女感情，境界會比較高。」

「對，從生活自然接觸著手。」野田看著手寫的便條，再看向兩位客人，「我和田邊兄的構想是這樣的。樂隊弟兄常到一家麵店吃麵，跟老闆娘互動良好。一位會唱歌的姑娘是她的女兒兼店員，或其他……再想想。」

香蘭不住地點頭，茂木也同意幫忙想想。談話就在閒散氛圍中結束。

香蘭還在新京時，雅子收到香蘭的信後試著聯絡松岡謙一郎，但不得要領，聯絡上他的朋友伊藤康宏，伊藤表示會儘早通知謙一郎。香蘭從東京劇場回到公寓，雅子剛睡過午覺醒來：

「明天開會嗎？」

「禮拜天，當然休假了。」

「松岡可能會來。」

「哦！」

香蘭有些吃驚。雅子輕鬆笑開：

「我早聯絡了伊藤，跟他說，如果聯絡上松岡，就請他來公寓聊聊。」

「妳還真主動。」香蘭心裡掛念山家的情況，想到松岡有意降低關係，提不太起勁，「好吧。如果他要來就歡迎他吧。」

雅子一邊折疊堆放沙發上的一些衣服，一邊瞅著香蘭，她知道香蘭對這段感情有些倦怠：

「待會我出去買一些菜。」

「買幾個魚罐頭或是臘肉，現在肉難買，又不好保存。」香蘭想到了山家的事，「兒玉那邊有消息嗎？」

「沒電話過來。」

山家案突然闖入，香蘭丈二金剛摸不著頭腦，只好請兒玉出馬打探。一兩天過去了，還是沒有消息回來，顯然這種任務加重了他的負擔。晚餐前，伊藤來了電話，知道香蘭已經回到東京，非常高興。

第二天近午時分，松岡和伊藤連袂來訪，除了應時水果外，松岡還帶來了四只越南燈籠。兩個男子搬來椅子，把燈籠分別掛在香蘭和雅子的房門口，呈菱形，和中國渾圓的燈籠比起來，顯得有些瘦的燈籠，越看越有味。雅子下廚時，香蘭就聽松岡講些造船廠的事和越南的民情：

「很懷念那邊的竹竿舞，好幾對竹竿，一開一合，按照韻律跳，一關過一關，沒被夾到，就是好心情。」

松岡邊說邊做手勢。香蘭：

「都沒被夾到嗎？」

「剛開始時當然會。」

「聽你這樣說，那種舞很是輕快。台灣高砂族的舞蹈也是這樣。」香蘭站了起來，「OSAMIRA DORAMIRA SARAMIRA」，身體右轉再左旋，當場跳了起來。

「妳跳的那種韻味跟越南的竹竿舞很像。」

松岡說著鼓起掌來。伊藤：

「竹竿舞，菲律賓、泰國，甚至中國南方有些部族都有。」

「這樣啊！」松岡動了一下腦，「都是南島語系，那種風俗已經是自然的一部份，最怕政治和武力的破壞。」

三人聊著，不覺間雅子的廚事也已完事。她端著飯盆出來，香蘭進去廚房端菜。松岡看著雅子左眼閃向伊藤：

「一年有四季，我這位朋友，每一季都換女伴。」

「你太誇大其詞了。」伊藤。

香蘭菜盤端過來了。雅子：

「太令人羨慕了，那就春天的叫春子，夏天的叫夏子，秋天的叫……」

香蘭把菜擺好，四人都笑了起來，隨後兩位男客也進入廚房端菜了。四人坐定舉箸。伊藤：

「謙一郎兄，看看李小姐，大明星一個，別再相親了。」

「是的，真令人受不了。」松岡睇了香蘭一眼，「母命難違。」

「真的啊！」香蘭故作鎮定，「謙一郎兄看的都是名流小姐吧。」

「逢場作戲而已。」

「你可以不用演這齣。」

伊藤了解老友的脾氣，輕輕施點激刺，讓空氣鬆弛一些，香蘭瞬了一眼雅子嘲弄的眼神。伊藤看著松岡：

「真的，你這是多此一舉。」

「現在是艱難時期。很多青年被調到最前線，無法對女伴有什麼承諾。航母一沉，成百上千的人沉入海底，任何承諾都變成欺瞞、背叛，我和小蘭維持純潔的感情，所以沒跟父母親提到她，也不急著讓他們見面。」

松岡說完看著香蘭乾笑了起來，企圖用這種笑化開香蘭的尷尬。香蘭知道松岡講的都是遁詞。他如真要維持感情的單純，就應該讓父母知道她的存在，別讓第三者時常出來攪局。雅子滿臉狐疑看著松岡：

「你是說，你在保護小蘭？」

「非常時期，低調一點比較好。現在正是福音書要我們走過死蔭的幽谷的時候，行事低調就會有福氣。」

松岡說著兩眼環視每一個人，然後笑開。香蘭從松岡的眼眸裡了解他了：投注太多感情容易變成兩面刃，傷己又傷人，退縮到理性的層次，低調地護住感情的火苗，可以讓生離死別的痛苦減到最低。午餐就在這種情理通達的氛圍中結束。用完餐，休息了一會，松岡便和伊藤離去，香蘭也沒有慰留。雅子似乎鬆了一口氣，向香蘭發出會心的一笑。香蘭：

「妳覺得怎樣？」

「他要給妳更大的空間。他講的也不無道理，萬一感情發展到了難分難捨，他突然被調到外海……」

香蘭回到房間，躺在床上仰看天花板，和松岡交往的過程像一串幕景，在天花板間浮現、流逝。

或許是松岡的效應吧，香蘭一直避免去電兒玉。她終於在拜二晚上接到兒玉的電話，她知道調查有了初步結果，但第二天早上有參訪行程，只得約兒玉下午見面。

事情一件接一件，環環相扣，香蘭有點喘不過氣。她若留宿兒玉，怕松岡突然闖進來，產生誤會。次日一早她和兒玉再度連袂前往山中湖畔接波多列索夫夫人回來，接下來兩天更是摒除一切事務，在兒玉車子的服務下載著夫人走訪東京的勝跡，恩師心滿意足地搭機回滿洲後，她才開始煩惱山家的事。

一連幾天，兒玉對香蘭恩師貼心的服務，讓香蘭銘感五內。他的謙和和任勞任怨讓她對於橫在眼前的難題，有了幾分信心。剛接到查詢山家亨下落的任務時，兒玉還是第一次聽到山家的大名，他不想向香蘭探詢，只好求助三神良三主任，三神憑藉和軍方的一點關係前往市谷台陸軍省法務局，終於查知山家被關在東池袋巢鴨拘置所等候審判。香蘭：

「什麼時候審判？」

「10 月 20 日」

「那還有一個多月。我希望能見到他，給他帶來慰藉。他一人被關，一定受不了。」香蘭皺了一下眉頭，「審判之前，拘置所不知道有沒有開放探視？」

「這個還要再問。」

門鈴響了，三人面面相覷，這時有誰會來，難道是松岡？茂木？雅子要去開門，被香蘭擋了：

「我自己去。」

香蘭走過小庭院，門一開，嚇了一大跳，差不多一年沒見的白光，頭髮凌亂地現身眼前。白光：

「對不起，終於找到妳，有一件事想請妳幫忙。」

「哦。」

「山家亨的事。」

「今天大家都在談他，裡邊請。」

白光看見客廳另有兩人，覺得不好意思。香蘭給他們作了介紹：

「這位是我的助理……這位是日本劇場的……這位是上海電影界的紅星……『白光』，漢讀的話很拗口，和讀採『白光大神』的讀法：shiramitsu 比較順口。」

彼此客套一番，白光快速恢復大方的本貌。

「李小姐時常提到您，您在上海的成績確實是有目共睹。」

雅子的話，白光頗為受用，也樂於作客。

白光的日語有點腔調，還算流利。雅子離座準備茶水，大家都用日語交談，香蘭用華語直呼白光，兒玉用漢讀稱呼白光時覺得拗口，改用「shiramitsu 小姐」問了簡單一句。

「這樣就平順多了。」

兒玉被說得有些不好意思。彼此沉默了一會，隨後，雅子也把茶壺端了出來。

「三浦老師就這樣稱呼我。」白光她從皮包掏出一封信給香蘭，「我來就是要送達這封信。」

香蘭看了一下，是山家寫給她的信，拆開看，裡頭只有幾行字，「……被召回日本，向陸軍省報到，感覺不妙，倖白光陪著我，我心稍安，但萬一我有狀況，請務必照顧白光……」

「這封信在我的皮包裡面放了許久。」白光舉起雅子遞過來的熱茶，「他在陸軍省被『請進去』後，我和他家人急著返回他在靜岡的老家，忘了送出這封信，後來覺得可以的話，親自面交妳會更好。」

「他媽媽住靜岡？」

「沒錯。」白光停頓了一下，把向滿映東京分社求助的事講了出來。「茂木先生知道我是華影的演員，客氣得不得了，還叫人用車子送我過來。」

「還是妳厲害。」

香蘭把兒玉努力的過程講了出來，白光怨嘆了幾句，兒玉也就知曉她和山家的關係。山家幾天前才闖進他腦裡，如今又多了一層異國男女關係，他直覺開了眼界：

「白光小姐不是第一次來日本吧？」

「我五六年前在東京女子大學藝術系就讀，主修聲樂。日本經驗還算豐富。」

「我向三浦環老師學聲樂，白光小姐有一段時間也一樣。我們算是師出同門。」香蘭右眼瞬向兒玉，左眼拋向白光，「我看這樣好了。既然山家要我照顧妳，白光，妳今晚就在這兒用餐，我們再商量山家的事。」

白光不置可否，雅子開始張羅晚上的餐食，還一度外出。至於山家的落難，白光一口咬定是李明告密的結果，香蘭力辯李明沒有那份能耐，也沒有必要，有時用華語加強語氣：

「中國老百姓看到日本軍人早就躲得遠遠的，那有那種膽子上日軍司令部。」

「山家本人認為是川島芳子搞的鬼，但我不相信事情會這麼簡單。」

影壇雙姝持續熱議，兒玉有時插一點口，用過晚餐後也一樣，香蘭知道白光白天探監不成，希望第二天再試一次，同時把山家的一些衣物、生活用品送進去，留宿白光，也獲得她的同意。白光把自己申請會面的經驗報告出來。

「我看，要親戚，尤其是近親申請才會通過。」

兒玉說著，白光笑了起來：

「試試看。你們用日本人的名義申請，或許就過了。」

「那就試試看，反正面審官也是人做的。」

香蘭說著，雅子開始整理房間，香蘭本來想跟雅子擠一間，但兒玉堅持睡客廳，最後新整理出來的房間讓白光休息，雅子還是睡自己的房間。

初秋天氣，每人一席薄被就可以過一晚，兒玉深知自己身負司機重任，一早就起來。

巢鴨拘置所，兒玉沒去過，也罕見開車經過，想到「巢鴨」，他腦中就會出現一群鴨子。他的車子一直朝北行進，經過護國寺。白光：

「我感覺見不到，還是不去的好。」

「都已經快到了。到了再說。」

「我是用中國人的身分申請，可能因此沒過關。」

「沒關係，再試試看。」

兒玉說著駛過兩塊住宅街區，駛進一邊高牆，一邊幾乎是荒地的道路。香蘭一看就知這是目的地，背脊一股冷涼。兒玉停好車，四人小心翼翼地走到對街把長牆分成兩半的監所大門，大門的鐵柵門關著，四名衛兵守著，既防裡面的人逃出去，也防外人混入。

持槍的衛兵向前兩步阻擋來客時，四人都覺得被不遠處沐在陽光中，但模樣森冷的三層行政大樓監看著。四人進入小房間時，裡頭已有七八人，有了「伴」後，四人感覺安堵了些。四人填好簡單的表格，帶著身分證，排隊等候面審，白光拿著護照，被問了幾句便被斥退，香蘭被問了久一點，但仍然無法證明是親屬，也被斥退。

「要有親屬關係才可申請！」

面審職員不耐煩地向陸續來到的申請人吼著。四人無奈地退出，車子駛離巢鴨地區後，按原計畫，在乃木坂公寓讓雅子下車，其餘的三人朝靜岡進發。路途遙遠，時間緊張，香蘭和白光坐後座，兒玉專心開車，三人在小田原簡單用過午餐後繼續趕路。白光累得在車上假寐，香蘭思前想後，覺得走一趟靜岡確有必要，一來給山家家打氣，二來在回程的漫漫旅途中，讓兒玉不致太孤單。隨後她也陷入昏沉，在昏睡中越過伊豆半島。醒來時，車子正沿著東海道往西馳走，很長一段時間，車子好像在海灘邊行走，車速輕快，海景爽朗。香蘭見白光醒了，開始詢問山家家裡的情況：

「妳說他父親……」

「應該已經走了。他們家，男士都遭難，全靠女性支撐。」

香蘭立刻想到了兩兄弟和父親都不在，只剩老母和妯娌兩人撐持的的劉吶鷗一家：

「山家媽看到我，會不會覺得很突兀？」

「不會。他們都知道妳是山家的朋友，山家給妳的那封信的信封，我也給他媽媽看過。」白光望向窗外的富士山，「山家媽媽原以為妳也是中國人，經我解釋，才有所了解。」

經白光敘述，香蘭終於知道，山家的弟弟已戰死，留下遺孀和兩子，山家本人還有一位和自己小妹誠子同齡的女兒。

「山家常感慨地說，他生一個女兒還比較好。他弟弟戰死，兩個侄兒也都十七八歲了，現在兵源緊張，隨時都會被徵調，那才悲哀呢。」白光察覺到香蘭神情的怪異，「他弟弟比較孝順，比較早結婚。」

「戰爭是地獄。」

兒玉打斷，也中止她們的談話。富士山更近了，但香蘭兩眼湛滿駿河灣波光粼粼的海水。白光暢談最近演出的《紅豆生南國》，香蘭不想談電影，努力找話題：

「早上在拘置所申請會面，既然要親屬才能過關，山家的媽媽為何不自己來。」

「她老人家也怕這種場面，我看她是希望我先探個路。她孫女還小，她也不太願意讓小孫女承受這一切。」白光喝了一口水，「這次失敗了，或許她老人家會自己跑一趟吧。」

「我也這樣想，最痛苦的事，最後還是得面對。」

「沒有比戰爭更痛苦的事。」兒玉腦裡，門諾罕戰役的憶景和眼前公路的景象同時流動，「比起置身戰場，身陷牢獄，或許還好一些。」

「兒玉大哥說的有理。我應該用這句話激勵山家的老母。」白光。

山家老媽 70 出頭了，看起來老很多，但精神矍鑠，長子山家亨長年在外，長媳病歿後，她獨立拉拔孫女博子長大，次子山家忠戰死後，她加蓋了一個房間，把二媳婦和兩位孫子接過來同住。她感謝兒玉把白光送過來，看見了和白光同樣熠熠的明星香蘭後，內心自嘆：「男人發動戰爭，男子不是在戰場便在墳場，只有女子還有一點尊嚴。」

來到山家宅已是下午近三點，兒玉喝了第一口茶便盤算怎樣回家，他婉謝山家母親晚餐的邀請：

「以茶代飯，心領了，要趁早趕回去，趕夜路太辛苦。」

山家全家人都擠在客廳，山家亨十歲的女兒博子挽著白光的手臂，凝著香蘭，山家亨的弟媳山家末給大家倒茶送點心，兩子智嘉和興一都已現成人相。山家末看向兒玉和香蘭：

「雖然沒見著，還是謝謝你們探望大哥。」

「既然非親族不可，下次我就去給他們看。」山家老媽難掩心中的氣憤和不屑，「我看最該去看他的是川島芳子，看看她的傑作，看看她自己怎樣整以前的老相好。」

聽著山家媽發飆，白光覺得很悶，她一直認為是李明告的密，但又不好在山家家人面前說出，坐實了山家亨花名在外的事實，反而讓他們一家，尤其是他老母難堪。山家老媽兩眼看向香蘭，香蘭看到了她眼神裡頭的責問。

「山家亨，王家亨。」山家老媽用華語說出「王家亨」三字，「他在北京的一切，妳應該很清楚。他有沒有跟妳談過川島芳子。」

「有談一點，實在不多，因為我不喜歡聽。」

「他年輕時在長野縣的松本市當兵，一天回家，很高興跟我講他遇到一個很好的女子，我替他高興，後來知道她是川島浪速的養女，我就開始不放心。川島浪速何許人也。後來果然芳子幹了這麼多大事。山家亨被派到滿洲前，我就告訴他，『你配不上她。』他說早就分手了，我就放下心來⋯⋯」

山家老媽說著突然站起，走向廚房。兒玉和香蘭鬆了一口氣，大家面面相覷時，山家智嘉突然開口：

「奶奶說得沒錯，伯父的意思就是這樣。他說，川島如果事業順利的話，就不會回頭找他麻煩。不會一狀就把他告到東條大人那兒。」

在這種家庭境遇中長大，山家智嘉顯得早熟、懂事。兒玉聽完他講的話，惺惺相惜之情油然而生，可惜他無法久留，山家媽回到客廳，兒玉請她老人家多保重後起身告辭。

面對漫漫回程，兒玉有些心虛，車子經過富士市，香蘭給他找到一家店，喝足了咖啡再上路，兒玉精神大好，黃昏的金黃轉成暮色時，他的車子也已進入華燈初上的小田原，心理壓力大減。

靜岡山家宅之行雖然累，但香蘭認為值得，老友有難，前去慰藉其老母，也算盡了人情義理。

19. 牧野宴蘭 山家判刑

另一方面，香蘭的松竹之旅還沒結束，大導演牧野正博向總公司申請了一部車，把香蘭接到鎌倉大船製片廠，在這同時，牧野正博的弟弟滿男夫婦也已從京都出發，前往鎌倉。

香蘭第一次見到轟夕起子。夕起子和星玲子一樣，是身高中上的大美女，香蘭好生羨慕。五年前，她首赴東京演唱，住星玲子家時，得知夕起子即將成為玲子的嫂子，不久前也從到新京陪老公的玲子口中得知，夕起子早已是她嫂子了。此刻已快 11 點，所謂參觀攝影棚只是一個名目。事實上，香蘭也不喜歡到攝影棚內看人演戲或導戲。她喜歡在輪空的戲棚看工人施作，在道具間，看工人敲敲打打，一看就是 20 幾分鐘。轟夕起子自己不拍戲時，也有逃離戲棚的心理，所以很能體會香蘭的心情，把她帶到錄音室、洗印室轉了一圈，已是中午時分，在辦公室等到牧野正博下了工，20 幾分鐘過去了。

在廠內餐廳，三人叫了簡餐。牧野正博：

「公司要我安排，我就先安排我們兄弟和妳的私下時間，過幾天，再安排妳和重要演員見面。過去妳和滿男、玲子是同事，未來妳和我們夫婦也會是同事。」

「我們早就是同事了。只是沒見面！」香蘭看著有些驚詫的正博，「我兩三年前在這裡拍過戲。」

「這樣啊！那請妳參觀片廠就太見外了。」牧野正博面露幾分歉意，「雖然比不上滿映這種亞洲第一的規模，片廠還可以吧。」

「比大小也沒多大意義，大船加上京都的太秦應該比滿映還大。事實上，滿映那個片廠，我很少用到。」

正博不住地點頭，然後三人安靜地進食。香蘭擔心講錯話，思前想後，早期演出純滿映的電影時，棚內戲都在舊攝影棚拍攝，和東寶、松竹合作過後，也就只有拍《迎春花》和《黃河》時短暫用過滿映的攝影棚。香蘭：

「滿男和玲子下午真的會來。」

「已經在路上了。400 多公里，火車要開個大半天。」牧野正博笑了一下，「滿男回到日本，我就建議公司把太秦攝影所交給他。他喜歡跟很多人在一起。」

「我先生，」轟夕起子斜乜正博一眼，再看向香蘭，「導戲太忙了，分不出身。今天在日活，過一個禮拜在東寶，下個月可能在松竹⋯⋯」

香蘭點頭稱是，牧野正博幾乎把飯扒光：

「用完餐，就帶李小姐附近走一下，然後回橘田屋。」

香蘭住橘田屋三樓西式房，夕起子和她聊了一陣便離去，她正好趁機補眠。一覺醒來，她精神好了些，但仍有些倦怠。她梳洗過後，自忖從影五年以來，可謂馬不停蹄，現在以閒差赴日，工作步調放緩了，對海的渴念突然填滿內心。在滿洲或中國生活了這麼久，只有回到日本才有機會看到海，但每看到海都是在路途上匆匆一瞥，或僅能遠觀，無法近取，即使前往探視謙一郎，在木更津比較有機會靜觀東京灣，但被港口、樓宇和車船圍繞的港灣對她來說已經不是大海了。她希望明天找機會到不遠處的湘南海岸或江之島，一個人靜靜地看海，享受那種一碧萬頃的舒暢。

外頭傳來一陣喧騷，香蘭來到窗邊，下面馬路，一隊婦女念念有詞地行進，每人手持日章旗，肩上都披著「大日本國防婦人會」的肩帶，好幾個隊伍連成一氣，每支隊伍前面都由印有麥穗環繞旭日的會旗前導。婦女的隊伍告一段落，一長列身著羽織、袴裙，肚腹圍著鎧甲，頭頂圓盤盔的學童，以小武士大隊的姿態念念有詞地跟著前進。

「爾臣民孝于父母，友于兄弟，夫婦相和，朋友相信，恭儉持己，博愛及眾……遵國法，一旦緩急，則義勇奉公，以扶翼天壤無窮之皇運。……」

漸漸地香蘭聽出了他們的誦詞，原來他們正在誦念明治天皇頒布的〈教育敕語〉，而且背得滾瓜爛熟。

遊行的隊伍走遠了，香蘭下了樓，走出旅館，在兩旁都是兩層木樓，一樓是商店，二樓是住家的街道上走動，踅進小路，走過一家家用竹籬或木欄圍著的民居，每戶人家圈出前庭小圃的材質不同，除了竹子和木材外，也有短牆或鐵欄杆，遇有像北京潘宅一樣築起高牆的肯定是大戶人家。有些人家不設前庭，把整個家宅封在木板牆內。偶見一家精緻小店，店內的燈光把屋內部份商品示現了出來。小圃內植滿櫻樹、松樹、山茱萸、紫莖或各式盆景。家家戶戶栽種最多的是繡球，現在初秋了，花期過了，但葉子更茂密。香蘭在小公園坐了一下，看著老人相互聊天、煨暖，婦人逗弄幼兒。她一人兀自坐著看人家，反而引起眼前老弱婦孺的注意。

她循著原路回來，走進旅館，好生熟悉的聲音……。

「玲子小姐！」

她叫了一下，牧野滿男和星玲子同時回頭，星玲子跑過來把她擁入懷，牧野滿男笑得合不攏嘴：

「妳也住這兒嘛！」

「303」

「我們 207」

牧野滿男說著向兩邊吹起，有點像兩隻角的髮型映入香蘭的眼簾。

「你的聲音很像牧野部長，但頭髮不像。」

「甘粕管不到了，讓頭髮自由些。」

牧野說著提起行李謝過櫃檯小姐，往樓梯移動，星玲子挽著香蘭的手臂跟在後頭，但突然轉向，拉著香蘭向餐廳走去。

這裡的餐廳，和式的叫和風宴，中式的叫華山亭。牧野正博選定華山亭，五人坐滿一個方桌。牧野正博從袋子裡取出一瓶白蘭地：

「李香蘭最近沒有拍片，也沒有演唱會，那就開懷一下吧。」牧野正博開了酒瓶給每人倒了半杯酒，然後看向剛剛入座的滿男，「李香蘭在松竹的下一部戲，內定由我執導。」

「什麼時候開拍？」

「劇本還在構思。」

正博說完，滿男狐疑地看著哥哥和香蘭：

「我以為已經開拍了。李小姐人都來了，還在寫劇本？」

「公司要她來開會，結果是叫她參加劇本的討論。」

「豈有此理。」

牧野滿男氣悶難遣，香蘭起初覺得被愚弄，現在搞清楚、釋懷了。

「很多事情是將錯就錯，我也不曉得事情會搞成這樣。李小姐就當做來東京度假好了。」

牧野正博說著，弟弟滿男也不想追究，反而覺得香蘭陰差陽錯地來到東京，遠離滿映的是是非非，大家意外地聚一塊，也是好事一樁。牧野滿男：

「我期待妳跟哥哥合作，體驗一下快導的樂趣！」

「我也很希望導演動作乾脆，以前演渡邊邦男的戲，他做事就很爽利，有時不化妝就叫我們上鏡。他認為有化還是沒化妝，拍成黑白畫面，看不出有啥區別。」

「哥哥前幾年拍了一部代表作《鴛鴦歌合戰》只花了 11 天便殺

青，總拍攝時數 28 小時，空前快速，也可能是絕後。」

牧野滿男說著瞄了大哥正博一眼，再看向香蘭。香蘭一時被嚇到了，隨著經驗浮現，了解滿男講的應該是：開始拍攝後，導演指揮和正式運鏡的時間，幕後的準備時間可能沒算在內。

「歷史劇要演出正確的時地，像服裝、布景、道具……就要準備一段時間，歷史寫實劇，平安時代的武士剃『月代頭[1]』，會被認為是錯誤的髮式，重拍就要花時間。《鴛鴦歌合戰》打破時間的區隔，把爵士置入幕府時代，流行歌〈滿洲姑娘〉、〈一個雨天的午後〉和幕府時代的音樂並存。」牧野正博笑著向香蘭舉杯，「打破時空的界限，沒有所謂對與錯，音樂組和戲劇組都很輕鬆，他們怎麼做都不會錯。」

「妳可以想像穿著和服的服部富子領著一票武士邊唱現代流行歌曲，邊跳爵士舞步，搖搖擺擺在街上前進，輕鬆又愉快的情景。演的人輕鬆，拍的人也輕鬆。一拍完馬上接著下一幕。」

牧野滿男說著，爵士音樂和舞步也在香蘭體內搖擺了起來。這些年在電影裡頭唱了太多抒情歌曲，拗逆了視覺需求的快節奏，電影藉助於抒情歌曲讓觀眾感動，倒不如用節奏帶給觀眾快樂，比較實際些。《莎韻之鐘》裡頭的〈莎韻之歌〉跟以前唱的抒情調子相比，輕快多了，也表現了山居的快樂，但還不夠，她倒希望拍一部情節緊湊，激情的電影。以前在滿洲拍片，以精湛的騎術比下一些男演員，她不禁幻想拍一部比騎術的電影，只要有人寫劇本，和男子賽馬，正好可以博得一點英氣，一改電影裡頭嬌弱，需要男子撐持的形象。但想歸想，終究沒有人察覺她的心意，她也不好宣說。

「編導合一也是這部戲拍得快的原因。演員敲定後我才寫劇本，演員在戲中的角色就根據他的本名命名，比如市川春代演阿春，服部富子演阿富，遠山滿演遠山滿右衛門，志村喬演志村狂齋。劇本大綱構思好了，很多細節就牽就那些我所熟悉的演員的習性或習慣動作。」

「看來滿有趣的。有點演員進入戲裡現身說法的味兒，所以雖然是古裝劇，但不帶點現代味也難。」

「對。正是這樣。」

牧野正博爽快地回應香蘭的看法，拍了一下膝蓋，咖哩馬鈴薯端進來了，濃稠的汁液讓人垂涎。女侍舀湯掏料給每人裝一碗，待女侍走開，正博繼續講：

「不用太拘泥，劇本記載不詳，反而有彈性，演員很多時候隨機應變，戲前演練一遍，感覺 ok 了，就直接拍攝，進度就快了。事先規劃，劇本書寫工整，言明這一節拍完接下來拍那一節。像這樣計畫週詳，拍起來往往很花時間。」

「那就是說，導演、演員，甚至攝影，默契良好，三者中間的框框拿掉了一些。」

「李香蘭小姐說的也是，我電影搞了這麼多年，編、導、演、攝確實在不同的架構上，我拍鴛劇，編導合一了，導演和演員之間又拉近了……」

香蘭聽的有些乏味，希望正博導演趕快轉移話題。她只覺啜飲著的湯汁有味。牧野滿男：

「哥哥這麼努力導戲，加上替別人的電影錄音，幾年下來把父親留下的 37 萬圓債務全部還清，然後娶了嫂子。」

「蛤！」香蘭驚呼一聲，瞅了滿男一眼，再看向正博夫婦，「37 萬！可以拍五六部電影了。」

正博一陣傻笑，轟夕起子也害臊地低頭逃避她先生和香蘭的眼光，星玲子想開口，但被夕起子制止。

「這其實是一段很長的故事，驚心動魄，實在可以拍一部電影……」滿男乞求地望向哥哥正博，「李香蘭，我們都稱她小蘭。」

「啊，好。你說的那故事以後有空再談，別壞了我們小蘭的胃口。」

牧野正博制止弟弟說下去。香蘭對於正博父親牧野省三盛年亡故後，他一手創辦的牧野製作所經過的一番風雨，從刊物中略知一二，想來滿男想要談的正是這一些。牧野正博不想讓自己家族的過往佔據太多的談話空間：

「小蘭，這次讓妳白來一趟日本，實在抱歉。」

「來這裡和牧野部長重逢，又認識您，就值回票價了。其實我來日本還有一件事，甘粕理事長要我探視一位軍方的電影推動者……」

香蘭說著把山家亨的事情簡單地報告出來。

「山家，我有印象。也是小蘭剛到滿映的時候，他帶著後來加入滿映的一位明星來找我和山梨稔，我們也請他吃過一頓飯。吃飯時，他跟那位叫李明的女明星講華語，跟我和山梨講日語，當時我就覺得他這樣一個日本軍人帶著中國女孩不太好。即使那位李明不久成為滿映的一員也一樣。」牧野滿男舉起酒杯，「不過看到小蘭非常高興，大家喝一杯吧。」

「牧野部長講的那一次飯席，印象中我也在場。」香蘭努力回想，「那是李明剛來報到的事。」

「沒有錯。感覺上，山家亨不只是陪她報到，李明正是他的女人。一個負責中國民情蒐集的日本軍官，結果被中國女子纏住，反而成為情蒐的對象。看在軍部的眼裡，恐怕會衍生很多問題。」牧野滿男逡巡自己過去在滿映的滄桑，「不過那位李明，我也關心過，不曉得她離開滿映後，還有沒有和山家在一起？」

「早散了。」

香蘭淡淡回了一聲，牧野滿男有感於物是人非，不再談李明。

菜來了，一連來了兩道，大家靜默了一下，隨後舉箸吃了一點。

「說起山家亨，我們東京的編劇圈並不陌生，讀過村松梢風寫的《男裝的麗人》就知道，他就是川島芳子的老情人。」牧野正博皺了一下眉頭，「只是沒想到書中的人，突然有人談起。李香蘭小姐如今這樣講，山家也算大難臨頭呢。來，大家為山家先生乾杯吧。」

香蘭想到了三年前在北京王府井大街巧遇川島芳子，隨後被延至她家作客，也接獲她親手贈送的《男裝的麗人》，只是這本書，她一直放在北京的家，沒帶到新京，或許被弟妹拿去看。總之她是許久沒看過那本書了，現在山家被控多項罪名，那本書會否成為呈堂證物，她心裡的疑團很快便被酒意攪渾了。

牧野滿男不時問起滿映的近況，但香蘭所知有限，滿男只好回吐他以前在滿映的工作經驗。牧野正博心頭還是一股川島芳子熱：

「有人想過要拍她的電影，但想想又縮手。畢竟當事人還活躍人間，如果拍得不如她意，她率眾前來砸片廠都有可能。畢竟她是一位快意恩仇的奇女子。再說，她年少時義無反顧捨離優柔寡斷的山家，這種男女之間恩怨情仇一類的故事，電影拍多了，也看多了，不覺得有什麼新鮮的。……」

牧野正博雖然見多識廣，但畢竟未曾料到芳子後來會惡整、出賣山家，香蘭自然也不便置喙。牧野滿男見在座三位女子喝得不夠盡興，帶動一輪酒戰後，正博想到弟弟的委屈，眼含諷意地看著香蘭：

「妳們滿映的那位滿洲的勞倫斯最近好嗎？」

香蘭滿頭霧水，牧野滿男：

「有人說甘粕正彥是大陸或者是滿洲的勞倫斯，他也自認為是滿洲的……」

聽著牧野滿男的解釋，香蘭得以約略知道，大學時期練得一口阿拉伯話的英國軍官湯瑪斯·勞倫斯二三十年前前往阿拉伯，以一身阿拉伯人的打扮帶領阿拉伯子民推翻鄂圖曼土耳其帝國的統治，而被稱為阿拉伯的勞倫斯。牧野正博：

「川島芳子被稱為東方的瑪塔·哈麗還有點像，甘粕不懂華語，他滿映的滿籍員工在所有滿人當中的佔比也很少，被稱為滿洲的勞倫斯有點……」

「重點是，他要反抗什麼，難道反抗自己的日本帝國？」

星玲子的反問很有力，滿男頗思索了一下：

「阿拉伯的勞倫斯到底幹了什麼事，多數滿人或日本人都不知道。名號比較重要，有名的土肥原賢二也被稱為遠東或滿洲的勞倫斯。」

「兩人都在爭搶這個頭銜了。」正博。

「土肥原那廂是西方人封的，勞倫斯只是大佐，土肥原現在貴為大將，用勞倫斯來比擬他，反而減損他的份量，勞倫斯的比喻對甘粕比較有意義。」

牧野滿男說完，香蘭不住地點頭，一個英國軍官老遠跑到阿拉伯當當地軍民的領袖，在她腦裡映現出一名中年白人軍官，臉上抹黑，頭覆頭巾，披上白袍，激情演出的情景。轟夕起子和星玲子兩妯娌坐在一起，兩人細語喳喳，不時互相取笑，根本就沒聽他們的先生談些什麼。她們狀似親暱，發現到冷落了香蘭時，星玲子兩眼有些紅腫地看著香蘭：

「我和夕起子像姊妹。」星玲子把夕起子推開一些，「她是我的學妹，現在變成我的大嫂。」

「她們以前都在寶塚歌劇團。」

滿男說著溫潤的兩眼湛滿滿足感。正博：

「人生戲一場。」

「我嫁給你也算是一場戲，是戲中戲。」

轟夕起子說著舉杯，要求大家跟喝。星玲子：

「妳是瞎了眼才成為我的嫂子。」

轟夕起子裝作生氣的樣狀看向老公正博：

「我是瞎了眼才嫁給你。」

正博兩兄弟笑開懷，夕起子認真地看著香蘭：

「六年前拍日活的《江戶的野鶯》，化妝師誤把機械油當茶油抹在我的臉上，要給我上妝，我感覺不太對，張開眼睛提醒化妝師，那知機械油滲進兩眼痛死人了。痛得頭要爆開，太狼狽了，大家亂成一團，把我抹乾淨後送到醫院。打了止痛針後比較不痛了，但可怕的事發生了。張開眼看不見東西。」

「是真的看不見嗎？」滿男。

「黑黑的，什麼都沒有。試了幾次都一樣。我慌了，那種痛比剛剛的椎心痛更痛。我相信自己失明了。但是導演牧野正博一直守在我身邊，是不是假性失明，醫生的說法模糊，我心癱了。但正博一直安慰我，支撐我。第二天早上醒來，視力恢復了一點，但我那一顆心也被勾住了。」

轟夕起子努力讓自己清楚敘事，但難掩醉意，一說完，滿男起哄要大家敬她。香蘭又再喝了一點：

「正博先生，你當初是不是趁夕起子小姐之危……」

「小蘭，別笑我了，這也算是危機處理。」牧野正博爽笑，向香蘭使出曖昧的眼神，「我的演員有難，我全力照顧。我做事向來認真，電影從無聲到有聲的年代，我研究錄音，一度成為錄音師，因為導演多，錄音師難求……」

牧野正博挺認真的話落入香蘭的醉耳裡，全都成了片片雪花。香蘭很少這麼盡興，換得的是第二天的遲醒、倦怠和暈眩，她知道牧野兄弟夫婦也都累倒，或許正博力抗宿醉，第二天還要手執導演筒呢。她覺得不該再打擾人家，留了字條給牧野兄弟，叫了車到車站，便搭火車回東京。上了車才想起要到湘南海岸觀海的願念。願望沒達成，再待來時吧。

回到乃木坂，香蘭度過了一個昏倦的下午，第二天也顯得慵懶，有點想回新京，但一想到可憐的山家叔，念頭又縮了回去。

香蘭和雅子主僕兩人無擾也有點無聊地過了一天。她想探視山家，和雅子聊開後，甚至興起營救他的念頭，但終究想不到可以託付的人，談到倦意爬滿身，默默看著雅子，感覺像是楚囚相對了。

第三天早上，白光再度來訪，來訪前事先打了電話，香蘭總算沒有感到太大的突兀。白光一個人過來，但買了一些應時水果。

「昨天山家媽去探視了。」白光難掩倦怠和氣惱，「她說山家瘦了，臉上有傷疤，顯然被刑求過。」

「有見面總是好。他跟妳講些什麼？」

「是山家媽看到的，獄方還是不讓我進去。」

「嗯。」

「獲允許探望的人會被帶進一個狹小的廊道，然後到會客室。」白光從包包掏出口紅，補了妝，「有一個人也是非親屬關係，拿了很多書信證明和被探視者的關係，最後通過了。」

「我和山家很少通信，妳親自拿給我的一封也只有幾行字，巢鴨拘置所的審訊官恐怕看不上眼，不被當成一封信。」

「即使一封也可以試試看。審訊官看妳順眼，說不定就放行了。」

白光難得溫言軟語，香蘭也就敞開心懷歡迎她了。

拘置所會客時間都在上午，香蘭知道白光要再宿一晚，也請兒玉第二天前來運載。

次晨三位女孩都早起，雅子決定不去，兒玉的車子來了後，也決定不勞兒玉申請探視了。和那天一樣，車子進入巢鴨區，滑進一邊築有高牆的道路，最後在牆對面的荒地停了下來。

白光用中國護照的本名史詠芬申請探視山家，但山家被控洩露軍機給中國，和往常一樣，審訊官問沒兩句，中國人白光的申請就被駁回。香蘭遞件時把山家的那封簡信一併呈上，審訊官把信反覆看了兩遍：

「這是山家先生寫給妳的？」

「是。」

「裡面提到的白光是誰？」

香蘭有點慌，但覺得除了誠實以對，別無他法：

「剛剛的那位史小姐。」

「中國人？」

「是。」

「妳和山家是什麼關係？」

「朋友。」

「男女朋友？情人？」

「不是。是一般朋友。」香蘭覺得有些窘迫，「比一般朋友還要熟。」

審訊官靜默了下來，香蘭像被偵訊一般，全身忐忑。

「山家先生長年待在中國，妳和他年紀相差甚多，也待在中國和他交往？」

審訊官說著冷眼凝著香蘭。香蘭快刀斬亂麻，決定先避開中國和年齡的差距，以免功虧一簣：

「他主要是我父親的朋友。」

「嗯！」審訊官點了點頭，「那令尊呢？」

「他在北京一家炭礦廠擔任工程安全工作。」

「所以應該由令尊來申請比較適當。」

「但他在中國⋯⋯」

審訊官不理香蘭的訴求，把申請書和信件退了回去，香蘭轉身離去時迎來了緊排在後面的男性申請人的臭臉。

白光覺得想見山家一面比登天還難，大家上了車後，她內心一股對李明的怨氣，很想發洩出來，但擔心兒玉受不了，沉著臉：

「還好再三天就要開庭，可能就直接宣判。」

「在那裡？」香蘭。

「告示欄寫著第一師團軍法會議法庭。」白光把頭往前伸，「兒玉先生，第一師團在那？」

「我也不知道。應該就在市谷陸軍部一帶。」兒玉把車子輕煞停下，「我回去再查。」

「沒關係，我也會設法了解。」

「不過看這種情況，軍法庭應該不會讓人輕易進入聽審。」

兒玉說著輕踩油門，讓車子繼續前進。香蘭：

「山家老母會來聽審嗎？」

「問過了，傾向不參加，只想知道結果。」

香蘭望向窗外，路上行人摩肩擦踵，好像都從家裡湧了出來，不知匆促著什麼。東京之行對她來說，好像沒什麼大事，也該結束了。如果三天後審判，只要知道判決結果，就可以回新京了。白光和她用華語討論回中國工作的事。

「拖累妳這麼多天，很不好意思。審判那幾天我會自行跑一趟軍法庭，不勞兒玉大哥，也不勞妳費心。有什麼結果，我會通知妳，或許用電話。」白光把頭伸向前座，改用日語，「兒玉大哥，這幾天麻煩你這麼多，實在不好意思。」

「那裡，那裡，替遠來的客人服務，義不容辭。再說，妳還是大明星吔。」

「等一下載我到車站就好，我自個兒搭車到靜岡。」

對於兒玉或香蘭來說，山家的事都變成白光的事，白光識大體，往後的行程不再煩勞兒玉，香蘭自然心存感謝，但也擔心山家的審判不能順利進行。

接連幾天，香蘭遲未接獲滿映來的訓令，她不想打過去，去電東京分社，和茂木聊了一陣，也感受不到來自總公司的壓力。秋涼侵室，她感到寒意，進入房間挑了一件背心穿上。門鈴響了，她猜是白光，出了房門到了客廳，果然見到雅子領著白光走過庭園小徑。

「啊！判十年，李明幹的好事。這下她高興了……」

白光一上客廳便用華語開罵。

「妳聽審了？」

「沒有。我不待太久，車子在外面等。」

「坐一下，緩和一下情緒。」

白光堅定地搖頭，雅子雖然聽不太懂，看見白光漲紅的臉，知道她情緒正熾，不便準備茶水。李明告密的想像畫面持續在她體內作祟，雅子看著她全身開始發顫，只好退後兩步，全身貼著牆面。

「李明，妳這個死女人，我殺了妳。一定要殺妳。」白光好像被下了降頭一樣，身體抖動，「殺了妳也不能洩我心頭恨，我要一寸寸地割，劃破妳的臉，把妳凌遲到死。」

雅子不知白光說什麼，被她咬牙切齒、血衝氣爆的神情嚇到，兩眼怯怯地眨呀眨地看向香蘭，白光罵到興頭上哭了起來：

「這還不夠，還要把妳綁起來放在鐵軌上，輾斷雙腳後再壓斷兩臂，不讓妳這麼便宜地死去，要看妳像芋蟲那樣爬來滾去……」

白光的咒罵像連珠砲，霹靂啪啦響完後，身體虛脫了一般。香蘭：

「坐下來，緩和一下心情。」

「心情夠平緩了。不好意思把你的家當做發洩的場所。」白光揮一揮手，「我要趕到車站，山家的侄子在外面等我。」

香蘭親自送白光出去，坐在馬車上的山家智嘉向香蘭點頭示意，待白光上車，馬車很快就把鞠躬致意的香蘭抛遠了。

香蘭走了幾步，來到家門口，涼風徐來，她覺得步履千斤重，好像馱著異物，剛剛白光演出的最毒婦人的情狀，還是讓她感覺沉重。最毒貴婦慈禧的影像在她心裡升起，白光只是氣得用口舌屠戮李明，聽說慈禧掌權後真的剁掉情敵麗貴妃的手腳，把人丟進水缸，做成人彘。有了權力後，女子的復仇是這麼恐怖，希望白光永遠拿不到這種權力。

她回到屋裡，雅子好奇剛剛白光講些什麼。她據實以告。雅子：

「中國人，還是女性，也這麼殘忍？」

「說得出口，做不出來，別放在心上。」

註 1：頭頂頭髮全部剃光，後面的頭髮紮成髮髻平貼頭頂，是傳統日本成年男性的髮型。

20. 同仁被捕 風聲鶴唳

松竹的拍片計畫確定延遲，香蘭徵得松竹高層的同意後，和雅子同機返回新京。

香蘭銷假上班，製作部長八木保太郎隨即通報甘粕。這一天早上，甘粕接見早稻田大學棒球隊，中午就在員工餐廳宴請他們。下午兩點多一點，甘粕終於召見香蘭。八木部長陪她前往，隨後退出。甘粕酒酣耳熱，豪情猶存：

「我以為妳拍完片子了。」

「劇本都還沒寫好。」

「東寶的效率太差了。」

「是松竹。」

「哦！不管怎樣，還是我們滿映有效率。」甘粕走到櫥櫃取來一瓶威士忌，坐下後從茶几下面取出兩只杯子，「喝一杯吧。」

香蘭呼了一口氣。她知道，這種場合，如果甘粕先問，回絕了，他可能就作罷，但現在他既已拿出酒，本身又剛喝過，最好不要拒絕。她看著他倒了三分杯：

「我只能分段喝。」

「慢慢品嚐。」甘粕笑了起來，「酒很苦，想想山家現在是多麼想喝一杯。」

「看不到他本人。拘置所不准會客，後來只想知道他判決的結果。」

「這樣啊？」

「要親屬才能會面，應該是至親才行。」

「宣判了嗎？」

「判十年。」

「關那裡？」

「不知道。」

「那恭喜他了，最苦的日子過去了。」

香蘭喝了一點酒，眼神斜斜地望著甘粕離座。甘粕頭貼著窗玻，外頭隱約傳來球隊比賽的聲音，香蘭想他應該在看早大棒球隊練球。

「妳知道我的意思，審訊期間，就像軍人在訓練中心一樣，免不了嚴刑拷打，比較辛苦，比較痛苦，一旦審判，丟進監牢，就像……」聲音越來越近，甘粕坐了下來，「就像軍人結束訓練下部隊一樣，就比較自由了。」

甘粕似乎在揣摩山家在獄中的情況，也似乎是自敘經驗，香蘭自然不好點破：

「理事長的話我可以理解。想當年山家當兵受訓時也是很痛苦的。」

「運氣好，或表現好的話，可能五年就出來了。」

香蘭偷瞄甘粕的眼神，想：他一定在想當年自己被判十年，結果不到三年便出來的舊事。她把酒喝得差不多了，很想趕快離去。甘粕：

「妳的新戲確定由牧野正博導演嗎？」

「見過面了。」

「哈！小蘭不想把話說得太滿，是擔心劇本產出不順？」

「也不是。」

「是什麼劇本？」

「他們在構思一個倉卒成軍的軍樂隊，這個軍樂隊平常做為日本軍隊和中國民眾的橋樑，軍隊出征時，這個樂隊要跟著開赴前線，在槍林彈雨中吹響勝利的樂章。」

「很有意思。誰出的主意？」

「野田高梧和田邊新四郎。」

「野田高梧寫了不少劇本。田邊，我就比較不熟。故事背景在中國？」

「構想在蘇州。」

「那太好了。妳有幾部電影都在蘇州拍的。」

「我和那地方確實有緣。哦！對了，劇本暫時定名『野戰軍樂隊』。」

「好名字。」

甘粕說著要再給香蘭倒酒，但被婉拒，香蘭把餘酒一口喝完，起身告辭。甘粕：

「等等，妳現在還有幾部電影在演？」

「剛剛說的松竹的還沒成案。現在就只剩《我的夜鶯》要收尾。」

「這部拍了很久。」

「對。季節的關係，很多戲要搭配季節演出。現在剩幾場戲，冬天拍完就殺青了。」

「嗯，既然和內地合作的電影告一段落，就演滿映自己的，應該叫八木挑幾個劇本給妳看。」

香蘭猛然想起兩個月前北京飯店記者會後，告別李香蘭，揮別滿映的心誓。「別再有新戲！讓我順利切割！」吶喊在她心裡響起，但很微弱。記者會過去一段時日了，那時強烈的環境刺激沒有了⋯⋯。甘粕似乎聽到她心裡的吶喊：

「或許不用了。是我太庸人自擾了，應該讓妳好好休息。我想妳也累了。」

甘粕說著抿唇笑著看她，她隨即知趣地站起告辭。

沒有戲壓，偶有勞軍，但都有專車接送，當天來回，她難得過著平靜的日子，迎送著許久不曾有過的辦公室的日子。

「搬來快三年了，現在才看見妳把窩住暖。」

悠紀子這樣開她玩笑，她媽媽剛好在走道經過，也特地轉進香蘭房：

「每天看見妳和雅子的房間冷清清的，真想變個兩三人讓妳們的房間活起來。」吉岡初子神情關切，「最近都沒戲約了嗎？」

「奔波了好幾年，正好休息。理事長也說該休息了。年底還有一小段戲要回哈爾濱拍。很快就會拍完。」

「那也不遠，如果有休假，回來一下也可以。」

《我的夜鶯》最後幾幕戲預計 12 月初開拍，10 月下旬導演島津保次郎傳來胃潰瘍住院的消息。島津雖然短期內可望出院，但需要休養一段時日，加上哈爾濱冬天酷寒，東寶內部有了換導或由副島池田督扶正拍攝的討論，島津堅持把最後戲份導完，認為哈爾濱冬天長，這個年尾休養，明年初開拍還是可以拍到冬天的戲。

香蘭在滿映和吉岡家平凡的辦公和居家生活獲得展延，一般人生活的樂趣帶著她和雅子進入初冬，吉岡安直藉著升中將滿週年把溥傑、潤麒和總理張景惠夫婦招來家裡宴飲。

餐宴結束後，第二天上班，香蘭隔壁再隔壁的張敏請假，再隔一天，桌上的物品一清而空。香蘭以為她離職了，問對面的葉苓。葉苓指著香蘭後面，原來張敏坐在後面四排中間的位子。

「她為什麼搬過去？」

「也不是很清楚。」葉苓看了一下腕錶，知道快上班了，「等中午吃飯再講好了。」

〈君之代〉樂音響起，大家整齊站好，向東京皇宮方向行完鞠躬禮後，又是一番新的氣象。不久前辦公室太吵，甘粕當眾把八木部長削了一頓，大家自制許多，不再隨意講話。午休時刻，香蘭、雅子和葉苓走著，浦克和王福春走了過來。

「一起用餐去吧。有些事情應該告訴妳們，到外面的秋實餃子館好了。我請客。」

浦克面邀香蘭她們，說完急步出辦公樓。外面的館子要走三四分鐘，午休時間有限，三位女孩都趕著步子跟上。

在餃子館用餐，有人比他們更早。浦克點完了菜，看向香蘭：

「王則，妳知道吧？」

「張敏的丈夫，最早他在編《滿洲映畫》時，見過面，但沒多大印象。」香蘭。

「張敏一會說兩人住一起，沒結婚，忽爾又說離了婚。我也搞不清他們的現狀。」王福春有點無奈地看著香蘭，「我知道他們有幾個小孩。」

「王則被抓了。應該還在憲兵隊。」

浦克說著，香蘭嚇了一跳，雅子聽不懂，葉苓和王福春早已知曉。葉苓：

「香蘭，我想說的就是，張敏碰到這種情況，座位不得不搬開，不想跟妳做鄰居。」

「這個我能理解，她看到我就像看到日本，再聯想到日本軍人和憲兵隊。」

香蘭內心無奈，臉色慘白。她憶思所及的人事變遷又在她腦裡浮光掠影起來。她和鄭曉君交情最好，但沒有戲緣，如今人已不知去向。和張敏交情雖然一般，但她來滿映第一部戲便和她同台，去年在《迎春花》還同戲演母女，雖然這點情份早就隨著張敏年輕演老的心理疙瘩遠去，如今被迫重回腦際，心裡是有點五味雜陳。

「女孩兒就是這樣，就讓她離開，她也自在一些。她當然知道她丈夫的事跟妳完全無關。」王福春兩眼從香蘭移開，思緒隨著蒸煙繚繞了一下，「看到張敏那樣子，大家都躲著她，她也怪可憐的。」

熱騰騰的餃子和幾樣小菜端來了，大家開始動筷，不再多說。浦克見餃子用掉了一半，看著香蘭：

「王則不是第一個，張奕，妳知道，去年也被莫名抓到憲兵隊關了三天，應該是憲兵司令部。」

香蘭想著和她拍過幾部片，對她很客氣，偶會讚揚她幾句的張奕，雖然兩人交情不夠，但彼此印象都不錯，對於生活單純的他被抓過，感覺不解且害怕。

「八木部長知道後，匯報甘粕，甘粕直接下條子給憲兵隊，憲兵那邊才放人。」

浦克說完，香蘭好像發現了救兵：

「那就請理事長救救王則。」

浦克苦笑了一下，看著王福春，再看看三位女子。

「張奕一直在滿映工作，生活單純，是被誤抓，理事長要救他，好辦。王則涉案太深，就是神仙來了也難救。」王福春略作無奈，又帶點神秘的口吻，「我現在講的，你們聽聽就好，不要亂傳。王則去年辭退後，不時往北京、天津跑，參加作家會議，發展組織，長期被跟監，他有他的命運。當然，事到如今，他算是英雄，會留名青史，不是我們這種平庸的人可以論斷的。」

「我認為發展組織是欲加之罪的詞兒。幾個人在一起，並非買武器起事，只是談談心，說說理想，就被定罪，和古代秦朝的偶語棄市沒什麼兩樣。」

葉苓快語如珠，說中香蘭的心裡。香蘭不忍雅子枯坐一邊，低聲用日語跟她說大家正在討論一位離職同仁被補的事。

「統治者就是這樣，他們現在搞了很多什麼矯正法，加強思想、行為檢查。」浦克嚥了一口水餃發出苦笑，看著王福春，再看向三位女子，「我們的王福春和他老婆就被抓去關了一個禮拜。」

「蛤！」

香蘭的驚呼擱在大家淡定的神情裡。浦克瞅了王福春一眼繼續說：

「我記得你和白玫在馬路上散步靠得很近，就被抓到警察局，因為觸犯了『有傷風化罪』。」

這回大家都笑了。這種笑曇花一現，終究難掩一位老同事被關押在憲兵隊的那種恐怖。這種憂懼隨著香蘭回到吉岡家，把水餃餐會的所見所聞分享雅子和悠紀子姊妹，心情才稍稍平復了一些。

雖然如此，巨大的不安還是在滿映辦公室浮動，辦公時間，大家還是恪遵甘粕理事長的規定，不談私務，大家靜默的當兒，腦子免不了都在王則、警察局、刑求、憲兵隊這些字串裡流動。隔了一個禮拜天，星期一上班後不久，一紙寫滿要大家別參加不明組織、集會，不隨便和陌生華人攀談，除非公務，別私下前往華中、華北旅行的文件，在每一單位傳遞、求簽。

中午用餐時，香蘭、葉苓和雅子還是往公共餐廳跑。三人點好菜，才坐下，一個人影罩了下來。張奕坐了下來。

「不好意思。現在除了吃飯時間，很難找到談話的機會。」張奕久未見香蘭，有點怯生，兩眼眨了一下，「張敏對妳感到抱歉，她說坐在妳旁邊有壓力。」

「我很能體諒她的心情。」

「我跟她說，我們李香蘭小姐是好女孩，雖然在滿映高人一等，但就像廟裡的菩薩一樣，被人拱在神壇上，平常神遊四海，廟裡面的信眾有什麼問題，她也不清楚。所以我們滿映有什麼事，李香蘭一定不知道。」

香蘭被他說得臉紅了起來，看著葉苓忙著吃飯，也動了一下筷子：

「浦克說你也被抓過。」

這些日子，王則的遭遇勾起了張奕被抓進憲兵隊的恐怖回憶。經香蘭提點，張奕撤下心防，把自己被蒙著眼抓走三天的遭遇大致講了出來：

「……人事和總務課長親自到牢裡把我保了出來，走出那棟樓的大門一看是『憲兵司令部』，嚇得兩腿都軟了。回去後向八木部長報到。他說，理事長聽說我被抓也很驚訝，『憲兵隊那種地方，不要說你們，就是我們也害怕。』」

雅子聽不太懂華語，自外於這種驚嚇之外，努力扒飯的結果，張奕也只好暫時閉嘴享受餐點了。

「香蘭有沒有發覺，現在的滿映跟以前大不相同了。」葉苓看著努力扒飯的張奕，然後和香蘭四目交投，「現在大家的日語水準都大有進步，跟日本職工也都有了一些交往。大家在公司不像以前有種被孤立的感覺。我們做什麼事，或出了什麼狀況，日本同事也會前來關心。」

「那很好嘛。」香蘭對於自己被中國人這樣信任，感受良深，「不管怎樣，不管是日本人或中國人，一定要明哲保身，別碰政治。」

「不過這也會出現新的問題。」張奕看著雅子給每個人打過來的湯，再看香蘭一眼，「日本職員對我們中國人比較好了，日本特務，比如憲兵隊，會有什麼反應，你們知道嗎？」

香蘭和葉苓輕輕搖頭，張奕繼續說：

「對我們華人比較熱絡的日本職工都可能被憲兵隊抓去盤查。」

「到目前為止，應該沒有人被約談吧？」葉苓想從張奕冷冷的神情讀出答案，「話劇研究會最近沒事了吧？」

「大家都不演了，現在暫時沒事。不過也很難講。」張奕腦裡浮現最近常被警察騷擾的話劇演出場合，「就像我們常說的欲加之罪何患無詞。他們隨便動個念，用某種角度解釋，你就犯了思想罪，就會被抓去關個兩三天。」

「劉國權和張英華都走了吧？」

葉苓問著時，香蘭不禁看了她一眼，想：越談就越顯得自己孤陋寡聞。張奕捕捉到香蘭渴求的目光：

「他們都是話劇研究會的編劇，離開滿映後才託人遞出辭呈。我看李香蘭小姐也不用知道這麼多。」

香蘭把吃光的餐盤移到鄰桌，把剛剛張奕講的話用日語簡略地轉述給雅子，隨即看向張奕：

「劉國權，我知道一些，有時在《電影畫報》會看到他導的戲。」

「張英華就是跟著他學編劇的，還沒為電影寫出一個劇本，結果先給話劇寫了一個劇本《遙遠的風砂》，就因為這個劇本惹了禍，一開始這個劇很熱，場場爆滿，張英華初試啼聲，也對自己的成功感到高興。」張奕忍不住所要說的故事裡頭強烈的諷世味，笑了起來，「真個是樂極生悲，樹大招風。首都警察局看滿映電影賣的都不是很好，這個話劇怎麼這麼紅，一定有問題，悄悄派人來看，結果就把劉張兩人抓了過去。」

葉苓望了望人走了一半的餐廳，張奕喝了一口湯，繼續說：

「《遙遠的風砂》故事是這樣的，非常偏遠的砂漠地區，一個家庭有幾個兄弟，大哥是煙鬼，不管事，大嫂和大管家關係曖昧，大管家鳩占鵲巢，引發弟妹不滿。日本警察就說，日滿關係就像一個和樂的家庭，這個劇本含沙射影，蓄意破壞日滿關係。」

說到葉苓提出的話劇研究會，爾來，香蘭從演員同仁那兒聽了一些述說和討論。她猜測這個會應該是演出課滿籍同仁自發性組成，不支薪，自負盈虧的組織。

「張英華當然替自己辯護，說什麼劇本上級審查過了，日本警察根本就不理他們那一套，給他們再加一條罪名。我剛不是說管家霸佔這個家，糾紛很多，弟弟帶著女朋友出走遠方，警察一口咬定這是鼓動年輕人離開滿洲國的暗示。」

張奕說完望著瞠目結舌的香蘭。香蘭：

「那些警察還真會羅織罪名，比編劇還會編，比演員還會演。」

「就是這樣。好在他們是落在日本警察手裡，不是憲兵隊。結果，話劇社的同仁一再辯解說，年輕人遠離紛爭的家庭，到遠處謀發展是上進的表現。最後警察放了他們，要是被憲兵隊查辦的話，根本就沒有辯解的機會。」

「不過，王則看來脫不了身了。」香蘭。

「陷入太深了。張敏也認為他太輕狂，不務實務，不顧家庭，他的理想不能當飯吃，決定跟他畫清界線，繼續在滿映演下去。」

張奕不時提到憲兵隊，或憲兵司令部，剛剛也描繪了裡面的一些情況，但並沒有加深多少香蘭對憲兵的恐懼，她承認今兒心思有些遲鈍。張奕談了許久，她才想到山家的憲兵體驗，繼而想起幼年在撫順時，炭礦失火的第二天，一名苦力被憲兵拷打致死，也想到了在奉天時，柳芭一家失蹤後，盤據她家憲兵的惡形惡狀。張奕的談話自然加深了她對那個兵種的厭惡。

21. 送粥甘粕 情傷落淚

新京初雪早已下過，窗外秋色凋零待盡，吉岡安直不在乎秋去冬來，很自豪地把新京秋色留在畫紙上，香蘭休假時看過他揮筆作畫。這一晚要用膳了，遲遲不見吉岡現身，剛從法政大學回來的悠紀子和香蘭走到吉岡大畫室，吉岡正為兩幅秋景畫作最後的修飾。香蘭滿喜歡描繪南湖楓景的那幅，當然另一幅有街景的秋色圖也不錯。悠紀子：

「爸，吃飯了。」

「不急，肚裡填滿了色和墨，不餓。」

吉岡說著要兩位女子把攤在大桌上的畫作浮貼牆上：

「我這兩幅秋景要送給陛下的，皇上也允諾接受了。」吉岡看了一眼自己的傑作，「事實上是送到譚貴人的寢宮。」

「她人不是過世了嗎？」悠紀子。

「譚貴人過世了，新來的李玉琴比我們家的和子都還小，一直不能取代譚貴人在皇上的地位。」吉岡看了畫作一眼後把視線收回，「譚玉麟生前喜愛賞景，尤其是秋景，因此畫了這兩幅畫，希望皇上到她住過的寢宮念舊情時多一個觸目生情的東西。」

吉岡說著移步房門，走向餐廳，香蘭想到比自己還小的譚玉麟早逝，固然寄予同情，但她一直心繫婉容，惋惜她的吸毒自殘。在餐桌坐定開動後，吉岡和初子閒話了幾句。香蘭：

「將軍好像時常替皇上設想。」

「妳這問題問的很好。觀察細膩，有慈心慧眼的人才會問這個問題。」

吉岡說著，大家的目光都投向香蘭。吉岡繼續說：

「大家都知道康德只有名份但沒有實權，他時常要從我這裡承受關東軍的壓力，我也只好硬著頭皮扮演壞人的角色，但我時常送畫給他，讓他知道我們之間除了權力的遊戲之外，還有人文柔性的交流……」

「事實上他也不用太難過。日本以前的天皇不也都是一個象徵，沒有實權。」香蘭。

「這點我跟他說過了。他說很能接受，認為天下太平時這個方式最好。」吉岡吐了一口悶氣，帶著感激的心情看著香蘭，「剛剛我在想一件事，妳們的理事長好像生病了，我是不是也畫一幅畫送給他。」

「送畫給他，是對牛彈琴。」

和子說完，悠紀子趕緊轉身，還好沒把飯噴出來。香蘭想了一下，說道：

「那年他從監獄放出來後到巴黎學繪畫，回來後好像沒聽說過有什麼畫畫創作，鑑賞能力應該有吧。」

「嗯！」中將噘了一下嘴，「或許，此人自視甚高。我畫了這麼久，大家都知道，他從不置一詞，在巴黎習畫，眼界一定很高。我看就不送畫，待我確定他是否生病再做打算。」

「他生了什麼病？」香蘭。

「不知道。我今天早上打電話過去，沒人接，後來一位男子接了，說完理事長今天身體不適就掛了。」

「應該是生病了，沒上班。接電話的秘書不懂電話禮貌或太緊張，貿然掛了電話。」

悠紀子說完，談話告一段落，大家開始專心吃飯。

討甘粕歡喜的事，吉岡中將不敢怠慢，他打電話到大和飯店，確定甘粕重感冒，聽醫囑要多休息後，和老婆商議後決定送出貼心的禮物。初子夫人開始熬煮摻雜香菇、竹筍和肉片的稀飯，置入冰箱後，第二天一早取出加熱，一部份裝進直筒便當盒。

香蘭和雅子本來每天八點出門上班或上學，現在提早四五十分鐘。香蘭每天早上上班都由家僕老陳載運，傍晚下班才由鈴木送回。這天早上，悠紀子陪她前往，車上向她詢問甘粕的事，但很多問題她實在答不出來。畢竟香蘭在滿映辦公室工作的經驗太少。不管怎樣，這一問一答之間，兩人不再這麼緊張。車抵大和飯店時，雅子認為一早太多人上門，感覺不好，決定不上去，香蘭覺得這樣也好。

甘粕以為是服務人員敲門，開門一看是香蘭和一位不認識的女子，頗為驚訝。如非香蘭，這麼早敲門，他可能會生氣。香蘭把悠紀子介紹給甘粕，同時說明來意後，甘粕請她們隨意，匆忙進入洗浴間梳洗，悠紀子把稀飯盒放在茶几上，香蘭看見茶几上面放著一本《阿拉伯的勞倫斯》，封面印有一幅披著阿拉伯頭巾，臉顏瘦削的洋人素描。這應該就是勞倫斯本人，她想到不久前在日本鎌倉大船接受導演牧野正博招待，正博把甘粕形容為阿拉伯的勞倫斯的談話時，悠紀子已把粥倒進鐵碗裡。天氣冷凍，才 20 分鐘，熱騰騰的稀飯早已變成溫粥了。

甘粕這個房間附設小客廳，比香蘭以前住的大許多，甘粕不停搔頭，狀似害羞地坐下，看見早餐和湯匙都擺在眼前：

「這樣麻煩妳們，真不好意思。」

「理事長不用害臊，我們不看你吃。」

悠紀子說著迎來甘粕的目光。

「妳是吉岡將軍的長千金？」甘粕吃了一口粥，看看悠紀子，「沒想到吉岡兄的女兒長這麼大了，也這麼漂亮。」

生平第一次被誇漂亮，悠紀子高興得含羞，接過甘粕遞過來的

《阿拉伯的勞倫斯》。悠紀子把書翻了幾頁再轉給香蘭。甘粕用完餐，悠紀子收拾便當盒時，甘粕客套一番後看向香蘭：

「這個勞倫斯知道吧？他其實不是阿拉伯人。」

「知道不多，一個英國軍官，後來跑到西亞領導阿拉伯人反抗土耳其帝國。」

「悠紀子也知道吧？」

「以前在學校有人討論過。有一陣子勞倫斯很熱。」

「這樣啊？那太好了。」甘粕很高興大家都知道書中人，「其實這本書寫得很深入、複雜，並非把勞倫斯塑造成一個英雄或是神。」

「是不是有人把理事長比喻成滿洲的勞倫斯。」

香蘭說出口後，甘粕有些吃驚，笑著頭往後仰了一下。

「大概有人悶得慌，才作這種聯想，用來解悶。這種比喻，先從大環境說起吧。勞倫斯協助阿拉伯人反抗鄂圖曼帝國，日本人協助中國人抵抗美國、英國殖民統治。這種類比不完全相同。勞倫斯被阿拉伯人接受，日本人強行協助，招來中國人的反抗。近衛文麿催生的東亞共榮圈，是一個政治美學，中國人不懂。後來華北軍發現 1938 年蔣介石決堤黃河，皇軍和中華治安軍協助農民重建家園，也受到歡迎，所以我叫周曉波前往黃河考察寫成《黃河》拍成電影，也由妳李香蘭主演。」甘粕的眼神轉向悠紀子，避免她受到冷落，「這時候協助中國農民的日本官兵就是小小的勞倫斯。至於我，離開勞倫斯的境界還很遙遠，當然希望滿映協助我做出這種成績。」

「照理事長的說法，外來者協助當地民眾對抗某種災難就是勞倫斯的表現，演出這部電影時我沒有想到這一點，應該導演、編劇都沒有這種認識吧。」

「華北軍一位參謀向我提到《黃河》這個題材的時候，有跟我提到勞倫斯，但我覺得這種比喻很牽強，所以沒有向周曉波或先前帶隊到黃河取材的牧野滿男提到，劇本自然沒有這方面的觀點。只是拍完電影，眼尖的影評家看到這部電影有勞倫斯的影子。」

「勞倫斯是悲劇性人物。」悠紀子兩眼向上挑，捕捉去年的回憶，「我沒看過書，看了一些報導，記得同學討論時說勞倫斯兩面不討好。」

「沒錯。他穿上阿拉伯傳統服飾，被英國人猜忌，換回英國軍服，馬上失去阿拉伯人的信賴⋯⋯」

甘粕的話，香蘭感同身受，她越來越感受到處在中日夾縫中的那種況味，或許有一天也會面臨兩面不討好的困境，所以先在心裡上有個底比較好。甘粕對吉岡將軍的女兒一直很客氣：

「妳剛說學校討論會，讀那個學校？」

「新京法政大學文學科。」

「法政大學是很好的學校。」

「理事長，我看我們就告辭了。」香蘭看了一下錶，「現在去，晨會遙拜還來得及。」

「很好。李香蘭，妳先到公司。」

「司機先載我到公司，再載悠紀子到學校。」

「這樣很好。」

「理事長保重，您別送，保重。」

兩人異口同聲辭別甘粕，如釋重負。

第二天，香蘭、悠紀子和雅子一早便起床給理事長熬粥，不再假手初子夫人，兩女將暖粥送達時，甘粕一樣含羞帶笑，十分客氣，和面對一般部屬時的威儀三千，天差地遠。香蘭有點想向他提及王則的事，悠紀子認為不妥，香蘭只好忍了下來。

早粥一連送了一個禮拜，甘粕病假結束了也送，最後甘粕要求停送：

「今天病好了，要上班了，妳們的稀飯就像是藥膳，可以停了。」

甘粕用完餐果然換裝邀香蘭同車，三人同時下樓，甘粕：

「妳不是有一位助理嗎？」

「她在悠紀子的車裡。」

「那請她過來。」

「我去。」

悠紀子說著跑向自己的座車，甘粕和香蘭在門口等，待雅子跑著過來時，甘粕的座車也已駛達。甘粕坐前座，有時會回過頭和香蘭講幾句，香蘭見司機在場，有些話欲言又止。車行順暢，直駛滿映辦公大樓。

三人下了車，甘粕的皮鞋在長廊磁磚地板咯咚作響。香蘭囑雅子先到辦公室，兩步併一步追上甘粕。

「理事長！」

甘粕回頭，香蘭：

「想跟您談一下離職員工王則。」

香蘭的「王則」用華語發音，甘粕止步臉孔沉了下來：

「他離職一年多了，公司就不用為他的言行負責。」甘粕無奈地看著香蘭，指著前面的會客室，「到裡面去吧。」

兩人在靠近裡面的座位坐定，香蘭：

「不好意思給您添麻煩。我在想以您的影響力……」

「是這樣，滿映的最高原則是日滿親善。所有員工都要朝這個『善』的目標奉獻，若有員工背叛這個原則，或員工好好的被誣賴，我都視為恥辱，但員工被構陷，我一定討回公道。」

「那您會不會替他討回公道。」香蘭見甘粕不語，怯怯地，「我是指王則。」

「他已經牢牢陷入偵訊系統，神仙來了也難救。他的偵察紀錄有好幾十頁，也差不多是好幾十項，逐項審查，怎可能全部過關。」

甘粕把話打住，香蘭心思沉甸甸的，不知如何回應。甘粕繼續說：

「好好在滿映工作就沒事，一離開到處活動，特高就盯上，看來我該找個時間向員工宣導。」

「他老婆張敏還好吧？」

「憲兵隊也要辦她，但被我罵退了。『她天天上班，正常拍戲，請幾天假又怎樣？難道要拉我去給她作證』。沒有幾分威勢，憲兵隊就騎在你頭上……」

甘粕的怒氣隨著話語滲出，要不是他功在滿洲建國，他這位退休 20 年的老憲兵大尉早就被憲兵司令部那些大佐、中佐吃死死了。他知道那些學弟軍官有事沒事抓走滿映滿籍員工，目的是探索他權勢金鐘罩的罩門，但都被他一一擺平。離職一年的員工涉案，對他無傷，他這理事長的威望依舊承襲著建國的光環於不墜。香蘭重新感受理事長的威勢，怯怯地說：

「王則看來這麼強勢，做妻子的很難不被牽拖。」

「我約見過張敏，問她，她還是很想演下去。我勸她離婚，向她保證她可以安心工作，至於王則就交給國法。最後她是感激我的。只能這樣了。」

甘粕說著站起，香蘭也知道自己造成理事長困擾，只得說聲抱歉後跟在他後面離去。

……………………………………………………

香蘭洗過澡，上了樓，走向房間時，對面悠紀子虛掩的房門傳出初子夫人的聲音：

「淑子是大明星，當然不可能這麼早結婚。」

一陣模糊的，好似悠紀子的聲音過後，還是初子夫人的聲音：

「別管妳爸爸的意見。媽給妳託媒，找人給妳相親。」

香蘭覺得佇足走道太久不好，隨即回房。「大明星，不可能這麼早結婚！」聽來有點好笑，她從來就不覺得自己是大明星，兩三年前在台灣、東京造成追星熱潮，但這也只是偶然，在攝影棚攝錄時，大小演員，大家一視同仁，出外景時，有時像勞工，很少被路人認出而露出光芒。結婚？兩年前曾在她腦海盤桓一陣，但隨著太平洋戰爭爆發，松岡開始浪跡越南，兩人感情降溫，香蘭不敢多做想望。門外傳來輕輕的敲門聲，她知道是悠紀子，她離開座位，門自動開了。香蘭：

「正想找妳聊呢。」

「我也滿無聊的。」悠紀子腦筋一轉，「哦對了，我去叫老陳給我們泡個兩杯熱的人參茶。」

香蘭想擋，悠紀子轉身就走。她翻開松岡寫給她的舊信，讀了幾封，悠紀子回來了。兩人圍著香蘭的書桌坐定。悠紀子：

「參茶等一下老陳會送過來。」

「暖氣夠，實在不算很冷。」香蘭。

「大概是心裡覺得冷。」

「妳媽對妳催婚了。」

「八字都沒一撇，她是乾著急。」悠紀子看了一下香蘭桌上的全家福照片，「爸爸是反對的。他說，現在國內青年都忙著當兵，能活到什麼時候都不知道。女孩兒一直想著結婚，很不道德。至少等大學畢業再講。」

「確實如此，那靠妳爸幫妳擋就夠了。」

香蘭說著，老陳敲門走了進來，送來兩碗參湯，表明老爺、太太、和子和雅子那兒都會送後，立刻離去。

悠紀子和香蘭啜飲著內含薄薄肉片的參湯，體會那種有些燙唇，但潤喉的幸福滋味。香蘭：

「日本現在完全被戰爭拖住，全國青年跟著陪葬，將軍對這場戰爭有什麼看法？」

「父親的看法是，日本只有一條路－停戰，只有這樣，日本年輕人才可能回家過正常生活，但是時機一點一點在消失。現在我們日本海軍和美軍正在赤道太平洋相持，但日本也是一步步失去優勢。」悠紀子喝了一點參湯，「妳知道，如果停戰是日本這邊提出來，就必須日本軍隊還有一定實力，還有一定的籌碼可以和對方討價還價。」

「但妳剛剛說了，日本已經沒有太多的優勢了。」

「雖然這樣說了，還是有賴雙方的精算。爸爸說，我國目前……不要這樣說了，我們的軍隊頑強不屈，死守一座島嶼，戰到一兵一卒都有可能，美國為了減少他們年輕人的死亡，專心歐洲戰場，是有可能和談。日本為了保存實力，儘快恢復元氣，父親認為全面退出東南亞、中國，但保有滿洲和西太平洋一些小島是很務實的做法。」

「美國人會同意嗎？」

「問題是日本這邊要有人跳出來。這個人除非……他自己，一般人沒辦法服眾，也會被打成叛徒。」

悠紀子小聲把天皇暗示出來，香蘭心頭一顫。悠紀子繼續說：

「譬如最重要的戰役打敗了，我國最重要的防線失守了。聖上先說服幾位軍政大員，再開御前會議……」

悠紀子儼然吉岡中將的化身，一副權威的口吻。她說著把溫涼的參湯幾乎喝完，香蘭也在啜飲間慢慢思量，隨後開口：

「美國人如真要談判的話也只有選擇我們日本這邊，德國的希特勒像瘋子一樣。」

「妳說得沒錯。只要昭和壓得住好戰的軍人，起用溫和派的老將，比如鈴木貫太郎當首相，和談就有一點希望。」

「我也認為歐洲那邊根本不可能。如果真和美國談了的話，那日德義同盟就要瓦解了。」

「這還是小事。頂多駐德大使或駐義大利大使被抓起來當俘虜。」悠紀子起身收拾碗筷，音量放小，「我們老師說，義大利國王已經向美軍投降了，本來就獨攬大權的墨索里尼在希特勒的支持下還是在義大利大部份土地成立另一個義大利共和國，換湯不換藥，日本駐義大利大使大概就轉到那邊去了。」

香蘭喝了參湯，腦醒了些，但不願去想遙遠的世局，她知曉悠紀子重返校園，變得比較貼近現實，是好事一樁，自己身在演藝界，好像跟現世隔了一層。悠紀子：

「看來妳的謙一郎的父親一手推動的三國同盟還是很牢靠。」

「他的事跟時局一樣。我的意思是指松岡的事。別說了，他早就是別人的了。」

香蘭說著，悠紀子有些詫異地回望她，把碗筷端走，香蘭跟著出去，上完廁所後回房。悠紀子隨後想想不意外，也回到香蘭房，而且直接爬上炕床上：

「妳剛剛說什麼？松岡不理妳了？」

香蘭也爬上炕床，和悠紀子窩在一床棉被裡頭。悠紀子：

「謙一郎有新的女朋友了？」

「妳就稱呼松岡好了，不要說他的名字。」香蘭轉個身，背部貼著悠紀子的身體：

「剛開始在一起當然有兩人的私密空間。但他越來越喜歡帶朋友來。我們在一起喝茶聊天，中午用餐時，再請他朋友來，有事先告知，這還好。最近有一次，一起用中餐，吃到一半，他的朋友來，那頓飯吃得難過，但還是得陪笑臉。」

香蘭感覺身體被悠紀子的臂膀抱著。

「他時常相親，當然都是他媽媽的主意。」

香蘭說著掙脫悠紀子的手臂，翻個身面對悠紀子。悠紀子：

「他都沒有拒絕？」

「他好像把這當作生活的樂趣。時常在家裡相親，態度很誠懇，留人留到很晚，讓很多女孩子會錯意。」

香蘭說著笑了起來。

「他看來好像是，不希望感情被綁死，說不是遊戲人間，又好像是。」悠紀子兩眼嚴肅看向天花板，「妳去過他家嗎？」

「沒去過，他從不邀請，我想他父母都不知道我這號人物。」

「他算什麼？他父親當大臣也沒很久，妳是大明星誒，不是妳要貼他，是他要貼妳。」悠紀子左手環著又轉過身去的香蘭，「他去過妳的公寓沒有？」

「有幾次，最近幾次都帶朋友來，用完餐就走。他現在把我當成普通朋友。我感覺很失落。」

「好像從天堂跌落地獄？」悠紀子躺著從後面抓住香蘭的肩膀，「既然這樣，就放棄他吧。」

「很想不想他，但看來很難。」

「那就不要想他吧！」

悠紀子感到香蘭伏在自己手中的的肩膀不斷抽動，她於是把整個身體貼了過去。香蘭覺得不太自在，掀開棉被一骨碌站起，走到書桌邊坐下趴在桌上哭了起來，悠紀子追了過去，拉了一張椅子坐下，用身體覆住香蘭：

「哭吧！哭完就沒事了，就過去了。只是一場戲，一場夢，夢醒了，戲散了，一切從頭開始。」

香蘭的痛哭變成啜泣，悠紀子趕忙回房間取來幾張衛生紙，香蘭衛生紙在手，擦完臉再擤鼻涕：

「對不起，這麼狼狽。」

「我不會講，尤其是不會跟我媽講。」

「講也沒關係。大家若知道這份感情破了局，沒有期待，我反而沒什麼壓力。」

說完幾句話，香蘭臉顏雨過天晴，恢復平常的樣態，心裡對剛才的失態感覺不安。悠紀子稍稍把話題轉向：

「妳們這種過銀幕生活的，最不愁的是感情的歸宿，很多假戲成真，演過夫妻，不久就成為眷屬了。」

「基本上這種說法沒錯。滿映的滿籍員工已經發展出十幾對了。不過⋯⋯」香蘭話到嘴邊，又猶豫著想吞回去，「我拍電影，好像是遊牧民族，今天上海，明天東京，後天又是台灣，合作的對象一直在換。」

「結果終於和妳擦出火花的松岡並不是電影人。」

「我想下一個也不會是搭配演電影的明星。我的姻緣和戲緣是分開的。」

「妳已經有了新的對象？」

「對不起，我講錯了。我有戲緣，但沒有姻緣。」

香蘭說著，神情淡定。悠紀子的興奮很快便沒入香蘭淡然的眼神中。香蘭哭泣過後，過往的塵埃在她心裡落盡，但有些身影更加鮮明，兒玉英水挺拔的形象讓她害臊了起來。兒玉不時含蓄地向她表達善意，但她始終礙於松岡，不敢放心體會。

1944

22. 割捨至愛 狄米猝死

島津保次郎終於恢復健康，帶著演員、劇務一行人前來新京，編舞家白井鐵造跟著過來。這時時序已進入 1944 年，中國農曆年剛過，正是滿洲最冷的時候。《我的夜鶯》續拍，劇組在新京逗留了兩三天，香蘭開始揮別四個月的「賦閒」，平常四個月可以演出一兩部電影，但她沒有新作，感覺兩手空空地去見哈爾濱那些劇團團主－俄籍演出同仁，有些惶愧。

天氣陰陰的，哈爾濱積雪比新京濃厚，莎耶賓、多姆斯基、恩格卡爾德和瑪爾莉娜都到車站迎接，兩輛巴士在積雪的路面顫顫危危，駛離工作中的鏟雪大隊，轉向霍爾瓦特大街，一路往北走。

車抵馬迭爾飯店，還不到 12 點，分配好房間後，黑井洵提議大家先跑馬橇，少部份人待在房間休息，多數人參加這種抗寒計畫。大夥分乘五輛馬車前往松花江。到了江畔，導演島津坐著原車，拉了幾位同仁在松花江河床慢慢踱步，黑井洵和進藤英太郎換租馬橇，而且親自執轡，載著同仁和俄籍演員出遊。快速的多狗拉橇讓人驚艷。如果只有黑井和進藤，他們會選擇狗橇。但現在出遊的人較多，動用太多犬群，恐場面失控，黑井壓根兒不考慮。

此刻，黑井一行八人分乘兩橇，兩馬拉一橇，黑井和進藤分別駕馭一橇，踱步雪道，成排的霧淞林沁人心魂，好不愜意。回程時，兩男執轡策馬，馬橇奔馳了一陣，每人包在雪帽裡頭的臉頰驚迎飛撲過來的地雪，心驚中大呼過癮。

中午在飯店用餐，島津給俄籍演員租了兩個房間，讓他們餐後休息，直到晚餐結束。第一天通常都沒什麼大事。餐後，大家聚在會議室天南地北聊開，有人聊到拍片的事，但沒人提到解決「穿夏裝談論出遊，著冬大衣赴車站」連戲的事。島津談到最近開拍，第一場戲便是主人翁狄米特里臥床的戲，大家於是拿演出者莎耶賓的體況開玩笑。白井鐵造提到他對戲裡最後一場劇《浮士德》做出的編舞，和女主角沒多大關係，他希望找來幾位芭蕾舞團員再示範給大家看。大家儘量放鬆，以便蓄積更多能量，在酷寒中迎接新戲的拍攝。

男主角狄米特里臥病，好友安娜協助照顧，養女瑪麗亞回來後親自服侍湯藥的戲順利拍完，緊接著開拍伯爵帶著瑪麗亞生父隅田清、好友巽來訪的情節。前一天的對戲演練前，島津帶來一本貼滿近親闊別多年，終於相認的新聞剪報的剪貼簿，供大家傳閱。島津看向香蘭：

「這一場戲，瑪麗亞，也就是李香蘭和生父相認的戲，李香蘭哭泣的戲很重要。妳可以想想什麼事讓妳悲傷，把那種情緒帶進來。」

香蘭心裡有想法，正想表達時，恩格卡爾德：

「在我們俄羅斯，母子或父女重聚的事件不少，尤其是猶太人，親人離開多年後在滿洲重逢。」

「是的，我也聽過，我的剪報就有一則。」

島津說著，大家暗自折服。恩格卡爾德：

「他們一定是緊緊擁在一起。」

「會緊緊擁抱的是由於事先知曉會與親人重逢，心裡有這種預期。但這部戲裡，養父要瑪麗亞認生父，她措手不及，對養父的不捨，對生父突然闖入的抗拒，心裡劇烈掙扎拉扯，她當然不會擁抱生父，只能不停地哭泣。」

「哭過後，對生父的抗拒就緩和了。」

扮演瑪麗亞生父的黑井洵如是說，島津點頭表示同意。莎耶賓：

「我很喜歡這部戲，讓我充份沉醉在父愛裡頭，比實際的父愛更細膩，更具有表現性。我扮演瑪麗亞的養父，一開始我拒絕她生父那邊認親的乞求，但後來我病了，心腸變軟了，擋不住他生父認親的盛情，開始說服瑪麗亞回到他身邊。身體變差，心腸自然變軟，再來是願意改變，觀眾於是鬆口氣。一切合情合理。」

「大師所言甚是。您的內心戲總是讓我們回味再三。」島津瞬了一下恩格卡爾德投過來的欣慰目光，還是看向莎耶賓，「依您看，內心戲，電影和戲劇有何不同？」

「戲劇的內心戲都用語言或歌聲完全外顯出來，可簡單地劃分喜怒哀樂四部份，心理活動的簡明化造成劇情的張力。」莎耶賓喝了一口咖啡，吐了一口氣，「戲劇裡的心理活動就像中國人說的掏肝掏肺，血淋淋地挖出來給人看，看不到心裡微妙的地方。事實上，很多心理狀態，可以意會，但難以言傳，甚至意會、言傳都難。電影裡頭，演員的演出直接訴諸觀眾的欣賞，應該比較能夠表現這種微妙的效果。」

島津欣然受教，再次詢問香蘭有沒有問題後，開始進行對戲演練。

事實上，香蘭的母親山口愛懷著么女誠子時，已年近 40，香蘭每看見母親這種年紀了，還挺著大肚子操持家務，心裡泫然，當時雖然沒有哭出來，但置身異地思及此，還是忍不住熱淚盈眶。拍攝那一天，在現場氣氛的感染下，母親當年高齡產婦的哀愁啟動了她的淚腺，加上幼時平頂山慘劇的耳聞目染、柳芭一家的流離失所在她心底深深的烙痕，在親情矛盾的渦流中，眼淚終於一發不可收拾。

下午四點戲拍完，剛好天黑，雖然在室內，大家還是圍在火爐邊取暖。池田督：

「被莎耶賓告知黑井洵是生父時，李香蘭那種驚懼轉為半信半疑，想靠近黑井，又退縮的神態，楞著兩眼看著黑井又趕緊把視線收回的神情，真的很耐人尋味。」

香蘭被說得雙頰通紅。島津：

「劇本好，演員也會跟著進步。在這『尷尬』的時刻，我也在觀察每一個人的反應，多姆斯基一直摸鬍子，也是很自然的反應。」

「我再次前來探病，給莎耶賓打氣，鼓勵他復出的戲明天再拍？」

「是的。夫人。」島津看著恩格卡爾德，再看向大家，「天氣這麼冷，人體在抗冷時能量消耗特別快，太陽休息了，我們也收工了。我們回飯店在會議室聊一會就用餐。」

島津說完跟著搬運器材的攝影師和工作人員往外移動。從拍攝地－俄式公寓到馬迭爾飯店，只是兩三分鐘車程，基泰斯卡亞大街燈火昏暗，行人不多。

劇組人員在會議室坐定，島津重申第二天續拍安娜照顧病中的狄米，瑪麗亞服侍病父狄米喝湯的戲。但當晚，島津和攝影福島宏在池田督的送行下，搭夜車趕回新京。一連幾天不見人影，池田被告知的不多，只說他們可能應甘粕的要求返回滿映處理一些事務。

劇組兩龍頭離去得太神秘，大家未免對這部戲的持續拍攝心生疑慮，不過香蘭還是參加由莎耶賓主導的《浮士德》劇的排演。莎耶賓主導演練，意氣風發，導演不在，他肩膀反而更硬，不會想東想西。

島津和福島回來了，拍完恩格卡爾德，也就是安娜照顧狄米，瑪麗亞服侍病父的戲後，島津召集大家集會，對於返回新京的事只是輕描淡寫地說成處理合約的一些後續事宜：

「現在最重要的是最後一場戲－古諾撰寫的《浮士德》，莎耶賓劇團三月公演《費加洛婚禮》，戲後回應觀眾的安可要求時，就很自然地推出這幕戲，莎耶賓老師，你那兒都排練得差不多了？」

「沒問題，這都是我們劇團演過的劇目。這次劇本稍稍修改，有的省略，也會給瑪麗亞，也就是李香蘭小姐，安排一個簡單的角色，這兩天劇團來馬迭爾劇院彩排時，再安排她入戲，不會有問題。」

莎耶賓說著認真地審視島津再看向香蘭。島津：

「這個安可戲，瑪爾莉娜也扮演一個重要角色，莎耶賓不用說，演主角梅菲斯特，也就是魔鬼。」

「那誰演浮士德？」

演香蘭男友的松本光男問著時，有些人笑了起來。

「這段戲持續六七分鐘，浮士德剛好不在場，戲台下的角色，也就是觀眾，除了持票進場的市民外，劇組人員也都會安插進去。」島津脫下鴨舌帽，摸了一下額頭上面的一撮疏髮，「《我的夜鶯》劇本裡頭，這部份是簡單帶過，現在演出內容清楚了，我的分鏡劇本也寫得差不多了，明天應該就可以讓各位過目，每個人的部份都很簡單，看一下就可。」

島津繼續表明，這次的戲中戲《浮士德》和去年夏天加演的《黑桃皇后》一樣，以安可劇的形式演出，觀眾不會知道這場加演是為拍電影而設的之外，特別請託恩格卡爾德講述《浮士德》一劇的大概。恩格卡爾德於是把法國作曲家古諾創作歌劇《浮士德》的過程和劇情概略簡單敘述出來，再把一群學生和軍人在廣場宴飲，歡送軍人出征，魔鬼闖進來高歌的第二幕，稍加描繪地呈現出來：

「魔鬼梅菲斯特並非殺人放火，毀天滅地的魔頭，在這劇裡只是一個角色，是一位言語尖酸刻薄，個性陰沉，不懂得愛和寬恕，喜歡唱反調的知識份子，有人還認為他表現了人性真實的一面，不虛矯，不失可愛。這個劇演出時，他獲得的掌聲甚到超過主角浮士德。」

恩格卡爾德的話聲聲入耳，每人對浮士德有了比較具體的印象，隨著彩排的展開，在原劇本只是幾行字，好像渺渺遠山的「浮士德劇」，在每人心中變成一座高山，只要越過這座山，斷斷續續拍了一年半的這部電影終將殺青，大家都高興。

這一天下午，莎耶賓劇團的《費加洛婚禮》在馬迭爾飯店附設劇院順利演出，演畢後安可聲不斷，莎耶賓劇團代表順勢宣布用《浮士德》第二幕回饋觀眾。

兩台攝影機分別架在樂團的側邊和後面，舞台下面樂隊池樂音響起，交響樂節節升高，小喇叭噴出響亮的號角聲。布幕打開了，背景有屋有樹的市集聚集了一二十個人，比剛剛演出的《費加洛婚禮》的婚禮戲還要熱鬧。軍人、大學生和一般男女在樂音的伴奏下，高聲合唱〈喝酒歌〉。

「葡萄酒，啤酒也好，啤酒，葡萄酒也好。儘管酌滿我的杯子，毋須害羞，一杯喝完再一杯，醉漢什麼都喝。」

舞台上伊利亞扮演的華倫丁是浮士德心儀對象瑪格麗特的哥哥，由於即將從軍，一票人來到市集歡送他。他拿著酒杯歡唱：

「年輕的酒鬼，除了白開水，什麼都喝，願你們的光彩和友情永遠浸潤在喝酒的快樂中。」

華倫丁手舞足蹈，歌聲搖蕩著酒意，吸引台上男女的目光。華倫丁持杯領唱時，其他人也相互敬酒，然後合唱〈喝酒歌〉。輕盈的圓舞曲樂音響起，瑪爾莉娜，應該說是娜塔莎飾演的瑪格麗特挽著瑪麗亞客串的蜜友貝拉，揮著雙手，舞著輕盈的步子來到華倫丁身邊，軍人和大學生開始合唱：

「女孩和城堡都一樣，我敢發誓，古老的城堡和年輕的情人，對我們來說都是一種遊戲，誰都知道怎樣應付，不用太拘謹，一定有辦法逼敵人投降，同時賠償一筆錢。」

在合唱聲中，華倫丁摟著兩女走了幾步，貝拉轉身擁向另一女子。站在舞台布幕後面，準備出場演出梅菲斯特的狄米特里看著瑪麗亞的演出十分欣慰。

音樂像螺旋般升起，梅菲斯特大步進場了，他的眉毛豎起，下巴拉長。這種妝讓他看來趾高氣昂。他從旁人手中抓來一只酒杯：

「讓我參加你們的聚會。先讓你們的朋友唱歌，唱完後，我再獻唱一首，好歌一首就夠了。我會儘量討大家的歡心，我現在就唱〈金牛犢之歌〉。」

他唱著把酒杯往後拋，大概是嫌酒杯不好。這時一台攝影機開始轉向移位，開始拍攝觀眾席，安娜、阿莉亞一些人都已入鏡。

「金色小牛，站得穩，站得直！飽受尊敬、讚美，力量無遠弗屆！為了讚美這可恥的偶像，國王和平民共聚一堂，……」

梅菲斯特唱得氣勢如虹，渾厚的嗓音征服全場，在觀眾的眼裡，他的魔性早已消失，取而代之的是傑出的男中音的魅力。〈金牛犢之歌〉甚長，一時無法結束。

「隨著銀幣的叮噹響，繞著金牛的座台，跳出瘋狂的舞步。在撒旦的帶領下，在撒旦的帶領下，……」

梅菲斯特的身體開始搖晃，觀眾席上的劇組人員面露憂心，安娜特地用手持眼鏡觀看台上的老友，還在台上，瑪麗亞扮演的貝拉表露出的擔心神色也已入鏡。

「小金牛戰勝了諸神，在荒誕的榮耀中，小金牛那怪物羞辱了上天。看著腳下的人類，啊！狂亂得離奇，熠熠發光的金屬燙手。在撒旦的帶領下，在撒旦的帶領下……」

梅菲斯特唱著時不時手附胸口，步履蹣跚，手臂顫抖，可說已經還原為狄米了。台上的演員全部憂心盯著他，突然他的身體向右傾倒，被人扶住，不知情的觀眾紛紛站起，待他全然倒下，台上演員全部圍過去時，工作人員緊急打出拉下布幕的手勢，樂隊持續演奏，台上演員的合唱沒有間斷，直到布幕拉下。第二台攝影機開始捕捉觀眾，尤其是劇組人員的反應，伯爵拉著隅田清和巽：

「隅田先生，咱到後台去，有點不對勁。」

在這一片混亂的場面，島津要求兩台攝影機暫停拍攝。布幕再度升起，一列衣著光鮮的演員現身舞台，正要離場的觀眾又回到座位，剛剛演出《費加洛婚禮》和《浮士德》兩劇的演員陸續進入舞台，莎耶賓，應該說是狄米，站在最中間，前面的觀眾看見他無恙，紛紛報以熱烈的掌聲。待掌聲結束，司儀表示，讓梅菲斯特用這種方式倒下，而非劇本所寫的，被十字架或呈十字形的斷劍壓制倒下，只是演出的一個噱頭後，觀眾爆笑如雷。

謝過幕後，劇組人員開始往後台移動，攝影機早在後台休息室等候。休息室外面，劇組依序排好，島津一聲令下，香蘭和瑪爾莉娜先後衝進休息室，一入鏡立刻化身瑪利亞和娜塔莎。這對在戲裡幾成閨密的女子火速整理長沙發椅，隨後眾人抬著莎耶賓進來，讓他躺入沙發，一入鏡，他也立刻變回狄米特里。瑪麗亞守在義父身邊，病人嘴巴一直張著，顯係呼吸困難，兩名兵士演員拿著碗給他喝了一點水，解開他的衣襟，給他擦身，拔掉他的假下巴、鬍子和假髮，同時擦臉，露出狄米特里的原形。娜塔莎一直用手巾掩面，不斷嗚咽，狀極悲傷。伯爵、隅田清和巽連袂進來，隅田清低頭看向狄米：

「狄米特里先生！」

狄米胸口抽搐了一下，慢慢把頭轉向兩手正撫觸自己頭髮和胸口的瑪麗亞

「瑪麗亞！」

瑪麗亞輕輕點頭，難掩啜泣聲。狄米：

「回到妳生父那兒吧……回日本吧。」

瑪麗亞淚眼汪汪地看向生父一眼。狄米：

「回去好吧！……日本很美，是神的國度，偉大……而有福報的國家，高貴的地方。……」

狄米的聲音微弱，微喘中帶著痛苦，最後幾句沒有人聽出來，這是莎耶賓苦練多時的成果。瑪麗亞雙手一直貼著養父的胸口，狄米上氣接不下氣，斷氣時頭猛然掉出枕頭，瑪麗亞驚惶地雙手抽離他的身體，站起後開始掩面痛哭。

23. 鶯劇拍竣 暗影幢幢

《我的夜鶯》戲中戲結束了，大家疲累不堪，莎耶賓尤然。他的累，除了賣力演出外，主要還是角色扮演的衝突。安可戲《浮士德》片段上戲時，他在後台等待上場，搞不清楚自己現在扮演狄米還是梅菲斯特，在戲中「倒下」後，馬上就得扮演狄米。中間謝幕時，他真搞不清楚現在的自己是狄米、梅菲斯特，還是莎耶賓。

剛好是中餐時間，屋外下雪，早在氣象的預告中，但沒想到下得又猛又急，一團團雪花隨風狂捲、遠遁，隨即生出新的雪雲。看著屋外的飛雪，大家知道這場雪可能會下個三五天，這部電影最後一場在新市街烏斯平卡亞教堂墓園拍的外景戲，可能要順延好幾天，也都樂得多休息幾天。

在餐廳，不斷有人開莎耶賓的玩笑。恩格卡爾德看向莎耶賓：

「看到你在這兒好好的，我還是感覺有些怪怪的。你成為古人

這件事實在深入我心。」

舉座笑了起來。大家不免再次打量眼前的莎耶賓和剛剛演出臨終臥床的他有何不同。莎耶賓：

「演出這種戲中戲，有時我真不知道到底死的是梅菲斯特，還是狄米特里？」

「自然是狄米特里。」恩格卡爾德坐著向後仰了一下，「你在舞台上步伐開始不穩時，你就不是梅菲斯特，而是退轉回狄米特里了。」

「問題是：狄米演的梅菲斯特倒下了，緊接著我演的狄米也死了。然後中間又隔著一個健康謝幕的……」

莎耶賓再度吐出心裡的惶惑，在戲裡一直旁觀的恩格卡爾德也覺得將來整部電影呈現出來，觀眾一定看得眼花撩亂。

「說的也是。這種戲中有戲，有時也讓我糊塗了起來。」瑪爾莉娜取下剛剛演出的瑪格麗特披戴的頭巾，「明明是演《浮士德》的瑪格麗特，老是想著演出娜塔莎的事，好在只演一幕，如果演出好幾幕，連演好幾天，一會兒娜塔莎，一會兒瑪格麗特，我會錯亂。」

「我沒有戲中戲的困擾。我一直提醒自己『妳還是在《我的夜鶯》戲裡的安娜．密爾斯卡耶。』但坐著看戲中戲，看到入戲時，還是會有『妳其實是觀眾恩格卡爾德』的錯覺。」

恩格卡爾德說著，大家會心一笑。島津看著香蘭低頭用食：

「李香蘭小姐也會這樣錯亂嗎？」

「我覺得還好。」

香蘭笑著簡單回應。莎耶賓：

「不管戲裡戲外，Likoulan 都是我的瑪麗亞。」

莎耶賓對香蘭父愛的宣言，大家聽慣了，但也報以會意的微笑。五六名俄國人從飯店大廳衝進餐廳，脫下大衣後，紛紛抖落衣服上的雪水，再掛在樹狀衣架上。島津看著莎耶賓、恩格卡爾德一夥：

「感謝各位團長這一段時日的合作和支持，這部戲快要結束，就只剩下李香蘭和黑井洵的外景戲，用完餐你們就回去照顧各自的劇團，過幾天雪晴後拍外景，不用來也沒關係。我們回新京前再聚一次。」

「最後一場外景戲，我們還是會參加。瑪麗亞要唱〈我的夜鶯〉也是為我而唱。」莎耶賓向右瞥了瑪爾莉娜一眼，「瑪爾莉娜和她相處得像姊妹，所以也會來。」

多姆斯基和恩格卡爾德相繼表示會來相挺後，島津看向李雨時：

「大直街烏斯平卡亞教堂，你們中國人怎稱呼？」

「我們叫聖母安息教堂，『安息』是用來強調聖母死後被主接往天上的情境。」

島津似懂非懂，沒再問下去。

「我的墓碑做得怎樣？」

莎耶賓問著時，大家笑了起來。

「用黑檀木雕成，上了一點漆，還嵌有您的瓷板肖像，看起來很像大理石石碑，或許已經做好，放在烏斯平卡亞教堂墓園管理員那兒了。」

「可能只是入鏡一兩秒，就花這麼大的功夫仔細做。」黑井洵用眼神向莎耶賓表達賀意，「電影拍完後，那瓷像可以拿回去當紀念。」

「送給我的瑪麗亞當留念。」

莎耶賓笑著說完，香蘭只管笑，沒有回話，待大家用餐，四位俄籍男女搭上馬車要回去時，香蘭才向莎耶賓幽幽地表示：

「您送我不少相片，我會好好保留。」

雪一直下，一夥人打著哆嗦看著馬車駛進雪花亂捲，街燈已開，宛如夜色的街景中。大夥轉身回到飯店，一名飯店服務生正和客人聊天：

「哈爾濱的三月雪很少下得這麼大。」

三月雪讓天氣回到二月的酷寒，渾身勁的黑井洵不甘雌伏，第二天雪氣稍稍放緩，便力邀進藤英太郎、松本光男和李雨時坐馬橇滑雪，一上午的「逆雪行舟」，回到飯店，全身血脈舒暢。再過兩天，天氣短暫放晴，黑井又邀大家前往道里公園滑冰，這次響應的人更多了，香蘭和雅子也都前往公園，雙腳在冰池裡畫弧，穿梭在當地青少年滑動的動線中。

黑井洵帶著大家運動，填補這幾天的空白，天氣也漸次穩定下來。這一天看天氣預報，確定第二天是好天氣後，島津才去電通知莎耶賓他們次日要拍外景。

次日早上，期待中的太陽終於露頭，但持續不久，又隱晦在厚雲後，劇組人員來到大直街聖母安息教堂，教堂前庭寬廣，守門的俄國人打開鐵門讓車子開了進去，劇組人員次第下車。島津和池田來過兩次，香蘭第一次造訪，第一眼看到這座教堂，就覺得四不像，好似泰國廟的尖頂門後面的主建築很像喇嘛廟常見的方形塔座。主建築後面塔上的俄式洋蔥形圓頂又小得不成比例。一身紅袍的維克多神父接獲通報從門口走了出來，他身後的莎耶賓、恩格卡爾德四人快步超越他的步伐和劇組人員會合。維克多走向島津，用簡單的日語：

「到裡面坐一下，墓碑我已派人貼上去了。」

「人太多，到裡面不方便，先到現場看看好了。」

聽島津這麼說，維克多神父向後招了一下手，然後和島津並肩轉往俄國人墓地，維克多後面跟著一名黑衣修士和兩名白衣童子。一行人到達造型俊俏的鐘樓，進入鐘樓對面的鐵門，柳樹大道兩旁盡是掩映在落葉林枝幹中的墓碑和十字架，兩三座墓園剛好有家屬前來祭祀。裡裡外外好幾列墳墓，墓前擺滿的花束雖然多已萎謝，但也顯示墳地並不荒涼。維克多：

「這邊都是一般人的墳墓，將軍的墳快到了。」

原來，「偉大藝術家狄米特里．伊凡諾維其．帕尼尼」的大型墓碑是浮貼在將軍寬大的墓碑上。將軍的墓碑嵌有肖像，虛構人物狄米特里的比照辦理。維克多神父站在墳前，修士和童子站立兩側，劇組站在後面，神父念念有辭，給將軍做簡單的祈福，隨後領著童子唱詩，前後不過五分鐘。

氣溫零下十幾度，〈我的夜鶯〉，香蘭從頭唱到尾，披著斗篷的兩台攝影機同步拍攝，一台從遠處的鐘樓拉回到香蘭的背影，一台正對香蘭。

「夜霧深沉的夜晚，積雪皚皚的深夜。懷想過往的時光，擁抱思念的歌聲。那是我可愛的夜鶯嗎？每晚都入我夢。聽！那瀟瀟的雨聲！聽！那颯颯的風聲！冬天的長夜將盡，花兒綻放，迎向春天。……」

香蘭唱著時，島津暗自思量，這首歌在慈善演唱會完整呈現，在電影的尾聲，用在悼念死者的場合，擷取片段畫面，餘音反而更多，後製時，他決定用現場唱的開頭，連結慈善演唱會時，交響樂團伴奏的片段，末段由觀眾自個兒在心中唱完。

「啊～啊～啊～啊～啊～……直到那個時候。」

這段可能不在電影中露臉，連綿近一分鐘的花腔，全然讓兩名唱詩班的童子折服。他們以為她唱的是新的讚美詩。

聽香蘭高歌，維克多神父彷彿聽見天上的綸音。聽著這一段花腔時，不禁仰望天空，好像看見聲音往上飄一般。

香蘭唱畢，島津喊卡，維克多神父聽她唱的是俄語歌，立刻趨前用俄語向香蘭致意：

「感謝妳的歌聲，妳的歌聲慰藉了這裡好幾百位蒙主寵召的信徒。」

香蘭聽不太懂，恩格卡爾德給她翻譯過後，大家開心地笑了起來。劇組人員開始往鐵門移動，恩格卡爾德和神父走在一起，顯然在談香蘭。恩格卡爾德：

「是很乖又很聰明的日本女孩，這次演電影使用俄語，台詞背得很熟，離開台詞，日常生活的對話就生疏了些。」

「我能理解，我來這裡十幾年了，日語、華語也無法很自在地使用。」維克多回過頭，向島津笑了一下，「到我們聖堂辦公室坐一下如何？」

島津想立刻回去，礙於情面，只好跟著過去。一行人登上階梯進入陰暗的川堂，再轉進會客室，會客室很寬敞，沙發組後面有兩排座椅，剛好容納劇組人員。神父坐在高背椅上，一名精通中俄日三語的修女坐在他身後當通譯，話題漸從宗教聊到地方風物，池田督提到掛滿牆上的聖器和聖物，維克多神父於是帶領大家參觀，並由修女解說，繞室一週參觀完畢，島津順勢向神父告辭。

中午在飯店用餐，餐畢，俄籍演員離去時，島津相約第二天晚上正式聚會話別。大家原以為用過餐可以休息，開始打包。結果全體人員到會議室集合。島津先慰勉大家的辛勞，表明此刻不算開會，不是檢討會議，只是說明會：

「讓各位留下來主要是向各位報告，拍這部電影可以說是處在大局勢的夾縫中，大家知道戲尾戲份不多，但干擾多，拖到現在三月下旬才殺青。」

「前一陣子你和福島宏回新京是因為拍片受到干擾嗎？」

黑井洵有此一問，大家有些心驚，難道他上回回新京另有隱情。

「沒錯。上次和福島回滿映，我藉口合約有問題，這是避重就輕。那天實際上是根岸來電催回，第二天就到軍部開會，這事沒讓甘粕理事長知道，主要是避免節外生枝，大家忍一下，事情過去就好了。關東軍司令部報導部的那些長官要我們報告拍攝進度，要我們保證沒有對蘇聯紅軍作任何負面的報導。事實上，我們前年初冬來這兒開拍這部戲之前，在新京就被叫到關東軍司令部接受這種訓令，我也跟各位甚至俄國演員報告過了，也取得俄籍團長的諒解。整個拍攝過程，紅軍的部份，我們按照劇本拍攝，但我向那些長官報告，完全沒拍攝。反正到時候，我會作成幾個版本。這點，大家都很清楚。我向他們報告，將來會用字幕帶過，沒有畫面後，他們還是不放心，擔心過於凸顯白俄，會讓紅軍吃味，進而得罪蘇聯引發日蘇大戰。」

島津說著實在講不下去，這一兩年都已經照他們的訓令做了，結果那些軍人又沒事生波，橫加干涉，結果他氣得「穿夏裝談出遊，著冬衣赴車站」的連戲問題也不想解決了。

「關東軍就像滿洲虎，和內地日本一樣，窮於應付美國大白鯊，現在又擔心蘇聯北極熊南下。」進藤英太郎看著苦笑的同仁，「這種事情好在沒讓莎耶賓那些人知道，不然他們會演不下去。」

「前年島津兄被叫到軍部，我沒去。這次我和島津兄一起被叫了過去，島津兄承受的壓力可想而知。」福島宏感嘆軍方神經過敏，開始看淡拍攝的得失，「這部電影的命運怎樣，變得不重要了。軍方疑神疑鬼，失去了信心，信心危機才最可怕。」

對軍政的厭惡和對時局的憂心持續在室內蔓延，許多人一方面覺得軍方反應過度的同時，直覺日蘇兩國之間波詭雲譎。至少香蘭覺得日蘇這幾年沒戰事應該只是風雨前的寧靜。黑井洵和進藤英太郎較熟知國際情勢，知道美軍已經登陸南歐，也在西南太平洋節節勝利，德日霸權明顯西斜，夾在兩國之間的蘇聯有了大好機會。不過他們選擇不講。另外，有感於大家的心情轉為消沉，香蘭思前想後，過去，《黃河》爭議性高，在滿洲放映了一陣，就無疾而終，或許《我的夜鶯》會遭逢更糟的命運：

「這部戲演完了，我們的任務也結束了。我覺得演這部戲不像是要給人們看的，或許是留給歷史，在博物館保存。」

「李香蘭說的沒錯。」島津站著環視每一人，希望大家牢牢記住這段痛苦的歷程，「大家要有心理準備，軍部這麼不放心。這部電影可能只是留給我們難忘的回憶。」

「或許只是給前景不看好的日蘇兩國立下日本和俄國人和平相處、相互合作的紀念碑。」

進藤英太郎接著島津的話尾說了，大家頗有同感，室內又陷入沉默，黑井洵覺得島津講得不夠清楚：

「島津兄，軍方有沒有很明確地說不能放映？」

「有一件事是不應該說的，上次去軍方開會，一位參謀私下跟我說的，屬於機密，就當做我沒說。」島津儘量淡化心中的危險感，「去年底，早先跟我國簽訂中立條約的史達林，和英國的邱吉爾、美國的羅斯福在伊朗的德黑蘭密會。沒有人知道密會談些什麼，但軍方猜測，如果蘇聯和德國戰事趨緩，也就是說，蘇聯沒有西戰線的憂慮的時候，可能會把部隊東調西伯利亞。」

島津的話剛好說出剛剛進藤、黑井和香蘭的憂慮，三人精神被折損了不少，更加沉默。其他同仁也開始談日蘇再戰的可能和結局，思量接受最壞結果的心理準備。

話聲漸歇人兒倦，島津一句「先別走」後，大家又警覺了起來，不知道又有什麼壞消息。香蘭固然疲倦，但想到莎耶賓，憂傷開始擴散。莎耶賓若果知道電影即將夭折，對於自己苦心經營出來的日俄史詩般的友誼和體內散發出來的跨國慈愛，無法傳播開來，挫折一定很重。島津看到每一雙眼睛都等他開口，用手撐了一下額頭。

「各位不用太難過，我講的是最壞的情況，非常時期，很多事情都要從這個角度切入，但這樣也讓大家有往好的方面想的空間。」島津一臉倦容，瞅著福島宏，希望他分點憂，「麻煩你把最近內地內閣決議，有關電影和舞台演出的事項念給大家聽。」

「『決戰非常措施』有關電影、演出、公演嶄新實施要綱，新規定的全名又臭又長。這個新辦法很拗口，很難念。最近才公布，這邊的報紙看不見，上次回去時八木部長給我一張剪報。」福島宏看著一張貼在白紙上的剪報，「這個綱要規定四月起禁止交響樂團和個人演奏、演唱，電影放映時間不得超過 100 分鐘……」

「這部電影被軍部嚴厲監看，電影史上難得一見。現在這些規定又掐著這部電影的喉嚨。我看我們的夜鶯失去了自由，也已失聲，或我們就忘了她吧。」

香蘭說著，多數人想想也是，有些看開了。

「軍政府發表『決戰非常措施』，我們也有我們的非常措施。這部電影大概有兩小時，我們除了濃縮成 100 分鐘的版本外，原版也要保留。另一方面，我在想，新辦法在國內和滿洲、中國佔領區，在落實上會有差別。甘粕理事長對電影的態度還算開明，或許由他頂著，原版的電影也可以順利在滿洲放映。」

島津說完見眾人沒有意見，只好讓會議結束。劇組同仁喪氣地回房，感覺比頂著酷寒天氣出一天外景還累。

第二天晚上惜別餐會，自然沒有人提到日本內閣的新措施和關東軍的再次掣肘，劇組人員借酒澆愁，俄籍演員以為大家別情特別濃厚，也跟進暢飲。

24. 籌拍新戲 劇組熱議

一早的火車，大家在車上用餐，受到電影可能胎死腹中的影響，話興都不高，有時沉默良久，才有人開口。車抵新京，新理事和田日出吉和八木部長前來迎接。回到滿映，大夥被安排在會議室等候甘粕的到來，事務小姐君子拿著兩三張紙釘在一起的文件走到香蘭跟前：

「這是新合約，本來月初就要簽的。理事長很急。」

香蘭楞了一下，想起了去年夏天拍完電影從台灣回到北京，在北京飯店的那一場記者招待會。她被記者問倒了，深感處在中日兩國夾縫中的痛苦，隨後在太廟獨思，決心離開滿映擺脫「李香蘭」，當時是這麼堅決，沒想到經過八九個月塵事的擾攘，早就忘了當初對自己的承諾。在哈爾濱拍片時，如果記得合約已到齊，拍完片後大可直飛上海找川喜多。失去了這個契機，現在決心已老，難以重振。她簽好名，把合約交還君子時，另兩名事務小姐也已把茶點分配到每一人的桌上。甘粕來了，沒有提到日本內閣新頒的「決戰非常措施嶄新實施要綱」，而是暢談自己的電影夢，鼓勵大家加把勁把上海給比下去。大家只當他講的是場面話，一陣風。

事實上，早在王則事件發生後，滿映對劇本的審核是更加挑剔，電影的產出量開始減少，「決戰非常措施嶄新實施要綱」只是讓情勢更加險峻，滿映演員賦閒的時間多了起來，香蘭也不遑多讓，對她來說，過去兩年，舊片還沒殺青，新片開始預約的榮景不再，她相信戰爭的腳步迫近，任何人都難免陷入低潮。

香蘭和悠紀子姊妹相處愉快，一如她自己所願，浸潤在家庭生活裡頭，悠紀子見她長時間只有勞軍行程，不免替她擔心，香蘭不以為意，只是提醒她戰爭腳步近了，凡事看淡些：

「內地的電影界被拖累得更嚴重，情況更慘。」

「我知道一般家庭都很苦，但我們家的燕窩還有很多。」

「多了就送給人家。」

「頂多是送給比較親近的人家。大方送，很快就沒了。這也要看爸媽的意見。」悠紀子深感生活物資緊張，家裡除了配給外，在外頭小商店蒐羅食物也越來越不順手，「康德的皇弟、皇妹最近都少來作客了，他們知道來這兒吃一頓背後這兒主僕的辛勞。」

隨著松花江冰層的融解，春天進入尾聲，滿映高層有人重提《野戰軍樂隊》時，香蘭的心裡才開始有了一些期待，但《野戰軍樂隊》拍攝工作正式啟動，松竹要人，香蘭和雅子提著大行李欣然就道時已是盛夏時分。她們知曉這一趟必須繞道中國蘇州，許久才能回來。甘粕安排八木部長陪同前往東京。八木部長到東京分社處理一些事務，在東京的家溫存幾天就要返回新京。

一直沒看到劇本，香蘭感覺很不踏實，會不會又像上次一樣，到了東京，劇本八字還沒一撇，還要人家動腦提供意見。帶著些許不安來到東京羽田飛行場，荒木前來接人，三人行李過多，八木協助荒木把有些行李置放車頂框架。荒木把滿映三人組拉到內幸町滿映分社接受茂木分社長的洗塵宴後，也由他送到各自家屋。

第三天，香蘭和雅子搭乘兒玉的車子來到築地松竹東京劇場時，已近黃昏。劇場會議室，導演牧野正博、編劇野田高梧、田邊新四郎、音樂指導大澤壽人、主要演員：佐分利信、上原謙和佐野周二等松竹三傑，和杉狂兒、小杉勇、槙芙佐子已等在那兒。佐野周二、上原謙分別和她合演過《蘇州之夜》和《戰鬥的大街》，乍然相見，眉目交會，過去共戲的親切緩緩湧出，加上三位編導，去年才見過面，一堆舊識齊現身，香蘭心裡頭重溫舊夢了好一會。開會態勢已成，大家都只輕輕招呼，或小聲交談，香蘭和雅子的座位上，除了茶點，還有劇本。香蘭望眼欲穿，急急翻了幾下。野田高梧：

「李小姐，妳的戲份只在 82 和 83 頁。」

只有兩頁？香蘭不敢相信自己的耳朵。野田：

「不好意思。妳的戲就只有出場唱一首歌。這首歌是妳建議的中國歌曲。」

香蘭含惱的雙眼把野田看得低下頭，再看向牧野正博，老遠從滿洲過來，就只為了演這兩頁？大家理解她那種被耍的感受，眼神噙著她的淚眼。雅子見會議室內裡還有一間小房間，忙拉著香蘭進去：

「妳不會辭演吧，非常時期，想想那一年兒玉的戲劇也只演了幾場，然後就完全沒有了機會。」

舞台劇一定要在多個地方巡迴演出才算數。當年，在上級的運作下，兒玉在日本劇場演出《日向》的檔期讓給香蘭演唱，兒玉確實坦然面對，不再營求安排新檔期或地點演出。常謂，人紅是非多，兒玉任勞任怨，甘為綠葉，無異是另類的純潔和高尚。香蘭想著心情冷卻了下來，悄悄走回會議室。

「佐野周二扮演的佐久間壓根兒討厭菅，但上原謙演的菅不但不討厭佐久間，而且相當程度的包容。這樣一對一教學的戲才演得下去。這個基本精神要弄清楚。」

牧野瞥見香蘭和雅子回到座位，把話打住，大家的目光又都落回香蘭身上。香蘭：

「這部戲什麼時候開始演？」

看著香蘭發問，牧野正博鬆了一口氣。

「這兩天就在這邊讀劇本，對戲一兩天，隨後前往東京西多摩山區拍攝戲尾的戰鬥場景，預估一兩天拍完後前往福岡，取到機票後就飛往上海，最後開拔到蘇州拍攝。就我所知，妳也是老上海了。」

牧野說完，香蘭繼續壓抑失落的情緒，玩味牧野的話意，直覺他吐露了讓她這個老上海以半個主人的身分迎接劇組同仁赴滬的意味，於是笑著迎向剛剛移座，坐在她對面的佐野周二和小杉勇：

「佐野先生，好久不見了，你還是老樣子。」

「李香蘭！」佐野特地叫了香蘭的名字，「妳不常在日本，不然不會三年才在拍電影的時候再碰面。」

「是啊！不過現在剛好又在蘇州見面，只是往事不堪回首。」

香蘭看著佐野有點困惑的眼神，也看了一眼他旁邊有點面熟，但又想不起在那兒見過面的小杉勇，「以前演情侶，現在我的戲份這麼少，我們應該演路人吧。」

「好像是，戲外有緣，戲裡無緣。」

有些人私自聊開，但香蘭和佐野高一度的對話聲聲入耳。小杉勇趁機開口：

「李香蘭小姐，不認得我了？」

香蘭看著小杉勇的平頭，皺著眉努力搜尋腦裡記憶中的平頭男，隨即抿唇笑著微搖頭。

「老實說，如非劇本寫有李香蘭三個字，我也認不出妳了。妳這幾年長大了。」

小杉沒有給香蘭回憶的線索，三言兩語反倒加深了她的困惑，也吸引了幾個聽眾。香蘭睜大眼直視小杉，似乎想從他眼裡找出一些蛛絲馬跡。小杉：

「六年前妳隨近藤伊與吉來東京日本劇場演唱！要回去前，我們談了一次。」

「我想起來了，那是一場座談會，談論兩部電影。當然主要都是你小杉勇在講解，我在聽。」香蘭看著小杉的小平頭，想像著他留長髮的模樣。「那時候你留長頭髮，看起來有點野，很有個性，現在剪了，怪不得我一時想不起來。」

「來這兒演軍人，所以理成小平頭。妳看……」

香蘭順著小杉的口氣和眼神，左瞄右看，發覺幾乎每一位男士都理成小平頭，不覺會心笑開。牧野正博看見香蘭恢復得不錯，決定重拾話語權，主導這場散漫的會議。

「好啦！都看這邊。同樣是理平頭，一般髮型理過後，還看得出來那人的模樣，很有個性的頭髮理掉後，會讓人覺得判若兩人。」牧野聳聳肩，甩走剛剛的話題，「這次大部份內景和外景都在蘇州拍，大家一路上都會有去當兵的感覺。」

「反正大家都演軍人，也會住在軍營裡面吧？」

小杉勇的問題，牧野正博沒有回答，但狡猾地笑開。佐野周二：

「大概三年前吧，我和李香蘭就在蘇州拍《蘇州之夜》。有部份場景在上海拍。兩個城市都很浪漫，有不同的風味。」

「就是說嘛！拍這部戲找李香蘭就沒錯。雖然戲份少了許多。

現在看到小蘭的模樣，就好像身在蘇州了。」

牧野正博的語氣帶點挑逗，大家的視線再度聚焦香蘭，看看她是否像蘇州美女，或許蘇州美人是否都像她那樣嬌小玲瓏，唇紅齒白，眼睛水汪汪。佐野周二看著香蘭波狀覆額的頭髮，覺得過於西化，如果梳成兩條辮子，就很有蘇州姑娘的味了。香蘭避開眾人的目光，看著劇本，看完自己－蘇州女子愛蘭－演出的片段，很好奇另一女主角槙芙佐子到底演什麼，發覺她除了扮演中國女子梅花，和上原謙合唱愛國歌曲外，戲尾還用華語對「敵陣」發出充滿政治語言的心戰喊話。香蘭：

「那我唱歌的戲也在蘇州拍？」

「當然，外景戲都在那兒拍。不過不是在城裡，是在偏鄉的地方唱。」牧野正博環視了一下劇組，「當然有軍樂隊伴奏，是軍樂隊與中國民間交流的場景。」

「這樣哦。」

「剛剛小杉兄也提到了，因為大部份人都演軍人，所以劇組可能住在軍營，目前還在聯繫協調當中。」

香蘭惱了一下，隨即把心情壓抑下來，那也沒什麼，反正黃河惡地、台灣蕃區荒地都住過，軍營再差也勝過那些地方。她試著回想前年途經鄭縣在軍營歇一晚的情景，只記得昏昏沉沉入睡後，早上被吵醒，隨後被叫去盥洗。不過，在黃河邊住在小部隊指定的房舍，也幾乎是住在軍營了，兩個月的艱困生活確實刻骨銘心。她深信，再怎麼苦，也不會苦過那一段時日：

「我要到很晚才有戲，一直跟著你們，會不會覺得礙眼？」

「怎麼會，妳一直是劇組的精神支柱。看見妳，我們腦筋靈光些，導演說什麼，一點就明。」

「妳不跟在身邊，我們精神低落，恐怕常常吃 NG……」

「妳還是唯一的女主角。」

大家你一言我一語，把香蘭逗得笑了。編劇之一，但掛名原著作者的田邊新四郎：

「剛剛野田把話講得太死了。實際編劇有一個過程。我們原先寫的是日本樂隊的成員和中國姑娘李香蘭發展出不尋常的關係，但被軍部否決了。如果回到現實：日本士兵和中國女子談戀愛，那位士兵一定會被軍部調查，面臨軍事審判，雖然戲劇和現實有別，但也不能超脫太多，避免造成誤導。最後劇本只好……事實上，也不是重寫，直接砍斷，有點像自斷手腳。所以妳的出現會變得很突兀。」

沒錯，剛剛香蘭瞄了一下劇本，「愛蘭」確實是突然蹦出來。被田邊這麼說，她不再覺得受傷。她拍過這麼多電影，這部和日軍最為貼近，命中注定被軍部嚴審、干擾最多。導演、編劇和所有演員乍看是抱殘守缺，委屈求全，實際上是藉著這種不完全的表現和演出凸顯時代的荒謬，給後人留下無奈的印記。

「拍電影被軍部干擾，對我來說是家常便飯。我想說的是：音樂和戰爭是相反的東西，音樂變成軍樂，用來支撐戰爭，刺激戰爭，想來是音樂的無奈。」牧野正博調整了一下頭上的鴨舌帽，「現在男士演的是軍人，把樂器練好，朝著一個目標前進，唱出勝利的樂章，看來滿好演的。女演員方面，槙芙佐子演出被我們日本軍人策反或歸順我們的中國女子，反過來演唱〈愛國行進曲〉，在砲火猛烈的戰場，勸降自己的軍隊，在中國的角度看來，是十足中國人所謂的漢奸的行為。她演出這種角色算是一種犧牲。」

「那李香蘭呢？」佐野周二。

「她，一個中國女子演唱中國流行歌曲，聽歌的又是當地鄉民，還沒超出娛樂的範圍，但由日本軍樂隊伴奏，罪加一等了，只是沒有芙佐子嚴重。」

「沒叫我再演出那種巴著日本男子的感情戲，我就很高興了。因為演成那樣，罪更重呢。」

香蘭說著，同席的男士對她在自省中帶有自責的話，都打從心裡發出喝采。牧野：

「好不容易建立起來的戲路，說放棄就放棄？」

「明星若是靠形貌，可以活在固定的戲路裡。演員最好嘗試不同戲路。」

「有點像是導演的口吻呢。」

正博說著，大家又開始調侃香蘭：

「李香蘭小姐如果執導演筒，大家會高興得跳起來。」

「可惜小女生一個，如何指揮調度這麼多男演員、工作人員……」

………………

「大家不要鬧了。李香蘭小姐禁不起你們這一鬧。」牧野正博好像正在執導演筒，臉孔嚴肅了起來。「李香蘭說得沒錯，就像在座的上原謙，演了一系列的《愛染桂》，是帶來了很大的名聲，但被定了型，有些苦惱，後來演了騙子，形象還是很好，但戲路拓寬了。」

香蘭看向上原謙，上原眼角閃出一股親切，香蘭燦然笑開。牧野正博把目光從編劇轉向音樂指導，請大澤壽人教授報告，結果野田高梧搶先站起：

「這次劇本可以說是很多首軍歌為骨幹組合而成，天才作曲家大澤壽人百忙中給我們提供很多意見，讓劇本得以定調，十分感謝。」

「謝謝！」大澤壽人站了起來，「也要說聲抱歉。因為個人演奏、作曲和教學的邀約很多，這次就不隨著劇組到中國，但你們在東京西多摩山區拍攝的戰爭場面，我還是會到現場看，然後在東京做配樂，你們在中國蘇州拍完回來，配樂應該就已完成了。」

「感謝大澤博士。博士雖然不隨同前往蘇州，但他事先已針對幾位重要演員調教過，精神和我們同在。哦！對了。」牧野正博轉身面向香蘭，「先前大澤博士提起，妳在電影中唱的那一首天涯……」

「〈天涯歌女〉，是流浪歌姬想情人的歌。」香蘭。

「既然李香蘭小姐屬意唱這首歌，這首歌的原唱者又是中國占領區的歌星，演唱權還在上海百代唱片，我會知會那邊的中村社長，除了現場演唱外，也希望弄一個錄音室的版本，希望李香蘭小姐找機會前去錄歌。我看我們還是一起先前往蘇州，然後再安排幾天假期讓妳到上海錄音。」

「這樣也好。反正戲份不多，蘇州離上海也近。」

香蘭說完，牧野正博開始報告近日在日本的拍片計畫。香蘭原以為在日本拍攝時還是會以鐮倉大船攝影所為基地，經正博說明，才知除了戲尾的戰鬥戲先行在東京西疆的西多摩高地拍攝外，將來劇組從蘇州回來後，棚內戲還是會選在京都攝影所拍攝。香蘭自忖戲份少，將來肯定用不到京都攝影所。

下午，攝影師和服裝師接著報告，會議告一段落，開始試裝。每人試穿不同型號的軍服，花了近一個小時才各自挑好三套，然後由服裝組人員縫上各人的標誌，收納妥當。

25. 野戰上戲 戲外互動

《野戰軍樂隊》戲尾的戰爭戲果真在西多摩地區先行拍攝，軍樂隊演員著軍裝，接受近衛師第六連隊軍士官的檢查後，在士兵的協助下，全身披上野草，軍樂隊在戰地的演奏，完全融入第六聯隊和第一野砲聯隊的演習操練中。樂隊演奏周璇的名歌〈天涯歌女〉，乍聽還以為是軍歌，槙芙佐子扮演中國女子梅花，用不流暢的華語對著「敵陣」作心戰喊話，香蘭覺得好像是小學生背課文，一點喊話的實感也沒有，但也不好說什麼。

「……請諸位趕快起來，同我們的兄弟握手起來，……為大東亞的幸福，努力！前進！」

梅花的喊話依然不夠流利，但在砲火的加持下，最後展現了一點氣勢。砲彈持續轟來，演奏了好幾遍的〈天涯歌女〉，樂音繼續堅持。奏完最後一個音，砲火越發猛烈，樂隊團長園田少尉一聲「伏倒！」所有隊員全部趴在地上。兩台攝影機開始拍攝演習士兵在砲火的壓抑下，潛伏待變，隨後匍匐前進的畫面，砲彈的彈著點遠了，士兵開始衝鋒，另一陣營的機槍也開始掃射，一時殺聲震天，驅遠了砲火，也壓抑了機槍聲。和牧野導演在安全區觀戰的香蘭實在看不懂那些機槍是掩護士兵前進，還是阻卻進攻的敵軍。

這場渾沌的野戰，許多充當臨演的軍人，或演樂隊成員的劇組人員，幾乎都被砲火和煙硝淹沒，角色沉隱，槙芙佐子扮演的角色份外鮮明。不過她扮演的，對中國軍隊心戰喊話的梅花，是軍方硬生生安排的，牧野相當隱忍，未曾對此事提出看法。

吃了一頓野戰飯，劇組隨著部隊往山區推進，樂隊成員全部站在軍車上演奏，攝影人員居高臨下，戰馬拖著野戰砲，一匹跟著一匹，隊伍在山巒起伏的谷地間，朝著樂隊的方向迤邐前進，通過樂隊後，依照他們的演習計畫繼續走。隊伍拉得很長，樂隊演奏的〈戰友〉在山谷間迴蕩，行進中的部隊應該都聽得到。但為了提振砲兵行軍的氣勢，導演牧野決定用合唱的聲音取代樂隊的演奏。但是，

〈戰友〉不是禁歌嗎？怎麼一路走來，黃河畔、台灣山地和現在東京，大家都在唱，香蘭心中存疑，但始終不曾探究。這首歌源遠流長，或許禁唱只是一時，早就開放了。她想著，就讓自己心中小小的疑惑消失在歷史的迷霧中吧。

在日本的外景可說在兩天內拍攝完成。拍電影，後段戲提前許多拍攝，是常有的事，但戲尾一舉拉前當成開場戲，倒十分罕見。

演習的部隊繼續操演，劇組人員搭乘兩輛軍卡返回市區的途中，很少人講話，好像剛剛經過一場戰役，即使有人開口，很快便被路面的顛簸打斷。返回市區，宅燈初上，視覺一新，大家的話匣子開始打開。

回到松竹公司在築地的東京劇場，大家把工作器具、樂器放置妥當時，香蘭撥了一通電話到日本劇場文藝部。兒玉：

「我就等著妳的電話，還沒下班。」

「真不好意思。你先用餐，我待會和大家一起到外面用餐，大概七點多一點回東京劇場。」

「好那我七點到。」

香蘭掛了電話，一部份同仁已離去，她才和雅子跟著後走的同仁離開會議室。大家在附近料理店用餐，20 幾個人分散成六、七桌，餐點端來前，牧野正博開始協調飯後返家的交通問題。本來有交通車載送，這一天回來晚了，司機下班了，牧野正博不想打擾他，試著自行解決。他要求有車的同仁載幾位沒車的同仁，協調還算順利，有人搭電車方便，有的家住不遠，想走路回家，男主角上原謙知道香蘭有車，主動請求載一程，香蘭爽快代兒玉答應了。上原知道槙芙佐子家住澀谷，經香蘭同意後，也把她拉來同車。

簡單的丼飯來了，燒肉、鰻魚、壽司，或天婦羅，每人各取所需。丼飯送來的快，大家吃得也快，不到半小時，有人先行離去，再過十分鐘，除了幾位走路或搭電車的各自分散外，十多人集體返回總部。兒玉的座車已等在那兒。

香蘭給兒玉、上原謙和槙芙佐子介紹時，也只能說，兒玉是日本劇場文藝部人員，寫的劇本還在日本劇場演過。她邊說邊覺得兒玉的悲哀，他真的被這個時代埋沒了，自己這幾年演出無數，還算幸運。兒玉向槙芙佐子致過意後，面向早就在報章雜誌看熟的上原謙：

「大明星，久仰久仰。」

「不敢當，李香蘭才是大明星。」

車子發動了，芙佐子低聲向香蘭討教一些華語詞句的讀法。上原謙看兒玉一副明星臉，很重視他的戲劇，開口提到他的《日向》。兒玉：

「那是根據家鄉的傳說寫的劇本，雖然是幾年前寫的，但好像寫了很久。」

「兒玉先生的家鄉在那？」

「宮崎縣。」兒玉知道上原希望他講出家鄉的傳說，但他實在不想講，「上原先生演的《愛染桂》才感人。」

「這樣嗎？但那畢竟是別人的故事。」

上原言下之意是：像兒玉自己的創作才真正可貴，為了不誇大自己，不讓自己過往的光環在這窄小的空間刺傷人眼，他選擇不講，隨後回過頭：

「李香蘭小姐，現在很多事情都記不太清楚了。我印象中好像幾年前在朝鮮的京城看過妳。那時在拍《你和我》」

「這個嘛！」香蘭想了一下，「那是四年前的事吧。我正要演《蘇州之夜》，劇組正要集合，由我和佐野周二合演，而且是從頭演到尾。在《你和我》，我只是客串，理事長叫我去朝鮮京城兩三天，拍完戲份就回來。後來《蘇州之夜》的拍攝沒有受到太多影響。」

「對啦！那電影是很多小故事湊在一起的，妳和我各演不同的片段。我只記得好像看過妳，還是聽過妳，印象很模糊了。」

「真是很對不起！那時是抱著解決一件麻煩事的心情前往，回來時看了一下劇本，看見您的大名還有些印象，後來這部電影好像沒在滿洲放映，或許有，但沒引起太大的注意，這部電影也就在我腦裡變得淡薄了。後來我們合演《戰鬥的大街》時，根本就沒想到那一回事了。」

「對我來說，也是如此。雖然擔任主角，但感覺成就不高。另外，好像這次演大佐的小杉勇也在那部電影演出呢。」

「真的哦？完全沒有印象，明天要向他謝罪呢。」

香蘭說著想了一下，演員的經歷，相互之間犬牙交錯，若有似無的交疊就擱在心裡，別拿來說嘴了。

車子駛進銀座大街，路燈和樓燈的光渲糊掉了樓宇的輪廓，有些大樓燈光黯淡，一抹灰暗直接融入夜空，一連幾家電影院，外頭人龍湧動。和光百貨大樓的鐘樓的時鐘正好指向七點半。兒玉：

「上原先生，我送您到青山棒球場那邊。」

「對，真麻煩你了。」

「我先送上原先生到青山，槙小姐到澀谷。」兒玉頭向左傾了一下，左眼瞬向後座的香蘭，「然後再回過頭到乃木坂。」

「對，就這樣。」香蘭。

「真不好意思。」上原謙側頭看了一下兒玉，但看不到香蘭，隨即把頭擺正，「現在銀座沒這麼熱鬧了。」

「確實，舞廳早禁了，很多演藝團體跟著被禁演，現在連歌唱、演奏會都被禁。不過看電影的人多了。」

「是啊！電影沒被禁，大家只有這娛樂了。」

「戰爭或者國策需要電影來宣傳，所以和軍歌一樣還可以生存。」兒玉。

「我們現在就是拍和軍歌和關的電影啊。」

上原說著，香蘭和芙佐子的細聊告一段落，探頭貼近前座的上原：

「早上拍的戲配合部隊的演習，那些衝鋒的士兵自然是演日本部隊，但那些砲火、掃射的機槍是代表敵軍還是我軍？」

「依我看，那些火力的展現只是用來加強演習的真實感。可以認為是敵軍－壓制我方部隊，也可以是我軍－掩護衝鋒的火力。如果有一個角色扮演，如小杉勇扮演我軍軍官，定位就清楚了。」

「畢竟是演習，也算是演電影。戰爭就不同了。真正的戰爭是地獄。」兒玉在十字路口把車子轉往南向，「你們現在正在拍的電影的片段，沒有角色扮演的帶動，是敵軍或我軍都無所謂了，目的不過是帶出一點戰爭的氣氛。但戰爭氣氛，不管怎麼拍，都拍不出親身經歷的那種恐怖。」

車內四人沉默了一會，不知說什麼好。香蘭想到去年上原談到準備演出《敵機空襲》一事，還是開口了：

「兒玉先生參加過諾門罕戰爭。他也是死裡逃生回到世間的。」

「這樣啊！」

上原再度看向兒玉被街燈照得斑駁的側臉，深覺在戰爭英雄前面談戰爭戲確實失禮。兒玉：

「現在戰爭的腳步越來越近了。美軍已經攻下馬紹爾群島，日本絕對的國防圈被攻破了，馬利亞納群島應該也被攻破了，這一陣子報紙的消息不明確，接下來就是菲律賓了。」

兒玉的話像警鐘一樣敲醒了香蘭。馬紹爾群島陷落的事，兩三個月前，她從哈爾濱回到新京不久，在滿映辦公室報架上的報紙瞬了一下這方面的新聞和相關的簡圖，但沒有細看，知道這個群島離菲律賓不是很遠。但沒有同事談論這方面的事，幾趟勞軍邀約，她也就淡忘此事，那座群島和菲律賓的距離也在她意識裡糊掉了。此刻，她重回現實，直覺馬里亞納早已撐不住，想著不禁背脊一陣冷涼。香蘭對於錯綜複雜的西南太平洋島群認知有限，她聞知菲律賓亮起了黃燈，接下來就是去年才待過的台灣。祖國本來是老遠老遠地在別人家的後院放一把火，現在這把戰火就快要回燒到自己家的後院了。她想著不禁黯然神傷。

國會議事堂掩沒在周遭樹林的漆黑中，獨獨中央塔樓像巨燈籠一樣沐在黃光中，議事堂的暗黑色調一直往南延伸，這邊的樓宇不十分密集，一排排從背後渲著咖啡黃燈光的高樓牆面垂下，低矮樓房的黑色瓦簷或屋頂，很像一隊戴著斗笠，在暗巷中托缽的和尚。低矮店面的燈火被暗黑的天空壓得低低的。一股愁緒在香蘭心中蔓延，形色匆匆，黑壓壓的行人，在她意識的底層轉化成入侵的軍隊，給這段黝暗街區帶來生氣的車燈流，也在一念之間變成黑壓壓的坦克。當然街道將不再是樓宇和一般店面的櫛比鱗次，而是斷垣殘壁，處處火纏煙繞。

第三天，香蘭和雅子把行李打包好，兒玉來過用過中餐後，一起前往東京劇場。兒玉好不容易盼到香蘭來東京，但她待沒幾天又得飛往上海，失望之情溢於言表：

「妳每次演日本和中國合作的電影，大部份場景都在中國拍攝，然後在東京收尾。」

「這次剛好相反，戲尾在東京先拍。」香蘭不曉得要怎樣安慰他，「或許有一天……」

香蘭本想說，看那一天向甘粕申請兒玉到滿映任職，但想到自己隱隱然還是有辭離滿映的念頭，只得改口：

「或許那一天戰爭結束了，就不再用這種方式拍電影了。生活和工作都會穩定下來，不用東奔西跑了。」

來到東京劇場會議室，兒玉自覺是外人，不再像剛剛在車上時這麼健談，和香蘭、雅子隨便聊開，感覺有些語塞，見會議室人越來越多，不便逗留，便先行離去。

「我已經 41 歲了，還在演 20 幾歲的小兵。」

尖銳的聲音傳來，香蘭剛坐下仰頭一看，原來是喜劇演員杉狂兒看著牧野正博說笑。牧野正博：

「不好意思。這次大佐理應由你出任。」

「那兒的話，這麼嚴肅的角色，我才不要，演上兵就好。」

牧野正博沒有回話，一臉笑容，不料背後被人拍了一下，只好跟著走出室外。

杉狂兒坐了下來，剛好和香蘭面對面：

「李小姐，工作了好幾天，一直都沒機會和妳聊。」

「我也是，一直在瞎忙什麼，沒閒下來好好和同事聊。」香蘭把雅子介紹給杉狂兒，「記得以前和星玲子合演《被偷窺的新娘》的就是你呀！」

「沒錯。那是很久以前的電影，妳看過？在滿洲放映過？」

「倒沒有。但我演過，是華語版的。」香蘭稍稍想了一下，「是我到滿映演出的第一場電影，名叫《蜜月快車》。」

香蘭把「蜜月快車」的中文意涵向杉狂兒解釋過後，再簡單地把《被偷窺的新娘》的劇本經重松周改寫，請人翻譯成中文時稍加修改，人名、地名全部滿洲化的過程講給他聽，杉狂兒直呼有趣。

早已進來的佐野周二、小杉勇和攝影竹野治夫在會議桌的另一頭閒聊。左分利信和上原謙連袂進來，把大行李放在走道邊後，也坐下來抽煙、聊了開來。杉狂兒：

「現在拍這部戲，這些演員當中我的資格最老，我從默片演到今天有 20 年了。」

「是嘛！」香蘭。

「妳知道松竹的三隻烏鴉都是我的後輩。」

「我覺得滿有趣的，公司三傑，你們管叫三隻烏鴉。」

香蘭聲音高亢，引來三隻烏鴉之一的佐分利信的側目。佐分看見香蘭難為情的神色，笑了一下繼續和上原閒聊。杉狂兒：

「上原、佐野和佐分三人合演一部電影後就得到這種名號了。」

「烏鴉在中國反而是最不吉祥，象徵凶兆的鳥，我在中國出生，也讀完中文系統的中學，大半時間待在中國，身體的一半用慣了『三羽烏』，但另一半對烏鴉又實在不能接受。」

「實在不懂日本和中國對烏鴉會有這種差別待遇。烏鴉在日本被當成國鳥、神鳥，是日本神武天皇建國的功臣，在中國卻是人人喊打……」

杉狂兒說著時，導演牧野正博陪同製作部長市川走了進來，兩人坐在會議桌前面後，牧野要求所有人往前坐，副導點過名後，製作部長講了一些給員工打氣的話，隨後由牧野講述坐列車趕往福岡該注意的事項。

「還有，勞軍的節目既已編排好，這幾天大家住飯店的時候就可以抽空找搭檔各自練習，拍戲時住在蘇州聯隊的營區。未來那一兩個月都和那些官兵在一起，他們一定會要求勞軍，可能第一天就要慰勞他們了。」

「我們整個樂隊演奏幾首曲子就很足夠了。」杉狂兒。

「個別演出還是要的，尤其是待一兩個月，他們一定時常要求勞軍，不能每一次都演一樣的。」牧野看向香蘭，然後笑臉迎向大家，「人家看到李香蘭會想到請她唱兩首，然後開始點名，要求上原、佐分……，和你杉狂兒一個個人表演。你信嗎？」

「李香蘭的招牌太響亮了，登上舞台，松竹三羽烏也只是綠葉。」市川部長接著表示，待會大家到東京鐵道酒店用晚餐：「我有事先離去，但用餐時，我會到場。」

市川部長離去後，杉狂兒瞠開神經質的雙眼：

「電影演了這麼久，第一次有機會遠飄異國。有點不安，又有點期待。」

「應該是託李香蘭小姐的福。因為李小姐的中國背景和經驗，所以劇本就朝中國發展。」

上原謙說著，編劇野田高梧輕輕點了一下頭，隨後說道：

「我看這兒和李小姐結中國緣最深的應該就是佐野兄了。」

佐野周二一時承受大家投過來的目光，了解大家都知道他和香蘭在蘇州演過電影。這種事再被提出，而且有了反應，佐野不禁想了一下：大家會不會太無聊了。

「這次要到中國，浪漫中又有種出征的感覺。」杉狂兒停頓了一下，隨後看向香蘭，再瞬向大家，「我們李小姐一年到頭滿洲、日本、中國轉來轉去，連台灣都去過，不像出征，看來她應該有滿滿的飄泊感。」

香蘭被說得有些不好意思，開始替大家抱屈，最艱困的台灣山地和黃河畔經歷，此刻突然在她綿長的旅程中璀璨起來，她更覺得對不起大家，好像她剝奪了他們的機會。一直站在前面的牧野正博：

「大家可能沒想到。小蘭旁邊的雅子走過的地方也比我們多。」

「那也是託小蘭的福。」

雅子慚惶陡然攻心，迸出這句話時，幾個人恍然叫道：

「是啊！當小蘭的分身就是不一樣。」

………………

東京鐵道酒店佔據車站南側廳的大部份，劇組搭車前往，下了車提著笨重的行李直接進入餐廳。多數人第一次造訪這兒氣派寬敞的餐廳。牧野導演向櫃檯通報後，一名女侍直接引導劇組人員到餐廳一隅的貴賓間。這個用好幾個屏風圈成，擺著兩個大桌的貴賓間，空間寬敞，屏風牆留有一道小門，靠牆的一邊貼著 L 形沙發組，大夥把大行李往兩邊的角落堆疊。牧野把市川部長慰勞大家的葡萄酒先取出四瓶給各桌兩瓶，吩咐大家等部長來了才能開後逕自和上原坐在沙發上聊了起來。有人前來關心紅酒是否可喝。

「別急，等部長來了再開。……」

牧野連喊兩遍，嗓門拉開後，看到香蘭，叫了一下。香蘭走了過去坐了下來。

「最近忙著導戲，沒有好好跟妳聊。」牧野正視香蘭，看著她茶然的神情，「那天就應該向妳說聲抱歉，和上次一樣，把妳從滿洲招來，還是讓妳有點空手的感慨。」

「小蘭，要看開。」上原。

「一點事也沒有。造成你們這麼大擔心，實在是罪過。」

香蘭說著看向面帶神秘淺笑的正博，她早已船過水無痕，走出這件事，那知別人還念念不忘，她反而覺得過意不去。上原眼帶渴望看向她，她剛好另闢話題，擺脫這種尷尬：

「去年我們談到……你說到要拍《敵機空襲》。」

「電影早已經上映了。我也不是很滿意。這部電影裡頭也有一段長時間沒有我的角色。」上原看向坐在圓桌的同仁，再把視線收回，「我不是指戲份不多而不滿意。」

「這部電影，男女主角並不明顯，角色多，沒有明顯的男女主角，是另一種電影型態。不過大家還是習慣性地把目光放在上原兄和田中絹代身上。」

牧野正博想當然爾地脫口，香蘭急切地問：

「那上原兄和絹代姊還是演情侶？」

上原厭倦了這種問題，沒有回答，牧野正博的朗笑剛好填補這一片空洞：

「大家都喜歡問這一題，上原兄實在要見招拆招。」

「有淡淡的情愫，但沒有表現出來。這次高峰三枝子也來軋一角，都很柏拉圖。」

上原說著有點講不太下去。牧野正博看著雅子孤坐圓桌邊，要香蘭把她叫過來。雅子來到沙發座坐了下來，感覺自在了些，牧野還是用眼神安撫她的不安。香蘭覺得正博確有大哥樣，不愧是家中長男，過去牧野滿男一路照顧她，這種暖情或許就源於牧野兄弟的手足情。前來倒茶水的女侍，服務過兩桌後，開始給沙發座的四人倒茶水。牧野正博看向香蘭和雅子：

「電影的結尾其實還是滿有意思的。大空襲過後，絹代在上原家外面徘徊，見我們的上原兄走來，趕緊躲起來。上原回到住家的樓上，把汗巾晾在陽台時，絹代看到她仰慕的身影，但門兒瞬刻關上，人兒退回房內，留下她悵失的雙眼，秀子剛好走了過來，看見絹代落寞的身影，有點不相信自己的眼睛。」

牧野導演還沒說完，上原哈了兩聲，喝了一口茶：

「這種女性心理戲，小蘭演來一定更有情韻。」

「演一兩部還好，演多了心裡會反抗。」香蘭喝了半口茶，心裡還是想著絹代的渴望被門切斷後的悵失的眼神，「我和長谷川演的時候還擁抱過，後來和佐野周二、近衛敏明合演就淡而無味。」

「長谷川一夫的主導性比較強，像近衛敏明人就比較老實。」

雅子難得開口，驚艷沙發座。牧野正博不住地點頭，察覺她避提佐野周二，顯出了作為一名明星助理的細膩。

「我們演電影的當局者迷，還是忠實觀眾的雅子看得清楚。」牧野正博抑制住心裡的感慨，「或許是我們感受到來自政治軍事的壓力特別多。我當導演的體會最多。感情戲都被壓到最低，好像非常時期，大家的生活都不帶感情。」

「真個是理智喪失，感情隱遁的時代。」

上原說完，牧野正博想到了『決戰非常措施』實施要綱，但不想掛在嘴邊，隨後逕自站起走到編劇野田高梧那兒。香蘭：

「這樣下去，電影沒有人要看。沒有人想表達真正的感情。現在西方電影，男女主角都大方地親嘴。上原兄，你演感情戲不也想親絹代嗎？」

雅子差一點把含在嘴裡的茶水噴了出來。上原擔心被香蘭笑不夠誠實：

「說的也是。夫妻之間難免有這種親密，也不是見不得人的事。」

「是啊。那些將軍大臣私生活可能更精彩，卻常拿非常時期來壓人，不准這不准那。」

雅子說完，上原心悅誠服。牧野回座後有點無奈地瞅了上原一下：

「前幾天拍的戰鬥戲，多用長鏡頭，一群士兵射擊或躲砲彈，沒有角色扮演，沒有人物刻劃，畫面像一團泥巴，是很容易拍，但畫面烏漆抹黑，恐怕觀眾看不出什麼名堂，會覺得演員或導演在打混。」

「《敵機空襲》就是這樣，戰鬥或情報作業的場面好像是軍中的紀錄片摘下片段拼貼上去。像上山草人、武田春郎客串情報官，只露一下臉，沒有姓名、職稱，活像臨演，觀眾若一時間看不出這兩人是名演員，更會覺得軍中的場景全都是臨演在演。」

「你的那部電影，我也是旁觀者清：敵機還沒到，觀眾就被防空司令部的情報作業突襲了。一堆參謀事務人員突然出現，用大家聽不懂的術語通報、傳遞敵機飛航的情報。我認為這種情報單位的場景最好有一個前奏。」牧野講得有些煩，看著雅子，「妳的姓借用一下。我想說的是：譬如厚見進入辦公室，就有人跟他招呼，稱他是厚見大尉，觀眾認識了這位大尉，然後狀況來了，大家開始忙碌，隨後厚見大尉將情報彙整向上報告……」

「對。這種情報官可以從家裡演起，他進入辦公室後，家人聽到警報聲一樣跑著到防空壕，民間和軍中有著有機的連結，觀眾就比較不會有情節拼裝的感覺。事實上，如果我可以決定角色的話，我倒很想演這種角色。事實上，牧野兄……」上原謙帶著提醒的眼神，「軍事方面的幾齣戲是吉村公三郎[1]直接執導的。」

牧野正博頷首表示理解，也覺得自己對別人的作品嘀咕個不停，犯了自己的戒條，看向香蘭，正要轉移話題，市川部長來了。四人回到圓桌邊，第一道菜也來了。

豐盛的晚餐過後，大家提起行李開始移步。編劇田邊新四郎另有寫作計畫，不克隨行，加入市川部長送行的行列。這次影片攝錄使用的樂器，比較笨重的長號和打擊樂器，商請蘇州當地支援。部份劇組人員搬運自己的行李外，還要顧到自己的樂器，只好借助手推車。編劇野田高梧對香蘭感到歉意，特別幫她提一件大行李。一行人浩浩蕩蕩穿過長廊，直接進入候車大廳。

一般從日本東京前往上海，都是搭火車到福岡，再搭飛機，松竹劇組這一趟也不例外。東京到上海，航程近 1800 公里，一般客機到不了，福岡到上海，航程少了一半，既省油料，也比較安全。

註 1：吉村公三郎（1911 － 2000）日本昭和時代電影導演，生涯執導超過 60 部電影，由於與女姓演員合作甚篤，喜拍女姓電影，被稱為女性電影巨匠。

26. 重逢川島 夜半飛鴻

列車經過一整晚的快馳，抵達岡山時天已濛濛亮，大家忍著飢腸，在前往廣島的路上，共赴餐車解決早餐。在下關下車，搭乘連絡船到達對岸的門司，再趕著上接駁列車，到博多站下了車，在福岡麻布區進用午餐時已是下午一點。用完餐，大夥急上車，拋開了 20 幾名追星族，雅子取出一疊香蘭的簽名照，但車門緊閉，引擎也已發動。

兩輛巴士往北行駛，走過綠蔭濃密的紅磚街屋，大家對這座城市頗感陌生，香蘭來過兩三次，但每次都來去匆匆，畢竟只是前往上海的中繼站。認識雖然不深，但多知道這兒和九州其他城市一樣，是依山傍海的港都。車輪揚塵，黃沙滾滾，洋式磚屋越來越少，街道兩旁都是黑瓦木樓的商家，從立花山向西迤邐的小丘開始露頭，他們要去的清流莊就在小丘的邊坡，而這邊坡的下緣正是那珂川、御笠川流入博多灣，沖刷形成的三角狀平野。這兒平地，漁家聚居，港邊漁舟麇集，桅檣林立，巴士轉向坡地，穿梭林道不久，在蓊鬱的林木中露出紅瓦白牆的清流莊終於到了。巴士在莊前小廣場前停妥，湧來一群女學生和婦女。下車時，有人提著自己的大行李，牧野看著堆在車後的行李：

「大家先下車，行李不方便拿的留給飯店的侍者來拿！」

劇組人員陸續下車，「三羽烏」，尤其是上原謙成為女學生追逐的焦點，他們匆匆給幾個人的書物簽了名，在提著大行李的侍者的開路下，順利進入飯店，香蘭下了車，人潮和呼喚又湧了過來，雅子手持一疊香蘭的簽名照，一一分發出去，香蘭趁著影迷慌忙搶照時快步走向山莊。

「現在非常時期，不去工作、讀書，還有心情到這裡追星。」

一名穿制服的警官吆喝時，香蘭也已進入山莊。

香蘭透過玻璃門窗看著追星族陸續離去，現在還是上課時間，她們怎麼有空來這兒，或許正是非常時期，聽說有些老師乾脆帶學生來機場或飯店進行「校外教學」。

副導三田到櫃檯辦理入住手續，飯店大廳除了劇組人員外，也有幾位穿著和服的賓客。香蘭本來站著，佐野周二和牧野正博讓座，香蘭和雅子只好坐下。佐野：

「現在影迷沒這麼瘋狂了。」

「主要是人少了很多。」牧野看了一眼大廳的旅客，「現在學生很多都到兵工廠，忙著生產，忙著擔心戰爭的腳步，那有閒情管你們演藝界。」

「看來咱要自求多福了。」

佐野說著牧野嗯了一聲，副導三田手持一大串鑰匙走了過來，一個個叫名分發房號卡和鑰匙，表示鑰匙不是用來鎖門，是鎖房間內的櫃子的。香蘭拿到鑰匙，提著大行李正要離去。

「小淑子。」

聲音從後面響起，「叫我？這年頭有誰直呼我名？」香蘭有些詫異，回頭一看，山莊大門擠著一堆人，許久不見的川島芳子從人群裡走了出來。

「小淑子，好久不見，我特地到這裡來看妳呢。」

確實好久不見了，香蘭油然而生的驚喜很快陰鬱了起來，「她來找我，難道是來算舊帳，幾年前和山家見面時聊到她，她不就懷疑我和山家交往，狠狠地背叛她嗎？和山家交往的是李明，這位東方的瑪塔·哈麗，超級情報員連這點也搞不清楚。」香蘭想著，彷彿把川島看穿了一般，不再這麼怕她了。川島留著二八分少年頭，神情陰鬱，顯然這幾年過得並不好，自從她拍了大陸三部曲，和山家聊到川島惹出的是非時，川島好像就很少在北京活動了。

「妳怎麼和道我要來這裡？」

「有什麼我會不知道。」

「反正妳是有名的間諜。一個小人物的行蹤難不倒妳。」

川島芳子聞言大笑，笑得身上的浴衣也在咯咯顫動：

「查察平民百姓的行蹤，像大海撈針，難有頭緒。妳是大明星，來了，走過有足跡，還沒來前有風聲，行蹤最好查了。」

香蘭和芳子見面的次數屈指可數，多數在天津，一兩次在北京，在日本看見她還是第一次，以前眼見的她，好像都是著軍裝或西服，有沒有看見她穿旗袍，已沒有印象，看見她身著日本女性夏天常穿的簡易和服－浴衣，還是有些不習慣。不過上等麻料，青灰底，白色藤紋的圖樣倒十分適合她中性的裝扮。川島：

「很羨慕妳又可以去中國了。」

「妳不也是一直在那邊的嗎？」

香蘭說著正眼看著川島，直覺她並沒有惡意，也揣測自從多田駿翻臉要做掉她之後，她雖然僥倖活了下來，但一定也失去了天津的根據地。

「我沒妳幸運，因為妳不用跟日本軍人打交道。」

川島說著突然掀開裙襬露出大腿，她的大腿傷痕累累，注射針孔密密麻麻，好似蜂窩。川島睛睛吊起看向香蘭：

「妳看，我這麼辛苦，為日軍奮戰不懈，痛苦備嚐，這些疤痕就是最好的證明。」

川島突兀的舉止吸引了包含劇組人員在內的許多人的目光。上原、牧野和佐分一干人原本要攜行李找房間，看見川島，一時好奇留在大廳，如今見識她的大腿，更加相信她的傳奇並非浪得虛名。川島知道看著她演出的是松竹的名導和名演員，她表面給香蘭看，實則是讓他們好看，但一方面卻睥睨他們的存在。香蘭開始承受劇組同仁的目光，很不自在，看著雅子再看向川島：

「我先把行李搬到房間，有空再聊。」

香蘭說著走了兩步，她提著的大行李被一位侍者提了過去。

兩女在房間打開皮箱，取出貼身用品時，香蘭想著川島又喜又憂，喜的是川島沒被消失掉，憂的是，擔心川島終究會追究「她和山家的事」，聽見木門一陣敲動，香蘭心頭抽搐了一下，雅子開了門，是杉狂兒和佐野周二。

「剛剛那位是川島芳子吧。」佐野盤腿坐在榻榻米上，「我第一次看見她，看來真是狂。」

「我名字的『狂兒』應該送給她。」

杉狂兒說著，大家笑了起來，雅子遞了兩個座墊給佐野和杉，兩人於是坐在座墊上。

「她十分欣賞我們的小蘭。」

雅子說著時，被香蘭瞪了一下。

「我也是第一次看見她。雖然不認識她，但她的故事，很多人不陌生，也很有興趣，畢竟是新聞人物。」杉狂兒看了香蘭一眼，決定不去問她有關川島的事，隨即看向佐野，「你現在在《野戰軍樂隊》演一個不服從的上兵，你應該請教她，怎樣演好叛逆的角色。」

「想到她小時候騎著馬進入教室的傳聞就覺得好笑。」佐野周二想著自己在新電影中的角色，不覺笑了起來，「她是天生的演員，結果化身男人當軍人，當間諜，把自己搞得這麼危險。」

香蘭看著佐野，不住地點頭，雅子提著水壺出去，想到廚房弄點熱水泡茶。

「佐野兄，你剛說她當軍人，扮男子，幹間諜，也算是她的演技。她在實際生活上演。聽說她現在不搞軍事，開始玩政治了。」

杉狂兒說著從腰間取出折扇，優雅地搖啊搖，好像有很多故事隱在扇子的搖動間。香蘭眼露祈求他講下去的眼神。杉狂兒：

「笹川良一聽過沒有？」

「他不就是國會議員嗎？」香蘭。

「還是東條派的。」佐野。

「川島現在就只是巴著笹川，現在的東條政府厭棄她了，但我也只是聽說。」

杉狂兒說著時，雅子回來了，在茶几上泡茶。茶泡好了，香蘭請每人把座墊移過去坐下。香蘭：

「你繼續講你的聽說。」

「人無法永遠強盛，囂張很快就會落魄，川島芳子就是這樣，這就是她的悲哀。多田駿本來是她的靠山，最後被她惹毛了，結果她讓自己陷入險境。當然川島她也不是省油的燈，她對軍人失望，開始玩政治，就先從小妹做起。」

杉狂兒好像身在自己常演的笑劇裡，越說越有趣。佐野：

「那她豈不是大姊頭變小妹了。這位中國來的公主還真是奇人一個，發動事變，帶兵打仗，毆打日本軍官，實在需要被一個強有力的人馴服才是。」

「笹川是東條英機跟前的紅人，川島巴著他就安全了。我在想這位名震滿洲國的司令，在笹川面前，沏茶、幫忙脫鞋的事都幹了，『大哥』還是變回小妹了。至於笹川，大家可能對他不是很了解。他以前還是國粹大眾黨的總裁，是有名的右翼首領，從事各種活動支持軍國主義。大概是衝過頭了，還被抓去坐過牢⋯⋯」杉狂兒喝了一杯茶，好像這一杯茶變成一盅強酒，「人生際遇很難講，笹川被放了出來就更大尾了，聽說已經變成川島的通行證，笹川如果不帶川島，川島也只能在九州一帶活動。」

是嗎？川島沒被做掉，但接受了懲罰？香蘭似乎解開了一點疑惑。

「以前看到川島被部下奉為神明，笹川大概有一套才能馴服這匹野馬吧。」

香蘭說著，佐野開始對她和川島的關係感到好奇：

「妳什麼時候認識川島的？」

香蘭垂首搖頭，她實在提不起興致談這麼久遠的事。佐野：

「笹川良一作為一位非主流的政治人物還是很猛的，滿映的茂木久平跑到蘇聯冒險，見到了列寧，笹川他跑到義大利見過莫索里尼，回來後搞了一個私人部隊，相當於一個師團，還擁有20架戰機，好像中國地方上的軍閥。」佐野笑看香蘭，「李香蘭，笹川這種條件應該夠讓川島服氣吧。」

香蘭只顧笑，笑得意味深遠，但沒有答腔，她體會杉狂兒和佐野周二的談話，再連結山家亨過去吐露的秘辛，拼湊出川島芳子最近幾年的情況：多田駿想毀掉川島，必然得到了首相東條的默許，多田下台後，一個因緣際會，川島搭上了東條身邊的紅人笹川良一，有了保命符，又以女性的面貌存活了下來。

佐野周二和杉狂兒離去後，香蘭和雅子開始整理隨身物品，她們排定第二批飛上海，要在這兒逗留兩晚，隨時要用的物品不少。

木門半開著，雅子感覺香蘭不介意，也就沒去關。雅子拿起梳子想梳理頭髮時，木門傳來兩響敲擊聲，香蘭一看是川島。

「不好意思打擾了。」

川島大步進來，一臉笑意，香蘭稍稍鬆了一口氣。香蘭請她坐到茶几旁，雅子看看茶壺，壺內還有茶水，只是已涼，她把冷茶倒在茶杯上。

「不用了，不用麻煩。」

川島揚起袖子大手一揮，還是很男性化。雅子知道川島想和香蘭私下聊，兩眼向香蘭瞬了一下，便跑到大廳了。香蘭：

「真沒想到會在日本遇見哥哥，不巧，我在這兒逗留一兩天就要飛到上海了。」

「我知道，我在報上看到妳的消息，知道妳落腳這個山莊，特地住了進來，果然沒讓我白跑一趟。」川島舉起茶杯一飲而盡，好似喝了酒，笑顏大開，「妳現在是大明星了，我也成為追星族了。」

「哥哥這麼客氣，哥哥才是天生的演員，才是大明星，這是大家公認的事實。」

「現在有一個問題，我聽說有人要拍『川島芳子傳』，如果確實有人要拍，希望妳來演我。」

香蘭楞了一下，不過還好，這種話都講了出來，表示她對自己的誤解已經釋懷。

「哥哥自己演自己就可以了。哥哥當統帥的那種神韻別人是演不來的。」香蘭看著川島臉上融開憂鬱的燦笑，「是那家公司要拍？」

「是滿映傳出來的。是公司還是個別導演有興趣，我還要求證。」

「妳的事業都在滿洲，由滿映來拍在取景上也比較方便。」香蘭揚起眉頭審視川島，發現她眼神閃鑠，懷疑她在說謊，「我現在拍一部新戲，拍完了回滿映，我幫妳探聽一下。」

「不用了。我有機會到滿洲時再親自和甘粕談。」

「哥哥也很久沒回滿洲了吧？」

「不久前去過，跟笹川良一，這個人妳知道吧。」

「現在是國會議員，是首相東條跟前的紅人，以前還創立過國粹大眾黨。」

「淑子，妳還真有政治見解呢！」

川島說著用力拍了一下大腿，香蘭給她倒了一杯冷茶。川島芳子：

「真的可以和淑子談政治了。現在日本的政治完全被軍事淹沒了，我從事政治就是要糾正現在那一些人在軍事上的錯誤。」

「那些軍人和軍人出身的政治家忙著戰爭，但仗是越打越瞎。哥哥早一點醒來也是好的。」

「我過去好戰，替那些軍頭賣命，造成不少冤魂，自己也落得如今的下場。」川島雙手抱額，顯出疲態，「我計畫和笹川良一組織一個新的政治團體，倡導和蔣介石和談，我相信淑子反對戰爭，也會支持我的。這是一個揚名立萬的大事業，頭山滿，妳知道嗎？」

「在報紙上看過他的照片，滿下巴的白鬍子，很老了吧。」

「快 90 了，像他這種上了年紀，對中國存有善意的政治家幾乎是絕無僅有了。以前有個犬養毅，和孫中山、蔣介石都十分友好，但被暗殺了，現在這個頭山滿以前也幫助過孫中山的革命事業，和蔣先生也是舊識，因為戰爭的關係中斷了聯繫。他老人家希望我的構想在他有生之年實現，老人家身體越來越弱，也認為重新架起日本和中國之間的和平橋樑，這種事刻不容緩。」

川島說著收斂笑容，似乎想趕快隱藏參差不齊的牙齒。幾年不見，大概長年作習不正常，川島的牙齦明顯露出，齙牙看來更嚴重了。香蘭看在眼裡，不免酸楚，但還是樂見她思想的改變，雖然這種和平的願念和行動不見容於日本當局，且很快就會被滌除得一乾二淨。香蘭：

「很高興哥哥有這種想法，大家都厭棄戰爭，雖然和平的希望是這麼渺茫。」

「還有一個一直以來非常強硬的松岡洋右也支持我。」

「以前的外相？」

「他被重病折磨，心腸也變軟了。」

「哦！」

香蘭幾乎把謙一郎忘了，好死不死，川島竟提到他父親，川島察覺不到香蘭的微慍：

「淑子也加入吧。現在加入等於是發起人，意義不凡。」

「哥哥，我真的沒有這麼多時間。」

「這跟有沒有時間一點關係也沒有，出個名字就可以。」

「絕對不行。」

香蘭拿出向山家嬌嗔一樣的口吻，壓倒了川島的氣勢。川島本就對香蘭這種演藝人員向政治靠攏不抱持太大的期望，加上這幾年脾氣也改善了不少，展現了理解香蘭心情的神態。香蘭：

「哥哥年紀也不小了，既然回到了日本，就好好照顧父母親。松本太偏僻，老人家住不習慣，也可以接來城裡一起住。」

川島釋然笑開，30 秒的尷尬化為無形：

「養父的媽媽精神有點問題，目前在雲仙靜養，我來日本就是來探望她老人家的。」

「雲仙？」

香蘭寧可相信剛剛兩位先進的揣測，不願相信她這位哥哥的告白。她直覺川島一定被限居在這個南方大島，只有和笹川同行時才得以出入各地。

「在長崎島原半島的山上，老人家就住在療養院。」

川島這樣回覆了，但香蘭反倒相信在雲仙「療養」的是川島自己。

「那哥哥真是辛苦了。不過還是真心盼望哥哥完全回到家庭。」

「家庭？千鶴子願意跟我，願意給我溫暖，但她的磁吸不夠強，我還是難以忘情外在的世界，還是要為自己的事業在外奔波。」川島吐了一口氣，「就像妳，妳也不可能放棄自己的演藝事業回到父母身邊。」

香蘭猛然想起了不久前看過的報導，川島和秘書千鶴子早就結婚了。那幾年，川島先後失去了滿洲軍權、天津東興樓的經營權，百無聊賴之際娶了千鶴子。在香蘭淡薄的印象中，千鶴子頭髮上總是簪上一朵花，外表雖然柔弱，但因為是川島的助理，開車、射擊，一般屬於軍人的技能，都會兩下子。兩人生理上都屬女性，兩相結合，可能也沒有多少夫妻生活，但家庭的溫暖應該可以聊慰川島的孤寂和失落，穩定她的情緒吧。香蘭：

「我若是到了妳這種年紀就會認真考慮，當然早就結婚了。」

川島聞言大笑，神情隨即冷凝了起來：

「要退出江湖，首先要沒有相欠，沒有遺憾。就像妳我之間，我就欠妳一筆，我不應該懷疑妳和山家有曖昧的關係，我這做大哥的實在沒器量，實在對不起小淑子。」

「哦！」

重逢那一刻伊始，川島心緒始終爽朗，香蘭知曉「哥哥」對自己的誤會早已冰釋，遲來的道歉反而讓她尷尬。川島：

「我後來才知道對方是李明，最不應該的是有人到處宣傳，破壞妳的名聲。」川島眼瞼下垂，眼縫露出了一點悔意，「不過山家這傢伙是混蛋，不止是他，多田駿、田中隆吉也是，日本軍人都是混蛋。」

多田駿和川島，情同父女、狀似情人，交纏不清的關係，香蘭從山家那兒聽了不少，至於川島和上海事變的同夥田中隆吉的關係，除了聽過兩人同居過之外，她所知不多，不管怎樣，這兩人都是把她從「男子身」拉回，但終究無法讓她有所歸依的上司。香蘭：

「山家已經入獄了，妳知道？」

「讓他在裡面好好反省也好。」

「但是妳該不會對李明進行報復吧？」

「我倒沒想這麼多，她已經失寵了，事業也不順。」川島緩緩站了起來，掄拳抬腳活動一番，突然打出一拳，「李明，吃我一拳，這個腳刀賞妳。這樣就可以了。」

香蘭笑到腰彎臉斜，一時抬不起頭來：

「哥哥這樣就對了，保持幽默，以後做事就會很順。」

雅子開門進來，要香蘭到牧野房間開會，川島略微吃驚，這時才想到這是香蘭和助理的房間。川島：

「我現在脾氣好多了，罵也只罵一些得勢的壞蛋。」

「那很好。妳應該和失意的人站在一起。」

「很對，很對。那妳去開會吧。」

由於劇組分三天四梯次前往上海，分批住進派克飯店，劇組分別在上海和福岡的三四天當中，總有幾天牧野不在身邊。所謂開會，主要是：就導演不在時，劇組殘部由誰帶領和行事方針的擬定做一些討論，同時就個人經驗和直覺提出異地行事應注意的事項分享大家。開完會後的共餐，是劇組人員都在日本的最後一天，喧鬧而痛快，始終沒看到川島露面，這和香蘭過去認知的「哥哥」完全不同，想來這幾年的挫敗讓她變得沉潛而內斂。

夜宴勞神倦身，十點多散場後，雅子和香蘭洗漱一番入眠時也已過了 11 點。他們被安排在第二梯次離去，第二天不用趕機，可以好好睡一覺。

沉睡就像是無風無光的暗夜，她和雅子熄了燈，殘存腦中的白天諸事的印象很像夢境，「夢境」糊了，沒多久便沉入暗夜。香蘭一開始睡得很酣，睡意飽足後，變成淺眠，暗裡窸窸窣窣的聲音貫入她耳裡，她下意識警覺老鼠或貓潛了進來。她一直就不喜歡住這種和式房，既沒隱私也不安全，走廊透進來的燈光太微弱了，她想起來又有些害怕，突然感覺蚊帳輕輕搖動，而她全身僵住了，不敢翻身探看。香蘭直覺是人而非動物。她屏住氣息一兩分鐘，確定沒人後翻身起來，撥開蚊帳爬出來打開床頭燈，左看右看沒看到人，躺在裡邊榻榻米上面的雅子背對著燈光，睡得正熟。

香蘭看見枕頭邊放著一張摺紙，走過去一拿，原來是一封非常厚的密封信。她直覺是川島留下的，坐在燈光下拆開一看，近 30 張信紙全被紫色墨水寫得密密麻麻，塗掉再寫的地方更是不少。川島的字龍飛鳳舞，她領教過，但一下寫得這麼多，她懷疑是寫了好幾天。暗夜潛入別人的房間偷偷放信，也算是「哥哥」間諜行動的小小施展吧。

「小淑子好久不見，看見妳很是高興，我徬徨得不知何去何從，說不定這次是最後一次和妳見面……。」

信就這樣開始，帶點文學性的感嘆，但是談到日本政界和一些軍頭時，痛斥的語氣又顯得粗魯、急躁。

「那些軍頭的嘴臉，我看得難受，何況一般百姓，好在妳比較沒機會看到。……回顧我的一生，我一直非常迷惘、空虛。我們生而為人，就是希望被人讚賞，成為眾人仰慕的對象。這一點，妳做到了，我想一定有很多人圍著妳想利用妳，不管怎樣，妳不能被這些人牽著鼻子走，必須堅持自己的想法和信念。妳現在是天之驕女，世界為妳而轉。不過，我必須提醒妳，被捧在掌心，一旦失去了利用價值，就會被棄如敝屣。我就是最好的例子，看看我現在的模樣吧。」

香蘭會心一笑。「不能被這些人牽著鼻子走，必須堅持自己的想法和信念。」這句話感覺好熟悉。三年前她第一次接到松岡謙一郎的來信，他不也說過「我們都得好好站穩腳步，不可受國家或時局擺布」嗎？對她提出生命忠告的人似乎都離她而去。

她一頁頁讀下去，發現有些內容應該早就寫好，臨時再拼貼上去。有些地方，她只瞄了一眼，想白天再細讀。

「白天跟妳講的那些偉大的志願也只是徒託空言，看妳的神情也知道妳不相信我講的一切，就當做我殘軀落魄的最後哀鳴，耀目的拚鬥之後的最後一抹霞光……因為我有些痛苦的經驗，我願給妳一個忠告。此刻，我就像站在荒茫的曠野，心情就像即將西沉的太陽。我很孤單，真想一個人到天涯海角流浪。……」

香蘭把信放回信封，打開行李箱後放了進去。她熄了燈再次躺回榻榻米上，但川島的形影始終在腦中盤桓。這位曾是萬人迷，集毀譽褒貶於一身的東方瑪塔．哈利、滿洲的聖女貞德，看破了一切正要告別紅塵，毋寧說厭倦了多年的虛張聲勢，決定，或者應該說是已經走下神壇。川島聲勢頂峰的時刻正是這個帝國擴張最順的時候，現在她從帝國那兒撈不到好處，不啻是帝國崩解的前兆。

信，一口氣寫了 30 頁，香蘭相信川島對自己的命運已然有了相當的醒悟。但她何所去？應該說是金璧輝何去何從？不再乘在日本軍部翅膀上的川島，勢必潛回滿洲，回去後也會躲開關東軍，恢復金璧輝的名號，暗地裡為反日復清而努力。香蘭和川島接觸不多，但了解她的脾氣，知道她和日軍的合作是基於地緣和相互需要，如今合作的基礎沒有了，她會毫無懸念地走自己的路。她在信中不就表明自己的身世：

「雖然妳和我來自不同的國家，卻有許多共同點，妳認中國人為父親，我過繼給日本人，妳喜歡穿旗袍，我也喜歡穿長袍，名字的發音也相同。不是嗎？妳成名前，我就認識妳了，後來我們總是分隔異地，但我時常可以從報紙聽到妳的消息，我也藉此寄託我對妳的關心……」

香蘭閉著雙眼，這段文字迅速轉成記憶，她想起被川島召喚到天津的那段時光，還是翊教中學學生的她確實備受川島呵護，川島對別人頤指氣使，對自己總是溫柔貼心。她甚至想：即使川島在懷疑她跟山家有染的時候見到了她，想要發作的脾氣也會收斂起來吧。

「妳喜歡唱歌，我嘛喜歡聽妳的歌，常放妳的唱片，尤其是那張〈支那之夜〉不知聽過幾百遍，連唱盤都刮花了……」

書信的內容持續在香蘭心中流動，這段文字裡頭的錯誤她百思不解。她沒有灌錄〈支那之夜〉的唱片，唱片的歌者是渡邊濱子，或許她一時筆誤，把〈紅色的睡蓮〉寫成〈支那之夜〉，或許唱片的商標貼紙掉了，讓她以為是她往年的小跟班唱的，也或許她還是不改瞎掰故事的習性……。

27. 劇組進駐 大佐接風

清晨，香蘭醒來後，微倦中帶著釋然。她想起了芳子的長信，下意識地覺得是封訣別信，信投了，人就不會再出現。首批劇組人員赴飛行場離去後，香蘭、上原謙幾個人湊在一起，有人伴奏，有人唱歌，練了幾首歌。休息時刻，香蘭突然擔心川島芳子出現，依過去她的習性，她如果故態復萌，很可能如此做。一夥人繼續練歌，也演練滑稽戲。五人劇，兩人已先離去，香蘭和一位劇務助理頂替，演練得以繼續。午餐時刻，還是沒見川島，她倒有點希望川島再度現身了。隨後的午休時間，她想到了川島的長信，但沒有勇氣拿出來重讀。川島和當年松岡謙一郎寫給她的長信，同樣對時代表示厭倦，看透或看空大環境，也都給她打氣，要求她堅定志向，不要被環境左右。香蘭不禁想：川島站在高處看空一切，也包括看破香蘭她自己。這正是為什麼香蘭一早就直覺川島已經離去的緣故。香蘭自忖，川島昨天懇求她好幾件事，但都被她推掉。川島孤伶伶棲身清流莊，一定是懷著最後一份希望老遠到博多來相見；見她無法契合，乃毅然絕然而去。

午休結束，大家繼續練習，休息時間到，同仁相互聊開，香蘭對「哥哥」不告而別的惋惜情不時在胸臆間漾開，也後悔昨兒面見她時心存戒備，以致拒絕她時，欠缺婉轉，也未慰以相對的溫暖，結果她不問小淑子還要待多久，便死心地他去。

再過一天，香蘭、上原一夥隨著野田高梧帶領的第二批人員赴雁巢飛行場搭機前往上海，入住派克飯店。大家都住五、六樓一般客房，而非高樓層的夜景房，不過也都覺得很享受，除了繼續練習勞軍演出外，也都了解移師蘇州後住的兵舍會是什麼樣子。

香蘭記得前兩次到蘇州拍片，都是搭火車前往，這次日軍蘇州聯隊派了兩輛軍車前來。這天，用完早餐，除了比較輕巧的樂器隨身攜帶外，大家把行李、器材和裝箱的樂器往軍卡送，香蘭想起兩年前搭軍卡前往黃河邊拍電影的情景，只是頭沒披防風巾，手也沒持手榴彈。車子從上海白利南路駛向郊區，一開始還沿著吳淞江行駛。吳淞江在上海市區段俗稱蘇州河，收納了不少工業廢水，水質濁黑，但遠觀另有一番風味。吳淞江百曲千折，軍卡終究要走自己的路，車子駛離江橋鎮，偶爾和吳淞江交會，然後就一直錯開。

很多時候，路旁筆直、成排的白楊伴隨車行，景觀簡單，優美，車行水灣、湖岸，垂柳含煙隨風搖，也是常見的景色。軍卡從郊區進入農村，少了路樹的遮蔽，稻田碧波萬頃，油菜花田更是黃光璀璨。

道路不平，車行一路顛簸，講話聲也容易被震碎，漸漸地說話的人少了，有些人闔眼假寐，有些人側著頭看風景。這時雖屬春末，桃李花季已過，但炎熱如夏。禾田漫野，陽光遍照，黑瓦白牆，家屋點點，景色單調，怪不得坐在軍卡上的劇組人員不太看，到了村莊，狹窄道路兩旁的房舍雖然多屬一樓平房，屋簷依舊漆黑，但戶戶牆高簷陡，山牆、馬頭牆高出屋脊許多，而那些牆面斑剝處處，灰色、土色或淺綠，不一而足。這一帶湖泊交錯，湖岸茂林看似小山，林中古廟、古塔同山林倒映水面，天光雲影來相會，一泓湖景沁心涼。

香蘭對這些景色並不陌生，她也很享受這種田疇、村落、溪湖和小丘循環交替的風景流。車子在一座不知名的湖泊邊若即若離，時而湖景全現，時而隱在舊林內，終於路過一座村莊，走了十來分鐘，房舍越來越多，儼然一個小鎮，車子沿著兩旁多為兩層樓房舍的水道前進，香蘭知道蘇州快到了。

道路平坦多了，有時為了避開路上人畜，車行也慢了起來，或者說，在路邊大小村民的注視下，謹慎了起來。不過，站在車廂前頭警戒的衛兵還是甚具威懾力。

「旁邊經過的溪流是什麼河？」杉狂兒伸長脖子，看向隔著兩個人的香蘭，「妳來這裡拍過兩次片。」

「叫什麼河？這裡城裡城外都是河，像街道一樣。或許那些居民不再乎它叫什麼河。」

香蘭說著臉紅了起來。杉狂兒顯然不滿意她的答案，也認為這個問題太細了，當地人也可能答不出來。

沒有人再發問，大家也都不再開口，專注沿路居民的神情。居民看到兩輛軍車載著一堆平民，車上平民衣著整潔，神情疲憊，但不狼狽，不像是被押解的中國人，從居民疑惑的眼神，可知他們心中各有描繪，有人認為車上人是南京國民政府治下地方政府，如上海市政府的官職員，也有人猜測是日本人團體……。

蘇州城越來越近，城牆也越看越高，不少人是第一次見識到中國的城牆和城門，開始品頭論足。中國城牆和城門，香蘭從小看到大，看到大家興致盎然，也被感染一些興奮了。車子向左拐了一彎，城門被拋在後方，旋即另一座城門由遠而近進入眼簾。車子再次轉彎，正對城門。兩層樓的相門，飛檐翹角好像騰起空中，城門下的門廊漸次可數，劇組人員一個個站了起來，好像軍隊的入城式，懸在城門上的日章旗雖然引發了一點國家意識，他們不是嗜殺的軍人，而是有些文化意識的影人，屹立數百年的城牆和巍巍的城門多少引發他們的敬意和歷史情懷。

蘇州城和中國傳統的古城一樣，坐北朝南，東西分明。不過蘇州城的南北軸線逆轉南北緯線 15 度，致東西線極度延伸，剛好通過東京。歷任駐軍指揮官對於這座城池的自然天成，都認為天意如此，每天朝會率領屬下向東京皇居朝拜時，總是有些躊躇滿志，把當地的歷史文化當成日本軍政在中國開花的窗口。

車子在城內石磚鋪成的道路慢行，有時按喇叭驅退人畜，迎來穿著簡樸長衫居民的注目，兩旁兩層斜頂黑瓦白牆的民居好像列隊的企鵝迎向軍民混成的這兩車。兩車繞行干將坊和吳趨坊，車上的外地人得以就近觀看這兒的民情。居民感受到車上大多數人投射過來觀看而非監視的眼神，心情鬆弛了一些。兩車從城墎東北的婁門出城，過了橋，離開外城河，眼前豁然開朗。城外東郊的聚落較少，城牆外的空地，蘇州聯隊的兩三個小隊正在操練。

兩車隨後朝北駛了兩分鐘，在一處軍營前停下。這個閒置的中隊營房最靠近城牆，往東推移，還有五個中隊，分屬兩個大隊，這兩個大隊和部署城南的一個大隊，構成蘇州聯隊的主體。

閒置的營房可說是超長的長屋，以中間的小會議室分成左右兩翼，兩翼的南北盡頭各開一扇門，兩門中間是一條長長的通道。此外，會議室的東西各開一扇門，東邊的門可通往另一中隊，門雖然開著，但營區外圍和另一中隊的營區隔著一道木柵，這木柵顯然是特別為松竹攝影團隊設置的。隊集合場在東邊，事實上並不是地理的上的東，而是朝向東京方向，大約向北 15 度，政治意涵的東。《野戰軍樂隊》劇組人員在護衛官工藤少尉的招呼下，核對名冊，點完名，帶到營北的餐廳用完餐已快兩點。

住在營房，雖然簡陋，不比飯店，但以軍人的標準來說，20 幾人住百多人的營房，還是有其「寬裕」處。男女分住營房的南北兩翼，上層床鋪放置個人行李、器材或一些道具，下鋪住人，由於男性比較多，北舍的女性，一人佔用四五床，南舍的男性，一人僅佔兩三床。營舍內的小房間不多，除了正副隊長的房間配給導演牧野和兩位攝影竹野治夫、行山光一外，北翼的兩個房間就充作女演員的化妝間。

住在因陋就簡的軍營，沒有了隱私，大家都覺得不便，但早在預期中，也就不便說什麼。不過他們都知道香蘭過去在黃河畔拍片時，住過破落民居，飲食很差，在台灣山地拍片時，也好不到那兒，很希望從她的經驗取得一點慰藉，但實在太累了，倒在鋪位便睡，準備晚上好好應付聯隊長的歡迎宴。

傍晚，在小隊長工藤的帶領下，劇組人員列隊前往 500 米外，車廳突出的兩層小洋樓的聯隊隊本部。聯隊歡迎宴簡單隆重，在聯隊簡報室進行，除了聯隊本身的長官外，各大隊和中隊的主要長官也獲邀參加。聯隊長竹下介紹過出席的官長後：

「……你們的劇本，我下午有空看了一下，覺得滿有意思的。我原本以為貴攝製團隊來這裡拍片，間接就是對本聯隊的慰勞。結果，劇本有一個場景：樂隊在城內用歌聲勞軍，聯隊長同時檢閱部隊。受檢閱的部隊應該由本聯隊支援吧。」

「那當然，往後拍片期間還請聯隊長多多協助。」牧野正博。

「拍攝的地點選好了沒？」

「就直接在現在居住的營區和餐廳拍攝好了。」

「這樣豈不太簡陋了」

「這個軍樂隊本來就是一個克難團隊。」

牧野說完，聯隊長竹下大佐笑著看旁邊的參謀長芥川一眼。芥川：

「貴會社行文陸軍省請求協助，這份公文轉到我們這兒後，我們除了保留一處移防部隊留下的營地供貴會社人員使用外，也給你們相中了一處很好的拍攝地。這座古城西郊有一座廣濟公園，離你們的營區有四、五公里，車子穿越城區開過去十幾分鐘就到了。裡頭有中國式大堂的建築，很像大宅院，有很多房間，作為一個聯隊隊本部和樂隊演練場地很適合。如果您不反對，我明天帶你們去現勘。」

電影故事進行的場所，劇本只是模糊帶過，牧野聽到芥川中佐提到殿閣式的建築，深覺不敢當。竹下大佐見牧野正博有些客氣：

「照這個故事，這個樂隊有點像是聯隊直屬的特戰中隊或小隊。日本師團、旅團駐守中國大城，司令部多徵用公用名廈、民間名園或大宅院，甚至設在王公貴人的宅邸。電影，戲劇化了些，聯隊隊本部和它的附屬單位設在一座大宅院也很適合。」

「那明天就去現場看看，越早定調越好。」

竹下聞言大喜，而伙頭兵也開始上菜了。

這個歡迎宴，布置簡單，兩個長方桌合併成一個桌組，每一桌組坐六人，大體劇組三人對上軍官三人，聯隊長所在的主桌後面是天皇玉照，另八個桌組在主桌前排成兩排。導演牧野、攝影竹野治夫和編劇野田高梧坐主桌，松竹三傑坐在竹下右手邊第一桌組，和第一大隊長官坐一塊，香蘭、雅子和槙芙佐子坐竹下左手邊，和第二大隊長官共用一桌。竹下大佐取出從民間徵收的桂花酒和米酒助興，他談興很高，會場氣氛一直很熱，關於演出的事，他問了佐分利信幾個問題，竹野治夫甘脆和和佐分換座位，讓他們好談話。竹下大佐：

「既然在電影裡頭擔任樂隊隊長，以前有沒有類似的經驗？」

「中學時代參加過樂隊。對音樂一般，沒有很在行。既然是演出來的，不要太差就可以了。」

佐分說著，大家都笑了起來。野田高梧：

「還是有幾位是科班出身，像坐在那一邊的杉狂兒就是，可惜中途退學，沒有畢業。」

竹下舉杯向每一人敬酒，同時勸進餐食：

「雖然每一人都是好手，但演出的時候，還是要從頭『學』起。」

「就是嘛！一半演員演熟手，另一半演音樂門外漢。」佐分看了對面的三位軍官一眼，「就像對樂器一竅不通的人，一開始要學，很困難，但已經會的人，要他演出不會吹的樣子，也要經過一番學習。我說真的，確實要練習一下。」

三位軍官聽後笑開。他們都是幹練的軍人，身經百戰，只覺得好笑，想著要是有一天自己或同儕回到軍校或訓練中心，重新做學生兵或新兵，會是一場多逗人的滑稽戲。

「太好了。有了音樂，尤其是軍歌、進行曲在旁邊鼓舞，作戰就有了藝術性，殺敵就不用想太多，只是完成一件作品。」

竹下說著意氣風發地向右前桌舉杯，再向左前桌舉杯，引發軍民間更多的觥籌交錯。佐分：

「就像聯隊長說的，不用想太多。在電影裡面也是一樣，樂隊剛組成，訓練不是很順，大家只想到怎樣改善困境，觀眾也會擔心那個新手永遠練不好。」

「練不好？軍隊這種環境最容易逼人激發潛能。」副聯隊長福澤皺了一下眉頭，順了喉間的酒氣，「或許這種戰鬥樂隊不只出現在電影，軍隊可以實際施行。一個中隊，甚至小隊都可以擁有自己的樂隊。」

「部隊裡頭有軍樂隊是很好的構想，但必須聯隊以上的大部隊才能配置。」竹下大佐修正他副手的看法，兩眼徵求牧野他們的意見，「一個中隊、小隊有自己的樂隊，部隊很容易康樂化，要怎麼打仗？是不是？」

「長官說得沒錯，樂隊的設置要符合比例原則。」牧野正博企圖把話題導向另一層次，「不過話說回來，電影終究是電影，裡頭有些浪漫和理想性，如果部隊真設有軍樂隊，那種比較不切實際的成份應該會被部隊長拿掉。」

「導演牧野兄說的沒錯。」野田高梧差一點想搔頭髮，「這個劇本，寫到最後，樂器就是他們的武器，樂隊開赴前線，在槍林彈雨中，他們抱的是樂器，不是步槍。就像當年鐵達尼沉船……」

「沒關係，沒關係。」竹下吃了一顆草菇，「鐵達尼發生國剛好是英國和美國，我國敵國，但畢竟是歷史。沒關係，你講。」

「這部戲已經拍完的片段，槍林彈雨，軍樂隊照樣演奏，宛如鐵達尼號，沉船在即，八人樂團忍著悲慟、恐懼，奏出撫慰難民恐慌的樂章。」

「撫慰難民？毋寧說是鼓起他們面對死亡的勇氣，鼓勵他們靜下心來接受死亡。所以野戰軍樂隊在我大部隊面臨潰敗的時候，另有一層意義，也就是說放下樂器，拿起武器也沒用了，適時演奏雄壯的〈軍艦行進曲〉，讓我殘部悲壯地迎向最後的戰鬥。」

牧野說著，竹下大佐佩服中帶點懊惱，彼此沉默了片刻。野田高梧見狀，急著把話題拉回來：

「事實上，這部電影主題還是樂隊練習和成軍的過程。在這過程中展現衝突、相互協助，有對話、情節和人物扮演。那最後在戰場上，幾乎每一個人都被戰火淹沒，鮮少有個人的角色了。」

「看來牧野先生導戲很辛苦，佐分兄演隊長，處理這麼多狀況，也很費心神呢。」

竹下大佐一知半解，裝模做樣地說著，看著三位女子坐一塊的那一桌，想講幾句逗趣話，但苦於距離太遠，只好作罷。香蘭、雅子、芙佐子，或其他女助理，多默默用餐，頂多低聲和對面軍官淺談。高階長官桌沉默了一會，牧野正博還是從腦子裡擠出了幾句乾澀無味的話語：

「在現實世界，一般樂手練習的過程是漫長、無味的，但電影時間有限，觀眾耐心也有限，每一位喇叭或黑管好手要讓自己吹出難聽的，初學時才會發出的聲音。但在這部電影裡，這種細微末節只有一點點。」

「喇叭的練習聲常常被認為是噪音。」副聯隊長福澤。

「還好，明天去廣濟公園看看就知道，在那裡吹奏，聲音一定不會溢出到外面。」

參謀長芥川打了圓場，佐分急急附和道：

「練習時的笨拙聲音都很低沉、壓抑，應該傳不出去。」

「公園在城西，我們營區大部份在城東，距離遙遠，不用太擔心。在城西的一些零星部隊，也不用太擔心。」福澤習慣性地把事情想得周圓些，「樂隊個別或分組演練的不完整的樂音，應該傳不太出去，相反的，樂隊全體合奏一個完整的曲子，因為聲音宏亮，應該可以傳得老遠，當然還是傳不到我們這兒的營區。」

竹下大佐吃了一口草魚飯糰，囫圇吞下：

「太好了。這符和我的想法。」

「會吹小號的按劇本演出吹不出聲音來，就像漫畫描述的那樣，喇叭管堵塞了，喇叭管被氣吹得鼓脹起來，或吹得彎掉了。吹久了，還真擔心自己真的失能了。」

牧野正博說著笑看竹下大佐。大佐反而有些裝傻地回望他。牧野：

「那位演員一下戲，一定拿出真本事吹奏一番。」

竹下大佐笑著點了兩下頭，彼此沉默了幾秒。福澤兩眼靈光乍現：

「我在想，每天排定的進度演完後，如果有時間，不妨全隊進行行進間吹奏，行進間的演練城東外面營區一帶比較適合，比較不會擾民。走完六個營區，來回不到一公里。但不要太勞累。」

「這個好！」竹下先向他的副手，再向每一人舉杯，「就請芥川兄和牧野導演商討、規劃一下。」

伙頭兵端來了蘇州名菜蟹粉豆腐，竹下嚐了一口，起身帶著副手和參謀長離座，牧野發現大佐要巡桌敬酒，要野田高梧一起起身跟上，隨後竹野治夫也跟了上來。竹下巡桌敬酒時，牧野陪同介紹劇組同仁。一行人從桌頭的松竹三羽烏開始，敬到桌尾，竹下大佐拍拍工藤少尉的肩膀：

「這次松竹的攝製團隊就由你全力照顧了。」

工藤「咳」了一聲的同時，站得筆挺行舉手禮。

「想像你現在是松竹映畫的蘇州分店長。」竹下大佐看著工藤兩眼折射出來的歡喜，「這個分店規模很小，好像一個小島上面小部隊的指揮官，喝喝！」

工藤知道大佐消遣他，但樂得曲意承歡，大佐一夥笑著走到另一排桌組，又從桌尾敬到桌頭。牧野介紹每一位同仁後，竹下笑呵呵：

「李香蘭，勞軍女王，跟蘇州一直很有緣。我剛上任就知道妳來過蘇州兩次，勞軍也有好幾場了。先前我想運氣不好錯過了，那知如今竟和妳面對面。」

香蘭被說得面紅耳赤，持杯哈腰。牧野正博：

「〈蘇州之夜〉、〈蘇州夜曲〉，李香蘭的名字已經和蘇州永遠連在一起了。」

香蘭薄酒沾唇，竹下一飲而盡，芥川趕緊給他添酒。

「看來我的運氣最好。」竹下眼神熾熱，身體彷彿輕了一半，言語飄然，「美人不但再來蘇州，而且就在我帳下。」

巡桌的長官個個臉熱神馳，酣笑烘著香蘭。

「李小姐現在可是插翅難飛了。」

槙芙佐子丟下這句話，長官相視笑開，隨後回到自己的座位。

晚宴熱絡而持久，香蘭也喝了不少，九點多一點結束，劇組人員隨著工藤少尉返回營區時，偌大的營區，夜課的操練已進入尾聲。稀稀落落，偶爾尖突的口令聲很像暗夜的刀光劍影，從遠處傳來的軍歌聲聽在香蘭耳裡，只是加深她的睡意。

28. 拍完戲頭 乘舟小遊

第二天，劇組相關人員會同芥川中佐和一隊工兵前往廣濟公園會勘，工兵除了打掃，也依牧野和道具組的請求，做各種施作或修補，野田高梧也根據現況開始修改劇本。副導三田開始招募臨時演員，請求軍方協助，結果一名大尉帶著一位女老師和六七名學童前來報到。三田把學童交給上原謙調教，香蘭沒事，也幫助教小朋友唱日本兒歌。女老師姓陳，是學童的級任導師，日本教師來班上教日語時，她求知慾強，總是跟學童坐在一起學習，這次被校長指派帶學童前來支援拍片，有些惶恐，希望凡事低調處理。香蘭用華語向她表示，不會把她攝入鏡頭，要她放心。陳老師知道和她談話的是李香蘭後大吃一驚。

廣濟公園大宅院外的涼亭坐滿學童，這些學童都認識 50 音和一些簡單的日語，上原謙教他們唱日本國歌〈君之代〉[1]。香蘭和陳老師捨離涼亭，在池畔的小橋邊坐下聊天。香蘭：

「很高興妳知道我。」

「因為妳來過我們蘇州拍電影，這裡的年輕人有時會談到妳，可惜沒看過妳演的電影。」

「沒看過反而好。」

「為什麼？」

「因為演得不好。」

「妳太客氣了，幾年前我跟一位朋友到上海，我們好像到南京路，在一家戲院前面看到妳演的電影的廣告看板。那時就知道妳跟日本人拍戲。」陳老師看著池裡的荷花，若有所思，「朋友說妳可能是日本人。」

「我是在中國出生，在滿洲。」

「我們叫做東北。」

陳老師說著頻點頭，香蘭也沉默了下來，學童朗誦〈君之代〉的聲音傳了過來，兩人不約而同地望向涼亭裡的學童，然後相視而笑。香蘭：

「妳剛剛看到屋外有軍人走來走去，那都是演員，不是軍人。」

「是麼？是日本電影公司來拍片？」

「是的，拍軍樂隊成長的電影。」香蘭。

陳老師點點頭，表示理解，香蘭笑了一下：

「不談這一些。日本男性和女性的想法有很大的差別，我們女性只是希望大家和和平平，安居樂業。」

「想望和真實總是相違背的。」

陳老師說著，兩人相視笑開。香蘭看向橋邊小徑旁邊滿開的杜鵑，她不太喜歡這種花葉駁雜的樣狀，但又不好說出：

「你們蘇州七八月都開什麼花啊？」

「夏天嘛，什麼花都開，百花爭鳴的結果，什麼最具代表性，就說不出個準兒。」陳老師望著路旁的杜鵑和不知名的黃花，「上一季開桃花、李花，遍野桃紅李白，是這兒的花季⋯⋯」

談話斷斷續續，香蘭努力找話題，但要避開敏感的問題，最後導向蘇州出美女一類的風土民情。對話來到這兒，比較從容，但陳老師也刻意避談日軍來了之後的情形。香蘭覺得自己閒散過久，把上原謙換下來，讓他回劇組所在的大宅院休息後，接手教小朋友唱歌。

電影開拍前的準備，除了香蘭、上原，大家各司其職，忙了兩三天，工作告一段落，為了讓大家踏實些，牧野決定先勞軍再拍攝。

聯隊長聞訊欣喜，趕忙叫工兵中隊檢視聯隊隊本部大集合場的照明，清掃司令台，架設燈光和麥克風。晚餐後，除了戰備兵員外，各中隊官兵全部提著板凳往聯隊集合場移動，攪動著初晚的不安，部隊行進間的軍歌聲也牽動著幾許緊張。一兩千人坐在司令台前，形成一個露天劇場。晚會主打軍樂演奏，樂隊在司令台演奏完一兩首曲子，由香蘭和槙芙佐子串場唱完一兩首歌後，大部份成員得上演滑稽戲，而杉狂人、上原謙一些樂團成員還得趁隙唱幾首歌或給女演員伴奏，最是忙碌。香蘭第一次登台演唱蘇州系列歌曲，第二次登台時演唱這次演出的主題曲，第三次登台演唱〈上海賣花姑娘〉。她第一次還是第二次公開演唱這首曲子，以前在上海拍片逗留時，對賣花女孩有些印象，拍《我的夜鶯》時，還扮演過賣花女孩。她面對黑壓壓的官兵，腦兒順著歌詞浮起，頭簪小花，手提花籃，足蹬黃色絹鞋的漂亮女孩。真正的賣花姑娘沒這麼體面，而是寒酸許多。優美的旋律在夜黑中迴蕩，不知能否觸動他們的鄉愁，美麗的歌詞不知是否會在他們心中形塑賣花女郎楚楚可憐的形影，進而折射出對於中國底層百姓顛沛流離辛酸的認知。這些士兵，遭遇中國軍隊時固然非一戰不可，但至少希望他們心中有歌，碰到中國百姓時寬仁些。這個演唱和演奏會，與其說是慰勞軍心，在香蘭眼裡，倒不如說是感化，希望他們多一份悲憫，少一份殺戮。

勞軍大會結束，香蘭回到營區，洗過冷水澡，全身發熱，癱在床鋪上，雅子不時給她扇涼：

「今晚累壞了。唱了這麼多歌。」

「還好。至少已經過去了。」

「我是太閒了。」

「牧野要把妳納入總務組，開拍後妳就忙了。」

「好像每次都一樣，他們不會讓我專心做妳的助理。」

「整個劇組開拔到外地，缺人照顧的時候，妳就會被劇組徵召，像去年在台灣山地，前年在黃河邊。」香蘭右手支頤，冷冷地看著雅子，「如果劇組成員都是在地的，在生活上有家人或朋友照顧，他們就不會找妳『麻煩』。那時妳就是我的特任助理。」

「妳是指前年在上海拍《萬世流芳》的那一次？」雅子笑了起來，但壓低聲音，怕吵到別人休息，「那時，我還希望那幾位中國導演派我做一些事情，那一段時日我真是悶死了。」

「妳是日本人，他們不好意思使喚妳。但沒有人跟妳講話。」

「還好，住得好，吃得好。」雅子眼瞼下垂，吐了一口氣，「妳都不寫信給謙一郎了。」

「不用再提了，跟他早就過去了。我相信他也有這種直覺，親密感沒有了。」香蘭訴諸女性的直覺，「這是一種雙方都沒有宣告，自然而然的分手。」

「妳應該寫一封信給兒玉。他對妳是忠心耿耿。」

「忠心耿耿！」香蘭笑了，腦裡浮現兒玉高大帥氣的身影，「他真是很好，是很好的朋友，可惜和他相處的日子不多。」

「那就要多寫信，他現在一定急著看妳的信，然後再回信給妳。」雅子想了一下，「我們在這兒大概可以待上一兩個月，首發信發出後，大概可以來回一兩趟。」

「那明天抽空寫吧。爸爸那兒也要寫。」

香蘭說著蓋上薄毯，身體躺正，意識漸漸模糊。

天朦朧亮，香蘭早醒，慵懶罩身，今天開拍了，「但沒有我的戲份」，一連三四個禮拜都會如此，營房的另一頭，男演員開始起床，拿著臉盆和盥洗用具進出營房大門的聲音哐噹作響。對面的槙芙佐子也跟她一樣，要等二三十天後才有戲唱，樂得輕鬆之餘，還是有些不帶勁。雅子起床了，用手拉了香蘭一把，於是兩人一起到外面水槽邊盥洗。

蘇州城大底呈長方形，城牆和外城河圍繞，城牆內街屋麇集，西牆外，發展得很快，形成街區，熱鬧賽城內，北牆外，鐵道橫亙，南牆外，遙接吳縣縣城，也有一些聚落，東牆外，尤其是相門外，一片空曠，被牧野選為拍攝樂隊戶外練習，和小朋友唱遊的場所。小朋友在廣濟公園外練好兒歌，再由軍車載到城東曠地做攝前的實地演練。兒童不時坐著車子東西馳跑，自然快樂，居民見小孩和日本演員混在一起，一開始覺得不自在，久了也就習以為常，甚至感到放心。

東牆外面，外城河和城牆之間形成一個南北狹長的小廣場，早上太陽還不是很大，一個中隊的日軍正在操練，不少居民散步其間。由於一開鏡就是動態拍攝，牧野九點不到就帶著劇組人員到廣場布置，上原謙和他訓練的學童歌唱班在相門外教唱，香蘭和陳老師站在旁觀看學童歌唱。竹野治夫的主攝影機在學童的側後面，靠近外城河，牧野和劇組大部份人員都圍著攝影機，架在一輛小軍卡上的行山光一的第二攝影機也正對著相門待命，扮演園田少尉的佐分利信的黑頭車從南邊葑門外面的護城橋跨越外城河往北行駛時，竹野的攝影機開始 180 度掃描。

「藍天高高掛，好！唱！」

上原謙化身的菅上兵帶動唱，學童跟著唱時，一個中隊的士兵傍著城牆往南移動。

「一輪太陽升起，好！唱！」

菅上兵唱完，學童再度跟著唱，於是「啊！好美麗喔！……日本的國旗。……」

學童逐句跟著唱時，開始入鏡。香蘭和陳老師站在攝影機的視角外，她認為竹野這種先聲音後實像的攝影方式很能塑造氣氛，而野田高梧這種以兒童的歌唱作為旁襯，帶出軍樂隊主題的劇情編寫，總算不致讓故事變得太呆板，不過沒有好好安排女性的角色。罷了，甭想了。「叭！叭！」兩聲，菅上兵和學童猛地站了起來，同時行舉手禮，黑頭車隨即入鏡，一路叭著駛向相門，這時由行山光一的第二攝影機接手拍攝。牧野跳上小軍卡，尾隨著黑頭車拍攝。黑頭車在干將路行駛，一路按喇叭，高大的牌樓赫然在望。小軍卡旋即在蘇州聯隊駐防城區大隊隊本部停了下來。這個隊本部徵用以前吳縣縣長公館，中西合璧式的住宅建了新門，且有衛兵駐守。此刻，這個隊本部的門面也被這部電影借來當做直田聯隊隊本部的外觀了。

干將路是蘇州新闢的彈石馬路，寬 10 米，是蘇州城內少數可以通行汽車的東西通道。園田少尉走出黑頭車，在後面跟拍的牧野隨即喊卡。兩台攝影機會合後，一裡一外，開始拍攝園田少尉進入隊本部的短戲。香蘭趕到時，這段戲已拍完，劇組也暫時收工等著用中餐。

下午移師廣濟公園的大宅院拍攝園田少尉晉見直田大佐，然後面試新進樂隊成員的戲碼。小杉勇飾演大佐，這幾天一直揣摩竹下大佐的樣態，希望演得輕鬆和氣一些。他擔任大佐，應該就是聯隊長了，而這個宅院就等於是聯隊的本部了。為了營造總部的氛圍，負責劇組營房安全的幾名士兵當了臨演，在宅院走來走去，總部的樣態自然天成。

面試的戲由園田少尉的副手藤井軍曹主持，有點像好萊塢電影常出現的美國突擊隊長徵召突擊隊員的過程，召見樂隊成員等於是點將。由三原純飾演的藤井軍曹接收所有樂隊成員後，再把人員點交園田少尉。

這一幕戲，所有男演員全部上戲，拍完後，牧野好像吃了一顆定心丸，大家也都鬆了一口氣，感覺即使沒有導演，那些演員就像被線牽動的傀儡戲的戲偶，會自動演出。

香蘭演過這麼多戲，久久在戲外，還是第一次。雅子大部份時間在營區幫忙，不在香蘭身邊，香蘭雖未能入戲，但必須跟戲，和另一女主角槙芙佐子情況相似。芙佐子會說一點初步中文，但不太流利，發音也不準，跟戲無聊時就找香蘭練中文，香蘭自然樂得和她說話。室內戲在大宅院的廂房進行，大家習於噤聲，室外戲在東城牆外的小廣場進行，多數時候是搭軍車過去，一個下午拍個幾幕戲。有時候操演戰鬥訓練課程，在視覺上和附近實際操練的正規部隊相疊合，香蘭還有種劇組同仁都在當兵的錯覺。

樂隊的訓練採分組責任制，上原謙扮演的菅上兵和佐野周二扮演的佐間馬上兵同一組，菅是黑管能手，十分熱心，佐間馬不會吹奏，但一直抗拒學習。從室內的制式練習到戶外的機動練習，菅指導佐間馬學笛苦口婆心，佐間馬的抵抗也越來越強烈，好幾次幾乎打了起來。槙芙佐子看不下去，頗有微言。一天散戲了，大家在大宅院等著牧野起身，然後一起搭車回營房吃中飯。香蘭：

「感覺佐間馬的角色不合情理，演員也不好演，劇本寫成這樣，野田先生看來好像是有些施展不開。」

「真是不好意思，也不是施展不出來，主要是軍中處理同儕之間的衝突，有它的機制，一般是長官直接處理，我們編劇也不需要做太多的延伸。」野田高梧兩手手掌交叉緊握，想到從前，「以前寫《愛染桂》，男女的悲歡離合是社會常見的故事，男主角浩三感情受阻，所以離家出走，衝突跟著走到社會的另一端。造成男主角浩三和桂枝分開的浩三的姊姊反而逼女主角桂枝把浩三找回來，但浩三避不見面，衝突還是存在。這種衝突會牽動讀者或觀眾的心迎向另一波衝突，……」

野田說著時，聽到上原的笑聲。

「浩三是很有個性的，就像現在佐野演的佐間馬。」

上原說著，野田高梧和佐野周二都笑了起來。

「兩位大哥說的沒錯，如果佐間馬像浩三一樣豁出去，丟下樂器走人的話，可能會被判軍法。」香蘭兩手手掌交握，再向外翻伸，「他就不會是《野戰軍樂隊》的主角了。」

「《野戰軍樂隊》的拍攝是上級交付的任務，軍方不希望太出人意表，太有創造力的結局，所以必須減少裡頭角色的動力。」野田從口袋抽出一根煙，及時從上原謙那兒借到火，「一般電影，受限比較少，演員生命力比較容易發揮，有時超越劇本，又不失影片的本意，編劇高興，導演也滿意。」

「好吧！走吧！」牧野看過櫻子小姐遞過來的場記，「野田君！是在構思什麼新的劇本了？」

「還不敢講，蘇州好風光，民風又這麼古雅，是有點心動。」野田跟著步下階梯，走上前庭，「這麼多詩人、作曲家來過後都寫出一些好詩好曲，透過歷史，日本和中國是相通的。我如果交白卷就愧對這兒的美景和風物了。」

「多逗留一些時候，找一個通譯深入了解這個地方。這個地方對日本人是很有吸引力的。」牧野回過頭，看見香蘭和佐野周二肩並肩走在一起，「你們這兩位老蘇州還是在一起了。」

「我和李香蘭回想了老半天，三年前拍片的很多場景，印象都模糊了。就只有寒山寺還有很明確的印象。」佐野周二側頭睇了香蘭一眼，再看向牧野，「就連李香蘭，我也感覺和三年前的她大不相同，我對蘇州的很多記憶都斷了線。」

軍卡來了，大家依序上車，佐野上了車後，把香蘭拉了上去，那是三年前演情侶時牽都沒牽過的手。

車子這回不穿越城牆，往北駛一段路，跨越鐵道，從城北繞了回去。一夥人坐在車上車箱邊緣的兩排位子，沉默了一會，牧野兩眼迎著對面的佐野：

「你應該找個時間和李香蘭一起把那一年的回憶找回來。」

牧野對佐野的談話傳了過來，香蘭心裡水波不興，《蘇州之夜》並不是震撼人心的電影，當年和佐野合作，他一直顯得憂鬱、嚴肅，所以她也不是很投入。記憶已淡，就讓它隨風飄逝吧。佐野回過頭：

「李香蘭，我們以前在那部電影一起划過船吧？」

「這個嘛！」香蘭吐了一口氣，「私下是有，在電影裡頭應該沒有。」

「這樣啊？印象模糊了。」佐野搖了兩下頭，想讓自己腦醒些，「那一年首映有出席，但就是不想看自己演出的模樣，不時閉著眼睛。」

「戲外一起坐過小船，不是划船，在電影裡頭和我一起坐船的是高倉彰。」香蘭。

「高倉彰？不就是那位音樂老師嗎？」坐在對面的牧野腦筋頓了一下，「他偶爾在松竹客串一下，沒想到竟然演到中國了。」

「他演中國人，演我的表哥，也是未婚夫。劇情好像是，我和他一起搭小船到寒山寺談判解除婚約。但所謂搭船也只是象徵性地上船一下子，拍好就下船。」香蘭說著笑開，神情隨即轉為嚴肅，「他是我聲樂老師三浦環的專任鋼琴手，我事後才知道，從三浦老師那兒知道，他想藉著音樂表現日本語言美的努力令人感佩。現在想想，讓他演出那種被我拋棄，那種貶抑性的角色，實在委屈他了。」

高倉彰知名度不高，劇組人員對他印象淡薄，忽然成為在座紅人談論的對象，大家同感好奇，紛紛側耳傾聽。

「演戲對他來說是業餘的，他大概一年演一部戲，多是和佐分利信合演。」

佐野說完，牧野頻點頭：

「怪不得我對他印象不深，聽過名字，沒碰過面。」

牧野說完向香蘭咧嘴笑開，示意香蘭和佐野別再談高倉，可以換別的話題了。

大夥下了車，三輛軍卡急急馳來，來不及過馬路的劇組人員立刻退到路旁。軍卡強勢通過，黃砂滾滾，大家後轉避開一分許才重新拾步前行，進入營房，香蘭放慢腳步，和槙芙佐子並肩。營房幹道兩旁的扶桑花開得正旺，香蘭不是很喜歡這種花，但想到入冬後的灰濛蕭瑟，感覺這種葉綠花紅的暖景還是值得賞心悅目。她看著佐野周二高大的背影，對於未能將與他共同拍片的憶景常存心中感到歉意。到了餐廳，飯菜已經擺好，大家聞香入座，十分快慰。

拍片之餘，小遊蘇州成為每個人的共願，牧野打算拍片告一段落後租個小江輪前往寒山寺，然後循陸路前往虎丘。就近的禮拜天，任由劇組人員到蘇州林園閒逛。香蘭得知城外離廣濟公園不遠處的山塘街有一處碼頭，而山塘碼頭有水路直通寒山寺，她想到三年前拍片和高倉彰上船的地方應該就在山塘碼頭。佐野周二和上原謙不想搭大船遊寒山寺，決提前先行前往，香蘭同意伴行，雅子只好同行。

山塘碼頭剛好在閶門外，五條水道匯聚的地方，舢板、烏蓬船麇集，兩艘動力船鶴立雞群，特別顯眼。香蘭走下階梯，幾名船伕圍了過來，香蘭問東問西，船伕有問有答，回話的船伕少了，但一直沒有定論，上原謙想，可能有什麼問題。香蘭走了上來：

「從這裡到寒山寺要五公里，要划三、四個小時，兩人一艘船，每人一圓。他們不時興划這麼遠。回程還要加價，因為時間會拖更久。」

「沒想到這麼遠。我看不要好了。這樣划等於把人當奴隸，會鬧人命。」上原謙把煙蒂丟到地上，用鞋子踩熄，「我看就讓他們划一個小時就好，坐太久我也會受不了。」

香蘭他們再下去，和兩名船伕商量的結果，船伕希望兩船各搭一男一女，免得兩船輕重不一，於是香蘭搭配佐野，雅子搭配上原，兩船開始緊鄰上路。香蘭不時傳達船伕的話，好像導遊。

「船伕要先帶我們走一趟山塘街，看看這邊的水上人家。」香蘭看著在後頭跟進的上原的船，「山塘街的這條水巷十分窄，算是水道中的巷弄，像剛剛通過的拱橋也十分矮，大船是進不了這條水巷的。」

上原、佐野和雅子都看到了屋背靠著水巷，黑瓦白牆，有些牆上還掛著紅燈籠的兩層樓的民居，有些人家後門出來就是直接浸入河面的階梯，後門和河梯之間設有走廊，而且走廊連通好幾戶，甚至十來戶，樹木傍著欄杆深植水中，濃蔭蔽天，廊廡一派悠閒。幾乎每一座階梯的欄杆都繫有舢板或烏篷船，往來船隻不時交錯通過。

水巷的水不深，船伕用竹篙把船撐過了一座拱橋，兩船開始折返，依然是香蘭的船先行。上原謙：

「味道不太好。」

「我早跟你說過了，就是那麼一回事嘛！」

佐野周二望向上原說了，算是回話，再回望香蘭一眼。香蘭：

「還好。都已經變成爛泥，成為自然的一部份了，待會轉入大水道，情況會好很多。」

「希望如此。」上原雖然嫌臭，但並沒有摀鼻子，「聽說這種水上人家，買賣也都在船上。」

「這些人家做生意，店面都開在靠馬路的前門。」

佐野周二給的並不是上原要的答案，香蘭追問船伕，才知待會要去的楓橋河段會有水上市集。

回到五河交匯處，船伕收起竹篙，改用槳划船。這兒背倚城牆，樹木繁盛，櫸木高聳，街路交錯，樓屋聚集，形成一個很大聚落，商業氣息勝過城內。山塘碼頭，舢板成排的岸上，人頭攢動，生意顯然不壞。香蘭和船伕談了幾句，知曉這種繁榮沿著城牆向南延伸。

這就是為何城西外會比城東外繁盛的主要原因。

兩船離開有如小湖的五河匯流處，沿著河左岸並排向西划行。這裡的河道雖不比先前的匯流處，但柳絲拂水，陽光遍灑麥田，在廣袤的油菜花田上漫舞，屋舍多四合院，院落寬敞，平房和樓房在樹林的掩映中露出，但被寬廣的天空壓低，整個大地給人平坦、遼闊的鬆脫感。香蘭深覺這兒平疇千里的蓬勃生機無視於日軍的侵擾，農民在城外田裡耕作，遠離日軍的視線，比城裡或城東人家自在多了。兩岸聚落漸疏，河道漸小，向前方的拱橋收攏，兩船要抵達時，大家才驚覺拱橋的高不可攀，比剛剛在山塘水道看到的高壯太多了。

「動力船開過去就沒問題。」

「雅子說的沒錯。」上原回望已經過去的拱橋，「日本的拱橋都是木造的，木材做成支架，蓋橋比較容易，中國的都是石塊砌成的，真是技高一籌。」

上原拋出的專業性難題，沒有人接腔。兩岸的聚落被拋在後頭，河道右連麥浪，左接油菜花海，一片「汪洋」，劇組人員全開了眼界。香蘭看向鄰船的上原：

「現在氣味有比較好嗎？」

「好多了。」

上原說著開始問對面的雅子一些生活上的問題。佐野看向香蘭：

「妳還要多久才上戲？」

「大概還要一兩個禮拜。也不算演吧，只不過唱一首歌。」

「劇本寫成這樣實在是⋯⋯」

「不要再提了，再提不好，即使野田不在身邊也一樣。」香蘭。

「看看這田野、運河和天空，大自然也是一個很好的劇本。」

「如果說是劇本，是演出來會讓人睡覺的戲。」佐野兩眼直視香蘭，「是不是，沒有山巒起伏，也沒有巨浪滔天。」

香蘭沒有回答只顧笑。另一船的上原轉過頭來：

「像一篇很長，但有些索然無味，要慢慢欣賞才能出味的散文，不是用來演的。」

香蘭覺得有道理，含笑望著漸漸多起來的舢板和小漁船，船越來越多，好像是對上原剛剛說辭的反擊。香蘭往前一步站了起來，左前方丁字水路也是一個小聚落，水路塞滿了小舟。這些小舟比一般舢板還寬大，而且滿載各種蔬果、魚蝦，甚至雞籠、鴨籠。

上原和佐野見識了這兒的水上市集，都十分高興，看著一船船載著生鮮食品往北岸划行的舢板，想像他們在家裡的生活情形。香蘭開始和船伕攀談，從他的職業談到生活。船伕：

「妳是中國人還是日本人？」

「我在中國出生。」

「怪不得妳的中國話講得這麼好。」船伕打赤膊，手臂和胸膛的肌肉隨著船槳的律動，鼓凸、起伏有致，「他們都是妳的朋友。」

「都是演員，是來拍電影的。」

「不是軍人就好。」

船伕說著用力搖槳，好像要把香蘭拋在後頭一樣。香蘭：

「這條河道叫什麼名字？」

「沒有名字。蘇州河渠縱橫，曾經有人建議，對於重要河道給個名字。」船伕收起船槳，讓船隻漂流，「岸上的路叫楓橋路，我們管這條河道叫楓橋河道。但這不是正式名稱，地圖也從未標識過。這幾十年時局混亂，軍閥走了後，日本人又來了。」

香蘭頗思索了一會，不知該如何回話，擔心回應不妥，惹來誤會，只好跟佐野閒話，選擇性地說出和船伕對話的內容。

船行繼續，再經一座拱門，便掉頭回去。回到五河匯流處，還有一點時間，船伕特地划過閶門的水門，幽幽地穿過厚實的城牆，來到有名的桃花塢。這兒有唐寅故居，有園林，但有些破敗，雖然遍植桃樹，惜花季已過，只見桃樹結實累累。香蘭付完費遣船伕自行駕舟回去後，偕另三人搭車前往拙政園，開始名園之旅。

劇組人員拍片之餘，早已親炙中國古城牆的雄奇，呼吸大宅院的古典氣息，如今再嗅到古典園林的精奇巧妙，他們都不覺得這裡是日本人的領地，多很謙遜地認為自己客居異地。

註 1：〈君が代〉，日本國歌，日本人升國旗（日章旗）時唱的歌。

29. 百代錄歌 意外加錄

為了劇情需要，香蘭得前往上海百代錄音，牧野正博來到蘇州沒多久便和百代取得聯繫，經過幾天的等候，百代那兒終於有了回音。日語還可以的百代吳樹揚經理表示：黎錦光老師已經準備好了，百代可安排李香蘭膳宿兩三天，牧野向吳經理確認後，吳經理表示第二天派車來接香蘭。

第二天來接香蘭的是廖副理和司機，兩位客人接受劇組招待，共進中餐後，才載著香蘭原車返回上海。車子沒進入城內，沿著城北的外城河往東進發。香蘭：

「我自行前往就可以了，還勞動你們專程前來。」

「為了李小姐的安全和方便，公司決定派我們來接妳，反正車程不遠。」廖副理。

「真不好意思。」

「看看沿途風景也很好。」

司機說著回望了一下，大家都笑了起來。

「現在春夏之交，江南的風光正好。」廖副理腦筋轉了一下，「李小姐目前在拍什麼電影？」

「是有關軍樂隊的電影。」

「還是跟音樂有關。」

「是！」

「就我印象所及，李小姐的〈賣糖歌〉的唱片去年賣相最好，本來電影上映時，那首歌就很紅了，唱片一出，更是錦上添花。李小姐聲勢直逼周璇呢。」

廖副理說著，香蘭歉然笑道：

「快別這麼說。周璇是我的偶像呢。我怎能跟她比。」

「大底攀上巔峰的歌手，都各有千秋，很難比較，歌老，流行久了，自然退位，由新歌取代。」廖副理兩眼閃了一下，閃開直接射來的一道陽光，「聽說您這次是要錄〈天涯歌女〉這首歌？」

「是！接著周璇的尾音唱，是配合電影的需要。」

兩人就這樣有一搭沒一搭地聊著，車子很快便抵達金雞湖畔，開始尋找吳淞江水道了。吳淞江蜿蜒曲折，車子局部貼著江流，大部份奔馳田野、村落，香蘭和廖副理小寐了一下，醒來後又是稻田、麥田阡陌縱橫，村莊黑瓦白牆相疊，溪畔、池濱垂柳依依，桑椹累累的景況。

香蘭不太習慣和不熟悉的人談論演藝經驗，但廖副理不斷提問，她人又困在車上，只好撿一些話題說說了。講著講著，時間過得比較快。

「蘇州河快到了。」

聽廖副理這麼一說，香蘭往車前窗望了過去，上海市灰濛濛的城廓已在眼前：

「好快哦。」

「進入城區後，也會很快。公司在市郊，我們不經市區，走捷徑直接到。」

香蘭知道車子刻正在上海市郊馳行，看不到熟悉的地景，車子轉入海格路往南行進時，兩旁梧桐成蔭，樹枝向上斜撐成隧，道旁隱現樹林中，兩三層樓的西式花園洋房，一連三四棟，越看越眼熟，這不就是兩年前拍攝《萬世流芳》，中聯第一攝影棚所在的海格路嗎？記憶中的海格路，樹隧金黃，葉子零落了不少，現在的海格路，枝葉茂盛，樹隧深邃。她透過直覺，填補記憶的落差，沒多久，兩年前拍片進駐的攝影棚和週邊的古式建築也在樹林間露頭瞥見她了。昔日拍片，甚至灌錄唱片的憶景如流，隨著車跑，她幾乎忘了廖副理的存在。

香蘭又到了百代唱片的小紅樓，黎錦光老師已等在這兒，樂隊也演練多時，香蘭來前自然也獨自覓地練唱過。

百代會客室裡，黎老師和香蘭坐了一下，吳樹揚經理和灌音部主任傅祥巽連袂走了進來，向香蘭招呼。黎錦光看向香蘭：

「以前見過了？」

「是，吳經理見了幾次，挺熟的。」

傅祥巽首度和香蘭結緣，身體前傾，側臉看向香蘭：

「李小姐今天只是來錄音？」

「是的，是拍攝電影的需要，請貴社協助錄音。」

傅主任說完，吳樹揚把手中的幾張紙攤在茶几上，誘導香蘭簽字。香蘭有點心煩地看著繁雜的條文時，黎錦光就近瞥見紙上「……本歌曲〈天涯歌女〉錄音僅供松竹映畫會社出品電影《野戰軍樂隊》剪輯使用，不得用於其他電影，或作其他用途……」，再看向傅祥巽，嘴角擠出笑紋。香蘭不再看條文：

「我只是代簽。」

「是的。」吳樹揚。

香蘭簽了字，從皮包取出牧野正博的方印交給吳樹揚。合約書簽署完成，大家稍感輕鬆。吳經理：

「郭總經理現在在市政府，或許李小姐錄完歌後，我再安排妳和他見個面。」

「不好意思，一點小事攪擾太多，多不好。」

香蘭暫破禮數的框框，黎錦光直接切入話題的要旨：

「這首歌是賀綠汀老師作曲的，妳知道？」

「不是黎老師您嗎？」

「有些報章引述錯誤，造成以訛傳訛，很遺憾。」黎錦光收納香蘭圓亮的雙眸中的疑惑，「賀老師現在不在上海，我是以百代音樂編輯的身分代他完成工作。」

香蘭兩眼還是有些疑惑。傅祥巽：

「他人現在不知道是在重慶還是延安？生活是比較苦，但也比較自在。」

「賀老師才情高膽識夠，才能衝出時局的枷鎖，創造自己的命運。像我嘛，苟全性命於亂世……」

黎錦光把自己當反面教材，自我解嘲一番，想到和一名日本女子同處一堂，時機敏感，率性自白只會讓兩名同仁尷尬，於是把話頭打住。香蘭從中了解賀綠汀老師已然加入大後方的抗日陣營，只盼望在場的幾位老師、長官少說多做，畢竟言多必失，萬一松竹的高層知道此曲的作者扯上抗日，叫停這首歌，事情就麻煩了。

吳經理和傅主任起身走後，香蘭也隨著黎錦光進入錄音室，黎老師要她先清唱〈天涯歌女〉。

「天涯呀，海～～角，覓呀，覓知～～音……」

香蘭高八度音唱出，黎老師指揮的手勢猛然高舉了許多，好像不這樣，就搆不著她的歌聲一樣。唱完一遍，黎老師放下手勢，吐了一口氣，指著譜架上的譜：

「這首曲子唱兩遍也可以。如果只唱兩遍，第二遍唱到末尾『患難之交恩愛深』的『恩愛深』時注意我的手勢。」

一樣是清唱，曲調短，唱腔一氣呵成，香蘭緊盯黎錦光的手勢，唱到末尾的「恩愛深」，隨著黎手勢的慢慢旋上，自然把「深」的尾音拉伸了上去。

隨後在樂隊的伴奏下唱了兩遍，下班的時間也快到了。

「妳的音比一般人高了好幾度。」

黎錦光說著，樂隊成員鬆開身子，抖落一身輕鬆，香蘭也是嬌臉微酡。黎老師繼續說：

「周璇，妳知道，這首歌是她的成名曲。她就像鄰家女孩，音質好，唱完一句就再來一句，妳的歌聲綿綿，不絕如縷，所以唱到最後我誘導妳拉出一個花腔餘韻。妳歌聲的餘氣還在，如按照曲譜收束就太可惜了。」

「如果唱三遍，那就在第三遍的末尾拉出餘韻。」

「對！周璇姑娘忙著拍片，不然我也想請她跟妳切磋一番。」

「我很羨慕她的歌聲，再學也學不來那種自然天成的美聲。」

「周璇用的是頭腔共鳴的傳統中式唱法，她的音質是得天獨厚的好，最容易觸動人心。」黎錦光搓揉了一下手，「她不唱歌，光是講話也很吸引人。那天她如果來，我介紹妳們認識。」

「謝謝！我也很想認識她呢。」

「劉兄！」黎錦光把歌譜從架子上取了下來，看向胡琴手小劉，「劉兄，李小姐唱得如何？給個意見吧。」

「好像是西方歌劇女高音，有那種境界，滿藝術化的。」

「很好，李香蘭曲高，和者未必是寡。」黎錦光拿起公事包，「那大家辛苦了！明天見。」

黎錦光帶著李香蘭走出錄音室，上了二樓，在大辦公間看見整理辦公桌的女僕。

「今天好像沒有人加班！」

「好像有兩位作錄音後製的。」女僕把一個桌面稍事整理一下，看向黎錦光和香蘭，「哦！對了！老董要我關照李小姐，晚餐就在三樓圓桌。」

黎錦光向辦公室內最後離開的女職員揮揮手，再看向香蘭：

「董事長住這兒，妳知道吧！還有一位日籍副總也和家人住三樓，加班人少時，大家都到三樓一起用餐。」

香蘭想到要和不太熟悉的長官共餐，是有些頭疼，最後還是硬著頭皮認為客隨主便，幾天很快就過去。黎錦光走了，女僕也要下班了，臨走前不斷提醒她這個那個的。

太陽西斜，各辦公室燈光多已熄滅，走廊和樓梯的燈還亮著，香蘭登上樓梯一級一級往上爬。這家規模不大的公司，讓她想起了以前讀過的翊教女中。如果她是一般受薪階層，倒很希望到這種小而有名望的文化公司上班。

晚餐時刻，兩名加班員工很高興香蘭在場，香蘭也樂得當他們的橋樑，讓他們不致太拘束。

這兒的夜太寧靜了，她腦中滿是周璇的歌聲，她隨身攜帶周璇的唱片，可惜房間內沒有留聲機，她只能想像周璇唱歌的模樣。

第二天一早錄唱〈天涯歌女〉，黎錦光就胡琴手位置起音，帶動小樂團奏出前奏後，香蘭高歌順利完成錄唱，黎錦光於是帶著香蘭練幾首他寫的歌，因為是純練習，香蘭也覺得輕鬆。時間到了，黎錦光老師：

「香蘭，到我的小辦公室坐一下吧。」

「好的。」

香蘭跟著他步上二樓進入音樂編輯室。小辦公間內，香蘭印象中的兩排並列，全部面朝黎老師的辦公桌組，現在全部轉為兩排面對面的桌組。雖然都面對面，桌子前面都擺滿書籍，用來避開對面的視線，整體看來，變成一個桌組，桌組旁邊的走道更寬了。香蘭走到黎老師的座位邊，和上次一樣，坐在黎老師旁邊的便椅上：

「現在錄音室沒老師的事了？」

「讓樂隊休息一下。再過二十分鐘，姚敏老師會過來錄他自己的歌。」黎錦光簽好下屬放在他桌上的請假單，站了起來，直接交給右前方的助理，然後看向香蘭，「姚老師，知道吧？」

「知道。老師也健忘，去年錄〈賣糖歌〉時，我們都在一塊兒啊！」

「還是妳記性好。那一次，她妹妹也在場吧。」

「你是說一邊頭髮向上勾起的姚莉？」

「對。」黎錦光看著女僕把茶杯放在桌上，「她和周璇都出身明月歌舞團。」

「明月歌舞團好像已經解散了。」

「後來併到聯華影業，改名聯華歌舞團。」

黎老師說著把明月歌舞團的過往，和自己在裡頭扮演的角色介紹了一下，香蘭不斷頜首稱是，對於一些上海市民把年幼的子弟送到歌舞才藝班訓練，感到嘖嘖稱奇，自己好在 13 歲時被柳芭介紹給波多列索夫夫人，不然人生早出局。

「老師對中國的歌唱界貢獻也滿大的。」香蘭兩眼滑過黎老師有些羞赧的神情，移向桌面上一張有些皺的譜曲，香蘭取過來看，曲譜的標題寫著：「夜來香 詞曲：黎錦光。」香蘭隨意唱了兩句，喝了一口茶從頭唱起，聲音越唱越嘹亮，黎錦光眼露神奇，辦公室的男女職員都站了起來，唱到曲末，細如游絲的花腔開始奪魂，同屬二樓的工作人員，甚至在樓下休息的歌手開始尋聲覓人，漸漸往音樂編輯室移動。香蘭唱畢，麕集門口的人們同聲鼓掌叫好。香蘭看著門口的員工開始散去：

「黎老師，這首歌有沒有人唱過？」

「妳看看那張紙是不是皺皺的？」

「是！」

「是被我揉成一團丟進廢紙簍，女僕以為我誤扔，將它拾起撫平。」

「扔了它，不滿意，想再修改？」

「因為音域太寬，高音部位太高，這兒專屬歌手一個個試唱，最後都放棄了。那張譜擱在我桌上一二十天有了，心情沮喪，於是把它扔了。我早忘了這首歌，當時沒想到妳，如果想到，相信妳應該唱得上去。」

「如果你扔了，還是會收錄在你的作品集裡？」

「自然。」黎錦光滿意地望著香蘭，「妳讓這首歌不致封存歸檔，我看就歸妳唱，如何？」

「謝謝老師！」

香蘭義不容辭地應允，接著黎老師把上個月上夜班，把音響設備裝置好，坐在公司後門乘涼，準備錄一段京戲演出時聞到夜來香花的香氣，靈感來襲，作出〈夜來香〉曲子的過程講了出來。香蘭：

「還真傳奇呢。您如果不做音響助理，可能……」

「倒是真的，沒有這種緣份可能就做不了這首曲子了。」

「您說那時在這兒錄京戲？」

「就在樓下大廳搭一個簡單舞台，待演員和樂器班來了就錄音，沒有攝影。」

「那南風吹來清涼，那夜鶯啼聲淒愴……。真的聽見夜鶯啼叫了嗎？」

「當時確實聽到了，初夏的南風也夠涼，因此京戲還沒上演，有幾句歌詞就已經浮現，京戲還沒演完，〈夜來香〉初稿已成。」

「老師，您真神呢。」

「妳才是有如神助。」黎錦光鼓著雙頰，流露神秘帶點滑稽的微笑，「夜來香，廣東話叫夜蘭香，跟妳名字更接近了。結果妳不遠千里來跟它結緣，剛好就在我考慮修改樂譜前，妳搶救了它。」

「這樣啊？」

「如果我把末段高音降兩度，可能就給別人唱去了。」黎錦光看著手錶，「我待會要上錄音間，中餐一起用，我們再研究錄音的進程，當然越快越好。」

黎老師工作去了，除了共餐時間外，香蘭在小紅樓週遭的園林漫步，隨後回到三樓房間，輕聲吟唱黎老師的新曲之餘，細細思量今天這段奇緣和過往成長的過程，漸漸認同「李香蘭」這個名字後，總覺得藝術女神把她歸類為植物、花卉一般的存在，現在藉著「夜蘭香」的媒介，她發覺她的名字原來也有夜的性質，以前拍過的電影：《支那之夜》、《蘇州之夜》、《我的夜鶯》如是，《白蘭之歌》、《莎韻之鐘》關鍵的收尾戲都是夜戲，更遑論在東京、新京、台灣、阪神重要的舞台演出、各大小勞軍表演，也以晚會居多。

她找到了自己夜的本質，還是會漂泊下去，但漂泊時多了一份歸屬感，好像多了一個伴，孤單無助時，心靈又多了一份依偎。夜晚很快來臨，香蘭和加班的工作人員一起到附近小餐館用餐，黎錦光申請加班，也在用餐之列。餐後，音樂編輯室裡，黎老師彈琴，香蘭高歌，練了一個半小時。黎老師允諾調整明後天錄音室的工作班表，最快明天下午，最慢後天早上錄完音。

第二天下午終於可以錄音了，一切進展順利，香蘭有點不相信。進入錄音室，在小樂團的伴奏下，先練唱一遍，正式演唱時，她再次站在麥克風和架好的樂譜前，她自信不用再看譜，兩眼透過玻璃門穿越中走道，直視控制室玻璃門。黎錦光直接就鋼琴位置，前奏起音後，胡琴、琵琶和小鼓聲音齊鳴，香蘭看見控制室門後，一位女子正看著她，那不就是周璇嗎？美秀的容長臉一如她可愛的歌聲，自從得到她的唱片，練過她的歌，心生仰慕，近兩年以來，還是第一次看見她。一股興奮竟讓香蘭失控：

「唉呀！周璇！」

「李小姐，怎麼啦？」黎錦光。

「我看見了周璇。」

「哦。」

「第一次看見。我一直視她為偶像。」

黎錦光站起透過玻璃門，沒看見什麼：

「沒關係。待會有更多時間相見。現在重來。」

黎錦光說著坐下，手撫琴鍵，鋼琴響起了倫巴節奏，胡琴和琵琶奏起了沙漠風情，帶有異國風味的前奏結束後，

「那南風吹來清涼，那夜鶯啼聲淒愴，……」

香蘭心隨境轉，身為日本子弟，南風好似正在西太平洋或南洋打得熾烈的戰事，心裡的悽涼寄語鶯啼唱了出來。她不知道黎錦光填此歌詞時，是否想到戰爭，但戰爭到處蔓延，中國尤其慘烈。

「夜來香！我為你歌唱，夜來香！我為你思量。啊……我為你歌唱，我為你思量。……夜來香！夜來香！」

香蘭的花腔鵲起，歌唱變成對夜來香花的生命呼喚，對花兒的衷心傾訴，最後一句「夜來香」拉出了一道氣如游絲的餘韻，好似一簾幽夢，讓人黯然銷魂。一曲唱畢，黎錦光離開鋼琴座，看向胡琴手：

「唱得很好。劉兄，你看呢？」

「雖然是歌頌一種花，但唱出時代的蒼涼。李小姐的聲音這麼細，好像歌聲一直都在她體內流動，悽愴在她體內悶燒，升高音，唱到『夜來香！我為你歌唱……我為你思量』時，歌聲才從體內騰起。」胡琴手小劉把胡琴擱在書櫥邊，「但有一點，淒愴的愴發音錯了。」

「哦！」

「應該念創，結果李小姐好像念倉。」

「我一直都念倉。待會查一下字典。」黎錦光看向香蘭，「妳認為呢？」

「我都念倉。印象中以前的老師也都念倉。」

「我猜大部份人都念倉。不過，我大哥黎錦熙以前是教育部教科書特約編審，也負責編纂中國大詞典。等國家恢復正常了，我再請他開個編審會議，明定『愴』這個字發『倉』音。」

黎錦光故意裝腔作勢，搬弄權威，博大家一笑。樂團成員有的出去小解或偷閒，有的留下來試音。黎錦光面向香蘭：

「這幾天辛苦了。我昨晚想了一下，妳先回蘇州拍電影，拍完路過上海時，晚上找機會再錄一次音，不會在室內，屆時希望現場有夜來香的花，就像演戲一樣，把布景做好。」

「那太好了，屆時我儘量配合。」

香蘭說完隨著黎錦光走出錄音室，在休息室赫然看見周璇，在場的還有白虹、姚莉，黎錦光把香蘭介紹給周璇。周璇：

「黎老師這首歌終於由妳唱出來了，太好了。」

「妳聽了？」

香蘭說著有些迴避周璇的眼神，看向化妝席上梳妝的女歌手。周璇：

「我在控制室聽，唱得太好了，妳的歌聲是昇華了上去，不像我們只會嚷嚷。」

「我還得多向妳學習呢！妳的音質太美了。」

香蘭說著，姚莉隨口附和，接著白虹也加入聊天，談了一陣，香蘭才知道周璇對她並不陌生，原來她在拍《萬世流芳》時，雖未與周璇謀面，但後來白光常提起，周璇早就對影歌雙棲，遊走中日兩國的香蘭有些認知。香蘭：

「周璇小姐，我有件事想私下和妳商量。」

周璇面露猶豫，白虹看向香蘭：

「不方便說的話，到外頭轉彎處去說好了。」

香蘭順勢從座椅站了起來，周璇只好跟著出去。香蘭見隔壁的會客室沒人，快步閃了進去坐在沙發上，周璇跟上。香蘭：

「是這樣，我上次來上海的時候到百代簽約，獲贈妳主演《馬路天使》唱的兩首歌的唱片，兩首歌我都很喜歡，這次演電影，我預定唱〈天涯歌女〉，想尋求妳的諒解。」

「妳現在拍的電影，日本電影嗎？」

「沒錯。」

「日本電影唱中國歌，有點奇怪，歌詞有沒有翻成日文？」

「都用中文唱。我在劇裡也扮演中國女孩。」

「我個人的想法是想唱就唱。歌兒多唱，唱出國界，或許有違公司的規定，又有何關係，況且賀老師也不在上海。再說，這首歌的版權已經歸百代了。」

「不瞞妳說，我昨天就錄了〈天涯歌女〉，不是用來出唱片，可能會作為電影的背景音樂，或部份剪進電影裡面，替代現場的演唱……。」

香蘭接著把日本松竹和上海百代協商好的事情講了出來。

「既然兩公司的高層都講好了，那就沒有我們的事了。」周璇看香蘭面露難色，抓緊她的手，「現在戰爭都打成這樣了，妳的電影公司和百代唱片開始合作，內裡如果有些磨擦，那也是小事。我們之間更不用說了，妳說是不是？」

「那我就不想太多，唱就是了。」

「好小姐，這就對了。」

香蘭話別周璇，和白虹、姚莉打過招呼便回三樓房間休息。次日一早向董事長中村和總經理郭僕辭行，接過郭總要她轉交牧野正博的一封信，將之放進包包。郭總：

「那是中村老董託妳轉交的信函。」

香蘭接下信，知道一定和〈天涯歌女〉有關，可能是合約，也可能是一般信函。她在廖副理的陪同下走出總經理室，剛好碰上黎錦光，黎老師正要前往錄音室，簡單向他話別後，一起下樓，看著黎老師走進錄音室，香蘭提著〈天涯歌女〉的錄音帶，有些依依地隨著廖副理走向樓外的公務轎車，踏上回程。

30. 偏村上戲 香蘭告白

回到蘇州營區，劇組的午餐已近尾聲，廖副理被招待吃飯尾，因為有香蘭作陪，也不以為忤。牧野展開香蘭帶回來的信件：

「上海百代的老董中村同意我在電影裡頭演奏和演唱中國名歌〈天涯歌女〉，還說了些冠冕堂皇的話。」

副導三田接下信件，看了一下：

「『……這首歌的發行權屬本公司殆無疑義，只是連絡作詞人和作曲人的結果，不管是田漢或賀綠汀先生，聽說都已奔赴重慶或延安政府，但無礙這首歌的傳唱』。我覺得中村先生也在走險棋，如果軍方知道這首歌的背景，肯定會禁唱。」

「確實如此。往後這場戲照進度拍攝，大家都不要提這首歌。大家低調一點，大竹大佐那兒就少聽到一些流言。當然，即使他知道一些內幕，也不致出手干預，就怕傳到他上級。」

牧野說完，看著伙食兵收拾碗盤、匙筷。上原謙：

「本來應該是人情義理走遍天下，像李香蘭左唱中國歌，右哼日本曲，大家歡喜起了和平心，現在英美的歌叫敵性音樂，不能唱，作曲家淪落到對方陣營，歌不能唱，曲子不能演奏，電影也一樣。身為演藝人員，不能不感到生不逢時。」

氣氛有些冷凝，坐在桌組一隅的杉狂兒看著吞下最後一口飯的廖副理：

「好吃嗎？好吃嗎？」

「你說 oishii，他可能聽得懂，你說 umai，他可能就聽不懂了。你們日語說個不停，人家可會緊張的。」香蘭看向廖副理改用中文，「他問你好不好吃？」

香蘭的話引來不少注目，她面向牧野他們：

「我們的廖先生要回去了，他謝謝大家的招待。」

香蘭改用中文說一遍給廖副理聽時，劇組那兒傳來不少 sayonara，甚至「謝謝送李香蘭小姐回來」的話聲，廖自然揮手回以 sayonara。

香蘭送廖副理走出餐廳，廖副理上車後，牧野、上原、杉狂兒和一些女性工作人員也都走了出來，向廖副理揮手道別，廖副理緊張的神情鬆弛了不少，發動引擎回過禮後踩了油門離去。

香蘭回到團隊後，軍樂隊練習場合的戲，在軍方的支持下，拍攝得十分順暢，比較不合情理的佐久間的反抗有了轉折後，整部戲開始朝後半段的展演邁開，以便銜接在日本拍攝的戰場實境演練。

樂隊「練成」之後展演戲的拍攝地和演出方式，劇組和軍方開會協商，很快就定調。

「城中東西幹道干將路的牌樓向東延伸到相門這一直線，極度延伸後，直指東京的皇居，牌樓所在的高台和前面廣場一向就是城區駐軍進行小閱兵的所在。」

參謀長芥川中佐一言既出，沒有人有異議，牧野如獲定心丸。李香蘭唱歌的拍攝地，野田根據自己劇本的內容，在葑門外找到陳莊，牧野現勘過後，認為適合，大家都沒意見。另外是否管制民眾參觀，工藤少尉：

「不用太擔心人多場面會失控。當地民眾對日本軍人的接受度不會很好。大家都知道，拍攝這種盛會，很多人會選擇不理會，會出來看熱鬧的應該不會很多。」

「那就順其自然囉！不過還是拜託參謀長請那位陳老師多帶幾位小朋友過來。」

陳老師帶來的小朋友主要是用來增加樂隊的親民印象。軍樂隊在行進間演奏〈陸軍分列行進曲〉，小朋友頭頂斗笠，大搖大擺地在旁邊跟進，然後和城區守備隊的一個小隊錯身而過。牧野覺得效果不錯，要求換曲再演一遍。攝錄完畢，小朋友領完賞後由陳老師帶回。

軍樂隊成果展演的戲碼接著演出，城區守備中隊除了戰備人員外，全員到齊，但入鏡的只有一小隊。中隊長在牌樓圓形高台前把部隊整理好交給坐在馬上的竹下大佐。竹下大佐下馬後，小杉勇扮演的直田大佐隨後躍上馬座。這一段，牧野會在後製時剪掉。高台上的軍樂隊先後演奏〈漁家女〉、〈天涯歌女〉等若干中國歌曲和〈陸軍分列行進曲〉、〈雪地進軍〉等軍歌。

〈雪地進軍〉奏完，牧野一聲「action」，一首陸軍軍樂起奏，樂音繞樑了兩分鐘，〈愛國行進曲〉樂音響起，槙芙佐子演的梅花，上原謙演的菅上兵從隊伍中往前走幾步來到高台的前沿，開始高歌。

「看哪！東海上空一片光。旭日躍空，普照大地，天地充塞正氣、生氣，大日本希望泉湧……」

就像一般軍樂一樣，這些歌聲，氣盛，勢威，帶有精神上的強迫性。

觀看的民眾本來不甚多，中國歌曲開奏後，許多人感覺新奇地走出家門，直田大佐騎在馬上，感受了軍民同聲擁戴的氛圍。

〈愛國行進曲〉歌畢，園田少尉站在台上，帶領樂隊向直田大佐敬禮，直田大佐回過禮後，演出結束，閃回小杉勇身分。

這場成果展演戲，只拍了五六分鐘，駐地指揮官竹下大佐請求牧野順便慰勞軍民，結果開拍前，樂隊多演了半個鐘頭。攝畢，廣場週邊十幾人用竹竿吊掛的鞭炮同時點燃。一場戲的拍攝變相為娛樂日中「軍民」的演出，最後以中國式的噼啪煙火熱鬧收場，牧野非常滿意，對於下一場的戲信心十足。這一回，城區中隊全部入鏡，副導三田安排一個小隊守候城門，一小隊在怡園門口上軍卡，一個小隊分發小尺寸的日章旗給圍觀民眾，然後混入民眾當中。兩位攝影，竹野治夫駐守相門內的小軍卡上，行山光一就近站在滿是群眾的高台上，牧野「action」一聲響起，軍卡起動處，鞭炮響起，聽到鞭炮聲，守候相門內的小隊開始往內行軍。

香蘭相信大部份民眾都不曉得現場在拍戲，以為坐在軍卡上不斷揮動雙手的士兵即將遠行，紛紛揮舞日章旗歡送，這輛軍卡從相門出去後，很快會從另一門回城，然後結束拍攝作業。

演奏幾首日本軍歌和中國歌謠就讓蘇州居民在心裡舞動，集體揮舞日章旗，不管是否真心，在場監看一切演出的蘇州聯隊指揮官竹下大佐但覺滿意。第二天劇組要到葑門外出外景，竹下很高興，囑城區中隊務必前往支援，他盼望劇組拍片、勞軍之餘，多找幾個地點正式演奏，拉近日本軍人和中國百姓之間的距離。

這一晚，香蘭良久難眠，等了一個多月，終於可以上戲，不知該難過還是高興。她取出兒玉的來信，這一段期間，兒玉來了兩封信，都很短。平常和他相處，他有時欲言又止，他在信中也一樣，戰爭、時事和時局不談，只談一些周遭的人事物，但這些人事物，一旦涉入時局，譬如，張三或李四被徵調，他也不會寫進信中。最近的一封信，他用圖文劇本表達。題為「聲音」的四幕劇這樣表達：第一幕，畫了幾架敵機，第二幕畫了防空警報器，第三幕，畫炸彈爆炸毀屋，第四幕畫著壕頂快被嘈雜聲掀開的防空壕，然後寫了「敵機遠離」幾個字。她不知道這些漫畫的弦外之音。只知道炸彈爆炸的圖畫，如果加上東京、大阪一類的確實地名的話，這封圖劇可能就寄不出來。不管怎樣，她知道兒玉期待她回東京，但也擔心她直接回新京，下次再到東京，又要經過一番折騰。其實，第二天的戲拍完，蘇州的戲差不多就已結束，劇組就要回日本。

這次的棚內戲，一反過去在鎌倉大船攝影所拍攝的慣例，改在京都攝影所拍攝。聽牧野正博這樣說，香蘭平白生出一些煩惱。她有點想和攝影所所長牧野滿男再敘個舊，重溫滿映的舊時光，但明天的歌唱戲拍完，她的戲份就已結束，根本就用不到攝影棚，如非正博強烈邀請，她當然不便平白前往京都會見他弟弟滿男。劇組確定先回下關再解散，大部份劇組人員搭山陰線赴京都，部份演員，像香蘭、槙芙佐子就搭快車回東京。此刻，除了還要到上海百代再錄歌一事外，另一件事又橫在心頭。

葑門外 500 公尺的陳莊是個小村落，被鴨鵝泅水的小溪分成兩半，溪流很小也很淺，有一座木造拱橋橫跨兩岸，怕水弄髒衣鞋的姑娘比較依賴這座橋，一般人不耐登橋，把褲管撩高就直接涉水過河。城區守備隊隊長高橋大尉把兵放在溪左岸坐下休息後，劇組開始演奏進行曲和中日兩國民謠。和昨兒一樣，這還只是娛軍樂民時間，現場觀看的村民零零落落，多為荷鋤挑擔，頭戴斗笠的農夫，小女生也不少。

軍樂隊演奏了半小時，回歸劇組後，牧野開始講解拍攝程序，隨後和攝影竹野治夫帶著香蘭走過拱橋到對岸，向她示範進場和退場的路徑和神態，再從拱橋往右前方的村舍走去。

「妳要非常嬌嬈，含羞帶怯，做出中國，或許是蘇州姑娘的韻味。」

「我儘量放輕鬆，保持愉快。」

「對！要非常愉快。」牧野瞬了竹野治夫一眼，再看向頭髮紮著兩條中國辮子的香蘭，「攝影要給妳製造一個特效鏡頭。」

「我的攝影機架在橋的另一邊，橋的拱形圓弧自然形成一個視框，妳從這些茅草屋之間跑出來時，進入橋所形成的視框後，張望一下。」竹野治夫指著前面開出紅花的昭和草叢，「妳跑進這些草堆就進入我的鏡頭。」

「中國的孫悟空妳知道嗎？」

牧野正博彎下腰用手遮額向前張望，香蘭笑得花枝亂顫，發覺好幾位農夫正看著她，兩位和她幼妹誠子差不多大小的女生更是就近打量她，用手遮緊笑嘴。

「李小姐，做一下我剛剛說的，路面凹凸不平，坑洞多，跑的時候要小心。」

牧野說著，香蘭低頭走向茅草屋群，然後回頭小跑步，在昭和草叢前一點止步張望。牧野覺得不滿意，香蘭只得提籃持扇再做一次。

牧野回到溪對岸，高橋大尉從橋柱旁的鼓凳上站起：

「請問導演，我在戲裡扮演什麼角色？」

「一樣，演中隊長。」

「有另取名字嗎？」

「你就演你自己，演高橋大尉。」

高橋有些尷尬地搔頭，他的部隊全笑了起來。高橋手握軍刀柄，挺著高瘦的身軀，把牧野的視線引向香蘭：

「我該叫她？她的中文名字。」

「愛蘭。」牧野。

「阿蘭。」

「愛蘭。」

牧野糾正了兩次，高橋依然叫「阿蘭」，他的部屬又再度哄笑了起來。通譯程天把一些村民召集過來，指著高橋和香蘭：

「待會第一首日本曲子演奏完後，這位日本大尉大哥會用日語呼喚我們這位姑娘愛蘭，大尉呼喚過後，鍾大哥、李大哥跟著呼喚，然後大家……」

程天把話交代清楚，再用日語向大尉簡單匯報剛剛的動作。

拍攝程序啟動，每人各就各位。劇組人員，除了樂隊成員排成兩列準備吹奏外，多聚在主攝影機和導演旁邊。日本歌謠樂音響起，香蘭，也就是愛蘭，站在兩間茅草屋之間，持籃搖扇，笑容動搖在樂音裡頭，軍樂隊演奏中斷時，愛蘭跑到溪畔昭和草前，低頭觀望了一下，跑著越過屋前空地，把拱橋拋到後方後，步履放慢。這時溪左岸，人們的視線多不離開樂隊，右岸，人們的眼睛隨著愛蘭移動，對於這位梳著辮子，身著唐裝，狀似中國女子的演員滿口日語，感到好奇。

愛蘭一手挽著籃子，一手持蒲草扇，腳踩拖鞋，瀟灑地移步走向高大的樟樹，抱住樹皮剝落泰半的樹幹巧笑倩兮，好像小孩在玩捉迷藏。從玉米田出來的農夫越來越多。日本傳統歌謠奏畢，掌聲響起。園田少尉舉手敬禮，高橋大尉從藤編鼓凳站了起來，從容回禮後：

「謝謝。那現在換中國人表演。阿蘭！阿蘭！」

「愛蘭！」

站在屋前空地的老鍾叫了兩聲後，「愛蘭」的呼叫隨著在場眾多農夫的掌聲此起彼落。一直只聞其聲的園田樂隊落入鏡頭了，〈天涯歌女〉的吹奏聲響起，蹲在樹幹旁，用扇子遮臉的愛蘭，好似大夢初醒，扇落顏開，兩眼骨碌碌轉了一下。樂隊奏完前奏，

「天涯呀～海～角～」

愛蘭高音唱出，聲音如絲，柔滑似稠，而扇子猶遮面，一直看著她的那兩位一樣綁著辮子的小姑娘正站在她背後，一臉慕情，微哂。

「覓呀～覓知音～」愛蘭搖擺著移動腳步，笑臉偎著扇子，款款移步，「小妹妹唱歌，郎奏琴。郎呀！咱們倆是一條心～」

愛蘭唱到這兒，扇子貼胸，手兒作勢，扇子又半遮著臉，風情盡現。

「哎～呀！哎～呀！郎呀咱們倆是一條心～」

愛蘭兩眼俯視，每唱一詞，臉兒輕點，蓮步輕挪，體態帶韻，音聲在起伏、揚抑間，風情婉轉，詩情悠然。首段唱罷，愛蘭面朝坐在溪畔土堆上的一些婦女、小孩行個禮，害羞地轉身快步離去，在挑著兩籃農作的農夫前面頓住，轉身離開時再度展喉，在多人的注目下，輕搖扇，慢轉身，半展眸，微頷首，順利唱出第二遍。

「……哎～呀！哎～呀！郎呀患難之交恩～愛深～～」

愛蘭臉兒微仰，兩眼迷濛，高揚纖細的花腔穿越每一人的頭耳。「噹噹噹」三記鑼鼓聲響起，愛蘭拔起腿便跑回玉米田，回復香蘭身。

牧野不急著收攤，盤算著高橋大尉可能會要求加碼演奏，香蘭坐在玉米田，也不急著回去，竹野提著攝影機慢慢向她走來，她想應該不致叫她重拍。竹野：

「演得很可愛。唱得也好聽。」

「是嗎？」

香蘭說著起身和竹野一起走出玉米田，竹野看見一名同仁把他

攝影機的腳架提走，不久他的助理也過來幫他提攝影機。兩人於是輕鬆地過橋走到牧野處。香蘭回歸劇組，當地居民除了對她議論紛紛，也知曉現在正在拍攝電影外景。他們想，這位女子和日本演職員論事，流暢無礙，唱起中國歌曲，又是字正腔圓，當今歌壇，能唱出〈天涯歌女〉的有幾人？一名30來歲的婦人直覺女歌者莫非就是演《萬世流芳》的李香蘭。她沒看過那部電影，不曉得李香蘭扮演什麼角色，但在這部新電影演出的「愛蘭」，似乎是從她本名香蘭摘取一字合成。劇組人員和守備隊離開了，居民還在討論。有見識的人，尤其是有都市經驗，看過香蘭電影，或知曉她先前在此地拍片的人，加入討論後，更加確認，今兒在此地唱歌的女子就是李香蘭。

蘇州外景拍攝告一段落，留下李香蘭小小的傳奇，劇組準備回日本，但心裡還是有些不捨，大家都知道竹下大佐正等著他們最後一場勞軍會。

勞完軍，次日在簡單、溫馨的歡送儀式中，劇組人員搭乘兩輛軍卡前往上海，一樣住進派克飯店。

香蘭住進飯店後，在副導三田的陪同下，拉了一輛黃包車前往百代向黎老師報到，黎錦光剛好在錄音間工作，香蘭先拜會公司高層，最後在黎老師的辦公室頗等了一會，隨後黎老師延後半小時下班，讓香蘭練習了一陣，香蘭也闊氣地請包含小樂隊在內的工作人員到附近的法國餐廳用晚餐。第二天晚上，在二樓陽台演唱兼錄音，黎錦光工作認真，親自架設錄音設備，連他辦公室的小鋼琴也搬了出來。黎老師背後是鋼琴，其他樂手一人或兩人並列，在黎老師前面一字排開。陽台邊白色混凝土寶瓶欄杆上面，常春藤紋飾的石盆裡面栽滿各式花卉，臨晚開放的夜來香花香四溢。黎錦光手起音揚，鋼琴琴鍵開始珠滾琉動，繼之以胡琴、月琴的婉轉，香蘭把手持的一枝夜來香移離鼻頭後開嗓：

「……我愛這夜色茫茫，也愛著夜鶯歌唱，更愛那花一般的夢，擁抱著夜來香，吻著夜來香。」

夜夢一般的歌詞被香蘭的歌聲撩撥開來，呈現舞台的華麗，香蘭吻著夜來香，唱完一輪接著第二輪，歌聲隨著伴奏呈現戲劇性的展開、轉折、高潮，好似花魂都被喚醒，進入人間一般，最後花腔高音轉細，伴奏止息，「夜來香，夜來香，夜來香～～」聲音如絲，帶著大家重返夢境，回到夜來香的夢。

唱罷，黎錦光作了一些指點後要求再來一次。錄音工作結束後，有的人走路或騎單車回家，黎老師開車，載著香蘭和三位同仁回去，黎錦光必須多繞一些路才能到派克，香蘭頗覺不好意思。

第二天午休過後，大家相約在一樓咖啡屋喝下午茶，傳來了川喜多設宴歡送大家歸返的消息，香蘭有些期待。

晚宴在派克飯店一樓東方廳舉行，下午六點多一點，香蘭下樓來到餐廳時，裡頭的兩大圓桌已坐了七八名同仁。另外，大房間一隅的沙發組，川喜多正和牧野、野田、上原和佐分聊開，看見香蘭，招了一下手，雅子遲疑了一下，獨自一人在旁邊的圓桌邊落座。川喜多：

「妳的〈賣糖歌〉在上海賣得不錯。」

「還是託川喜多先生您的福。」

「去年我催妳去錄音，沒錯吧。」川喜多長政眼光從香蘭轉向眾人，「我們華影，那時候稱中聯，前年就和李香蘭合作拍了《萬世流芳》的電影，電影和主題曲的唱片賣相都很好。」

「滿映每次和別的公司合作，就出一個人。李香蘭是有名的合作女星。」牧野斜乜了一下香蘭，「甘粕正彥的合作案，都是對方在企劃，在忙，他一個人爽得很。」

香蘭沾染了甘粕的一點異聞，抿嘴低頭，覺得不好意思。其他人看她這模樣，也就把笑意壓抑了下去。川喜多環視了在座的幾位：

「但你們松竹或東寶都喜歡找他合作，因為條件單純，他把李香蘭交出後，你們放手做，他也從不過問。」

「滿映理事長這樣做確實很好，我想剛剛牧野兄也不是取笑他，只是當做趣事談。」

野田高梧說著，兩眼眼迎向牧野正博的頷首。

「中日合作影片問題多，當事人體會也多。這當中李香蘭小姐應該體會最深。滿映把她塑造成滿洲人，也就是中國人，然後讓她一再出演在中日衝突中鍾情日本人的中國女子，在某種程度上造成有些中國人認為她背叛。如今她在純中國電影《萬世流芳》正派優雅的演出，贏得中國人喜愛，多少起了洗刷形象的作用。」川喜多隨著腦中湧動的新觀點，正襟危坐了起來，「《萬世流芳》看似純中國電影，但對知曉李香蘭是日本人的中國人來說，又是中日合作的電影。所以我現在以華影的觀點提出中日合作拍片的新方式，就是日本出少數演員來上海，而且完全拋開日本本位主義……」

「你說的合作模式，我會帶回給公司高層研究。」牧野握著鬆垂的兩手再鬆開，看著川喜多，「你的前提是編導、劇本、發行全歸華影，像這次大映派阪東妻三郎來一樣。」

「不全是，這次我們和大映合作的《春江遺恨》，日本也出了編劇和導演。或許阪妻[1]已把一些新觀念帶回日本。」川喜多鎖眉看向茶几，「不過現在已經沒有時間了，戰爭很快就會吞沒一切，屆時每一家公司、每一個人都會各顧各的。」

川喜多說完，沒有人搭腔，座席間悶著一股焦慮。既然時局如此，還提新構想？香蘭直覺合作新模式過於前進，毋寧是川喜多預先為華影將來在中日新局後構思的一條路。上原謙在心裡頭把川喜多毀滅性的言論輕輕撥開，開口了：

「大映這次和中聯合作拍片，出了幾個人？」

「除了阪妻外，還有月形龍之介，導演稻垣浩也來了。」川喜多看了一下漸漸到齊的賓客，「陣仗也不小。當然演員還是以華影為主。」

川喜多知道松竹團隊對於上海電影界的演變一頭霧水，他把上海 12 家華人影業公司整合成中聯製片廠，和中華電影的發行相互為用，最後中聯製片又和中華電影合併成華影的過程解釋一遍，不過大家聽了還是有點頭暈。

「簡單講原先兩大家，最後整併為一大家，我都出任副董，這家公司前後三個名稱，全稱都很接近，記簡稱會比較容易記。剛剛上原兄提到的，和大映合作拍片的已經不是中聯，而是華影了。」

大家聽得有些不耐，有點當華影的「一夕三變」是政治笑話。雖然大家多早已聞知川喜多的大名，但多數和他第一次接觸，也都立刻感知他為人甚好，對於他的公司在險惡局勢中藉由政治手腕續命，都寄予一些尊敬。

「把 12 家公司合成一家，軍方就有這種能耐。」牧野皺了一下眉頭，「滿映的那位大尉和關東軍的關係好，滿映就比較穩定。」

「舞廳可以關，音樂會可以不開，軍方就是捨不得電影，甚至當它是無形的武力，實在是……」上原謙一臉困惑看向川喜多，思緒還在流動，「或許軍方自己開一家電影公司，就不用對民間的公司動手動腳了。」

「對，我也曾經想過，所有演員、導演，或攝影都是軍人，參加正式的典禮也要穿軍服。」川喜多眼睛一亮，「我就想過，我們可愛的李香蘭穿起軍服是什麼樣子。」

「這沒什麼，我在《白蘭之歌》就演過女軍官。」

香蘭剛收起唇舌，一臉就落滿大家的目光，大家都在想像她穿軍服的模樣，腦中浮起川島芳子的麗影。編劇野田高梧：

「這裡頭會有錯亂。比如說，導演是大尉，男女主角分別是中佐、少佐，或是上尉演少將，中佐演上士……戲裡戲外，大家都弄糊了。」

「這樣不就更戲劇化了嗎？」

一向嚴肅的佐分利信這樣說了，大家有點瞎起哄，川喜多長政兩頰鼓出一副訓誡的神態：

「別鬧了，我們言歸正傳。阪東妻三郎這次回日本時說：他拍完那部電影後更加認為日中合作，日本和中國和平相處的重要。日本和中國攜手可以應付世界任何變局，包括現在被美國人追著打，如果日本和中國維持友好，就會有迴旋的空間。」

「沒有錯。老一輩的日本人都抱持這種想法。我是說就和平相處這一點來說。」

野田高梧說完，大家沉默了一下。香蘭：

「阪妻的電影拍完了？」

「對。他已經回去兩三個禮拜了。」川喜多。

「他拍的那部電影，名字很特別，我努力去記，但每次都忘記。」香蘭。

「春江遺恨，乍聽起來好像是男女情變或男女情傷的故事，但是不折不扣的政治電影。」

川喜多給香蘭作了滿意的答覆後，晚宴開始了，他在劇組人員的敦請下坐入宴席主座。此外，陪同川喜多前來的華影副總經理石川俊重早已入座，和劇組一些成員聊得入港。

酒宴席開三桌，氣氛活絡，一開始，大家都坐在自己的位子上，漸漸地有些人形骸開始無拘，在沙發上划拳，坐在別桌別人的座位上吃喝起來，或到樓上的舞池活動腳骨，香蘭旁邊兩人離座了許久，感覺沒這麼吵了，她向右張望了一下，剛好進入坐主桌的川喜多的視線。川喜多想跟她講幾句，感覺距離太遠，乾脆端著酒杯走了過去，問候了幾句。香蘭：

「有些事反反覆覆想了一整年，很想就教於你。」

川喜多知道香蘭的問題不可小覷，側耳傾聽。香蘭有點想講華語，但認為這樣反而引起側目，想，室內嘈雜成一團，應不會有人聽她講什麼：

「我一直思考離開滿映。」

「甘粕對妳怎麼了？」

「他對我一直很好，只是我不想再演那種角色。」

「妳是說在大陸三部曲裡頭那種巴著日本男子的那種中國女子嗎？」

「不只在大陸三部曲裡頭，其他對外合作的電影幾乎都是這種角色。」

「這次演的電影呢？」川喜多把酒杯中的酒喝光，「我們到外頭談。」

兩人走出東方廳，經過燈火集中的走道進入大廳。飯店大廳挑高兩層樓，實際上將近三層樓高，除了櫃檯外，燈光渙漫，別有情趣。川喜多和香蘭坐在廳央圍柱的沙發上：

「妳剛說新戲戲份少到不可思議。」

「那還是小事。」香蘭冷眼看向坐在右前方的幾位日本賓客，「演出那種角色一直帶給中國人不舒服的感受。」

「這個我可以理解，老是在戲裡做日本尊貴，中國卑下的對比。老實說這也是文化的幼稚病。」

川喜多說著點燃一根煙，隨即吐出一口煙。香蘭看著煙霧繚繞，思緒反而更加堅定：

「希望走出李香蘭，不再是李香蘭，甚至埋葬李香蘭。」

「嗯！李香蘭這三個字是無罪的，問題在這政府、這個政策和執行的人。如果脫離了滿映，這個名字就有了新貌。」川喜多看著吐出來的煙霧，好像看見自己的思緒，「妳不覺得嗎？李香蘭在《萬世流芳》演純粹的中國人，同樣博得讚賞。李香蘭對中國人來說可以一新耳目。」

「我是有點想恢復山口淑子的本名回日本，在東寶或松竹試試看。我再繼續這樣演下去就是欺騙所有中國人。」

川喜多沒有立刻答腔，他依稀記得前幾年滿映對李香蘭的刻意宣傳，相信現在仍有很多中國人認為李香蘭是出生北京的奉天前市長的千金：

「妳出生中國，如果兩國不打仗，妳早就是中國人了，所以不要有太多罪惡感。再說，人們看過那些電影，或許會責備妳，但指責的背後，還是有些疼惜，看到妳在電影中酸甜苦辣備嘗，說不定也會同情妳。李香蘭是好不容易建立起來的招牌，突然放棄太可惜。」

「不過我還是認為離開滿映比較好。」

「那就來我的中華電影吧。妳就專做中國演員，那是保存，再修補李香蘭的最好方式。」

香蘭默默微點頭，沒有答腔。川喜多：

「來了後就不能有日本人助理了。這樣會對妳的中國演員形象扣分。」

「當然。我若辭職，我的助理厚見雅子就會跟著離開，很可能就回日本。她申請留在滿映幾乎不可能。」香蘭瞄了大廳裡頭賓客眾生相一眼，即刻收回視線，「其實兩年前在上海拍片，她也感受到類似於我的尷尬，老是沒有談話的對象，也儘量避免在中國演員面前跟我講話，快憋死了。」

「好吧。就這樣吧！」川喜多笑著熄了煙，站了起來，「妳目前拍的電影拍好了？」

「我的戲份好了，劇組還要回東京，不對，回京都拍一些棚內戲。」

香蘭說著跟著川喜多走向走道，回到東方廳。川喜多再次叮嚀她務必等電影殺青，合作案結束後才可辭職。

註 1：阪東妻三郎（1901-1953），日本歌舞伎和電影演員，暱稱阪妻。

31. 生活困頓 開始有感

從暑氣猶在的上海回到日本，香蘭感覺福岡已開始呈現秋涼的蕭瑟。大部份劇組人員搭山陰線趕赴京都，香蘭、雅子和少部份演員坐火車回東京，不免有些落寞。回東京的這一整天的行程，香蘭、芙佐子幾位演員也都不太講話，都很自然地把自己交付給戲後的倦怠感中。到了東京車站，出了月台也看不到那種喧騰的場景。幾個人搭上東京劇場派來的一輛中巴，運將依「乘客」的住處依序行駛，讓他們一個個在家附近下車。

巴士轉進乃木坂，駛過小松麵館，香蘭發覺麵館門戶緊閉，她相信應該已結束營業，這已是近半年來附近停業的第三家小餐館了。回到公寓，已經五點多，打電話到日本劇場文藝部，沒人接，想來兒玉已下班。她餓腸轆轆，和雅子走了一段路再折回走到底。

乃木坂神社，她很久沒來了。每次住進這裡的公寓，都是來去匆匆，記得四年前剛搬進來不久，和一起拍片的中華電影演員汪洋來此小遊一下，就沒再涉足過。香蘭看著白色鳥居後面盛滿夕陽，像火雲般焚起的樹叢：

「很久沒來這裡了。」

「我也是。」

「那當然，我們大多一起行動嘛。」

「有時我一個人出來買東西，也常過門不入。」

雅子說著鞠了躬，香蘭跟著做。兩人拾級而上，走進鳥居。

「我們就直接穿過去，到赤坂那邊或許有餐館。」雅子轉個彎看向巨大櫻花樹下，刻著「乃木神社」四個大字的石柱，「我們到洗手亭洗個涼。」

「妳好像很熟悉神社的一切。」

「以前讀高中時，上過這種專門課程。」

「我以前演電影或演唱，到一個新地方，若由軍方出面接待的話，大都會到神社參拜，糊裡糊塗跟著拜⋯⋯」

香蘭發覺自己的聲音很大，也引來側目。她看著同在社內走動的五六個人，突然身陷巨大的寂靜裡頭，連綿的樹叢頂著夕陽的餘暉，樹傘下陰影濃聚，好像也吸走了聲音。兩人路過稻荷神社，走到洗手亭，按規矩洗過雙手，漱了口，回到主參道，石燈籠已然亮起，再拾階進入第二道鳥居。由於遊客稀少，販售護身符的小店緊閉門窗，香蘭和雅子站在神社下方，拍手合掌鞠躬，完成敬禮。

兩人從神社後門出來，跌跌撞撞走了一陣，才在赤坂找到一家料理店充饑。餐館不大，但很熱鬧，顯然很多人和香蘭一樣，被逼到牆角才來這裡覓食。雅子兩手托腮，端詳香蘭：

「那個兒玉啊！他很喜歡妳。」

「這是那兒的話。」香蘭瞪了雅子一眼，「跟他在一塊，他會給溫暖。在這種艱困的年代，大家相互取暖，硬是要扯上感情的話會燙傷的。」

「燙傷？」

雅子嘆著把手放下。香蘭搖動手中的筷子，凝著雅子：

「等一下菜來了妳就知道。溫度剛好就很適口，如果燙嘴，那就慢點舉筷。男女談情本是很開心的事，但戰爭改變了一切，尤其是男方被徵調，甚至戰死。結婚也一樣，原本的快樂也被催毀了，有人被家人逼著結婚再出征，結婚也變得痛苦。」

第一道菜韭菜炒花枝來了，一盤綠油油的韭菜裡頭僅見幾片薄薄的花枝，兩人心照不宣，沒有嘀咕。雅子：

「或許兒玉要的只是淡淡的慰藉，一種不會因為戰禍而質變的那種感情。」

「妳是說精神上的，柏拉圖式的。」

雅子點了幾下頭，也笑著搖了兩下頭，開始把話題叉開。

回家的路上，雅子漸漸走在前面，香蘭思量著每一個腳步，這一兩年真的諸多不順，不管春夏，無論秋冬，斷斷續續拍了三四部，今年春天殺青的《我的夜鶯》注定胎死腹中，去年胼手胝足遠赴台灣山地拍的《莎韻之鐘》也因為沒有充份表現高砂族英勇愛國的情操，被總督嫌棄，拖了幾個月才在台灣放映，現在長官比較常拿來說嘴的就是早就在中國各地演過歸檔的《萬世流芳》了。

雅子在銀杏丘佇足等她。現在連路燈都省了，在住戶微弱的燈火的烘托下，小台地上的銀杏群像一朵巨大的黑雲，一路沒有住家，路更暗了。雅子回過頭，看向趕過來的香蘭：

「妳在想什麼啊？」

「沒什麼，只是腳步沉重了起來。」

一連三輛腳踏車迎面而來，腳踏車的強燈過去後，前面泛著薄光，兩人繼續前行，原來是圓通寺，屋頂像巨翅覆蓋般的寺房前，還有幾個帶著小孩的大人在聊天，在丁字路口向左轉，一連經過好幾座寺廟。香蘭在乃木坂公寓住了三四年，但每回入住都是席不暇暖，除非有人帶著走或開車接送，很少來到另一街區，她現在只是憑著方向感走回去，還是有點擔心迷了路：

「這樣走應該沒錯吧。」

「好像就是，姑且走走看，即使走錯了，也不會走遠。」雅子好像來過這裡，但實在太暗了，希望走到大馬路的光亮處，「還有人站衛兵呢，這是軍營。」

香蘭看了一下，左邊台地上面，向兩邊延伸出圍牆的門口，確實站著兩名手握步槍的衛兵，大門裡面，三層樓的營房背椅著一座水塔。這不就是兒玉兩三年前載她來勞軍演唱的營地嗎？她想著，又有點不敢確定，畢竟太多的印象疊在一塊，自己也弄糊了。路上的人車不多，雅子急急地橫過馬路走向路的右側，香蘭也跟了過去，稍稍減了一點私闖營區的危險感。拐個彎進入街區，人車多了起來，兩人也都看清了回家的方向。香蘭：

「沒想到杏林丘裡面是軍營。我好像去過那裡勞過軍。但不敢確定。」

「每看到軍營，我都趕快避開。」

「如果妳被攔下來盤問的話，妳就說，我是李香蘭的朋友，衛兵一定馬上放妳走。」

「哦！是哦！免死金牌就在我身邊，我竟沒想到。」

雅子笑著挽起香蘭的手臂朝乃木坂的方向走去。

第二天禮拜六，香蘭打了一通電話，終於聯絡到兒玉。兒玉喜出望外，向三神主任請個假，中午過後不久就抵達乃木坂公寓，而且帶了一些食物和啤酒。香蘭：

「你還帶來冰塊，怪不得雅子說你總給人帶來溫暖。」

「現在做什麼事就要多走動一下。多走一下就會有溫暖。」兒玉把帽子脫下交給雅子，「像好的料理，也沒法一次買齊，必須走個兩三家。」

雅子提著一布袋食物走進小餐廳，兒玉提著啤酒跟上，香蘭隨後也進來開始處理啤酒，讓融掉不少的冰塊趕快發揮作用，雅子忙著把荷葉包的菜餔放進盤裡。三人坐定舉杯後，第一杯啤酒特別清涼，配著素菜天婦羅特別可口。香蘭：

「我們昨天下午五點多一點回到東京，最先通知的就是你，結果你下班了……」

「實在失禮，我知道妳們會回來，但也擔心妳們會回新京。」兒玉哈腰舉杯，謙沖自然，「朋友邀去喝點酒，大家一起解悶。」

「還是『新東京』？日本劇場對面的。」

「六七月去了兩次都歇業，就沒再去了。大家到國民酒場弄一點酒，直接到朋友家裡，他家庭園種菜，就地取材。中國人說，大塊吃肉，大碗喝酒。我們現在是小杯喝酒，小菜當肉吃。現在食物非常珍貴。」

雅子把炒熱的韭菜十錦端了過來。香蘭：

「雖然這樣，還是很懷念新東京漂亮的女侍吧。」

「只算一杯啤酒錢，其餘免費。實在是不可思議，好像是很久以前的事，現在想來格外珍奇。」兒玉。

「兒玉先生一表人才，迷倒那些年輕的女侍。」雅子難得嘴甜，笑得有自信，「想來兒玉兄喝了幾杯反而風度翩翩，醉倒那些女生。」

「很抱歉，回來匆匆，來不及備酒，你帶來的這兩瓶又被我們分掉不少，不足以讓你風度翩翩了。」

香蘭說著給兒玉斟酒，也給雅子倒了一些。兒玉向兩女舉杯：

「別小看我兒玉，酒不夠不礙事，兩位美女在前就無酒自醉，沒有酒也能風度翩翩了。」兒玉挾了一小塊油炸茄子，若有所思，「新東京那一帶，幾個月不見，就不一樣了。那一段期間，大家快樂喝酒，是難得一見的浪漫。現在吃好一點就成了罪惡。可以說，軍政府都盯著老眼看老百姓用餐。」

「很多餐廳悄悄地收掉。現在出外很難找到餐廳。」香蘭。

「妳們到處遊走，吃公司的，或者跟著團隊一起吃，可能不知道現在小民的生活情況。」兒玉向香蘭她們舉杯，「現在很多餐廳收掉了，有的不再營業，有的改成雜煮食堂，有的改成國民酒場。」

「你不說我也感覺得出來。本來就很少的個人生活，變得更少了。」香蘭睇了一下雅子，「妳有沒有感覺到，嗅一下空氣，就知道很多事情都往不好的方向改變。」

雅子害羞地表示同意，隨即走到爐邊把加熱的燉菜魚片湯端了過來。兒玉看著碗裡的馬鈴薯和胡蘿蔔塊：

「多種菜混在一起煮，每一種菜容易失去它的形狀和本來的味道，格調就低一點了。這道菜還好，胡蘿蔔和四季豆都還看得出來……」

「兒玉先生真有眼光。料理的貴賤一眼判定。」

被雅子誇了一下，兒玉滿腹無奈：

「這道理很簡單。我現在除了和朋友聚餐，一般都上雜煮食堂，一個人 20 錢，買票進去，到裡面，一碗碗像稀飯的雜煮已擺在桌上，飯票交給夥計後，他就指定你喝那一碗。青菜、豆子、豆腐、米飯……全混在一起，不知道在吃什麼。有伴的話，邊吃邊聊吃個七八分鐘，沒伴的話，兩分鐘便喝完，位子要讓給別人。」

「聽兒玉兄這麼一說，你那一頓飯確實吃得很沒尊嚴。料理本身也沒什麼格調。」

雅子說完，香蘭憂心悄悄，稍稍張開眼瞼打量了兒玉一下，發覺他講話時雖然保持爽朗，但話一講完，眉頭就有些深鎖，眼尾露出一些憔悴，顯然體驗到了不少窮困的滋味。香蘭：

「那種飯，那種場合看起來很辛酸吧。」

「很多人是一家人帶著去吃，知道要快快吃完快快走，沒有家庭的溫暖，一般人都不講話，明瞭生活的尊嚴、幸福都被戰爭剝奪了，夫復何言？感慨特深。」兒玉看著三四個碗盤中的剩菜，「這些菜都是餐廳買的，沒什麼肉，以後想買可能都買不到，當所有餐廳都變成雜煮食堂或國民酒場的時候……」

「人的尊嚴就在生活上表現出來。軍政府餵養老百姓餵成這樣，這種政府、這個國家已經輸了，人家美國，尤其是本土，老百姓一定是正常生活。……」

雅子出言孟浪，兒玉和香蘭有些吃驚，神經都豎了起來，好像隔牆有耳。

「我的直覺也是這樣。近距離交戰的雙方，歐洲的德國、英國恐怕和我們日本一樣，生活困窘。」兒玉眼神柔和，有意替雅子緩頰，「我也相信美國人的社會，舞照跳，酒照喝，沒有太多的管制。」

香蘭一直以身處在中日兩國的矛盾和掙扎當中為苦，對於終於聞知的生活難，特別有感觸。中日開戰後，她的演藝也已展開，由於演出地點四處奔波，生活條件變化大，她對於實質生活環境的變差，感受並不深，在黃河邊拍片時，吃住都差，但一來到哈城、上海拍片，住宿旅館，膳食由團隊罩著，不會太差，在台灣山地拍片時，也一樣，一時的困頓很快便被接續而來的更好的環境沖淡。身在日本時，片子拍完，脫離團隊的有限日子裡，日常生活都由她撥錢給雅子打理，這一兩年寄給她的米穀、油糖、酒類配給券都交給雅子處理，由雅子去兌換或由她送給親朋，兩人有了默契後，相關信件來了後，便由雅子直接開封處理，雅子也儘量不讓她感受到配給生活的困窘。她一直處在比較優渥的演出生活中，經人提醒才發覺整體日本溫飽指數的劣化尤勝滿洲和中國的華中、華北，此刻看著兒玉的愁眉，一股強烈的感覺湧上心頭。

「雅子姊，我們還沒兌換的配給券麻煩妳全都拿過來，請兒玉兄幫我們去領好了。」香蘭看著兒玉困惑的神情，「我的意思是，東西領出來你就斟酌著使用，麥酒或其他酒，你就拿去喝吧。雅子和我都不太喝。」

菜餚所剩無幾，兩人默默地動筷，等著雅子從樓上下來。兒玉盤算著如何抗拒這種施捨，香蘭也從兒玉的神情讀出他的屈辱感。雅子急急傳來的腳步聲化解了部份尷尬，兒玉的神情活過來了一些。香蘭從雅子手中接過一疊配給券，翻了一下遞出去。兒玉接過配給券：

「我領到後全部載過來。」

「雅子姊。妳不喝酒嘛。」香蘭眼神從雅子臉顏收回，正視兒玉，「不要有太多爭議，酒你就留著自己用，或和朋友分享，其他米穀、油鹽醬醋，我再推估實際需求，……在這種艱困的年代，絕不能浪費食物。」

「這樣好了。妳拍片休假的時候，我再把酒提過來，大家一起喝。」

兒玉說著，香蘭不再多說，雅子勸兒玉把剩菜全部吃完，隨後開始收拾桌面。兒玉：

「妳在信裡說，這次戲份出奇的少，可能只演出幾分鐘。」

香蘭把這次拍片，尤其是自己演出的部份，簡單說明了一下：

「……這也不能怪編劇或導演，現在的編導往往都是軍方的戲偶，他們當然有難處。雖然不如預期，比兒玉兄好多了。我想。」

兒玉迎來香蘭的體諒，茫茫然的心思亮出了一盞明燈，喝完最後一口啤酒：

「朋友聚在一起都擔心被徵調，或者說擔心被徵調才聚在一起買醉。不到 30 歲的最危險。」

「兒玉今年？」香蘭。

「29 了。因為有過戰場的經驗，一旦被徵調可能就直接投入戰場，沒有訓練階段。現在有兩大戰場，中國大陸和中南半島是一個，另一個是西南太平洋的諸多小島。」兒玉左手支額，垂首蹙眉，看著回來的雅子，「在大陸會比較好一點，有戰略縱深，有戰術迴旋的餘地。在小島的話，就沒有迴旋的餘地。」

「你講得太玄了。我們又不是軍事專家。」雅子。

「西南太平洋有很多小島，大一點的像日本的一個縣，小的像一個市的面積，日本不得不佔領，但也付出昂貴的代價。島小駐軍多，以前日本空軍和海軍有力量，戰事不利的時候，島內的駐軍還可以撤退。現在聯合艦隊自顧不暇，戰機無力支援護島作戰，每一座島就像孤艦一樣孤軍奮戰，挨過了美軍的艦砲轟擊，被美軍轟炸機炸得翻過來，倖存的一些士兵最後也被圍著爆打，活不了。」

「完全沒有迴旋的空間？」香蘭明白兒玉切身的憂懼，只希望幸運之神多關照他一些，「如果被徵調的話，到中國會好很多。」

「調到中國的可能性不大，太平洋的充員兵消耗快，戰況緊張，補充也會加快。」

香蘭收納了兒玉兩眼的鬱愁，想到了去年在台灣拍片時耳聞目睹的一切，那些高砂族的壯丁不都是被徵往太平洋或南洋的島嶼嗎？回到滿洲後，也聽了一些高砂勇士到南洋、太平洋後多為日軍擋子彈，成為砲灰的傳聞。高砂青年有限，能擋的砲彈有限，這就說明了日本的充員兵也要急急開赴過去當槍靶的緣故了。雅子：

「兒玉兄今晚就睡這裡吧。」

「一直打擾，怎好意思？」

兒玉說著離座，走向客廳，香蘭和雅子跟著出來。客廳茶几上的百合瓶花散放出濃郁的芳香，兒玉看向瓶花：

「聞這種花香，會有睡的感覺。」

「兒玉兄喝了一點啤酒的關係吧。」雅子。

「花香本來就會讓空氣變濁。這邊空氣還算流通。九月中旬，百合花的花季也快結束了。下次換別的花，都是從庭院採摘過來的。」

香蘭說著吐了一口氣，兩手手指掐在一起放腿上。

第二天，兒玉離去後不久，茂木派人送來了一只他分社長室汰換下來的小而舊的冰箱。冰箱還管用，但聲音很響，香蘭把它放在一樓廚房，還不致影響二樓居室的安寧。

兒玉再開車前來時，把代領的一些配給品全部搬了過來，香蘭留下可能會用到的，其餘的都判給兒玉。兒玉見香蘭廚房有一只罕見的冰箱，把領來的啤酒放了進去，感覺順心，心頭的霧霾，晴光乍現。香蘭把一切料理妥當後，終於把打算辭去滿映的計畫吐露出來。兒玉：

「小蘭離開滿映就來東京發展？」

「我可能會到上海的華影，去滿映之前也想和川喜多見個面。」

香蘭說著，兒玉不免失望，雅子心生涼意：

「妳辭掉滿映，那我也跟著被辭掉，也就不能待在妳身邊了？」

「看來我也是，滿映和東寶有合作關係，所以我成為妳的護衛。滿映的鍊斷了，那就……」兒玉說著有些感傷，隨即精神一振，「不管怎樣，兒玉我還是願意隨時私下，以一位朋友的身分提供服務。」

「大家都是朋友，後續怎樣應該不成問題，但問題是這間公寓茂木會不會收回去？」

「我覺得……」香蘭看著雅子臉上的憂慮，「就我對茂木分社長的了解，他不會搞這種小事，即使甘粕想到我住在這兒，他也不會對茂木有什麼指令。這種大時代，局勢越來越嚴重，沒有人會把心思放在這種小事上。」

「小蘭說的沒錯。報紙最近的報導，美軍已經進逼菲律賓南邊，也封鎖那邊的海岸準備登陸了。」兒玉。

「老天！」雅子嘆了一口氣，眼神驚惶，尋求支撐，「菲律賓過來就是台灣，已經打到我們國家的後院了。」

三人沉默了一會。兒玉：

「局勢如此，現在想做什麼就去做。那小蘭何時回滿映？」

「最近開拍的電影，殺青記者會結束後再說吧。」

香蘭既已決心辭職，回滿映，反而近鄉情怯。她下意識希望殺青酒會能拖就拖，晚點承受辭職的壓力。三人又是一陣沉默。香蘭：

「現在大家都有很多話要對自己講，我看就各自回房休息吧。晚餐再談吧。」

菲律賓！菲律賓！香蘭回到房間，躺在床上，菲律賓不再是國名，或地名，而像是戰場廝殺，萬軍齊呼的口號。她對菲律賓只有粗略的概念，只知道這個國度擁有很多島嶼，海岸線很長，椰子樹很多，有很多皮膚黝黑的土著。戰爭打到了那邊，對她來說，什麼都亂了，椰子樹葉像一坨坨魔髮，撲向台灣，那國度的海岸線像糾結一塊的電線開始纏縛台灣的咽喉。……在思緒混亂，萬般無奈中，她想到了神明，不管是不是觀音、佛祖，或是耶穌、天照大神，她知覺到一個最高主宰，一個全能的知覺者，於是內心呼喚著：日本軍閥發動東亞大陸和太平洋戰爭，固然罪孽深重，但日本老百姓限歌，限舞，限咖啡，節衣縮食，生活灰暗，這麼接近宗教的戒律。她看著窗外的樹影，祈求無辜百姓、婦女和孩童倖免於難。

沉鬱、低調的思緒伴了她兩天，雅子也跟著緘默了許多。白天秋風吹涼，有些蕭瑟，入夜後，主僕相對無言，外面寂寂，更顯淒清。門鈴響了，會是誰，雅子下樓開門，香蘭聽到聲音，知道兒玉來了。

香蘭下了樓，看見兒玉瘦高的身子有些搖晃，臉顏通紅。彼此打過招呼後，香蘭轉身上樓，兒玉跟上。

「你還好吧，又喝了一點。請坐。」

兒玉沒坐下，腳背靠著小會客室的藤椅，伸出去的右手突然彎向前額：

「報告！兒玉英水準備結婚。」

香蘭被他軍人敬禮的姿態唬住了：

「真的啊！那恭喜啦！坐下好說。」香蘭搓著雙手，看向雅子，「太突然了，把冰箱幾瓶啤酒拿上來。」

「這件事情一定要向妳報告，得到妳的祝福才行。這是我今天來的主要目的。」

兒玉面露靦腆，香蘭看著他一時不知該說什麼，只顧笑，雅子等不及兒玉再說下去，先行下樓。香蘭：

「看你真是一身喜氣呢。」

「真不好意思，一身狼狽闖了進來，把妳嚇了一跳。」

「是驚喜。你太客氣了。」

香蘭說著，兩人又沉默了起來。香蘭不解兒玉怎麼突然要結婚，就她理解，他一直沒有要好的女朋友，以前開玩笑跟他提及此事時，他也都閃開了。雅子提著裝著三瓶啤酒、碗筷和一盤小菜的籃子上來後，打破了一點點僵局。雅子開瓶時，香蘭直接從置物架上取來杯子。雅子：

「冰箱還有兩盤菜，我熱了一下再端上來。」

「其實，我很早就想找一個好女孩結婚。但身為長子只能奉父命結婚。這是長子的悲哀。」

兒玉試圖化解香蘭額頭上的困惑，眼光又挪開了一些。雅子避開他的眼神後逕自下樓。香蘭：

「東方人都是這樣，長子承受的權益多，盡的義務也多。」

「婚事已經談成，剛剛我一個人喝酒慶祝。」

兒玉說著談起雙親，母親在宮崎家鄉給他物色對象，父親一直寫信催促：

「結了婚，就多了一層保障，被徵調的可能性就降低一些。父親這樣講。」

「對，有可能，必須及早在戶政單位登記。」

香蘭邊說邊覺得戰時婚姻的悲哀，就像戰爭孤兒一樣，不是幸福，而是長期的痛苦和哀愁。她自忖：最近三四年拍的電影都不若大陸三部曲成功，即使不辭離滿映，也已有了遠離電影界的實感。以前謹守身分，不敢放浪，如今暫無戲約，也樂得與兒玉共飲銷愁。

雅子把熱炒的菜端了上來給兒玉助興，兒玉似乎在喝悶酒，但話一出口，又顯得有些興奮，香蘭和雅子陪喝了一些，兩瓶空了後，兒玉拒絕再開一瓶，雅子只好把桌面收拾乾淨。兒玉：

「抽根煙紓紓壓不介意吧？」

香蘭笑著沒回話，兒玉從上衣口袋內的煙盒抽出一根煙，點燃後吸了一兩口又把煙捺在煙灰缸擰熄，隨後又有點慌張地從口袋抽出另一根點燃。兒玉的心思似乎和吐出的煙霧一樣浮動不安。香蘭直覺突如其來的婚約讓他有些招架不住，心裡似乎在抗拒，和雅子相互望眼，表達另一類的關心。

晚上十點多了，香蘭覺得睏，於是請兒玉到客房休息。她總認為兒玉不是那種會輕易落入傳統婚約圈套的人，如果他真的被縛住了，可能又會有番掙脫的過程。她似乎就在這種思維中墜入夢鄉。

次日香蘭一早起來就下廚，她用冷藏冰箱中的燒麩、油菜、豆腐和味噌加以熬煮。雅子和兒玉起床時，麩質味噌湯已經煮好。雅子把湯舀進碗裡端上餐桌，盥洗好的兒玉還有點宿醉。

「這是小蘭給英水兄熬煮的好湯。」

「我看妳平常太累了，所以今天一早代勞。」香蘭。

「感激！感激！」雅子杏眼從香蘭轉向兒玉，「英水兄，這好湯很解酒，裡頭沒肉，吃不飽，多喝幾碗。」

兒玉連連稱謝：

「小蘭不是要到上海和新京嗎？」

「《野戰軍樂隊》殺青記者會在 10 月 12 日，還有 10 天。」

「是要記者會過後才出發嗎？」

「是的，但最好不要拖太久。」

「越早訂位越好……」

香蘭聽從兒玉的建議，這一天就要訂到位。用完餐後，兒玉載她到日本劇場文藝部敘舊，待了半小時後再載她到滿映分社附近的大日本航空買機票，順利取得殺青酒會後兩天，東京飛福岡，次日再飛往上海的套票。買好票，兒玉送香蘭到公寓，香蘭客氣地請他入內小坐，兒玉自然婉拒了。

32. 兒玉出征 香蘭難捨

香蘭上了樓，雅子正坐在小會客室的藤編椅上讀森鷗外的小說：

「機位訂好了？」

「機票都買到了……」

「那太好了。」雅子倒一碗茶給香蘭，「想到昨晚英水兄抽煙的樣子就好笑，好像太興奮，又有點魂不守舍。」

「是啊！香煙吸了兩口就捺掉，有點浪費，不像他平常惜物的樣子。」

「我想可能是媒妁的姻緣讓他心生煩躁。」雅子凝著香蘭的茶碗，避開香蘭的視線，「他是寫劇本的，只有他在劇本裡安排別人的婚姻，怎麼可能讓自己被人像戲偶般操弄。」

「妳說得沒錯，但時局緊張很可能讓人改變想法。」香蘭對於雅子認真探索兒玉的心境暗生驚服，「畢竟他昨天跟平常不一樣的地方就是多了一個婚約。」

「讓他煩躁的原因，除了要去接受父母親給他選擇的對象外，是心中還有一個遺憾。」雅子看著香蘭急著想知道答案的神情，「他昨晚剛來的時候不是講了『其實，我很早就想找一個好女孩結婚』這句話嗎？」

「有講過，沒錯。」

「那個好女孩就是指妳。」

「又來了！」

香蘭嬌嗔著站起，隨後坐下喝了一口茶。雅子：

「不過，事已如此，他最近可能急著回宮崎履行那場婚約。」

「怪不得他急著幫我拿到機票。」

香蘭說著窗外暗了起來，窗外樹影搖曳，秋雨驟臨在即。雅子下廚後，香蘭繼續校閱雅子最近整理出來的蘇州紀事，對這紀事刪修增補的同時，她想到了該給父母親寫一封信。家書就像簡訊一樣，簡單敘明最近會從上海前往新京，約兩星期後經過北京，但只逗留一兩晚，辭職滿映的事，當然隻字未提。此外，她也給川喜多去了一封短信。

信寄出去了，香蘭總覺得寫得太匆促草率了一些，心裡一直記掛著，沒想到收到兒玉的來信。她從雅子手中接到信時，看封面知道是兒玉寫來的，摸著有些厚的信，猜想可能是他急於返回宮崎，然後向單身和她告別的信。拆開，仔細一看：

「……我一向討厭找理由為自己的言行辯解。不過，這次容我略作說明。那天晚上的醜態，真是抱歉，請寬諒。另外，小弟即將以陸軍報導部班員的身分前往菲律賓戰場，前幾天提到的相親一事，已經婉謝對方，彼此間沒有情愫，看過照片就要結婚，等於是欺騙，對對方也十分失禮。那天吃了妳做的美味的麩味味噌湯後，一夜難眠，還是寫信給宮崎的父親，婉拒這場婚事。我向他表明，長男承命結婚的這種封建體制是錯誤的傳統，相互沒有感情便結婚是罪惡。身為男子，言而無信，失信於女方更是可恥。這種心情，除了向父親表明外，只能向妳告白。日本劇場事件以來，我兒玉英水一直擔任『護衛官』，這次接到國家的命令必須前往菲律賓，心情完全像《萬葉集》中戍守邊境的官兵的心境，『就從今天起，義無反顧地出征，雖然能力不足，誓為國家奉獻，甘願作它的盾牌』，若能平安回來，還是會繼續保護妳，出發前會正式向妳辭行。……」

香蘭熱淚盈眶，察覺雅子站在敞開的門口，為了避開雅子的眼神，把臉埋向桌面，雅子悄悄進來，一手放在香蘭背後，一手輕輕挪動被香蘭右手壓住的信。

「他沒有回宮崎，要去菲律賓。」

香蘭啜泣著吐了兩句，頭手輕輕抬起，瞄了雅子一眼又再趴回桌面。雅子拿到信後坐在床沿細細讀。

「至少他沒有結婚，也沒有和對方交往，他的心還在妳這邊。」

被雅子呼喚過後，香蘭抬起頭往後看，再把身體往後轉：

「什麼心不心，我們還只是朋友。朋友如果面臨這種生離死別，妳會不傷心嗎？」

「妳這丫頭還嘴硬，淚水都還沒擦乾呢。」

「他信上有沒有說幾號出發？」

「沒有講吧。這牽涉到軍事機密，他不會講，我們就等著他來吧。」

香蘭等得心焦，第二天請雅子打電話過去，對方說兒玉已離職。再過一天，八點以後燈火管制，雅子點燃幾盞煤油燈放在通道和房間內，樓下圍牆的大門傳來一陣敲門聲，在微光的暗黑中，香蘭和雅子面面相覷，敲門聲再起。香蘭：

「應該是兒玉。」

香蘭說著著急而小心地下樓。

「哦對了，沒有電，電鈴不響。」

雅子咕噥著手提油燈跟著下樓。香蘭開了門，果然是兒玉，雅子提高油燈，稍稍照亮了兒玉的光頭。

「整個城市都沒有燈光，兒玉下士夜襲小蘭公寓。」
雅子說著笑開。兒玉：
「真不好意思，實在不應該叨擾。」
「信收到了。」香蘭邊走邊回頭探看兒玉，「我們等你等了很久。」
「那更不好意思。」
兒玉說著跟香蘭上了樓梯，落座樓梯口的小會客廳。香蘭：
「我想辭掉滿映，想不到你比我先辭。」
兒玉咧嘴笑開，沒有回話，雅子趁虛而入，把從置物架取來的威士忌放在茶几上：
「小蘭特地從國民酒場買來給壯士送行。」
「這很貴的，留著招待朋友好。」
「貴是貴，但比起你即將犧牲的安居樂業，即將付出的一切，根本值不得什麼。」
雅子拿來了杯子，兒玉：
「我剛剛在朋友那兒喝了不少。」
雅子抓住酒瓶一扭，瓶蓋開了：
「國產易開瓶的，也不會貴到那裡。」
雅子熟練地倒酒，酒不再是琥珀色，像原油一樣發出暗光。香蘭：
「沒想到事情發展得這麼快，讓人措手不及。」
「真正戰火來的時候，就是這樣，又急又猛。」
「明天就出發嗎？」
「早上八點到町役所報到，這一批大概有十個人，九點多一點的列車。」
「不是直接到海港，像橫須賀上船嗎？」
「一路先到下關，由渡輪接駁到門司，再繼續前往長崎的佐世保。」
「和我三四個月前前往中國拍片，走同樣的路線，只是更遠。」香蘭再次端詳兒玉英水幽黑的臉龐，想把每一個特徵都印在腦裡，「剛剛你講的都不便寫在信裡。」
「寫信一直很敏感。不曉得現在軍方的標準怎樣。」

「漆黑而漫長的旅程好像包覆著天地間的秘密。」

香蘭收束話語舉杯，兒玉跟著舉杯。喝完相互望眼，隨即沉默片刻，煤油燈開始滋滋作響。雅子提著一籃冷菜和碗筷上來：

「冰箱沒電，這些菜沒法保鮮，幫忙吃吧。」

香蘭協助把菜餚和碗筷擺好後，雅子舉杯祝福兒玉：

「菲律賓感覺好遙遠。」

「沒有錯，我們坐運輸船過去會是一段漫長的旅程。但美軍打到菲律賓，對我國來說又是非常恐怖的近。」

兒玉說著吃了一點東西，向香蘭和雅子敬酒，喝了一大口，兩位女生只用酒沾了一下唇，但催兒玉多吃東西。雅子：

「搭船過去？我還以為坐運輸機過去。」

「在佐世保上船，聽說往往要等一兩天才會出發。要等各路兵源到齊，等補給艦、護衛艦都準備好了才會出發。」

「在海上慢慢漂，到了那邊，一個禮拜也過去了。」雅子。

「差不多。」

「英水兄擔任什麼職務？」雅子看著眼神空洞地凝向幽黑牆壁的香蘭，「是在海軍？」

「陸軍，我以前在諾蒙罕作戰的時候就是陸軍，現在雖然隸屬報導部，是非戰鬥單位，但到了那地方一定都得戰鬥。」

「陸軍還好，菲律賓陸地廣，作戰不順還有迴旋的餘地，如果在艦艇上，那就一點機會也沒有了。」

「雅子小姐說得沒錯。」兒玉轉頭凝著久久不發一語的香蘭，「小蘭在想什麼？」

「我在想你會怎樣讓自己在軍中快活起來。」

「儘量忘掉自己，我這種年紀再度從軍，算是老兵，可能還是當分隊長。小隊長、中隊長可能都是剛從士官學校畢業，年紀比較輕，沒有社會經驗。這一點要先適應。」

「兵凶戰危時，年輕人血氣剛強，暴躁易怒，英水兄要多忍耐，包容他們。」

「謹遵囑咐。」

兒玉說著三人都笑了起來。兒玉、香蘭又聊了一陣，直到雅子收拾好茶几，端上兩杯溫茶。兒玉：

「看看一片漆黑的東京是什麼樣子。」

「什麼都看不見。」

「但是月亮特別亮。」

雅子說著，兒玉站了起來：

「或許最後一晚可以記下純月光下的東京作為紀念。」

「到我房間可以直接看到外頭。」香蘭。

「很久沒進去過閨房了。」

兒玉說完拿著茶杯站起，跟著香蘭進入搖曳的煤油燈下鬼影幢幢的房間，兒玉坐在窗邊，打開半開的窗戶，兩眼盛受外頭屋脊、院落和樹木蒙著一層薄輝的景象。香蘭再次端詳兒玉被月光雕琢得輪廓分明的側顏，他的眸子貼著遠景的街道，街路上一個幽靈似的的光點，好像從他瞳孔游離出來，隨後又隱沒在夜黑中。兒玉這幾天盪漾的心經過幾場踐行宴，平復了一些，此刻更淀泊在香蘭溫柔的眼神裡。然而香蘭在闃寂的夜裡亮起的眼光帶點慌張，不安地搜尋他兩眼後面的靈魂。香蘭：

「雅子，把油燈拿走好了。月光就夠了。」

雅子走了進來取走油燈。香蘭：

「今晚就住這裡好了。明天一早我再陪你到町役所。」

「今晚非回去不可，町長會派人到各役男的住所查看。我已經在自家公寓的門口貼上『晚上出外訪友，最遲10點半回』的字樣。」

雅子退出房間時，被這些對話吸住，坐在小會客廳的藤椅上，她雖然看不見香蘭房內，但聲音聽得見。房間內，香蘭：

「家裡有沒有人來看你？」

「我一個人戶籍在這裡，已經打電報回去報告了，另外也寫了信。」

「我明天會去送你上車。」

「到了菲律賓後，我會寫信給妳。」

「謝謝！我等著哦！」

香蘭的雙眸湛滿月光，滿載期待的輝芒守著這一夜的漆黑。

「到了菲律賓，我無法再做妳的護衛官，但我會覺得妳一直在身邊守護著我。」兒玉說完，香蘭淚水盈眶，落淚時啜泣了一下，兒玉移了座位，伸出手想抓住她的小手。香蘭本能地把手縮回，不再飲泣：

「你要活著回來。」

「是！我為國打仗，但要為妳而活。」

…………………………………

雅子在外頭，聽到話聲，頓感泫然，還是抑制住了。

兒玉要走了，香蘭不捨，想掌握時間多陪他一會，或許坐他車子到他公寓再聊，然後自己回來：

「我送你。」

三人下了樓，穿過庭園走到門口，兒玉望著平常造訪這兒停車的巷道：

「我走路來的。」

「車子繳回去了？」雅子。

「沒錯。」

「我陪你走一段。」

香蘭說著掉頭表示要換鞋。雅子：

「小蘭看來要送你到……你住六本木？」

「不錯。妳這兒雖然屬赤坂，但就在六本木的邊邊，走到我那兒很近。」

「住的地方是自己的？」

「是的，徵召令來得太急，弟弟上了戰場，房子空著就等老父來處理了……」

香蘭出來了，手拎著皮包。

天空少雲，月光普照，街屋、街樹向上拱出光霧般的輪廓，向下交融成一團炭黑，一副原始的情狀。兩人走在龍土町的街上，好似走在僻遠的荒村。從大馬路走進小徑，走在鳥居坂上，香蘭講著拍片的趣事，兒玉聽得挺開心。

「回來後，我也要寫電影劇本，不再只是舞台劇。」

「你有了戰場經驗後寫出來的東西就扎實了。大部份人有了經驗，但寫不出來。」

「你有沒有發覺，一路上都沒有人。」

「有看到幾個，但沒有像我們這樣呱噪。」

「或許躲在房子裡面的人聽見了，會以為是一對瘋男瘋女在鬧鬧。」

「燈火管制，大家心情都蕩到谷底，不知要管制多久。」香蘭仰望兒玉，好像希望兒玉解開她心中的疑惑，「娛樂管制，食物管制，什麼都管制，最後連電力都管制，未來連水都管制的話，太恐怖了。」

「平民的生活都像軍人，出來走動的心情都沒有了。」

「到最後不會全部老百姓都被編成部隊，趕赴作戰吧！」

香蘭說著在兩座石燈籠間停了下來。兒玉：

「送我到這裡就可以了，趕快回去吧。」

「送你到家門口。」

「那妳一個人回去？」

「這比起你那崇山峻嶺般的作戰任務簡直是微塵芥末。」香蘭語氣帶著懇求，「有點不忍心讓你一個人……」

「或許到我那兒小坐，幫我整理一下書架上的書籍，若有喜歡的書就拿走。」

「好啊！」

「弄好一點，家人來了也比較好處理。」

兒玉說著邁開步伐，月光投射在他身上的影子也跟著移動，香蘭追了過去，仰看月霞，領受它對一棟接一棟房屋屋頂的感染。香蘭：

「你有沒發覺，我們其實不孤單。」

「哦！」

「月亮陪著我們。」

「也照亮我們，指引我們。」

兒玉說著，香蘭輕笑回應。

「快到了。」兒玉手指前方一棟長形、暗黑的三層樓建築，「那棟像幽靈般的蘇聯大使館過去就到了。」

香蘭有點怕蘇聯大使館，兒玉也不喜歡蘇聯，兩人默契十足，靜默地快步通過，旋踵間便抵達兒玉所住的集合公寓，兩人摸黑上了二樓，兒玉點燃打火機，幾塊掛在牆上瞬間亮起的白幡指出了兒玉的住房。香蘭知道白幡中間一定寫著「祝出征 兒玉英水君」幾個大字，左下邊署名的小字可能是「六本木町銃後[1]奉公會」或「日本劇場銃後奉公會」。兒玉再點燃打火機交給香蘭，然後熟練地打開房門鎖。

兒玉點燃兩根蠟燭分別放在茶几上和餐桌上，燭光亮起，房內的慌亂浮出，香蘭坐在茶几旁的藤椅上，兒玉就近拉了一張椅子靠過去。香蘭逡巡著房內微弱光線下的房內景象，兩眼落在的分隔小客廳和餐廳的書架。書架共五層，書擺放得疏鬆，不少書倒臥著，書架旁一堆書埋在凌亂的暗影中。

「前一陣子重新整理這個書架，想把書分門別類擺好，結果碰上徵召，這幾天心慌意亂，餞行會一場接一場。」

兒玉說著離座摸黑進入房間取出一只煤油燈，再將一張椅子移到書架旁，點燃煤油燈後放在椅子上，房間亮了許多。

「我們已經很奢華地增加照明。」

兒玉說著望向香蘭，香蘭也就離座走了過去。兒玉望著書架：

「每一層都有標誌，最底下那層當然放大本的，第二層歷史、地理，第三層詩集、音樂、藝術，第四層小說，最上層哲學、文學評論……」

「感覺這些書都有靈魂，雖然歸類好，但即將失去主人。」

「妳就協助收容一些。」

「好。」

窗戶開得不大，室內滿是油煙和蠟燭的焦味，兩人開始工作，把書架旁的一堆書分門別類放好，香蘭遇見想要的，或兒玉推薦的，都放在茶几上。書架整理妥當了，兒玉把挑出的 20 本書分成兩半，用草繩綁好，隨後把兩捆書一前一後掛在肩上，熄燈滅燭走到外頭。

「我送妳回去。」

「我自己走就可以呀。」

「妳真以為我會讓妳一個人走這夜路哦？」

「其實我也很自私地希望多和你在一起。」

「就是嘛。反正路不遠。」

兩人說著摸到樓下，走在路上，呼吸到沁涼的空氣了。夜更靜了，只有兩人咕咚咕咚的腳步聲。才九點一刻，夜靜如夢，家家戶戶以死寂示人，應該多已入睡，兩人踩著自己的談話聲前行，香蘭覺得囂張了些。上坡路段，香蘭有些落後，兒玉停下腳步回頭等她時，夜又在瞬刻間變得死寂。兩人走上六本木町的大馬路，街景迎著月光。大概是月亮升得較高，照得分明，一件件屋宅、公寓和樹林的光雕迎面而來，「光雕」的受光面，光線或光帶分明，背光面光影迷濛，香蘭的感受豐富了起來：

「晚上燈火管制也是演習的一部份？」

「沒錯。讓大家習慣沒有電的生活。」

「像這種天氣，最適合轟炸了，我是說美軍……」

「是的，不過……」

「哦！對不起，我不該說的……哇！」

香蘭叫了一聲，身體彎下前衝，兒玉眼明手快，用手擋住香蘭的跌勢，順勢抓住她的小手，捆著的書差一點飛出去。香蘭的小握拳在兒玉的手裡慢慢伸開，手掌的溫暖傳遍全身，而兒玉面臨兵燹冷涼的心也溫馨了起來。香蘭頓感浪漫，直覺心終於有了歸屬，彷彿月老讓兩人的手牽繫在一起。

兒玉牽著香蘭的手慢慢走，不去想未來，心境靜靜停在當下的美感中，也不輕易開口，深怕香蘭又被什麼絆倒。

「混蛋！」

一聲吆喝畫破夜空，也震開牽繫在一起的手。香蘭驚魂未定，一名手持手電筒的警察衝了過來。

「非常時期孤男寡女手牽手在路上散步，亂來。」

詈罵隨著手電筒的強燈射了過來。兒玉閉眼避開燈光時重新握住香蘭的手，香蘭右手遮眉，瞇著眼，勉強看到對方穿著警察制服。香蘭：

「警官，對不起，我的朋友明天就要出征。」

手電筒再次照到兒玉的光頭：

「既然要出征，燈火管制還不回家？」

「送朋友回去後就回家。」

兒玉說著，30 來歲警察的憤怒隱退到月色罩身的光影裡：

「出征到那兒？」

「菲律賓。」

「為國獻身最艱困的戰場，真是良宵苦短。」警官再次審視眼前的一男一女，「我也在此向你送行吧。」

面對警察突然行軍式敬禮，兒玉本能地回禮，再次抓住香蘭的手繼續趕路。

香蘭遵照兒玉的意見，第二天一早直接到車站。從南口進入東京車站，寬宏的大廳人來人往，讓人一時茫然，香蘭張望了一下，月台入口，人群麇集，幡旗林立，喇叭的廣播聲傳了過來。香蘭急步過去。

「歡送出征軍人的市民、一般親屬別進入月台，在這裡歡送就可以，為了維護車站秩序，列車行車安全，請勿進入月台……」

廣播聲聽得很清楚，香蘭直覺征屬和特定人士才可進入月台，她走向大柱，看著臨時張貼的布告，知道送行會場在東海道月台，她買了一張到品川的車票，通過閘門，進入地下聯絡道後直接走上東海道月台。一列列車停在月台，車裡車外，人兒相互揮手，列車開走了，送行的人散去後，警察立刻驅離散客，架設攔索封鎖現場，一列列車隨即進場靠泊。香蘭站在柱子後面，擔心被警察發覺後被驅離。不久，一個送行團隊從階梯走了上來，警察隨即拉開攔索，讓他們進入，香蘭未及時混進去，但心裡安堵了不少。幡旗打著京橋區字樣的團隊上來了，香蘭壯了膽，閃進隊伍後面。這個團隊的男士，穿和服和西服的各半，女士全穿和服，且都披掛所屬團隊的彩帶，香蘭穿中式洋裝，格格不入，依著標誌找到麻布區的車廂位置後，一個人倚著鐵柱等待。

「小姐，妳是那地奉公會的？」

香蘭猛抬頭，又是一名警察。她知道說謊會更糟：

「我最親愛的人要出征，讓我在這兒送他。」

「這個……」

這名鐵路警察比昨晚的年長些，大概在這裡看多了悲歡離合，認為再問下去也都是那一回事，才欲言又止吧。香蘭再次乞求，警察看向其他警察，再轉向香蘭：

「跟人群站得近些比較好。」

警察說著掉頭走了，香蘭向他的背影鞠躬致謝，看著他走到柱子後。香蘭走向京橋區奉公會的隊伍時，各地前來送行的奉公會陸續來到，幡旗、日章旗林立，人聲鼎沸，月台熱鬧了起來。香蘭走回麻布區奉公會等待區，麻布區各地奉公會的成員來了不少，六本木的自然也來了。

軍樂聲響起，幾名警察令送行的人群退到月台中線後面，空出一條廊道，一隊徵召兵踩著階梯上來，隨後在一片歡呼、萬歲聲和日章旗舞海的擾動下，依著警察的指引，循著廊道前進，隨後更在警察的協助下，在一片騷亂中，各隊走在相對應車廂的位置。歡呼聲和緩了些，帶隊官從警察手中接下喇叭，一聲淒厲的「立定，向右轉」，整列部隊轉向車廂，隨即依令坐下。送行隊伍的騷亂平息了瞬刻，但因為只看到役男的背，看不到自己子弟或兄長的臉孔，人群又開始扭動不安。帶隊軍官用力宣布上車的注意事項時，配屬各隊的軍士官開始上車檢查，清點座位，數名警察逡巡送別團隊，用手勢或低語要求民眾噤聲，別躁動。

隊伍依令上車，少許人直接上車，大部份轉過來和送行者道別，送行者大部份是征屬的親人，假借奉公會的名義前來相送。香蘭趁亂向前擠，看到兒玉時，征屬大半已經上車。香蘭揮動手巾時，兒玉也看到她了。兒玉一身軍服軍帽，左手握著包在紫色布袋內的軍刀。送行者逐漸湧向車廂旁，揮旗呼喚，兒玉從容向前兩步，香蘭繞過兩名持幡旗的男子，終於握到兒玉的手。兒玉：

「這裡只有妳揮動手巾。」

香蘭苦笑著，一時難以回答：

「請多保重！」

「妳也是。」

兒玉說著，在士官的催促下不捨地鬆開香蘭的手，隨後急步上車，還沒找到自己的座位，先找一個窗口，把頭從兩三個頭臉當中擠了出來，左手還抱著軍刀。列車開動了，兒玉身體頂著椅背不斷揮手，香蘭的手也揮個不停。兒玉的笑臉隨著一身軍裝漸漸遠去，香蘭直覺他那看慣的西裝頭、一身西裝打扮的樣狀回不來了。

註 1：銃後：槍後，指戰爭的後方。

33. 會川喜多 協商岩崎

《野戰軍樂隊》殺青酒會在東京會館舉行，各家報社、電台根據松竹映畫宣傳的規模，知道新電影份量不重，所以採訪陣容不是很大，松竹三羽烏是記者詢問的焦點，香蘭除了回答兩個問題外，心思都在兒玉身上。她推測兒玉搭乘的軍艦應該還在航行，也希望他永遠在海上航行，不遇敵也不著陸。

兩天後，香蘭搭乘中島式客機前往福岡，次日再搭乘道格拉斯式客機前往上海，住華懋飯店，預備待個兩天。川喜多剛接到她的信，感覺驚訝，隨即接到她的電話，更是驚愕，雖然覺得她專程到上海是多此一舉，但隨即體察出她為了蓄積辭職的能量才再次飛來上海。

香蘭停留的時間很短，這天早上，川喜多夫婦帶著張善琨夫妻一起來到華懋香蘭的住房。華影兩位高層的夫人，香蘭還是第一次正式見面。香蘭呼張善琨張總，經川喜多說明，才知道張善琨在華影任副總經理。

慵懶的午前時光，一下子來了四位客人，剛好坐滿香蘭住房的L形小沙發組，香蘭自己坐在圓凳上。川喜多帶來幾瓶汽水，張善琨開了兩瓶，自己找來茶杯分給每個人，注入半杯汽水。汽水的泡泡迅速破滅，每個人隨即喝完，張善琨又再加注一次。川喜多看著香蘭，口吐華語：

「我老婆和張總夫人都很想見妳。」

香蘭聞言稍稍離座，再次向兩位夫人微笑致意。川喜多賢子的神情顯示她也懂華語。川喜多再次向香蘭確認她的行程，知道她不久留。香蘭想起以前一直住這兒的山家：

「川喜多先生，山家亨被判刑了，你知道？」

「聽過了，被關在名古屋。」川喜多看著香蘭圓潤的眼睛，「白光告訴我的。」

香蘭不想談山家和白光的事情，哦了一聲，不再搭腔。川喜多轉個頭，瞬了張善琨一眼：

「王二爺，王家亨，上次我們談過的。」

「是的，很可惜。實在是中國人的朋友，對中國的女性太好了，觸犯了日本軍部的大忌。」張善琨展開眉頭，眼角擠出一點笑紋，「我第一次看到他，還真以為他是中國人。」

張善琨夫人童月娟看了香蘭一眼。前年拍《萬世流芳》期間，香蘭在各種場合遠遠看過童月娟兩三次，但她都不在張善琨身邊，到了快離開上海時，才知道她是張總夫人。童月娟再次看了香蘭一下：

「以前在片廠看李小姐演戲，怎麼看，都像中國人，而且妳不演戲時，都是一身旗袍。」

「是啊。我在東北出生，也讀過中文學校，也真的很喜歡穿旗袍。」

「中日關係，大概現在最糟，以後只會漸漸好。」童月娟瞄了一下手錶，「當中日友好變成一個趨勢時，我們在座的幾位就是先覺了。」

張善琨和川喜多夫婦輕輕點頭，並非同意童月娟的看法，她老公覺得她太天真，川喜多認為這問題太複雜，沒有必要加以臆測。川喜多認真地看向香蘭：

「既然這樣，到新京後就辭了。」

「我擔心他不讓辭，強留我。」

「現在問題是：形勢比人強，甘粕再強，終須低頭。」川喜多看了微笑著轉過頭來的張善琨一眼，「現在美軍已經打到菲律賓了，甘粕的氣燄應該不比當年了。」

「是啊。李小姐，妳到上海華影來，我們夫婦，還有張總和夫人也比較好照應妳。」賢子。

「謝謝。」

香蘭說著點頭，四位客人笑了一下。張善琨：

「現在局勢艱困，而且變化大，時常要思考下一步怎麼走，像下棋一樣。一件事情，不知李小姐聽過沒有。蘇聯和日本訂有中立條約，結果去年差不多這時候，史達林跑到伊朗和邱吉爾、羅斯福會面。」

香蘭微微頷首，想起不久前《我的夜鶯》拍竣，導演島津保次郎說出的警訊。但她實在沒有心情回應了。張善琨繼續說：

「一年快過去了，雖然沒事，但蘇聯隨時會變臉，只要它變臉，東北或者說是滿洲，就首當其衝。」

「我擔心這三個國家又有一個重新瓜分中國的構想了。」

川喜多欲言又止，顯然不想挖個坑讓關東軍跳。香蘭根據讀過的中國史地，大概可以描摩這三國的動向，滿洲大概會畫入蘇聯的勢力範圍，新疆靠近蘇聯和它的附庸國蒙古，英美兩國鞭長莫及。

英國透過殖民地，對西藏一向虎視眈眈，加上長久對香港的治理，中國西南這一帶，大概歸英國吧。剩下的，中國以北京、上海為首的大部份精華區應該會畫入美國的勢力範圍。她相信那三個強國一定用這個方向規範新的中國，川喜多和張善琨一定也據以思考因應策略。如果美軍進攻上海，戰爭期間可能要逃離，但好歹可以相互照顧，戰爭過後，美國人看來比較沒這麼粗暴，社會秩序的恢復一定比較快，加上美國的好萊塢影城發展得很好，他們對東方的好萊塢一定會給予較大的尊重，上海電影界實在沒有理由太悲觀。香蘭只道川喜多或張善琨一定這樣想。

「拍電影要及時。現在不只是要跟時間賽跑，還要和時機拚搏。」張善琨把杯中的汽水喝光，再次看向香蘭，「年初拍了《紅樓夢》，當時若不拍，現在這時候可能就沒法拍了。」

「那很好嘛！」

香蘭這樣說了，心裡還是很失落，《紅樓夢》是中國文學的巔峰，錯過了這次機會恐難再遇。也只能怨自己演藝生活波動多，一直沒辦法安定地等著劇本或導演來物色。川喜多賢子收拾空瓶和杯子，趁機到洗手間。童月娟走到香蘭後面的床鋪，香蘭示意她躺下休息。原本香蘭一人面對排排坐的四人的嚴肅態勢被打破了。體型胖碩的張善琨躺在沙發床上，川喜多把單人座沙發轉個向。

「啊！各自採取最舒服的姿勢。」

香蘭說著也爬上另一張床，半躺著。川喜多：

「袁美雲演賈寶玉，周璇演林黛玉，卜萬蒼導演。完全營求中國古典、浪漫、紓緩的氣氛。《萬世流芳》還有一點現代政治的投射，《紅樓夢》完全沒有。這個案子通過後，卜萬蒼在服裝和布景上下了很大的功夫，一共拍了四個月。」

川喜多賢子回來了，看見位子被張善琨佔去了，只好躺在童月娟休息的床上。香蘭看向川喜多：

「這很有意思，導演投入心血在服裝、布景和道具上面，自然就進入那個時代，電影就成功了一半。」

「這次好在有你的朋友伊地知進和中川牧三護航，上海軍報導部的長官睜眼閉眼，下次恐怕沒這麼好。」

張善琨就近說給川喜多聽，香蘭對上海軍報導部的伊地知進大尉還有一點印象。

「軍部或許是想給你的電影放暑假，你放暑假，他們也樂得清閒。」川喜多臉孔移離張善琨轉向大家，「軍人也是人，有時也要適度放鬆一下。」

「《紅樓夢》原著地位崇高，日本軍對它適度的尊重，讓電影原汁原味演出，也可收攬中國民心。」

童月娟說完，川喜多看向香蘭：

「連一向最挑剔的岩崎昶也忍不住誇兩句：沒有政治干擾，日本軍方也沒介入，實在是佔領區電影的一大進步。」

「是麼？」香蘭想到岩崎對她演出電影一貫的不屑一顧，不免難過，「他還說了些什麼？」

「他覺得這部電影，中國古代富貴氣太重了。故事背景畢竟是富貴人家。他還是喜歡那種反映勞苦大眾的電影。看來這種電影只有他自己去拍了。」

川喜多說完輕笑了一下，童月娟也猛然想起時常出現片廠，沉默而認真觀戲的岩崎。

「林黛玉這個角色應該是很嬌弱的，周璇固然氣質出眾，但身高高了些。我們的李香蘭小姐來演更適合。」

川喜多賢子一語驚人，香蘭怪難為情的：

「我和周璇有一面之緣，她好像比我高了些，但看來還是很嬌弱的。」

「這部戲在覓角的時候當然有想到妳，但妳總像天上的小鳥飛來飛去，覓無蹤。」張善琨坐了起來，「就像妳今天待了一兩天就走人，很多演出機會就只好等未來妳安定下來再說了。」

「實在很抱歉。生活上、工作上異於常人，自己不便，也常帶給別人麻煩。真的是⋯⋯」

為了表示歉意，香蘭滑到床沿坐了起來。童月娟和川喜多賢子一樣挪到床沿，認為她的道歉帶點戲味，也就帶點喜感地配合演出。童月娟：

「香蘭啊！妳這種生活型態看似比較容易失去機會，或許也意味著，這種傳奇似的，席不暇暖的演藝生涯，重點還是將來會被後人怎麼演。」

香蘭覺得副總夫人說得太遠了，滿心含笑致謝過後，發覺中餐時間快到了，於是邀請客人到二樓餐廳用餐。

到餐廳剛落座，川喜多就表明這個小聚餐由他買單，他看著香蘭：

「我本來就是東道主，妳不遠千里來作客，三趟航行所費不貲，回到新京後又面臨失業。怎樣都要讓妳減輕負擔。」

賢子和張副總夫婦同氣相挺，大讚川喜多設想週到，香蘭只好承受。

第二天早上，同樣人馬分乘兩部車送香蘭到飛行場，在候機大廳餐飲部用過咖啡甜點後，才讓香蘭登機。華影兩巨頭夫婦連袂送行，歡迎她辭職後來歸的誠意十足，香蘭點滴在心頭。

為了私事一連搭了三趟客機，她覺得有夠奢侈。飛往北京時，看著飛機窗外的白雲，心終於淨空下來。兒玉又回到她腦際，他應該快要或已抵達菲律賓了吧，只要他上陸，心裡頭的擔心便去除了三成。

香蘭想到這兒，看著空中小姐美麗的制服，想起了一年不見的北京和家人。現在北京應是槐樹、榆樹或白楊落葉繽紛的時候，去年回家，從老父那兒聽到山家被捕也差不多是這個時候，應該是稍早一些。日美開戰以來，每一年都在遙遠的戰訊中無事度過，現在換來的是兒玉遠赴菲律賓，命運難卜，接下來的一年，戰爭不再只是傳來的戰訊，世事一定會有天翻地覆的變化。

她在北京只待了兩天就搭列車北上。父母見她沒帶助理，不太說話，又來去匆匆，覺得不尋常，但一想到時局讓人無言，也就不再多問。

人返滿映，她大概是第一次沒通知長官，自然沒有人前來車站接她。她像做了虧心事一般悄悄現身辦公室，但老遠就看見了浦克。回到座位，她發覺週邊都是不熟悉的面孔。她對面葉苓的座位坐著一位新面孔，大概是新近員工，她斜對面王麗君的座位空著，但不久坐著一位叫不出名字，也不太熟悉的女演員。大家知道她是李香蘭，都很客氣地點頭致意。她在座位上坐了兩分鐘，隨後到辦公室前頭，向八木部長報到。八木看見香蘭，有些驚訝，客氣地請她坐在旁邊的便椅上：

「昨天大家都還談到妳，不知道妳的電影拍完沒？」

「很順利，最近殺青。記者會也已開過了。」

「太好了，電影叫什麼軍樂隊？」

「哦！野戰軍樂隊。」香蘭看著八木桌上的坦克形墨水瓶，「會發送到重要的軍事機關，比如一般師團司令部、關東軍司令部或一般野戰部隊放映。」

「那很好。見過理事長了？」

「下午吧。」香蘭看了一下手錶，11 點過 20 分，「不想打擾他午間作息。」

「那好。他很關心妳拍的電影。我會請他下午接見妳。」

「謝謝。我照例要向他報告⋯⋯」

兩人繼續聊了幾句，香蘭告退後回到座位坐了一會，隨即走上二樓和田日出吉理事的辦公室，向裡頭探看，看到岩崎昶。岩崎看到她非常驚訝，也順著她私下談一下的要求步出辦公室。

沒有開燈，可以容納四五百人的大會議室最近辦了一場活動，大部份座椅折好擱在牆邊，後面有些座椅還散置地板，光影斑駁，看來有點荒涼，岩崎把兩張椅子拉到光亮處坐了下來。

「我剛從上海過來，和川喜多見過面。」

「這樣啊。」

「你不是當東京分社副分社長嗎？」香蘭語鋒急促，沒讓岩崎說明，「結果前幾天從川喜多那兒知道你年初還在他的片廠觀戲。」

「這個嘛！我差不多是跟上妳的腳步了。」岩崎爽笑了一聲，「前天是東京分社副分社長，昨天在上海看人拍戲，今天在新京的滿映。」

「那你現在是⋯⋯」

「顧問。」岩崎昶神情嚴肅，眼神無奈，「茂木久平作風強勢，不需要副手，甘粕乾脆叫我當顧問，先在東京幾家片廠看看，然後觀摩上海的電影界，最後看看自己的攝影棚或外景。」

「他等於叫你當電影博士。」

「電影博士！⋯⋯」岩崎笑著咕噥了兩句，「那妳今天找我⋯⋯」

「就是找你當顧問。」

「這樣啊？」

岩崎笑到眼鏡差一點滑下。香蘭躊躇了片刻：

「我一直很想離開滿映，想了很久。」

「川喜多勸妳離開？」

「我想離開已經想很久了，我到上海只是聽取他的意見。」

香蘭說著把初登銀幕加諸在身的滿洲國策任務、去年在北京記者招待會所受的衝擊，和過後的反省簡單交代出來。岩崎緩緩地把頭抬起：

「『李香蘭』一直演出那種角色確實不太好。不過前年演出《萬世流芳》後，形象改觀了很多。」

「演出那種角色算是意外。國策的陰魂一直環伺身畔，那些人一想到『李香蘭』，就是希望她完成這種任務。」

香蘭語帶哀怨，試圖求得岩崎的諒解，消除他長期對她演出角色的不滿。

「演員嚴格說來是自由人，只隨著導演的善良意志演出，任何試圖導戲的政治和軍事的野心都是邪惡的。」岩崎理解香蘭的幽怨，希望新環境給她帶來新的契機，「妳到了中華電影就好多了。中國電影人，不管是重慶還是南京的，對電影的干預會比較少。上海的劇作家和導演，我也認識了一些，胸襟都很大。」

「中國人飽受日本的壓迫，自然比較懂得包容。」

「沒錯。妳想離開的事還沒向甘粕報告？」

「下午，他可能會接見我。我每出一趟任務回來，他一般都會接見我。」

「八木知道了？」

「嗯！」香蘭皺了一下眉頭，「年初才簽了三年的合約。」

「契約本來就是簽來撕的。搭電車買的車票就像是契約，這個契約讓妳上車，到了目的地，契約就解除了。」

「你的意思是，我等於是中途下車，自動放棄後面的行程。」

「沒錯。就是這樣。離職一事不用太記掛在心，走自己的路最重要。」岩崎昶停頓了一下，讓思緒沉澱下來，「妳如果到了中華電影，還是用李香蘭這個名字？」

「這個倒還沒想，先離開再講。」

「李香蘭這個名字還是很強的，尤其是歌唱部份，演電影自主性不高，所以評價被低估，只要演出政策少干預的電影，重塑形象，招牌就擦亮了。」

「謝謝老師指點。不想耽誤老師時間⋯⋯那我們⋯⋯」

香蘭說著站起，岩崎看看手錶，差 7 分 12 點：

「我每天中午都和和田理事到外頭共進午餐，⋯⋯哦！既然妳要離開，那就⋯⋯」

「時間不多了，我應該找演員同仁敘舊，⋯⋯我到員工餐廳。」

「那好。」

和岩崎昶分手後，香蘭直接下樓回到自己的座位，剛調完息⋯⋯

「李香蘭小姐！」

香蘭回頭一看是浦克，高大的王福春站在稍遠處。

「有些人，天天看見，一天不再來了，就永遠看不見了。有些人天天看不見，但一天突然出現，大家看了精神就爽。」

王福春打謎題的語氣和模樣，讓附近坐著的女性演員埋首苦笑，還是上班時間，大家不敢太放肆，香蘭也抿緊嘴唇瞬了一下王福春的身影然後低頭苦笑。王福春坐在雅子的座位，浦克坐在她斜對面的空位上。浦克：

「剛剛看到香蘭，想過來打招呼，一下就不見人影。快午休了，待會一起到餐廳用餐吧。」

「前一兩年，這兒人事還比較穩定。最近一年變化就比較多。」

王福春說著，香蘭想到一個人：

「局勢是越來越緊張了。張敏大姊呢？」

「她還繼續演，還真沉得住氣，讓人佩服。」

浦克說著，鈴聲響了，王福春領著大家走出辦公室，在門外廊道停了下來。香蘭：

「我對面的王麗君和葉苓都走了？」

「大概四月、五月走的，演出課同仁有給她們送別。」王福春張望了一下，再看向香蘭，「理事長有接見慰留葉苓，畢竟她是重點栽培的對象，年紀小，又到過日本學過舞蹈。」

「她們還算演出一點成績。以前和我合作過的趙書琴好像默不吭聲就走了。」

香蘭話還沒說完，白玫和夏佩傑都來了。彼此寒暄了一下，兩女對香蘭的回來大表歡迎，香蘭心裡微微叫苦。一伙人走在人潮的尾端，白玫：

「妳一人回來，助理沒跟來？」

「是，這次她留在東京。」

34. 辭職返日 菲島緊張

香蘭坐在案頭翻閱一本過期的《電影畫報》，大概這幾年比較少過目，她對這本雜誌的印象還停留在改版前的《滿洲映畫》。改版超過三年了，這三四年，她趕戲開嗓，南北奔波的壯麗情景可能從此切了，在華影專心做一名中國演員，將是一個新的夢想。

八木部長第一次來時，告知已經把她回來的事報告甘粕知曉，等了約一刻鐘，八木保太郎又來時，她知道八成理事長要見她。

她隨著八木部長上了二樓，到了理事長室外頭，坐在外頭辦公的秘書向室內通報一聲後，香蘭隨著八木進入室內。八木向甘粕鞠了躬退去後，甘粕兀自坐在大辦公桌前面，示意她坐在桌旁的便椅上。她被召見幾乎都被安排坐在沙發上，坐在辦公桌旁好像是第一次。她發現甘粕桌上放著一本《阿拉伯的勞倫斯》，不知是不是去年初冬她和悠紀子帶著熬好的稀飯到大和飯店侍候他時讀的那一本。現在局勢有著迫切的緊張，他或許因此再次把勞倫斯拿出來武裝自己。或許他把強大的美軍比喻成鄂圖曼帝國，對抗這個「帝國」，與其和日軍站在同一陣線，還不如隱身滿洲民間伺機而起，至少這幾年他用滿映治滿確有一定的績效。香蘭心裡一再致歉，但仍然無法阻止自己用這樣的思維揣摩甘粕。甘粕：

「和松竹合作的片子拍好了？」

「拍好了。」

「辛苦了。累不累？但一部戲就和松竹三傑過招，機會也太難得了。」

「他們人都很好。」

香蘭說著一邊盯著秘書小姐端進來放在甘粕桌子側邊的茶碗，盤算著怎樣持碗才不致讓茶水溢出弄糟桌面，同時暗罵甘粕：根本沒看劇本，才不知道本姑娘和三傑戲裡根本零互動。

「川喜多先生還好吧？」

被這麼一問，香蘭頗感心驚。她從上海過來一事，只跟岩崎說過，岩崎不可能在非常短的時間內透露這種密情給甘粕，難道甘粕早就和東京聯繫，知道她的一些行蹤。

「一個多月前在蘇州拍完《野戰軍樂隊》的外景，經上海要回東京時，他在上海一家飯店請吃飯，看起來精神不錯。」

「那太好了。《萬世流芳》大獲好評，在日本放映也很受歡迎呢。」

兩年前的電影還拿來說嘴，她對理事長的暗罵立刻轉為自嘲：自己時運不濟，最近拍出的電影不是難產就是胎死腹中。她避開理事長的眼光，盯著桌面，卡在喉頭許久的話終於脫口而出：

「這幾年一直承受理事長的照顧，真是感激不盡。」

香蘭說著提起勇氣瞬了理事長一眼，甘粕似乎現出了理解她有二心，但寬厚以待的那種釋然。看著理事長輕輕點頭，香蘭鼓起勇氣繼續說：

「長年以來一直夾在日本和中國之間，真的很痛苦，現在我沒有信心繼續扮演李香蘭這個中國人的角色。不管在現實或在電影上，我實在承受不住了。理事長，可否讓我解約。」

香蘭說著眼神從甘粕的桌面移向他座椅前的地板，頭也垂著，有點難受。

「我完全理解妳的心情。」

甘粕開口了，香蘭這才把頭抬起。戴著圓邊眼鏡的甘粕依舊露出有點羞澀的神情，笑了一下繼續說：

「我完全理解妳的心情。這些日子真是辛苦妳了。」

甘粕搔了兩下頭，藉以紓解香蘭的緊張，同時一股意念也在搔頭動作間流動開來。他想著香蘭這幾年奔波拍片的結果，她的電影事業在『大陸三部曲』達到頂峰後，《黃河》未被日本東寶和松竹的發行系統接受，在滿洲賣座差，只得暫時下架，《我的夜鶯》胎死腹中，《莎韻之鐘》，台灣總督一時不滿意，延遲幾個月才上映。當然這都不能怪罪李香蘭，製片、編劇、導演，或軍方、政府顯然要負完全的責任。一直以來，製片方努力拍片，監督方不時規範、掣肘，以致演員好似拖著鉛塊跑步的運動員，吃力不討好。甘粕自忖：我倒底站在那一方，或許兩者都有。想著，心思寬鬆了許多，放人的意念就更加確定了。

「妳這些年拍片很辛苦，挫折也多。」

甘粕說著拿起電話聽筒，要求人事把香蘭的契約書和失效章帶過來。他掛掉電話，輕鬆地站起：

「到沙發那兒坐吧。」

香蘭靦腆地移座沙發，甘粕跟著過來：

「妳李香蘭一直背負著國策電影的大纛，對妳確實不公平。」

「好像是賦予政治任務。」

「我也一直希望妳出演一些娛民電影，像妳的滿洲人同仁演的家庭、男女感情劇，……日本電影界好像也沒有人像妳這樣被賦予太多的政治使命。」

「是。」

「現在是……滿洲國或滿映未來會怎樣，沒人知道。但妳還有很好的前途，離開這兒後，妳應該會有自己的規劃和安排。當然妳也可以前往日本電影界發展。不過在日本做事，一定也會遭受很多艱難痛苦。總之，保重身體，做自己想做的事。」

甘粕語重心長，香蘭有點承受不住，於是從沙發站了起來向甘粕再次鞠躬致謝。人事課長横山進來了，依指示落座沙發一隅。甘粕要求横山課長在李香蘭契約最後一頁注記契約這一天中止的字樣，隨後回座取來官章交給課長。横山課長在契約書上蓋了好幾個失效章，甘粕看了微微點頭。

「這個契約拿回去歸檔，還是要永遠保留，這是滿映創建七年來重要的印記。」甘粕臉顏再次轉向香蘭，「這是契約部份，契約失效了，妳還是本公司的員工。我們公司除了演出同仁外，大部份都沒有契約。」

甘粕說完望向有些困惑的香蘭，横山課長也笑了起來。甘粕看向課長：

「上映部長野崎達雄的歡送會明天舉行？」

「沒錯，在中央飯店。」

「李香蘭，妳還欠一個離職手續。」甘粕兩眼從香蘭臉顏移向横山課長，「離職時要拿著手續單到各單位蓋章？」

「沒錯。」

「等一下你就帶著李小姐用最速件的方式到各單位轉一下，出納課，就非去不可，李香蘭可能還有一大筆薪資還沒領。你待會出去，叫他們快快結算。另外要繳回的物品不用查核，直接通關。若有缺，事後叫總務直接報銷，你也轉知總務。哦，對了，鈴木正則，李小姐的司機，請他或什麼人協助李香蘭打包物品，運到吉岡宅。」甘粕順著眼皮的眨動，思索了一下，目光移向香蘭，「妳不是還有一位助理嗎？她和妳同進退吧？」

香蘭從惘然神往中轉醒過來，她急著擺脫滿映，把雅子給忘了，剛剛理事長細密的事務交代讓她聽得入神。香蘭表明雅子人在日本，三人急急把雅子離職的事梳理了一下，發現除了薪資，沒須特別處理的事後，甘粕把橫山課長打發出去，然後把辦公桌上的兩碗茶端了過來。

「茶都涼了。李香蘭，妳一定在想辦完離職後，不說一聲再見就走人。」

「不想給大家帶來麻煩。」

「妳剛剛也聽到了，一位部長要回日本，我們明天在飯店給他送行。那明天歡送酒會就擴大舉辦，妳演出課同仁都來，不會耽誤妳太多時間。」

香蘭點點頭沒說話。

「妳會來參加吧？」

「既然理事長相邀，一定參加。」香蘭些許狡黠地笑開，「最近做事有些莽撞，本來就想辦完事就走人。」

甘粕喝了一口茶，笑了一下：

「妳如果這樣離去，反而會引發一場風暴。」

風暴？香蘭杏眼圓睜，看著理事長。甘粕：

「妳如果不告而別，很多謠傳就會出來，說理事長把妳逼走，或妳和某某部長或滿人明星不合啊！即使沒有傳言，新聞界也會往這方向想。妳相信嗎？這一切都會對公司造成莫大的傷害。」

香蘭無奈地點點頭，擔心甘粕改變主意。

「妳不是別人，妳是李香蘭。一位部長不愉快地離開造成的風波遠不如妳大。」甘粕兩眼看著香蘭滑稽地轉了一下，「還有更重要的一點，也因為妳是李香蘭。報社的記者一定都有這種心理的期待：就是妳一旦離職，一定會有個正式的記者會，好滿足他們的各種提問。妳剛剛說，長年以來為國策效命，一直在日本和中國的夾縫間扮演中國女子的角色，非常痛苦。妳如果這樣誠實地向記者表白，我可能都會垮台。」

「理事長，給您帶來諸多困擾，實在很抱歉。」

「現在相信妳或公司都沒有心情辦這種記者會，但有一個公開的場合－我剛說的合辦歡送會，以後記者如追問，公司也比較好應對。」

香蘭沒有吭聲，希望理事長的心情和思緒冷下來。甘粕繼續說：

「還有一點，如果讓妳走得無聲無息，我少不了也會被根岸理事臭罵一頓，他是看著妳進入滿映，然後成長、發光的元老。妳明天對他寬慰一下，他會舒服很多。」

我，李香蘭離去在即，他，甘粕這麼在乎老臣根岸理事的感受。香蘭想著有些動容。近五年前，甘粕一腳把總務部長山梨稔踢走，沒給他送行，讓他備感心寒。此事雖然事隔多年，還是讓她有些心痛。她總覺得甘粕不像以前那麼霸氣，多了一些修為，也希望他好好珍惜根岸和一般同仁。

香蘭隨後在人事課長的陪同下辦好離職手續，又連同八木部長和庶務課長高濱被請回理事長室，商議香蘭離職後的相關協助事宜。

下午四點多，香蘭還是搭乘鈴木的車回吉岡宅，初子和悠紀子母女對於雅子沒回來，感到奇怪。

「她說很抱歉，在妳們家一直沒好好住，三天兩頭就在外頭出任務，辜負了妳們一番美意。」

香蘭這一番話聽在吉岡母女耳裡，不祥感油然而生。香蘭不就假借雅子表明自己的心跡嗎？難道香蘭……。悠紀子：

「她不當妳的助理了？」

「她做得很倦，我也是，大家都想休息。」

悠紀子看著香蘭蕭索的樣態，心裡開始打底，不想再問下去：

「妳舟車勞頓，先休息，晚上再聊。」

香蘭其實也很累，簡單梳洗一番便上床小睡了。

晚餐時刻，大家同坐一桌，為了表示對吉岡一家，尤其是吉岡中將的尊重，香蘭知道在這時候該宣稱自己的離職了，但就不知如何啟齒。用什麼方式打開這個話題，她越想越僵，想得發急。吉岡看向香蘭：

「聽悠紀子說，妳工作很累，還是對演出厭倦了。」

「是的，我剛辭了滿映。」

吉岡中將頗為吃驚，直覺沒照顧好香蘭，對不起甘粕。

「哦！到更好的電影公司？東京……」

悠紀子說著，香蘭：

「休息一陣再說，會先回東京。」

「那就不住這裡了？雅子也一樣？」

香蘭聞言微笑頷首，吉岡初子吐了一口悶氣。她一開始是很歡迎香蘭，但對於她這種一旬被暖，三月床冷的居住方式漸感不耐。吉岡中將說，香蘭這種演出生活是為國奉獻，她聽進去了，所以沒有怪香蘭，只是不想讓自己在這種「愛國」行動中軋一角，現在既然香蘭和雅子要搬離，她也就歡喜在心裡了。

飯後，悠紀子請僕役找了幾只大紙箱，直接放在香蘭的房間內。香蘭除了隨身物品，全部塞進紙箱，裝了四箱，再用黏性貼片封好，寫上地址。悠紀子前來幫忙：

「這樣看起來事情變簡單多了，妳的負擔也變少了。妳說滿映會派人來載。」

「我明天會再聯絡高濱課長，再確認一下，可能還是鈴木，他會開車頂有行李架的車子過來。」

「然後妳就順便去參加歡送晚宴。」

「對。」

「機票呢」

「總務部會幫我訂到。因為已經離職了，又是私人行程，是自己付費。」

「那好。」

情同姊妹的兩人有著無盡的話題，香蘭聊得很倦了，但不好叫悠紀子離去，直到和子來催促，悠紀子才回房睡覺。

第二天一早吉岡便被召入皇宮，隨後僕役才從信箱取出當天的報紙放在客廳。用完早餐，悠紀子代母親督導僕役清潔廚房，香蘭一人來到客廳，擺在茶几上的《滿洲新聞》直書的大標題：「敵艦隊圍攻雷伊泰灣 / 皇軍固守菲島 全力反擊」赫然映入眼簾，香蘭拿起報紙瞄了一下內文：「……10 月 17 日，敵軍在聖胡安尼克海峽以東 80 公里的 3 個小島登陸，面積不大的雷伊泰灣，敵軍千船聚集，登陸意圖明顯……」。香蘭心裡涼了半截，兒玉到那兒，剛好遇到戰事，在劫難逃。她那隨著心臟鼓動的視線慌亂地往左移，另一個標題也讓她倒抽了一口冷氣。

「台灣海域海空激戰」是橫題，下面掛著兩行直題：「鏖戰五日 母艦沉 11 毀 8/ 戰艦沉毀各二 他艦 22」香蘭躺在沙發上，閉上眼睛，腦海裡，一艘輸送船剛好掉入海戰熱區。會這麼巧嗎，她開始閱讀內文：「10 月 12 日 17 時 30 分空戰揭開序幕，銀河 / 雙發爆擊機 68 架展開薄暮攻擊。入夜後，天山 / 艦載攻擊機和飛龍 / 四式重爆擊機、一式陸上攻擊機，合計上百架合力攻擊，美軍航母佛蘭克林號和重巡洋艦坎培拉號中彈，損傷不輕……13 日，一式陸上攻擊機施放魚雷，坎培拉號中彈爆炸起火，無法航行……佛蘭克林號飽受特攻機俯衝轟擊。另一方面，敵人艦載戰機起飛，攻擊台灣軍事施設、飛行場、港灣施設，損失未明……」香蘭邊看邊跳，最後看不下去了，只看到最後一天日期是 10 月 17 日。她盤算了一下兒玉出征的 10 日或 11 日，這幾天正是兒玉的運輸船通過台灣海峽的航期。然而船艦當然不會在戰爭火線上繼續航行，一定會趕著靠岸，讓人員上岸躲避。

香蘭自我安慰時，悠紀子進來了：

「一個人在這裡發呆？」

「看報紙。」

悠紀子拾起滿洲新聞看了一下：

「現在新聞我都不怎麼看了。」

「看了難過？」

「看來爸爸一大早就被溥儀叫去，可能就是為了這個。」

「那些大人物都很緊張。」

「或許我假裝不緊張，或許我真的不緊張。但緊張有什麼用？」悠紀子再瞄了一下報紙，「擊沉航空母艦 11 艘，擊傷 8 艘，一共毀損 45 艘，鬼才相信。……還有，帝國空海戰力損失輕微，復元後立刻投入作戰。小蘭，妳不覺得很假嗎？」

「應該是軍部統一發出來的新聞。而且也是舊聞，都隔了好幾天。」

「在火線上的官兵如果看到這種新聞造假，誇大戰果，不但不會高興，反而憤怒，妳相信嗎？」

「當然。」

香蘭看著悠紀子無奈轉生氣的神情，頓覺好笑，把兒玉的安危都拋諸腦後了。

香蘭原先的設想是：離開滿映後就是自由人，隨著兒玉的捲入戰事，這種解脫感也大大減少了。滿映理事長甘粕正彥承認李香蘭的離去是公司的大事，但一想到戰局日益惡化，台灣會繼菲律賓之後成為戰場，日本朝野震動，滿映可能被迫停止運轉，男職員，甚至滿籍演員可能被徵召，公司面臨瓦解，就覺得香蘭的離去乃勢所必然，於是暫不通知東寶、松竹或茂木。他知道香蘭不可能就此退出演藝圈，很可能投靠川喜多長政，就讓事情自然浮露，大家在驚訝中求證，然後平靜地接受。

香蘭回到日本，沒有人知道她人在東京，自然沒有勞軍的邀約，她有時忘了兒玉還在戰場，還真感覺自己真獲自由了呢。

雅子騎著單車到附近商店採買，順便兌換配給食品，帶回來一包包食品，和一份朝日新聞。香蘭一直有點怕看到報紙，有時在公眾場所看到張貼出來的報紙，也多只是瞄一眼，存一點印象。對於時事、戰局也一樣，聽多少算多少，她知道報紙每報導一則勝利的消息，背後是無數的人命和破碎的家庭。雅子把食物放定位，坐在沙發上斜乜著放在茶几上，頭條標題「菲海特攻再奏捷 轟沉、擊傷戰艦各一」的《朝日新聞》。雅子：

「菲律賓戰爭還在打，美軍登陸雷泰伊島後，我們日軍全力阻擋，看來要把他們趕回海上很難。」

「雷泰伊？」

「菲律賓群島當中的一個島。兒玉應該已經到菲律賓了。」

雅子說著看向窗外，香蘭：

「離開滿映時心裡一直放不太開，不過，一回到日本，心裡開始鬆懈了下來，因為時常把兒玉給忘了。我明明知道那邊戰事非常緊張，心裡有時還是很悠忽，真該死。」

「畢竟你們才剛剛開始。但是接下來妳可能要非常掛念他了。」雅子拿起報紙瞄了一眼又放下，「一機換一艦，神風特攻變成一個新的戰法。」

香蘭凝了雅子一眼，拿起報紙，沒有看主新聞，翻開另一面，目光被兩個大頭照吸住，犧牲了自己，換來幾百人陪葬，也不過搏個新聞小版面。香蘭：

「都還這麼年輕，才剛上大學……，比起兒玉、松岡小太多了。」

「他們專挑這種年輕的，比較好灌輸他們那一套。兒玉如果被徵召應該不會被叫去開那種有去無回的戰機。」

香蘭吐了一口氣，沒有搭腔。一機換一艦，一命換百命、千命，自以為得計，恐怕會招來更大的禍患，更大的報復。不管怎樣，越打越頑強的戰爭就像越來越強的漩渦，兒玉恐難逃被捲進去的命運。香蘭：

「如果戰爭，一場戰役降臨兒玉身上，他有機會逃命嗎？」

「戰勝是不可能，戰敗也很難撤退，比如退到台灣，天上敵機多，海上航行路遠難測。」

「如果菲律賓不守，台灣也差不多了。」

雅子不知如何安慰香蘭，瞬了她一眼，隨後兩手各拿一包雜糧米和麵粉走進廚房。事實上，香蘭向來不太在乎雅子的意見，但現在暫時與世隔絕，舉目無親，雅子給她帶來的失望迅速在她腦裡擴大。雅子從廚房回來後：

「妳不用想他了，想想自己的事情可能還可以多少化解惱人的心念。」

「我現在腦裡一片空白，而且時常這樣。」

「那就趕快敲定上海的行程，開始工作了。」

被雅子催促，好像被父母叮嚀一樣，香蘭離開了滿映，面對表面熟悉，實際陌生的華影還是近鄉情怯。天候由深秋轉初冬，整個心志開始澀縮，以前在滿映，冬天更是酷寒，但一個電影拍攝案在後面推動，人包裹在團隊裡頭，團隊動了，自然跟著行動。現在自由了，人也懶了。

人暫時鬆懶下來，但還是在戰時的悸動裡面，在乃木坂一帶，町役所辦的出征歡送會就出現了幾場，被戰爭的民困搞得人氣不足的乃木神社，這時候人氣鼎盛，趕赴前線的軍士、征屬、親友和地方人士都趕來歡送，大家一起參拜、祈福，總會熱鬧一時片刻。此外，曾幾何時，也開始了防空演習，她們獲發兩套寬鬆的防空服。香蘭以滿洲國公民登記戶口，雅子非國防婦人會成員，都沒分派任務，警報聲響起時，只消前往防空洞躲藏即可。

第一次防空演習時，雅子如廁，待出來時，除了下坡處民防演習人員正在整隊，兩三名巡警外，整條街道闃無一人。香蘭：

「算了，別出去。」

兩位女子就像學生時代，來不及參加朝會和升旗，有些忐忑地躲在教室那樣，在公寓裡的廚房靜靜待了一個時辰，結果沒事。

11 月下旬，香蘭在公寓聯繫好川喜多，準備買機票，警報聲響起，慌亂間和雅子跑到附近茶葉店旁邊的菜園闢建的防空洞，跟著一串人躲了進去。防空洞洞口突出地面，像一個小碉堡，往地下挖掘的洞體散置一些桌椅、婦女歡送軍人出征使用過的幡旗、出征旗、燈籠，甚至有人把一張報廢的小床也抬了進來。

洞裡空氣悶濁，燈光很暗，但比外頭暖多了。除了幾名婦人嘰嘰喳喳外，多數人都不想開口。約莫過了二十來分鐘，爆炸聲由遠而近，帶動洞壁輕微的晃動。香蘭閉目但無法養神，原先沉默的一些男子開口了：

「演習是更加逼真了，連砲兵或者戰機也來協助製造轟炸的效果了。」

但爆炸聲越來越響，懸在鐵線上的小電燈泡開始晃蕩著洞裡人們心裡的不安，有人開始懷疑此刻不是演習，而是敵機真的來襲。

不知熬了多久，警報解除，香蘭和雅子出了洞，回到公寓聽收音機才知是美機前來轟炸，也是繼 6 月中旬，北九州工業區被炸後，這一年日本本土第二次被美機轟炸。當天晚上看過晚報才知道，整個大東京損失不多，木更津航空基地也挨了一彈，但無大礙。當然松岡也安然吧。好像有一整年沒有他的訊息了。兩人還真有默契，彼此互不通信，不再相約，也不曾宣告分手，弦斷情逝，了無怨尤。

1945

35. 惜別雅子 上海走春

在乃木坂公寓共處的這一段時間，香蘭從未徵詢雅子是否到上海繼續做她的助理，雅子也不曾過問此事。雅子知道香蘭要去做講華語的演員，兩三年前她陪香蘭到上海拍《萬世流芳》，一人陷入孤絕的境地，她當然不想再淌這個渾水。她一個日本人，找不到人聊，也才知道中國人群聚一塊，還是很強勢，很容易讓日本人感到自卑。

香蘭要乘火車赴福岡搭機，雅子爽然陪同相送。在福岡雁巢飛行場兩人終將一別，有些不習慣。在寬敞但有些陰暗的飛行場大廳，雅子：

「川喜多應該會給妳請一位中國助理吧。」

「沒這回事，大家都沒有，怎可能獨厚一人。」

「那洗衣服、縫縫補補要自己來囉。」

「當然儘量自己做，上海是大都會，自己做不來的交給洗衣店、裁縫店就行了。」

「說的也是。」

「那一段時日還多虧妳幫忙。」香蘭望了一下走過來的警察，隨後收回視線，「在那一段最艱困的日子，黃河畔或台灣山地，全都靠妳了。」

雅子沒有回答，定定地看著追隨了四年多的主子。香蘭繼續說：

「我不在的日子，妳還是回千葉老家吧。」

「當然啦，我們談過很多次了。」厚見雅子呼了一口氣，感慨繫之，「我感覺茂木已經知道妳辭掉滿映，但一直沒打電話過來，大概擔心妳會以為他要收回房子。」

「妳也認為甘粕或滿映高層都沒有跟他談到我離職的這件事……」

「沒錯。或許有人看見妳在東京，消息轉輾傳到茂木耳裡，他覺得妳回來也不通知一聲，怪怪的，然後向總公司求證……」

「妳想像力太豐富了。」香蘭帶著幾許歉意看著照說已經不是她助理的雅子，「不過，我終於不用再欺瞞他了。」

「我也是。我回去後會趕快搬走，然後通知他，然後代妳向他致謝、道歉。」

「應該是這樣，後續就拜託妳了。」

「我打掃完再交還給他。」

「提到我時，說我心情一直很低落，請他諒解……」香蘭兩手抹了一下臉，提振了一點精神，「妳的老家也不是很鄉下，到山上找一個落腳處，比較實在。我可以聞到那種氣味了。」

雅子知道香蘭提的是最近她們常討論的美軍可能再來轟炸的事。兩人再說幾句，香蘭眼看入關時間到了，只好向她道別。

機場跑道旁，高射砲、機槍密佈，戰雲恢恢，客機起飛後，長雲齊天，長時間在雲下飛行，較諸以往飛機一起飛就落入矮雲堆，香蘭難得看飽了海面。此行是要投靠川喜多，離別滿映的心情從心中重新喚起時變成背叛。背叛甘粕，在甘粕剛接手滿映，氣焰正盛時，根本難以想像。不過經歷了這幾年世局的衝擊，甘粕似乎有大局苦撐，個人得失事小的覺悟。那一天她辭職時，他一定也想到愛將可能投奔敵營，而用激勵前往內地電影界發展的話語來掩飾心裡的失落。然而往者已矣，她相信甘粕一定會顧好眼前，無暇再管他事了。

隨著強人的身影淡出她心理，飛機終於沒入雲層，失去現在，沒有未來的兒玉開始領有她。她從漫漫的思緒回到自己，飛機的引擎聲開始在她耳畔轟轟作響。

飛機的動力反轉了她的絕望，她陡然想到或許兒玉的部隊也有可能移防，比如在強大機艦的護衛下撤退台灣。如果是台灣，那就好太多了……她的思緒回到台灣的同時，搭乘的客機開始朝上海大場鎮飛行場飛去。

上海寒風銷骨，雖未下雪，但冷雨惱人。川喜多親自前來接機，兩人上了車。

「妳是風雨故人來。」川喜多啟動引擎，讓車子滑出停車場，「天氣如此，心裡一直也是陰雨綿綿。」

「不好意思，你公司業務忙，還勞駕你冒著風雨前來……」

「實在是現在不忙了。公司有點像是進入冬眠。」

「哦！」

「華影本來有七大旦，現在只剩三位。」川喜多仰看車窗上的雨珠，「陳雲裳嫁人了，妳知道。」

「哦。」

「嫁給一名醫生，現在搬到香港住了。」

「還演嗎？」

「已經宣佈退出影壇。自從演了《萬世流芳》被迫向日本軍艦艦長獻花後，她就很少接戲。」川喜多看向雨霧濛濛的上海城天際線，「同樣的情形也發生在李麗華身上。」

「她和阪妻合作拍戲也敏感起來了？」

「事實上也遭忌，咒罵聲不斷，誰都受不了。」

香蘭沒有答腔，神情肅穆了起來。她在想，李麗華不過是演了一部電影就承受這麼大的壓力，拜滿映宣傳所賜，一般中國人都認為「李香蘭」是北京人，自己演了這麼多日滿或中日合作的電影，雖也承受了壓力，但還沒到不可承受的地步，因為自己過去隸屬滿映，所以沒有被這麼嚴厲地檢視？或許是到處漂泊，才聽不到那種聲音，但一旦落腳華影，長居上海，舊賬新算，批判一定鋪天蓋地淹過來。川喜多：

「陳燕燕，妳可能比較陌生，她因為過去挺日本的言論被報紙渲染，也離開華影避風頭了。」

「局勢開始轉變……」

「沒錯，簡單講，日本軍人開始罩不住了。」川喜多笑了起來，「我一直看得很開。事情有變化，大家才有機會。」

「過去局勢太悶，沒有變化，那些高階軍官還沉浸在統治的快慰中。現在情勢變動太大，那些將軍都清醒一些了吧。」

「沒有錯。他們開始嘗到統治者的憂鬱了。」川喜多呼了一口氣，換了一下思緒，「我對華人員工這樣開明，有些人還是不放心，顧蘭君，妳認得吧？」

「沒有印象。」

「好像妳來拍《萬世流芳》的時候，她就跟丈夫走了，兩夫妻組成一個旅行話劇團，不想跟日本沾上一點關係。」

「我在想，」香蘭搓揉著雙手，側頭看了川喜多一眼，「從顧小姐推到一般演員，她們會怎樣看待我。當年我好不容易被陳雲裳認可，可她現在走了。」

「顧蘭君如果沒走，說不定會成為妳的朋友。」

「怎說？」

「她跟妳都有相同的綽號－金魚美人。」

「這樣啊！」

「妳被稱為金魚美人，是因為妳的眼睛圓又大，整個臉看起來像金魚。顧蘭君是鳳眼兒，被影迷呼為金魚美人，應該是那雙鳳眼看來像金魚吧。」

川喜多接著敘述七大旦變成只剩袁美雲、周曼華和周璇三旦的窘境。香蘭：

「白光不也表現很好嗎？」

「不錯，這幾年確實演了不少電影，但她都犧牲形象演出反派，有時演得讓人咬牙切齒，沒有花旦的風韻，一般觀眾難免把她想成武旦或老旦。」

川喜多這麼一說，香蘭笑了起來，想起去年白光前往東京營救山家時對李明發出的潑婦罵街，她那股狠勁一定也在演戲時使出來了吧。車子在圓環繞了半圈往南駛去。川喜多：

「妳現在來了，華影就有四大旦了。」

「我才不敢和那些大明星並列呢。」

「哈！妳實在不用太客氣。在華影拍片，大家是同仁，相互合作，但無形中也在競爭……」

香蘭好生困惑，不曉得他在賣什麼關子。川喜多閃避一輛腳踏車繼續說：

「從競爭的角度看，妳一直都側身一邊，雖然是旁敲側擊，但聲勢不壞。妳前年錄的〈賣糖歌〉銷路不錯，去年錄的〈夜來香〉還一度高居排行榜冠軍。」

「是麼？」

「歌曲和電影一樣，一陣熱潮過後就歸於平淡，平常心就好。周璇，妳見過了沒？」

「幾個月前在百代錄〈夜來香〉時見過，也談了一陣。不過她的歌我聽過了，音質很好，嬌嫩，很有特色。」香蘭側過頭，看了川喜多一眼，「我在唱片聽過她的〈天涯歌女〉後決定在《野戰軍樂隊》唱這首歌，大家聽了滿喜歡的。」

「那太好了。她想真正認識妳。她承認她的歌聲討喜，但歌藝也有可琢磨之處。看來妳們是有緣的，她跟妳一樣，給人嬌弱的感覺。事實上，我看到她那模樣就會想到妳。」

「是麼？」

一絲寬慰在香蘭心底流動。這回她正式前往華影，以前同戲的女演員，陳雲裳已然隱退，袁美雲看來比較難以融入，周璇或許可以成為朋友。貴為華影實際負責人的川喜多敲邊鼓，固然令人鼓舞，她仰慕周璇才是關鍵。

「她知道李香蘭只是我的藝名嗎？」

「她們或者他們都知道。白光口無遮攔，等於不時替妳宣傳。妳就專心做個華語演員，不用想太多。」

香蘭謹記川喜多的叮嚀，準備迎向上海演藝生涯。她先在川喜多位在小沙渡路的公館住一晚，享用管家太太孫秀霞煮的美味晚餐之餘，也諦聽了川喜多述說公司內外最近發生的事。

「我遵照老婆大人之命向妳報告。妳剛剛來到，公司新的情況必須瞭解。」

「張總，上次見面時，你說他擔任副總職。」

「是的，沒錯。妳拍《萬世流芳》時，是中聯時代，善琨是總經理。中聯改組成華影時，汪精衛政府硬是塞了一個叫馮節的當總經理，善琨無奈只好屈身副總。後來馮節走了，他現在還是回到總經理的位子。」

用過餐，管家吳健平逕自下樓回房，川喜多說完望著餐桌上的殘湯剩菜，把香蘭引到客廳沙發。香蘭：

「那位馮節是什麼樣的人啊？」

「宣傳部的官員，一個禮拜來三個早上，有時一整天，對張總提交的案子或計畫總是意見很多。我後來就改變方式，張總會私下和我協調，我認為可行就把他的想法用我的名義交辦下去。」

川喜多接著講述中日合拍的《春江遺恨》給華影演員帶來的衝擊。

「《春江遺恨》遠不如袁美雲和周璇主演的《紅樓夢》賣座，大家都擔心不服輸的日本人會要求再合作一次，眼看著演《春江遺恨》的李麗華承受不住壓力，藉口結婚息影。高占非，還記得吧？」

「記得。」

「他和呂玉堃一些人北上演話劇；這一期間，周璇、龔秋霞和張帆紛紛辦演唱會；白光又到日本進修。」

「白光又去日本？」

香蘭頗思量了一會，《春江遺恨》是春夏間拍攝的，而白光會同她前去營救山家是去年的事，顯見白光失去山家後，這一年多心情頗為浮動。川喜多：

「日本變成她的避風港，或許是好事一樁。至於張善琨的事，還有一個引爆點，那就是他的話劇《文天祥》讓老董林柏生很不高興。」

香蘭首度聽到這個歷史話劇，不過她讀過中國歷史，《文天祥》想當然爾地，一定被用來以古諷今，為此沒有多問：

「林柏生？」

「南京政府的宣傳部長，跟馮節一樣，是派來監軍的。」

川喜多說著，兩人沉默了一下，廚房傳來孫秀霞洗碗盤的聲音。隨後川喜多把身子稍往後仰，方便太太把把茶碗和點心從托盤取出放在茶几上。香蘭兩眼投向牆上一幅黃鶴嬉浪的浮世繪，畫中白浪像魔爪，黃鶴不像在逐浪，而是極速驚逃。賢子斟好茶，坐了下來：

「聽說林部長被軍部叫去訓了一頓，只好轉過頭來施壓華影，用馮先生把張總換了下來。」

「大概是這樣，事實上，其他傳聞還是有。」川喜多喝了一口茶，「雖然是過去的事了，但難保不會再來另一個馮節。華影很難經營，這是其一。」

這一晚，香蘭睡得不甚安穩，川喜多夫婦和小孩睡四樓，管家夫婦住三樓，她也住三樓客房，近處家戶雞犬聲音相聞，良久未能成眠。

次日，她回到兩三年前住過的百老匯大廈，住進十樓套房，這間套房似乎是以前住過的那一間，至少是鄰近的一間吧，開窗望出去，和以前住的那間一樣，外白渡橋和黃浦、吳淞兩江的匯流處都看得見。膳食簡單，氣氛熱絡的歡迎宴結束後，香蘭想到這兒女明星各擁一片天，過去在滿映時的一枝獨秀不再，不免有些落寞。

香蘭初來乍到，雖然正式成為華影員工，但無親無故，電影的演出也還在紙上作業，川喜多夫婦於是邀她前來小遊，兩夫婦同時邀來公司重要幹部：副總經理石川俊重夫婦和國際合作處長辻久一一些人陪著香蘭到處走逛。原來有點面熟的辻久一是兩三年前，和川喜多一夥同來新京滿映開會，在宴席上有過一面之緣的上海陸軍報導部大尉。視電影為第二生命的他去年底申請退役，毅然加入川喜多華影的行列。香蘭第一次踏進大馬路的永安百貨，在裡頭附設的舞廳練舞，用過午餐就到對面的先施百貨和樂園玩樂，就這樣過了一天。沒人作陪時，就讀書、聽唱盤自娛。老城區的豫園遊客如織，香蘭跟著大家走，看見每一座閣樓都似曾相似，四、五年前在此處拍片的記憶似乎被淹沒了。一行人走過九曲橋，在湖心亭人比較少的一隅坐了下來。湖心亭名為亭，實際上是飛簷虛壁的兩層木樓。整棟樓以木柱撐持，懸空湖上，壁面全是窗戶，沒有一面牆，內設多間飲茶室。川喜多一行在茶室外面的休憩區小坐，偎在香蘭膝前的川喜多和子被香蘭抱在懷裡，川喜多看著愛女撒嬌的模樣：

「哈同花園，你們知道，我拜託軍方派人整理。想用來拍片。」

「用來拍《嫦娥》？」辻久一。

「沒有錯，李香蘭來華影的第一場戲，我特地給她想一個場地，張善琨、卜萬蒼都認為是好主意，過一陣子陶秦也要來看場地。」

「劇本還是陶先生寫？」石川。

「他構思快，下筆快，擅長描述歌舞的場景，《萬紫千紅》編寫得好，《嫦娥》也是朝大型歌舞戲展現，所以就交他寫。」川喜多看向窗外池中的蓮花，「上回聽中川牧三中尉講，哈同花園，軍方計畫活用，我拜託他轉知上級讓我們華影租用一小段時間。」

「好好一座私人公園，上海派遣軍來了後大肆掠奪、破壞，丟盡皇軍的臉。」辻久一慶幸川喜多的拉拔，得以早早脫離軍職，成為華影的一員，「最要不得的是搜刮過後還放了一把火。」

「那座花園房舍被燒一事，事後查明是他們的家僕不小心釀災的，那時哈同夫婦都已經作古，養子、養女又多，家裡紛爭多，一片混亂，自然容易出事。」

川喜多說著看了辻久一一眼。看似一家大小的遊客聽到川喜多一夥用日語交談，快步離開。川喜多賢子：

「我慶幸哈同夫婦早死，不然他們看見這麼龐大的財產落入皇軍手裡，不氣死才怪。」

「夫人說得沒錯。亞士都飯店，就是以前的禮查飯店，一直在日本軍人的勢力範圍內，日本、中國一開打，見苗頭不對，英國人老闆立刻轉讓給日本人經營，撤離得漂亮。」

華影副總經理石川俊重說著眼神被外頭池中躍起的鯉魚吸了過去，川喜多收回視線望向室內：

「禮查飯店老闆要撤走太容易了。畢竟只是一家飯店。哈同的資產太龐大了，土地就有 460 畝，房屋 1300 棟，養子女又多，繼承官司打不完，根本就沒辦法賣，如今這塊肥肉被皇軍看見了，就插翅難飛了。我想，即使排除皇軍的因素，繼承問題獲得解決，想賣，恐怕好幾輩都賣不完。如果真的脫手了，錢也匯不出去……」

川喜多接著把伊拉克猶太裔的哈同清末來上海沙遜洋行看門，得到老闆賞識後搞房地產發跡，娶了中法混血太太羅迦陵後，夫妻同心，其利斷金，發展成遠東首富的故事大致講了出來，當然主要是講給香蘭聽：

「他們兩夫婦收養了 20 名中外籍的養子和養女，爭遺產鬧得沸沸揚揚，日本軍人來了後，……」

「爭遺產的意念應該比較小了。」石川夫人美子現出可惜的神情，「最重要的，佔最大宗的房地產應該都被皇軍沒入了，剩下的存款、珠寶會不會被沒入也不樂觀。即使未來皇軍撐不住了，那些遺產可能移交給中國或美國政府。屆時，應該說是戰後吧，中國政府建設又急需錢，……」

空氣冷肅了起來，來來往往的遊客的喧闐迅速遠去，特高或憲兵的鷹眼似乎淩空而至，石川俊重渾身瞬刻起了雞皮。

「石川夫人描述哈同王國的幻滅意外扯出帝國的幻滅，言語帶刺，但讓人忍不住想笑。」

香蘭一語化開「帝國幻滅」帶來的驚悚。一對黑身白腹的喜鵲在池面追逐一陣後躲進樹林內開始呱噪。石川俊重：

「開口還是要小心。貝當路憲兵隊離這兒不太遠。」

「好說，好說，貝當路已經改名衡山路了，『貝公館』有點走入歷史了。」

川喜多說著起身繼續遊程。

36. 善琨被抓 長政相救

豫園遊程結束，香蘭直接回到住處，益發覺得孤單。川喜多在百老匯擁有四間套房，香蘭住了一間，兩間租給商界人士。這兩位商人跟川喜多不熟，川喜多自然沒有撮合他們和香蘭認識。此外，公司元氣大不如前也是事實。大咖走的走，留下來的也多心有旁鶩，片子的拍攝不像兩年前她演出《萬世流芳》時這麼積極。最近傳出重慶政府力促美軍仿登陸歐陸，進行華東登陸作戰，同時要求蘇聯另闢北方戰場，華影高層聯想到一年多前的德黑蘭英美蘇三巨頭密會，著實驚惶了好幾天。香蘭想，川喜多邀她和石川俊重、辻久一小遊，多少也是為了排遣工作上的壓力。

公司雖然說好由香蘭演出新戲《嫦娥》，但一直是只聞樓梯響，劇本還沒寫好，或許陶秦根本就還沒動筆，導演是誰，當然不知道。看著公司的運作低宕下來，她也就隨遇而安，不求太多了。

在二樓辦公室，她和年輕一些的周曼華、王丹鳳同坐一桌組，跟她比較熟的周璇、袁美雲坐另一落。坐她對面的陳娟娟更年輕，足足比她小九歲，前年還是童星模樣，兩年不見，已長成一名少女，而且比她高了半個頭。娟娟對香蘭執禮甚恭，香蘭也欣賞她的花容月貌，陶醉在她少女的美好中，也就不太在意自己年歲的弱勢了。

12 月下旬，製片部同仁在副理黃天佐的帶領下到第一片廠架窯烤地瓜，川喜多沒來，但一些日籍幹部也來串門子，黃天佐和擔任業務部經理的哥哥黃天始不知從那兒弄來一批肉，大家烤著烤著，地瓜裹腹，兩三片烤肉佐餐，開懷少慮過了一天。

兩天後，總經理兼製片部經理張善琨被憲兵隊帶走的消息在同仁耳間炸開，傳聞言之鑿鑿，黃天佐要求大家別談此事，但沒否認傳聞。事實上，大家所得的資料甚少，除了紛紛猜測他導演的話劇《文天祥》借古諷今，表面鞭蒙軍，實際辱皇軍，是禍端外，談下去的動力漸少。香蘭看著同仁漸漸沉默下來，也不見川喜多或副總石川從樓上下來，相信他們都不在辦公室，而是在外頭忙著處理張總的事。

次日一早，大家針對報紙有點簡略的報導開始議論時，川喜多現身了。

「張總的事，大家不要談，不要傳，談越多，對他和他的家人於事無補，也會造成更大的傷害。」

川喜多副董面向製片部同仁大聲宣說，隨後和黃天佐耳語幾句便上樓了。相信不久他會從後樓梯逕自下樓出廈辦事。

總經理被抓，川喜多始終沒有公開宣布，華影對外宣稱業務不受影響，但川喜多等高層不時在外奔走營救，行政工作常常斷線。電影的拍攝，向來是獨立於行政系統之外，但編導、演員士氣低落，憂心公司前景，心理恐慌蔓延的結果，拍攝往往一唱三嘆。大環境如此，香蘭也就看開得失，只求張總早日平安歸來了。

香蘭期待不到入棚拍片的扎實日子，不免有些枯索，但聊天的機會多了起來。樓下的業務經理黃天始找他弟弟天佐談事，離去前看到香蘭斜對面的座位沒人，走過去坐了下來。香蘭迎來黃天始經理關切的眼光。黃天始：

「丹鳳外出了？」

「王妹妹到片廠了。」

「妳最近好嗎？」

「還好。我剛剛還在心裡呼您黃主任呢。」

「哦。」黃天始笑了一下，「公司一再轉型，職稱也變來變去。」

「我記得更早以前你們還是用部長稱呼一級主管的。」

「是這樣的。」黃天始腦裡閃過這一段時日香蘭和公司結緣的過程，「中華電影時代，也就是妳來拍《支那之夜》，和公司部份人結緣的時候，公司沿用日本人的習慣稱一級主管部長。但呼為部長讓人聯想到中央的高官。」

「稱部長，聽起來有點膨脹。我上次來的時候，就稱主任。」

「那時是中聯時期，結果妳來拍了《萬世流芳》。」黃天始偷瞄了一眼壓在玻璃墊下的王丹鳳的美照，再迎向香蘭的目光，「現在是華影時期，看來華影從中華電影一路走過來，妳都留下了蹤影。」

「好像冥冥之中命運之神帶路。」香蘭瞥了兩雙投來的眼睛一眼，再正視黃經理，「以前是路過，現在是登堂⋯⋯」

「入室了。」黃天始體察香蘭不好說完的心情，把話題轉回，「以前呼主任，副董也覺得官場味重，他覺得用經理稱呼比較符合事業單位的經營精神。」

「這樣啊？」

「事實上，一級單位的稱謂也是變來變去，中華電影時代稱部，中聯改為組，現在又改回部。」黃天始兩眼迷濛，好像還陷在時間的渦流中，「每一階段的時間都很短，還沒叫習慣就改了，稱呼上難免混淆。有人有時候也會在無意中呼我為黃部長。」

就這樣兩人有一搭沒一塔地聊了五分鐘。黃天始經理走了，香蘭覺得有些寂然。

光陰荏苒，大家漸漸忘了張善琨總經理，工作漸漸回歸正常，川喜多出現公司的時間漸次多了時，驚傳張總獲釋的消息。川喜多同樣沒有宣布，黃天佐也沒有召集開會，只是面向同仁大聲宣說：

「……那這種事，大家也不要談起，不要到處說，讓張總好好在家過年，年過後他回來上班，大家也就平常心，不提那件事……」

「奇了，這種事也不能談。是不是有點矯枉過正？」

不知是誰這樣問了。黃天佐：

「這種事，大家務必低調。請問，張總的親友敢不敢席開百桌慶祝他獲釋？」

「憲兵隊不爽就把他抓回貝公館了。」

「嚴俊兄說的沒錯，大家談他獲釋等於是慶祝他歸來，也等於是小型的慶祝宴。」

黃天佐說著大家始驚覺自己思慮的不夠縝密。

過了兩天，黃天佐在辦公室徵召八人參加副董川喜多位在小沙渡路公館的家宴，一般自覺不是很有份量，或跟川喜多不是很熟絡的演員都不敢貿然應召。由於大家都很客氣，黃天佐點了名後，王引、袁美雲夫婦同意前往，老大姊蒙納自告奮勇，周璇請病假，失去了機會，紅牌龔秋霞、王丹鳳也因為在片廠，未獲約詢。和在滿映時一樣，大家都猜香蘭是當然人選，果不其然，黃天佐「香蘭也去吧」這句話好像代表川喜多面邀，香蘭自然點了頭。其實，想到前天張總被釋放，香蘭猜測川喜多此舉的目的是想利用節前透過這八人向製片部同仁宣說張總的事。

這八人提早下班，分別搭乘川喜多和黃天始、天佐兄弟的車子前往川喜多宅。川喜多宅四樓客廳算很寬敞，但 L 型沙發組容納不了十個人，管家夫婦另從主臥房搬出一張小圓桌，再拉幾張椅子，構成一個副沙發組。看見每個客人都落座，川喜多賢子十分滿意，和管家吳健平分別端著裡頭放著幾只茶杯的托盤走了過來。主僕兩人發放完茶水手持空托盤回到廚房，吳健平協助老婆做菜，賢子就近指導、控管，希望管家做出的菜色貫徹她的風格。

川喜多坐在一張獨立的藤凳上，面向同仁。大家看到他的微笑，知道他想說些什麼。

「想來大家都想知道張總的事，也想知道為什麼我一直沒有公開宣布這件事，不管他被抓或釋放出來後。」川喜多笑著審視每個人的神情，「公開宣告，有沒有？面向所有同仁宣稱他被捕，很自然就會形成抗議或是對抗的姿態。面對軍方、憲兵或特高，要儘量避免那種態勢，凡事要低調……」

蒙納年紀稍長，但行事有些孟浪，骨碌碌的眼神看向對面牆上掛著的兩幅村景圖。她嘴角掀起，似乎對那兩幅畫帶有意見的笑波帶領每個人的眼光投射過去，川喜多好奇地回過頭，再把臉轉回：

「上個世紀，所謂幕末時代東京的街景，當時日本畫家畫的。」

「我以為是中國農村。」

「走近一點看，可以看到裡頭人物都穿和服。」川喜多的嚴肅收束了蒙納引發的笑浪，「是這樣的。去年年底國民黨地下工作者蔣伯誠被逮捕，經過一番刑訊後，把張總抖了出來。憲兵隊隨後在張善琨家中搜出許多他與重慶往來的電報和華影劇本。張善琨和他妻子童月娟隨即被帶到衡山路憲兵隊。當然，憲兵同時來搜查他在華影的辦公室時，我就知道他被抓了。」

「請問副董，他是在家被抓的？憲兵搜他辦公室時，我們都不知道。」

徐莘園的問題一直存在很多人心裡，川喜多不急不徐：

「沒錯，是在家裡被捕。憲兵隊來搜查是從後樓梯上來，我在猜是給林柏生董事長一個面子。他畢竟是南京國民政府的高官，憲令部應該有過沙盤推演，只作精準搜索。如果擴大搜索面，對華影侵門踏戶，從發行部一直踩著上來，不但被重慶看做笑話，陳公博主席告到小磯首相那兒，上海的憲兵司令可能會垮台。」

川喜多這番話，大家很受用。坐在小圓桌旁邊的香蘭一邊耳聆川喜多敘述和石川俊重副總營救張總的過程，兩眼還是在沙發牆上黃鶴嬉浪的浮世繪畫面逡巡。

「……童月娟被放出來後馬上聯絡我。一兩個禮拜，我帶著童小姐到處跑，虹口 13 軍司令部、華盛路憲兵司令部都去了，一直得不到要領，最後到南京國民政府走一趟，張夫人童小姐才得以到『貝公館』見她丈夫一面。」川喜多調整了一下氣息，「見面的時候，張總鼻青臉腫，蝨子爬滿身，顯然受了嚴刑拷打。」

「張總會被整肅，我看也不是偶然的。」王引看向老婆袁美雲，「南京國民政府早就對他不放心，才會派一個監軍看管他。」

「副董啊。」袁美雲兩眼掠過老公，直指川喜多，「《文天祥》話劇熱已經過了這麼久，聽說張總被抓還是跟這很有關係。」

「沒錯，日本軍方一直非常介意。因為演出這部話劇的劇社是張總成立的，這部話劇也是張總執導，在蘭心戲院連演八個月變成他的『過錯』。」川喜多看向黃鶴嬉浪的浮世繪，緩和一下心情。「最讓日本軍方受不了的是，男主角的『還我大宋江山』連續喊了八個月。我想在座各位都去看過。」

「沒有錯。那一句一喊出，全場歡聲雷動，劇院屋頂好像要被掀開來。我想一定有日本軍人或憲兵看過這部戲，心裡才會這麼恐慌。」

嚴俊有點顧忌地說出心底話，川喜多溫潤的神情撫慰他略顯緊張的眼神：

「《文天祥》上演沒多久，張總也請我一起觀賞，我也感受到很大的衝擊。閉幕後，觀眾熱烈喝采，演員們反復謝幕，我心裡儘管騷亂，覺得維持張總的友誼還是最重要。我緊緊握住他的手說，我們各自愛自己的國家。他點點頭，一臉苦笑。」

「副董和張總的友誼確實值得一位編劇家好好書寫。張總的角色比較有衝突性，時常要衝出去，副董把他拉回來，然後相互諒解。結果是：政治上的追求，複雜多變，不用強求，友誼相對單純，而且持久。」

製片部副理黃天佐這麼一說，川喜多燦然笑開：

「這些話應該當面對張總講，他一定深有所感。」

川喜多賢子提著茶壺走了過來，給每個人的茶杯再加茶水。王引：

「《文天祥》雖然是話劇，但比起電影《花木蘭》感染力強多了。」

「是這樣的。花木蘭傳說是北魏時期的人物，北魏是鮮卑人創立的朝代，有人甚至說花木蘭是胡人。」徐莘園以長輩教小輩的神情看向王引，「這個故事強調孝，忠字沾了一點邊，若要從中找出民族大義好像是在煤炭坑找黃金。」

徐莘園的話好像醍醐灌頂，香蘭雖然沒看過《文天祥》，想像中劇裡漢蒙的對立是更加強烈。川喜多用眼神止住在座屬下兼賓客的議論。

「莘園大哥講得好。我也很高興大家都沒當我是外人，我跟大家在一起，也變成中國人了，以這個角度看中國歷史更容易理解。」

川喜多說著，大家的距離更近了，隨後他看向王引，繼續說：

「歷史事件或歷史劇要用在現代局勢，不是用套就可以的，還要有轉移或推論的過程。如徐大哥講的，花木蘭漢胡分不清，運用起來就比較弱，你以前演的《萬世流芳》，強了一點，中國抗日派希望民眾把英軍類比成日軍，但日本這邊總認為 100 年前英軍的賬還是要算在現在的英軍、美軍身上。所以要把以前英軍帶來的災害套在現在的日軍身上，還是要有一番轉移的功夫。《文天祥》就不然，中國人看到劇裡的蒙古軍就想到日本軍，皇軍想賴也賴不掉。」

「有道理。兩者都是東方民族，而且都善於揮刀作戰。」香蘭腦筋轉了一下，「再說，在中國人心裡，英軍帶來的奇恥大辱，根深蒂固，日本軍人再壞，還是無法完全替代或把它消化掉。」

「香蘭說的沒錯。蒙古軍以前攻入歐洲時，歐洲人都以為是從地獄衝出來的軍隊。皇軍我就不說了，他們光是在南京做的一切就夠讓很多日本人日後蒙羞。至於鴉片戰爭帶來的恥辱，是百年國恥的源頭，可能一時可以轉嫁出去一點，到頭來還是會全部回到它身上。」

川喜多長政以中國人的思維做出總結，大家的心稍獲寬慰時，餐桌上已擺好了三道菜。川喜多賢子催促大家上桌，川喜多帶頭移坐餐桌，黃天始經理提出張善琨最大的致命傷在於和重慶政府有聯繫。川喜多完全同意：

「最後交涉主要在憲兵司令部，他們要求撤銷他的任何職務。我說可以，但要他出來。司令又要求張總不能導任何戲，我以身家性命作保：張總以後絕不會再拍或再導《文天祥》這樣的戲，憲兵司令終於鬆口放人。折騰了一個月，他終於可以回家過年了。」

「那他回來後精神有沒有異樣？」

「我和黃天佐、石川副總到他家裡看他，還是那種情狀，沉默，話少，他現在在家休息，等過完農曆年後再說，他未來的工作，我很難安排。不管怎樣，把他弄出來再講。身體如果被打壞了，什麼都沒了。」

川喜多這一段期間悶壞了，開了兩瓶威士忌，和大家開懷暢飲。由於餐桌不夠大，所有菜上桌後，管家夫婦自行打飯菜到三樓自己的房內用餐。

這時距農曆過年還有十來天，張善琨接下來的出路，頗傷川喜多腦筋。他本來想讓張善琨掛名顧問留在原辦公室上班。但南京國民政府早早就派了一位名叫戴麟藻的人來接他的位子。戴麟藻雖然留過美，但沒有電影背景，在新聞界名氣也一般。一般都認為南京政府宣傳部此舉，主要是要折辱張善琨。戴麟藻突然被授以重任，雖然很客氣，畢竟不是自己人，怕他回去覆命時多說兩句壞了事，川喜多只好讓張善琨擔任製片部顧問，用來緩衝一下局面。

年過後，張善琨來上班了，就坐在他原來兼任製片部經理時的辦公桌。距離剛升任製片部經理黃天佐的座位約三米。因為顧問非正式職，自然不被南京政府宣傳部認可，所以川喜多並沒有給他布達。當天早上，川喜多就在他座位旁陪他聊天，藉此溫暖一下氣氛。待員工來的差不多了，川喜多走到大辦公室中間，向張善琨招手：

「善琨兄，過來跟大家打招呼吧。」

張善琨大步走了過來，握了幾雙手。

「歡迎張總回來！」

黃天佐這一叫，掌聲響起，每個人都趨前和張善琨握手，大大化解了張善琨的近鄉情怯之感。他接著在川喜多的陪同下，走下一樓，營業部那兒自然傳來陣陣歡呼和掌聲。

製片部辦公桌群前面，一直就放著兩張主管桌，過去張善琨大部份時間都在三樓副總室，一般都是副理黃天佐坐鎮那兒，現在張善琨沒地方可去，只好坐那兒，製片部形成雙主管的樣態。張善琨有事走到黃天佐經理那兒，黃天佐總會站起，以示敬重。一般呈文或案子到了黃天佐那兒時，黃天佐還是會知會他，他當然不可能批示，總是另附一張字條，書完意見後轉回，黃天佐多會將他的意見寫在呈文上，文件上了三樓，如黃天佐事後沒說明，川喜多有時還會以為是天佐自己的意見。

張善琨接受川喜多的禮遇，暫時擔任名不正言不順的製片部顧問一職，戴麟藻睜眼閉眼，川喜多還是擔心軍部或南京政府宣傳部會來查察。由於感覺像留校察看，副董召集重要幹部開會時，張善琨無法與會，很快便覺得不耐。接續兩天，沒見他上班，他又被抓的傳言開始流動。更正性的說法傳開後，果然他第二天便帶著倦容來上班了。

發生在張善琨身上的事情，川喜多照例不正式說明，免得讓當道不快，或讓戴總尷尬。沒多久，善琨沒來上班的真相也被傳開了。原來前幾天，張善琨開車載著老婆在市區瞎繞，擾亂警憲的監控，同時發洩情緒。他躲進第一製片廠打電話給川喜多，報告情況，川喜多深鎖眉頭，也不好多說什麼，只能勸他再忍耐。他面對中國同仁時，絕口不提善琨對日警耍性子的事，只是暗示同仁：日本軍方壓力很大，要大家凡事低調，繃緊神經，別觸犯他們。福開森路張宅被警憲監控，是大家想當然耳的事，張前總鬧脾氣一事很快就被淡忘，沒人再議論了。

37. 眾星遊園 新戲初動

幾天後，一樣走春，川喜多幾乎帶著另一批部屬，在上海陸軍報導部中川牧三中尉的陪同下來到哈同花園。哈同花園又稱愛儷園，荒置多時後，由軍方重新整理，靜安寺路邊圓拱形大門口站著兩名衛兵，身材高大的中川出示一紙公文，衛兵看了一下七八名來客，立刻放行。川喜多簡單地把同遊的同仁介紹給中尉後進入園內首先向矗立草坪邊緣的哈同銅像鞠躬，其他人也跟進行禮：

「這個人不簡單，沒有一兵一卒、一槍一砲，終於建立不世出的王國。若不是戰亂，他的霸業……」

大家都頗有感觸地捨離銅像，中川向前走了幾大步：

「軍方只整理一部份，偌大園區，我們先看前面的一部份。」

草坪剛修剪過，踩上去，直立的草梗彷彿穿過了鞋底戳進腳底。

白光和嚴俊有說有笑，不久前的歡迎會，香蘭和周璇見過了面，這次再見面，生疏感減卻了不少。周璇看來嬌小，但走在一起時，明顯比香蘭高小半個頭。她頻頻詢問過年到那兒玩，香蘭據實以告。周璇：

「對妳的情況不十分瞭解，怕妳不習慣，不然就找妳到我家過年了。」

這句話又把彼此的距離拉近了不少。川喜多回過頭笑臉著看她們：

「妳們各方面都很貼近，是屬於有緣人。」

「是麼？」周璇杏眼上轉看了川喜多一眼，右手伸向香蘭身側挽起她的左手臂，「這樣對吧！」

川喜多微笑點頭稱許，跟在中川後面繼續前行。中川的中文不若川喜多流利，他儘量隨俗使用華語，詞不達意時再用簡單的日語補充。

「前面一連三棟紅瓦白牆，房屋外形曲線柔和的房子，是刻意要做成秋海棠花瓣的樣式，秋海棠共四瓣，後面還有一棟，現在看不見。」

川喜多針對中川日中語夾雜的說明稍作補充後，先上階進入海棠艇。一夥人在大廳踱了一下，向旁邊的小房間探了頭，但沒有進去。大廳門窗的玻璃破損了不少，牆角堆了幾幅殘破的畫像和畫作。隨後大夥走過一道迴廊，香蘭相信大家正通向另一瓣房子。這一棟大廳壁櫥挺立牆邊，櫥內空洞，中西合璧式的沙發組後面的屏風只剩框架，不過沙發還算完整。中川表明每個座位上面的布墊都是剛鋪上後，大家不約而同地坐了下來。川喜多看向正在做筆記的陶秦：

「大家走馬看花，你要勤作紀錄。」

「一邊寫，情節就會慢慢浮現。」

「《嫦娥》就交給你了。」川喜多環視了一下同仁，「這部新電影是李香蘭正式加盟華影的第一部力作，這部電影所展現的仙氣足以洗滌現在的濁惡世風。」

「我看在座的三位女士都是仙氣十足。」

卜萬蒼說完，白光睜亮雙眼：

「香蘭和周璇確有仙氣，我樂於演悍婦，早把仙氣嚇跑了。」

白光的話逗樂大家。一陣哄笑過後，幾個人想開口，結果陶秦搶快：

「寫這種神話劇本，我也要培養一點仙氣。你知道。中國神話故事，嫦娥一開始叫嫦羲，到了東漢才和古書的恆娥合併，改稱嫦娥。」

川喜多點頭稱是，其他人也期待編劇陶秦繼續講下去。陶秦：

「根據以前經書《山海經》的說法，古早一位天帝有兩個老婆，正室生了十個太陽，這十個太陽一天一起出現，燒焦農田、民宅，最後被後羿射下只剩一個。這個大家都耳熟能詳。」

「我小時候讀過這種文章，十個太陽是躲在扶桑的樹下，本來是一個個輪流出來。」川喜多。

「沒錯。所以我們中國稱呼日本是扶桑，日本也認為自己是太陽國。」陶秦看著每一雙期待的眼睛，「我剛剛說到天帝的正室，他的側室就是嫦羲，後來稱嫦娥，她生了 12 個月亮，神話裡頭還有她為小月亮洗澡的描述。」

白光和嚴俊聞言瞠目結舌，其他人也是滿腦疑惑。陶秦：

「12 個月亮長大後，被放在空中，每月輪一個亮相。天后嫦羲，或說嫦娥，後來被貶為凡人。她的奔月基本上就是投靠兒子。注意一下，嫦娥生的月亮是男性，是兒子，很多人當月亮是女兒，是錯的。暫時講到這兒，講得頭都昏了。」

月亮女神投靠兒子的說法觸動香蘭的笑神經，她把頭撇向他處，自個兒笑了起來。白光和嚴俊率先站起離座。川喜多：

「這棟房子叫海棠屋就好了，為什叫海棠艇，看起來一點也不像船屋。」

「西方人的想法都有點怪，哈同當年搭船過來，大概是想用這棟房子來紀念他當年的漂泊歷程。」卜萬蒼。

「我也這樣想。」

川喜多說著跟著嚴俊從側門走出海棠艇，打消了向南參觀第三棟的念頭。中川牧三中尉向嚴俊和白光招手，叫大家站在海棠艇外，拍完合照後走在前頭，帶著大家走過一片草坪和矮林，一座六角的玻璃屋迎向大家。玻璃屋的大塊玻璃破損了不少，滿布泥塵的玻面上面有不少藤蔓爬過的痕跡，門口旁邊還堆著剛被砍下的雜草和葛蔓。

香蘭進入茝蘭室內，只見花臺的鐵架還在，大小花盆錯落臺上，顯見有些破損的花盆已被移除，置放玻牆內側的花槽，泥土還在，但長滿雜草。

「大家想像一下，這兒以前種滿香草，各種蘭花盛放就可以了。參觀完畢。」

川喜多說著帶頭走出花房，然後跟著中川的腳步走向前頭的磚砌房，磚房內有一座客廳，但沙發已被搬走，兩旁各有一個房間。

「聽說這是哈同夫妻的起居室。」中川牧三回想以前接收到的知識，「剛剛那個海棠艇是用來給賓客小憩的。」

川喜多往剛剛花房的方向看過去，起居室旁邊走道盡頭有一扇門，但已被封住。原來那門通往花房－茝蘭室，哈同夫婦住這邊時，就近賞花，好不愜意。川喜多想著跟著大家走出哈同夫婦生前的起居室。

室外不遠處是參天的古木群，林內躲著一座被竹籬圍著的圓頂茅亭。竹籬笆缺了一角，竹門也無力地掛在籬邊。大夥登上接葉亭，亭簷下的水泥座灰塵不少，沒有人落座。白光：

「陶秦老師，這兒為什麼叫接葉亭？」

「只能推測。古代，是存在著名叫接葉亭的亭台，大概是取自杜甫『卑枝低結子，接葉暗巢鶯』的詩句。中國的成語『連枝接葉』意指樹木枝幹和葉子連在一起，林木很茂盛的樣子。」

「我還以為坐在這個涼亭裡面，手一伸就可以接住葉子。」

嚴俊說著，大家笑了起來。

「這裡的樹木特別高大，葉子都往上長，要爬上樹才接得到葉子。」

導演卜萬蒼快人快語，大家想想，深覺有理。陶秦：

「這兒的樹林有點原始森林的味，看來是比較接近嫦娥的年代。」

大家再度笑開後，魚貫下亭，走出小森林，沿著園內標識著廣倉路的小路往南走，看到空曠處另有一座甚是美觀的涼亭。這座六角亭，金頂高聳，脊尾翹起，由六根希臘式的石柱支撐著，白柱黃瓦，好像帝王的冠冕。這兒環亭的水泥鑄座椅很像欄杆，全鏤空，沒有積累太多泥塵，大家稍加拍拭，便都落座。川喜多：

「你們中國的文豪魯迅也寫過一篇嫦娥的小說？」

「他寫的〈奔月〉是以古諷今，寫後羿和嫦娥兩夫妻為生活所困，每天為柴米油鹽發愁，最後嫦娥選擇奔月，感覺像是離家出走。」

陶秦說完，香蘭舉出日本的《輝耀姬物語》：

「……這是很有意思的故事，月亮的仙女下凡時只有一個手掌大小，被一對老夫婦撫養後變成美麗的公主，追求她的公子、少爺排成一隊，吃好穿好，到處被人伺候，但始終抓不住幸福，歷遍人間的悲歡離合，最後披上一襲『霓裳羽衣』，帶著一絲悵然返回月宮，也算是奔月了。」

「這故事非常好，很有深意。『霓裳羽衣』讓我想起唐明皇。」周璇搓了一下手，望向大家，「有一年八月十五中秋，唐明皇夢遊月宮，看見嫦娥美麗無雙，醒來後念念不忘，作了〈霓裳羽衣曲〉，每到中秋一定紀念，民間於是流行過中秋。一天他在兒子的府裡看見了和夢中嫦娥一樣的女子楊玉環，就決定要了她。」

「這麼一說，楊貴妃就有點是嫦娥的影子。」嚴俊攏了一下掉下來的頭髮，「剛剛陶秦老師講嫦娥生了12個月亮，每月出現一個，現在根據推理，嫦娥投奔的一定是八月的月亮」

「你有這種認知，選你做《嫦娥》的男主角，真是選對人了。」卜萬蒼欣慰地看著嚴俊飽滿的天庭，「拍這部戲可以讓國人或世人對中國傳說有更深切的認識，具有教育的意義。」

川喜多看了一下手錶起身離座，在中川的引導下幾乎往回走，從接葉亭和茝蘭室旁邊走過，陶秦和卜萬蒼並肩走，談起《聊齋志異》的〈嫦娥〉：

「那篇小說只是假借『嫦娥』之名，行狐仙魅惑、修理人間的小道。從腋下產子的情節更讓人感覺驚悚。」

「那篇小說，我特地找出來看，覺得滿失望。看不出那位嫦娥跟月亮有什麼關係，如果她真是月亮仙子下凡，就應該時常望月興嘆或起相思。看起來就只是個冒牌貨，騙騙世人罷了。」

卜萬蒼「冒牌貨，騙騙世人」的話驚動了同行，川喜多關切了一下，知道是怎麼一回事後，一行人來到孔雀亭，川喜多建議站在外頭看看便好。一行人於是往南行進，一座拱形小橋隱在一排垂柳間，大家知道柳樹旁邊是小溪。三位女生站在架舞橋上，其餘男子站在橋旁，拍完合照後，大家沿著溪行，來到串月廊。

這條約 50 米長的走廊可是「山」環水繞，假山、小湖和亭閣交錯。這座走廊大部份架在水面上，可說是一座橋廊。為何叫串月廊，香蘭想，應該是廊下數十根水泥支柱把湖面分割成數十塊水鏡，月亮映在偌多的水鏡上，從稍遠處的假山或亭閣看過來，就能看到成串的月兒吧。大家的遊程到此結束，長廊外面的建物都繫著黃布條，左前方屋舍集中區，不少房子已經頹圮，黑色的燒痕還在。中川表示，軍方暫時整理到這兒，過一段時間再來看看未竟的行程。

「總算在這兒摸到月兒的一點邊了。這裡水多，水中月的景況必定多。」川喜多看著正在筆記的陶秦，「陶老師，聽你道來，中國古今小說家對於嫦娥或月亮的描寫都不上道，對你劇本的書寫幫助不大。」

「有一位年輕的女作家，叫張愛玲來著，很喜歡描寫月亮，把月亮當成女性的象徵，她善於用月亮的陰晴圓缺來代表女性的幸福或不幸，她當然不寫月亮的神話，但緊扣女性心理的月亮描述可以作為劇情鋪寫的參考，讓戲劇更有深度。……」

在菲律賓戰火熾烈之際，陶秦的劇本大綱寫好了，總經理戴麟藻給了一點意見，陶秦作了修改，印好後分送各有關人士，最後交給導演卜萬蒼。卜萬蒼看著薄薄一本大綱，期待陶秦儘快引髓填肉，完成劇本。他覺得先讓劇組熱身，或許能刺激劇本早日完成。

卜萬蒼召集的劇組在丁香花園內華影第一攝影廠辦公樓開會。早上九點開始前，大部份人都到了，美術指導野口久光把他畫好的幾張模擬畫交給大家欣賞，其中一幅嫦娥飄逸的羽衣好似托住圓月的浮雲的畫讓香蘭印象特深。

卜萬蒼看見有些同仁還在觀看野口的畫，看向編劇陶秦：

「野口先生的那些畫都很美，會不會畫比劇先行？」

「是有可能。電影本來就是畫面的呈現。像我搖筆桿，有時寫不出那種畫面感，看見一張圖畫，茅塞頓開。」

陶秦說著，香蘭和音樂指導梁樂音異口同聲用日語向野口轉達大家對他畫作的期許和讚美。

「還會繼續畫。」

野口的日語大家都聽懂了。卜萬蒼看著劇本大綱裡頭，月亮從出生、長大，到獨立的過程，想，將來寫成後一定十分逗趣，覺得現在先別討論劇情，先讓各個部門的人各自表現為是：

「劇本大綱裡頭洗月亮寶寶的場面，噴一點煙霧，燈光調好，應該就可以拍得很夢幻，會是一個成功的開始。」

道具組的小陳從手提行李袋內取出兩只彎月狀物，要求關燈。燈關了，小陳打開月狀物的開關：

「這個月兒用金箔包覆，但留一些縫隙，月裡頭的燈光洩了出來再反射到金箔上，像燈籠一樣，小朋友會非常喜歡。」

小陳把熠耀生輝的月燈籠熄掉後打開另一隻曖曖含光的月燈籠：

「這一隻包覆鹿皮，鹿皮磨得很薄，但也未能完全透光，這表示月寶寶眼睛睜不開，快睡著了。」

在大家一片哄笑聲中，室內燈亮了。

「剛開始技術還不是很成熟。我們小組還在做各種嘗試。」

小陳說完，嚴俊搶著說：

「這種感覺很好。你們可以連繫廠商，大量做這種月燈籠，材質當然一般就可以，隨著電影的發行，拿出來販賣或當贈品，進而帶動觀戲的熱潮。」

「這個好，好點子。」

卜萬蒼說著知道音樂組的梁樂音等了很久：

「樂音兄，主題曲作得如何？」

「當然主要還是朝古代〈霓裳羽衣曲〉發想。想著李白的〈清平調〉，適合李香蘭唱的小調已經胸有成竹，大型歌舞方面，慢慢品味白居易的〈霓裳羽衣舞歌〉。這首詩甚長，典故甚多，一時難窺其堂奧。……」

聽過梁樂音一番話，香蘭稍感寬心，畢竟老師開始動了。陶秦跟著梁樂音的話尾道：

「幾場大型歌舞，我將來在劇本裡頭都是幾筆帶過，除了仰仗樂音兄外，想請幾位舞蹈家來助陣。像《萬紫千紅》請來東寶歌舞團就不太好。《嫦娥》畢竟是中國的，是古典的，東寶的太西化了，最重要的是，非常時期當然不宜請日本歌舞團。」

「請梅花歌舞團來助陣非常好，這個團演過歐陽予倩編的歌舞劇《楊貴妃》和《國色天香》，剛好對味。我竟沒想到。」

卜萬蒼說著，腦中興起大型歌舞的場面，心情寬泰了些。

大家繼續討論，有時逸出了主題。卜萬蒼有些憐惜地看了沉默多時的香蘭一眼。自從兩三年前和她合作拍片以來，知道她到處旅遊拍片，看似風光，最近聽川喜多道來，始知她拍的片子各有各的狀況，累積下來的拍片成績可能遠不如一直蹲在華影的演員。但局勢越來越磨人，隨時可能會有突發情況，《嫦娥》能否順利開拍，另一部戲能否如期進入狀況，他是有些憂心忡忡。最後他還是面向香蘭：

「老董要妳再演另一部新戲《香妃》，有沒有跟你說過？」

川喜多雖然是副董事長，但是實際負責人，掛名董事長的南京政府宣傳部長很少來公司，大家稱呼他老董，剛好避開了他的日本名。香蘭：

「提過了。他還說是從北京師範教授江文也那兒得到啟發的。」

「江教授作的《香妃》三幕歌舞劇，用音樂、歌舞和情節刻畫、描摩人性、情義，力道夠，比如用顫音表達內心的恐懼，小提琴樂音的縹緲表現神秘的氣氛，不同樂器交替演奏助長了歡樂的氣氛，都非常得體。音樂的展開、變奏得體，舞曲雖然採西式表現手法，但演奏的內涵貼近中國傳統的曲牌。」梁樂音的話語開始吸引大家的聆聽，「這部歌舞劇，我沒機會看到，但我從劇評得到這種印象，況且這部劇在東京演出時，也頗受矚目。如能請江教授來編劇，或編舞、編曲，李香蘭的新戲一定能收事半功倍之效。」

江文也！這名字很是耳熟，但始終緣慳一面。要和這位江教授合作，香蘭心存悲觀。第一次把這名字帶進她腦裡的山家亨已被關進大牢，向她提過江教授的溫貴華和劉吶鷗，一個逃到重慶，一個死於非命。嚴俊：

「大家有沒有注意一件事，這兩天沒看見張總。」

「是這樣啦。他已經到了漢口，或還在途中。」

卜萬蒼一語驚人。大家馬上想到的是，他可能被川喜多遣走避風頭。卜導繼續說：

「南京政府突然派人要求他到我們華影的漢口分公司擔任督

導。當然，這個督導只是個虛銜。老董擔心他有不測，也陪同前往。」

聽到這些話，香蘭不感意外，對於川喜多關愛部屬，無怨無悔，始終如一的心情感懷頗深。香蘭自忖來到這兒，很多事情跟原先想的落差很大，意念漸次調整後，她開始覺得拍片並非最重要，她自認來對了地方，不是因為有戲可拍，而是大家在這兒共憂患，生疏變熟絡，原先擔心的被排斥並沒發生，一種甘美在心底油然而生。

38. 訪周璇宅 四人聊開

川喜多安返華影，顯然仍關心善琨夫婦後續的安危，但已無可如何，只能盼他自己自求多福了。算來，來到華影也有三個多月了，香蘭總覺得凡事一動不如一靜，《嫦娥》的拍攝，一直沒有進度，卜萬蒼沒再召集劇組開會，或追蹤各小組的工作進度。這時副總經理石川俊重突然離職帶著家眷返日，南京政府推薦滿映的阪下英治接任。在這艱難的時刻，大股東滿映還是虎視眈眈，更加深了川喜多的無力感，華影的士氣自然更加低落。

前一陣子，香蘭直覺要拍完兩部新戲非常不容易，心裡暗許：如果順利拍完，為了感謝這難得的機會，願意宣布退出演藝圈。僅僅兩個禮拜，香蘭感覺這家一向活躍的公司，高層開始躲起來了，就連黃天佐經理也常不在座位上。一些電影殺青了，演員從攝影棚回歸辦公室，但新戲遲遲不上線，似乎在觀望，等待時機……。

這時，同仁最關心的還是馬尼拉攻防戰。如果日軍反攻成功，穩住了陣腳，拍片的工作又可以苟延殘喘一段時日。不過馬尼拉守備部指揮官岩淵少將自殺的消息傳來，香蘭直覺兒玉最後的希望已然幻滅。菲島各式戰爭不斷從同仁口中說出，香蘭不知道兒玉參加那場戰爭，他若在各島的反登陸戰、叢林戰和山地戰中倖存，最後一定會投入馬尼拉保衛戰，現在馬尼拉也失守了，難道他只剩魂歸異鄉了嗎？不過她對兒玉有時會興起一點綺念，相信他不會死，而會像六年前的諾門罕戰役一樣，死裡逃生。或許這是他的命運，他的奇跡會給家鄉高千穗的神話添上一筆。

戰爭越來越近，川喜多常常攢眉蹙額，欲言又止，心中似在想一些對策，但又不敢說出。香蘭不時聽見同仁談論戰事，感覺他們既期待又怕受傷。川喜多早先把菲律賓如果陷落，華影員工全部疏散，離開上海的原則釋放出來。三月初呂宋島陷落後，川喜多照原先計畫，遣散部份員工和家屬。為了儘量減低動盪感，不召開員工大會宣布疏散案，由各部處低調進行。員工領到少許遣散費，回家鄉或日本的，各奔於途。公司的運作幾已停擺，每天都有人離職。這時候，川喜多下令暫停拍攝，或軍方停止供應膠片，都有可能。

大部份日本員工雖然都訂好了船票，但台灣岌岌可危，琉球一帶美國潛艇活動頻繁，內台航路早就中斷，從台灣轉往上海的客輪苟延殘喘，從上海赴日本的客輪也冒險開航。去年八月對馬號被美軍潛艦擊沉，1500 人命喪沖繩外海的慘劇餘悸猶存，上海外灘日本郵船碼頭還是人潮湧動，喧囂、吵鬧聲中，吵架聲迭起，失敗主義瀰漫，在上海海軍特別陸戰隊支援下的龐大撤僑行動中，華影日籍員工的撤退只是一個小環節。

華影整個鬆弛了下來，除了幾部快要完成的電影持續拍攝外，其他停拍，演藝人員投閒置散，有歌唱背景的演員，尤其是女明星紛紛前往唱片公司蹲點。自由主義者川喜多不但不制止，反而鼓舞員工多發展才藝，紓發苦悶。周璇和香蘭都是百代唱片公司的簽約歌手，沒片可拍就放眼音樂，切磋歌藝。以前有人陪同，或隻身前往百代唱片，總有近鄉情怯之感，現在和周璇結伴同往，感覺踏實多了。

在江西路漢彌爾敦大樓辦公室，演職員沒事可做，討論戰事變成一大熱點。但來到衡山路這棟門窗鑲白邊的歐式小紅樓，戰線大大地往後退了，大家很自然地浸入歌藝的探尋裡頭。除了歌手錄音準備製作唱片外，也有專屬樂人帶學生前來試唱或練習。跟著琴音、歌聲走，世界自然大不同。

這天一早，香蘭陪周璇到百代錄音，工作告一段落，周璇：

「到我家坐坐吧。」

香蘭早聞知周宅是上海頂尖的豪宅，也想見識一下，欣然同意同往。兩人攔了一輛馬車，一路往北走，經過華影總部所在的丁香花園，走過一棟棟掩映在紅情綠意間紅瓦白牆的西式別墅或住宅。

周璇所住的流水公寓和一般花園洋房式的西式獨棟住宅又大不相同。兩人在海格路下了車，香蘭仰望高達七層，正面寬闊的集合式公寓，登上希臘石柱護衛著的拱形門，進入大方的門廳上一小段階梯，再搭電梯直上六樓。香蘭進入屋內，一室的闊朗一掃她長年見慣的中日一般家庭的狹隘和窘迫。L形沙發座的長邊直抵牆壁，牆上開了一個壁爐，壁爐上面擺著幾盆花。沙發組的對面放著兩張靠背椅。由於大小座位圍著壁爐擺設，冬天爐火升起，一番爐邊談話，賓客與主人同歡，必然不忍驟去。鄰接主臥房門口，蓋子開開的三角鋼琴展現了迎賓的樣態。周璇放下包包走了過去：

「我彈一小段〈土耳其進行曲〉用來歡迎妳。」

周璇兩手撫鍵，隨後一手稍稍彈起，靈動的音符像玲瓏的珠玉跳著流動，也好似快樂的精靈旋動身子，娛樂賓客。她只彈了一分鐘便收攏雙手站了起來：

「這曲子太難，繼續彈下去會很辛苦。」

「還是唱歌比較好。」

「是啊！」周璇走向沙發，坐香蘭旁邊，「練琴像練功，手指會受傷長繭的。」

「聽說妳 11 歲便練歌。周璇該不是妳的本名吧。」

「事實上我八歲就到歌舞班學藝，兼做班裡頭的小女傭。家境實在不好。」

周璇樂得紓解積壓多年的苦痛，但還是避開身世悲慘的一面，「11 歲才到黎錦光老師兄長創建的明月歌舞團接受專業訓練。後來在一次演唱會上，演唱〈民族之光〉，唱到『與敵人周旋於沙場之上』時，獲得聽眾熱烈的讚賞，黎老師便給我取了周璇的藝名。從此周小紅就叫周璇了。那妳呢？」

香蘭正要開口時，周璇養母端著茶托走了過來，客氣地向香蘭招呼過後，把沏好的茶放在茶几上。香蘭把 13 歲時認李際春將軍當乾爹，取名李香蘭，同時向波多列索夫夫人學習聲樂的過程講了出來。

「看來妳的身世也是滿多彩的。」周璇淘氣地笑了一下，「不過妳的名字是取對了。日本姓山口給人感覺很俗，什麼子也太普遍了。還是香蘭意境優美。」

「我豈不知？我中學讀中文學校，也深有此感。」

「我真羨慕妳，有過學生生活。我是一個失學的人，我媽媽教我識字，後來在明月也讀了一點書，沒受過正規教育。」

周璇說著難掩落寞，香蘭正想用讚美的話安慰她時，她忽然站起：

「沒事，沒事。等一會兒，我到廚房看看。」

周璇走開後，香蘭流覽了一下四壁間的寬闊空間，站了起來。對面牆上開放式，框格式壁櫥鬆閒地擺放一些書籍、玩偶、紀念品、小物和花瓶一類的收藏品，壁櫥兩邊各放一盆椰樹盆景。她從沙發站起往後瞧，牆上掛著四幅簡潔得有點像圖案，以春窗、夏柳、秋荷和冬雪為主題的畫。這四幅畫應該是她特別請人製做，象徵她唱的成名曲〈四季歌〉。她回坐沙發，兩眼往鋼琴那兒擺，鋼琴上頭一幅畫像，應該是她的演唱放大照，只是敷上色彩。周璇像精靈一般回來，兩眼順著香蘭的視線：

「那是我前夫送我的。」

香蘭聽過她的婚姻，對她前夫也略知一二，但此刻實在不宜多問。周璇腦子旋了一下：

「快了。待會就在我這兒用個簡餐。」

這一餐確實簡單，三樣菜蔬慢慢品味，配給生活全吃到心頭。餐後，香蘭開始欣賞周璇演藝生活的剪報。周璇：

「以前都不知剪貼下來，年少時光竟難以追回。」

「這是《馬路天使》的定裝照？」香蘭費力讀有些糊掉的文字，「看起來很可愛，很有書卷氣嘛！」

「那時妳在那兒呀？」

「我還在學校，還沒出道呢。」

電話鈴響了，周璇移了座位去接。

「啊！美雲！妳好……李香蘭在我這兒呢。……妳要來，那很好啊！……好！兩個一起來。」

周璇掛掉電話，坐回原來的位置：

「袁美雲和她老公要來。不介意吧！」

「王引？那很好啊！」

「妳來了後，跟他們打過照面沒有？」

「相互招呼打過了，但沒怎麼聊。以前同戲，現在是生疏了。畢竟隔了兩三年。」

「沒打緊，等一下就熟絡了。」

周璇說著和香蘭繼續聊，香蘭邊說邊想以前和王引、袁美雲相處的片段，兩夫婦一熱一冷的印象一直深植她腦裡，不過現在美雲既然願意前來相見，香蘭也開始期待比預期還熱絡的會面。

不多久，門鈴響了，王引和袁美雲皆著西裝，沒打領帶，袁美雲常演女扮男，穿著灰色西裝顯得帥氣。香蘭還是肉色，浮水花樣旗袍，十分低調，而周璇是傳統的上衫下褲，外罩禦寒背心。袁美雲一進門就直視香蘭：

「我常跟王引談到妳，說妳下了戲常給人拘謹的印象。」

香蘭臉紅了起來，想到以前留給同仁的印象應是很好笑，自慚之餘，還是很感謝美雲對她開啟的一扇窗。王引：

「李香蘭是很入戲的，拍戲時情緒特別高，感覺上是一直迫不及待地等著上戲。」

「是麼？」

香蘭說著和王引夫婦被周璇延入沙發組。袁美雲：

「拍攝《萬世流芳》那時候，大家都知妳的身世，知道妳一心嚮往中國，所以大可以敞開心胸來拍戲。」

「謝謝美雲的指教。」

香蘭感覺袁美雲不再這麼冷峻，但也無法像周璇那樣，一下子就很投機，跟她在一起，需要時間，如果沒有長時間的培育，友誼之花終究難開。周璇：

「美雲姊十歲就開始學京戲，到處登臺演出，閱歷豐富，時常給我們指導。我一直記得她講過的：唱戲時要誇張，張力要表現出來，演戲，我是指拍電影，表情要自然，和生活中一樣，張力藏在情節，隱藏在人的心思中。」

「把舞臺上的那一套搬到銀幕上，觀眾肯定難以接受。我在想，」袁美雲垂首闔眼，左手輕捏鼻準，「雖然歷練多，但一直在一個小範圍內打轉，好像孫猴子翻不出如來佛的掌心。像我們的李香蘭小姐江南江北，漂洋過海，那才是真正的演員生涯。」

「沒錯，身為一位演員，我也希望天南地北闖天涯，可惜大環境不佳。」

王引說著時，周媽媽又端來茶托，侍奉來客喝茶。

「感覺世局會有一個大變化，現在人人厭戰，新時代即將來臨。」

香蘭說完，大家靜默了下來，周璇和美雲敏感地察覺出她站在中國的立場釋出善意。王引面向香蘭：

「妳認為日本會……」

「這樣好了。」袁美雲打斷丈夫的話，「香蘭，我們彼此不見面後，妳拍了些什麼電影，不用顧忌都說出來好了。」

香蘭於是把三度前往哈爾濱，同時先後前往台灣、東京和蘇州拍片的過程大概講了出來。袁美雲：

「就是說嘛！連台灣、哈爾濱這種做夢都想不到的地方都去了，讓人羨慕。」

「不過有些電影沒能上映，有的遲演，有的戲份實在少。託你們大家的福，《萬世流芳》對我來說，是比較成功的一部。」

香蘭說完又被追問所演電影未能發行的原因，她據實以告後，周璇看向袁美雲：

「妳有沒注意到。我感覺我們都有點過氣了。自從演了《紅樓夢》，這半年我只接演一部，妳好像也是。」

「長江後浪推前浪，現在最紅的是王丹鳳，一部接一部，再來是歐陽莎菲，她們都比我小五六歲以上，還是小朋友。」

袁美雲說著喝了一小口茶，嚥下了些許感慨，周璇看向袁美雲和香蘭：

「女孩結過婚的都沒人愛，將來觀眾對我們的印象可能會停在《紅樓夢》上。那，香蘭妳還待字閨中吧。」

袁美雲和周璇於是對香蘭笑鬧一番。香蘭也樂得被取笑，藉此忘掉一些長江後浪淹來的憂思。笑聲漸歇，袁美雲：

「小璇子，妳還好，結了一年就離掉，影迷都已淡忘了。再說，窩居在這種高檔的公寓，即使不拍片了，也不會寂寞啊。」

「小璇子，妳這公寓名叫枕流。」王引提起茶壺給每人的茶杯倒滿，「我看到這茶水的流動就會想到這公寓的名稱。『枕流』出自古語『枕流漱石』，但實際上，應該是『枕石漱流』才對。」

「枕石漱流是什麼意思？」周璇。

「把石頭當枕頭，用溪水漱口，用來形容隱居生活。」王引喝了一小口茶，「但古人使用的時候，一時筆誤，寫成枕流漱石，用溪水漱口的意思沒了，『漱石』就變成溪水沖洗河中石頭的意思，但『枕流』變成人兒把水流當枕頭躺著，更有意境了。是不是？」

「也算是美麗的錯誤。」

袁美雲說完，香蘭也有了綺思：

「剛剛說到枕流，日本古詩人常用『波枕』－枕在波浪上，用來形容漂泊生活，現在流行歌歌詞也常用。」

「真有意思，我今天又學到一個詞。」

周璇說著站了起來。袁美雲仰看周璇，再看向香蘭：

「香蘭，波枕，真有妳的，妳到處漂移演戲、演唱，真個是波枕。」

美雲笑得愉快，主要是因為「枕流」已讓她覺得奧妙，來個「波枕」相映，更讓她覺得驚艷。香蘭收納了她的親切，但了解這種感覺不會持久，跟她交往可要細水長流，但這種機緣難能獲致。

「來這兒兩三次，都沒有好好看過『枕流漱石』。」

王引說完也站了起來。於是三人在周璇的帶領下經過餐廳，走出廚房旁的邊門，進入後陽台。四人往下眺，整個公寓的後花園盡收眼底。被樹林擁立著的水泥牆下緣，鋪石小徑和溪流往西蜿蜒，但隨即被花木和灌木吞沒，不過小徑旁邊的假山或石景還是隱約露出一些。

「往下看，溪流和小徑是最低的地方，容易被遮住。」周璇笑了一下，「有點像蘇東坡，只緣身在此樓中，不識園林真面目。」

三位來客抿唇微哂。王引：

「那不然，待會要離去時，我們先到後園走動一下。」

袁美雲眼神穿過樹叢，手兒往下指：

「水泥牆的設計不是很好，小小一塊園地被切割成好幾塊。」

「這個小公園是國人設計的？」

香蘭冷不防冒出這句話，而有些汗顏，擔心被眼前三位同事譏笑，但看他們神色自若，沒什麼異狀，開始相信在這種氣氛下，她以中國人自居，他們不認為有何不妥。

「沒有錯。」周璇腰更彎了，再往下探視一些，「假山和石景是採用中國的觀點設置，圍牆就是西方的思維，牆上開了幾個洞，叫觀景窗，從不同角度看，就會框住不同的景色，待會我可以帶你們下去看看。」

「只是隨意看看，不用小璇子費心。」王引朗笑一聲，「大戰臨頭了，我們還在這裡假山假水。」

周璇明顯受到一點驚嚇，住在這種高檔公寓的正當性被調侃了一下。王引也免不了被老婆數落一陣。隨後四人還是一起下樓遊園，香蘭和王引夫婦不再上樓，王引家離百老匯不遠，三人叫了車，共乘一輛馬車返家了。

39. 東京挨炸 會議頻開

過沒幾天，一早香蘭和同仁在辦公室聊開，川喜多長政的秘書智慧子跑了過來，要她到四樓開會。香蘭覺得怪怪的，二樓製片部演出課只有她一人被通知上樓。

四樓原本一片淩亂，隨著公司業務和人員不斷擴充，被整理成擺滿椅子的會議場地。偌大的場地只坐了一兩百人，對香蘭來說，都是生面孔。這些人都講日本話，香蘭知道他們來自一樓業務部、二樓製片部，或三樓宣傳部……。和她有過幾面緣的企劃部專員野口久光見她坐後面，力請她坐到前頭。副總阪下英治和國際合作處長辻久一也都坐前頭。不久前同遊過的辻處長主動向香蘭招呼。此外，在野口的介紹下，香蘭認識了業務部副理小出孝。

川喜多進來了，和前排幾個人握手後逕自走上木板釘成的講台：

「我想很多人都知道，我們為什麼要聚在一塊。22 年前東京發生大地震……」

川喜多講著停頓了片刻，許多人相互張望，交頭接耳，有些哄鬧……。川喜多重新把臉靠近麥克風：

「這次東京發生的災難恐怕超過東京大地震。」

會議室安靜了下來。川喜多繼續說：

「我們幾位同仁昨晚用短波收音機收到東京被美軍轟炸的消息。這次轟炸比 2 月 23 日那一次慘烈太多了。美軍投下的不是一般炸彈，是燃燒彈，皇宮以東地區一片火海。轟炸的目標是一般平民，死亡人數還沒出來，親身經歷過關東大地震的人直說比大地震還慘，好不容易重建起來的東京再度毀了。……好了，大家先不要講。聽我講完。我昨晚一直和東京聯繫，但電訊中斷，怎麼打，電話都不通，最後只好求證上海軍方。有一件事，我必須致上我的歉意。就是上禮拜被我勸回日本的，尤其是東京的，我衷心希望他們安然無恙。……現在大家在這兒替在這次轟炸犧牲的同胞默哀兩分鐘。」

靜默過後是一片擾嚷，各種提問此起彼落，有些人慶幸還沒買到船票之餘，哀嘆情勢的變化。婦女急切想知道各區災情的呼喚，甚至啼泣，混雜一團。川喜多大聲疾呼，控制場面後，表示會責成各部長或課長，就所屬東京員工家屬居住地受災情形，甚至每一相關員工家屬的現況，儘快查明回報：

「這是目前最重要的工作。拍片反而變成奢侈了。當然現在都暫時不能有回日本的念頭了。空運、海運都非常危險。我今天把本國籍員工召集起來主要目的是要大家體認新的情勢。過兩天新聞出來後，中國籍員工都會知道，也可能會在辦公室談這種事情，即便他們帶點民族主義情緒，你們聽得一知半解，但理解那種情緒，也要克制忍耐，要謙虛，當然戴麟藻總經理那兒，我也會要求他責成中方幹部約束員工言行。我跟前總經理張善琨說過咱倆各愛其國，戴總很能理解，我相信他也會協助督導中方員工把民族情緒放在家裡，別帶來辦公室。當然你們也不要有激化的行為，請務必維護華影一貫日中和諧的氣氛……」

香蘭坐著聽講，瞬了一下左右後方的同仁，她很能體會川喜多的用心良苦，理解他做為一個中國友人實在是生不逢時，日軍不斷攻伐、砲擊、轟炸、殺戮，廣大的民眾，有誰記得住他那卑微的友善。不過，在他的調教下，華影員工應該很能理解他的苦心。東京被轟炸，她深信沒有人會把氣發在中國人身上，畢竟日本人加諸中國人的苦難千百倍於此。現在東京既然被美機天火焚城，他們一定會恨美國人報復過火，控訴美軍的瘋狂屠殺。

對川喜多長政、阪下英治、辻久一一干華影日方高層來說，大轟炸的震撼還沒完全退去，新的恐懼又來臨，他們知道美軍從西南太平洋開始實施跳島戰術，攻陷呂宋島後，如果再行跳島，就會直攻琉球，甚至日本本島，但台灣這麼大，跳得過去嗎？美軍如果直攻台灣，日本至少還可喘口氣，如果反敗為勝，或可扭轉戰局於一時。當然他們最後的結論都很悲觀。另一方面，佔華影絕大多數的中方員工多表現得很克制，雖然都很關心時勢，但都低調行事，尤其是演員。香蘭直覺那些員工一方面不想讓川喜多太難堪，一方面擔心情勢轉得太快，他們來不及轉換身分就被秋後算賬。

中籍員工跳離華影這艘船的越來越多，川喜多都不阻撓，也都給予祝福。時間飛逝，戰勢越來越明顯，美軍也不打虛虛實實的情報戰，大批軍艦直接開到沖繩外海集結，直接向日軍參謀本部下戰帖。戰事近逼，華影除了《國色天香》、《二十載恩情》幾部電影還在苦撐收尾外，川喜多如早先約定的，下令停拍電影，大批職工和演員突然投閒置散，公司一下子鬆垮了下來，變得無精打彩。日軍節節失利，治下的華人人心也開始浮動，一直以友華自期的川喜多漸漸失去了著力點，開始給同胞同仁較多的關注，也比較少談電影，話題多屬實事。

幹部會議多在副董辦公室進行，開會時也多會請香蘭參加，大家不拘形式各自發抒意見。總經理戴麟藻不諳日語，副總阪下英治、國際合作處長辻久一和企畫部副理筈見恆夫，華語也不靈光，至於頗受重用的製片部經理黃天佐、營業部經理黃天始，日語尚可，但不夠純熟。香蘭中日文俱佳，開會時擔任通譯，常常伺機口譯日語和華語，讓會議克服語言障礙。在軍情緊繃的環境下開這種沒有業務壓力的幹部會議，緊張中帶著輕鬆，茫茫中只能感受到自己心中的那盞孤燈。再說，這種幹部會議，都不談華日戰情，只談日美戰事。在座的華籍幹部，都是川喜多提拔上來，也跟川喜多交好，聽取戰情時，都不多言，很能保持冷靜。由於報紙透露的都是兩三天前的舊聞，每次會議，川喜多都會要求野口久光把前一晚從收音機取得的最新情事報告出來。野口：

「沖繩島目前的情況是，中間地狹部份，包含機場已經被美軍攻佔，守備指揮官牛島滿把重兵放在東北山區，島西南城鎮平原區也部署部份兵力，但首里那霸防線，我軍面臨極大的壓力。……」

野口講述告一段落，香蘭馬上翻成華語。川喜多：

「你剛剛講的是陸戰部份，海戰如何？」

「我聽的是美國電台，五六百艘各級戰艦麕集琉球外海，我國軍方也派出相同數量的神風戰機瘋狂俯衝，命中了幾艘驅逐艦。」

不待香蘭翻譯，川喜多用日語提醒野口，用日軍替代我軍，野口頷首表示理解。阪下英治：

「幾艘驅逐艦也抵不上一艘大和號的損失。」

「日本現在除了神風外沒有招了。」野口久光無奈地環視了一下同仁，「不成比例的軍艦也損失了幾艘，戰鬥機省著用，全拿來當神風機，相反的，美軍，甚至英軍的艦砲、轟炸機輪番轟炸日軍要塞，日軍都躲在山洞裡面，等著他們的陸戰隊登陸再決一死戰。」

「日本軍人死守這種觀念最是可怕。結果真的就是死守，到最後全部戰死。硫礦島戰役很多秘辛現在都曝光了。不知各位有沒有注意到。兩萬三千多守軍幾乎全部戰死。只有一千多一點人被俘而活了下來。」川喜多長政閉下眼睛，吐了一口氣，「沒有子彈了，上千人拿著軍刀，或槍枝頂著刺刀，抱著彈藥桶衝向敵人。日本軍人作戰到了最後就是這樣『自殺衝鋒』。」

「副董口中的自殺衝鋒還是另有深層的意涵。我聽了美軍的廣播，當然也有些是播音員加註的見解。」野口身體稍稍下伏，兩眼像仰視夜空一樣，看著川喜多和眾人，「肚子不是很餓，一天可以吃兩小餐時叫做萬歲衝鋒，目的是要殺死敵人。但是一天連一碗稀粥都吃不到，餓得頭昏眼花，那才叫自殺衝鋒，不喊殺，也不呼萬歲，目的是要吃敵人的子彈，好躺下去解脫一切。」

空氣陡然靜止，黃天始兄弟顯然聽懂了，就是戴總好像也知曉野口談些什麼。香蘭瞬了川喜多一眼，川喜多把野口的話意向戴麟藻簡述過後，看向大家：

「這一些，報紙都不會寫。我有時憑空也會想到這一點，如今野口兄講出來後，我更深信不疑了。」

「沒有錯，國內的報紙不報，但外國廣播會報。看現況，可以推知過去，預測未來。」野口忍著心中的苦，把從短波廣播聽來的吐露一些，「軍方推出神風機，表示戰機不夠，省著用。現在琉球群島外海圍著千艘美國戰艦，表示我們無多的戰艦也出局了，往前推幾個月，不管是索羅門群島或菲律賓，日本人的子弟兵都是孤軍，制空、制海權都握在美軍手裡，糧食、彈藥無從補給，談不上重武器的火力支援。熱帶雨林，天天下雨，餓著肚子泡水，吃青蛙、蜥蜴、昆蟲……」

「到時候，沒有什麼可以吃了，人餓得被幻覺支配，就沒有什麼不能吃了。」

小出孝一語煞住諸同仁的思緒，每一人或快或慢都理出了他的話中話。

香蘭努力撇開戰場上殘存的士兵吃食戰死同袍遺體的想像，離開副董辦公室，回到樓下自己的座位，「自殺衝鋒」的景象不斷在她心裡擾動，她依稀覺得日本軍人視死如生的一貫行徑已然把自殺衝鋒視為軍人對自身職責的最後敬禮。她相信兒玉已經陣亡，但午夜夢迴，他還存活的絲絲涼意會讓她恍神一陣。她不知道兒玉的部隊有沒有移防他地，就算他一直駐守馬尼拉，在攻防戰中倖免於難，還是逃不過自殺衝鋒的最後敬禮。

上海四月，天氣清爽，城區沒有往年熱鬧，毋寧說帶著一點末日的況味。算來美軍登陸沖繩已三週，華影日籍幹部看著美軍攻城略地，一開始乾焦急，漸漸地看報不忍卒睹。他們知道北部山區和中部高地的駐軍還可撐一陣子，嘉數高地攻防一連十幾天，美軍屢攻屢挫，他們倒看出了興趣，最後美軍戰車營大敗，更引發大家的議論。

華影幹部聚在川喜多辦公室喝茶論戰，聚焦坦克勝仗。川喜多小看這場難得的勝利，心裡盤算著美軍面對這個小挫折應不致在日本本土另闢戰場。野口把最近從國外短波電台聽來的戰情報告過後，川喜多兩眼逡巡了在座幹部，總經理和一兩位華籍主管沒來，黃天始兄弟在場，他還是很欣慰。兩兄弟是他以中國人的思維和習氣交出來的朋友，別人若以為他們巴著他的日本人身分，那也就無以為言了。他沉默了好一會，把每一雙眼睛都看得低垂：

「……報紙最近沒報了，就是美國轟炸機在瀨戶內海投下上千枚感應式水雷。想來應該還會繼續投吧。」

「國家淪落到這種地步，美國飛機要來投彈就投彈，要丟水雷就丟。」阪下英治痛切地作勢要敲沙發椅扶手，但還是忍住，「日本已經淪落到像以前中國被這種列強強壓的次殖民地的樣態。」

香蘭知曉在座少數華籍幹部大約聽得懂，就不再作口譯。在座的華籍幹部有些面露尷尬的微哂。川喜多看向黃天始和黃天佐，直接用華日語雙聲調：

「我們平常相處像兄弟一樣，現在同在一條船上，有話就直講，不用顧慮到民族的立場。如果美軍攻上日本本土，日本軍政府，或者天皇有沒有可能，或者有沒有必要撤離日本？」

「這個嘛！」黃天始遲疑了瞬刻，兩眼亮開，半華半和的口吻，「搬到滿洲，譬如奉天，成立臨時政府是一個選擇。」

「戰爭就是這樣，敵強我退。就像皇軍攻打中國，蔣先生退守重慶一樣。」黃天佐也用雙聲調，趁機發洩了一點民族情緒，發覺哥哥的說法也行不通，「不過，怎麼做都是死局，看來只有最高當局承認錯誤。」

「這一局棋實在難下。」

川喜多心裡喟然。他知道天佐心頭想的是棄械投降，但說不出口。在這兵凶戰危的時刻，川喜多一連召開了三次幹部聊天會，隨後決定召開一般員工會議。所謂一般員工，暫時不納入五大片廠的員工，主要是指一樓的發行部、營業部、二樓的製片部、三樓的宣傳部和企劃部。這些員工，華籍佔多數，川喜多相信他們訓練有素，對日華公司的華影和日軍分得清楚，會議開完後，華籍員工應會形成一種不抨擊當局，但感時憂世，顧念公司前景的內歛性思考。

總公司會議在四樓會議室舉行，重要的幹部都坐在台上兩排桌子前，每人分配一台桌上型麥克風。兩排桌子中間有一台直立型麥克風。台下多華籍員工，日籍員工坐一邊，看來也不少。室內有些擾嚷，川喜多從座椅站起走到直立型麥克風前：

「很好，我這兩天就在想，既然東京受到毀滅性的攻擊，上海恐怕也不能倖免。去年底我有把華影搬到北京的打算，不曉得各位意下如何？」

川喜多用華語說完，香蘭在座位上透過麥克風用日語簡單解說一遍。隨後的幹部發言時也都坐在座位上，就近使用座位上的麥克風。

「就我對美國人的瞭解，他們很重視歷史古物的保存。」總經理戴麟藻難掃心中的層層憂愁，「和北京相較，美軍攻擊上海的可能性較高。陳代理主席公博上任也有四個月了，一時拿不定主義，只能看皇軍的動向再作裁決。」

戴總欠缺經驗，除了三兩句就曝出南京政府的致命弱點，還搬出皇軍，華籍員工本來很給川喜多面子，這時按耐不住，在揶揄中擾嚷了起來。黃天始發覺比較躁動的是營業部和發行部的華籍員工，把嘴巴靠近麥克風。

「大家不要吵。我在想：戰爭播種罪過，因為戰爭，兄弟都會反目，夫妻都會成仇。好在我們華影像一個大家庭，不分中國人、日本人，有事互相討論、溝通。這是川喜多副董突破萬難給我們創造的氣氛和機會。……」

黃天始把華籍員工的情緒緩和了下來，副總阪下英治把要講的話用字條遞給香蘭，然後開口：

「我認為美軍不應該也不會轟炸上海，我是指那種不分軍民的濫炸。」

香蘭把副總的話翻成華語後，台上的幹部和台下前面幾排員工都帶著幾許期待望向阪下，川喜多也瞥了他一眼，不知他葫蘆裡賣什麼藥。阪下繼續說：

「戰爭，不管是日華之間，或日美兩軍之間，戰機、大砲你來我往，熱戰不絕。但熱戰之外，有時也會打形象戰。像上海這個城市的一般地區、民宅 1932 年和 1937 年被日本戰機炸過，留給中國人很壞的印象，美軍自然變得討喜，所以美軍如果要進攻上海，比較可能進行軍事目標的準點打擊，不會進行濫炸，維持他們在中國人眼中的好印象。」

阪下的話在日籍職工圈引發一些議論，香蘭在這騷動的瞬刻用眼神向川喜多請示過後，把副總的話以華語說出，隨後夾帶一些掌聲和叫聲的哄聲像波浪一樣，朝台上打了過來。川喜多從容站了起來，走向中間直立的麥克風，他的泰然逐退了泰半騷亂。

「剛剛副總率性的一番話很有意思，也加大了大家討論的空間。或許美國人或美軍很想繼續給中國人好感，對上海進行情理兼顧的戰法，我們公司也可能因此逃過一劫。日本軍人得罪了美軍，他們也懶得裝好人，直接做惡魔，把東京炸個稀巴爛。現在他們要片面當好人也無妨。我們是電影公司，那邊沒有戰爭，就往那邊走。我在這邊呼應剛剛戴總講的美軍比較會對古都手下留情的說法，再想一下，最近在日本發生的大小轟炸，京都都躲過了。所以把公司遷往北京是開始嚴肅考慮的方向。……」

川喜多直接用華語說出，有時用日語說出一些重點，最後提到將來公司若北遷，無法跟上的員工是否酌發安家費，會根據公司的財務情況再做討論。

其實在此之前川喜多只在閒聊時提了一下公司北遷的可能性，在座幹部未及準備，在後續的討論中，除了表示支持外，也就自己了解的範圍提出一些意見。會議進入尾聲，川喜多提出提供住宿的構想後，出乎預料的，願意跟進北上的演員不少。

會議結束了，一般員工先行下樓。幹部下樓時，川喜多請大家到他的辦公室小坐，於是有些人隨著他的腳步，踅進他的辦公室。大家坐定了，川喜多看向野口久光：

「野口君！你在收聽美國廣播時，不是特別喜歡聽他們的爵士樂嗎？」

野口聞言精神一振：

「美國爵士著重隨興表達，用小號最能表達那種味，不重視旋律，小號吹出來的抖動的音符好像是被壓抑許久，尤其是黑人的靈魂。」

野口說著大家聽來津津有味，川喜多笑了起來：

「不管是不是黑人的音樂，總是美國人的，算是敵性的音樂。」

「越要說敵性，我就越有興趣，每天這樣偷聽，真是很刺激。」

「爵士風潮好嗎？」川喜多猛然想起一件事，看向香蘭，「李香蘭還是古典的，現在沒電影可拍了，妳繼續練歌好了。」

「我最近常和周璇討論唱歌的事。」

「我想介紹一位猶太裔的俄國女老師貝拉．馬塞爾給妳，讓妳多學一種唱法。」

香蘭當場首肯，川喜多面有難色地看了她一眼，再以徵詢的眼神看向大家：

「李香蘭小姐千里迢迢投奔華影，好不容易要拍一部電影了，結果現在嫦娥奔不成月了，本來卜萬蒼、梁樂音計畫好的大型歌舞落了空，或許我們就把歌舞場從銀幕，從攝影棚搬出來。……」

「那就是找個場地辦個歌舞大會？」小出孝。

「我在想，在這苦悶的年代，每個人先吐一口悶氣，先辦個歌唱會，然後才是以舞為主的歌舞。」

川喜多說著想到了導演歌舞片最成功的方沛霖，直覺時局瞬息萬變，音樂會較單純，可以先行，若真要搞歌舞，那音樂會進行時，方導就可以開始籌畫了。

「時局迫人，很多人都在尋找自己的音樂，野口君找他的爵士，小璇子、李香蘭不用說了，白光……」川喜多語帶嬉謔，「軍方也在找他們的禁歌，但歌是越禁越唱。我在想，若咱們搞個演唱會。不只我們華影的女演員，百代系統的歌手更是要角。」

「非常好。有些女明星即使稱不上歌手，唱得也好聽。畢竟現在沒有電影可拍，每個人心情都在找出路。」

野口說著抬起頭，滿意每個人臉上的反應。川喜多：

「想辦法把你的爵士也搬進來。」

「很好哇！至少有了特色。」

香蘭說著大家繼續聊，坐了五分鐘下了樓，回到二樓辦公室，香蘭和製片部同仁又得面對沖繩戰役還是很艱困的事實。

40. 戰雲密布 等待鶯啼

沖繩戰役對日本來說是生死存亡的戰爭，新聞報導每天更動，每天死亡人數，幾百、幾十，甚至上千，不斷翻新，消息傳遞慢，也十分混亂，其中村民集體死亡事件不時出現，新聞報導指向被美軍集體殺害，或自殺。野口久光從收音機聽到的美語廣播更為驚悚，不是被日軍逼迫集體自殺，便是直接用武力滅村。野口事後冷靜了一下：或許這只是惡意的傳言。決定暫時不予轉述。

企畫部副理筈見恆夫在大轟炸前即已和東京家裡失去聯繫，懸念難熬，決繞道朝鮮返日，川喜多苦勸未果，只好勉強讓他離職。華影業務空轉的範圍越來越大，香蘭有時到貝拉．馬塞爾處學聲樂，一天被百代召去開會。百代計畫和邁爾西愛路的蘭心劇場合辦一個小型演唱會，每人約唱八首中國歌曲，加上穿插的小提琴、胡琴或長笛演奏，兩人合成一場，十幾人參與演出，午晚各演一場。在老總郭僕的調配下，周璇、白光一組，香蘭和龔秋霞一組，姚莉、白虹一組。由於前置時間短，沒多少時間宣傳，郭僕倒不擔心票房，他知道蘭心劇院每天都有一群人前往看戲或看表演。

會開完了，各自散去，不過香蘭和姚莉決定到周璇的豪宅走一遭。三人來到海格路的流水公寓，在客廳坐定閒聊了一下，開始談到演唱會的種種，姚莉看著香蘭：

「有一段時間，大家都在議論妳的花腔高音的唱法，像〈賣糖歌〉的收尾，賣糖啊～賣糖～啊啊～啊啊～～啊啊……」姚莉模仿香蘭的唱腔，像斷了氣一般，「對不起，唱不下去了。」

周璇不好說什麼，現出欣賞性的神情。姚莉繼續說：

「是嘛，妳這種一個音轉折這麼多，尾音又拖這麼長，氣息又連綿到底，妳是從那學來的？」

「小時候跟一位常演歌劇女主角的白俄老師學的，胸腔下方壓著五六本厚厚的書訓練腹式呼吸和發音，書掉下來一本就重來。不知不覺就學會了。」

香蘭說完，姚莉爽快地說道：

「我們以前在明月歌舞團時也這樣練過，頭頂書本練頭腔共鳴，大概訓練的力度不夠，老師要求也不夠嚴……」

「我倒希望有機會真正接觸歌劇，或許找一個歌劇老師學，把顫音、波音或滑音練得圓熟一些。」

周璇說著面露些許落寞，抬頭看了養母一眼。周媽媽擺好茶點後，給三人倒了茶。

「小璇子的歌聲自然真純，或許維持這樣反而更好。」姚莉看了眉目攢蹙的周璇一眼，「西方歌劇的那種女高音有時給人感覺太人工化了，我們東方人聽了不習慣，會感覺壓迫感很大。」

「老是聽到自己那種聲音，或老是被人家這樣講，會感到汗顏。」周璇展眉笑了起來，「是希望有個突破，有個新貌。」

「這問題，可以分兩個層次講，以中國人的標準來看，」香蘭看著兩位好友，「小璇子的美聲渾然天成，天生就有藝術的高度，任何一位歌手照西方標準來練，練到博士級，應該也不如她的悅耳。但是以小璇子的資質，練過，追求過後，對她來說，可能是另一番境界。」

香蘭說完，姚莉大表同意，周璇也現出學習的渴望。

「我現在正向一位叫貝拉．馬塞爾的俄國女歌手學歌，如果小璇子有興趣的話，我可以幫忙引薦。」

「那就找個時間去吧。」周璇從包包取出公司發的演唱清單，「香蘭，妳也唱〈桃花江〉，旁白還是由龔秋霞念唱。」

「應該是唱黎莉莉比較早期唱的版本，起始那一句是：桃花江是美人窩，不是桃花江邊好風光。那時王人美給她唱旁白。旁白只有幾個字，主唱要像念經一樣，一口氣唱出好長的字串。」

姚莉說著，三人都笑了起來。

「我唱的時候⋯⋯」

「妳唱的時候，」姚莉硬是打斷周璇的話，「妳和妳以前的他唱這首歌時，是男女對唱。」

「莉妹，別再提他了。」周璇瞅了姚莉一眼，腦裡滿是對前夫嚴華的氣惱和不屑，「他應該在他的桃花江找到美女了。」

周璇說完笑看兩位友人，突然起身走向鋼琴，香蘭和姚莉也跟著過去，接過周璇遞過來的歌譜。

「妳們坐在沙發上唱好了。譜是男女對唱的，莉妹妳唱男聲吧⋯⋯」

周璇說著兩手開始試音，試音結束，周璇停了半晌，隨後兩手手指重重敲擊琴鍵，〈桃花江〉的前奏衝擊室內空氣，好像把失婚的痛苦一股腦兒發洩出來。香蘭學生時代喜歡唱此曲，一次還在澡堂浴後和乾姊潘英華在餐廳對唱，雖然久沒再唱，最近勤加練習，很快便上手。此刻對唱練習，一開始，她的唱詞不多，幾乎都是姚莉帶著唱，但很快就融入那種情境裡頭。

「哈，你愛上了瘦嬌，你丟了肥的俏，你愛了肥的俏，你丟了瘦的嬌，你到底怎麼的選，你怎麼的挑？」

這一段，香蘭一氣呵成唱完，把氣氛完全唱出來，周璇回過頭滿意地笑開。

「我也不愛瘦，我也不愛肥，我要愛一位，像妳這樣美，不瘦也不肥，百年成匹配。」

姚莉很好地配唱完後，香蘭接力唱。

「好！桃花江是美人窩，桃花千萬朵，比不上美人多！」

兩人合唱最後一段後，樂音還在進行。輕快的尾奏，可歌性仍強，周璇邊彈邊哼了半分鐘才離開鋼琴。

五天後，同一首歌，不同唱法，在不同場景進行。邁爾西愛路蘭心劇場流行歌大會串午後場，龔秋霞唱完自己的場次後，替李香蘭首唱曲〈桃花江〉念唱旁白，協助唱完整首歌後才到劇場貴賓席落座。一名胡琴老師奏完兩曲後，香蘭接著唱白居易的〈花非花〉

和〈賣糖歌〉。唱完後，百花盛放的舞臺佈景改為鋪陳幾支紅色的小提琴放在藍布上面的看板。這個下面裝有輪子的直立佈景剛剛龔秋霞演唱時也用過。這麼多人演唱，幾塊活動的佈景就在舞臺的臺前臺後換來換去。

這場演唱會，香蘭也唱了周璇的招牌歌〈何日君再來〉。一般演唱會都把這首歌擺在最後，用以營造後會有期的氛圍。這次也不例外。每唱這首歌，她的感懷總是特別多，每演完一部電影，或登上機船、列車，面對歡送的人群，她心裡總是升起這首歌。六七年前，她在新京車站送別田村泰次郎和一批來訪的作家時唱了這首歌，結果三年多後，在前往鄭縣的火車上和田村巧遇，去年她送別兒玉英水時，心中也響起這首歌，而今兒玉安在？一絲悲傷掠過心府，隨即被歌聲淹沒。

「……人生難得幾回醉，不歡更何待。」

台下暗影濃聚的觀眾，鴉雀無聲，處在此亂世，想必也有很多悲歡離合的故事在他們心底共鳴。歌聲持續……

「……來，來，來，喝完這杯再說吧！今宵離別後，何日君再來。」

歌畢，掌聲如雷。香蘭應觀眾要求，獻唱兩首安可曲，接著接受獻花，和小樂團、串場演出樂人合體謝幕後，再接受獻花。謝幕畢，樂團成員大都直接到休息室，或外出，香蘭和幾名演出人員回到後台卸妝，同時收拾工具、手提袋。香蘭剛換下白色演出服，還沒卸妝，一名妝容小姐：

「李小姐，外頭有兩名歌迷求妳簽名。」

侍候香蘭的化妝小姐知道香蘭晚上還有一場，建議她別卸妝，晚上補點妝就行。香蘭走出化妝室，經過陰暗狹窄的走道，正要上樓梯時，兩名 30 來歲，一戴眼鏡，一留平頭的年輕人突然出現。平頭年輕人出示工部局的證件，要求香蘭跟著走。

「我晚上還有演出。」

「妳如果配合，很快就結束，不會耽誤妳太多時間。」平頭男走上舞臺，看見週遭沒有什麼人，望了香蘭一眼，「我們基於保護社會安定、民心士氣，想瞭解妳唱一首歌的動機作為參考，只是這樣。」

香蘭氣在心裡，但不想說什麼。她知道中國源遠流長的禁書效應，已然蔓延到歌唱和電影。她自忖：辛辛苦苦拍的電影都無法放映，遑論一首歌。她心裡篤定了一些，跟著出去，但想不通那首歌出了問題。

坐上警車，擔任司機的眼鏡男：

「事情弄清楚了，會把妳送回來。」

隨後大家都不再說什麼，香蘭猜想這兩人應該是警察。車子直驅漢口路的工部局。

香蘭在一間三面白牆，一面開著門窗，裡頭只擺著一張長方桌的房間枯等了許久，越等越心慌。門開了，押她前來的兩名警察跟著一名黑衣警官進來了，三人一字排開，背對著門窗，面向香蘭坐下。

「李小姐，放輕鬆。」黑衣警官脫下大盤帽，放在桌上，「這次演唱會，演出的歌曲是妳自己選的嗎？」

香蘭看著警官，心裡盤算著：這人和押她前來的兩位警察都講純正的華語，

「是百代公司安排的。」

「〈何日君再來〉這首歌也是公司安排的？」

香蘭點點頭，沒有回答，悶想這首歌出了什麼差錯。

「為什麼不拒絕唱？」

「為什麼要拒唱。描述男女感情的歌，聽眾喜歡聽，唱的人也歡喜唱。」香蘭看著面露詭異笑意的警官，「周璇也在唱，而且她是最先唱的。」

警官點點頭，兩眼避開香蘭有點眩眼的妝容：

「妳唱的時候有沒有想到這個『君』代表什麼？」

「我不懂長官的意思。」

「比如說，君一音之轉變成軍隊的軍，代表國軍，國民黨軍隊或共產黨的軍隊。」

「長官想得太遠了吧。」

香蘭說著，兩名警察：眼鏡男和著手作筆記的平頭男都笑了起來。警官：

「又比如說，君指國君，代表蔣介石。」

「長官為什麼不說君代表皇軍，或是日本天皇？」

「皇軍已經來了，就沒有何日再來的問題。」

警官說完，兩名警察又含諷地笑開。

「我在問話，別對我狡辯。」警官扳起臉孔，「佈置舞臺佈景的是誰，那單位？」

香蘭沒有回答，只覺得好笑，找不到「罪證」，就往細枝末節推敲。警官看向眼鏡男：

「小王，你敘述一下李小姐演出時的舞臺佈景。」

「佈景很簡單，三四支紅色小提琴放在藍色布匹上。」警察小王再次看了香蘭身上的粉紅色旗袍，「小提琴顏色太紅了，看來很刺眼，李小姐當時穿著十分眩目的白禮服。」

「李小姐，妳當時穿的演出服白得發光，在舞臺上搖曳生姿，像慢慢轉動的太陽。」

警官語畢，兩名警察笑得有點狂。警官拿起平頭警察做的筆錄，看了一下又放回：

「李小姐晚上還有一場，還有沒有其他歌手唱〈何日君再來〉？」

「這我不清楚。」

「沒關係。這個我會瞭解。」警官側頭向小王，「待會你送李小姐回去，要劇場經理撤掉小提琴佈景……」

香蘭被送出小房間，在穿堂的沙發座小憩時，警官又在大門口和小王交頭接耳。

回程的車上，小王一再道歉：

「我們吃公家飯的，就是聽命辦事，請李小姐多多包涵。」

「剛剛那位長官又和你講些什麼？」

「沒什麼。」小王把車子轉向西藏路，沿著跑馬場南行，「他只說晚上演出如果沒問題的話，就銷毀今天做的筆錄，李小姐，此事也不用張揚。」

「那〈何日君再來〉可以唱嗎？」

「長官沒說不可以，應該可以吧。臨時更換曲目，你們也會措手不及。當然佈景要換。這個是長官交代的。」

香蘭不再答腔，只覺得那些警察今天的作為只是庸人自擾，要被撤除的佈景重新在她心中喚起，大體藍上紅下的景像立刻轉成藍天紅地的意象，怪不得那位警官會把她想成躍動的太陽。車窗外，和日章旗並列的南京國民政府的旗幟也是藍天白日滿地紅的構圖，只是多了一個三角黃邊。歌唱會撤掉佈景，抹掉重慶政府，南京政府不也連帶受傷，真是邏輯不通的胡鬧。她越想心裡越悶，擔心心裡的波動波及晚上的演出。

……………………………………………………………

香蘭從沒想到會在上海碰見她一直視為恩師的服部良一，在這個中日海空交通緊繃的時刻，人在上海，豈不意味著他必須在中國長留一段時日。

周璇為了替前往百代試唱的師妹打氣，邀香蘭同往。周璇師妹唱完，香蘭和她走出控制室，經過走道，聽見生硬的英語腔，往會客室瞥了一眼，看見正和黎錦光老師談話的男子的背影十分眼熟，她前進兩步向室內探視了一下：

「服部老師！？」

坐在沙發上的服部良一略顯受驚，黎錦光於是向香蘭招呼了一下。站在後面稍遠處的周璇照顧師妹去了。香蘭坐在沙發上：

「老師什麼時候來上海？」

「來了快一年，聽說妳已經轉到華影了？」

「是啊。人過來了，公司業務停頓了，現在做一點唱歌的工作。」

「只能這樣了，不是嗎？」

「最近辦了一場小小演唱會，就是百代辦的。」香蘭看著服部期待的眼神，「已經唱完了，三天前。」

「真不好意思。我這一陣子到天津、北京走了一趟。太可惜了，很久沒聽妳唱歌了。」

服部說完，彼此沉默了片刻。香蘭：

「老師來到了上海，會不會就被困在上海了？」

「好像只能如此了。」服部瞬了黎老師一眼，眼神透露出只能說日語的無奈，「在北京時感覺氣氛還好，一來到上海，情勢變緊張了。現在硬要回去的話也危險，事實上也不想看到東京殘破的景象。」

香蘭想安慰服部老師，但不知說什麼好。但服部此刻心情還沉浸在突然見到香蘭的喜悅裡：

「有事情來上海，而且跟這兒的陸軍簽了約，反正有事情做，就隨遇而安了。」

「老師和上海陸軍簽約，是要製作軍歌？」

「籠統上說來是有這個項目，希望只做顧問的工作。」

服部良一說著把臉朝向被香蘭看了兩眼，留著八字鬍的西裝男。西裝男有禮貌地起立，向上伸展高大的身軀。香蘭杏眼圓睜：

「你不就是上次帶我們參觀哈同花園的那位中尉先生嗎？」

「是的，那時我忙著解說。」

中川說著向香蘭伸手，香蘭也伸手握住他的手：

「我那時專心聽講，收穫很多。」

兩人客套一番坐下後，服部良一看向香蘭：

「中川牧三中尉是上海陸軍報導部音樂部門主管。那李香蘭小姐是……」

「勞軍女王，我久仰多時。」中川打斷服部的話，再次面向香蘭點頭致意，「李小姐撇開才藝不講，一直就是我們報導部的話題人物。」

「我們的中川中尉可是男高音。」服部良一帶著十分敬佩，幾分羨慕的口吻，「他嘛學歷驚人，留學德國、義大利，又去美國南加州大學就讀，專攻音樂。」

「哦！十分佩服！」

香蘭說著開始撫平心頭的餘震，她暗嘲剛剛自己有眼不識泰山，一直把中川當普通軍人。為了展現誠意，消除香蘭的疑慮，中川作了比較多的自我介紹，表明自己只是披著軍服的音樂人，雖然已到了中佐的年紀，但還是應召擔任中尉：

「……不喜歡穿著軍服到處走動，這樣很惹人厭。」

香蘭同意中尉的觀點，但一時不知該說些什麼。她看向服部：

「你們都用英語交談？」

「我和黎老師一年來就是這樣。」服部看向茶几上的紙筆，「有時輔以中日文共通的漢字。」

「我的英語，以前只在學校念課文，後來出了社會都很少用，看到你們這樣克服語言的障礙，感覺很神奇。」

「神奇？是有一點。」服部看著大家朗笑了起來，「我剛來上海，黎老師、陳歌辛和姚敏這些中國流行歌的健將都來找我，和我切磋。真個是，透過音樂，大家都沒有國界。」

服部提到黎老師、陳歌辛和姚敏時，都用華語發音，黎錦光知道服部講什麼，急切地用華語向香蘭道：

「我們找服部老師學作曲。我們以前只知道把旋律連輟起來就是作曲，服部老師帶我們進入西方作曲的理論，跟他學習對位、和聲，音感不覺間變得更好了。」

黎錦光把話收束，香蘭一時不知該說什麼，服部也不搶話。黎老師情緒高昂了起來：

「一天，我、陳歌辛、姚敏和服部老師在大馬路一家餐廳喝啤酒，出來時碰巧下雨，我們異口同聲高歌服部老師的〈雨中的布魯斯〉，服部老師嚇了一跳。後來我們說，他的〈別離的布魯斯〉、〈夜宿湖畔〉和〈蘇州夜曲〉，我們都會唱時，他特別高興。」

黎錦光提到〈雨中的布魯斯〉一些歌曲時，用日文發音，服部知道他在講什麼。經香蘭提示，服部良一不再用不太純熟的英語，直接說日語：

「我並非替自己高興，而是為中日音樂界高興，他們對古賀政男的音樂也很熟悉，我認為我們可以交流了。」

香蘭用華語把服部的意思轉達出去。中川：

「現在戰爭主宰一切，是魔鬼當道，諸神道消，只剩下微弱的音樂了。」

「中川說的沒錯。我最近和他談過，他也十分同意。」服部對著香蘭開口，但眼神不時瞬向黎錦光，「我現在有一個構想，中國、日本、美國這三個環太平洋很重要的國家正在作戰，但音樂或歌唱，沒有國界，沒有戰爭，只有交流。我們應該散佈或實現這種理念。」

香蘭站起移座 U 型沙發組的貴妃椅，以便做好中介傳達者的角色。她坐那兒向黎老師傳達中川和服部的看法，感覺效果很好。

「這種構想很好。如果是一場活動的話，也可以撫慰飽受戰爭驚嚇的人們。」

黎錦光的意思經由香蘭傳遞出來後，服部：

「我在想：開一場音樂或歌唱會，作曲者有中國人，也有日本人，歌手也一樣，當然現在請不到美國的樂人，但我們可以把美國音樂的代表爵士融入歌曲當中，當然上海交響樂團有義大利人、猶太裔德國人、白俄人，甚至澳洲人。如果請他們合作，這個音樂會就更國際化了。」

黎錦光聽完香蘭的口譯後說：

「我的老婆白虹最熱中演唱爵士風格的歌曲，有人形容她歌喉嘹亮，就像陽光普照。當然，現在在座的李香蘭小姐，她唱的〈夜來香〉也可以做成布基伍基的旋律。」

「中國女歌手人才輩出，將來要請她們助陣，也請黎老師從旁協助。」服部。

香蘭一路穿針引線，讓服部、中川和黎錦光對話順利。但簡單的表述，黎錦光和往常一樣，就直接用英語了：

「演唱會或音樂會形式？」

「傾向採演唱的方式，但要兼顧中國、日本和歐美歌曲。」

中川中尉也回以英語。香蘭趁機喝了一口茶。中川接著用日語說出：

「做這種事要防範軍方的干涉。軍方報導部只有我和少數幾位從事文藝工作，其他都是莽夫。記住，引進爵士，別強調是美國音樂，服部兄剛剛說的上海交響樂團，如果真有澳洲、義大利團員，也要特別排除，免得軍方藉口找麻煩。因為澳洲是美國盟國，而義大利也已投降盟國了。……」

服部誇中川牧三敏銳，香蘭匆匆口譯過後，大家相約再聯絡，香蘭找到周璇相互道別後，和服部坐在中川車子的後座離去。服部：

「李香蘭，我們送妳回去。回公司還是回家？」

「回住處好了。回公司也沒事做。」

香蘭說著表明住處在百老匯大廈，服部聞言歡喜：

「我住亞士都，剛好在妳對面，因為離軍部比較近，我現在是軍部簽約的作曲家，這也是討人厭的頭銜，隨時都會被叫去出一些差事。」

「令妹富子還好吧。」

「哦！才回去不久。」

「回去不久？」

「她和渡邊濱子在大光明大戲院演出一場演唱會，不好意思，唱的都是日本歌，一方面勞軍，一方面宣慰上海日僑。」

「對不起哦！我竟然沒注意到這個訊息。」

「李小姐大概沒看報紙吧。」

中川側頭說著在十字路口停車。香蘭：

「實在不想看到戰爭的新聞。同仁聊天時會說到戰爭，他們說什麼，我聽聽，瞭解大概就可以了。」

「也對。反正報紙時常都亂報。」

中川說著輕踩油門，車子再度行進。服部：

「富子是有驚有險地回去了。我要求她不得走海路和空路，結果她繞道朝鮮半島回去。」

「現在上海到福岡、長崎，客機、客輪還有開嗎？」

「班次比較少了，但更貴了。」服部把腳伸直，身體後仰，看向窗外的漂亮別墅，「我剛剛在百代提到的音樂會，或許就朝妳的專屬演唱會來規劃。演出的人若太多，會比較難掌控。」

「老師，您太抬舉我了。我擔心會讓您失望。」

「妳跟我合作過多次，中國、日本和西洋歌曲都難不倒妳，一般中國歌手，我不熟悉，國際感不夠。所以只找一人的話，妳是首選。」服部良一兩眼從車窗外，掩映在綠樹間的白色十字架群閃開，「就我所知，妳小時候被奉天放送台發掘，那時也是唯一的人選。」

「小時候歸小時候，現在大上海唱歌的人才濟濟。」香蘭有些話擱在心裡許久，決定一吐為快，「我們副董川喜多前一陣子提到演唱會的事。但剛剛辦完的蘭心劇場演唱會，不曉得是不是他想要的。」

「有機會碰見他，我會向他談論此事，如果他認為蘭心劇場的已足夠，也沒關係，我們做我們的。」服部良一深為困居上海所苦，也不想成為軍方的棋子，決心撩落去，「當然，還有一個備胎－白光，但她不是女高音就是一個很大的缺點。」

外國人墳場過去了，大家沉默了一陣。服部把頭往前探：

「我看沖繩島這次是徹底毀了。」

「豈不是？整座島都會被打成爛泥，一千多艘軍艦圍著打一座島，這個島會變成墳場，青少年一個個變神風，非死不可。女學生被拖去戰場當護士，也跑不了，老百姓被逼自殺……」中川稍稍側頭看了服部一眼，「裡面一定是黑幕重重，越想越痛。」

「很多事情一定這樣：軍方敢做不敢說，報社知道但不敢報，戰地的一切一定比我們想的更黑暗，更糟糕。」服部。

41. 籌歌唱會 師徒攜手

菲律賓戰爭結束了兩個月，香蘭聽說日本近 40 萬大軍幾乎全軍覆沒，只有五萬多人活了下來，兒玉一直沒有消息，一定不是五萬人之中的一個，想必灰飛煙滅了。但畢竟未聞確切的消息，也沒看到遺容，在濃淡起伏的哀傷中，她還抱持些微的希望。另外，希特勒也死了兩三天，這位生前讓日本高官、軍頭都有些害怕的殺人魔，自殺死亡的消息傳來，意外沒有引發太大的震撼。這種人一旦死亡，不再可怕，就突然變得不重要了。

沒有了希特勒用槍抵著背後，德國元帥、將軍一個個棄械投降，並不意外。形勢天天不同，川喜多很想召開全體員工大會，但事實上有困難，總公司所有員工就近參加，不太成問題，但各片廠員工都動員前來總公司的話，太勞師動眾，依慣例，各片廠多只由廠長、副廠長或重要幹部代表出席。川喜多想想，還是暫時作罷。但日子實在是太苦悶，時刻都想找人聊聊。好在那些幹部想法相同，一夥人又湊在副董辦公室相濡以沫了。川喜多從野口久光口中得知德國簽下降書後表示：

「德國的那些將軍總算給自己的民族留下了血脈。」

日本的將官是否也應如此做，沒有人問。川喜多轉而面向香蘭：

「不管怎樣，新時代漸漸敞開大門了。……我昨天和服部良一見了面，談到我們上次談過的音樂會，他十分支持。」

香蘭的眼神隨著川喜多的話尾平靜了瞬刻。七八雙眼睛次第投向川喜多。川喜多再次看向香蘭：

「我提議演唱會，他建議以妳為主辦一場中日歐三合一的演唱會，當然也會邀請其他歌手和樂人。」

香蘭心沉了下來，前此服部老師提此議，聽聽可也，現在副董背了書，就必須肩起重任，過往準備演唱會的艱辛過程又浮現心頭。

黃天佐嗯了一聲，潤了一下喉頭，香蘭心思跟著寬鬆下來，現在很多人深陷戰爭的地獄，自己實在不應該找任何藉口。香蘭：

「我前一陣子和他同車，他也提到這種構想，但還沒討論。」

「記得去年東條內閣公佈一個新法，禁止個人開演唱會或演奏會。」

小出孝說完，川喜多引述他的話，同時用華日語雙聲表意：

「這裡是中國，陳公博先生說了算。小出兄，將來不管是不是以李香蘭為主，服部辦的演唱會，你也要幫忙。」

籌辦演唱會一事，川喜多積極連繫服部，雙方交流的結果，服部良一的態度明確，很快便定調李香蘭專屬歌唱會，川喜多也樂得全權交他處理。

沖繩戰事陷入膠著，春雨綿綿，日美雙方大打泥巴戰。李香蘭演唱會籌備會幾天後召開，除了小出孝，華影的野口久光、辻久一也被請去幫忙。服部良一下榻的亞士都飯店，拜戰爭之賜，客人門可羅雀，服部良一在二樓租了一間商務套房開會，在巨大的水晶玻璃吊燈下，兩個床鋪和一組沙發座，任君躺坐。服部良一見賓客來的差不多了，跳上房間一隅的鋼琴椅，彈了一首〈迎賓曲〉後站了起來，走到香蘭坐的沙發後面，看著清一色日本友人，說明興起主辦演唱會的前因後果：

「我事先徵得中國音樂人黎錦光、陳歌辛和姚敏的同意，由他們建議演唱會的中國歌曲，我昨天和李香蘭小姐溝通過了，那小蘭也認可演出的歌曲和方向。……」

服部突然想到香蘭的暱稱，帶點歉意地說完。中川牧三中尉：

「日語歌方面，李小姐主演了不少服部兄製作主題曲的電影，李香蘭小姐，哦，小蘭不妨就唱這些當時造成轟動的歌曲。」

「中川兄真是深得我心。我和小蘭不常見面，有點像萍飄蓬轉，聚在一起時就替她創作電影主題曲，我最先想到的就是這些歌曲。如唱這些舊歌，我就不用再費盡心力創作新曲了。再說，上海既然有外國人組成的世界級交響樂團，不妨加以利用，以交響爵士作基調，好好玩一場李香蘭演唱秀。」

服部說著走進 L 形沙發組的貴妃椅坐了下來，坐在床鋪上的籌劃小組人員也都靠了過來。坐在服部對面的中川：

「一流交響樂團擔任流行歌曲和爵士樂的伴奏，會不會過於華麗，不成比例。」

「當然交響樂團一般都是伴奏藝術歌曲。李香蘭唱的並非都是流行歌，她早期是唱中國、日本和歐美藝術歌曲出道的。」服部良一再次看向中川，再望向小組成員，「現在重點是李小姐的唱功，這次我選出來的中國歌曲或我自己創作的歌曲，你可以說是流行歌，但李香蘭就可以把它唱成藝術歌曲。」

編舞家小牧正英是芭蕾舞者，這次被請來當顧問，希望能替整個演出找到著力點。他說：

「爵士是新的流行，和古典美截然不同，服部先生想把它們放在一塊。這種很前進的作法值得一試。」

「任何藝術，新的、舊的都會碰撞，融合。演出的歌曲全部或一部份朝爵士方向編曲，把演唱會主題設定為喬治蓋希文式的交響爵士，但歌者李香蘭可以憑她的音質、唱腔，守住古典領域。」服部察覺自己正在做音樂冒險，隨後把繕好草擬的幾份演出內容發給在座的同好，「同時爭取到古典樂迷和爵士樂迷的認同。也就是說，我們這次演出不只要娛樂中國人，也要讓西方人士樂在其中。」

華影國際合作處長辻久一看著節目初稿，有些眼花撩亂：

「簡單化如何？只唱中國歌曲，用這個來表達對中國文化的尊重。」

「或許以後吧。現階段還是樹立中日歐三合一的標竿，表達和軍方不同調的一種做法。」

服部良一說著尋求中川牧三的意見。中川：

「現在局勢大壞，民心士氣低落，尤其是東京大轟炸過後，滯留上海的我國僑民。如果有一場撫慰民心的音樂會也是好的。不過時機敏感，最好還是避免歐美的歌曲。我時常忘了現在德國已經被英美征服了。」

服部良一看著這位留學歐美，私底下也都推崇歐美音樂，為了保護大家，忠實地傳達軍中訊息的中尉，撫慰地道：

「德國和義大利雖然被美國打敗了，但政治還沒自主，敵性音樂的的帳還不會算在他們頭上，蘇聯雖然明顯靠向美國，但還沒和我國撕破臉。所以歐洲音樂還是可以選，我只挑幾首歌舞性質，最不敏感的幾首供大家參考。美國方面，沒有選任何曲子，我強調的爵士只是精神的融入。儘量不著痕跡，最多只是搔搔軍方的癢處。」

服部良一撥雲見日，澄清了不少歌唱的天空。舞者小牧正英看向服部良一：

「你提出的《風流寡婦》一劇中的〈薇莉亞之歌〉，曲調活潑開朗，不錯，人聽了就想跳舞。」

「很好，很好，或許這首曲子就保留原味，不做爵士的變調，李香蘭就依小牧老師的指導……」

服部良一語氣停頓了一下，小牧搶了話頭：

「或許我叫我的學生編個舞群伴舞，李小姐就不用太分心在舞步上了。」

服部良一連聲叫好，表示屆時再研究看看那些曲子可用舞群支援，讓舞臺效果更佳。服部看著沉默多時的小出孝：

「小出孝君，提供一點意見吧。」

「我開始構思舞臺佈置，歌曲方面，我比較外行，你提出的這麼多歌曲裡頭，可以挑出比較適合女高音唱的歌曲，讓小蘭盡情發揮。」小出孝停頓了一下，最後決定挺服部的想法，「能夠以交響爵士的方式呈現自然更好。」

服部良一點頭稱許，咖啡進場了。一名女侍從敞開的門走了進來，在茶几上擺好了杯盤，另一名女侍提著咖啡壺把每一咖啡杯注入七分滿，接著一名女侍把幾盒糖罐拿了過來。

「要加糖的自己加。」服部看著有些人取走調好的咖啡，有些人忙著加糖，「我節目初稿裡頭，第三節交響爵士幻想曲一欄空著的，只是打一個問號，希望大家給個意見。」

話剛說完，一名女侍用托盤捧著三盤點心走了進來。盤子裡有歐式蛋糕和日式的和菓子、糰子。

「現在食物都靠配給，大概因客人少，才這麼充份供應。」

香蘭說著，大家都覺得有理。服部：

「我剛剛提到的問題，請大家想一下。美食當前，動嘴也動腦。」

大家顧著取點心，似乎把服部的話忘了。華影企劃專員野口久光突然放下點心叉，鄭重地舉手：

「第三節幻想曲就唱〈夜來香〉吧。李香蘭這支歌唱得很好，去年還高居排行榜冠軍，一開始的倫巴節奏，用中文唱也很適合。服部老師不妨發揮功力，融合古典爵士和中國情調，編成組曲，由上海交響樂團增加胡琴、笙和琵琶，共同演奏，當然由李香蘭演唱。」

野口說著承受服部鼓勵性的眼光，突然哼出「那南風吹來清涼，那夜鶯啼聲悽愴……」手舞足蹈地搖擺身體。

「真是謝謝你。第三節標題就決定用『夜來香幻想曲』。讓我們從另一場合再掀起夜來香的熱潮。」

服部說著彈起身體，快步走向鋼琴，坐下後向香蘭拋出一個眼神：

「〈夜來香〉，主弦律當然還是黎錦光老師的，但伴奏時我融合蓋希文的音樂元素，試著彈出布基伍基的弦律。」

樂音響起，香蘭感覺音符在舞動，前奏結束，香蘭款擺著身子，唱了兩句華語的歌詞。服部停止彈奏，回望著香蘭和部份走了過來的小組成員：

「感覺身體不動，就沒辦法唱。」

香蘭笑而不答。小牧正英：

「邊走邊唱，走的時候帶點跳舞的樣子。」

香蘭笑著頷首，樂音再度響起，她在琴前琴後來回走動，有時舞向沙發，只唱出七分力道，但歌聲從容流洩，服部認為試驗成功，起身回到沙發座。香蘭：

「野口君，沒想到你還會用中文唱呢。」

「我硬是背了起來，有些字咬音不清楚。」

「不錯。不錯。」

服部說著挑一小塊蛋糕放進嘴裡。中川：

「這首歌確實不錯。慢節奏藍調旋律，一派交響爵士風，而且主題是中國名花，旋律開朗，能洗滌人心，打破黑暗，主題正確，不會有問題。當做中日合作音樂會的主打歌大大宣傳，必定轟動。」

小出孝拉開窗簾，春陽已退守窗下壁旁的小區塊地板。

「待會中餐就在樓下的餐廳用。」服部良一提了一下咖啡壺，「還有咖啡，雖然涼了，要喝自己倒。對了，這場音樂會，川喜多長政答應出任製作人。」

「什麼地方舉行？」辻久一。

「等到練到有模有樣了，再說。」服部良一看向窗外的天空，「這場演唱會不僅做給日本人看，有更崇高、更好的目標，要讓中國人和外國人看得如醉如癡。也就是說，我們的目標是世界級的爵士幻想演唱秀。不過，中川中尉，不曉得軍部還有什麼指示？」

中川牧三承受服部的玩笑話，但還是很嚴肅地說：

「演唱會既然已經定調了，標題不管是幻想曲還是狂想曲，都不能用英文，比如 rhapsody，軍方報導部大多數成員很頑固，對敵性語言和音樂很在意，就用漢字『幻想曲』好了。」

「遵命！遵命！」服部良一向中川行軍人舉手禮，然後面向野口久光，「宣傳海報還是麻煩你了。」

「沒問題。」野口久光從皮包抽出幾張圖畫，「這些都是電影海報，我親手繪製的。」

「欸！《會議在跳舞》！這部電影很有名，原來海報長這樣。」香蘭盯著圖中頭戴兩角帽的男子，「這位戴帽子的好像不是拿破崙。」

「剛好相反，他是俄國皇帝亞歷山大一世，拿破崙被放逐後，亞歷山大前往維也納開會，結果因為一場誤會，或者說是意外，結識一名普通的女店員，就是旁邊舉杯的這一位，兩人地位懸殊，發展出一段友誼。不過隨著會議結束，亞歷山大返國，兩人生活還是回歸各自的軌道。」

「很有意思。」

香蘭說著，中川問道：

「為什麼說會議在跳舞？」

「那是諷刺的話，嘲笑各國代表，餐會、舞會和音樂會不斷，要開的會一直開不成。」

服部良一聽著野口的解釋時，看向另一張：

「《商船狄那西奇號》這一張也不壞。右上角的那艘船就是狄那西奇號。右邊一男一女提著行李，要上船吧？」

「剛好相反。」野口久光攢眉蹙額，再摸一下額頭，「女的是旅館的女侍，男主角甲乙兩人本來上了船想移民巴西，結果船隻故障折了回來。甲男暗戀女侍，但沒表明，下了船後，女侍反而被乙男勾上。三人互動的結果，女侍和甲男最後決定留在法國打拚，留下乙男一人孤獨上船。」

「世事總是難以預料，尤其是電影裡頭。」

服部說著再流覽其他海報。舞者小牧正英對《白色處女地》和《胡蘿蔔鬚》兩個廣告也看得很仔細：

「每一個人名，每一個字都是畫出來的，畫得比鉛字還立體。難得。」

小牧正英提起手，摸向畫作，但立刻縮手，「這是什麼材質畫的？」

「我看大多是水彩，設色都很雅淡，有些比較濃的是粉彩畫吧。」

「李香蘭說對了。」野口同時聽到了服部的詢問，「沒錯，都是川喜多先生的東和商事從歐洲進口的電影。」

小小「畫展」結束了，大家等著吃中飯。香蘭相信野口信手拈來就會把她歌唱會的海報畫好。她無法不在腦中先構築海報的畫面：以演出的場地作襯底，再以上海交響樂團演出的畫面作背景，她歌唱的半身像或頭像浮露在背景上。當然指揮服部良一也會被點入畫面。

用餐時，大家對沖繩戰役的關切很快就蓋住了音樂會的話題，香蘭提到中國樂人合作的情況，服部回以待會再講，大家都聽到了。待用完餐，服部表示要請香蘭喝咖啡時，大家都知道他們要聊的事情與自己沒多大關係，紛紛趕回家。服部帶著香蘭到西餐部，餐廳內食客不多，服部選擇背倚矮木牆，旁置高架盆景一隅的雙人雅座落座，點了兩份紅茶和甜點。服部：

「會跟那些中國音樂家合作，妳都有概念了？」

「梁樂音老師很熟，姚敏和黎錦光也都合作過了。但你說陳歌辛扮演的角色比較重。」

「沒錯。演唱會，除了我之外，另一個指揮就是他，妳要唱的曲子，由他創作的抒情曲也比較多。」服部看著女侍離去的背影，「初步的規劃是這樣的，自然也獲得軍方的默許。」

「三年前的深秋，我在百代錄姚敏的〈恨不相逢未嫁時〉，姚老師就說這首歌的歌詞其實就是寄託陳歌辛一段悔恨的感情。」

「他這人感情比較豐富，折磨也比較多。」服部迅速收斂笑意，「男女之間，感情會悔恨。我看他在民族感情方面也是太豐沛，也會有悔恨。妳懂我的意思。」

「老師的意思是，他的民族認同混淆了？」香蘭以自身的體驗，想了一下，「不過，藝術家應該享有更大的自由。」

「沒有錯。我也這樣認為，個人的感情，比如夫妻之間，要忠誠，但國家民族的界線應該可以跨越。」服部良一看著香蘭新捲起的髮雲，「譬如妳出入各國，演各國人。我常到中國來，也寫俄國風味的曲子。」

「以實際行動跨越了國界線，感情上也不妨？」

紅茶和點心端來了。服部啜飲一口茶：

「沒錯。帶著感情跨越，藝術家就是這樣，不自由毋寧死。」

「我拍《我的夜鶯》，演俄國人，和我合作的那些俄國音樂家，都是萬里迢迢逃到中國。」

「演出的還在其次。事實上，妳日本人，在日本大聲講出妳愛中國，一般底層民眾都會淡然處之。但如果背著丈夫愛另外一個人，就完全不被認同了。」

服部的一番話讓她對忠誠有了更分明的認知。她直覺忠誠放在國家、民族，或職場一干團體間，有著比較大的容忍度，但放在男女或夫妻的私密之間，就毫無模糊的空間。一個人對這個國家存有異心，甚至厭棄，還是可以正常生活。但一旦對自己的配偶不忠，就無法正常生活。她的這種想法卡在喉嚨沒說出。服部繼續說：

「陳歌辛的情況是這樣的。他是被鍛鍊出來的樂人。早先他創作了很多抗日歌曲，太平洋戰爭爆發後被抓到極司菲爾路的特工總隊，被刑求了三個月，放出來後，整個人就變了，給神風特攻隊寫了〈神鷲歌〉，也為日本戰時體制譜了〈大東亞民族團結行進曲〉。」

「他這樣會被中國人罵死。但另方面，也顯示了藝術家不拘的個性。」香蘭用叉子挑了一點糕點含在嘴裡，「他跳脫了抵抗，在一個高處看待中日關係，幾乎就是大東亞共榮圈的思維。」

「沒有錯。很喜歡妳那同情性的理解。」

「是啊，我就是你剛說的那種底層民眾，只會淡然處之，反應不會很激烈。」香蘭噗哧笑開，「另外，他給神風特攻隊寫歌。特攻隊的對象不是中國軍隊，而是美國軍艦，他可以暫時不被中國軍民在戰爭中承受的悲慘遭遇所困擾，一心想像日本戰鬥飛行員的孤獨、勇敢、堅定，一首歌就做成了。」

「但不管怎樣，中國人一定很難接受，他在日本軍方那兒承受的壓力驟減，但現在，尤其在佔領區，來自同胞、內心譴責的壓力必然大增。他當然會後悔，但好在上海音樂界還是像一般無言的百姓，或者像妳那般包容他。」

服部說完，香蘭心頭微微一顫。服部老師以中國人的角度思考，視她和陳歌辛為戴罪之身，確有幾分道理。這些年她拍了什麼電影，一般中國人可能無感，但都會區少數知識份子被煽動起來，就會是一股狂潮。這次被服部高高舉起開辦演唱會，她有些不安。兩人沉默了片刻，她用小湯匙攪動杯裡的紅茶，感覺茶杯裡的小渦流隨著她的心思打轉。她想了一下說道：

「我演出這麼多讓中國人不愉快的電影，或許對上海市民來說，我已經是慣犯，大家習慣了。但我倒比較擔心陳老師……」

「妳的情況是 ok 的，我剛剛實在不該提到妳。陳歌辛老師的情況也還好。不然我也不會請他支援演出。」

「是嘛？」香蘭心情稍稍寬鬆一些，「那這場歌唱會對陳老師來說，也是一個很好的洗白的機會。人們可以以純音樂的角度重新看待他，一掃過去片面的看法。」

「確實如此，我們音樂人就是凡事與人為善。他既然冒著各種危險做了〈神鷲歌〉，我也多少以他的立場寫了一首〈青春讚歌〉，寫得差不多了。」川喜多看著香蘭探詢的眼神，「同樣是描寫飛行員，但不站在日軍或華軍的立場，純粹以人性的角度去寫。」

「這我可以理解。但如歌頌他們的勇氣、義無反顧、犧牲小我，就不全是人性，而是帶有政治的宣教意味。以文學、純人性的角度來看待，戰鬥機飛行員，尤其是神風機飛行員出任務時，心裡頭那種猶豫、害怕、後悔、勇敢、決心和犧牲的交織才是比較週延的表達方式。」

香蘭看著服部老師一臉苦澀，把話打住。服部發覺自己和上海陸軍簽了約，不知覺間被洗腦了，但這首曲子的曲風和歌詞內容已和軍方取得共識，也就不便再改。

「妳說的特攻隊的心理轉折非常實際，但一首歌只有兩三分鐘容不下太多，那一天小說家處理這個題材才會寫得更完整。」

服部說著喝了一口冷茶，覺得有些苦澀。香蘭樂見自己對中方樂人的創作背景有了更多了解，詢問可能的曲目後，也差不多糕盡茶冷了。

香蘭隨後向華影請了長假。事實上，這時候很多導演和演員沒戲可拍，有的賦閒在家，甚至跑到重慶或延安去了。

42. 加緊演練 唱前小聚

這一期間，最勁爆的員工出走便是前總經理張善琨的出逃。香蘭忙著到陳歌辛的音樂教室練唱，對於公司發生的事一概不知，川喜多在電話告知她此事時，她也覺得該到公司一趟了。事實上，他們在辦公大樓旁俄人開的普希金咖啡店見面。這間咖啡店在一樓，天花板非常高，圓燈從天花板深深垂吊下來，牆壁被雕飾花紋的深色木板包覆，整間店古意盎然。兩人坐在紅色絲絨椅上點完咖啡後，連袂前往點心檯。香蘭看見軟綿綿的麵包「比羅西基」有些興奮，指給川喜多看後，川喜多點了兩小盤蛋糕。「比羅西基」是往昔她到柳芭家吃過的點心，懷念之情一時洶湧。兩人吃了一點點心，川喜多從皮夾取出張善琨寫的信。

「……與兄共事多年，徐圖電影宏業，以影業為邦，早不知國為何物，唯局勢逆轉，華影恐成明日黃花，恕弟時窮志遷，今冒險赴渝，生死未卜，然怨謗四起，即使安抵彼岸，亦可能先入罪，盼有幸再執導筒，略贖前愆……弟向以為君子行事磊落，行不由徑，今弟不得已暗度陳倉，吾兄豁達大度，當能體察弟之困境，不以弟之行事為鄙陋也……」張善琨的心聲，一字一句進入香蘭眼簾。最後她實在不忍卒睹：

「張總是明知山有虎，偏向虎山行。」

「沒錯。事實上，他和他老婆已經被抓了。」

川喜多說著取出一張報紙，香蘭接過來一看，是屯溪版的《中央日報》，斗大標題寫道：「大漢奸張善琨、童月娟、張丙生、李大深到了屯溪」。川喜多：

「後面的兩位，張丙生是年輕編劇兼導演，李大深是張總的秘書，三個月前跟著張總到漢口任職。」

「這個屯溪在那兒？」

「裡頭有寫，在黃山附近，離重慶還有一大段距離。」川喜多難解心頭的憂懼，「基本上離這兒不遠。因為在山區，是中國游擊隊勢力範圍，山下都是日本軍隊，擔心他又被抓回憲兵隊。」

「那他是先回上海？」

「沒有錯。他在漢口辭了職，然後潛回上海看他老母，沒來找我，但投了一封信。」川喜多看著侍者放下杯子，同時倒咖啡的動作，「然後跑到安徽的山上。」

「他還是被抓回重慶會比較好。」

「那當然，但是直接逃到重慶，過程很危險。他一定希望游擊隊護送他到重慶。」

「他逃了過去，結果被抓，應該是暫時性的吧。」

「確實如此。報紙把他寫得很狼狽。應該是寫給日本憲兵隊看的。也可能真的被當俘虜，國民黨軍隊調查過後應該會放人。」

川喜多把香蘭找來喝咖啡主要是談這件事，但整個事件，自己使不上力，心生厭倦，腦中思緒糊成一團，實在不想再談，但最後還是繼續說：

「我想，張總即使最後被判有罪，也會從輕發落。事實上，他這次出逃，很明顯地是要向重慶投誠。屯溪這兒應該會對他作一番審查，待張總供出他在重慶的連絡人，而這層關係獲得證實後，應該就會受到寬待。但如果戰爭結束後才被抓，情況就會大不一樣。」

香蘭第一次從川喜多口中聽到戰爭結束的談話。戰爭結束，應該表示日本戰敗吧。咖啡端來了，兩人邊吃點心，邊啜飲。香蘭：

「既然戰爭就要結束，華影可能要解散，那您為什麼堅持搬到北京。」

「擔心上海變成東京第二，被美軍轟炸。我雖然也相信副總阪下英治說的，美機下手會輕一些，但過後還是會有登陸的攻防戰。我想搬到北京，就是避免被轟炸，避開城市戰。」川喜多雙手支頤，吐了一口氣，「我的估計是，如果上海、南京被攻克了，北京、天津一帶日本軍隊一定往日本本土和滿洲急撤，重整旗鼓。」

「副董的意思是，北京會損傷不大地落入美軍的掌控？」

「我是這麼預期。將來華影不管是落入美軍的掌控，或由國民黨軍隊控制，不管是不是善琨當家，我都願意在下面工作，若要我全部退出亦可。華影續存，所有演員繼續演出，比什麼都重要。」

香蘭不敢正視川喜多的眼神，也不太敢順著他的話意想下去，想到戰後的世界。她和川喜多相處的日子有限，但也多少理解他的想法。想來他希望戰後在美軍有條理的整頓下，華影逐步轉型，若整個社會驟歸國民黨治理，恐亂象頻仍，華影很可能就淹沒在各方勢力的爭逐中。川喜多和香蘭一樣陷入困思，見香蘭抬起雙眸，也從惘然神往中回神過來：

「雖然上次簡單調查的結果，演員很支持公司遷往北京，但最後會跟著來的一定不多，最好家眷一起來，能讓十個人免於戰禍，就有十個人的功德。」

兩人又沉默了半晌，開不了口的話都在心裡形成渦流。客人很少，被酒櫃隔成L形的店面兩頭，分別坐著一對西方男女和兩名男士，不知是俄國人還是法國人，或者是中國人還是日本人，他們或許也在談戰爭，或許也在猜店內別的客人的國籍。

「這家店不知還能撐多久？」川喜多望向稍遠處的酒櫃，「妳看後面的酒櫃。」

香蘭回過頭看向前面排滿高腳椅，古色古香的酒櫃，但看不到酒保。川喜多：

「那個櫃台原本放了很高的，航海用的六分儀和望遠鏡，都是銅製的，不曉得被徵收了還是藏起來了？」

「想製造武器，但缺銅缺鐵？」

「正是。」

「張善琨這樣一走了之，日本軍方有沒有找華影的麻煩？」

「憲兵隊派人來搜索。但辦公室早就沒有他的東西。」川喜多想著前幾天被叫去「貝公館」問話的情景，估量李香蘭的演唱會不致受到波及，「有找我去問話，我實話實說，好在沒給我太大的難堪。妳也別想太多，專心準備歌唱大會。」

咖啡會散席了，兩人在店外道別。香蘭看著川喜多轉向辦公大樓有點駝的背影。不久前，日美兩軍在南太平洋對峙之時，他還維持一定的意氣風發，如今美軍已兵臨城下，他的很多理想跟著幻滅，好像是一個戰敗的軍人。另一方面，川喜多不忍香蘭看見辦公室蕭條的模樣，所以沒邀她到辦公室小坐，香蘭直接拉車回住處，心裡澎湃不已。

音樂會的準備工作持續進行，這時候最忙的要屬服部良一。他出任演唱會的音樂監督和指揮，為了把演唱會導引到他理想的爵士交響層次，他索性住進好友－橫濱正金銀行上海分行行長河村二四郎在天津路的家，利用一台歐洲名牌三角大鋼琴開始編曲，一連兩個禮拜閉戶不出，編完演出的和備用的 20 幾首曲子，演唱會的人員編制也已大致底定。除了川喜多外，上海交響樂團團長草刈義人出任顧問，辻久一和野口久光負責編寫劇本，雖然是獨唱，為了呈現最大的舞臺效果，娛樂每一雙眼睛，連歌帶演確有必要。小出孝負責舞臺設計，小牧正英負責舞蹈指導，他的芭蕾舞群也開始演練爵士舞了。

舞蹈指導小牧正英要加強香蘭舞蹈動作，也頗讓她在心裡衝撞了好一會。小牧在上海俄羅斯芭蕾舞團擔任男首席，自己也成立小型的舞蹈班招了幾名在地女學生練舞。香蘭也到過他的舞蹈教室和那些女學生練了一陣，小牧不但教香蘭一些舞步和身體的旋轉扭擺，也開始思考舞群伴唱的問題，女學生知道要在香蘭的演唱會起舞，也都喜上眉梢。

交響樂團指揮確定由陳歌辛和服部良一擔當後，香蘭的練歌行程開始了。此時，服部還沒出關，香蘭先到陳歌辛的音樂工作室練唱陳本人和姚敏的歌，待服部編的曲譜出爐後，再依新譜練唱，有問題再由香蘭轉知服部，作進一步的修正。她到天津路河村宅練習時也是一樣，練唱過後，服部根據她的情況，對部份節奏和旋律作了一些修改。香蘭和服部良一練唱的時間不長，但很快便樂在其中。練習時，相當時間在練〈夜來香〉的各種變奏，從黎錦光的〈夜來香〉，唱到圓舞曲〈夜來香〉，再唱到爵士〈夜來香〉。從東方人展喉時溫柔婉約的神情，進入西方華爾滋圓滑柔軟的滑步、轉身，大致順理成章，但一進入布基伍基旋律，四肢很想扭動，但又覺得跟不上節拍。練了幾趟，服部看了也不禁笑了起來：

「現在覺得怎樣？好多了！」

「唱久了，應該說是跳久了，才發覺這種音樂不過是一種新的運動，不是肢體、關節的運動，而是全身細胞、器官的運動。」香蘭努力把興奮平息下來，「以前身體貼著麥克風，自然習慣站著唱。現在音樂觸動神經，讓人腳癢，忍不住要跟著弦律起舞。」

「這種八拍躍動的弦律很好用，我放進很多樂曲裡面，尤其是這次演唱會的主題曲〈夜來香幻想曲〉當中，效果很好。」

「下禮拜到湖南路上海交響樂團團址練習時，小牧老師該會來吧。」

「當然會。」服部良一想了一下，「那時就要按照劇本整套演出了，舞臺的氛圍也要儘量建立，或許依照小出孝的概念，設置簡單、類似的佈景，或是透過剪紙把要呈現出來的畫面黏貼在布幕上充數。」

「我是急著要向小牧老師學一些舞步。」

「剛剛妳跳得不錯啊。」

「以前演《我的夜鶯》時學了一點皮毛。但想請教老師，」香蘭靈動的大眼在服部眼前轉了兩圈，「苦心孤詣創作〈蘇州之夜〉這種東方古典美樂曲的您為什麼開始轉向有點躁動的爵士呢。」

「我對音樂的感情還是古典的，但理智上看見音樂這麼辛苦地傳播，還是想對音樂的發展盡一份力量，而爵士的傳播、感染力又比古典的強太多。」

服部接著講述世紀初，長久耳聞目染西班牙和美國音樂的菲律賓樂人到中國和日本海港落腳演奏，俄國大革命後，大批俄國音樂家被迫流徙中國東北或上海的往事。

「俄國受過專業訓諫的音樂家當然技壓菲律賓水手式的演奏手，東方古典音樂就從中得到養份。」

「老師的意思是，現在美國的爵士也要力壓歐陸帶來的古典音樂。」

「現在兩者還在交會。再說古典音樂實力雄厚，爵士樂還不至於力壓……」服部良一遲疑了一下，整理好思緒，「一開始交流難免會有些衝突，但這還是其次，我要強調的是這種音樂傳播上，有著拓荒的辛苦。30 多年前波多野福太郎和他的樂團被東洋汽船公司雇用，一路搭船到美國舊金山、西雅圖演奏，帶回來大量爵士樂譜和樂器。當然他的船也到東方各大港口，包括上海、馬尼拉，到處傳播爵士。」

「照老師說來，日本應該是最早傳入爵士的東方國家。」

「實際不然，日本是高度精神緊張的社會，向西防共產黨，向東防美國資本主義。爵士反而在上海生根，一位娶了日本老婆的美國爵士樂人泰迪威勒福結果在上海發展，帶動爵士風。後來他到菲律賓、東南亞和印度流浪演奏，最後病死在加爾各答，就是不願到日本。」

「感覺還沒被日本佔領之前，上海是百花開放的樂園。」

「確實如此，上海離日本最近，齊藤廣義、南里文雄都到爵士上海取經。南里文雄比我還小，衝著大阪的禁爵令，毅然前往上海。」服部良一笑得有些激動，「我那彈鋼琴的手也拿起薩克風，吹起爵士來了。」

「現在應該不只是大阪禁爵，全日本都如此了吧。」

「確實，對日本來說，爵士變成美國毒藥了。」服部良一想著國內盤根錯節的軍國體制，依戀前不久才去過的蘇州城鄉風情，「日本專制政府，事權統一，好像整理得很嚴整的花圃，叫你不准栽爵士的花，就不能栽。中國不一樣，政府管不動太多事。像中國第一首流行歌〈毛毛雨〉是黎錦光老師的哥哥……」

「黎錦暉。」

「是的，黎錦暉作的曲子，後來也出現了爵士版。就好像沒人整理的花圃，風一吹，爵士的花就長出來了。」

香蘭聞言禁不住笑了起來。

演唱會節目一開始便規劃成三部，內容也早已敲定，唯實際演出的節目歸屬何部，迭有調整，彩排時終於固定下來。彩排也是分階段進行，先在湖南路交響樂團總部練習，先各部分開彩排，最後三部連成一氣演練。移師演出現場－大光明大戲院彩排時，自然是演練全套。

最後一次彩排結束了，剛好進入六月下旬，距離開演只有一天的時間，野口久光坐在偌大戲院最前排的座位：

「明天什麼都不做？」

「那當然。」服部良一難掩倦容，伸了個懶腰，「就像你考東京帝大，考前一天要絕對放鬆。」

「那就照先前約定的到我家小聚。我只用日語邀約。」

舞臺上交響樂隊團員一個個帶著樂器走向後臺，工作人員開始搬動椅子、譜架。舞臺下，辻久一、中川牧三和川喜多長政也靠了過來。服部良一：

「等李香蘭出來一起走。」

「她可能還在卸妝換衣服。」

「小出孝呢？」

「他在我家，已經在準備了，弄一點簡單的麵食和啤酒。」

李香蘭和小牧正英一起從舞臺上面走了下來。草山刈人和部份樂團成員另有約定，不克前往。小牧正英要送演練伴舞的學生回家，也婉謝出席。

人員齊了，大家分乘川喜多、中川和野口本人的座車前往。

野口宅在福州路四樓公寓的三樓，小小的客廳擠滿了客人。晚餐很簡單，小出孝從附近日本料理店弄來了一大盆麵和紅燒茄子、燜豆腐……幾樣菜，川喜多從車上提了兩瓶威士忌上來，最讓人驚艷。

「野口兄，你的啤酒沒有冰，我喝不慣，所以拿這個來抗議。」

川喜多說著餐桌邊響起了小小的歡呼，小出孝、中川牧三和野口一時捨不得喝尊貴的威士忌，先苦飲兩眼所及的啤酒，川喜多跳過啤酒杯，給每人斟一點威士忌，香蘭手蓋住杯子：

「我喝茶好了。」

「也好，妳這幾天喉嚨非常重要。」

「腳也很重要。」香蘭想著小牧正英的叮嚀，苦笑了一下，「小牧老師教我滑步、轉身、扭腰，唉！全身上下都重要呢。」

一票男子笑著給香蘭打氣。服部良一：

「上海現在是一股演唱會的熱潮，一場接一場，李香蘭這場演唱會固然是眾所矚目，唱完後不到一個禮拜，蘭心劇場又有一場眾星雲集的歌唱會，由上海交響樂團主辦，百代和勝利唱片協辦，實際上是陳歌辛作品演唱會，好幾位歌手唱陳歌辛的作品，時程也排定了。這一場，李香蘭只唱兩首歌壓軸，幾乎不用怎麼準備。」

服部說完，大家一起舉杯慰問香蘭的辛勞。香蘭：

「蘭心劇場這一場有白光的吧？」

「有。還有龔秋霞、周璇、黃飛然幾位，穿插小提琴手演奏。其中黃飛然是男士，也是上海交響樂團的大提琴手。」

服部良一提到歌手的名字都用有點日語腔的華語發音，小出、野口或中川聽久了，都漸漸知道他口頭指涉的是誰。香蘭：

「看來，上海交響樂團最近都給百代包了。」

「可以這麼說，大光明和蘭心兩個檔期中間，上海交響樂團有自己的兩場演奏會，眾歌手在蘭心合演後，百代、勝利唱片的歌手很可能會陸續開辦個人演唱會。」服部爽快地喝了一口威士忌，吃了一塊燜豆腐，「說實在的，中國人悶太久了，一場接一場的演唱會希望有助於他們抒發心情。」

「以前他們開演唱會都是由所屬唱片公司的小樂隊伴奏，現在服部老師主導李香蘭的個人演唱會由大型樂團伴奏，大家以後都會開始追求那種效果。」

中川牧三說完，野口久光：

「不錯。服部帶動的爵士伴奏也會是一種趨勢，上海人想發洩心情，這個效果會更好。」

「上海交響樂團不愧是世界一流的樂團，演奏得很好，自不待言，光是看它進場退場就感受得到那種水準。」辻久一向大家舉杯，「看來他們的場務做得很好，樂手進場時，樂譜都擺好了。」

「恕我直言。我在想……」

小出孝拿著節目單囁囁嚅嚅，川喜多：

「小出兄，有什麼意見說出來吧。」

「我聽歌重視弦律的優美，像這次選的日本電影主題曲〈蘇州之夜〉和〈支那之夜〉，弦律就很美，聽起來悅耳，不過〈夜來香〉、〈恨不相逢未嫁時〉、〈海燕〉一些中國歌曲，我就覺得不怎麼悅耳。」小出孝睨了紅著臉俯視桌面的香蘭一眼，「當然小蘭很賣力把這些曲子唱得很藝術。」

「你這樣說會很傷李香蘭的心，至少〈夜來香〉是小蘭發現救起來的，李香蘭算是它的知音。再說，這次服部老師讓它一再變貌，由倫巴原調變成圓舞曲，再變為爵士，舞蹈學生伴舞，從中穿插原始老調，不斷變化節奏、樣貌，一首歌變成一齣音樂劇。……現在，大家不再只是欣賞音符、弦律，欣賞的心情要與時俱進。」

野口久光嘩啦啦講了一堆，小出孝吃了一口麵，喝了一點悶酒。香蘭：

「把〈白蘭之歌〉拿掉，改唱〈那一顆可愛的星星〉會比較好，一方面比較好聽，再來因為是服部老師的作品，用了，也比較符合這次演唱會的精神。」

「就是〈白蘭之歌〉了，不能再改了。這樣一來，竹岡信幸就有兩首。節目單上印成我作曲就不太對。曲是竹岡作的，我只是加工，算是編曲。」服部良一瞥了一眼野口掛在牆上的自繪電影海報，再環視了一下同夥，「剛剛小出孝君談到音樂悅耳與否的問題。我在想，對歌聲的形成有更深刻的理解，就能欣賞得深入些，我們給小蘭選的幾首華語歌謠，唱到末段音都很高，最能讓她發揮女高音的特色。唱歌不是發出聲音就可以，而是要充分利用身體各部的共鳴，胸腔、咽喉和口腔都能形成共鳴，歌聲穿過咽喉後會擴大，到了口腔，舌頭、嘴唇和上下壁的各種動作變化會形成不同形狀的共鳴腔，歌聲的變化更豐富，上升到眉心部位時，就會昇華為一般人難以唱出的高音……」

服部說著，有些人自然能理解，有些人一知半解，興味有待誘發。服部接受大家的敬酒後，繼續講：

「就像文藝復興時期的米開朗基羅，他瞭解人體肌肉、骨骼的結構，不管繪畫或雕刻，都透過這種理解表現人體，和畫得很像照片的人體或人像比起來，看來不是很美，但你如果跟他一樣理解人體後，會覺得他畫得或雕得更深刻。我創作的〈蘇州之夜〉和〈那一顆可愛的星星〉聽起來，比較悅耳，就像畫得很像，很討喜的畫，一些中國作曲家的創作，乍聽之下不悅耳，但深刻真摯，像我的學生姚敏作的〈恨不相逢未嫁時〉，我做老師的都寫不出如此有水準的作品。而李香蘭也不負所託，演繹得淋漓盡致。……哦！川喜多老董笑得耐人尋味，……」

「沒什麼！我只是感謝服部老師給大家上了一課，不愧是音樂大家。草刈義人常跟我講，現在也只有上海才能辦這種演唱會。國內法規嚴得不得了，東京又被炸得像廢墟。……」

川喜多似乎還沒說完，中川牧三搶著說：

「機會確實是稍蹤即逝。如果辦得很成功，驚動上海軍部，甚至鈴木內閣，現在帝國上下都在艱苦抗敵，上海奢華、腐敗若此，一道禁令馬上下來……」

「其實也不用這場演唱會，佔領區比國內寬鬆太多，國內很多政客早就看不下去。」辻久一。

兩位知軍派提出的緘言，川喜多感觸頗深，一句「說的都有理。」服部良一也聽進去了。服部有了警覺：演唱會決不能失控，把辻和中川當做軍部的監督，穩健地把活動辦下去，絕不能招來軍方的關切。川喜多開始收拾碗盤，野口接了過去，小出孝也跟著收拾餐具。中川中尉站了起來：

「再忍耐幾天，演唱會就結束了。」

「是啊！機會難得。好像是打野戰時進行移動目標射擊，抓到機會就要快狠準，既然上天給了這個機會，把蓋希文音樂元素融進來，進行一場音樂實驗，我當然要把握當下卯足勁拚了。」

座位寬鬆了許多，服部說完身體往椅背仰躺，川喜多提著酒瓶往外面的客廳移動，大家跟著過去。小出孝端來兩小盆栗子和無花果，辻久一看著老闆川喜多：

「你一直都在喝悶酒。」

川喜多無言，向大家舉杯。服部：

「最近都沒出品新的電影？」

「公司幾乎都停頓了，還欠李香蘭兩部電影。等演唱會結束後再看看。」川喜多看著投射過來詢問式的眼神，「李香蘭過去替滿映拍了一兩年，去年殺青的《我的夜鶯》，我們華影已經取得一份拷貝，這兩天就會上映。不過是避著軍方的耳目試映。」

香蘭身心最近一直處在〈夜來香〉的熱潮裡頭，有點困倦地把拍攝《我的夜鶯》時的熱情召喚回來一點，但一聽到「試映」，冷冷地問：

「那家戲院？」

「先在平安戲院試試，靠近哈同花園的那一家。」川喜多覺得事情只是做了一個小小的突破，不想拿來說嘴，「戲院改了片名，叫《哈爾濱的歌女》，報紙小廣告也打出來了，應該這兩天就會上映。」

香蘭想了一下，偷偷在二輪戲院放試，川喜多副董臨難相助的鑿痕斑斑可考：

「謝謝董事長雪中送炭。雖然是試映，總算對服部老師有一個小小的交代。」

「妳說的那部電影，我記得給妳做過兩首歌，很俄國風味的。」服部良一欣慰地看著李香蘭，再臉朝川喜多長政，「這部電影軍部放行了？」

「還沒。上海這邊商業氣息比較濃，各方面都比較活絡、自由，甘粕給我一份，希望我在這邊探路……」

「《我的夜鶯》這部電影是日語發音的吧？」中川牧三。

「演員多數是俄國人，在電影裡說俄語，當然我也跟著說俄語，日本演員對日本演員講日語的場面比較少。」

香蘭說完，中川牧三中尉面露憂心：

「電影同步放映後，很多原先半信半疑的中國人終於會瞭解李香蘭原來是日本人，可能就不去聽演唱會了。」

「你的意思是電影反而作了反宣傳。原是一番好意，反而壞了事。」

川喜多說著向香蘭嚴肅地點頭致歉，香蘭反而輕鬆了起來：

「副董，怎麼是這種神情？」

「唉呀！沒事的。不會有什麼反宣傳，沒事。宣傳的事靠我。」野口急步地從小廚房走了過來，「大光明大戲院的大型看板都照我的畫樣畫好掛上好幾天了，像帝王一樣鎮壓一切。倒是李小姐要早一點到戲院，不要像日本劇場那一次被觀眾擋在外頭……」

「音樂沒有國界。我規劃這個演出一開始就請中國樂人幫忙，安排的曲目，中國、日本和歐洲的都有，也都公諸於報紙。彩排這幾天，上海一直都很平靜，沒有對這個演出有什麼雜音。事情既然決定要做，做就是了，顧慮太多反而不好。」

服部良一的話讓川喜多腦醒了一些，他也認為原先的判斷還算正確，《哈爾濱的歌女》來個雪中送炭自然有它的效果。

「音樂這一塊沒有槍砲飛機，或許上海人早就習慣李香蘭的亦中亦日，我們想東想西反而陷入思想的混亂。」

野口快人快語，督促大家吃果子暢飲，又把話題帶入另一階段。

看著大家喝酒聊天，香蘭一直盤算著演出的事，整理了一下思緒才知道，出道近七年，大型演出都集中在前三年，後四年都在拍戲，除了勞軍外，確實沒有大型演出。勞軍像日常三餐一樣，完全平常心，但大型演出，還得承受各方的期待和壓力。

註 1：波多野福太郎（1890-1974），日本爵式樂團指揮家、小提琴演奏家。

43. 夜來香詠 重逢柳芭

第二天，演出團隊休假，一種生疏感在香蘭心裡累積了一點壓力。演出這一天，所有演出人員中午前就到大光明大戲院會場。

久聞大光明現代主義風格的建築，但戰事風雲緊，她已經不像七年前剛出道時，會被東京日本劇場高大的建築吸引住。這一天，她瞧了一眼戲院正面橫豎交錯的板片，只覺得有點雕蟲小技，倒是左邊半透明玻璃燈柱上面直寫的「GRAND THEATRE」英文字，總在她心裡激起一點漣漪。尤其是晚上經過這兒時，看見浮現在透明黃色格子燈柱上面的黑色英文戲院名字，給她一種超塵脫俗的感覺，或許這就是超現實，聞不到一點爭鬥、殺伐的氣味。

香蘭早早就進來和樂團預演，觀眾還沒來排隊。戲院經理充當場務，從外頭叫來便當時，戲院門口已經有人排隊，兩點不到，觀眾開始進場，由陳歌辛指揮演奏迎賓曲。香蘭由化妝小姐化好妝，到試衣間看了幾套衣服，耳裡不斷傳來舞臺上的樂音和主持小姐的談話。時間一分一秒都在她心裡滴嗒，走出試衣間，和她一樣心裡數著一分一秒的小牧正英老師，看著她身上亮晶晶的粉紅旗袍：

「記得，讓妳的身體唱歌，歌聲跳舞。」

「那要好好體會。」

香蘭苦笑著回應時，小出孝和野口久光急急走了過來。小出孝：

「外面隊伍排得有點長，秩序很好，沒有妳擔心的那種失控場面。」

「後來我想到了。」香蘭鬆了一口氣，「那一年東京日本劇場那一次，是買預售票的觀眾造成的騷亂。」

「有道理。」小出孝笑看有點摸不著香蘭話語頭緒的小牧正英，再朝向香蘭，「當場次的觀眾憑票入場，劇場很快就消化掉，反正只有兩千多個座位，買晚場和次日票券的民眾，因為票已賣完，買不到票，不願離去，才引爆怒火……」

小出孝說著向小牧述說四年前日本劇場的七圈半事件，香蘭趁機上洗手間，時間不再滴答，開始流逝了。和小出孝站在一塊的野口久光一直不吭一聲，川喜多要她先別提沖繩島陷落，指揮官牛島滿切腹自殺的消息。

迎賓樂中止，香蘭站在舞臺側邊，掀開布幕一角，看著司儀小姐宣說「李香蘭女士歌唱會」即將開始。一種很熟悉的感覺湧上心頭。片刻，司儀宣佈演唱會開始，香蘭步入舞臺，布幕緩緩拉開，舞臺上方聚光燈突然打開，光線流洩她身上的同時，掌聲在幽暗的臺下響起。場景似曾相識，時光好似倒流，舞臺女王回來的呼喚在她胸中騰起，她完全融入了，原先的一點生疏感全然不見了。指揮陳歌辛抓起她的小手，向觀眾席鞠躬，掌聲再度響起，有些觀眾全然或半知解地瞭解她的國籍，但拉她手的是中國樂人，這似乎冰釋著什麼。陳歌辛的〈夜〉和〈漁家女〉是她熟悉的歌曲，和彩排時一樣，她努力把服部老師新編的爵士味唱出，用舞姿款擺出來。她上舞臺，一次連唱了三曲，這還是首遭。唱〈海燕〉時，前奏響起，小牧老師安排的舞群進場了。她喜歡這種伴舞的概念，已往她是舞臺上的唯一，這讓她有些厭倦。如今眾星拱月稀釋了她的壓力，也締造了觀眾的視覺享受。

「我歌唱，我飛翔，在雲中，在海上……」

每唱一句，香蘭和穿著燕翅舞衣的女孩一樣，右手和左手分別伸向右方和左方，「群燕」動作一致，預示了待會歌曲和舞姿的多變，香蘭唱第二句：「我歌唱，我飛翔，風在號，水在漲」時，舞者就已展現左右交叉伸手展翅的動作，待香蘭的花腔越「啊」越高時，舞者舞出的芭蕾快步舞，也是左右交互攬手，踢腿展翼，象徵海燕飛入雲端。

「烏雲密佈，天空無光。我的眼中充滿渴望……」

曲調放緩，香蘭開始哀吟，快快轉身，瞥了樂團和指揮一眼，也瞥向小出孝設計的孔雀開屏般，綴滿燈飾的舞臺背景。舞者開始踮著腳尖抖步，兩手氣弱地上下擺動，但香蘭歌聲還是維繫一股力量。唱到歌尾，一串迴旋向上的「啊」聲，把戲劇般的歌曲帶向高峰。

第一波演出結束，香蘭在轟然的掌聲中退到後臺休息。接下來是服部良一的鋼琴演奏，香蘭和大部分樂隊成員得以喘口氣。

〈蘇州夜曲〉、〈白蘭之歌〉和〈支那之夜〉是服部良一自己和朋友的作品，香蘭再熟悉不過了，自然由服部指揮。這三首歌，景物的描述很好，歌詞中的詩意釋放出來的感情又緊緊扣住景物。彩排當時，以蘇州和上海為背景的那兩首已有中文歌詞，其中〈蘇州夜曲〉，中文歌詞和日文詞意十分貼近，不但沒有含攝或暗示民族偏見，且很柔情唯美，那些伴舞的女學生非常喜歡，小牧老師還沒編好舞，女生早已自發性地自編自舞了起來。小牧馬上決定在這日語三歌裡，選擇〈蘇州夜曲〉進行編舞。

和彩排時一樣，孔雀開屏的佈景已被推向舞臺的裡側，舞臺燈光再度亮開時，綠柳垂條，老船靜泊，山影倒懸，微波蕩漾的湖景已呈現觀眾面前了。樂團啟奏，四位女生在強光下翩翩起舞，一名個兒比較高，膚色有點黑的女子扮演男孩，和一位女生耳鬢廝磨，另兩名充當綠葉。

「投君懷抱裡，聽那船歌如夢，鳥兒婉轉……」隨著歌聲從暗處流出，香蘭緩緩步入燈光中，看到偎在一塊起舞的「一對」，很是動容，隨著紓緩的旋律流入歌聲的感情是更多了。四位女學生滿載中國情調的舞姿，也就像和緩的流水一樣，在觀眾的秋波裡漂浮。

唱完一輪，小號吹出間奏的主弦律，自由彈奏的鋼琴把曲味轉向爵士，四位女生的舞步也變得動感、現代起來，香蘭不再釘著麥克風，也是亦步亦趨地舞了起來。

間奏結束，唱第二輪時，又恢復原有的紓緩。唱畢，台下掌聲雷動，香蘭拉著女學生的手向觀眾致謝時，掌聲再度響起。

香蘭心中的懸念大大地消解，時間過得快多了。接著再用日語唱完兩首電影主題曲，外加一首服部良一作的〈青春讚歌〉。服部目睹神風特攻隊飛行員衝向死亡，雖不讚成他們的行為，但對於他們的青春在一瞬間灰飛煙滅感慨良深，而有此作。服部暫隱創作動機，填上華語歌詞，整首歌表達了對一般戰鬥飛行員的頌揚和不捨。對香蘭來說，這首歌也是一個不小的關卡。這首歌當初納入節目時，服部作了一番解釋，上海樂人對於日本軍方的要求、服部向各方的妥協有了充份的了解後，對這首歌沒有太大的異議。

服部良一創作這首曲子，一開始，歌詞自然滿是日軍味，他刻意用中性的詞意替代，改造成普世戰鬥機飛行員適用的軍歌。梁樂音、黎錦光一干上海樂人認為中日雙方的飛行員可能一時不會接受，但無疑是一大進步。節目單上標識著「讚美縱橫天空的青年」的字句，香蘭唱這首歌時，還是觸詞生情，滿腦子戰爭帶來的巨大苦難。

唱畢，掌聲一樣多，觀眾不忍她一連唱了四首，急著給她打氣，有些人被她清越的歌聲帶往戰爭的另一情境，激動得落淚，或情不自禁地呼叫起來。

休息 20 分鐘，樂團成員擠爆後臺休息室，陳歌辛、服部良一趁機找香蘭談論演出的注意事項，她也不得閒。接下來樂團演奏〈藍色的多瑙河〉，她才得以稍事休息。休息片刻，布幕重啟時，兩首西洋歌曲和三首中國歌曲綁在一起，看起來嚇人，好在香蘭每唱完一個小單元，就會閉幕換一次佈景。此時，所有人退出舞臺，再回到舞臺也是兩三分鐘後的事，香蘭的嗓子得以喘口氣。

休息片刻，節目推進到第三部，佈景又換回最初的孔雀開屏的看板，這是燈飾最多最密的佈景。鈴聲響起，還在幕後的女主持透過麥克風報告李香蘭女士現在給大家帶來〈夜來香幻想曲〉後，因為布幕還沒升起，觀眾紛紛在幾分神秘和怪異感中發出驚嘆，掌聲一開始有些疏落，但隨即密集騰起。掌聲落下，觀眾席再度鴉雀無聲，屏著氣息等待布幕升起。布幕後面傳來似近還遠的的低沉高歌，「夜～來～香～」的聲音像魅影般飄了出來，拖長的尾音似乎攝住每個人的心，空氣如此緊繃，香蘭隔著布幕感知觀眾的聽覺神經瞬間緊張了起來，於是再把聲音拉高，再呼喚一次「夜～來～香～」。樂團就在孔雀開屏佈景的一邊，服部良一側頭看了香蘭一眼，指揮棒一點，拖著舞魂的倫巴節奏鵲起，沉落，再鵲起，布幕緩緩升起，孔雀佈景的點點繁星和分別坐在布景兩邊的百人大樂隊奏出的樂音壯麗地展開了，觀眾鬆了一口氣，看見香蘭身著白色旗袍，頭簪一朵白色紙花，緩緩走向舞臺中央，輕輕驚呼過後，又把聲音壓下。

「那南風吹來清涼，那夜鶯啼聲淒愴，月下的花兒都入夢，……擁抱著夜來香，吻著夜來香…….」

香蘭每唱完一句，交響樂音如影隨形，仔細聆聽，起伏其中的胡琴音好像是歌聲的嘆息，讓人回味。

「夜來香。我為你歌唱，夜來香，我為你思量，啊……我為你歌唱，我為你歌唱。夜來香！夜來香！夜來香！」

呼喚著花的名，遊絲般的歌聲一波波攀升，沁入上千心魂裡頭，香蘭用花腔唱完裝飾樂段，間奏華麗展開，好像慶祝的樂章。香蘭唱完，在掌聲中退到幕後，樂團沒有休息，服部良一兩手掄起，弦樂、管樂、國樂聲此起彼落，最後轟然合流完成前奏，小提琴、低音提琴、管樂各聲部輪流奏出第一音節音符，好像唱盤跳針一般，重複而踟躕不前的律動越來越快，樂音越發密集，隨著鑼鼓鼕鏘響起，升起的樂音落回〈夜來香〉的主弦律，等待香蘭的回歸。服部如此編曲，主要是想藉著這種變奏，藉著音符的交互穿插互動引發觀眾的夢幻感。樂團自主而完整的演奏也算是整組節目當中的一小環，希望主題限縮在李香蘭的音樂會帶給觀眾更多元的滿足。

香蘭唱完，在掌聲中退到幕後，隨即牽著兩位女孩的手進場，迎著掌聲鞠過躬後，香蘭原音重唱〈夜來香〉，百代兩位新星慢兩拍低兩個音跟上，兩個聲部重疊，前後交織，聽眾的情緒明顯沸騰。這種立體聲從歌尾高音部滑落後，又恢復歌首的輕快倫巴。聽眾好似坐雲霄飛車，在飛速中失聲尖叫，興奮過後，心情隨即陡降、復舊。立體聲進入第二輪變三部輪唱，歌聲重度交疊，觀眾聽得心旌蕩漾，驚呼連連。還沒唱完，許多聽眾激動地站了起來，甚至往舞臺湧動，明顯推擠了起來。

香蘭驚心瞬刻，一曲終了，快速回到後台，服裝師迅速給她換上藍底銀邊繡有黃鶯圖案的旗袍，她於是手提著放有夜來香花束的花籃再度出現。這時交響樂伴奏將聲音壓低，作為背景音樂。在胡琴的伴奏下，香蘭開始高歌民謠〈賣夜來香〉。

「賣夜來香，賣夜來香。賣夜來香啊！花兒好，白又香，花香沒有好多時光。人怕老珠怕黃，花兒也怕不久長，買花的人兒快來買，……」

這首歌夾著一些口白，香蘭順勢高呼：

「要買夜來香嗎？」

好幾名觀眾形成一小隊，從階梯上來，香蘭驚覺弄假成真，但還是邊唱邊送出花朵。有人犯傻遞出紙鈔，見香蘭沒有閒功夫，只好悄悄把錢收回。

五彩燈光四處照射過來，和孔雀燈屏相互輝耀，交響樂團部份團員演奏小爵士倫巴旋律。香蘭快步回到後臺換穿紅色旗袍，舞動腳步，趕上節拍唱完小爵士風情的〈夜來香〉。觀眾情緒持續沸騰，他們正驚詫這首歌這麼多變化時，〈夜來香圓舞曲〉又來了。香蘭一人載歌載舞，好像花式滑冰一樣，一人在舞臺上滑步、轉身，香蘭唱得渾然忘我，有些觀眾跑到走道滑舞了起來，一首歌很快結束，觀眾還沒醒過來，〈夜來香布吉樂〉又開始了。香蘭隨著快速的節奏，輕鬆地搖擺扭動身體，她不覺得自己還在唱歌，但歌聲自然流洩出來。觀眾越來越能體會演唱會的節奏，越來越知曉演唱會要帶領他們進入無敵無我，淡化愛國、敵愾氛圍的未來歡樂世界，幾乎都跟著臺上人擺動著身體。當然，站起來隨著弦律舞動的人也很多。

演唱會最後一首〈賣糖歌〉爵士成份少了很多，傳統的伴奏和唱腔多少讓觀眾的情緒冷卻了一些。但演唱會結束後，會場仍然沸騰，香蘭唱了兩首安可曲後，接受獻花，和所有演出人員謝幕，還被許多記者圍著採訪，樂團指揮服部良一協助香蘭控制場面，結果也成為採訪的對象。陳歌辛見服部難以應付華人記者，主動前來助陣。演唱會折騰了許久，真正曲終人散時，已是下午五點一刻。

觀眾席和舞臺上，人走散得差不多，香蘭慶幸地下到後臺，又見水洩不通的場面，而且大家都搶著跟香蘭講話。川喜多長政特地從貴賓席走了過來向香蘭道賀。香蘭聳聳肩：

「還有五場，時間難熬。」

「劇場老闆當初要求妳演一個禮拜，從這角度去想，妳可說演完了一大半。」

川喜多這樣說，香蘭只能苦笑。

用過晚餐，晚場的過程又重複一遍，觀眾熱情依舊，散場後記者雖然少了很多，但後臺還是擠爆，香蘭一樣被人圍著講東問西。一名老人拄著拐仗搖搖晃晃走了過來，正要開口時，香蘭示意旁邊的人稍安勿躁。老人：

「李小姐，很冒昧，我必須說，剛剛妳唱的〈賣夜來香〉，我就是原作者。」

「真的。大家都以為作者不可考了呢。」香蘭看向黎錦光，「老師，這位長輩說〈賣夜來香〉是他創作的。」

黎錦光和服部正用英語交談，聽到香蘭這一呼叫，立刻和服部走了過去。香蘭用日語向服部簡單說明一下，服部也跟著黎老師和老人握手致意。樂團團員把樂器放進櫃裡，逗留一下便走了。後臺一下子寬鬆了很多，服部和黎錦光把老人帶進休息室繼續聊。香蘭換下演出服，由化妝師協助卸妝後，老人走了，中川中尉邀她、服部良一和黎錦光上他的車。香蘭和黎老師同坐後座。車子開動了，香蘭講華語：

「剛剛那位老先生怎說？」

「他說得頭頭是道，對現代音樂界也滿關心，談到創作〈賣夜來香〉一事，我跟他說手稿最重要，手稿可以看到他創作的過程，但他說被老婆丟了。」黎錦光看向車外街燈，再把視線收回，「我問說有沒有其他作品？他說不出來。」

「對呀，如果有很多作品，就更容易說服人了。」

「之後我又向他提出很多問題；什麼時候創作？有沒有其他人可以證明？或作品什麼時候流出去？他都說得很模糊，推說事情太久了，記不清楚。」

「老師畢竟經驗豐富，問的問題都很實在。」

「最後沒辦法，我就請他書寫創作那首歌的動機和過程。我會等待他的好消息。」

「老一輩的人不懂得保存資料，或者不知道什麼是資料。」

香蘭說著，還是衷心祝福那位長者早日證明自己，不只是一首歌的作者，還是一位老樂人。

車子先繞到舊城區，把黎老師放下後，朝北駛向虹口。服部良一對香蘭今天的表現作一番通盤而簡單的評論，表示讚許：

「感謝妳幫唱忙那一首〈青春讚歌〉。創作這首歌，有些無奈，但也認真投入。一方面對上海軍部有了一點交代，一方面也對年輕人一個個赴死，感到痛切。事實上那些飛行員都很年輕，有的才 18 歲，甚至更年輕。當然，妳上次說的從人性的思惟來看，或許有一天，我會用這個角度再創作一次。」

「『神風』好像是一種新的宗教。」

香蘭的話，服部一時反應不過來。他想，或許這只是女性的直覺吧。

「那些年輕的死亡很需要一種宗教上的安慰倒是事實。」服部苦笑了一下，「妳唱那首歌，福份很大，三天唱個六遍，福份更大，可以迴向他們了。」

「你的那首讚歌，進入我腦裡，想的老是『戰歌』。」中川笑著朝服部看了一眼，「今天這兩場，散場時看了一下，絕大部份都是中國人，中間夾雜一些外國人。」

「這正是我要的。李香蘭唱日本歌還是滿堂彩。這證明音樂沒有國界。我現在終於瞭解，音樂確實是世界的共同語言。」

「照他們上海人的說法，黃牛票喊到三倍以上。」

「那意思是，可能連後天的票都賣光了。」

「我們報導部人員還會做進一步的調查。」

「亂世下的上海拚出了歌唱市場，李香蘭唱完後，中國其他歌星可能也會搶著辦個人演唱會吧？」

服部說著回頭看了香蘭一眼，但脖子一陣痛楚，大概指揮時，為了顧及在布景另一邊吹奏的另一半團員，引頸揮棒太久，造成痠痛。

「或許。」香蘭笑著點頭，「你說的聯合演唱會辦了之後，當然有可能。」

車子轉向上海灘。中川：

「路燈都不亮了。」

「預料中。」服部良一壓低頭往外上看燈光多已熄滅，看來像憂傷巨人的大樓，「燈火管制，省電。」

「沖繩那邊有沒有進一步的消息？」

「不瞞你說，已經陷落了。野口久光昨天就收聽到消息，可能明天報紙會報。」服部良一呼了一口氣，忍著痛回頭看向香蘭，「這個壞消息希望別影響妳明天的演唱。」

「如果早一點說可能會造成影響。我現在自私得只顧自己的戰場，後天演唱完再騰出空間給沖繩。」

「騰出空間？」中川。

「心裡的空間。」

「我再補充一點，指揮官牛島滿切腹了。」服部。

「哦。」

第二天可說是重複前一天的過程，記者少了許多。接下來的第三天也是歌舞同樣的曲目。確實有些煩了，只希望演唱會趕快結束。記得當時年紀小，在東京高島屋和日本劇場也是不斷重複演出，且有點樂此不疲。現在畢竟長大了，世故些了，會感覺不好意思。香蘭想著心裡笑了起來。

就這樣，一曲接一曲，晚場接午場，新鮮感雖然快速流失，但過程順利，晚場第一首〈夜來香〉有驚無險地度過後，又無瑕到終場。

全體演出人員謝過幕後，一如往常，場面熱烈，「安可」的呼聲不斷，香蘭相繼唱了〈四季歌〉和〈不變的心〉。這些都是周璇的歌，香蘭唱來，算是對周璇的致意，感謝她這一陣子對她的支持和呵護。唱完後，安可、呼叫和鼓噪聲不斷，再唱一首也是周璇的曲子〈瘋狂世界〉，就當做剛剛犯了錯誤的懲罰吧。

前奏響起，木管吹出的鳥鳴啾啾，她希望這真是最後一首，開始注意臺下的動靜，好在在暗室待久了，眼睛習慣了暗中視物，而觀眾看起來也沒什麼異樣。

「鳥兒拚命地唱，花兒任性地開，你們太痛快……什麼叫痛快，什麼叫奇怪，什麼叫情，什麼叫愛～」

香蘭唱著，樂團的伴奏依舊是鳥鳴啾啾，歌詞一點瘋味也沒有，反而像是少女對物訴情，「什麼叫痛快，什麼叫奇怪」這兩句疊句，加上隨後跟上，旋律重走一遍的伴奏，好像少女的喃喃，只是後段「鳥兒從此不許唱，花兒從此不許開，我不要這瘋狂的世界，這瘋狂的世界……」略現少女煩躁的嬌嗔。

香蘭唱著唱著，輕快帶點調皮的歌聲似乎已把「瘋狂世界」這頂帽子摘掉，還原這首歌少女任性的原貌。那知唱完，全體演出人員再合體鞠躬謝幕，會場更加沸騰，呼喊、驚叫處處亂竄，前面的觀眾不斷往前擠，後面的也跟上，情景瘋狂。樂團退下後，女主持人嘶聲力竭地請貴賓席的貴客上臺，多少遏阻了推擠的人潮，但還是有些人混在記者群裡擠上臺搶合拍。多數人看到女主角後心意已足，在臺下向她招呼打氣後克制著沒上臺。

香蘭要應付臺下的呼喚，又要招呼臺上的好友，雖然忙碌但輕鬆。在這忙亂中，白虹和周璇捧著巨大的花束走了過來，白虹一方面代表老公黎錦光，一方面也感謝香蘭唱她的一首歌，香蘭和這位小她十幾天的「師母」相擁時，臺下響起了尖叫，兩人應記者要求合照後，周璇獻花，香蘭和這位偶像緊緊相擁，下面傳來的呼叫和掌聲更響了。拍過合照，周璇走後，後面是一隊女生提著花束或小禮物，香蘭和歌迷一一握手，收下禮物和花束，交服務小姐處理，準備回後臺，看見一位身裁高挑，長得標緻的白人女性撥開人群，香蘭狐疑間，

「淑子！淑子！」

急促的叫聲嚇倒了香蘭，「莫非連白人也成為我的歌迷？但她在叫我的本名。」香蘭一臉驚詫，瞪大眼睛細瞧，久遠而模糊的影像投射到這位還被人群擋在稍遠處的女子。

「哇！柳芭！柳芭契卡！妳是柳芭．莫羅索發．格里涅茲？妳還好，沒事吧！」

「是的。我是。」柳芭急切地嚷嚷，擠不出人牆，手指著臺下，「我爸媽也來了。」

「我先下去，帶妳爸媽一起到後臺，一定要來。我們好好聊一下。」

香蘭說著從舞臺側幕的小樓梯下到後臺，隨即被服裝小姐擁到試衣間換下演出服，再轉到化妝室卸妝。香蘭便裝素容走出化妝室，看見服部和中川正在聊：

「老師，剛剛很抱歉，唱〈夜來香〉高音部時，起音慢了半拍，造成你的困擾，真的非常抱歉。」

「哦！」服部仰向天花板，然後笑看中川和香蘭，「太疲倦了？還好。我正想怎麼辦才好時，這麼大的交響樂團竟然一瞬間有條不紊地調整過來，跟上妳的節奏，真是不可思議。當然我也馬上跟了過去。」

「這個樂團以前一定碰過這種問題，經過一番檢討、練習，才能應變得這麼得體。」

中川牧三說著時，香蘭看見柳芭出現在人群間了。

「是有可能，那天找草刈義人問問便知道。」服部欣慰地想著剛剛那一瞬樂團的化險為夷，「這是很好的一堂課，以後我們有機會指揮大樂團時，可以在這方面演練一番。」

「草刈先生沒來？」

「有，早先走了一步。」

服部說著時手臂被香蘭拉了過去：

「我一位十幾年沒見面的朋友來了，和你的老師馬特爾同一國的。」

服部兩眼順著香蘭的視線，看向一臉笑容的柳芭，再回望香蘭：

「妳們好好聊。」

香蘭給他們作禮貌性的介紹，服部和柳芭相互敬禮後跟著中川走開了。柳芭：

「我的全名這麼長，妳竟然還記得，而且一口氣念了出來。」

「我是非常想念妳，今天能在這邊演唱，追本溯源，還是託妳的福。妳的名字一直就在我心裡念念不忘。」

香蘭說著再度審視柳芭，以前垂落雙肩的辮子早已解開，變成梳攏在腦後的秀髮，臉上的雀斑已經消淡，她臉顏的線條本來就很清晰，現在輪廓更加分明，立體了。她對柳芭的印象還停留在她 13 歲時的模樣，但那時的她已是小大人了，稍加推論、雕塑，還是十分吻合她現在細腰、隆胸、體長，西方女孩常見的樣狀。柳芭：

「這場獨唱會真是精彩，我爸和我媽過來了。」

香蘭順著柳芭回望的視線，看見許久不見的柳芭父母站在人群的後頭。柳芭父親身著西裝，母親一身俄羅斯傳統女服。柳芭母親淚流滿面，不斷用手帕擦拭鼻頭，柳芭父親頭髮灰白了不少，但唇鬍黑得醒目。兩位長者走了過來，柳芭母親給香蘭一個貼心的擁抱，柳芭父親行個握手禮。柳芭盛讚香蘭歌唱得好，她媽媽，格里涅茲夫人更是破涕為笑。格里涅茲夫人幾乎忘了那年香蘭給波多列索夫夫人暖場的音樂會，經女兒提醒，才喚起一些模糊的印象。但那場音樂會不像是 12 年前的舊事，可說被他們一家可怕的經歷拉得更久遠。

「我看到妳演出的海報，感覺眼熟，李香蘭好像就是向波多列索夫夫人學歌唱的淑子。印象中淑子小時候被隔壁的李將軍收為義女，然後開始學聲樂，也上過臺演出，如果淑子就是李香蘭，也很合理。奉天那場演唱會後，記得妳說要到北京上學，畢業後就成為歌星了？」

柳芭日語劈哩叭啦講到底，香蘭一時不知如何回答，她又快人快語，急著給心中的疑惑找答案了。

「是啊！妳怎麼變成女歌星，像波多列索夫夫人一樣。她知道嗎？還有，什麼時候來上海，在這種豪華有氣派的大劇場唱歌，真是一頁傳奇呢。」

柳芭連番疲勞詢問，香蘭一時難以回答，柳芭再度審視她眼中的「傳奇」，看能否看出一些答案。柳芭父母一直沒開口，兩眼看著香蘭，希望她說些什麼。香蘭審視柳芭和她雙親一眼，心裡琢磨了幾秒：

「那一年那一天，我去你們家的麵包店找妳，結果妳家被砸了，被封鎖了，外面一票憲兵。然後妳們從此人間蒸發。沒想到妳竟然也來了上海，現在在上班？伯父還在開麵包店嗎？」

「裡頭有很多故事，妳那邊更是，看來我們需要找一個時間好好談一下。」

「現在已經 10 點 40 了，很晚了。你們要怎樣回去？」

「爸爸駕馬車過來。」

柳芭說著回頭和媽媽商量，快速，帶點私密性談話的俄語被週遭的喧聲攪亂了，香蘭聽不懂她們談什麼，感覺是在談邀請她的事。柳芭轉過身來：

「現在太晚了，明天來我家好嗎？我住薩坡賽路，媽媽說中午或晚餐，來我家用餐，越快越好。」

「明天早上要到音樂老師那兒，已經答應她中午餐敘，然後明天晚上，剛剛演出的人員要全體聚餐。」

「大家聚餐，慶功宴？」

「可以這麼說。」

「來我家宵夜？但也不能太晚。」

柳芭說著又開始和父母商量。香蘭拍了一下柳芭的手臂：

「這樣好了，我明天晚上提早離開慶功宴，慶功宴就在隔壁的派克飯店。」

「那太好了。」

香蘭和柳芭交換電話、地址，再跟她父母聊了一下，賓客漸少，中川、野口和服部來找她，她才跟柳芭一家道別，搭中川的車子回去。

44. 夜訪柳芭 共話滄桑

派克飯店的盛宴晚上六點開始，難得露面的華影董事長林柏生是南京政府宣傳部長，也蒞臨會場。另外，由於軍情吃緊，川喜多不想驚動上海軍方，僅由中川中尉邀來同屬報導部的兩位佐級長官給盛宴壯聲色。菜不是很豐盛，但川喜多運來了兩三箱威士忌和伏特加，交響樂團內，蘇聯、白俄、法國、猶太裔、日本、中國不同國籍的樂人同聚一堂，暫時不用音樂交心，今晚的酒同樣讓他們泯除國界，融在一個國度裡。香蘭解除了酒禁，跟同桌的長官、老師藉酒寬心，舒暢而快慰，但心裡一直惦著和柳芭相約的事。在演唱會，香蘭是唯一的，在這個慶功宴，香蘭自然是 top one，道賀酒各方湧來，她深覺盛情難卻，或者說，盛情難「卻場」。川喜多、服部和陳歌辛陪她到各桌敬完酒後，她鼓起勇氣，就近向川喜多說：

「我有重要事情想先離席。」

「重要事情？大家因為妳都來這裡！」

川喜多楞著看香蘭堅定的眼神，離座走向大廳一隅，香蘭跟著過去，把事情的因由講了出來。川喜多：

「全家都在蘇聯領事館工作？」

「但是非常重要的朋友。已經約好了。」

「這樣也好。現在我們國家面臨空前的危機，作為一個國民，多交朋友，多存善意，也只能這樣了。」川喜多皺了一下眉頭，「再坐一會，跟全桌敬過酒，我會幫妳講兩句。妳說薩坡賽路，我再請黃天始載妳過去。」

香蘭多喝了一點酒順利脫身，坐上黃天始的座車。川喜多：

「如果待得太晚了，就住朋友家，別上路，路上被盤查不太好。」

「知道了。」

車子一路南行，黃天始也盡說些演唱會的事，很羡慕她拍戲、演唱，一一征服難關。薩坡賽路是林蔭大道，也是住宅區，樹木很多，經過一段房舍密集的路段後，屋舍漸稀。從演藝圈退場的問題，又在香蘭腦際閃現了一下。這場演唱會表面風光，但大環境險峻，繁華很快落盡，此刻她正要拜訪多年未見的朋友，但沒有帶來任何光環，且很快就要面對殘酷的現實。她想：昨兒沒有「高調」地宣布退出演藝圈，顯然是對的。黃天始車行慢慢，看到門牌號碼後才把香蘭放下。

香蘭在鬆土小徑走了十來步，迎向兩層樓磚房，登上門前階，敲了門後回過頭向黃天始揮手，門開了，立刻被柳芭迎了進去。香蘭進入客廳，剛要落座，牆上星星、鐵鎚、鐮刀旗下，赫然掛著史達林像。柳芭父母，應該說是格里涅茲夫婦的熱情稍稍沖淡了政治色彩。柳芭望向呆立一旁的哥哥，日俄語夾雜地說：

「哥！還記得小淑子？小時候來過我們奉天家的。」

「有點印象，但我不太想過去。」

伊凡伸出手和香蘭握了一下便回房間。香蘭瞥了史達林像一眼，時光再度倒流，依舊只捕捉到伊凡少年時候的模糊影像，只記得當年的他和他妹妹一樣，臉上長著雀斑，但有點神經質，好像曾經用腳踏車載她回家過。伊凡如今相貌堂堂，看來像紳士，但似乎很政治，像牆上的鐵鎚鐮刀旗那樣冷冰。柳芭把臉瞥向伊凡房門，斜著臉對香蘭：

「他也在領事館上班，和我一樣。」

香蘭點點頭。格里涅茲夫人走了過來：

「小淑子請用餐，到這兒。」

柳芭請香蘭離座走了幾步，擺滿各式俄式料理的餐桌迎面而來。香蘭傻了眼：

「伯母，我剛剛在飯店吃過了。」

「沒關係，慢慢吃。」格里涅茲夫人目視桌上一大盤的比羅西基，「記得小淑子小時候特別喜歡吃這種點心，今天特別做給妳吃哦。」

香蘭客隨主便坐了下來，格里涅茲夫人站著傾頭望向香蘭的紅臉：

「小淑子來之前有喝了一點？臉上一點紅暈，看起來很可愛。」

「演唱後的酒宴，身不由己喝了一些。」

「喝一點伏特加如何？」

香蘭嚇了一跳：

「聽到名字頭就暈。伊凡哥哥不來嗎？」

「別管他。他有時像別國人。」柳芭刀叉和湯匙並用，給香蘭盤子裝了一些食物，「他也不喜歡說日語。昨天的演唱會，他說不去就不去。」

「小淑子，或者叫妳李香蘭，很美麗的名字，是中國名字吧？」格里涅茲夫人的心思剛從一番省思當中釋放開來，「生活在這種動盪的時代，為了求護身符，有時會弄巧成拙。但不管怎樣，心胸要保持寬厚。我們一家除了我，都在領事館，時常接觸到日本人，講日語早已習以為常，以前在奉天如此，現在在上海也是如此。」

「哥哥在工作場合還是會說。」

柳芭說著伊凡出來了，向香蘭微笑點頭後，和他媽並肩坐一塊。

「李香蘭是大明星，年紀輕，但有份量，容我說些苦悶的話，我會覺得如釋重負，獲得一股力量支撐。」

格里涅茲老爺說著兩眼投射出帶點懇求的眼神，香蘭不知道他要說什麼，只能報以鼓勵性的笑容。格里涅茲：

「妳也知道，以前在奉天開麵包店常被日本軍人騷擾。一天親戚家出了事，我們一家被捲了進去，只好出逃，一路逃到上海。有人勸我們入籍蘇聯，權益比較有保障，結果一念之間，我們連共產黨都加入了。事情敗露後，一家人被驅逐出境，如果不是有蘇聯國籍，連驅逐出境的待遇都沒有。」

「如果沒被驅逐出境，可能就直接逮捕、審判。」柳芭面向香蘭，替父親補了一句，「因為若沒有蘇聯的國籍，就算是滿洲國國民了。加入共產黨等於是犯了罪。」

香蘭點點頭，眼露同情，但希望這種話題趕快收束。

「我們白俄染紅了，算是一種背叛。當時我們是孤立一家店，沒有後援。當年從蘇聯逃出來的白俄大都群聚一塊，像一些歌劇團、舞團或樂團，他們互相取暖，團體也有一定的力量。」格里涅茲夫人眼露尋求諒解的眼神，「我也不想說做錯了什麼。但至少我們付出了很大的代價。辛辛苦苦經營的麵包店沒有了，現在不知道屬於誰了，或者早就沒有了。」

聽了柳芭父母的訴苦，香蘭心有戚戚焉，開始想知道後續的發展，不知覺間吃了不少食物：

「被驅逐後是回到莫斯科？」

「同車一批人被送去莫斯科，市政府給我們配房，填補了一些被放逐的人口。」

格里涅茲說著，柳芭搶著說：

「日本雖然討厭共產黨，但和蘇聯簽了約，所以我們被遣送回去。當時蘇聯正在大整肅，大清洗，運氣好的被放逐，不好的……」柳芭把手刀架在脖子上，「咳！就這樣。我們回去了，補實了被迫害而離去的人口，好像是踩在別人苦難上面，自然很惶恐，更擔心輪到我們受難。」

「我們講了一些晦氣的話，會不會影響淑子的胃口？」格里涅茲夫人。

「不會。反而吃得更多。」

香蘭這麼一說，一直拘謹不說的伊凡爆笑開來。格里涅茲話裡頭的驚心動魄觸動了香蘭的柔腸。她只希望他講個梗概，擔心他講得太細，讓自己身陷其中。她看向掛在伊凡臉顏的餘笑，不知該說什麼：

「感覺無奈的時候，就比較想吃。也算是一種解悶。」

伊凡聽了還是吃吃地笑了起來。格里涅茲：

「我們回去時，革命已過了 17 年，我們當初就是為了逃避革命後的混亂才逃到奉天，那知回去後大整肅才剛開始，待景況比較穩定後我們還是做老本行，租了一間店賣麵包，但每天提心吊膽，因為血統不純，原本是白的，又是猶太人，深怕有一天，秘密警察敲我們家的門……」

格里涅茲從記憶深處召喚出秘密警察做出的醜惡行徑、恐怖過往，他一邊說，一邊又覺得不該講得這麼露骨，以致講得有些淩亂。

「不曉得那一年，爸爸的頭髮變白了。」

柳芭的插嘴帶來一點輕鬆，但秘密警察當街槍殺平民、教徒，或用槍抵著人的頭部開槍的描述還是在香蘭心底戰慄。隨後大家都沉默著用餐，但心裡都是思濤滾滾。香蘭想，格里涅茲一家為了自我保護，背棄了白俄的認同，淹蓋了猶太的血緣，投向共產黨，感覺是上了賊船，現在想下船已不可能。客廳那面旗幟和那幅肖像也只能一直這樣掛著，取下來恐怕會惹來災禍。

「格里涅茲先生，您說的那種事情，世界各地都在發生。不僅僅是蘇聯。」

格里涅茲自覺講了這麼多不堪的過往，造成香蘭的壓力，但又不能不講，最後還是收納了香蘭的理解和同情。

「熬了七八年，和德國的戰爭開打，那個人才開始把槍口對外，國內情勢好了一點，沒那麼恐怖了。為了專心對付希特勒，那個人又和日本簽訂中立條約。」格里涅茲顯得疲倦，用刀叉切了一份白菜捲放進嘴裡嚥下後，對老婆笑了一下，再望向香蘭，「為了穩住對日的關係，我們這一些懂日語，又有東方經驗的人受到重視，由於是共產黨員，一批批調派遠東，我們只是其中之一。」

格里涅茲的故事顯然到了尾聲，香蘭略略鬆了口氣：

「伯父調到這裡有多久了？」

「三年了。逃離了虎口，在這裡感覺好多了，那知道會聽見妳天使般的歌聲。」

「伴奏的樂團很多俄國人或猶太人，你們的同胞。」

香蘭說著，格里涅茲腦裡，樂團鮮明的印象立馬蓋住他悲慘的憶思：

「是的，我也以他們為榮。我不是很懂音樂，但有空就會去聽他們演奏。」

伊凡向香蘭點頭致意，收拾好餐盤、刀叉，帶著到流理台後便回房了。格里涅茲夫人站起，看著女兒：

「我去準備咖啡。待會比羅西基可以拿到客廳。」

比羅西基還剩一半，畢竟做得太多了，香蘭的胃納量有限。香蘭應柳芭的要求，開始講述這十幾年的歷程時，格里涅茲夫人的咖啡煮好了，於是大家往客廳移動。咖啡香再度誘發大家享用比羅西基的食慾，香蘭的故事也就從奉天、北京、新京搬演到天南地北。第二壺咖啡見底了，比羅西基吃得差不多了，香蘭的故事還沒講完，但宵禁時間已逼近，香蘭答應留宿後，格里涅茲一家鬆了口氣。格里涅茲夫人：

「我們的小淑子，李香蘭還是電影明星哩。真是一個奇遇，不管是在以前的奉天，或是在現在的上海都是。淑子實在是上帝賜給我們的最好禮物。」

柳芭頭兒上仰，瞥了一眼牆上的肖像。

「那個人在，就不能有上帝。」

柳芭說著大家都笑了起來。一種危險感從牆上湧了過來，牆上好像多了幾雙眼睛。柳芭打了一個寒顫，臉貼近香蘭：

「時候不早了，到樓上我的房間。」

「也好，讓伯父伯母早點休息。」

四人互道晚安，柳芭領著香蘭上樓。樓上兩個房間分屬柳芭和她父母。柳芭進入房間開了燈，木板牆上高高低低掛滿了紀念性的照片，窗臺兩邊各放著一盆花。單人床靠著沒有掛照片的牆壁，柳芭坐在床沿：

「床鋪很小，給妳睡，我睡地板。」

「不行。應該相反，我打地鋪。」香蘭兩手伸直反握伸了個懶腰，「一起擠怎樣？」

「和大明星李香蘭擠一張床，實在是光彩至極。」

「妳是大美女，和妳擠著睡也是我的幸運。」香蘭拉起柳芭，「沒有妳就沒有李香蘭。」

柳芭笑著站起，順著香蘭的眼神往前看，走了兩步。香蘭低下頭看著似曾相識的照片：

「果然是，貝德洛夫糕餅店，那時候的妳就是這樣留著兩條辮子。」

「奉天浪速通。令人懷念又傷心的地方。」柳芭審視其他照片，「這是我的千代田小學的畢業照。這個是我。」

「妳比同學高出一個頭。」

「超齡兒童。妳知道的。妳的照片，什麼時候送我一張，我還有相框。」

「沒問題。」

香蘭說著盤算著該不該問那盤據心中多年的疑惑，看著柳芭露齒笑開，順勢開口：

「12 年前吧。那時我們還小，我去北京讀書前，想跟妳道別，結果到妳家，也就是貝德洛夫糕餅店⋯⋯」

不等香蘭講完，柳芭開口了。

「事實上，我也很想告訴妳。事情實在發生得太突然了。」柳芭噗哧一笑，用來紓解緊張的記憶，「我姨丈一家住富士町，在奉天醫大和忠靈塔之間一帶，他可能牽涉當地的反抗勢力，突然被殺了。幾名槍手闖了進來，當著我姨媽和他們女兒的面當場把他槍殺了。暴徒走後，我姨媽和表姊趕緊逃到我家，他們從北一條通過來，很快就到了。」

「那些暴徒應該就是日本憲兵吧。」

「大家都這麼說。不過，好死不死，我姨媽一來，我們家一下子就捲了進去。大家急得團團轉。最後只好壯士斷腕，再次發揮逃難的精神，兩家人坐馬車，先到郊外躲起來，再設法逃到青島，投靠一位朋友。但這也不是辦法，爸爸的朋友極度不安，擔心被捲了進去。」

「最後就落腳上海？」

「先是投靠猶太人團體，爸爸為了一家人安全，只好加入蘇聯國籍，不久碰到查戶口，父親冒險出示以前奉天的戶籍。戶籍地和居住地不吻合，我們也知道早晚會被遣返。」

「生命總是會轉彎的。」

「但我們與人為善的信念還是沒變，蘇聯清算鬥爭那一套，我們不接受，後來有幸遠離莫斯科來到上海。12 年前那一天，妳到我家看到什麼？」

「店裡面的玻璃櫥窗和桌椅被搗毀。圍觀的市民七嘴八舌，一批憲兵把守，我說要找妳，結果被斥退趕走。」

「我相信妳會來，可惜沒碰到面。妳是早上去的吧？」

「對。」

「我們兩家人晚上逃走。可能我們前腳剛走，那些憲兵就趕到了。雖然那時，爸爸還沒加入共產黨，但我們相信那些憲兵早就給我們一家貼上標籤，一旦發現逃跑了，一定認為是畏罪潛逃。」

柳芭說著倒在床上，拉了香蘭一把，兩人在床上繼續聊，柳芭身體翻了一下：

「雖然是單人床，還是容得下我們，翻個身也不怎麼礙到妳。」

「沒錯。妳苗條，我個兒小。」

「剛剛聽妳講電影拍攝。我想講又有點害臊。我和父親同一單位，都是負責和南京中國政府，或者說和日本占領軍的文化交流。電影的交流是其中的一項。」

「是呀！現在任何國家都很重視電影。」

「我們蘇聯這兒希望電影能搶進上海市場，但日本上海軍方報導部就是不放行。」

「現在日本政府對蘇聯是兩手策略。和共產黨有關的一定嚴格把關，一般的應該都會放行。」

「沒有錯。我們蘇聯拍的電影常常都是宣揚那個人或他的黨。」柳芭凝視天花板，「怎麼談總是碰到軟釘子。不過商談的過程有時很有趣。」

「哦。」

「最近跟我們打交道的那位大尉比較沒趣，不好溝通，也比較不懂電影。剛開始接觸的那一位，他的名字一時想不起來，很風趣，也對電影很有興趣，雖然是拒絕了，但他的眼神總是現出很想放行的樣子，只是沒有那種權限。他會把話題扯開，營造很好的氣氛。可惜他轉到電影公司了。會不會到妳的公司？」

「叫什麼名字？」

「想不起來。漢字的筆畫很少，名字中有一個一字。」

「辻久一。」

「對了。妳認識他？」

「他現在擔任我們公司的國際合作處處長，跟我在工作上比較沒有關係，但他跟我們的副董很親近，有時副董找我，他會在身邊。這次我演唱，他是負責寫劇本。頭大大的，戴眼鏡，有點胖。」

「對了，就是他。」

「妳對他很感興趣？」

「可別誤會，不是那種興趣。」柳芭紅了臉，「是因為妳也認識他，這種巧合讓人更覺得有趣。」

「他想寫一本有中國電影的書，對於滿洲映畫那一塊不十分了解，找我談過。」

「太好了。我跟爸爸說一下。」

柳芭說著跳起來，奔向門外，不久傳來她嘰嘰呱呱地用俄語對父親，而父親也熱切回應的談話。柳芭回來了，臉上還掛著興奮：

「爸爸也很關心他，很高興對他有進一步的認識。」

「大家出於自然的相互關心、打氣？」

「正是。不帶有任何目的。不過有一件事，或者一個人，我倒是……」柳芭咕噥了片刻，「以前妳的老師波多列索夫夫人怎樣了？有聯繫嗎？」

「主要是靠書信聯繫，偶爾打電話。」香蘭不無失落，感覺有愧師恩，「兩年前我帶她到日本找我在日本的女老師三浦，夫人仰慕三浦，總算見了面。當時很珍惜那來之不易的會面，心裡暗自許願，要找個時間到奉天請她喝個下午茶。但拍電影一直被團隊拖著走，有時甚至忘了她，說來也慚愧。」

柳芭進入香蘭拉開的師生疏離感。這十幾年來，被她遺忘，追不回來的師生、同學和親友關係，不可勝數，以致她有了在迅速擴大的荒疏感裡頭波泳的感受。柳芭：

「妳知道，我和波多列索夫老師本來都是白俄。雖然是父母親的決定，但結果還是要承擔。加入蘇聯，又再加入共產黨，等於是一再背叛她。不只是她，而是背叛了很多人。」

「別這樣想。妳還是白的，你們全家都是。」

柳芭翻身，臉貼近香蘭：

「妳瞭解就好。不過今晚咖啡喝多了，一點睡意都沒有。」

柳芭說完笑開，香蘭更是大笑。兩人繼續聊了一陣，才各自漱洗入睡。

45. 兒玉來信 唱歌遇襲

六月底在蘭心大戲院演出的聯合音樂會實際名稱是「昌壽作品音樂會－小曲及電影歌曲之夕」，昌壽是陳歌辛的筆名。陳昌壽老師這場音樂會，也是由上海交響樂團伴奏，內容有獨唱、合唱、小提琴和鋼琴演奏，歌手黃飛然、龔秋霞、白虹、周璇、白光、李香蘭、小提琴手妲芳奴絲、鋼琴手比留林和 22 名合唱團團員輪番演出。香蘭最後出場，陳歌辛體念她先前在大光明的獨唱會演來辛苦，只安排她唱兩首歌。這個演唱會對香蘭來說十分輕鬆，但她不敢掉以輕心。練習和彩排，她都提前到場，直到演完，一直十分敬業。

和周璇、白光、龔秋霞一票老友到陳歌辛音樂教室練唱期間，香蘭對陳歌辛老師的認識又加深了一層。陳老師絕口不提日本，希望儘快擺脫前不久替日本軍方寫歌帶來的陰影，但也不提更早以前寫過的抗日歌曲，而一味沉浸在他熟悉的抒情世界。「昌壽音樂會演出的那些歌多是日軍佔領期間產出電影的主題曲或插入歌。」這種帶有諷意的耳語，並沒有讓他分心太多。他創作了那些歌曲，重點是他的心血，無關什麼時代背景或環境。背叛國家，這個罪名他承受不起，民族大義，這個大旗他也扛不動。看著這麼多女明星學生唱他的歌，他直覺自己緊依著庶民就夠了。

這個演唱會唱的多為電影主題曲，且由電影發行時主唱的明星再次唱出。香蘭前此在上海拍片時，無緣在電影裡頭演唱陳歌辛的歌。陳老師於是撥了兩首沒在電影唱過的曲子給香蘭。輕快的曲子比較討她歡心，一開始，她並不喜歡〈忘憂草〉和〈別〉。

「聽過妳唱的〈恨不相逢未嫁時〉，我便覺得這兩首非妳唱不可了。」

謹記老師的話，〈忘憂草〉和〈別〉兩曲舒緩，訴衷情氣氛的旋律，任她怎麼唱，隱藏體內的感情還是被牽引出來。她像春蠶吐絲一樣，「……我在泥中默念著你的名字，忘去了煩憂的日子。愛人啊，雖然那如水流年無情，有你在夢裡，我的葉便常青。」〈忘憂草〉的歌詞化成歌聲，彷彿不是談憂，詞盡情悠悠。她唱得情盡神傷，好像努力撫平受創的感情。

陳歌辛演唱會結束了，香蘭閒了下來，難免變得有些神經質，戰爭的片段常在眼前浮現，或在耳畔響起。時序進入七月。這七月，或者這個夏季會是怎樣的季節。春季，或者說沖繩季，已經從月曆上撕了下來，七月呢？七月的戰爭碑要豎立在那兒？日本本土？中國上海或天津，或許時間本身也很想知道。

香蘭沒踏進漢彌爾登大樓華影辦公室大概有三禮拜了，她確實想回去看看，或許有什麼事情用得上她。突然她想到了許久未開信箱，下樓一看，除了幾封廣告函、一封父親寫來的家書外，有一封有些髒的信，細看一下：菲律賓馬尼拉寄出，署名兒玉英水。天哪！兒玉還活著。「雅子！雅子！」她心裡吶喊著奔向電梯。電梯門開了，她清醒了些，「不對！不對！雅子早不在身邊了。」她抓著信件，沒就近檢視，但越想越不對，信封過多的印記、筆蹟和汙損，顯示此信已流浪了很久。

回到房間，她迫不及待拆開信。

「近來好嗎？雅子也好吧。來到天邊的椰子國度，隨軍記者給我們拍了照，隨後拿到店裡面沖洗，現在隨信寄上，向妳們報平安。一切都這麼順利，很生活化，妳們實在不必太替我擔心……」

和一般應召入伍的朋友一樣，信裡都避開軍情，連航行的過程都不談。

「現在我們這邊最受歡迎的除了勞瑞爾總統，便是李香蘭了。前者，致力於兩大民族和平相處，至於妳，很多同袍聽過妳唱歌或很想聽。有空要不要來菲律賓走一走。屆時我還是當妳的護衛。在這麼遙遠的地方看到妳深受歡迎，真是非常開心。務必來這兒，我會做安排……」

香蘭眼淚漱漱濕了信紙，原來他初抵南國，還曾經有過一點閒情，還對生活抱著一點期待。她審視了一下信中所附的照片。淚眼看著兒玉身著獵人裝坐在舊偵查車上，她突然有了立刻飛到馬尼拉的衝動。衝動立刻粉碎。信中敘明的只是幻象，對於結局這麼悲慘的菲律賓戰事來說，兒玉去年十月剛抵達時的生活寫照，無疑只是一個幻象，兒玉早就不在人間了。

兒玉在何處何時，怎樣戰死，她茫然無知，也沒有機會正式向他告別。在諾門罕戰役九死一生活下來的兒玉一定比別人更容易在戰場上存活。「自殺衝鋒」！川喜多的話在她耳畔響起，他一定死在最後的衝鋒，她也必須在心中為他留存最後的影像。他拿著槍往前衝，一定沒開槍，因為不想殺人，但也不得不跟著戰友衝，如不這樣，馬上被背後的軍官斃命。砲火猛烈，彈雨四射，他一定覺得死亡只是比較久的休息，終於躺在自己的血水裡。

兒玉的信尾日期書明 1944．10．25，距離現在足足八個月。她看看信封，蓋在郵票上面的郵戳，也印明 1944．10．26，從信封兩面密密麻麻改寫的地址和模糊不清的郵戳看來，信件的原寄送地址是東京乃木坂公寓，信未寄達，再轉到滿映，最後從華影轉到她在百老匯的寓所。香蘭自忖，去年 11 月末還在乃木坂公寓，信件若寄送順利，應可收到 10 月末從馬尼拉發出的信，信從乃木坂公寓轉到滿映，可能是滿映東京分社的人巡房時發現轉寄。去年秋她離開滿映的事，雖沒有告知茂木，但一個月後，雅子退居乃木坂公寓時應已告知茂木她已前往華影任職的事，或許茂木不採信，還是把信件轉往滿映，再由滿映轉到華影。

兒玉的信在香蘭下意識裡還在傳遞，一晚她夢見了兒玉的信，好像是另一封，她寫了回信還附上幾張演唱會的照片。信還沒寄出，一股失望滲入夢中迅速蔓延，醒來一身冷汗。夜涼如水，她起床喝了一點水，寒意襲來，她身子哆嗦了起來，莫非兒玉找上來了。她意識到這兒反而覺得溫馨，她渴盼他那可憐的靈魂投到她懷裡，得到依靠，白天相思，夜裡共眠。她如此想著做著，每晚睡覺時，缺憾好像少了些。

和夜涼如水相較，上海七月的白天非常悶熱，旅滬的日本人心情更悶。日子一天天過去，大家討論最多、最擔心，預期也最多的本土決戰，機率似乎開始下降。他們認為美國龐大艦隊集結在東京和九州外海四五百公里的海域，但遲遲沒有行動，似乎在遲疑，擔心日本地面部隊強力反抗，害怕付出比硫磺島、沖繩慘痛十百倍的代價。美軍登陸華東又成為熱議的話題。有人開始認為美軍不會直攻日本本土，會繞道中國，而中國佔領區內最適合美軍闢做戰場的非上海莫屬。川喜多長政一向認為美軍會向上海開刀，發覺越來越多人讚同他的看法，不無「欣慰」。

華影業務可以說完全停擺，平日只剩重要幹部和一些親近川喜多的日籍員工留駐辦公室，香蘭除了一些勞軍邀約，赴馬塞爾老師家上聲樂課外，有時也到久違的漢彌爾登大樓華影總部看看。川喜多非常悶，幾個幹部湊在一起，除了局勢外，好像沒別的可聊。野口久光除了愛收聽外國廣播，搶先報紙提供最新消息，當做談話材料，接受上海陸軍報導部中川牧三中尉的委託，出任上海英語放送局播音員後，接收到世界性的資訊更多，話題更多，更嗆辣。

這一天，香蘭也來到了華影總部三樓副董事長室。辦公室很熱，天花板兩支吊扇平速轉動，驅走了一些暑意。川喜多把座椅移到辦公桌前，好面對沙發座上的同仁：

「野口君，幾時到放送局？」

「還是下午兩點到五點，下禮拜可能輪晚班。」

「野口君英語好，對爵士樂又有概念，榮膺這種工作實在很羨慕。」

副總經理阪下英治說完不住地點頭稱許。野口久光：

「能夠聽聽爵士樂也不錯。這個放送臺是對美軍廣播，所以播放敵性的爵士樂，以毒攻毒，裡頭再穿插大本營提供的措詞強硬的心戰喊話，或是有利我方的戰情報導。」

「野口兄講的都是在放送臺工作的趣事。主要是對美軍進行的心戰喊話。」

川喜多用華語向中籍幹部報告，同時向香蘭使個眼色，示意她隨機翻譯。野口：

「我們工作時可以接收到 FEBC 美國遠東廣播和倫敦 BBC 放送臺，感覺好像 spy 一樣。」

野口這句日語淺顯易懂，加上英文引發的聯想，華籍幹部會了意，和日籍員工同聲笑了起來。

「野口君說事情有了轉折，而且是好的轉折。」

川喜多用華日語雙聲起了頭，野口久光只好講下去：

「我收聽 BBC，聽到日本試圖透過蘇聯尋求和盟國和談的訊息。它說東鄉外相訓令駐蘇聯大使佐藤和蘇聯外長接觸，希望由蘇聯出面向以美國為首的盟國傳遞和談的請求。廣播還說，推測必然是天皇授意才這麼做。」

「和談是必經的過程，而且非走這條路不可。如果真要和談，那日本可要大大讓步。」

川喜多說的是華語，當然希望華籍幹部回應。

「日本軍隊全面退出中國是無可避免的。尷尬的是南京政府，或許全面解散，要員被重慶政府逮捕、起訴，或在美國的調停下展開談判。」

總經理戴麟藻說著看了川喜多一眼，川喜多對於他的率直發言表示敬佩。

「希望南京政府的人都和你一樣面對現實。」川喜多笑臉迎人，笑裡含藏希望大家猜測的機鋒，「滿洲國的問題呢？現在請李香蘭把剛剛我和戴總的發言整理一下，用日語轉述出去。」

香蘭把兩人的意見大致陳述出來。小出孝：

「如果和談，我想我們日本一定會宣佈軍政商全面退出滿洲國，希望維持滿洲國的獨立，而且一定會獲得蘇聯的支持。」

川喜多直接把小出孝的意見翻成華語，而後用雙語陳述：

「小出孝認為蘇聯會支持滿洲國繼續存在。」

華籍幹部聽了都有些驚詫、沮喪。

「這是中國的命運。」製作部長黃天佐的聲音帶著哭調，「不僅是蘇聯，其他國家也可能跟進。這一兩百年來，列強就是不希望中國統一。」

川喜多想起了父親川喜多大治郎生前自許為中國滿人，希望中國富國強兵的言論和努力：

「李香蘭，妳應該擁有滿洲國的國籍，不知妳的看法如何？」

香蘭轉述完黃天佐的話後，還是用華日語雙聲把意見陳述出來：

「據我的瞭解，滿洲國國民的民族意識還是很強，都希望回歸中國，如果日本退出，皇族統治力薄弱的時候，人民可能會起來。當然共產黨或國民黨可能會趁虛而入，蘇聯想要一手掌控恐非易事。」

香蘭說著時，電話鈴響了，川喜多把座位往後挪動一些開始接電話，香蘭把話打住，發覺幾名華籍幹部的神情現出幾許悅色。川喜多講完電話，把座位滑了回來：

「討論滿洲國發抒我們的見解倒是好主意，但它的命運實在超出我們的能耐。我們還不如討論華影未來何去何從來得實際。」

川喜多慣用雙語發言，但沒有人回答，他繼續說：

「我再問一個問題，中國籍幹部如實回答，不用客氣。你們認為日本會戰敗嗎？不用竊笑，也不用虛飾，我的意思是會不會投降，直接答……黃天始，你來答好了。」

「戰到和，和談收場。」

黃天始日語也不壞，雙聲說出後，大家都笑了起來。川喜多：

「好像有點取巧。沒關係，還是回來談華影的未來好了。」

「我用日本和中國半世紀前的那場戰爭來做比喻。中國戰敗了，但沒有投降，兩國隨即簽訂和約，雖然條約大大損害中國的利益。日本現況也是一樣，因為戰爭一路輸，如果和談，一如剛剛大家說的，用武力奪取的可能都要歸還。」黃天始隱忍不提日軍戰敗投降的結局，避免傷到日籍同仁，「但是在這種亂局當中，華影這種幹部多屬華人，中國色彩濃厚，日華真正、誠心合作的公司值得未來當局檢視。通過了檢視就有可能當做合作範本存續下來。」

「講得很好，很好。」

川喜多說著輕輕鼓掌，大家忍著笑意，沒有發聲。

「我在華影所做的一切努力或不努力就是希望獲得這種結局，讓華影長長久久，超越政治的更迭。」川喜多想像著把華影拿到半空中，橫看豎看，都覺得荊棘遍地，「將來的審查委員如果大多數和黃天始君一樣的話，華影就有救了。中國有一句話：疾風知勁草，板蕩識忠臣。這裡頭的忠可以做這樣的延伸解釋，不對日本軍部或南京政府效忠，只忠於電影，忠於中國民眾。我一直就朝這個方向努力……」

川喜多繼續闡述自己的理念，表示未來如果華影完全由中國人作主，他不會計較任何職位，願意繼續奉獻，最後不忘對總經理戴麟藻致歉：

「講了這麼多對南京政府不敬的話，還請海諒。」

「先生肺腑之言，小弟心悅誠服，公司內部事務、召開的會議絕不往外宣說。」

戴麟藻說著向川喜多拱手打揖，大家都感受到他誠意的同時，更加感受到川喜多的胸襟和人格的力量。

會開完了，激情過後，午夜靜思，川喜多還是認為自己過於浪漫，德國和義大利都被打到投降，日本除非能有效地阻絕美軍的攻勢，甚至反攻成功，否則難有談判的機會。果不期然，沒過幾天，美國和英國首腦聯合發表波茨坦宣言，要求日本解除武裝，無條件投降。華影的幹部遇到這種棒喝自然又聚在一起一吐悶氣。川喜多早就從野口得知這種消息，過了兩天，川喜多拿著幾份報紙給幹部看，當然很多人事前都看過了。這一段時日，幹部來到公司多沒什麼事，每天早上在副董室召開的晨會，或者說聊天會，變成例行公事。川喜多從茶几上拿起《大陸新報》：

「這個雅爾達會議怪怪的，重慶的蔣先生沒有參加，但有簽名，蘇聯的史達林有參加但沒簽名。這份報紙裡頭的一個分析指出，史達林與會等於對日宣戰，不久蘇聯一定會有行動，不知道大本營或關東軍有沒有因應之道。」

「本來希望蘇聯扮演調人，結果和事佬變敵人。」辻久一右手輕撫蓬鬆的頭髮，「國家走衰運，大家都跟著對你丟石頭。」

不過接下來大家的談論都顯得無力，中國籍幹部的話也都語帶保留，大家比較關心的還是副董川喜多是否真的要把公司遷往北京。

「大家應該都注意到，美國轟炸機轟過我國大小城市，但京都、奈良沒事，我想北京也會逃過一劫。這兩天我會帶老婆和小女到北京安頓下來，同時找尋適合的辦公室。如果華北電影公司願意出借場地，我也樂意和甘粕理事長討論。」

川喜多說著，希望大家提供意見，香蘭環顧了沉默許久的同仁：

「大家都認為既然副董一直強調北遷，應該都支持這個方案。」

「這樣啊！我好像說得太多了。」

川喜多搔了兩下頭，和大家續聊了一陣，談話很快進入尾聲。幹部一個個離去，川喜多把香蘭留了下來：

「聽中川牧三說，妳最近又有演唱會。」

「那是軍方，上海陸軍報導部主辦的，是唱給財金人士聽的，在凱撒飯店二樓小表演廳，算是小型的演唱會。」

「真的現在演電影的吃癟了，有歌藝的還有一點機會。」

「是啊！演電影就像開大餐廳，想在廟會賺點錢，也不可能把餐廳搬到廟旁。唱歌的就像小吃攤，把攤車推過去就得了。」

「這個比喻很適切。有一件事我一直很掛慮。現在美軍轟炸的目標越來越少了，上海是個很好的新目標。美軍如果要進攻上海，必定會先轟炸。除了軍事單位、兵工廠、軍港，最危險的地方就是黃浦江，江上的船隻、高樓都掛有日章旗，妳住的百老匯也有，一定首當其衝，不如搬到我住的公寓。」

「小沙渡路的那一棟？」

「不錯。那地方比較偏僻，洋人也不少，美軍會避開。」川喜多長政搖了一下筆桿，吐了一口悶氣，「我這兩天會帶妻小到北京住一段時日，好好照顧自己。妳就住三樓客房，妳以前住過的，我和管家吳健平講過了。去之前先給他電話。」

香蘭感謝副董的好意。這種關懷讓她有種曲終人散，善自珍攝的傷感。或許就像野口久光常掛嘴邊的「只是時間的問題」，唱完這一場，一切都將過去。

川喜多長政北上的第三天，日人習慣稱為凱撒飯店的華懋飯店二樓小表演廳的演唱會開始了。上海陸軍報導部安排香蘭在八樓一個房間休息。她上午八點入住化妝看譜，九點半到二樓表演廳後臺給化妝師做最後的修正。演唱會由橫濱正金銀行上海分行行長河村二四郎主持，兩百多座位的客席坐了七分滿，除了正金銀行、日本郵船會社、大日本航空一些日本公司的高級職員外，被正金銀行或日本軍方接管的中國銀行、匯豐銀行、怡和洋行……的日籍主管也紛紛前來捧場。

十點整，香蘭在鋼琴的伴奏下帶領貴賓高唱〈君之代〉，隨後退出舞臺，河村分行長和報導部的長官相繼致詞。節目開始，香蘭和鋼琴手連袂進場，雙雙接受女主持人簡短的訪談後，各就各位。〈荒城之月〉的琴音響起，繁華落盡，蒼涼滿目的心情也在她心中升起。只要戰爭持續，破滅感常存人心，每逢自己可以決定演唱曲目的小型演唱會，她總是把〈荒城之月〉列入歌單，且往往是首唱。她深深吸氣，正要開口，刺耳的警報聲劃破幽暗的廳內，香蘭本能地閃離麥克風，鋼琴手也從座位彈起。

「空襲！一定是美軍空襲！……」

報導部的軍官呼應眾賓客的呼叫，開始引導賓客離去，警報聲由大漸小，又復升高，恢復宏亮，好似戰機由近而遠再回頭迫近，循環不已，賓客循著暗黑的樓梯慌張地步入地下室，心肺好像都被掏空。

警報聲停止了，闇暗的地下室，空氣滯濁，賓客的呼吸聲濃重。巨大的轟轟聲掩至，呼吸聲、低語聲隱沒了，駭人的爆炸聲，由遠而近，震動每個人的心肺，飛臨大樓的轟炸機開始俯衝，發出一排坦克震動地面的嘎嘎聲，轟天穿地的爆炸震動地面，撼動大樓，香蘭緊閉雙眼，機槍掃射聲在耳畔狂響，一記俯衝轟炸甫結束，另兩記轟炸連袂而起，「嗙」的一聲巨響好像擊中大樓，震得大樓嘎嘎作響。

「大樓撐不住，要塌了。」

一名日婦的尖叫緊扣每個人的心弦，另一起爆炸帶出了小孩的哭泣。

恐怖的氣氛延續了一個小時，警報解除了。在報導部軍官的引導下，彷彿惡夢初醒的人們疲憊地走出地下室，香蘭看了一下手錶，節目時間已去了一半，加上停電，演唱應該取消了，於是逕自爬樓梯上樓休息。

她剛躺在床上，救護車的鳴叫從窗外傳來，聲響由遠而近，越來越多。香蘭起身走向窗口往下望，恐怖的景象讓她閉上眼睛。她忍住驚恐，再次張眼。一艘浮在江面的客輪，甲板上屍體疊成好幾堆，數不清有幾具，甲板上的血水不斷流淌，染紅了江面。江面也散佈著屍體，但都被炸得肢離破碎，斷肢、斷腳和殘缺的軀體深深刺痛香蘭。想著不久前還好好的生命突然被裂解如斯，她痛徹心扉，眼淚流了下來。八層樓下面的黃浦灘路，救護車在她淚眼中來來去去，運送死傷者的擔架車被推來推去，明顯還有氣息的被推上救護車，其他的堆在河岸。有些救護人員不放心，手持長竿在人堆裡翻找，好不容易發現兩三個有氣息的，立刻抬上擔架車，再拉到馬路上的救護車。醫護人員和救護隊員的白衣、擔架都染紅了，她的眼淚似乎也變紅了。

香蘭走到床頭扳動開關，依舊不來電，電燈還是不亮，房間只靠窗戶透進來的天光，十分幽暗，她想到了遠在北京的父母和弟妹。不知覺間，她已經快十個月沒回家了，上次回家還只待了一兩天便閃人。自從離開滿映，休假時順道回家的路也就斷了。這些年，努力追求名利，父母卻越來越遠。這種自責讓她癱在床上，一股不安又讓她回到窗邊，回到殘酷的現實。她隱約聽到悲泣聲，往下眺望，員警站崗的封鎖線外，不少人圍觀，幾位婦孺跪在封鎖線邊邊，面向屍堆哭泣，香蘭悲從中來，想到兒玉，又癱在窗口哭了起來，恍惚間聽見敲門聲，沒去開門，越哭越傷心。

「小姐，妳還好吧。」

香蘭嚇了一跳，狼狽地收斂哭容，看了一下，房間的燈亮了，講話的原來是飯店女服務生。

「趴在窗邊很危險，還是到裡邊休息好。」

服務生職業性地扶香蘭躺在沙發上，隨後走到沙發另一頭，拿起聽筒打向櫃檯：

「我是小娟，在 807，剛剛二樓唱歌的李小姐有點情況，不過我處理好了。」

聽見服務生這樣談她，她有種隱私被窺伺的那種不安。服務生走後沒多久，敲門聲又起。香蘭起身開門原來是報導部的藤原大尉。年輕的大尉劈頭就說：

「李小姐，還好吧？」

「還好。」

「敵機飛走了，會場的貴賓都已回到座位，可以恢復演唱了。」

「時間都已過了一大半。」

「還有 40 幾分鐘，唱到 12 點就結束。」

香蘭知道大尉必須向賓客交代，只好跟著下去。她只擔心自己腿軟站不穩，或精神不濟把歌詞忘了。電梯降到二樓，香蘭跟著大尉走出電梯，走向通往小表演廳的廊道，看到中川牧三中尉，她心裡好過了一些。已是大叔年紀的中川向大尉敬過禮，向香蘭微笑招呼。大尉看向中川：

「被炸的民船，你去看過了？」

「那艘客輪從廣東載著大批中國難民來這兒，客輪被我軍接收，所以掛著日章旗，大概因此被誤認為是日本運兵船，才遭到浩劫。」

「瞭解，辛苦了。」

香蘭進入會場，轉進舞臺，向女主持人和鋼琴手打過招呼後開始唱〈荒城之月〉。〈荒城之月〉固然是詠嘆日本的荒涼、無常和滄桑。但經過她一二十年的歷練、見聞，這首曲子的憂鬱反而常在她心裡喚起中國的內憂外患。剛剛的那一幕，悲慘和衍生出來的巨大傷愁形成她演出這首歌的無形布景，她唇舌吐露歌詞，但心裡哀嘆剛剛發生的慘景，感情更加豐沛，日本的荒涼唱成中國的慘景，臺下的日本賓客少了很多，多少都感受到了她歌聲帶出來的蒼涼。接著她簡單唱了幾首歌，和一些賓客接受正金銀行河村分行長招待簡便的午餐後回房休息。

她把皮包扔在床上，順勢仰躺沙發，空襲的憶景再度襲來，她思前想後，原來川喜多要她搬過去，也有要她幫忙顧家的意思。她回到百老匯住處，整理家當，找來一個大布袋，凡是裝不進大行李箱的東西往布袋一扔就了事了。

46. 天邊原爆 樂會熱鬧

第二天一早，她一人把所有家當搬下樓，向大樓管理人招呼一聲，叫了一部出租車，搬到川喜多公寓。搬了過來，抖落了一點「逃難」的感覺後，她打電話給服部良一，首先訴說空襲的恐怖和悲慘。

服部在電話另一頭：

「是啊！太恐怖了，我飯店所在的虹口區是皇軍大本營，被炸得最慘，華盛路憲兵司令部就整個炸翻了。」

「那些軍人脫下軍服，其實是老百姓，有血有肉，也有悲傷、痛苦。」

「但那些飛行員、機槍手、轟炸手把天空當做動態舞台，用炸彈、機槍構築空中交響曲。」

服部說著想到自己作的〈青春讚歌〉，不免苦笑。這首讚歌可不是作給在空中鼓著勝利的機翼，亂扣扳機，投彈的飛行員聽的。

「賽馬場的音樂會會取消嗎？」

「因為是由上海交響樂團主辦，樂團裡頭猶太人佔大多數，逃到上海的猶太人有很多音樂人，算是流浪藝人，他們大力支持，也希望藉此宣洩對戰爭的不滿。」服部良一腦筋轉了一個彎，「猶太人痛恨德國納粹，也憤怒美國人濫炸－老是炸平房、老百姓。這次戶外音樂會他們定義為：交響對抗轟炸，音符對抗子彈，旋律對抗砲彈。所以不但不會取消，反而會越戰越演。」

「那就是不分美軍、日軍，他們當戰爭是唯一敵人，會更堅定地要辦？」

「確實如此。這場音樂會實在太大了。妳的演唱，我的伴奏或演奏只是一個小環節，若退出也影響不了什麼。」

「那就唱啦！盡情唱，唱走戰爭。」

香蘭掛了電話回到房間，望著淩亂，還沒整理的房間，全身躺在床上，感覺空虛，昨兒空襲的餘懼又趁虛而入。恐懼開始蔓延，想像中的東京大轟炸，和硫磺、沖繩兩島的大轟炸也在她腦際重新喚起，發酵，增添煩憂。她實在很需要友伴，川喜多和柳芭分別前往北京和哈爾濱，和服部良一的練習明天才要開始，和周璇見面也是彩排以後的事。管家太太大腹便便的形影重現腦際，她敲了管家吳健平的房門，吳健平開門向外探頭：

「小姐找我？」

「這一盒巧克力給夫人補充營養。」

「怎麼好意思？」吳健平紅了臉，「還有不要叫夫人，我們是下人呢。」

「別說下人，我就叫你健平，妳太太叫？」

「秀霞，孫秀霞。」

「太好了。聊一下好嗎？」

吳健平應了一聲，把巧克力帶進房間後，走到香蘭坐著的沙發一隅，坐著時，顯得有些拘謹：

「李小姐最近專心唱歌？」

香蘭把一小袋零散巧克力倒在盤子上：

「叫我名字就可以了。」

「李香蘭小姐。」

「很好。」

香蘭催吳健平取用巧克力時，孫秀霞慢慢走了過來取走空茶壺：

「我來給你們泡茶。」

香蘭想要阻止，吳健平：

「沒事，讓她做一些輕鬆的工作，對她是好的。」

「健平君，聽川喜多說，你是廣東人。」

「是的。昨天空襲，一艘廣東來的客輪中彈，被機槍掃射，死傷慘重，就特別有感。」

「你知道了？」

「報紙登出來了，幫川喜多先生拿報紙時看到了。」

「我剛好在華懋飯店演唱，我從樓上看下去，確實很慘……」

香蘭接著把昨天所見大致講了出來，吳健平心有戚戚焉：

「恕我冒昧，李小姐是北方人？北京人？」

香蘭一時不知如何回答，顯然川喜多並沒有把她的真實身分告知健平，甚至誤導他。她點頭含混回應時，孫秀霞端著茶壺來了。秀霞的肚子實在太大了，香蘭不忍卒睹，接過茶壺：

「我自己來。妳太勞累了，該休息了。」

「哦對了，川喜多先生說，他房間的一部德國高級收音機，他不在的時候，妳可以拿來用。」

「那好，我也想聽聽外面的世界。那是我自己去……」

「我去拿，我才知道放在那。」

吳健平說著出門上樓，不久提著一部尺半來長的收音機走了進來交給香蘭。孫秀霞陪香蘭聊了幾句確實感到疲累，也就退回房間了。香蘭吃了一塊巧克力，然後喝點茶，吳健平跟著做了，香蘭：

「你快要做爸爸了，要不要安排太太到醫院生產？」

「我們有自己的方式。」

吳健平怯怯地避開香蘭的眼光，希望她別談下去。香蘭明白要這對飄泊異鄉的夫妻到醫院引產確有困難：

「可以去找助產婦，趁川喜多先生一家不在，比較沒事的時候去找。」香蘭看著吳健平有了一點生氣的眼神，「可以到大醫院、婦科醫院或藥房問問看，一定有助產婦跟他們有業務或工作上的聯繫。」

吳健平謙默地點頭，假裝聽進香蘭的話：

「川喜多先生什麼時候回來？」

「看來一時回不來。我最近有大型的音樂會，每天都要外出練習，你要好好照顧老婆。」

「那當然。謝謝。」

吳健平含笑點頭開始詢問音樂會的事情。

音樂會的準備，大家在忙亂中是有些脫序。由於是猶太人主導，節目中出現不少西洋音樂和歌曲，香蘭主唱的兩首義大利歌，是她經老師貝拉．馬塞爾培訓後，服部良一提議，再和馬塞爾商議的結果。音樂會如此「敵性」，中川中尉也是睜眼閉眼，大概野口久光口中的「時間早晚的問題」已浸透他的腦幹。

香蘭開唱時，還是由服部指揮上海交響樂團伴奏，彩排前多在服部下榻的亞士都飯店練習。第一次彩排後的下午也在服部的房間練唱。這個房間就是一個多月前，服部租來討論李香蘭演唱會的商務套房，以前租用幾天作為公用，現在直接搬進來了。

香蘭到了服部的房間，在服部的伴奏下，把〈薇莉亞之歌〉、〈飲酒歌〉一些演唱曲練了兩遍。隨後服部練彈自己的演出曲練到第二回合時，姚敏和姚莉兄妹來了。姚敏自從成為服部的入室弟子後，互動頻繁，日語講得雖慢，但可以相互溝通了，當然姚莉還要再加油。見姚敏來了，服部停止練習，請客人到沙發組小坐，然後倒了幾杯白開水待客。

「你們來了，我和李香蘭才得以休息。」

「老師確實是太辛苦了。明天還要彩排，真的是需要休息。」

姚敏說著回過頭用華語小聲和妹妹姚莉說了兩句。

「戰爭到了最後受害的都是無辜的百姓。」服部眼神向香蘭和姚敏兩邊擺動，「美軍在日本投擲一顆新型魔鬼炸彈，威力無比強大，聽過沒？」

見姚敏和香蘭茫無知覺，服部看向姚敏：

「我一個日本朋友野口，你可能有印象，他常透過短波收音機收聽外國廣播，消息比我們靈通。他說昨天一顆新炸彈投到日本廣島市，只一顆炸彈就毀了廣島市，估計奪走十萬條人命，絕大部份是老百姓。」

香蘭一邊低聲用華語把服部的話簡述給姚莉聽，一邊解讀服部的神情，試圖瞭解服部老師是否對音樂會抱持新的想法。

「廣島就這樣毀滅了，消失了，是這樣嗎？」

炸彈有多大，香蘭無從想起，她說著淚眼望著服部。姚敏：

「上海有些報紙有報，只是沒有照片，印象式的報導，說投下的炸彈叫原子彈，但沒有很具體的現場描寫，字數也不多。」

「這樣唱歌的心情會大受影響。」

香蘭用華語說著沮喪落坐沙發，姚敏兄妹跟著落座。服部見氣氛不對，也走向沙發。

「上次東京大轟炸，美機用汽油彈燃燒平民，這次的魔鬼炸彈也完全針對無辜百姓。」香蘭用咬字清楚的日語稍慢說出，不時看向姚敏，「以前人們常說戰士死在戰場，多少有種死得其所的感覺，反正軍人嘛，今天他殺了人，明天被殺死，遺憾會有，但沒這麼多。然而現在是廣大的平民，裡頭都是婦孺老弱⋯⋯」

香蘭有些哽噎，話沒說完，服部心中早有定見。

「我這兩天在想，一個世紀以來，西方優越感沒有變，但戰爭型態變了。皇軍攻打中國，得到的是反彈式的反擊，但攻打老美，得到的是毀滅性的打擊。五個月前，他們在東京的天空投下地獄火，皇軍無力反擊。這次在廣島直接炸出地獄，皇軍也無力反擊，因為根本就看不到投彈的飛機，即使看到了，擊落了，也只是一架飛機，裡頭幾個人。」

服部說著，沒有人回話，一室沉默，空氣好似被微型原爆吸走了一般。姚敏囁嚅道：

「老師剛說西方的優越感，主要是指白種人……」

「從歐洲到美國，一脈相承，尤其是美國，國內那些政客、將官應該感到後悔。美國實在惹不得，惹了，自取滅亡。」服部喝了一口清水，看著每一人的愁眉，決定打住末日話題，「確實我個人演奏指揮的心情也大受衝擊，那小蘭，等會姚敏兄妹練習時，妳就靜下心緩和一下心情吧。」

「當然，我和老師、李香蘭雖然不同一國，心情還是很難過，我演出的心情也大受影響。死難者畢竟都是無辜的百姓，尤其是日本女性，絕對是和平主義者。」

姚敏的慰問十分得體，香蘭只得努力釋開一點愁容。服部：

「小蘭，音樂會上妳還是可以無懸念地高聲唱。妳唱的那幾首歌還是有很強大的發抒情感的功能，不是一般男思女戀的歌曲。感謝妳的老師貝拉·馬塞爾把妳提升到歌劇的層次。」

姚敏寫了幾首歌交給妹妹唱，姚莉唱著兄長一貫舒緩、深情的歌曲，琴音悠揚，增添幾許纏綿，加上琴手、歌者兄妹情深印象的交疊，香蘭開始欣賞後，暫時忘掉廣島的慘劇。

兩天後的跑馬場戶外音樂會，由上海錫安主義協會主席考夫曼主持。偌大的場地，只在西區設置看臺，舞臺和貴賓席都在這兒。上海交響樂團被安置在看臺中央，演奏時，兩邊的貴賓只好轉過頭來欣賞。香蘭的節目被安排在後段，所以不在後台準備，直接參加開幕。她左顧右盼，發覺日本人來得不多，大概受到近日廣島大爆炸的影響，外國人顯然多非英美籍，除了猶太人外，多分散在跑馬場。他們似乎不願和日本人在一起，在遠離看臺的足球場有人搭帳篷、野餐、玩小遊戲，甚至跳舞。足球場北邊，靠近靜安寺的攤販集中區，人潮湧動，看來生意不差。華影不少久未露面的演員，尤其是女明星，落坐貴賓席。考夫曼致詞時，首先要求全體人員替三天前日本廣島大爆炸死難的人們默哀一分鐘，但會場遠處還是傳來嬉笑聲。香蘭知道是上海民眾打從內心發出的反彈。考夫曼接著致詞感謝中國南京政府和日本上海軍方對他們的包容和供養，讓他們的音樂可以分享其他民族。香蘭慶幸猶太人熬了過來，如果日本軍在中國戰場推展順利，很可能會呼應德國納粹「終極計畫」的要求，把猶太人趕盡殺絕。幸好沒走到這一步。相信很多中國人都瞭解，也能諒察考夫曼的苦衷。

這回音樂會的選曲也較往常寬鬆許多，上海軍部被戰情搞得焦頭爛額，只派低階軍官參與，以上海交響樂團為平臺的選曲會議很快便敲定節目初稿。最重要的盟國－義大利和德國雖然投降了，但日軍當局還是不排斥他們的音樂。最後大家取得了一個默契，只要和英國、美國無關，都在討論之列。

這天音樂會現場，疏疏密密都是人，與會場隔一條街，日人習慣呼為派克飯店的國際飯店住房，或大小公寓住戶的窗戶多已打開，準備迎接這場音樂盛宴。交響樂團團長草刈義人經過兩日夜的心理折騰，還是難以克服原子彈慘劇衍生出來的恐懼和厭惡，他步出後台，看見宛若國際聯盟會員，溫馴、平和的團員，一種家的感覺讓他平心靜氣了下來：

「這個會場－上海跑馬場像人體的什麼器官？」

團員不知團長的用意，在心裡猜測時都笑了起來。草刈：

「再想想。」

「像耳朵。」

一名女提琴手脫口而出，草刈：

「很好。這就是我的答案。大上海市的耳朵都張開，要聽我們的音樂。」

大家會心一笑過後，草刈掄起指揮棒：

「《命運交響曲》第一樂章。」

「噹！噹！噹！噹！」急促、強而有力的音符，戲劇性的節奏頓時吸住全場觀眾的耳朵，簡單，滿是撞擊力道的旋律不斷重複，不斷挑戰命運的威權，整齊而快速抽動的小提琴的弓林好似長鎗部隊的戰鬥訓練。繼而柔和緩慢的樂音像記憶一樣流過聽眾心中，勾起了許多人與命運相搏，史詩一般的回憶。香蘭想到她生命中經歷過的一些人：兒玉戰死，劉吶鷗遇刺，溫貴華逃到後方，潘家兩姊妹呢？還有李際春將軍和他的姨太雪兒，可說都失去連絡了。

樂章在樂隊一段強而有力的齊奏中結束，掌聲響雷般響起。接下來，也是由草刈義人指揮樂團演奏日本作曲家山田耕筰的交響曲《勝鬥與和平》第一樂章。兩部只演奏一個樂章的交響曲結束後是華語和日語歌曲演唱。唱日語歌的歌手太少了，白光也被安排演唱日語歌。

日語歌組結束後，中午休息一小時，但樂團的娛賓樂沒有停，團員輪流休息用餐，也輪著吹奏，好像永遠不會累。演奏靠他們，伴奏也非他們不可，從早上演到下午。對上海人來說，他們的品格和堅毅越發清晰可見。

下午的節目琳瑯滿目，有中國琴手的獨奏、三重奏、部份樂團成員對歐日作曲家協奏曲的演奏，打頭陣的是西洋歌曲演唱，周璇、龔秋霞和姚莉一些歌手練了幾首歐陸歌謠，現買現賣，一新大家耳目。幾首洋語歌唱下來，聽眾更加體會日軍控制的鬆弛，異樣的歡暢讓人覺得新的時代即將來臨。

香蘭身著歐洲宮廷裝上場了，和早上一樣，站在背後層層疊疊的座位和觀眾最下一層座位前的廊道上，她自覺變渺小了。沒有佈景，沒有舞臺，也沒有聚光燈，空有一身華麗的戲服。奧地利歌劇《風流寡婦》的〈薇莉亞之歌〉前奏像雀躍的鳥叫展開。

「有一位獵人獨自來到森林，他遇見了美麗的森林女神。獵人內心十分高興，望著森林女神。獵人這顆心從此不再平靜……」

香蘭用義大利語唱著時，並不感覺歌謠本身傳達什麼快樂，但把男女思慕之情唱得芳香馥郁，不自覺地快樂起來。唱到最後，「我沒有你不能活！我沒有你不能活」迴向九霄的高音迴蕩在許多聽眾耳裡，久久不散。

第二首《茶花女》的〈飲酒歌〉的樂音快樂響起，香蘭舉著酒杯，邊歌邊搖。

「讓我們高高舉起歡樂的酒杯，杯中的美酒使人心醉。這樣歡樂的時刻雖然美好，但誠摯的愛情更寶貴。當前的幸福莫錯過，大家為愛情乾杯。青春好像一隻小鳥，飛去不再飛回……。」

香蘭還是用義大利語開唱，本來是男女對唱的歌曲，她一人統包，在酒醉的神態和步履中，她先從中間的麥克風搖到左邊那一支，隨後又搖到右邊那一支。香蘭發現靠近看臺場邊席地而坐的聽眾很明顯地隨著她搖晃身體，她很高興成功地把快樂和陶然的心情傳遞出去。

歌兒唱到末段，在她之前唱西洋歌的女歌手，一個個從後台走了出來，手持酒杯，站在香蘭身邊，一邊唱：「今夜使我們在一起多麼歡暢，一切使我們流連難忘。讓東方美麗的朝霞透過花窗，照在那狂歡的宴會席上。啊！啊！照在宴會席上，啊！啊！照在宴會上。」一邊舉杯搖晃，直到曲終人兒退下。

香蘭換下戲服一身輕，由於不再演出，節目還有一個多小時，香蘭索性跑到看臺聆賞其他樂人的演出。

夏季音樂會快要結束了，她跑回後臺換回演出服，跟其他演出人員一起上臺謝幕。有些聽眾逕自離去，有些湧向看臺邊，演出人員接續出來，在樂團下方的臺階上排成幾排，謝幕的歡呼、喝采一波接一波，有些演出人員剛剛退下又被熱情的喝采召喚回來，再次謝幕時又引發呼喚的熱潮。

折騰了十來分鐘，會場的聽眾散去了一大半，香蘭回到後臺換下演出服後，在跑馬教練休息室外面看見服部良一，剛打完招呼，服部便被叫進休息室。香蘭順勢走了進去，發現草刈義人、野口久光、辻久一、小出孝和中川牧三都在場。這些人，除了草刈外，都沒有演出。在這種風雨飄搖的時刻，日本人藉這個機會聚在一起相濡以沫，她能夠理解。香蘭接受小出孝的讓座後，感覺空氣急凍，正想張望時，野口：

「終於演完了？」

「嗯。對。」

香蘭應了一聲。野口反而轉向服部：

「長崎今天早上又被丟了一顆。」

服部胸口一震，再一個廣島？廣島的慘劇，報紙都還在繪聲繪影，照片一張都還沒看到。

「原子彈。」辻久一看向臉色慘白的香蘭，「蘇聯也正式向我國宣戰。妳們忙著演出，不知道世界快速轉變。」

長崎！香蘭心裡兀自喃喃，在日本流轉了六七年，還不曾南下長崎，如果投在東京，或下一顆丟東京，那很多故舊，牧野兄弟一家、山家梨一家、松岡謙一郎一家，長谷川一夫以下所有合作過的演員，甚至茂木久平、厚見雅子都可能同時消失……。不過長崎就在父親故鄉佐賀的旁邊，兩縣共用一個海灣，父親的故舊都還在那，他聞知消息，一定飽受震撼吧。

「剛剛聽你說，蘇聯攻打滿洲像閃電。」中川牧三兩眼審視野口久光，好像想從他的消息來源找出一些破綻，「看來美國人會氣死，攻打沖繩兩個多月，硫磺島一個多月，死亡上萬人。結果蘇聯的攻勢勢如破竹，大撿戰爭的便宜。」

「我聽了收音機才過來，收音機說幾乎沒有抵抗。我想，主要是沒有天險可守，關東軍戰鬥力強的都南調太平洋了。不過原子彈對日本軍民士氣影響也太大了，全國都還在驚呆的狀態，還沒醒過來。」野口吐了一口氣，若有所思，「這幾天氣氛實在詭異，在各種恐怖消息的衝擊下，迎接這種嘉年華似的音樂會。是末日狂歡？狂歡結束了，更加空虛。想來可怕。」

驚悚的消息連番殺到，香蘭精神承受不了。她感覺暈眩，身體正在失溫，悶熱的八月天，寒意上身，直打哆嗦。歌唱的快樂過了，她不只空虛，而是恐慌罩身。她腦子有了思維：蘇聯軍隊秋風掃落葉後的現實是：白俄的那些「叛徒」，尤其是音樂人，可能面臨被狙殺，或是放逐西伯利亞的命運。日籍的舊同事可能成為俘虜，演出課的演員同仁豈不都變成蘇聯人了。她越想越覺荒謬，終致想不下去。

「我國軍人不戰，或怯戰，反而是好事。」服部良一神情嚴肅，有點懾人，「看怕了這麼多年輕人橫死他鄉，玉碎，身體滅了，精神勝了？有用嗎？投降好了。保住一命回日本，屆時家鄉需要他們，家裡也不能沒有他們。」

又是一片沉默。服部的話多少觸動了在座朋友的心頭。主要是每個人心裡一直就是思緒橫飛，服部講完了，胡思還在體內蔓延。

「我也是厭惡戰爭到了極點。天皇被羞辱也罷，戰爭快快結束才是我的天皇。」

小出孝破口罵開，給大家的情緒找到一個出口，也讓耽於坐著的每個人起身離座，開始想到家了。香蘭猛地想到柳芭。她不是到哈爾濱出差還沒回來嗎？蘇軍攻進來了，現在交通一定停擺，雖說她也是蘇聯政府的一員，但亂局、亂軍不長眼，蘇軍、日軍和滿軍大亂鬥，柳芭一人竟深陷其中。

47. 最後一課 管家失嬰

香蘭拖著一身疲憊回到川喜多公寓。管家聽見開門聲，從房間走出來招呼：

「川喜多先生來過電話。」

「哦。」

「我跟他說小姐到音樂會演唱。」

「他說了什麼？」

「只說要小姐儘量別外出。他可能有話要親自跟小姐講。所以沒多說便掛了。」吳健平嘴角牽動滿滿的憂鬱，「我已經給小姐的熱水瓶裝滿開水。晚餐來個四季豆炒豆乾如何？」

「那很好啊。但我非常非常疲倦。」香蘭指著手上提的，主辦單位發的餐盒，「我隨便吃一點，可能要睡一陣子。秀霞呢？」

「正在睡覺。」

「那好。她要多休息。那我回房了。晚餐時自己用，別叫我。」

「是的。避免吵到妳。」

香蘭回到房間，給還有水的茶杯倒入一點熱開水，喝了兩口水，吃著餐盒裡頭的幾塊餅乾，咀嚼著這幾天重大事件對心裡的衝擊。隨後到浴室漱個口便癱在床上。她實在太累了，很快便入睡。做了一個小夢，夢醒後繼續睡。

香蘭醒來了，還是有些疲倦，但已無法入睡。才九點剛過半，果然管家房間木板壁上面的鏤空雕花透著燈光，她輕敲管家的房門，吳健平應聲出來：

「小姐，不好意思，吵到妳了」

「沒事。我只是突然想到秀霞，找到助產婦沒有？」

「現在不需要了，我們碰到了一些困難。」

「我聽不懂。」

香蘭見健平吞吞吐吐，一臉苦衷，只好把他請到小客廳。吳健平搓著手：

「小姐，對不起，讓妳沒法好好休息。」

「沒事。我休息過了，你有困難，說出來吧。」

「生產時遇到困難，現在已經解決了。」

「秀霞已經生了？」香蘭凝著吳健平沉重的眼瞼，「那就恭喜你當爸爸，那小貝比呢？」

吳健平拇指往左指了兩下，神色凝重難掩慌張。香蘭繼續問：

「小貝比還好吧？」

「我剛剛說了，是遇到了一些困難。」吳健平瞬了滿眼狐疑的香蘭一眼，「我們自己接生，事情來了，我們也不知道該怎麼辦。」

「那秀霞還好，平安吧？」

「她很累，正在休息，只是小孩⋯⋯」

香蘭大概知道是怎麼一回事了，不想再追問了。她想起還在讀小學時，一歲多幼弟的病亡。她對誠子出生前排行最小的弟弟印象早模糊了，事實上，一直就沒有很強的印象，他是亡於傷寒還是痲疹，她一直都沒搞清楚，也不想探究，只知道那時教育都強調國家的興隆，一直在形塑國家的整體力量。這個國家，不管是日本，還是後來的滿洲國，或是日軍佔領下的中國，都是風詭雲譎，人命價廉，經歷過這麼多滄桑，幼弟早已是渺不可及的影子了。

「你要到醫院，或去找醫生。」香蘭看著管家難掩慌張的神情，「華山醫院離這兒不遠。你可以開川喜多的車子過去，費用我可以先幫你支付。」

「現在都已經是宵禁時間了。」

「我陪你去，我會幫你向衛兵解釋。」

事實上香蘭也害怕，她沒碰過這種情況，也怕弄巧成拙反而被扣留，⋯⋯但只要吳健平同意到醫院，她願意冒這種風險。吳健平：

「這麼晚了別相信那些日本衛兵，一發作起來，小孩被丟掉，大人被打被關都有可能。」

「往好的方面想。衛兵也有像川喜多這樣好的人。」香蘭壓抑身心的困倦，希望解開他的心防，也相信小孩的情況不妙，「把小孩子交給我。」

吳健平輕輕搖了兩次頭。香蘭直覺他怯怯的堅持中另有隱情。

「別擔心。我是來幫你。」

「是的。我知道。謝謝妳的好意。」吳健平囁嚅了幾秒，「已經來不及了。我們只能求助神明。」

「神明？」

「我在房間內設了一個神案。我相信自己的神⋯⋯」

香蘭應聲起身離座，走了兩步輕輕推開他的房門。秀霞長跪，兩手扶著神案前的供桌，額頭幾乎碰到桌沿，雙唇似乎念念有詞，但沒有聲音，供桌上一坨白布包著的應該就是嬰兒了。吳健平從她背後閃進門內，隨即反手輕輕地把她關在門外。

香蘭無奈回到自己的房間，感覺是被管家推回到更巨大的悲慟當中。她相信那嬰兒應該沒什麼指望了，甚至已經死亡，如果還有很強烈的生命徵象，吳健平一定會更加掙扎，一定願意為自己的骨肉冒一切險。

幾萬人，甚至十幾萬人同一天忌日，甚至不知道自己已經死亡，這是個怎樣荒謬的世界。不過陷在這個巨大的災難和傷慟裡，心裡反而沒有太多掙扎，只是默默沉浸在那種哀悽裡，體會命運的莊嚴和無情。

第二天一早，她必須到福煦路向馬塞爾老師覆命。跟馬塞爾老師上了幾個月的聲樂課，成果終於在前一天的音樂會展現，老師應該很高興，不過兩人之間又面臨一些變化……應該不至於吧。她心裡確實有些亂，這也是她急著見馬塞爾老師的原因。

以前到福煦路老師家上課要搭車，搬到川喜多住宅後，走一段路就到。這兒是舊租界，近幾年搬來不少有錢的中國人，但一直低調，看見巡警或日本巡兵就躲得老遠。香蘭一路走著，平常安靜的住宅區，此刻也像她內心一樣有些騷亂。路上中國人越湧越多，越顯興奮，好像節慶一樣。「日本已經投降了。」……「戰爭結束了。」……「現在是中國人自己當家作主的中國了。」街頭群眾，你一言我一語，話越說越多，形成一股往前衝的熱潮。野口久光所說的「時間遲早的問題」看來就要成為事實。

來到馬塞爾老師家，老師請她喝一杯檸檬茶：

「妳昨天唱得很好。沒想到交響樂團伴奏，效果這麼好。」

「謝謝老師前往觀賞。」

「不用謝。我不去才怪。」馬塞爾收起笑容，走向鋼琴，「現在練習妳最喜歡的〈倫敦德里小調〉，用〈丹尼男孩〉的歌詞唱好了。」

「用英文唱？」

「對。歌詞在桌上。」

香蘭拾起歌譜，哼了一下，樂音響起。

「喔，丹尼男孩，笛聲響徹。在深谷裏徘徊，消逝在山間……」

香蘭開始展喉，一個句子結束時滑向另一句，句子和句子間沒有間隙，逝者詩情的告白就在歌詞的滑溜間、句尾和句首的疊合間流露出來，但她漸漸分心，剛剛在馬路上聽到的壞消息不時干擾她的唱腔，唱詞開始不連貫。馬塞爾回頭望了一下，香蘭自我警惕了一下，唱到「我會聽到那……」時又慢了半拍。馬塞爾把手彈離琴鍵，身體全然轉了過來：

「搞音樂的人現在很少還在彈琴。」

香蘭苦笑著沒有回答。馬塞爾離座後逕自走向廚房，旋即拿著茶壺出來，香蘭見狀也跟著走向沙發。馬塞爾倒好茶，一杯移向香蘭：

「現在蘇聯和日本交戰了。」

「老師也知道這事情了。我來上課也想向妳報告這件事。」香蘭的緊張和尷尬消退了一些，「看來我們的祖國交戰了。」

「我們猶太人是沒有祖國的，好像吉普賽人。以前是蘇聯的養子，現在是中國政府還是日本政府收容我們。所以祖國早就不是蘇聯了。不曉得明天會怎樣？」

香蘭沒有回話。兩眼開始觀察馬塞爾神情的變化。馬塞爾：

「等一下會不會有幾名日本兵把我押到某一個地方？」

「應該不會。」

「何以見得？」

「日本政府開始六神無主了，不知道下一步要怎做？」

「我也這樣想。戰爭打到這種地步，日本軍方的控制力、支配慾都減低了。最近猶太人隔離區的通行證發放變寬了。音樂會曲目的管制也放鬆了。我想妳應該感覺得出來。」

「跟德國人的投降有關係吧。」

「妳這樣說也沒錯。我後來想想，是距離幫了我們猶太人大忙。」貝拉．馬塞爾眼神掠過香蘭憂愁的雙眼看向窗外明朗的樹林，「大和民族和猶太人距離遙遠，日本人對猶太人本就沒有什麼矛盾，或特別的看法，德國納粹逼日本表態，但兩國距離也太遠了，日本不吃他納粹那一套，待德國戰敗，希特勒自殺，納粹的猶太政策破產了，我們是真正鬆了一口氣。」

香蘭看了老師一眼，看著她圓形眼圈裡面深邃的眼睛，發覺她深刻的眼尾紋不再這麼澀縮，隨著睜亮的眼睛開展了開來。以前香蘭絕少聽到她談時局，她尤其避免提到日本和德國，現在她好像從時代的壓抑當中掙脫出來，那種氣定神閒，好像一個帝國在她面前崩解了。馬塞爾繼續說：

「現在日本一個城市又被丟了一顆原子彈。炸彈的威力恐怖，表示人類犯的罪更大了。戰爭就是罪惡，日本人發動戰爭，美國人丟原子彈，殺害大量平民，都是罪惡。現在日本接受懲罰了。我聽收音機知道日本內閣在皇宮召開御前會議，在維護國體的前提下，下令瑞士、瑞典的大使通知盟國，表示願意接受波茨坦宣言。」

「意思是投降？」

「就是比賽輸了。這樣而已。」馬塞爾神情淡定，「每一個人都希望戰爭趕快過去。當然這種結果，妳會感覺很失落。不過這種心情最適合唱歌了。」

馬塞爾走回鋼琴：

「唱吧！日文歌、俄文歌、英文乃至中文歌，盡情唱，把一切拋在腦後。」

「唱老師最近教的〈多娜多娜〉？」

「很好！用英文唱。」

歌曲的前奏帶著輕柔的憂傷，馬塞爾兩手在琴鍵上交奏出猶太人的心聲。

「在一輛準備前往市集的貨車上，有一隻小牛帶著哀傷的眼神，一隻燕子高高在上，恣意地翺翔天空。看哪，風兒在微笑，……」

香蘭的歌聲越來越細，唱到這兒開始哽噎。馬塞爾回過頭：

「怎麼？唱到傷心處了？」

「老師不是……不是說……」香蘭破涕為笑，用來化解一時的窘狀，「那送往市場的小牛不就是押往集中營的猶太人嗎？」

「沒有錯。這是一個反戰舞臺劇的主題曲，唱紅後變成象徵猶太人命運的歌曲。人家唱這首歌都會往那方面聯想。妳也這樣想嗎？」

「想得更多。擔心猶太人的命運會落在日本人身上。」

「不會的。猶太人的命運是舉世無雙的。」馬塞爾站起走了過來，摟住香蘭，「日本人有自己的土地，自己的國家，團結在一起力量還是很大，現在只是輸了，還可以再站起來。唱〈老鷹之歌〉好不好？印地安民謠。」

「也是用英文唱？」

「現在英文歌對妳來說是解放了。」

「或許。」

「國家輸了，但英文世界向妳開放。現在就唱一首開放，敞開心胸的歌。」

「我寧願是隻麻雀，也不願做一隻蝸牛，如果可以，我會這樣選擇。我寧可是支鐵錘，也不願是一根鐵釘。沒錯，如果真的可以，我會這樣選擇。我願航行到遠方，……」

香蘭唱著，心思隨著鷹翔，飛向森林，……。連唱了幾首歌，超出了上課時間，馬塞爾留她用過簡單的午膳，她要回去時，老師兩眼凝了她好一會兒，沒有像往常那樣，要她下週記得來上課，只輕輕地說保重身體。

香蘭知道，每人心中不時浮現末日景象，不知道還有沒有明天，不知道上海會不會吃一顆原子彈。這或許是最後一堂課了，她想著倦倦地步行回家。

午休時刻，路人少了許多。回到公寓，上樓開了門，管家吳健平夫婦淡淡地向她點頭，而且逃避她的目光。香蘭沒怪他們，想來他們應該已經得知日本準備投降的消息。香蘭坐在沙發拿起電話聽筒時，孫秀霞給她倒了一杯開水後，隨著吳健平回房內。香蘭撥電話給上海陸軍報導部：

「您是藤原大尉？」

「哦，李小姐好。有什麼指教？」

「我想確認一下消息是不是真的。」

香蘭說著鼓起勇氣把街頭聽到的情況摘要以報。

「李小姐幾時喪失了信心？我大日本帝國絕不可能投降。倒是有可能進行本土決戰。」

「不過情況似乎有所改變。虹橋還有梅隴部隊勞軍的行程是否取消？」

「不要聽信中國那邊的流言蜚語，13 日的勞軍按預定的行程進行。還有必須提醒李小姐，別隨意散播類似訊息，打擊民心士氣要被砍頭的。」

香蘭嚇得猛然把聽筒推開，隨即拉回貼耳：

「對不起讓您擔心。一切如常，勞軍公演也是？」

「把妳嚇了一跳，也不好意思。我這兒壓力也很大，李小姐上次通報的新地址是小沙渡路……我們會派車接妳。」

「是，謝謝。麻煩了。」

香蘭掛下電話，但「隨意散播類似訊息，打擊民心士氣要被砍頭的」這句話仍舊貼在耳邊，許久不曾有過的耳鳴也突然響了起來。她久久站不起來，移動一下座位，看著茶几上的幾份報紙，大陸新報、申報……都是吳健平從樓下信箱拿上來的。香蘭瞄了一眼，這幾家報紙的頭版都是長崎大爆炸的新聞，都沒有照片，也沒有現場實地採訪，裡頭的報導也都是上海記者截取外國廣播書寫而成。顯然交通一直沒有恢復，很長一段時日沒看到從東京寄送過來的朝日和讀賣新聞了。

香蘭把眼神移向吳健平的房門。她悲觀地想到他們的小孩，世界動蕩不安，那小貝比在困難中出世，又沒有醫療照顧……。她起身走了兩步鼓起勇氣敲他們的房門。等了有點久，門開了，吳健平探出頭來，面露困倦，些許緊張。香蘭：

「不好意思。你們小孩還好吧。」

「已經……這……」吳健平囁嚅了幾秒，「已經被菩薩接走了。」

「那……」香蘭一時難以啟口，「你們給他埋了。」

「我們想入夜後……」吳健平面露猶豫，些許惶恐，「給他安置在不遠處的南園，妳覺得怎樣？」

「愛文義路的那座公園？」

「嗯。」

「那是佛教的重要據點。但不知是不是日本和尚主事。」香蘭頗動了一下腦筋，「你不一定要晚上偷偷摸摸進去，當然你也不可能直接把小孩交給那邊的和尚，不然小事變大事，很難善了。」

「是。李小姐請給我們指點。」

「放在一個紙箱裡，寫一封短信，內裡寫小孩名字，還有你的苦衷，請法師大德協助安葬小孩。他們看到一定會處理，也會替小孩超渡。」

吳健平心寬了不少，向香蘭鞠躬致謝。香蘭：

「我可以看一下小孩嗎？」

吳健平退後開了門，香蘭進門一眼便看見還放在供桌上的嬰兒。孫秀霞站在供桌旁，有些拘謹。香蘭向神案上頭的大紙觀音菩薩像和咖啡色的木雕佛像合十過後，準備抱起嬰兒時，孫秀霞一手抱起嬰兒交給她。香蘭看著全身被包緊，僅露出兩眼和鼻子的嬰兒，看著那枯澀的小臉，直覺小貝比生不逢時，如果在承平時期，他的父母一定會讓他正常出生，獲得應有的照料。戰爭吞噬了一切，被戰爭奪去一切的人應該會羨慕小貝比，因為剛出生就死亡，應該還沒張眼看過世界，沒經歷過戰爭，好像從未出生過。不管怎樣，還真是生不逢時，生在死神大發威的時候，晚兩個或三個月出生，或許情況會大不相同。香蘭想著淚如雨下，抽搐著唇角把嬰兒交還秀霞時，秀霞也已是淚人兒了。

香蘭退回房間，好像嬰魂作祟一般，覺得十分煩躁，一直靜不下心來，直到管家夫妻提著一個紙箱和一個包包敲她房門時，才稍稍靜下心來。

一個小時不到，管家夫妻回來後，在廚房忙碌，準備晚餐，香蘭出來看了一下。

「已經把小孩安頓好了。」秀霞一邊炒菜一邊說，「照妳所說的，放在佛堂的石階下，我們就走了。」

「我們帶了工具，最後沒用。如果在那兒偷偷挖地掩埋，被發現可能會很慘。妳教的方式實在很好。」

吳健平顯然輕鬆了不少，剛說完，孫秀霞關掉瓦斯爐：

「一路上我們還是不斷對小孩說對不起。我說沒父母緣，但有佛緣，把你送入佛門不是拋棄你，是讓你有個歸宿。」

「你們只要當成小孩根本就沒出生，就比較容易釋懷了。」

「小姐，自從妳搬過來，每天忙得像什麼。很少和我們一起用餐。」秀霞重開瓦斯爐，舀了一匙油上鍋，「也就說，我們幾乎沒服侍到妳呢。」

「別這麼說了。妳剛剛生產，現在就開始操勞，我很過意不去。」

「早習慣了，今晚一起用餐吧。」

「啊！我差點忘了，我晚上在仙樂斯夜總會有一場晚宴。」

「非去不可嗎？或者晚一點再去。」

秀霞說著，她老公咕噥了一下：

「晚上車子不好叫，加上宵禁，確實不便。」

三人商議的結果，由吳健平開川喜多的車子載香蘭前往赴會，孫秀霞不想和丈夫分開，所以一起前往。出發前的梳妝時刻，香蘭試著打開川喜多借她的收音機。這台收音機，她首次使用，多聽就近發聲的日語電台，聽國外發聲的短波，要非常有耐心慢慢搜尋，要像野口久光那樣成為短波收聽達人，她可沒那種閒功夫。最後她收聽到了在菲律賓發聲的美國遠東廣播電台，也印證了最近從別人口中或報紙中得知的國際重大事件報導。此刻，她聽的新聞節目是日語發聲，講的正是早上馬塞爾老師所說的日本向盟軍求降的訊息。

車子從小沙渡路轉入靜安寺路時，好像匯入一股人流。道路兩旁滿是人，一如早上，好像是節慶，歡慶的路人甚至溢流到車道。車子的速度放慢，馬路上人群的興奮似乎拍打著車窗，坐在前座的吳健平夫婦感受到街頭的那股熱意，信心提振了不少，不再感到卑微，只覺得自己像是解決香蘭困難的朋友，喪子的傷痛好像也緩了一些。香蘭：

「外頭這麼鬧，今晚要宵禁恐怕有困難。」

「那李小姐可以玩得晚一點了。」

吳健平說著稍稍回過頭。香蘭：

「情況不明，還是小心一點為妙。」

「我們小姐做事向來是穩步健行的，你也學著點哪。」

被老婆這麼教訓，吳健平舒展了一下肩膀：

「很久沒這樣開玩笑了。」

三人沉默了片刻，仙樂斯伸向空中，燈光輪轉的英文招牌已在眼前，車子在停車場停妥後，香蘭下了車：

「那你們好好聊。大概九點多一點我就出來，等著哦。」

香蘭說著小跑步奔向仙樂斯大廳。這家夜間俱樂部呈現美國鄉村建築樣式，不衝樓層，全部在地面展延，原本是舞廳，日人接手經營後，舞廳維持了一段時日，最近一年禁舞後改為夜間俱樂部，最近實施宵禁，日人來陸交通受阻，演出的藝人越來越少，漸漸變成統治階層和上流社會宴飲的場所，唱歌變成唯一的演出方式。

48. 末日盛宴 最後勞軍

遲到快半個鐘頭，香蘭朝向窗口透著亮光的平頂巨室快步走去，進了門，裡頭人聲鼎沸，一陣歡呼過後，是一片掌聲。香蘭張望了一下，看不見舞臺，也看不見有人表演，但歡呼又起。她看見了姚莉和她哥哥，相互握手招呼後，姚莉還特地擁抱她一下：

「香蘭！好久不見了。」

姚莉擁抱她許久才鬆開，姚敏看來心事重重。邀香蘭前來的百代總經理郭僕出現了，向她表示謝謝她的光臨後，白虹從一名侍者的托盤取來一杯汽水給香蘭，香蘭看到了袁美雲，大家都給香蘭擁抱、問好，香蘭兩眼機警地掃描四週，看不見服部或野口，應該是看不見一個日本人，洋人倒有不少，好幾個男子正在拆左前方的遮光窗簾，也有人踩在高高的梯架上，枝狀吊燈的燈罩被拆下時，又是一陣歡呼。香蘭感覺手臂被一本書碰了一下，轉頭一看，是黎錦光和白虹夫婦。香蘭：

「啊！黎老師，虹姐。」

「很高興看到妳。這兩個月還好吧？」

「要怎麼說，局勢變化太快，有點喘不過氣。」

「站著太累，我們到餐飲區取一點食物，再到那邊坐坐。」

黎錦光指著廳堂一隅的自助餐區，香蘭也想吃一點，隨著黎老師夫婦走了過去，三人用飲料杯佔住小圓桌的座位後前往自助餐區取食。食物多為蔬果，肉品甚少，其中馬鈴薯、胡蘿蔔沙拉居大宗，兩大盆被舀完了，馬上再補充。香蘭跟著黎錦光夫婦回到座位坐下。香蘭：

「沒看見小璇子。」

「她大概身子不舒服。通常她該來沒來時，這個理由很準確。」黎錦光把手中的雜誌放在小圓桌上，「沒看到服部老師。」

「可能沒有受邀。都沒看到半個日本人。」

香蘭說著有所意識，臉燒了起來。原來郭僕把她當成中國人邀宴，那些老同事也當她是中國人和她擁抱貼臉。黎錦光：

「妳上次在賽馬場音樂會唱了幾首曲子，很好。真的只有妳才唱得出來。」

「是麼？」香蘭有些後悔來到這個場子，「老師，我現在覺得有些惶恐。」

「別想太多，我們文化人或者音樂人，又沒殺人放火，俯仰無愧於天地良心。」黎錦光看向香蘭的憂容，似乎想看穿她的心事，「就我所知，郭總並沒有邀請服部老師他們，語言不通，怕他們壓力大，受到刺激，心裡憋不住。」

服部他們若來參與，所能感受的壓力或難過，香蘭感同身受。

「人生之道無他，進退而已。百代老董中村退了，廣島被丟了一顆原子彈，他就知道日本撐不住了。」黎錦光放低聲量，「郭僕高調接手，馬上就辦這個舞宴。我來這兒也漸漸覺得不太對。他們現在自動解除燈火管制。我覺得還是低調一點比較好。」

香蘭環顧周遭，厚重的窗簾已全然打開，燈罩也都拆下，街燈和室內燈火相互輝映，大廳輝煌燦亮，剛剛移除遮光物件的工作人員開始移動桌椅，大廳中間空出來的空間，好幾對男女忍不住進去起舞。白虹：

「他們自動解除舞禁。」

「這家夜總會的董事長、總經理都是日本人，也都退了，中國人經理一下子承接重任，性子也急了一點。」黎錦光慢條斯理地吃了一點東西，「如果改朝換代了。總經理職務未必由他來接。是不是？」

香蘭沒有回話，眼瞼下垂，直視桌面，身上寒毛直豎。新時代的浪頭打來了，各大小公司的日籍老闆或主管紛紛退下，服部良一、野口久光、小出孝他們自然急流勇退，若貿然闖進這場盛會，看中國人在那擾擾嚷嚷，知道他們興奮什麼，但聽不懂他們說些什麼，一定百感交集，希望趕快退去。她體內的動蕩感又被召喚出來，每拍新戲換個地點，尤其是陌生的地方，總是動蕩一次，從滿映到華影，也是一大動蕩，與父母無緣，跟弟妹疏離，這回果真改朝換代，那動蕩就更激烈了。吉露巴樂音響起，香蘭兩眼從大廳前面的小樂隊移向前面對著麥克風試音，穿著背心的男子。背心男：

「喂！喂！大家看我這裡。我是仙樂斯夜總會經理。注意！看這裡！」

樂隊停止演奏，會場安靜了許多。

「大家期待的一刻來了。夜暗已盡，黎明到來。我們仙樂斯舞廳沉睡太久了，現在重新啟動，迎接新的時代……」

男子說著兩臂高舉迎來全場的掌聲，他向樂隊做了一個手勢，樂音再起，好幾對站立一旁的男女一起湧入舞池，姚莉和她哥哥姚敏一起翩翩起舞，嚴俊也向王丹鳳鞠躬伸手。

「剛剛那位講話的是仙樂斯經理，名字我一時沒記起。」白虹視線投向舞池後收回，看向香蘭，「那位經理擅自開放跳舞，算是很前進，不過言詞上還是給日本人一個面子，沒說舞廳被日本人禁止，而是說舞廳沉睡太久了。」

「是的，中國話的魅力，日本人瞭解後，也要臣服幾分的。」香蘭美目流盼舞影，好生羨艷，「虹姊，妳看，王丹鳳妹妹身子修長，舞起來真美。」

「是啊。妳是凡演必唱，她是凡演必舞。應該是歌舞都有。《萬紫千紅》裡頭演得像仙女下凡，至今仙氣還在。」

兩人聊了幾句，一位男子走來向香蘭鞠躬：

「李小姐，有沒有這個榮幸請妳跳一支舞。」

香蘭一看原來是接待過她的百代吳樹揚經理：

「好久沒跳了，生疏了。」

「去吧！要換新曲了。」

香蘭被白虹推了出去，魂兒更像被吳樹揚吸了過去，呆呆地望著他。吉露巴舞曲終了，布魯斯響起，香蘭隨著吳樹揚的腳步移步，很快就把腳感找了回來。聽到旁邊的舞者提到波茨坦宣言，吳樹揚：

「波茨坦在什麼地方？」

「在歐洲吧！是英國、美國和蘇聯領袖開會的地方，或許在英國、法國或德國，不太清楚。」

兩人沉默了一陣，心思隨著腳步移動。吳樹揚：

「李小姐今後做個中國人吧？」

「不知道。一切交給未來。」

「李小姐是在那兒落戶？我意思是戶籍在那裡？」

「在滿洲。」

「滿洲國沒有了，自然就恢復中國國籍了。」

「是嗎？」香蘭感覺像任人宰割，「事情恐怕沒這麼簡單。」

「這要看李小姐自己的意願。」

香蘭心頭一震。就像在暴父家庭長大，幾經反抗還是沒有背離父親的小孩一樣，香蘭每遇國籍的困擾，心裡一番激戰，縱使一直感恩脆弱的母親中國，怒責父國日本不義，總是繞不過去，而被人勸說歸化成中國人還是頭一遭。她不由得看了吳樹揚一眼。這位經理人老氣了一點，但很實在、誠懇，以前幾度接觸，只是蜻蜓點水，如今被他攬在臂彎。這種親近讓他剛剛說的話變成一個民族對她的召喚。兩人繼續舞動，她默數著腳步時，不禁想道：若中日兩國和平相處，沒有爭戰，則國籍不再敏感，國界牆矮，生活隨著環境轉，落籍隨遇而安，就不再是問題了。香蘭想著時，鵲起的歡呼就像群鳥一樣從右前方群聚喝酒的賓客那兒飛掠過來。

樂曲結束了，香蘭回到座位，群舞還在她身邊流湧。她再次張望，還是看不見任何一個日本人的身影。感受黎老師夫婦溫馨的陪伴，香蘭不再自我排斥，直覺「貿然」來到這裡，好像是來見證日本人的退隱和失落。

樂隊指揮走下樂池，和兩個男士商議什麼。隨著喇叭聲響起，勝利的感覺隨著弦律瀰漫開來。

「他們在演奏《阿伊達》的〈凱旋進行曲〉。」黎錦光瞬了一眼樂隊那兒站著吹奏的三名小喇叭手，「而且直接進入小號吹奏的主旋律。」

「用小號吹奏長號的主弦律，樂音本身還是很吻合賓客現在的心情。」

香蘭有點自我解嘲地說完，白虹：

「他們似乎想營造某種氣氛。」

〈凱旋進行曲〉的主弦律剛吹完，小號手又從頭吹奏起，喇叭奮起的弦律壓過伴奏的弦樂，重覆的吹奏把賓客久壓在心的勝利感掀了開來。老外比較熟知這首歌曲，開始打拍子哼唱，哼唱告一段落，不少人高呼：「慶祝勝利！大家乾杯！」

大廳前面重重的開門聲帶來一陣騷亂，大家驚愕地看到兩名掛著臂章的日本憲兵。一名憲兵鐵青著臉向前走了兩步，被迫近的賓客紛紛退避。

「把嘎鴨絡！」顯然是士官的憲兵搖著手槍指向窗戶，「關上窗戶，拉上窗簾！」

雖然講日語，但都是簡單的生活用語，加上命令式的口吻，大家都知道他的意思。另一名憲兵也不甘示弱，指著大吊燈，要求關掉。大吊燈熄了，開始有人關窗戶。

「你們公然違反命令，負責人出來！負責人！」

「在這裡！」

隨著一聲呼叫，穿著背心的經理從容走向憲兵，被憲兵推了一把押送出去時，臉上泛著悠哉的微笑。

會場氣氛被憲兵破壞，燈光一時也不敢恢復，賓客紛紛離去，黎錦光夫婦想離開，香蘭也想跟著走，相互交換了意見，香蘭甘脆順便送他們夫婦回家，於是五人擠一部車，吳健平先送黎錦光夫婦到舊城區的家宅附近，再載著香蘭一起回家。

接下來兩天香蘭完全沒有行程，非常難得地待在家裡陪管家夫婦。吳健平和他老婆的行止看來從容自在許多。她認為這是好事。她掏出一點錢，由吳健平到外頭張羅一些食物。她很驚訝孫秀霞比她還小四歲，問她小孩的事，秀霞：

「找個一天去南園探聽，看看他們怎樣處理小孩子，等到局勢變好了，自己也比較穩定了，再設法把小孩的遺骨接回來。」

「事情圓滿最好。未來你們一定一天好過一天，甚至把小孩生回來。」

孫秀霞感謝香蘭的祝福，但也好奇地看了香蘭一眼，似乎想窺探她的心思。她說的一天好過一天，就是指日本人投降退走，那她自己呢？不怕秋後算賬嗎？

晚上，川喜多來了一通電話。他一開始表示時局亮了底牌，即使結局是壞的，也比一直渾沌不清，讓人虛耗在猜測、摸索中好。

「所有投資恐怕都收不回，也沒有撤資的條件和可能，做好全部被沒收的最壞打算。」

香蘭不敢去想川喜多到底投下多少資本。電話那一頭，川喜多似乎察覺到香蘭的難過：

「沒關係。有一種東西是不會被沒入的。」

「是什麼？」

「在那邊建立的人脈和友誼。……現在大家都在觀察盟國對德國的態度，一定是建立類似美國的那種代議政治，但政治方向跟著美國走，在軍事上弱化，成為美國的保護國。日本也可能走上這條路，除了沒有軍權外，各行各業還是可以從廢墟中成長，再現二三十年代的榮景，之後戰爭的風險會大大降低。」

「你決定在日本東山再起？」

「我才 40 出頭，人生還有一大半，將來有一天重回上海，看看未來的華影，談合作，又是一個新局。」

香蘭沒有回話，知道日本大勢已去，只是還沒宣布而已。如果華影得以續命，那也跟川喜多無關，頂多對他表達一點善意或懷念而已。川喜多繼續說：

「妳也一樣，回日本再說吧。」

回日本的預期讓香蘭的心情死灰復燃了起來，在沮喪中有了憧憬，只是不敢想得太遠。

在這民族情緒微妙的時刻，川喜多建議她無聊時找日籍同仁坐坐聊聊。她還沒打電話給野口久光和小出孝，結果他們在她預定到市郊勞軍的那天早上來電說要來探望，她告以下午要去勞軍後，他們還是堅持前來，顯然川喜多也對他們電話關心過。

吳健平夫婦和香蘭度過了兩天多少大眼瞪小眼，共餐時，難免相互陪笑陪聊的日子，野口久光和小出孝的來訪紓解了他們夫婦的一些悶氣。香蘭：

「我的勞軍在下午，有車來接。用個簡單的中餐再走吧。是非常簡陋的一餐。」

「期待和李香蘭共用一餐，即使是日丸便當也罷。」

香蘭笑著接納小出孝的善意，想像一盒白飯裡頭放著一顆紅梅的日章旗便當散放著勤儉刻苦的大和精神，不覺失笑了起來。

「拿小蘭當伴菜，國旗飯的酸梅就不會這樣無味了。」

野口說著和小出笑成一片，香蘭收納兩人善意的玩笑後，轉身用華語向侍候茶水的孫秀霞說道：

「我這兩位同事，跟川喜多先生一樣好，脾氣好，人也好。」

孫秀霞和老公微笑點頭，準備中餐更勤快了。野口瞬了吳健平夫婦一眼，看向香蘭：

「他們都不知道局勢翻轉了嗎？」

「當然知道。川喜多先生對他們很好，他們一直謹守本份。倒是軍方報導部的有些軍官，大概故意不知道情勢的變化。」

「現在這種時候還耍官威要妳去唱歌。」野口久光一副先知的口吻，「最討厭軍方就是這一點，只會蠻幹，搞死自己也玩死別人。」

「你不知道報導部的那位大尉有多兇，我只是向他求證街頭傳出日本投降的消息是否正確，他就說，李小姐，隨意散播類似訊息，打擊民心士氣要被砍頭的。」

香蘭說著，小出孝向野口久光擠出詭異的笑容，野口吐了一口悶氣：

「這種心態以後要怎樣適應戰後的生活。全世界廣播這樣講，川喜多也接受了，這個局已定，只等正式宣佈而已。」

「局勢走到這種地步，不知道明天會是怎樣？」小出孝看了看素淨的牆面，「唱歌解解悶倒是很好，李香蘭去軍營唱歌殺時間也不壞。」

野口想想覺得有道理，也會心笑了起來。

用餐時，吳健平夫婦順理成章地讓香蘭和兩位客人共餐，自個兒在房間吃。香蘭覺得他們自在就好，自然同意。用餐時，小出孝很好奇香蘭「主僕」三人如何互動。香蘭：

「我不是主人，我是客人，我才來一個禮拜。川喜多一家住四樓，他們就在四樓廚房炊食，用餐時，川喜多一般和他們一起吃。有日本客人時，會讓他們在自己房間用餐，免得他們聽不懂日語，坐著尷尬。」

「這樣安排不錯。」野口。

「現在川喜多一家人不在。家裡就我們三人，又沒有語言的問題，分開用餐會有很明顯的對立感，所以很自然吃在一起了。」

「川喜多什麼時候回來？」

被小出孝這一問，香蘭也不曉得怎麼回答：

「他前天打電話過來也沒說，總感覺他也在徬徨。」

野口吃了一口豆腐皮包素餡：

「遲遲沒回來，也沒說什麼時候回來，大概是害怕回來，回來就要面對財產歸零的問題。」

「我叫他保留一切投資和買賣契約，拍下相片作成副本，將來國際秩序穩定後再打跨國官司爭回一些權益。」小出孝從菜瓜炒香腸這盤菜裡挾了一塊香腸，總算嘗到一點肉味，「川喜多回來後可以為員工爭取一些權益，尤其是我們這些日籍員工。憑他和許多中國人的交情……。」

隨後大家的話題都繞著看空時局，自身利益的維護上打轉。

「我個人沒什麼錢，改朝換代後日幣會快速貶值，川喜多有錢，不如趕快換匯，換成美元或換成黃金托人保管，或埋藏地下，等時局穩定後再來挖取換錢匯出去……」

戰後話題、末日景象，小出孝講得天花亂墜，香蘭只希望這種騷亂早點塵埃落定。野口問她將來做什麼打算，她沒有回答，只希望先回北京和父母、弟妹會合後再說。

餐後香蘭回房梳妝，小出和野口兩人在客廳休息，報導部的車子來接香蘭時，大家一起出去，香蘭上了車，野口和小出孝上了自己的單車也走了。

香蘭在梅隴和虹橋的勞軍演唱，都在小部隊－中隊的駐地。由於附近部隊會集結過來，形成一個大隊的規模，對香蘭來說算是小場面，基本上沒有伴奏，有時聆賞的士兵會取出口琴或手風琴做簡單的伴奏，一般說來，她都唱和上海、蘇州有關的歌曲。

看著那些眼睛發亮，神情專注聽歌的年輕士兵陶醉的模樣，她總認為他們雖然歷經戰火，還是不失年輕人的浪漫。日本不少音樂家、詩人親炙上海和蘇州的美好，留下了浪漫的歌曲，或許那些軍士也可以留下一點浪漫的情懷，可惜他們必須被迫做出違反人性的事，如果他們知道世局丕變，不再懼戰，悲喜交集，就更能領受那些歌曲所傳達的浪漫情味。她在梅隴演唱完畢，坐吉普車前往虹橋時便是懷著這種心情。

虹橋離市區很近，看起來像一個熱鬧的大鎮，營房還設在磚樓裡面。香蘭抵達時，已有一隊士兵坐在樹蔭下休息。這是從附近城鎮行軍過來的部隊。香蘭被帶進中隊長室時，兩名中隊長正在聊天。虹橋隊本部隊長本多大尉和水霞部隊長德川大尉頻頻向香蘭致歉。本多：

「李小姐，實在很抱歉，還有一隊應該快到了，天氣這麼熱，先休息一下。」

「第一次看到李小姐，真不愧美人一個。」德川兩眼骨碌碌地看著香蘭，把她看得頭低低的，「李小姐原先在滿映，後來轉到上海的華影？」

「是的，離開滿映後再進入華影。」

「這兩家電影公司文化大不一樣，滿映的中國演員會給日本部隊勞軍演唱，但華影的中國演員就不願意。是吧？」

「她們不會講日語，也不會唱日語歌。」

香蘭說著低頭抿唇淺笑。德川大尉：

「都是藉口，兩家公司負責人作風不同，我就不多說了。」

「滿洲長久以來，我國的耕耘比較早，日化也就比較深。」本多溫潤的眼神碰到香蘭抬起來的目光，「滿洲人比較單純，上海已往是國際都市，居民自視甚高，比較不容易馴服。昨天，我的部隊行軍到黃浦江協助海軍打撈沉船，經過市區時被一群人嘲笑、咆嘯，我要求弟兄忍耐、沉住氣，好在沒事。」

「大概是天氣熱，那一些人又沒工作的緣故吧。」德川。

「這年頭大家都不好過，統治者也好，被支配的也好。」本多走動了兩三步，抖落了一點晦氣。「哦！對了。待會有一位伴奏，另外還安插一個人。」

本多大尉說著急急出去，不久帶來一名手提手風琴的士兵和一名士官。士官和上兵面露驚喜向香蘭鞠過躬後，本多給他們略作介紹：

「這位上兵……當然是給妳伴奏，這名……下士很風趣，對妳的演藝生涯也有一定的瞭解，中場十分鐘讓你們用聊天的方式逗逗士兵，同時讓妳喉嚨休息一下……」

香蘭看著手錶，關心地探問手風琴兵。上兵：

「謝謝。我熟悉的歌，譬如〈支那之夜〉、〈蘇州夜曲〉，我可以全程伴奏，其他的我可以用和弦。」

「很好。」

香蘭和他討論演出的曲目和伴奏要點時，一個部隊唱軍歌行進的聲音傳了過來，香蘭所在的樓房隨後也傳來人群移動的雜遝聲、口令聲。聲音漸歇，顯然部隊整理已近尾聲。本多大尉：

「好了，差不多了，我們出去吧。」

營房外頭小廣場，三中隊排出馬蹄形的隊伍，看見香蘭走向小講台，大都捨離板凳站了起來，指揮部隊的少尉呼叫全體立正的口令，向本多大尉行舉手禮，大尉把手撇向香蘭，少尉轉向香蘭行禮，香蘭鞠躬回禮時，響起了如雷的掌聲和歡呼。香蘭把臉湊近麥克風介紹完今天要唱的歌曲後，又是一陣掌聲。香蘭首先唱〈上海賣花姑娘〉，一股浪漫的空氣蕩漾開來，在眾官兵心裡產生不同程度的反響。有的懷鄉，想念那兒的妻女或愛人，有人厭戰，幻想走出軍營，在上海街頭有個浪漫的奇遇。當然或許也有少許人鋼鐵一般的戰鬥意志只是稍稍被軟化一些。

歌畢，熱情的掌聲激發她講真心話的想頭。「戰爭已經結束，你們不用擔心喪失生命」的這種說法在心裡閃現了一下，擔心引發軒然大波：

「各位官兵，謝謝大家，這首歌唱到這裡，還請大家繼續為國努力奉獻。接下來我要唱〈蘇州之夜〉……」

香蘭一連唱了六首歌，本多認為該給她調劑了。他離開座位，走向小講台和香蘭站一塊：

「由一名女子支撐整個節目既辛苦又難得。現在外海戰況緊張，海空交通大受影響，內地影歌星都來不了，李香蘭是我們唯一的選擇，聽她的歌聲，這個唯一也勝過內地任何一位歌手……」

本多大尉說著時，工作人員把另一支橫在講台下面的麥克風扶起，另外搬來兩張椅子，被安排和香蘭抬槓的士官出現時，本多也已致詞結束。工作人員再把兩支麥克風調低，讓香蘭和士官可以坐在椅子上閒聊後，中場餘興節目開始了。兩人充滿逗趣的談話結束後，香蘭再唱五六首歌，而且越唱越順。她似在下意識裡耽溺在歌唱裡頭，規避外頭的現實。

演唱會結束了，太陽迸出金色的光束，好像在高歌，香蘭接受官兵點歌，有人點了〈夜來香〉，她自然唱出日語版。接著有人點〈何日君再來〉，本多看到她的遲疑，趕忙跑了過去面對麥克風：

「〈何日君再來〉這首歌表現人之常情，硬是被那些高官打入禁歌，那些人實在是腦袋進水，對李香蘭來說，沒有禁歌。……」

圍既解了，她自然唱出日語版。在軍營用過晚餐回到家已完全入夜。也就是說，她又回到殘酷的現實。戰敗就是國破，國破，家未必亡，但肯定不好過。她這個家，除卻父親和她之外，全都是日本本位，父親和她一樣，都嚮往過中國，受過中文教育，也都在中國人文環境生活過，但礙於戰爭，這個中國無法給他們的身分打上印記。一家人勢必要遷回日本，只不過佐賀老家不知還有沒有他們的家業。

管家夫婦最近都不做早餐，都在市面買，香蘭擔心他們破費，給錢他們但被拒收。吳健平：

「都算在川喜多按月給的菜錢裡面。」

香蘭拿著自己的一份進房，吃了一半出來，坐在沙發看報紙的吳健平見狀趕緊把報紙放回茶几。香蘭：

「你看就是了。」

「我只是看照片。」

香蘭看向躺在茶几上，登了幾幅滿目瘡痍照片的大陸新報的頭版，坐了下來，取來報紙一看，五張大小不一，很像五個月前看過的東京大轟炸的照片，原來是廣島原子彈爆炸後的景象。廣島挨炸過了一個星期才有照片披露，不知是誰從日本帶到上海發表。因為照片的關係，頭題放在次要的版面，標題也做得小了一點。她瞄了標題一眼：

「太平洋返歸太平？日落中國乎？/日本有條件接受波茨坦宣言，盟國會接受？」

原來是一篇新聞分析，標題也下得不錯，不提太平洋戰爭，著眼太平洋能否恢復太平，「日落中國」的「日」用特殊字體，明眼人一看就知是指日本，用日落的景象暗喻日本臣服於中國大地。這個標題雖然用日文書寫，但漢字很多，吳健平望文生意，應非難事。

這一天還是在無聊、無趣中度過。她想到了柳芭。希望她已奇蹟回來，打電話到她家，沒人接，用很蹩腳的俄語打到領事館，講了老半天，也只得到模糊的答案，推測還沒回來。晚上燈火管制依舊，宵禁持續進行，但鄰近住戶，門前熄燈，後院放光，聲音更大更多，到了早上，雞鳴狗叫、挑擔小販的叫聲相聞，晨起運動的老人多了起來，整個社區看起來挺有朝氣。

中國人說：幾家歡樂幾家愁。現在的情況就是如此。對上海人來說，日本人準備投降早就是最熱切，幾乎是唯一的話題，不少年輕的居民，就像野口久光一樣，不斷從短波收音頻道截取最新的消息，增添談話的熱度，譬如蔣介石力主維持日本天皇制就是最具討論性、延續性的話題。香蘭雖然比一般日本人還中國一些，但歸屬、光榮感還是多屬日本，名聲取自日本的也多過中國，日本戰敗、投降，那種失落感自然讓她痛心疾首。

49. 日本投降 淚灑街頭

野口久光一直等日本政府作重大的宣告，有點像不久前歐洲盟軍等待 D 日一樣，既期待又焦慮。香蘭受到感染，無聊時常被 D 日的陰魂襲擾。她想找吳健平夫婦聊聊，她知道他們都以為她是中國人，也隱約覺得兩夫婦雖然都還很客氣，似乎也看破了她的華貴，只想知道失去日本人的靠山後，她會是什麼樣。

電話鈴響了，香蘭衝了出來，拿起聽筒，是陌生的聲音。

「李小姐，我是上海陸軍報導部部長島田勝己，早上十點半前務必前來北四川路 205 號我的官邸收聽廣播，東京那邊有重要的宣告，一定要來聽取。」

上海陸軍報導部部長島田勝己中佐，她在一些儀式性的聚會看過兩次，但沒什麼交談。此刻她知道事情的嚴重，連呼幾個「是」，表示會提早一些去後，島田才掛掉電話。她知道野口苦等的關鍵時刻來了，焦慮嚙心的時刻快結束了。香蘭回到房間打理精神，沒多久，電話又響了。她跑了出去，電話那一頭的野口：

「要不要到北四川路島田家？」

「你也接到電話了？」

「小出孝也是。我去接妳如何？」

「你的車子不是交還公司了？」

「我現在去取車。」

「這種時候，還是省掉這種麻煩。」香蘭腦裡開始浮現好幾種情況，「都快變成俘虜了還開車，再說你現在到庶務課，人家未必會給你車鑰匙。」

「怕我把車開了跑了？」

「他們可能會這樣想，打個車去好了。」

「也好。」

電話掛了，香蘭隱約聽到街頭傳來的喧聲，她知道街頭的熱鬧會持續一段時日，今天尤甚。她提早一點出門，馬路人車和這幾天一樣，還是很多，集體的興奮更甚往常。她在街角拉到一輛三輪車，車伕建議她走愛文義路。上了車，沿途林蔭多，花園洋房養眼，車行還算順暢，被人潮擾動的情況不多，車子進入北四川路，好似被吸了進去，一時間進退兩難，只好隨著車流、人潮往前蠕動。沒有了林蔭，夏陽螫人。大小車子在湧動中擠出金屬的光澤，在人潮中蠕動的衣衫、頭髮也是金光閃閃。車子在四川路橋龜行，香蘭看了一下手錶，時間還很充裕，但還是焦慮了起來。河風徐來，香蘭旗袍上的肩身、衣領一陣汗涼，她的心情緩和了一些。

島田官邸在報導部辦公室後面，辦公室閉門深鎖了兩天。此刻官邸的大客廳坐滿了人，房間內的椅子全被拿出來待客。香蘭進入官邸，和熟人打過招呼後被安排坐在高背椅上，她從中川牧三和野口久光的談話中得知，除了影音界外，報社和通訊社的高級主管也被招來聽訓，一般記者未受邀，華影也一樣，受邀的都是親川喜多的人士。陸續有人進來，服部良一和百代老闆中村連袂進來後不久，幾名年輕的軍士官拉開窗簾，已然高升的陽光射進牆邊的地板。陽光不斷退縮，時間也一分一秒地逼近。進去房間沒多久的島田中佐軍裝筆挺地走了出來：

「上海用的是中原時間，比東京的標準時慢一小時，那邊的中午，也就是這邊的 11 點，日本廣播協會會宣示重大的訊息。當然我剛剛從各位的聊天內容得知，大家都心裡有數了。」

「我來前聽到廣播，朝日新聞一早便發出要求國民中午收聽廣播的號外。」野口久光。

「沒有錯。」島田中佐看向野口再環視週遭，「一億國民都要聽。」

島田說完，大家話興大減，一直小聲播放的 NHK 的廣播聲浮現了出來，時間一分一秒地流逝，雖然預知了答案，大家的神經還是越旋越緊。中川牧三中尉轉動收音機的聲鈕，雜音很多，他小心調整衣著時，收音機發出日本正午 12 時整點報時的鐘聲。

「現在有重要的廣播，全國聽眾請起立。」

雖然雜音還是很多，但這句話大致聽得出來，大家站了起來。

「天皇陛下即將親自對全體國民宣讀重大詔書。現在開始播送玉音。」

收音機傳出一名宮內官員的宣稱後，站著的軍官腳脛一致地轉向窗戶，受邀前來的賓客知道他們朝向東京皇宮的方向，也跟著面朝同一方向。大家豎起耳朵，結果進入耳膜的是〈君之代〉，幾名軍官毅然面向窗戶行舉手禮。日本國歌奏畢，「玉音」播放了，但聲音緩慢、含混，好像和尚念經，香蘭知道漢文訓讀體文章念起來就是這個樣。由於聲音模糊，香蘭只斷斷續續聽清楚：「接受美英中蘇四國宣言……爆彈兇殘……若繼續交戰，我民族不免滅絕……」幾個陳述。不少人啜泣，兩名顯然是軍官妻子的女子甚至跪在地上。「玉音」播畢，〈君之代〉歌聲又起。

大家站了七八分鐘，終於得以坐下，收音機內，播音員開始解說昭書的內容：

「……天皇從頭到尾都沒提到『投降』兩個字，在極艱難的情況下維護了國家、國民的尊嚴……」

中川牧三把收音機聲音關小，大家開始交換意見，服部特地和香蘭聊了幾句，香蘭得以知道，關鍵時刻，服部剛好造訪中村，最後搭乘中村的車子前來。島田看著香蘭一身旗袍：

「李小姐，今後有什麼打算？」

「不知道。」

「要繼續當中國人，還是恢復日本人身分？」

「決定做日本人。」

「好。」島田向前走了幾步，拍了兩下手，「大家請注意。既然把各位招來，也要平安把各位送回。現在是權力交接的空窗期，我估部裡面的座車還可以用幾天。住得近的走回家，遠一點的，我們用車送回家。」

在場的軍官協調車載服務時，野口走了過來：

「小蘭，待會到我家用餐，喝點小酒，小出也會來。」

「改天吧。」

香蘭搖搖頭，但還是和他們同車。中川牧山載著大家經過天后宮橋，河南路人車還是很多，鞭炮、鑼鼓、叫鬧聲不斷衝進車內。小出孝：

「李香蘭說的沒錯，我也沒胃口了。」

「我發覺終於來到中國了。」野口久光苦笑了一下，看向窗外，「以前的上海只能算是日本上海市。」

「確實，感覺真的不一樣，畢竟被壓制太久了。」

中川向右後偏一點說完後，看向一臉鬱愁的香蘭。小出和野口在福州路下車後，中川中尉的車子向西直馳，他也一直用言語給香蘭解悶，香蘭強作輕鬆，壓抑的心情就愈多。

小沙渡路川喜多的公館到了，香蘭下了車，一股腦兒衝上樓，回到房間後換下汗濕的旗袍，她想穿洋裝，但幾件都久壓抽屜底，樟腦味濃，只好改穿藍色夏涼旗袍。她呼吸急促，體內不平衡形成的衝力還很強。日本，她童蒙中的祖國，後來成為帝國，現在重重摔下，碎片迸裂。有些碎片落地後彈得不遠，有些細如微粒，隨風飄飛。她就是這種粉粒的碎片，非向遠洋飄颺一番，無法塵埃落地。

她戴著許久沒用的墨鏡飛奔下樓，跳上一部三輪車，車伕見她久沒開口：

「小姐，往那兒？」

「人多的地方。」

車伕疑惑地回頭看。香蘭：

「在鬧區繞著走。」

「要到？」

「剛剛上車的地方。」

「瞭解。」

車伕和她談妥車資，想，這小姐用這種方式慶祝抗戰勝利，自己逍遙快樂，又照顧艱困人家，抗戰勝利的紅利多多，確實出人意表。人行道、慢車道滿滿人潮，車流還算順暢，車行至派克飯店前遇見舞龍陣，鑼鼓交鳴，鞭炮飛竄，人群、龍陣盤據車道。車流遇阻，人行道的人群還是慢慢朝西蠕動，車伕想徵詢香蘭的意見，見她墨鏡下淚水直流，只好隨著人潮慢慢往西移動，蠕動到十字路口，往南的車流比較順，三輪車只好順著車流騎行。

跑馬場旁邊的路燈都掛著中國國旗，馬路另一邊的一排商店也都掛著藍天白日紅地旗。旗幟翻動陽光，各種顏色牽扯的光澤隨風交織，過一個路口，轉一條街，中國國旗如影隨形，和街頭民眾揪成一團，香蘭更覺失落了。

車子騎進老城區之前，車伕回頭望了女客人一眼，瞥了一眼她墨鏡下的斑斑淚痕，再迎向鑼鼓喧天的少林拳陣。車伕本來就十分感慨，現在更有些感動了：是的，這是百年難遇的慶會，難怪這小女子激動若此。三輪車好像會自覓方向一般，逕自駛向煙火瀰漫的樓閣群，進入豫園老街時又被堵住了，三穗堂前的小廣場，一群男女老少兩手舞著中國小國旗或舞扇，前進後退，忽左忽右地跳著扭秧歌，大鼓小鼓叮叮咚咚，鑼聲三響最醒腦，高蹺陣也踩著入列扭動。中國人太興奮了，香蘭開始有些感動，替他們高興，隨後這種感動又轉化為對自身是日本人的那種傷悲。煙火四迸的鞭炮震耳欲聾，洗過這一帶的空氣後，車伕覺自己休息夠了，開始把香蘭拉出城外。

三輪車駛入外灘，兩人都舒了一口氣，對車伕來說，路好走多了，對香蘭來說，海闊天空了許多。車伕：

「太熱鬧也難過，會讓人想躲一下。」

「沒錯。這兒空氣好多了。」

「上海人慶祝歸慶祝，並沒有找日本人麻煩。」

「是啊，這樣很好。日本人也應該學習跟別人和平相處。」

香蘭說著擠出一點笑意，用來遮掩自己的情緒。

「小姐，等一下從那條路轉回去？」

「蘇州路好了。」

車伕不再開口，車子沿著匯豐銀行、海關大樓、交通銀行、凱撒飯店、中國銀行、正金銀行……一路往北走，原先看得習慣的日章旗，曾幾何時，全變成中國國旗。日本人滅了美英共同租界，法國租界名存實亡，如今日本豎白旗，等於幫中國收回所有的租界，不僅上海，其他城市也是如此。這個國家可望一掃前霾，甚至脫胎換骨了。

在外灘寬闊的黃浦路上，人車分流，車子比較感受不到群眾的壓力。三輪車駛進人車不分的蘇州路慢了下來，車伕趁機喘口氣。右邊河床舢板麇集，河面油光閃鑠，路左倉庫內外人潮一波波，推擠著手上的小國旗，有的跟著鑼鼓車湧上橋，好像革命的浪潮。

三輪車在人潮縫中駛過一條街又一條路，經過一座又一座倉庫，一陣歡呼嘩嘩啦過來，歡呼聲帶著叫罵和詛咒，剛剛被一輛汽車擠散的人群再度聚攏，看見三輪車來了，有人嚷著讓路。三輪車慢慢通過人圈，香蘭稍稍站了起來，看見兩人用力踩踏日章旗，每踩一次，呼叫就騰起一陣。已經下午三點了，香蘭中午沒進食，肚裡胃酸激湧，不爭氣的眼淚又出來了。

太陽明顯西斜，她躺在車棚內，薄薄的旗袍，濕漉漉的，領子、兩脇、背脊都是汗涼，衣襟的濕大概是淚痕吧。回到公寓附近，她下了車，神情疲憊地進入公寓，上了樓，一屁股坐在沙發上。管家的房門窺探似地打開，兩夫婦隨即走了出來。香蘭有些訝異地看著站在前面的吳健平夫婦。孫秀霞：

「很抱歉，今後可能無法再為你們服務了。」

「哦！」

「局勢變化這麼快。完全出乎我們的預料。」吳健平看了老婆一眼，再回看香蘭，「我們給日本人做事，要是被知道了，那就完了。」

「你們要……」

「回廣東老家。」

「那很遠呢。坐一下吧。」香蘭看著他們靦腆中堅定的神情，「這確實是很敏感的時刻。川喜多回來再辭不好嗎？」

「川喜多對我們這麼好，這麼照顧我們，本來想留到他從北京回來後親自向他辭行，但外面的情況完全改變，我們趕快了斷會比較好。」

香蘭不想給川喜多製造狀況，但想到他們在這兒失去嬰兒，實在想不出理由慰留他們：

「那這樣好。我這兒有一點錢，務必收下，儘快去兌換。」

香蘭說著從皮包取出兩張大鈔和一些小鈔遞給吳健平，吳遲疑了兩下，香蘭直接塞進他手裡：

「還是一路平安。」

吳健平夫婦站起，提著行李走到門口，孫秀霞看了丈夫一眼，再看向香蘭：

「這兩天我聽了不少妳的傳言，說重慶軍進入上海後可能會用漢奸的罪名逮捕妳，並判處死刑。」

香蘭著實吃了一驚，有這麼嚴重嗎？我又沒從事軍事或政治活動。她想著，不免納悶：

「謝謝。」

香蘭旋緊心思，默默承受這種指控。

「我老婆言重了。李小姐吉人天相，不會有事的。」

吳健平朗聲說完凝眸向香蘭點頭揮手後跟著老婆下樓。

偌大的房子只剩香蘭一人，她無力地躺在沙發上，茫茫地望著天花板，孫秀霞的漢奸說當下讓她錯愕，這一陣子有時在她腦裡浮現的退出演藝圈的想頭又重臨心頭。當初華影給她安排拍攝兩部電影，她本想在電影殺青後召開身分說明記者會，然後退出演藝圈。但電影拍不成早就是事實，大光明大戲院演唱會也是很好的時間點，演唱時固然不宜宣佈，但演唱會結束後召開記者會表明心跡，也很適合，但過於沉湎在掌聲、歡樂裡頭，一時什麼都忘了。現在宣布引退？已經無所憑依了，華影應該已經結束，什麼都沒有了，還引什麼退？宣布自己是日本人？直接找記者？現在報社一團亂，日文報停刊，中文報還沒恢復。世界大變，一切都在調整、重組，「或許妳已經不重要了，沒有人在乎妳是什麼？有什麼好宣布的？」她想著癱在沙發上許久，沒有起身的動力，衣服乾了，天花板暗了，轆轆飢腸終於讓她奮力起身，在廚房料理晚餐。

簡單用過晚餐，一時不曉得做什麼好，她把最近的報紙拿到房內，躺在床上翻閱，明天過後，不曉得報紙會怎樣，有些報社面臨關門，有的改組，停刊一段時日，有的應變快，先出一張慶祝勝利？

涼風徐來，電風扇微微作響。這個晚上，只有這具輕輕轉動的風扇陪著她。「砰砰」兩聲從外頭傳來，乍聽似打槍，香蘭依經驗判定是努力拉拔香檳瓶塞發出的聲響。這一帶夜晚向來寧靜。此刻夜晚的寂靜完全埋在爵士樂裡頭。音樂的音符起起伏伏，居民乾杯時杯子的碰撞聲、一群人的吆喝聲、開懷笑鬧聲交錯其間，好似家庭聚會或聖誕派對。香蘭搬過來才十幾天，跟左鄰右舍不太認識，吳健平夫婦跟他們常有接觸，她的漢奸傳言大概是從鄰舍聽來的。香蘭離開房間進入客廳。客廳的黑色窗簾已經拆下，透過窗戶望出去，整條小沙渡路亮晶晶，比之前奪目許多，顯然沿路住戶防範空襲的遮光黑色窗簾都已拆下。

川喜多這棟公寓共五層樓，平時他們一家住四樓，她和管家住三樓，還有一點人氣。現在獨她一人守著這棟大樓，夜裡壓力大，半夜更有些恐怖，她不敢上四樓川喜多住處。她雖然不認識鄰舍，但恐怕他們已經知曉她的一些底細，而有所行動。再說川喜多回來無期，當晚她就下了搬回百老匯的決心。

第二天她果然雇車搬了回去。百老匯這兒人氣旺，住戶裡頭日本人多，而大樓所在的虹口區又是日本人聚集區。她和這兒的日本人多沒有往來，但相看之間暖在心，香蘭覺得搬回來對了。搬回來後，她首先和野口久光、小出孝、辻久一取得聯繫，她也從中瞭解外面的一些情況。中國面積廣大，劃分為十幾個受降區，且每一區的受降儀式都還沒舉行。

「日軍部隊都還在營區，武裝還在，只是自我約束不隨便行動。另一方面，國民黨政府派出來的接收部隊也還沒到上海，他們要如何處置日本平民，不得而知。所以現在空窗期，我們還是可以聚在一起。」

她謹記野口的話，也從小出口中得知蘇聯軍隊一步步佔領滿洲，甚至開始進攻朝鮮。

「聽說日本軍人被押上列車，一車車運往西伯利亞。過幾個月冬天就慘了。」

「這之中有什麼蹊蹺嗎？」

被辻久一這一問，野口實在摸不清辻久一的話意。

「現在是 8 月 22，日本投降已經有一個禮拜了。8 月 15 日天皇昭書一發布，中國戰區的日本部隊都待在營區，中國部隊也停止動作，等著走政治程序。就拿上海來說，主持受降禮的上將還沒到，當然有些小部隊可能已被繳械，但大部隊應該還有武裝。」辻久一把剛看過的中文報放在桌上，「蘇聯軍隊可不來那一套，天皇 8 月 15 日昭示後，日本投降了，滿洲國瓦解了，他們還是繼續進攻，他們到底在忙什麼？」

沒有人回答，辻久一繼續說：

「他們還在繼續中華蘇維埃革命……俄國人很兇狠，但也很狡猾。畢竟這是一個千載難逢的好機會。」

辻久一說著時，大家都忘了香蘭出身滿映，她也不想提醒大家，默默承受對以前同仁，甚至柳芭父女安危的憂心。她提到擔心被認為是漢奸時，大家都認為她過慮。

「中國的情報單位對於妳的戶籍、出生年月日、父母親都掌握了相當多的資料，不會糊裡糊塗把妳打入黑名單。」

「若連李香蘭實際上是日本人山口淑子這種簡單的事都弄不清楚的話，這種情報單位可以收掉了。」

辻久一和小出孝相繼藉由推理消解疑慮，香蘭放心了不少。

在這氣壓低到讓人難以忍受，漢奸的追討開始醞釀的時刻，以前會送到她信箱的報紙停刊了，香蘭還是不太買報紙看，經由朋友的提醒，她也從一些不定期出刊的小型報紙得知情勢的發展。她知道一位叫湯恩伯的上將會前來上海接收，也從報紙一隅得知「日本人不可雇用戰勝國國民，日本人不可搭乘戰勝國國民所拉的三輪車，日本人必須隨身佩掛寫著『日僑』兩個字與在集中營登錄號碼的臂章，日本人必須住進集中營，未經許可不得離開」的一些規定。

日僑住進集中營一事，自然引發香蘭和一些朋友的熱切討論，辻久一東想西想，最後決定回歸軍營，納入軍隊自我管理系統，避免被華人集中管束的不明情況。

辻久一的離去引發香蘭一個小小的思量。她慶幸小出和野口除了仰望川喜多之外，沒有人可以依附。這樣，她就有伴了。不過川喜多雖然通電野口表示會單獨回來處理公司的事，但香蘭擔心他回不來，或回來太遲，以致香蘭和野口他們被打散送往不同營地，而與陌生人混居一處。果如此，日子就難過了。

50. 楚囚相對 相濡以沫

時值夏末，上海暑意依舊濃，但還在發行的報紙大吐怨氣，每天點名批判漢奸，從政治漢奸、經濟漢奸，一直罵到文化漢奸。電影界的藝人樹大招風，備受檢視，是記者極力挖掘的題材。給日艦艦長獻花的陳雲裳、和日本公司合作拍過片的李麗華、梅熹，和曾經發表過友日言論的陳燕燕都被揪出來進行文字公審。當然這還只是陪襯、花邊，對於政治、軍事漢奸的撻伐，動輒以死量刑，通篇殺氣騰騰，秋後算帳形勢嚴峻。

貨幣的狂貶也讓香蘭幾度不敢迎接天明的到來。本來和美元等量齊觀的日圓不到幾天就貶到美元的 360 分之一，本來是法幣兩倍的中儲券，猛然貶到只有法幣的 200 分之一。香蘭為數可觀的存款可說一下子就憑空消失，和小出、野口見面，互吐苦水，最後都認命了。小出：

「大家都一樣，中國人也一樣。從這個角度看過去，好像也沒什麼損失。」

「川喜多更慘，對華影投下上百萬，注定被沒收。」野口反握兩手手掌，閉眼吐息，「跟他比，就當自己來上海白忙一場，回日本從頭再來。」

「中國人常說，錢是身外物，生不帶來，死不帶去。就好像是空手來上海，從上海回去時也是兩手空空。」

香蘭說著，大家都倦極，野口和小出同時離去後，她也懵懂欲睡了。

這一天，香蘭剛嗽洗完，電話鈴響了。她拿起聽筒。

「李小姐，妳好。我是楊社長。」

楊社長？香蘭想不起來是誰。聽筒聲音又傳了過來：

「中華日報的楊柏輔社長。」

「是的，你好。」

「上次我們報社主辦防癌慈善基金會承蒙您捧場，您的蒞會演出給大會增添不少光彩，也讓大會圓滿成功。一直想當面向您致謝，沒想到時局變化至此，有件事想跟您談談。」

「在電話中講就好。」

「電話中不方便說，我派車子過去，麻煩李小姐馬上過來。」

香蘭盤算了一下，知道楊柏輔想談什麼。楊社長身為報人，在過去南京國民政府的羽翼下，報紙的言論、報導和日本國策、軍事行動相唱和，早就被批判為附逆份子，情節比陳雲裳、李麗華嚴重多多。她實在不想去，可惜未能及時拒絕。再說，不久前大興公園那場音樂義演，她沒有刻骨銘心的準備，感覺出力甚少，而義演的感受很快便被其他事情蓋過，實在不值一提。半小時後，一個自稱是王杰的秘書敲香蘭的房門。香蘭：

「外白渡橋，日本人不准通過。」

「李小姐是日本人？」

「嗯。」

「我們楊社長對李小姐可能不是很了解。」王杰一邊走，一邊回頭看著戴著墨鏡的香蘭，「日本人不准過橋一事，現在報紙只是宣導，代政府勸導，正式命令還沒頒布。不打緊，我們社長的車有通行證。」

香蘭勉強跟著走，下了電梯，坐上車，車子駛向外白渡橋。這座上海人暱稱為花園大橋的鐵橋，她不知來往多少次了，這次在光天化日下，她看到了鋼樑上反射著陽光的累累彈痕，王杰很注意她的眼神：

「上個月美軍轟炸時留下的紀念品。」

「戰機的機槍掃射的結果吧。打在橋上應該死傷慘重。」

「但那也是過去了。戰爭結束了，但死亡還在繼續。」

王杰說著，香蘭靜默了下來，車子啪嗒兩聲下了橋，不久轉進北京路，然後進入寧波路，在一條巷子內的一棟大樓後面停下。王杰仰頭向上看了一下：

「楊社長在 11 樓，我們爬上去。」

香蘭兩眼從廢棄一地的桌椅、廚櫃和花盆看向樓後一直往上攀升的懸梯。她知道楊柏輔的用意，但要用這種方式來躲避人的耳目，只是欲蓋彌彰。香蘭忍著一肚子悶跟著上樓，王杰不時回過頭來看她，深怕她溜掉似的。到了 11 樓，她喘口氣，跟著王杰走過長廊。王杰在最後一個房間敲了門，門開了，王杰請香蘭入內。房間很窄，香蘭一眼看到底。楊柏輔從靠窗的桌後椅站起走出，和香蘭握手時一臉慘笑。桌前擺了幾張靠背椅，他請香蘭坐下，自己也就近坐了下來。楊社長魁梧的身子壓在椅子上加深香蘭的不安。

「您的傳聞我聽了很多，現在您願意過來實在太好了。」楊柏輔機靈地看向緊閉的房門，「這兒不能久待。我簡單幾句把話說清楚。我找到一條特殊的管道，如果可以，跟我一起走，幾天內就走，投奔東北一處共產黨陣營。」

香蘭沒有回話，取下墨鏡放進包包，蹙著眉頭思量。楊又開口了：

「我們留在上海都很危險，記得您說過在東北出生長大，那兒很熟，不妨一起走，趕快逃到那兒。」

香蘭依舊紋風不動。她從來就沒想到要逃走，她根本就沒有罪，她知道楊柏輔誤以為她是中國人，和他一樣位列「漢奸」候補名單。不過，事到如今，她也覺得沒啥好隱瞞了：

「基本上，我是日本人，在滿洲出生的日本人。」

楊柏輔微微楞了一下，凝了香蘭一眼，隨即把眼神埋向桌面，再正視香蘭：

「大部份人都認為李小姐是中國人，輿論一旦形成，不是也會變成是。」

「我衷心希望大家不要人云亦云，以訛傳訛；相信中國的情報單位已經把我的身世摸得一清二楚。」

「現在社會瀰漫著一種氣氛，我擔心一旦起了風暴，打擊又快又狠，等不到情治單位還妳清白。」楊柏輔滿意自己的說服力，「李小姐，現在報紙、廣播有沒有對妳點名批判？」

「目前還沒看見。市井之間或許有這方面的傳聞。可能是因為他們還不了解我。」

「他們不需要了解妳，但人言可畏。」

楊社長說得斬釘截鐵，香蘭心裡開始起伏。她自恃情報單位掌握了她的身世背景，但楊社長認為，若她的爭議捲入輿論，法官據以定罪，而情報單位來不及出手，甚至袖手，那她也可能被重判。中國累積上百年的被欺壓的情緒正在火山口，一旦爆發，她就可能遭遇非死不可的判決，甚至被群眾凌遲至死。恐怖的畫面像預言一樣，在楊柏輔心裡形成想法：或許中國情報單位根本就沒有她的任何身世資料。楊社長儘管這樣想，但說不出口，還是勸她一起出逃。香蘭有些不耐：

「謝謝楊社長的一番好意。我的保證人川喜多先生現在不在上海，雙親和弟妹都在北京，我沒辦法一個人想怎就怎樣。」

「您這是什麼邏輯。我也有父母、妻小，我們有危難，先暫時躲一下，軍警也不會找家屬的麻煩。日本軍國時代已經過去了，現在是民國了。」

「謝謝您的關心，不過，我還是不想逃。我認為越逃越糟。」

香蘭堅定地看著楊柏輔，顯出不負面行動的決心，「我想，若我被偵辦、起訴，我就坦然出庭應訊，把事實真相說清楚，面對，同時解決問題。如或不然，再做對策。」

「既然這樣，我就不勉強李小姐了。浪費您這麼多時間，不好意思。」

楊柏輔說完只好送客。香蘭由王杰送回家後有點擔心楊社長再來探詢，但一直沒有再接獲他的電話。

月末的一個傍晚，沒帶妻女，川喜多悄悄回到上海。他到漢彌爾登大樓華影總公司努力把幹部和相關行政人員找到辦公室，召開員工大會籌備會議時，接到一通電報，於是要求幹部加快聯絡員工，沒有電話的員工，請有電話的代為通知，務必在禮拜一早上來開員工大會。小出和野口都到總公司幫忙，華影員工大會的聯絡工作告一段落，香蘭才接到川喜多的電話。

回到家裡，川喜多累癱，但也悶極，帶了幾瓶洋酒到福州路野口宅，同時把香蘭叫了過來。香蘭來到時，野口和小出剛把幾道菜料理好，還沒舉杯，四人相見感慨萬千，大家都知道川喜多的投資血本無歸，一時也不知如何啟齒安慰他。川喜多給每人斟酒，香蘭覺得倒太滿了。川喜多：

「等一下妳就不會覺得太多了。」

香蘭看了川喜多一眼，覺得不妨多喝一些給他分憂。四人隨後舉杯喝了一口，野口指著一盤臘肉：

「這是平日幫我打掃整理房子的范姨給的，看起來又黴又焦，但炒了後油光滿面，還不錯。」

「這時候她還幫你。」川喜多。

「她還是很願意服務下去，但被我勸阻了，要她保護自己，但她偶爾還是會送東西過來，很照顧我。」

「你們平常是怎麼溝通的，中文？日文？」

「我們相互用簡單的中文、日文交談，有時比手畫腳，反正她要求的不多。」野口含笑收納川喜多和香蘭對他說明的理解，「她來我這兒幫忙，兩人構成非常簡單的社會，對話簡單，行事簡單，主僕關係簡單。或許越簡單越能持久。」

「凡事簡單，那很好。簡單中有人情味，還是會讓人感念。」

川喜多向香蘭舉杯，「甘粕正彥那個了，妳知道嗎？」

「他⋯⋯」

「服氫酸鉀自殺，而且已經出殯了，埋在南湖畔，員工不分中日都去送行。」

甘粕吞劇毒身亡產生的驚駭一時吞噬了香蘭心頭的悲傷。以前滿映長官對她的照顧，她最感念的是牧野滿男，其次是相處時間較短的山梨稔。撇開這兩位她感覺親切的長官，難得走出長官室的甘粕確實對她很好，只是欠缺那種親切，當時領受的也不多。遲來的感激和難過讓她壓低情緒向川喜多舉杯：

「我們敬甘粕理事長吧。」

「雖然他和我關係一度緊張，幸好他隱忍了下來。」川喜多舉起酒杯，向香蘭致意，「是的，敬他。至少他的痛苦已經結束。」

小出孝和野口久光不曾接觸過甘粕理事長，但知曉他的為人，也聞知不少他的爭議事，但此刻也不便置喙，只是靜靜地看著香蘭和川喜多的簡單悼念式。

「他剛上任的時候樹威確實很霸道，但長久下來對員工，尤其對滿籍員工不錯，做什麼事，常會考慮到他們。」

香蘭說著向大家舉杯，隨後大家以甘粕為話題，也讓香蘭在憶述之際驅退了一些鬱愁。

「華影演員這麼多人被報社點名，漢奸的罪名誰都擔待不起。這麼多人替我拍電影，結果蒙受這種冤屈，我這做老闆的實在很過意不去。」川喜多眉頭深鎖，兩眼疲累得有些弱視，「都是很小的事，譬如有人給日本艦長獻花，有人和日本公司合作拍電影，現在都被放大檢視。」

「好不容易軍事的衝突結束了，政治風暴開始了。」小出孝難得機敏，看著川喜多，「我比較擔心李香蘭，看來她好像沒事。」

「現在問題是很多人都以為李香蘭是中國人。這也是滿映宣傳的成功。」川喜多說著從皮夾取出一份報紙，「現在北京，國民黨政府堅持稱北平，已經開始對李香蘭點名批判了。」

香蘭有些緊張地接過報紙，順著川喜多手指處往下看。報導不長，指川島芳子身為前清王女，卻頂著日本人名號，陰謀參與謀害張作霖，策劃上海事件，陰助滿洲獨立，最後當起滿洲安國軍司令，

「從陰謀謀反到公然背叛國家民族，罪無可逭」。文章接下寫道：「提到川島芳子，我們就不能不想到同樣是才貌不凡，精通中日語的影歌雙棲明星李香蘭。她用甜美的歌聲、出色的演技魅惑國人，好像包著糖衣的毒藥麻痺人心。她遊走中日兩國上層社會，實際上從事情報的蒐集、竊取、轉賣……。再說她演的電影無一不是……」

香蘭看完把報紙傳給野口，她覺得被誣衊，但也不急著在心裡辯駁，只認為對她身分不瞭解的民眾作出這種聯想，並不意外。野口揣摩著新聞裡的標題：大橫題「遊刃中日滿」下面，掛著「川島芳子 途窮日已暮」和「李香蘭 三國演藝謝幕」兩個粗字直題，旁邊再襯以「雙姝中日文佳 間諜罪難逃」的細字副題。他中文程度淺薄，但努力理解其中的意涵。

「來，來，大家給小蘭打氣。」

川喜多說著，四人同時舉杯，香蘭一口氣喝掉大半杯，沮喪後的鬆爽傳遍全身。川喜多：

「野口兄，看得懂嗎？」

「一點點。李香蘭怎麼變成間諜了？」

「那位記者沒經過採訪、查證，憑臆測、揣摩，胡亂寫成一篇討好讀者。」川喜多舀了一匙芹菜豆腐乾，「在這種亂世，記者太好當了。沒有經過專業訓練，看風向寫了一篇討喜的文章就變成記者了。」

「我看不是單篇文章出問題，而是整個系統壞了。這篇報導，主任、總編一定看過，但還是讓它過關，這是很可怕的。」小出孝放下手中的報紙，「人家說輿論殺人，假的新聞報導傳得比流言還快還廣，如此毀人名節，非常可怕。」

「小蘭所受的傷害，應該只是民間流傳。我和小出討論過，中國的情報單位應該早就掌握李香蘭是日本人的資料。」

野口說著，川喜多了苦笑了一下：

「有道理，所以小蘭不用太擔心。」

朋友的關切話在香蘭耳側飄裂了，部份不連貫的字句進入她耳裡。許久沒喝得這麼痛快了，三杯兩盞下肚，就讓她身體飄離地面，不再在乎別人怎樣說她，他們要說什麼，悉聽尊便。灰暗的日子，她已過了半個月，昔日的光彩、喝彩早成煙雲，現在身處野口家灰暗的餐廳，和三位好友楚囚相對，彼此相濡以沫。香蘭看著川喜多：

「中華日報的楊柏輔社長找過我，要我跟他一起逃亡。」

「妳都沒犯什麼罪，為什麼他要……」川喜多。

「我當然拒絕了。」

香蘭有些委屈地說著，川喜多：

「以蔣先生政權的標準來說，楊柏輔幾乎是政治犯。他運用、指揮一個組織從事有悖於蔣氏政權的勾當，蔣先生用叛徒的帽子扣他也可以。妳的情況不一樣，中國人或許不能容忍一個中國女子到日本演戲、唱歌，尤其唱歌慰勞日本軍人，但一旦發覺這位中國女子其實是日本人後，他們的憤怒會大大降低……」

香蘭把頭壓得低低的，不想再聽下去。川喜多要給她開脫，反而讓她再度落入反思欺瞞中國人的嚴厲良知的自責中。這種欺騙在她心裡形成的負荷遠比任何敗德、創傷或失敗更大。過去她以李香蘭之名上戲，自然快活，迨發覺演出角色不恰當，甚至在記者會上被檢討，心裡的煎熬最後還是淹沒在日常生活當中。唱歌也一樣，被呼喚以李香蘭之名高歌，心裡雀躍，歌畢，身分的雜音在心裡湧現，但隨即消失在演後的疲怠中。這一切內省、自我折騰好似一串遊戲，週而復始，在裡頭沉浮久了，變得有些麻痺了。如今外頭提著刑審的大刀來相詰責，香蘭始覺形勢嚴峻。野口兩眼從香蘭的容顏移開：

「不管怎樣，小蘭的情況，我們用常理推估，都兜得過去。我們比較擔心的還是副董。」

「以前寄望華影遷北京，但現在應該已成死局。家事也一樣，我不可能，也沒辦法再回北京，妻小就託朋友照顧。」川喜多看了香蘭、小出和野口一眼，「現在事業只能拋一邊，先顧好你們，我決定把你們放在身邊照料。不過人多船少，回家的路非常長。」

「為什麼是我們？」野口。

「在公司，你們雖然不是一級主管，但跟我的關係比較密切，好像是我的助理。基於你們過去在華影扮演的積極角色，我覺得在遣返的過程中出現狀況的可能性較高，把你們放在身邊看著也比較放心。至少有問題時，可以出手相助。」

川喜多一席話把大家的距離拉近了不少，四個人初醉還醒的恍然間，發覺這麼大的一個華影只剩下這一桌子的人。四個人累眼相看，一時不知該說什麼，有些提不起勁。片刻，小出：

「我國戰敗了，身為國民的一份子，我覺得情況比想像的好。一聽到野口兄說的那時刻終於到了後，一直以為中國軍警會立刻封鎖日本人住的虹口區，甚至衝到名人家，譬如你川喜多家裡。但是這種情形都沒有發生。」

「看來這個政府是可以以溝通的。我們在這裡投資了什麼，置了什麼產，相關資料，像契約書或房地契最好保留，或是照相存底，將來或許可以用來掙回自己的權益。」

野口這樣說了，但川喜多幾已斷念，只認為野口的話只是徒增他的煩惱：

「不管怎樣，想太多無益，資產既已歸零，就當成存款貶值。在最悲哀的時候還是要有樂觀的勇氣。」

「買了多少黃金保值？」小出。

「買了不多，但恐怕帶不出去，託中國朋友保管，要有變成朋友的心理準備。」

川喜多說著兩眼空洞地望著牆壁，每人都不想說話，但希望有人開口。

「這次面臨國民黨中央電影攝影場的接收，好在川喜多老董及時趕回來，準備資料，像資產清冊，一切弄得妥當。」野口看著香蘭的倦容和她鼻樑上眼鏡的壓痕，「那些資料如果沒弄好，我們日籍幹部可能也走不了，甚至會像人質一樣被扣留下來。」

「這確實是痛苦的時刻。本來想召開員工大會表明自己的心跡後就走人，沒想到正準備開會，來了一通電報：國民黨中央宣傳部一位特派員奉命前來接收華影。那位特派是國民黨中央電影攝影場場長羅學濂。他說要來參加 9 月 9 日南京的受降禮，10 號前來上海接收。所以華影正在進行的工作立刻調整過來，儘量配合他的時程。員工大會延到 10 號，聯絡員工，在時間上也比較充裕。但人少事多，做得大家苦不堪言。光是員工名冊的整理就問題多多，前後開了三次會才搞定。」

川喜多這些話其實是說給沒來加班的香蘭聽的。小出孝看著香蘭有點想了解又不想問的神情：

「重新編一個名冊，排除日籍和最近離職的員工，又覺得不夠周延，最後是根據舊名冊重新抄錄一份，註記日籍、最近離職、情況不明或其他狀況，弄好後，又再抄錄三份。」

「一定花了不少人力？」香蘭。

「這人抄累了換另一人，大概每一位字寫得不難看的女職員都輪到了。不過也有一個小插曲，副董納悶要來接收華影的羅學濂到底是什麼人，要大家幫忙找資料。大家對這位未來華影的頭頭是什麼人，有點耳熟，但又想不起在那兒聽過，一開始也不想打電話向外問。副董要求同仁就公司內的雜誌書籍查查看，結果外出的黃天始兄弟回來，聽見有人打電話向外打聽羅先生，問了一下知道是副董的意思，趕忙向副董報告。」

小出孝說著俏皮地看了川喜多一眼。川喜多：

「原來黃天始兩兄弟幾年前都在羅先生下面工作過，也都在他的指導下拍攝紀錄片。黃天始兄弟以前處在抗日的政治環境裡，後來政治環境大變，他們留在上海才和我結緣，但是在我面前都不太提過去的事。……」

香蘭耳裡不斷灌進川喜多的話，憂慮逐步加深，她知道接收者往往逞強，甚至羞辱對方，就像當年的甘粕那樣：

「現在問題是，羅先生人好不好？我擔心您在那種場合受辱。」

「兩兄弟說人很好。好得跟我有得比。」

川喜多說著大笑，獎勵自己一杯，其他人也都跟進喝了一些，希望幫他分憂。香蘭知道自己的極限，喝了一點。

「我看舊政府單位集體投資的會全部被沒入，當成戰敗賠償。譬如滿鐵從滿洲採礦擷取重大利益，它投資滿映，自然會無條件被沒收。以前的南京政府投資華影的也一樣。」野口看著川喜多，「你個人投資華影，金額雖多，但比起舊政府投資，金額自然小得多，加上你對華影的奉獻，對員工超級好，將來動之以情，或許能掙回一點。」

「如果華影繼續營運，即使換個名字也罷，只要它還在，老東家的權益就比較有保障。」

香蘭說完，三位男子好像發現了什麼，愣了一下。川喜多隨即露出難得的笑容：

「說得有道理。如果張善琨兄接手經營，那就更好辦了，我的股權恢復後，我甚至不用撤資，繼續合資經營亦可。」

川喜多這樣說了，還是不敢抱持奢想，恢復了一些元氣，開始談論滿映、日本電影界、戰後重建和一些朋友。香蘭耽溺在這話題裡頭，不想離開這個小飯廳，彷彿一離去就得面對一連串的未知數。川喜多：

「張善琨被關了一個月。那個當兵最天才的山家亨應該還沒放出來吧。」

「他被關在巢鴨看守所的時候，我奉命去關切，但始終見不到人。」香蘭想了一下，「那個白光你知道，她也去救援，結果也看不到人。現在關他的政府倒了，看來應該會被放出來。」

「我只聽到他被關在名古屋陸軍監獄，後來就沒有消息。那個白光，這個小女人和她演的電影角色有些雷同，老是扮演第三者。」

「她到總公司時，有時會找我幫她校正日語發音。」

小出孝說話的口氣故做莊重，川喜多似笑非笑地皺了一下眉頭。他自覺和白光的主從關係已經消失，加上白光的為人頗多可議處，很想講她的是非，藉以宣洩一點悶氣：

「或許她厭倦了山家，開始勾引你。她還在北京的時候追求過台灣來的作曲家江文也，一度兩人很親近，讓江文也很苦惱。因為人家新娶的老婆也很年輕，更漂亮。最後人家當然割捨了她。」

香蘭兩眼晶亮地望著川喜多，她第一次聽川喜多論人是非，知道他有點醉了。此時，她乍然聽聞白光和江文也教授的韻事，更是驚駭莫名。川喜多繼續說：

「白光和滿映的李明都是我發掘出來的明星，算是同門姊妹，結果白光她硬是從李明手中搶走山家。這回她成功了，情場、戲場兩得意，李明剛好相反。」

香蘭看著兩眼惺忪的川喜多，知道他有點脆弱了，才會批評下屬，另一方面，白光造成了許多傷害，才把大好人川喜多弄得尖酸了起來。

「那位李明後來做什麼？」

野口這樣問，香蘭也想知道答案，但川喜多：

「只知道她演話劇，不是很瞭解，她的名氣畢竟往下走了。」

香蘭聽著，突然心生警覺：

「我有點擔心，她和山家，我指白光，和山家之間的瓜葛反而是那些新聞記者很好的材料。屆時白光就會被打成附逆，也就是漢奸了。」

「現在在中國這種氛圍下，白光黏上山家是罪加三等。不過這位小妮子越玩越險，聽說她搭上了中國情報頭子戴笠。」川喜多在其他三人驚詫的眼光下從上衣口袋抽出一隻筆，然後在報紙空白處寫上「戴笠」和「戴雨農」幾個字，「一個是本名，一個是別號。不簡單，白光！」

「我但願不是真的。如果是真的，那真是太危險了。」小出孝看了驚魂未定的香蘭，再望向川喜多，「這種事情連你都知道了，表示不是什麼秘密了。一般人可以聯想成白光替日本軍方工作，而中國情報最高層竟被滲透了。最後兩人都會完蛋，而且死得很慘。」

小小的餐室瀰漫著恐怖的氛圍，雖然都很疲憊，但每人都不想離開，希望新的故事接棒。野口和小出再度下廚，素炸雞和炸南瓜條的香味傳來時，川喜多和香蘭的精神又來了。

這一晚實在搞到太晚了，為了避開軍警的盤查，三位客人都借住野口家，一覺到天明。

51. 最後大會 華影移交

九月九日南京中國戰區受降典禮結束，秋風乍起，上海格外涼爽。過三天，蔣介石嫡系錢大鈞上將接任上海市長時，川喜多聞知待遣返的日僑和日軍一樣，由軍方管轄，香蘭有些失望。

第二天，華影最後一場員工大會在四樓會議室召開。這個會議室有 1600 個座位，足以容納在總公司上班的業務、製片和企畫等部的同仁，但沒有固定座位、舞臺，還沒施作專業照明，所以不能稱為禮堂。這次開會，預料出席人數很少，把平常自行召開會議的各製片廠員工也召集過來，所以嚴格說來算是第一次全體員工大會。雖然如此，出席人數畢竟不多，擺得滿滿的折疊椅坐不滿一半。川喜多看了，覺得還好。為了躲避可能的轟炸，日籍員工三月份回國的不少，回去後恐多人死於轟炸，留下來的反而幸運。

川喜多站在木製的小講臺上，看了一眼左手邊一排的日籍員工，想來是同舟共濟，想在這個會議獲取一些支撐，出席率不差。他看向右手邊佔據三排的華籍員工，扣除已返回他省老家、未接獲通知者外，不願來的顯然不少，至少被報社點名的那幾位都沒露臉。

香蘭坐在日籍員工排的排頭，不時轉身看向左邊。好不容易看到周璇、龔秋霞和張帆坐在靠牆那一排的中間。她倒擔心最前一排的幾名文字和攝影記者會找機會過來向她拍照或問話。

川喜多看著手錶時，黃天始經理突然現身他身邊，講了兩句，川喜多向站在一旁的司儀陳小姐說了一聲隨即跟著黃天始下樓。香蘭知道羅學濂場長和他的小組來了。

「待會移交儀式很簡單，比較多的是長官講話。大家不要有激動的情緒，也不要有受降的觀念，大家心平氣和……」

陳小姐向華籍員工宣說過後，同樣的話也用簡單的日語向日語區宣導了一遍。黃天始又現身了，把香蘭叫了下去。香蘭跟著黃天始的腳步進入三樓貴賓休息室。在川喜多的引導下，香蘭以翻譯身分見過羅學濂和他的隨從。羅學濂場長坐在沙發上，兩眼上翻：

「她不就是李香蘭嗎？」

「實際上叫山口淑子。」川喜多。

「日本人啊？」羅學濂點了幾下頭，「那誤會可大了。」

香蘭在川喜多旁邊坐下後，川喜多把羅場長的講稿交給她：

「待會羅先生講完，妳翻成日語說出，講出大概就可以。」

川喜多說著面帶歉意的微笑望向羅學濂。羅學濂：

「我有點迷糊了。你今天同時也召開員工大會？」

「是。因為有些事情要交代清楚，不然放不下心。」川喜多再次臉露歉意，「沒關係，先移交，您再給我一點時間。」

「川喜多兄，這樣邏輯就錯了。」羅學濂朗笑了起來，「你先主持大會，我在這裡等著，你的會議過了，我們再辦理移交。」

川喜多感覺不太對，楞了一下，香蘭頭探了出去，看向羅學濂：

「這樣，羅先生先當大會貴賓，觀完禮後再移交。」

「好好。這樣就圓滿了，還是李香蘭小姐想得週到。」

大家再閒話兩句，黃天始先行退出，把會議程序告訴司儀。川喜多看時間差不多了，請羅場長一行移步。

羅學濂一行拾級上了四樓，走進會場，三名攝影記者開始獵鏡，走到最前一排時，川喜多右手打出請的手勢，羅學濂走了兩步，看見前面一排五六個人都站了起來。川喜多就主任秘書、總務部經理……依序介紹給羅學濂。羅場長來到黃天佐面前，川喜多：

「製片部經理……」

「老朋友又見面了。」

羅學濂說著用力拍著黃天佐的肩膀。黃天佐尷尬地笑開，握完手後，羅學濂再走一步：

「這個就不用說了，剛剛見了很多面。」

香蘭躲開鎂光燈，一直在察顏觀色當中體味這個會議的氣氛，今天雙方的會面沒有她想像得這麼低抑。羅學濂看來有點憂鬱，但儘量表現開朗，川喜多還是掛著招牌微笑，但有些緊張。黃天始兄弟的尷尬變開心，戲劇性的呈現讓雙方都感覺愉快。

川喜多引導羅學濂一行上了講台，香蘭也跟著上去。講臺上有兩支麥克風，司儀輕聲向川喜多確認後，宣布中華電影聯合股份有限公司員工大會開始後離開麥克風，退到講台旁，疊著一堆報表、資料的桌子前面。川喜多用華語開講，致詞前先把羅學濂一行以貴賓的身分介紹給員工，自然也美言幾句。香蘭站在面向日籍員工的麥克風後面，隨即將川喜多的話轉成日語傳遞出去。

「……本人從事電影事業業已 17 年，遠在中日關係緊張前就已成立東和商事……深知投資有風險，經歷多次商業風波，都帶著創傷熬過，如今戰爭風險和政治風險接連殺到，真的是大風大浪，即使滅了頂也得撐過去。現在有幸回到日本，還是會東山再起，中年轉業不容易，除了電影之外，不曉得做什麼好。」

川喜多用華語講完，華籍員工在一片輕笑中響起如雷掌聲。香蘭根據手寫稿逐句完整翻成日語說出後，日籍員工也以掌聲回應。川喜多接著強調華影資產的轉移，是否續存，完全依中國政府法令辦理，希望所有員工配合，個人若有行政和法律的責任，也願意接受調查。川喜多說完，香蘭如實翻譯，也獲得掌聲。接著川喜多直接面對日籍員工，用日語強調中國政府棄絕報復的窄路，政策走寬仁大路：

「……我看最近的報紙，發覺中國政府公文書或有知識份子發言，為了避免言詞上的刺激，漸漸少用戰敗國國民稱呼各位，改稱日僑。當然，為了讓社會趕快恢復平靜，我想一定會將各位遣返。目前他們的做法還沒出爐，就我就教中國相關單位的朋友，應該會讓各位集中住在虹口區。集中居住是為了方便遣返。」

川喜多講到這兒稍事停頓，台下一位日籍員突然站了起來：

「集中居住，會不會像俘虜營那樣？」

說畢，日語區起了一點哄笑。川喜多：

「就我的瞭解，會以家庭為單位移住，家住虹口的可能就不用搬遷。當然，為了方便，也可能開放學校禮堂、教室……將來大家務必在中國官員的指導下有秩序的行動。」

川喜多說完，香蘭接著用華語把川喜多講的重點提示給華籍員工知曉時，兩眼瞬到了周璇對她的注目。香蘭稍稍站離麥克風，川喜多接下來對華籍員工在政權更替後蒙受政治批判的陰影致上歉意。他強調經營華影期間努力維護公司自主，儘量阻卻軍方介入，所拍的電影也都反映中華倫理、中國歷史故事，或是上海市民生活，是純粹為中國人服務的電影公司。

「當然最近報紙，大家也都看到有些演員被點名批判。這些文章含沙射影，或直接攻擊，沒有進一步查證，也沒有取得相關當事人的說詞，嚴格說來，是不合格，沒有公信力，只滿足個人或某團體私慾或政治利益的報導。你們之間，不管是演員或職員，都是遵照我的指示從事電影的拍攝和相關技術工作，沒有漢奸不漢奸的問題，請勿擔心，一切責任到我為止。」

川喜多說到這裡，噓了一口氣，坐在臺下的嚴俊站了起來。川喜多：

「嚴俊兄有問題？」

「是，也不知該怎麼說。李麗華被點了名，很害怕，也很後悔拍了那些電影，她老公打電話給我說，她好幾天睡不著覺。」

「政權更替的時候，難免會有這些波動，都是一些小狀況，會過去的。她拍的電影若出問題，到時候我會承擔責任。你這樣跟她講，讓她心情緩一緩。」

「不過副董英明。既然副董您經歷大風大浪後，有再起的把握。」嚴俊帶著祈求的眼神往上看，「那您有沒有辦法預知她能否度過難關。」

「世界經歷空前災難後，大家都有新的、更寬容的思考。德國是電影大國，佔領法國期間，指導維琪政權拍了不少電影，許多法國人為了餬口也只好拍了一些鼓動消滅猶太民族的電影，歐洲戰爭結束了四個月，那些電影從業人員都沒有被以叛國罪起訴。我的理解是，新的時代，重罪追究，小過輕饒。因為這個世界創傷太⋯⋯」

「太重了。」

嚴俊接下川喜多的話尾，劃下句點後，華語區響起如雷掌聲。香蘭把剛剛對話的重點用日語向日語區報告後，川喜多宣佈大會結束，隨即請司儀招呼搬動圖表的小姐上台。司儀宣稱華影員工、產權移交中央電影攝影場儀式開始後，接著宣稱移交員工名冊，兩名小姐隨即把桌上名冊抬起，兩邊由川喜多和羅學濂扶著，完成移交程序，接著總公司資產清冊、年度會計報表、五大製片廠分布圖、工程設計圖依序辦理，在鎂光燈的照攝下象徵性地完成所有移交程序。司儀陳小姐隨即請川喜多致詞，川喜多認為剛剛自己講的太多，堅持由接收人直接講話，羅學濂致詞時，自然贏得更多的鎂光燈。

「⋯⋯在這個公司資產移交的場合，我很慶幸沒有太多政治味，也沒有太多個人的利害關係，大家心平氣和地把事情做好。⋯⋯我過去在重慶服務的時候，對華影的事情聽聞甚多。」羅學濂場長停頓了一下，看向川喜多，「此刻，我必須對川喜多先生表達個人的敬意。川喜多先生自許為中國的朋友，他經營華影時，秉持電影專業，尊重中國人的感受，重用中國人，儘量排除日本軍方的干預，製作的電影也充份反映中國歷史文化、人倫。不問政治，只問專業，川喜多的風格，我在重慶聽了很多。在這種氛圍下，剛剛一位同仁提到的演員被批判的問題，相信一定會減到最少。」

羅學濂說到這兒轉過身向川喜多鼓掌，在員工掌聲的激勵下，川喜多不好意思地站起向員工再次鞠躬。川喜多想到羅場長對他這麼了解，在這人生的大潰敗中，不無欣慰。看著即將闊別的臺下員工，他心裡五味雜陳。香蘭見羅場長講話告一段落，趕緊用日語向日籍員工轉述羅場長的意見。掌聲過後，羅學濂：

「剛剛移交的許多名冊、帳冊都是冷冰冰的東西，川喜多副董事長私下移交一份這幾天加班同仁的名單和建議的津貼，這是他心思細緻、貼心的地方，待會我就會批核。另有一件事，我想了很久，川喜多先生是現代電影的信徒，他個人在華影的投資，並沒有用在軍事和政治上，全部沒入，收歸國有，有欠公允。將來有關他投資的項目和金額弄清楚後，我會建議對川喜多的投資作適度的補償。當然這種事情不是我個人說了算，面對龐大的官僚系統和兩國關係的實質改善……」

羅學濂這一段話完全是脫稿演出，且財務上的敘述也非香蘭所長，但她還是努力把他表達的善意傳達給日籍員工。兩場併在一起的會議結束了，會場掌聲再度響起，司儀向羅場長借了一點時間宣布下午參與點交的幹部和行政人員，沒被點到名的一派輕鬆。隨後司儀把會場交還給羅場長。川喜多向羅學濂提出一個建議，羅場長：

「那很好。你來帶動。」

川喜多欣然受命，用雙聲帶要求中日籍員工轉身，相互鞠躬後，互相握手、打氣，互道珍重。

「……然後我們就散會了，謝謝。」

川喜多說完，司儀繼續鼓吹，香蘭下了講臺，落入兩國員工相互熱絡招呼的熱潮裡，許多跟她不熟的女員工，此刻也對她熱情了起來。有人相互擁抱，氣氛越來越熱。周璇、龔秋霞和張帆突穿了人牆擠了過來，周璇心疼地看著香蘭，相互擁抱了起來，香蘭隨後也和張帆、龔秋霞輕擁了一下。彼此聊了幾句。香蘭：

「美雲沒來？」

「或許跟老公有事。或許看淡了一切。現在很多人想法都不太一樣。」周璇看著香蘭，「到我家來吧。」

「現在是非常時期。我想都不敢想。」

香蘭說完，張帆嘴快：

「是啊！現在凡事小心，害蘭姊被記者參一本，可不好。」

「說得剛好相反了。是我擔心連累妳們被記者那個才對。」

「香蘭說的沒錯，等時局靜下來再說。實在的，也不知新的中國，大家有沒有戲唱，彼此寫寫信，練練文筆好了。」

龔秋霞一席話化繁為簡，話出分手的氣氛，看著人潮紛紛散去，於是大家約定多聯絡後，香蘭留下來協助整理場地，周璇一夥揮揮手隨著人潮離去。

電梯沒開，樓梯口擠滿人群，香蘭踅到另一邊下樓，到了二樓走到演出課，碰到幾個人打了一下招呼，然後坐在自己的座位上。嚴格說來，那已不是她的座位，華影已經解散了，她面臨遣返，自然不是中央攝影場要接收的員工。她坐著不知想些什麼，一個人影突然現身眼前。黃天始：

「待會要不要送羅場長一下？」

香蘭二話不說跟著黃天始上了三樓。副董事長室賓客雲集，沙發坐滿了，顯然從外面搬進來的椅子也坐滿了人。見香蘭有些窘，野口趕緊從稍遠處拉了一張椅子過來。羅場長正在講話。

「……政治上對立，軍事上開打，那就悲劇了。基層人員默默做，不在意上面的政治空氣，空氣變了，但他們的工作還是得繼續做下去。」羅學濂場長語重心長地看著川喜多，「如你剛剛提到的劉吶鷗，他和黃天始兄弟以前都在我的場子工作，他們來不及到後方，留在上海就在你的下面工作。他們只是想做電影，對電影有興趣，和你一樣。到你那兒工作也是最正確的選擇。」

聽到「劉吶鷗」三個字，香蘭心頭一震，但隨即靜靜地聽羅場長講述。對香蘭來說，這幾年重大事情紛至沓來，印象不斷覆蓋，對兒玉英水悲劇的感覺也被近日滾燙在心的國恨家愁和個人的困境沖淡了不少，更何況是多年前的劉吶鷗。川喜多：

「劉吶鷗以前在我這兒當製作部次長，當時我們只拍紀錄片，他很投入，也出了不少錢。」川喜多閉眼，吐了一口氣，「他出任南京政府的國民新聞社社長，應該是最大的致命傷。」

「這種職位確實比較敏感，不屬於事務性，但任何情況，我都不主張取人性命。」羅學濂似乎察覺話兒若打不住可能觸及敏感的情治偵查，右眼乜了一下旁邊的古主任，再望向川喜多，「吶鷗是有文學氣質的年輕人，我就欣賞他這點。我以前叫他到江陰拍攝江防水壩爆炸試驗方面的紀錄片，他也很拚，不斷更換試驗地點、炸藥的放置量。」

「其實他最想拍的還是故事片，沒想到他的結局就像一個故事片。」川喜多一時不知該說什麼，停頓了一下，「張善琨目前怎樣了？」

「好像放出來了，他想到重慶，但一直被關在浙江屯溪。」羅學濂喝了一口水，潤潤喉，「其實我們的委員長是鼓勵留在佔領區的中國演員繼續拍戲，下面的人不了解上意，認知較為褊狹，執行上有落差就造成很多悲劇……」

「仗打成這樣子，基層比較緊張是難免的，不過剛剛羅場長說的無論怎樣也不能取人性命，應該成為政治上的普世標準。」

「謝謝，長政兄，很高興大家有這共識。那我就告辭了，下午點交還是拜託你協助。」

「那裡，那裡，您說古主任會在場，我是聽候差遣。」川喜多站了起來握住羅場長的手，「這附近有一家中華料理，一起去？」

「時機敏感，不宜，不宜。」

羅場長搖搖手，事實上，川喜多也在等他這句話。

一行人魚貫而出，下了樓，走出大樓。江西路和福州路車水馬龍。大廈前面的人行道，羅學濂一行和川喜多團隊相互握手道別。羅學濂最後還是握著川喜多的手：

「我下午要偷閒一下，麻煩你了，你說回日本後還是要另起爐灶，希望來日有合作的機會。」

「一定，一定。」

川喜多說著鬆開羅學濂的手，隨後帶著大家向羅場長的兩車揮手。

在福州路巷子裡面的池中月餐館，十個人坐滿一個圓桌，華影的經理們日語還好，但小出和野口華語不太行，大家說的日語多過華語。香蘭：

「副董，您辛苦了好幾天，下午還要去公司？」

「當然，非去不可。羅場長很累，我也很累，但無法偷閒，一定得去。點交一定有很多問題，有些問題只有我能解決，或給答案。」

「副董要忍辱負重哦！」

黃天始說完，川喜多笑了一下：

「羅場長對我算非常客氣。我叫他使用我的辦公室，他還在遲疑。」

「又不是叫他使用董事長室。」總務部經理徐志強。

「我的意思就是這樣，我跟他說，使用原副座的辦公室無損於你的謙虛。」川喜多感覺自己的思慮不夠週延，「或許他表現低調也有他的道理。他剛剛說，論規模，中國電影製片廠比他的中央電影攝影場大多了，中電專拍故事片也比他的央電只拍紀錄片強太多，我覺得他剛剛似乎有點擔心他只是代為接收，心裡不是很踏實，所以表現出來客氣了一點。」

服務生給每個人倒茶，香蘭啜飲苦中帶甘的茶水，看了川喜多一眼：

「你剛剛說的中國電影製片廠也在重慶？」

「沒有錯。是蔣介石政府下面專門拍電影的。羅場長的中央電影攝影場，隸屬國民黨部。兩者的規模和製作能力，大小、強弱立判，照理來接收華影的應該是中電，結果交央電處理。或許羅學濂因此感到心虛，感覺來接收只是過個場，終究坐不上那個位子。」川喜多吃了一塊炒豆腐，潤潤喉，「中國人是很講究政治倫理的，所謂不在其位，不謀其政，對於辦公室的座位也有一套說法。」

「李香蘭小姐倒提醒了我。剛剛我們送客就十分喧賓奪主了。」

黃天始說著，大家都輕笑了起來。小出：

「那是習慣吧，感覺我們還是主人。」

「沒有錯。下午就要馬上調整過來，我就隨便找個地方坐，不再進入我那辦公室，除非進去拿東西。」

川喜多說著，大家還是感到有些酸楚，尤其是下午不用參加點交的香蘭、野口和小出。黃天佐：

「我們儘量不讓副董被人差遣著辦事。」

「別這樣說，大家不用替我操心，過去的就過去了，樂觀迎接新的事物是我的本色。」

川喜多自我打氣時，接連來了兩道菜。香蘭：

「今天的會議，最值得回味的還是羅場長脫稿演出，替副董平反的那段話。」

「他講那些話，讓人看到人性的光明面，我自然很感激，但還是聽聽就好，不用寄望太多。」川喜多夾了一塊烤竹筍，「現在中日之間還是處在冰點，他對昨天的敵人釋出太多善意，很可能遭忌，被人參一本，那就大事不妙。既然要回日本重頭來過，就不用想太多。」

完成點交後，一種新生的心境給川喜多帶來一點慰藉，「只要旗下的演員沒有一位被起訴，就是灰暗局面下的一個亮點，投資、財產的損失是另一回事了。」他懷著這種心情搬到百老匯。

川喜多深諳中國的官場習氣，也瞭解民間的人情義理，跟百老匯大廈一樓門房也有幾分交情。現在情勢逆轉，日本老闆垮臺了，門房的那些老人知道他投資的幾間套房產權即將不保，還是同意他登記入住。

「我還有兩三位同仁，將來遣返時希望在一起，也就是說，先住在一塊，入住集中營時比較有機會住在一起，所以也希望他們搬進來這裡，這樣長官來清查，造名冊時，就比較有可能登錄一塊。」

川喜多提出申訴，幾位門房討論了一下，同意了。小出孝和野口久光不久也就搬進十樓川喜多名下最後一間閒置套房。

南京國民政府瓦解後，上海市長周佛海束手待縛，政務委由重慶派來的秘書長沈士華處理。但沈士華主要也是坐等軍方派來的市長上任。錢大鈞上將上任市長後，從市政府取得日籍居民資料清單，才開始有步驟的處理龐雜的日僑問題。

52. 四人同命 共赴營地

這一天，川喜多不算大的套間擠了將近十個人，除了四位華影人外，兩名軍官、兩名助理小姐，外加一名老門房。川喜多、野口和小出，都有身分證，也都在上海戶籍名冊內，所以很快便處理完畢。香蘭沒有落戶上海，提出的滿洲國身分證也讓軍官皺了眉頭。上尉：

「山口淑子，北京出生，戶籍：奉天市……這個偽滿的身分證我們只做參考。等等，妳是李香蘭，李香蘭就是妳！」

「她是我們華影的演員。我們希望遣送前住一塊或在附近。」

「川喜多先生，山口小姐還是李小姐，身分和關係弄清楚了，我們才會把你們排在一起。」

「淑子，華影工作證有沒有帶著？」

被川喜多一說，香蘭立刻起身回到自己的房間。川喜多開始和這位日語流利的年輕上尉聊了起來。

「現在中日兩國都一樣，清查人口，重建戶籍變成第一要務。」

上尉收納川喜多的說法，表示同意，也對於川喜多流利的中文暗地佩服：

「不過兩國還是有些不同。我國黑戶口問題嚴重。尤其是大都市，從鄉下來的人都不願回去。大戶人家，一個戶口，裡頭住的人超過一個小村莊。窮困人家或離亂家庭，常常有戶口但沒有人。」

香蘭走了三四十步回到川喜多的房間，把工作證交給川喜多，再由川喜多轉交。上尉看了工作證一眼：

「用的還是李香蘭的名字。還有沒有其他證件？」

香蘭從皮包取出多年前東京警視廳發的演出許可直接交給上尉。

「還是用李香蘭三個字，但有註記本名。」上尉沉吟了一下，「日本人用中國人的名字演出……。另外，在北平出生，這一切我們都會註記下來。」

「會特別強調她的出生嗎？像美國屬地主義……」

川喜多還沒說完，上尉：

「中國沒有這種規定，戰爭剛結束，也沒有那種氣氛，應該會嚴格劃分。」

「用山口淑子的名字登記可以嗎？」

「當然要登記李香蘭。由於身分證明不夠，如果李香蘭和山口淑子是同一人，『山口淑子』就備而不用，認定『李香蘭』才是具體行為人。目前暫且如此。」上尉無言片刻，翻翻手上的資料，「川喜多先生，剛看你的身分證，你的妻女目前在日本？」

「北京，哦！在北平。」

「你打算接過來？不過……」

「託朋友照顧，我跟這三位一樣，屆時希望以單身身分到分配到的居住區報到。」

「好，那就這樣子。謝謝合作。」

軍方查戶口小組走了，香蘭一夥人鬆了口氣。小出孝：

「李香蘭，哦，山口淑子原來是黑戶口。」

「真不好意思，出醜了。這幾年東西南北亂闖一通，都有人罩著，根本就沒想到要報戶口。以為到處都是家。」

香蘭說著自我解嘲。川喜多：

「事情釐清了，他們也比較好辦事。」

「我擔心那些人會朝山口淑子是中國人這個方向思考或進一步瞭解。」野口用手掌抹了一下臉，「他們知道淑子一直以中國國民的身分生活或演出，恐怕會形成淑子是中國人的錯覺」

「野口，別想太多，那些人只是收集或補正資料，然後交出去。判定該不該遣返應該是更高層的官員。再說面對這種事情，誠實是最好的策略，企圖欺瞞，反而把事情弄糟。」川喜多臉帶嬉謔地看向香蘭，「記得妳以前說過是在奉天，哦！現在改回瀋陽了，在那兒出生，身分證怎麼寫北京？」

「那也是滿映的政策。」香蘭心情複雜地回想渾沌的過往，「好像是演出《白蘭之花》後不久，長官主動幫我到新京戶政單位換發新的身分證時改的。那時的宣傳更離譜，把我說成是奉天市長的千金。」

「妳的努力和光彩完全是奠定在李香蘭這三個字上面，我們還是習慣叫妳李香蘭或小蘭。叫妳山口小姐或淑子好像是呼喚別人。」川喜多兩眼瞬向野口和小出，看到他們眼裡釋出的同感，再回看香蘭，「看來要把妳推回到山口淑子，會很困難，說不定會遇到重重阻力。」

香蘭隨著大家外出用餐，心思翻轉了一下：公開向中國影迷宣稱自己是日本人的記者會一直光想不練，結果竟向中國軍方調查官吐露。這種表白不是為了向被蒙蔽的中國人致歉，而是給自己脫罪。她自覺狼狽，但還是希望能順利告別「李香蘭」。

野口和小出剛知道要被遣返時，心裡有些羞恥，感覺是被驅趕，香蘭也有這種心理。整個中國，待遣送的日本軍人和平民都超過百萬，作業千頭萬緒，但整個作業像樹懶一樣推動緩慢，他們反而非常期待歸國返家了。香蘭很好奇她那棟乃木坂公寓還在不在。被斷了腕的川喜多發誓在東京的廢墟中重建事業。他相信有美軍罩著，日本很難再有戰爭，他再起的事業不會再有毀滅性的風險。希望遣返前同住的這四人漸漸像生命共同體，川喜多一時氣壯，其他三人也不再氣弱，而有些增志。

一天天等待，大批日僑遷往虹口集中區時，集中區的確切範圍還沒劃定，但各地日僑管理事務所相繼成立，百老匯日僑事務所成立時，上海申報刊出有人投書軍政部，要求以漢奸罪名逮捕李香蘭的訊息。

投書者顯然十分悲憤，指她犯行高調，責怪大家太縱容，竟然沒有人揭發她。

「身為中國人，卻演出冒瀆、羞辱中國的電影，常常秘密前往日本，協助日本執行大陸政策，用歌聲慰勞侵略我國的日本軍隊，更是家常便飯，毫無廉恥心，賣國求榮……無論她在什麼地方，一定要把她揪出來，不要讓她跑了……」

野口和川喜多都看到這個報導，於是四個人又聚在一起。

「該來的還是會來，北京先發難，現在上海也有人跟進了。目前還只是投書，以後一定有記者加入戰局，先讓大家發洩一下情緒。最後有關單位再收拾殘局。」

川喜多說著兩眼溫潤地望向香蘭。小出和野口面露憂心，他們倒希望川喜多的說法只是揣測，而非知曉一些內情的發言。香蘭有些氣餒：

「不過這篇投書用字特別辛辣，那種指控讓人心驚肉跳。」

「報紙只有一天的生命。」

野口此話一出，香蘭暫得安慰，希望這一天快過去。

「中文是最優美的歌唱語言，但中國話也最具煽動性，罵人最傷人。用這種語言罵人也比較容易氣消。」

中國人罵人會比較快消氣嗎？副董明明是逗人，香蘭想著煩憂退了一些：還是打起精神，苦著臉，野口和小出也不好受。

川喜多見香蘭心情好了一些，領著大家前往一樓日僑管理所登記，由於事先已調查過，四人名字連在一起，順利登錄成一個家庭單位。登記完，川喜多覺得不是很踏實，但登錄者多，辦事人員雖然由日僑擔任，但十分忙碌，看到辦事櫃檯旁有個諮詢服務台。諮詢台只有一個人服務。川喜多好不容易等到詢問者離去，接下詢問的位子。陳性專員聽到川喜多用華語詢問，十分高興，再看四人的資料：

「川喜多先生，久仰久仰。哦，李香蘭也是日本人？」

「是的。」川喜多。

「你們是同事，既然登錄為一個家庭單位，應該會分配到一間房子。」陳專員帶著幾分驕傲，「一開始很多日僑擔心大家會住在像監獄一樣的集中營，現在大家慢慢會了解中國人重視家庭倫理，讓日僑同一家人都住一起。」

「像我們是同事，會不會到時候分配得不如預期。」

「當然碰到不可預期的情況，你們這種不是真正家庭的家庭可能會優先被打散。到目前為止，進住都很順利。」陳專員忍了許久，特地瞄了香蘭一眼，「你們被分配到施高塔路興業坊，是以前你們日本興業企業的員工宿舍。知道在什麼地方吧。」

「有些概念，這兒一直往北走，經過以前的陸戰隊營區。」

「興業企業員工家眷有些早先回到日本，換你們進住。條件不錯的。」

陳專員說著暗示川喜多後面有人等著提問後，直接招呼等在後面的日僑。

離開日僑事務所，四人立刻坐電梯上樓，大家不約而同地到十樓川喜多房間續談。四個人雖然住不同房間，在這生活面臨重大變化的時刻，四個人的界線都有些模糊，而且總在商議中逐漸釋放壓力。

報紙對香蘭的攻擊就像傳染病，一波未平另波又起，好幾家報社輪番報導，且不再只是讀者投書，記者具名或匿名的報導都有。一篇評論指出，李麗華、陳雲裳一干明星，只是不小心踩到地雷，相較之下，李香蘭這種有計畫的長期慣犯就更罪不可赦，可以和惡名昭彰的川島芳子並列了。這篇文章帶出了風向，頭號文化漢奸的封號壓得她生出了更多抗壓力。川喜多還是以現在記者專業不足來寬慰她，但她也開始建構一套心理紓壓法。「當初把我捧得像天之嬌女，現在把我打成落水狗，翻來覆去，不盡是同一批人，但總有幾雙手是出爾反爾。既如此，何必當初？」她藉著這種思維反諷回去，不再感覺自己被壓得死死的，一直提不起勁的行李打包，開始有了一些進度。川喜多問起她在北京的家人：

「啊對了。真是糟糕，我在北京時都沒想到要去看令尊和令堂。」

「沒事，沒事。你自己的事都忙得焦頭爛額。我確實很想知他們的情況。」

「最近有沒有書信聯絡？」

「兩個月沒接到信了，大家心情都很低落。我也很久沒看信箱了。」

「凡事樂觀一點，說不定一封信已經等著妳去拿呢。」

香蘭下了樓，果然發現信箱裡面躺著一封信，取出一看是父親寫來的。信封寫著「李香蘭」收，她倚在大廳的石柱上打開信件，信的內容也是用中文寫的：

「躊躇了很久才決定寫這封信。主要是不知道這封信能否到達妳手中，也怕收到妳的回信，雖然還是很希望看妳的片言隻語。……晴天霹靂，天空變了，地上人事地物跟著改變，以前在報上看見妳的新聞都會剪貼下來，現在怕看見妳的名字……」

爸爸多處欲言又止，顯然他不希望這封信被信件檢查員認為是日本人之間的通信，信封上寫著被人詛咒的「李香蘭」只是他考慮多時後的無奈選擇。

「……被貼上日本人的標籤後什麼都變了。那一天衝進來一輛軍車，不知是南京政府還是重慶政府的軍人，把家裡值錢的東西：鋼琴、留聲機、收音機、床鋪、一些家具都搬走了。現在很多日僑都把家裡值錢的東西拿出去賣，但我們來不及賣就被搬光了，一家大小像驚弓之鳥。亂世本來就這樣，也沒什麼好怨懟，倒是妳的安危，我和妳媽、弟妹都非常擔心。報紙、廣播每天報，把妳和川島芳子相提並論。妳的身分證可以證明妳是日本人，如果有官員調查、詢問妳，要出示身分證，向他們說清楚……」

看到最後，她倚著石柱淚眼滂沱，片刻才心情沉重地搭電梯上樓，有點近鄉情怯地進入川喜多的房間。川喜多仔細地看完信：

「妳父親真的很識時務。他也知道在這亂世，蔣先生的寬大政策沒辦法完全落實。東西被搶了，那也……」川喜多把信拿近一點看，「他說還好，還住在蘇州胡同原址，還有遮風蔽雨的地方，如果遷到天津塘沽，就更沒辦法寫信給妳了。」

「遷到塘沽？」

「北京的情況是：要上船遣返時要先住進塘沽日僑集中區，像上海日本人移住虹口集中區一樣。」

「現在回信，等到父親再回信時，我們已經住進施高塔路那兒了。」

「可以回來這邊拿。聽說集中區管理不是很嚴……令尊的信寫到後面有點像訣別信。『這也許是我們最後的一封信，也許我們不再見面。不管最後結果怎樣，記住爸的話：堅持妳的尊嚴和美麗，護住妳的藝術氣質，不要被任何污衊和不實的指控打敗。』看來妳父親的中文修為滿深的。」

川喜多說著把信還給香蘭，香蘭也就回到自己的房間，一鼓作氣把行李打包好，然後給父親回了一封信，報告近況。川喜多也沒閒著，他趁著還有電話之便開始聯繫舊部屬黃天始和黃天佐兄弟。

前往施高塔路興業坊二號樓報到的日子越來越近，華影四人組命運與共，開始作生活上的沙盤推演，川喜多探聽的結果，原來施高塔路兩年前已改名山陰路，但大家還是習慣使用舊稱。此外，也知道興業坊向來就有煤氣供應，現在既然安排日僑進住，應會持續供應，大家協商的結果，除了碗筷、清潔用具自備外，鍋具、熱水瓶、水壺、電扇和餐具，四人各自分攤攜帶。

熬過了這麼多苦等而煩悶的日子，川喜多四人終於走向生活的另一階段，在惶惑中還是有些許鬆脫感。曾幾何時，川喜多和香蘭一起下樓，兩個人和四件大行李、一些包包塞滿電梯。川喜多：

「感覺還好吧。就像報紙說的，去參加夏令營。」

「是。」

香蘭苦笑著點頭，電梯門開了，擠進來兩人，電梯更擠了。兩人出了電梯，黃天始迎面而來，搶著幫香蘭提行李。川喜多：

「天佐來了？」

「在外面。」

川喜多和香蘭走到大廈外，野口和小出也都等在那兒了。川喜多看見野口旁邊站著一名老婦：

「野口，她就是你常說的……」

「是，家管。」野口用簡單的華語，引導老婦面向川喜多，「我的老闆。」

「是川喜多先生，久仰久仰，人家叫我范姨。」范姨伶牙利齒看著川喜多，「這位是李香蘭小姐吧？」

川喜多見范姨老而機伶，十分歡喜：

「謝謝妳一直照顧我們的野口。」

川喜多說著又用日語向野口說了一次，范姨笑得合不攏嘴，看著川喜多：

「我想跟著過去……」

川喜多還沒反應過來，黃天佐：

「坐我的車，行李放車頂鐵架。」

「那小出也坐天佐的車。」

川喜多下了口諭，大家開始搬動行李，有的放後車箱，有的放後座，黃天佐爬上車頂開始綁兩件行李。川喜多看著轉過來的黃天始：

「規定是說日僑不准搭戰勝國國民開的車，但對我們不適用。」

黃天始有點尷尬地咧嘴笑開：

「這個條文剛貼出來時，我看了也是有點驚嚇，一般日本人也會被嚇到，但漸漸地形同具文，有錢的日本人照樣雇車，一般警察也是睜眼閉眼。」

「我們不一樣。我們是朋友關係。」

川喜多說著請香蘭坐前座。香蘭：

「我坐後面，行李不礙事，你跟天始好談話。」

香蘭逕自坐入後座，川喜多只好坐前座。黃天始見天佐進入車內後，開始滑行，確定天佐的車跟上後，才開始換檔加速。川喜多看向黃天始：

「怎麼還是靠左走？」

「要明年元旦後才恢復車子和行人靠右走。」

「是嗎？現在還是日本制？」

川喜多說著，香蘭也笑了起來。黃天始稍稍回過頭：

「李香蘭，第一次看妳戴墨境。」

「是嗎？」

「很好看。」

「謝謝。」

香蘭本來想說，墨鏡代表她的心情，但不想把自己引入話題內，決定少說兩句。川喜多：

「公司目前情況如何？」

「如羅學濂場長自己說的，他可能只是人頭，最後應該會由中國電影製片廠接手，所以他也不敢動，靜待上面的指示。」

「當初我也感覺羅場長心很虛，變數會很多。還是處在看守狀態，不意外。不過，把你拖下水，我也不好意思。」

「副董太客氣了。面臨這種大變局，也不曉得往後會怎麼發展，所以不做任何評論。」黃天始把車子轉向北四川路，「不過，來載你們，我有跟羅場長報告過，他也認為應該如此。本來我就想，如果由羅場長主持，我和天佐可能還有一點機會，換成別人的話，可能會面臨大整頓。」

「中國有一句話，天無絕人之路。」

川喜多的話，黃天始覺得老生長談，但還是心存感謝。

「現在戰爭結束，百業待興，機會太多了。」

聲音從後面傳來，黃天始和川喜多一致笑開。黃天始：

「對哦！我也想過，現在出租車前景看好，或許我就開車載客營生去了。」

「很好。好主意。」川喜多收起唇舌，向後望了一下，「李香蘭，妳不是還有一個俄國朋友嗎？」

「這一段時日一直找她，找不到人，聽說跟她父親到滿洲出差，戰爭結束後還是沒回來。」

「或許上天讓妳們玩捉迷藏的遊戲，今天妳找她，明天換她找妳，當然她永遠找不到山陰路的興業坊。」

「哦。」

「她去過百老匯找過妳嗎？」

「我們每次都在靜安寺路一家餐館見面。不過我有留百老匯的地址給她。」

三人說說笑笑，不久在一座樓中門前停了下來。這個在一整排公寓下面開設的門擠滿了人，川喜多要求黃天始兄弟別久留，趕快回去。眼見川喜多樓門一進深似海，兩兄弟萬般難捨，最後還是帶著范姨走了。

53. 住收容所 販售維生

這座樓門擠滿了人，川喜多長政抬頭看著門眉上的「興業坊」三個字，帶著李香蘭、小出孝和野口久光擠了進去。香蘭發現門內的人群大致擠成兩堆，觀看門口兩邊牆上貼出的布告。

「這裡是二號樓，一號樓往左，三號樓往那邊走。」門口手持喇叭的軍官用日語呼叫，「找到正確的位置，再看看布告欄……」

軍官講完又再呼叫一次，川喜多雜亂的心情沉澱些許。他知道自己住二號樓，沒有找錯地點，把同行三人叫到旁邊，放好行李後，擠進相互推擠的人堆裡，片刻補上退出者的位置，開始逡巡布告的內容。橫貼的布告以家庭為單位，將入住的日僑編號排列，川喜多像中獎一樣，看到自己和同夥的名字編在一號欄下。

所謂興業坊是三棟長型三樓公寓，以單層樓論，20戶連成一氣，比日本傳統的長屋長了好幾倍。兩棟樓之間的走道或站或坐了不少人，而號碼立牌也依序排好。

「……按照布告欄內的號碼站在你所屬的號碼牌前面……」

一個聲音傳了過來，川喜多提著行李朝樓門走了幾步，站在一號牌前面，同夥自然跟上。一名少尉手持短木棒來回踱步，好像用日語喃喃自語：

「找到你自己的位置站好或坐下，不要亂。辛苦了……」

香蘭坐了下來，樓門的人群散去了不少。這兒二號樓已經住了不少住戶，不少窗口倚著看熱鬧的住民，兩棟樓之間的馬路，號碼牌前也都坐滿了新住戶。少尉坐在板凳上，握在右手的短棍不斷打在左手掌心上：

「大家不要吵，不要吵到住戶。你們待會會被安置在空屋，大家都是日本人，是同胞，要互相諒解……」

「有點當兵的感覺。」

川喜多小聲地說著，三人都苦笑了起來。來回逡巡的軍士官有好幾位，點名時，全員站了起來，不知情的人還以為是新兵報到的場景。川喜多第一個被點到，出示身分證後領到了臂章，香蘭、野口和小出依序完成報到手序。

少校點名官發放臂章的速度頗快，補給士官提著的一袋臂章很快就歸零，他開始提高嗓門，口吐日語：

「歡迎大家來到這個日本人大家庭。這兒是集中居住區，不是集中營，不是像德國納粹收容猶太人的那種集中營。」

話剛說完，一堆日僑爆笑了起來。笑聲很快轉弱，像洩了氣，帶著幾分落寞和倦怠。

「這是協助你們回家的中途站。剛剛發給你們的臂章很重要，有人已經結好了，不要遺失，是你們住在這兒的身分證。……早上六點到晚上八點准許外出，但必須戴臂章……」

少校講了一堆，有人不耐久站，開始嘀咕開罵。少校訓話完畢，前往三號樓作業，少尉開始分批帶著日僑進入住屋。隊伍走到靠近門房的第一戶，少尉手掌切在小出後面，手勢一比，川喜多和同夥提著行李進入屋內。川喜多環視一下陰暗的屋內，開始尋找開關。小出：

「好像鬼屋。」

「人都帶有幾分鬼氣，合當住這種陋室。」

香蘭說著燈亮了，川喜多帶著大家開始巡視房間，屋內只有一大一小兩個房間：

「門口的小房間當然是李香蘭的。」

「我睡客廳好了。」

野口說著，大家往客廳走了幾步。木板式的沙發，看起來還很堅固，上面鋪著薄薄的坐墊和墊背，夏天還好，入冬後當床鋪欠缺溫暖。小出：

「我來睡客廳好了。野口要玩收音機，住房間比較方便。」

「客廳大，反而讓我的收音機比較好藏匿。我一個人躲著聽也比較自由。」

野口說完嘴角還抿著些許堅持。香蘭：

「野口兄一天沒有音樂就不行，尤其是住在看管區。」

「小出，你和我就住大房間好了。」

川喜多說著提起自己的行李，隨後各人也都提著行李進入房間。

香蘭在房間清出一些垃圾倒進外面的垃圾桶，川喜多和小出抱著棉被放在沙發上。

「還好有棉被，看起來準備得還滿週詳的。」香蘭看著那兩床有些陳舊的棉被，準備克服心理障礙，虛心接受，「我剛剛在廚房看了一下，瓦斯爐有火，還有大口鍋和水壺。」

「那好，可以用就用，我們自己帶來的當備用。」川喜多。

「至少副董的熱水瓶是帶對了。」香蘭。

「很多東西都帶不過來，譬如冰箱，看著李香蘭跟著我們受苦，我就於心不忍。」川喜多指著那兩床棉被，「這兩床棉被都比較好，放在我房間內的衣櫥裡，我看咖啡色的那一床質地比較軟，就給李香蘭，哦，山口淑子用好了。」

「謝謝照顧，這裡當然比不上高級飯店，或者百老匯的套房，但比起我以前拍攝有些電影時的居住環境好多了。」

香蘭說著兩眼迎向川喜多故作滑稽的神情。看著川喜多坐在沙發上，小出和香蘭也跟著坐下。川喜多：

「我們算是華影的最後餘暉了。」

「華影好像是很長的列車，每一個人都下了車，華影對他們來說像是一場夢。」

香蘭開口華影列車，過去滿映時代拍片的憶景就像慢慢放映的膠卷浮過腦際。小出孝：

「華影被接收了。這列車早就到站了。」

「除非我們四人都分散了，四人在一起，就好像是慢慢行駛的幽靈列車。」

川喜多說著，香蘭有種脫胎換骨的錯覺：既然黯然住進收容所，外頭對自己的批判應該會嘎然而止，遑論官府的追究了。野口：

「真的很難割捨，最近做夢，都還在華影工作，夢境好像也在行駛的列車上。」

「早上搭黃天始兄弟的車子前來，也感覺像坐慢速火車。雖然行駛很慢，到達興業坊時好像突然煞車，我們四人都被甩進了收容所。」

香蘭這麼一說，大家都苦笑了起來。小出：

「副董，你帶來的電扇也放李香蘭房間好了。」

「當然，我本來就這樣想。」

「大家這麼照顧我，我有一種幸福的感覺。」香蘭抱起咖啡色棉被，「我發覺現在有一種幹勁，想把廚房裡的鍋子好好洗刷一遍。」

大家笑起來的同時，木門傳來「咚咚」響。四個人你看我，我看你，

「這麼快就有訪客？」

川喜多說著前去應門，香蘭把棉被抱進房間。

「啊，是范姨。」

「不好意思，嚇到你們了。」

「以為妳回去了。」

香蘭聞聲出來，被三個男的圍著的范姨看了香蘭一眼：

「我騙那位先生說我要在這兒找親戚，結果留了下來，親眼看見你們住進這個房子。」

「你這位偶巴嗆真不簡單。」

川喜多用日語當著野口的面稱讚范姨。野口把手搭在范姨的肩上，范姨有點受寵若驚地提起手中的布包，示意小出要送給大家。小出把布包捧在手上，川喜多解開一看，原來是紙袋包著的一堆饅頭和包子。

「太好了。」

小出叫著把包子收下，毛巾還給范姨。川喜多：

「妳不搭黃先生的車，現在怎麼回去？」

「坐電車，電車有直達。」

川喜多從皮夾取出幾張紙鈔塞到范姨的手裡，范姨怎麼都不收。

「這樣我以後就不來了。」

「這邊以後應該會設衛兵，以後想來會很難呢。」

川喜多說完，范姨有點尷尬，姿態一軟就收下了。香蘭再次看著范姨和野口，華日語混著說：

「野口，先燒一壺開水，先用你的水壺，范姨，喝完一杯茶再走吧。」

野口從布袋取出水壺，走了兩步。香蘭示意他留著待客，接過水壺就走開。

「李香蘭！李香蘭在那裡？」

日語的叫聲從前面傳來，香蘭放下水壺回頭看，兩三名軍人正在前頭的客廳，香蘭急步走了過去。半個時辰前點名發臂章的少校看向她，又把眼神收了回去：

「臂章在家裡也要佩掛。」

被斥責的小出轉身欲回房，少校：

「既然我在這裡，等我離開再掛不遲。」

香蘭想到川喜多早上報到編隊時講的有點像當兵的那句話，直覺自己只是個小兵。身型高大的少校直接用華語：

「剛剛宣布的日僑白天可以外出的規定，對妳不適用。」

香蘭沒有回話，眼神射出問號。少校：

「因為妳不是日本人。妳想冒充日僑逃到日本，我們將計就計讓妳住這裡，算是對妳特別優待，不然直接把妳關押起來，軍政部的長官就省事多了。」

少校說著睥睨嬌小的香蘭。川喜多：

「她是日本人，有身分證為憑。」

「偽滿身分證不能用來證明什麼。」

少校說完，跟著來的中尉和下士嘴角牽動著幾絲諷笑。少校：

「本來這裡沒住滿，是沒派衛兵的，現在這個社區要開始排衛哨。」

香蘭一副苦臉，心想：欲擒故縱，直接關押起來不就好了。川喜多：

「李小姐，不，山口淑子的父母親和弟妹都住北平，你們可以去查。」

「這不是我的業務，等偵訊時再說吧。」

川喜多吐了一口氣，他以為香蘭躲進了避風港，沒想到追殺令才要發出。他欲言又止，看到少校趾高氣揚，不再詢問，想：屆時再見招拆招，見機行事了。見川喜多一臉愁容，壓抑著怒氣，聽不太懂華語的小出和野口也都察覺事態嚴重。另一方面，真正成為列管的一份子，大大超出香蘭的預期，她的心情蕩到谷底，往事像銀幕畫面一般，一幕幕掠過腦際。香蘭仰看少校：

「我可以寫信嗎？寫給在北平的父母。」

「我今天來，主要是分配住房，然後代為宣導。寫信？我沒有接到這方面的指示。我想既然禁止外出，就表示不准妳對外聯絡。妳在這裡等於接受觀察，過多的對外聯繫可能會讓妳從觀察到⋯⋯」

少校沒把話說完，佯裝要走，隨後回過頭，故作輕鬆繼續說：

「把妳安排住在離大門最近的頭號房，不是鼓勵妳逃走，軍政部的車子一進大門就可以把妳接走。」

「接去審訊？」

「大概吧。」

「報告長官，什麼時候偵訊？」川喜多。

「這事不歸我管，不知道。」

少校說著轉頭帶著兩名侍從走向大門，留下一室的悽楚。

「我長年扮演中國人，觀眾太投入了，現在連身分證都難以還原真相。」

香蘭說著泫然欲泣，川喜多連忙叫大家坐下，同時把剛剛少校講的話說給野口和小出聽。野口：

「我和小出原以為李香蘭身分的這種小問題，中國情報單位早就有完備的資料。現在，這種信心漸漸沒有了。」

「或許中國政府各單位之間的橫向聯繫不夠，情報單位還不知道軍政部有這方面的需求。」

「或許就如副董說的。」

小出說得有氣無力，川喜多左右張望了一下：

「野口兄，你的范偶巴嗆也真機伶，我正想警告她時，她已經溜得無影無蹤了。」

「我一開始也擔心她。」香蘭忍著心裡的悲涼，突然想到范姨的身手，竟噗哧了起來，「不好意思讓大家心情跟著沮喪，我要調整心情迎接這場硬仗，我要讓關心或咒罵我的人看到我的奮戰，然後接受真相。」

「我當然義不容辭要和小蘭共同作戰，我白天會去找朋友尋求奧援，同時探聽各方面的消息。我看我們泡個熱茶提提神吧。」

川喜多說著，野口起身移步廚房煮開水去了。

吃過范姨送的包子當午餐，隨後川喜多和野口、小出開始行動，他們走出房門，下了小階梯，隨即回頭看看門口的門牌。川喜多下了階梯，又往前跑了兩三家，小出和野口跟著過去。

「弄清楚地址，回來才不會找不到家。」川喜多喘了一下，「這一連棟都是 183 號，我們是 183-21 一樓，樓上應該是 183-21 二樓，隔壁是 183-22、183-23 一、二、三樓吧。」

小出和野口聽著打量了一下週遭，前面應該是興業坊三號樓。野口：

「那三號樓應該是從 183-41 開始吧。每一戶人家的後門面向我們，他們的大門應該開在那一邊的通道。」

「一個門號就這麼多戶，這種戶口實在有必要重新歸劃。」小出。

「確實。那我們走吧。」

川喜多說著起步往前走，出了樓門口，抬頭看向貼在樓門上，上過漆的「興業坊」三個木刻字。

「這個樓門好像城門，一入門才知道裡頭有這麼多住戶，好像城門內一樣。」川喜多說著回到門房，詢問電車站的位置。

他們先到附近的日僑事務所串一下門子，事務所的服務人員都是日本人，袖子都掛著臂章，見川喜多他們沒戴臂章也沒說什麼，川喜多倒覺得不好意思。在服務人員熱心的提供下，他們得以知道南方兩公里一帶的虹口鬧區，不少日僑開設小商店或擺地攤售物，他們住的興業坊附近雖然有，但因非鬧區，所以沒有形成小市集。川喜多興起了作小生意的念頭，隨即搭電車南下再轉西行，回到小沙渡路的老家，「搜括」了老半天，三人才各自馱著一大袋東西回去。

下了車，三人背著大袋走在路上，心裡挺不自在，擔心被警察盤問，走到吉祥路口，看見三間搭著簡單棚架的售貨攤，棚壁掛滿和服，川喜多信心大振。快到興業坊大門時，三人把臂章重新戴好，慢步通過大門，第一眼就看見一名穿著黃色卡其軍服，背著步槍的衛兵。三人倚著門壁，待衛兵轉身過去後跟在他後面舉步，快到門口時，衛兵突然轉過身。三人低頭硬著頭皮提著布袋進門，衛兵明明看見了，卻睜眼閉眼，或許他剛好精神渙散不想管，三人都覺得十分僥倖。

四人把帶過來的東西掏出放在餐桌上，留聲機、唱盤、矮櫃、分離式樹狀衣架、棉被、西裝、皮鞋、洋酒、折疊矮凳……琳瑯滿目，看得眼花撩亂。棉被是香蘭蓋過的，川喜多當場就交給香蘭：

「棉絮軟軟的，比咖啡色的那一件又更好了。」

香蘭喜不自勝，當下把咖啡色棉被轉給野久。

「總算走私了一批貨過來。進來時剛好撞見衛兵，好在他沒說什麼。」

「應該沒有違法。不然怎會這麼多日本人在街頭賣東西。」小出。

「當然，我是有點開玩笑。不過有一點，如果碰到壞的衛兵，他可能會刁難，要拿好處。」

川喜多說著拿起一個玩偶把玩一下。香蘭：

「我看那個衛兵應該不壞，我到外頭倒垃圾，他還向我點頭致意。不過他有點怪，很少巡到另一頭，都在我們房子外面走動。」

「應該是監視我們的小蘭的。」小出孝看著香蘭的愁容自覺有些殘忍，「妳知道我喜歡開玩笑。」

「小蘭現在身心備極煎熬。小出兄，身上還有錢吧？拿著鍋子到外面那家麵館買一些麵和佐菜回來。」

小出孝被川喜多打發出去後，川喜多表示明天再找時間充裕廚房的糧倉和食庫。

「我明天還要再跑一趟舊家，房子隨時都會被佔用，要拿就得快點。」川喜多難掩倦容，看著野口，還是打起了一點精神，「明天你和小出就先擺攤賣東西吧。洋酒先不賣，我明天帶回幾瓶黃酒。」

「看見那些露店，幾根竹竿撐起一塊布，就成服飾店，不能不讓人佩服。」

「和服應該不會有人買，我的西裝就不同了。」

「還是有人會買，我的意思是和服，譬如演戲的。」

野口的話觸動了香蘭。香蘭：

「或許我的戲服，譬如一些旗袍也可以換些錢回來。」

「先別這樣想。」川喜多看了一下成堆的「商品」，「既然要賣東西，就標個價，我看很多露店都這樣做，找個厚紙板……」

「有了。」

香蘭看到棄置一邊的皮鞋盒，起身伸手拿了過來。一整晚，「生意經」暫卻了香蘭不少憂慮，但談話稍有停頓，被偵訊的恐懼彷佛隔著一層薄紗窺伺著她。

熬過了一夜，夢裡的酸楚迅速霧散，四人迎接清晨就像新生迎接新的學校一樣，帶點焦慮和不安。

小出、野口和川喜多帶著貨品出門時，碰到昨天的衛兵，客氣地點頭，衛兵禮貌地回禮時，頗注視香蘭。香蘭：

「你怎麼都站這兒附近，不到那一頭巡視？」

「對不起。」

衛兵有點汗顏地欠身，轉頭就走。

「是怕我逃走嗎？」

香蘭的話追了過去，衛兵轉身過來了：

「因為妳很重要，我的責任也很重。」

香蘭笑了起來：

「那沒有人幫你分攤工作嗎？」

「一個姓葉的，我和他兩小時輪一次。」

「就固定你們兩個？」

「是。對不起，我不能跟妳講太久。」

衛兵說著轉身就走，這次走得比較遠。香蘭回到屋內，在自己的房間打開川喜多帶過來的留聲機，放入周璇的唱片，她把音量關小，稚氣的歌聲流洩出來。歌聲把她帶進過去兩人相處的時光，但太多觸景傷情，她有點想逃離，但又捨不得那歌聲。對她來說，那一段時日是無可延續的過去，她自忖，和周璇難能再見面，若有幸回到日本，和周璇也類乎「天人永隔」，萬一被以漢奸定罪，照報紙天天叫囂的刑度，八成是死刑，僥倖關入監牢，周璇若也來探視，那也是相見不如不見……

香蘭心思雜亂，取出唱片，關掉留聲機後再度走出房間出了屋門。公寓外的走道邊有幾位工作中的婦女，有的擦拭住所的窗戶，有的清掃自家週邊或整理花圃。衛兵看見香蘭立刻疾步走來。香蘭：

「你說你的同事姓葉，那你姓什麼？」

「我姓竹，名叫若松，假若的若，松樹的松。」

「很好，竹子並不像松樹。」

「父親取名時強調精神層面的相通。」

「理解。」

「我們的名字都很植物。」

香蘭沒有回答，兩眸上轉凝著竹若松黝黑、忠厚的臉顏：

「其實我的名字不是你想得那樣，等一下……」

香蘭說著跑回住屋，片刻出來時，手上拿著一紙滿洲國的身分證。竹若松拿起身分證：

「原來李香蘭只是妳的藝名。我剛說的那位葉宏鐘，我們接受這任務時，他也說過傳聞妳有日本血統。」

聽竹上兵這麼一說，香蘭稍稍鬆了一口氣：

「你的名字若松，日本人有這種姓，若是年輕，意思是年輕的松樹。我好奇的是你這位年輕的松樹看起來像學生，怎會當兵呢？」

「我本來在廣西大學中文系就讀，去年響應蔣委員長的十萬青年十萬軍，從軍去了。」

「你們好像很尊敬他哦！」

「他領導抗戰很辛苦的，妳認為呢？」

「我以前不太管政治。現在日本人普遍都感謝他。他提出寬大政策，自己不出兵，也阻擋蘇聯出兵日本。」

「確實史達林出兵德國，又佔領我們東北。猛虎後腳剛走，餓狼前腳跟著來。講太多了會被罵。」

竹若松說完毅然轉身離去。香蘭回到屋裡，感覺欣慰。她坐在沙發上看書，覺得悶了就探出窗外，發覺接班的衛兵是全區走動，好像刻意避開她這個住屋。小出回來了，帶回一些雜糧、雞肉、菜餚和鹽糖。

「在附近的日僑民生商會買的。」

「哦。」

「日僑管理單位經營，聘用日本人當店員，賣一些民生物品。」

「應該每一個日僑社區都有吧。」香蘭坐在餐桌旁邊的椅子上，思量如何料理這些食物，「路邊攤生意如何？」

「矮櫃和幾瓶黃酒賣掉了。」

「那不壞嘛。」

香蘭說著談起衛兵的事。小出：

「聽到衛兵對妳友善，我也覺得很好。這兩個衛兵主要是來監視妳的，那位大學兵比較貼近妳，應該就是男女之間相互的吸引力吧。」

「你少來了。」

「妳別高興太早。另一個比較高的，離得比較遠，可能對日本人有很深的歧見，比如，和日本軍人作戰過，飽受驚嚇，或親人朋友被日本軍人那個……。到頭來，兩個都各懷鬼胎，各自想在妳身上撈取好處。」

「不管怎樣，兩個都是有所不為，你們帶東西進進出出，也不用顧忌太多了。」香蘭心頭有股壓力，想趕快做好一道久沒嚐試的料理，「我現在要處理這些雞肉，你去外面看看，弄一點蔥回來好嗎？」

蔥半個鐘頭後才由野口帶回來，野口算是換班休息。下午五點多，川喜多提著內裝一床棉被和一台電扇的袋子回來後，小出見時間差不多了，回到吉祥路口，協助野口收攤。

小出和野口輪流回老住處一天，騎自己的單車回來，同時帶來一些可用和可賣的用品。川喜多持續訪友，從舊家騎回自己的單車，有時幫忙顧一下攤位。他們都開始了解，不管是貼近香蘭的大學生衛兵或比較冷峻的那位，都不反對他們拿東西來賣。

「死亡的年代過去了，現在大家努力活下來。」

竹若松的話，川喜多印象深刻。

54. 壓力紛至 閒話衰星

香蘭收到上海軍政處寄來的傳票，剛好沒人在家，悶到中午小出和野口回家吃飯時，才稍稍寬舒一些。下午川喜多回來後，表示要陪她前往。待看到「本辦備專車接送……」的條文後，頗思索了一會：

「看，『請在偵訊前半小時在家守候，切勿抗傳或躲避……』，我想應該不會讓我同車前往。」

「那就另外騎腳踏車單獨前往。」小出。

「搞不好人到了，偵訊已結束。」

香蘭說著時，野口笑了起來：

「那副董就提前去好了。」

「提前去，心裡很不踏實。」川喜多思前想後，「還是同時出發好了。中國官場行事一向不準時，李香蘭到軍政處後一定得等，等候時正好讓我的單車趕路。」

「不妨一試。」

小出的四字緘言定了調，野口把話題叉開，聊起久違的華影工作的共同回憶。

被軍事單位偵訊，對香蘭來說是生平第一次，為了減輕她的壓力，在等待傳喚的日子裡，大家決定輪流在家陪她。這天早上，小出、香蘭聊了一陣，各自回房休息。香蘭聽到外頭傳來騷動的聲音，出去一看，竟是范姨和竹若松拉扯在一塊。

「她是我朋友，讓她進來。謝謝。」

被香蘭這麼一說，竹若松背著槍向香蘭欠身：

「對不起。」

香蘭察覺竹若松每次道歉都帶點憂鬱，不由得也向他欠身，隨後才帶著范姨進入屋內。范姨一坐下就把放在茶几上的包袱打開，取出一個紙盒：

「野口呢？」

「到外面賣東西。」

小出戴好帽子走了過來：

「我去把野口換回來。」

范姨笑著向小出點頭，顯然猜到他的話意。

「這是月餅。」范姨目視紙盒，點了一下頭，「中秋節都已經過了，我才想到。」

「不敢當，太謝謝妳了。」

「不好意思，報紙有妳的消息。」

范姨再次打開包裹，露出三四份報紙，然後取出一份《文匯報》，攤開二版，指著長條形的上海軍政處的啟事。

「茲查知名女歌星李香蘭媚日行徑昭然若揭，但不思悔改，企圖假冒日僑，蒙混出境，為了杜絕僥倖，維護法治，……能證明李香蘭是中國人的人請出面說明。……」

香蘭看了血壓上升，頭暈腦脹，無法思考，不太想講話。范姨：

「還有一份前些日子的，它是徵求……」

香蘭拿過來一看：

「戰爭期間，李香蘭風靡淪陷區（含東北地方）、日本和臺灣，在她光鮮亮麗的外表、光彩奪目的行徑內倒底隱藏多少不為人知的秘密？時代翻新頁，公眾人物重新接受檢驗，……徵求戰爭期間，目睹或聽聞李香蘭言行舉止的證人，……」

香蘭把報紙放下：

「范姨，謝謝。」

「不好意思，讓妳難過了。妳真的是日本人？」

「沒錯。但在東北出生。父親是中文教師。」

「怪不得。」

「上海軍政處屬於軍政部？」

「沒有錯。看來是跟軍事有關。軍事單位都很神秘。」

香蘭看著范姨自忖：軍方要控告她，要戰勝她，也要透過報紙抹黑她，毀了她，敵人有了影，不再完全不可捉摸，她心裡起了抗爭的意念，不再那麼心虛害怕了：

「這個單位發傳票給我，要我下禮拜二前去報到接受偵訊。」

「好可怕。要是我，腳早就嚇軟了。」

「應該不會像日本憲兵隊這麼恐怖吧？」

「當然不會，如果比日本憲兵隊還恐怖的話，那老天也太瞎了眼了。」

「偶巴嗆！妳還真會講話呢。」

「看見妳這麼年輕漂亮，還要飽受這種折磨，我也不禁熱血沸騰了起來。」

「謝謝，看來勇敢一些，會比較好過。」

兩人聊著聊到炊事方面。范姨表示以前受雇於野口，每週固定三天幫他煮飯，打掃，或洗衣服，戰後野口驚覺破產，付不出薪水，加上日僑歧視條款作梗，她還是每週一次義務前往野口宅幫忙。范姨：

「你們現在開伙了沒有？」

「野口和小出中午會回來用餐。」

「那我們一起下廚好了。」

香蘭看了一下錶，時間早了一點，那也無妨。一進入廚房，香蘭就找到了女性的定位，加上有伴，失落感大大減少。野口提著一條魚回來，他和范姨用簡單的日華語交談過後，拍了拍范姨的肩身，補充言語的不足，范姨感覺溫馨。香蘭要他吃月餅，他表示晚上再吃後，在香蘭的吩咐下，抬著一盆水到餐桌協助清理鯉魚。鯉魚處理好交給范姨後，野口回到客廳，拿起茶几上的《文匯報》瞄了一下，雖然看不太懂中文，但還是眼尖看到了李香蘭和軍政處幾個字，拿著報紙到廚房問香蘭。香蘭：

「跟下禮拜的偵訊有關，想透過讀者蒐集不利於我的證據。」

野口未能全然聽懂香蘭的話，但從她的神情讀出不是很嚴重的事態，也就放下報紙，玩他的短波收音機了。

小出請隔壁攤位的日僑照顧地攤後也回來了，四人一起用中餐，香蘭刻意避談自己的事，餐後野口和小出一起送范姨到車站，才回到吉祥路顧攤。

在香蘭的期待聲中，川喜多回來了，隨後野口和小出也收攤回來，把一日所得交給川喜多。川喜多把身上的中儲券分一些給三個同夥，開始閱讀香蘭指出的軍政處廣告。

「看到這些廣告，知道軍政處確實在審理妳的案子，也知道上海軍政處或中央軍政部對妳實在不了解。」

「這個軍政部難道不會向軍統局查詢嗎？」野口。

「搞不好真的完全沒有建立小蘭的任何資料，現在完全是順著輿論辦案。」

「應該如此。」小出腦裡閃進一個人影，「如果是川島芳子，那資料一定是堆積如山。」

「對，這表示李香蘭的案子本來就可以不用辦，或者說本來就沒有案子可辦。她只是唱歌演戲，從不過問軍國大事。」

川喜多說完，香蘭接收到了一點慰藉，但隨即被小出緊盯報紙的神情攝住了。小出雖然看不太懂中文，但一定被新聞的標題或關鍵字困住了。小出把《新聞報》交給川喜多，指出焦點新聞。川喜多看了一下標題：

「川島芳子、李香蘭 死難逃 / 軍政部要求簽軍令狀 / 北平、上海高院速審速決」

川喜多不敢相信自己的眼睛，腦袋好像被掏空了一般，繼續看文意差不多的內文，「怎會這樣，記者怎會這樣寫？」這些話如梗在喉，堵住他的思緒。他一度想把報紙收起來，但還是本能地轉給香蘭。這份報紙也是范姨帶來的，范姨起初沒有特別給她看，大概擔心內容太驚悚了，希望她慢慢發現。她瞄了一下文匯報便和范姨做家事，用完餐也沒有翻那一疊報紙，希望川喜多回來後再一起面對。

香蘭躲回自己房間，川喜多趕緊向野口和小出解說新聞的內容。川喜多準備敲門進去時，香蘭無精打采地走了出來：

「對不起，我不能太任性，都跟大家住一起了。」

本來以為她會哭，結果讓大家乾笑了起來。川喜多：

「我稍稍想了一下，這篇報導也是疑點重重。沒有記者署名，應該是編派的，一個小報利用這種文章導引風向，希望能夠增加一點聲勢。」

「勞動大家操心，真的很抱歉。」

「不要自我咎責。」野口喜見香蘭恢復了一點神色，「這裡所謂的高等法院就是高等裁判所吧。還沒傳訊，地方裁判所還沒審理，就由高等裁判所來判？漏洞百出。就像上次副董從北京帶回來的報紙一樣，胡亂編派。」

「野口君分析得很有道理。下禮拜一我非到軍政處不可，那位銀行家陳家強，我今天見過了。既然有消息來源，向軍政處查證，真假很快就分明。」川喜多嬉謔式地看了香蘭一眼，「大家都很鬱悶，尤其是小蘭，又到了喝酒的時間，小蘭也不用下廚了，野口，你到外面弄一點食物進來……」

三個人移坐後面的餐桌，小出拿著《文匯報》，對香蘭指著一個標題：

「意思是不是日本女性比豬還便宜？」

香蘭瞅了小出一眼比出請川喜多解釋的手勢。川喜多接過報紙：

「這是中國人嘲笑日本人的專題。它裡面說以前 10 塊日圓買一頭豬，現在要 3000 圓，不是豬貴了，是日圓貶值了，更不值錢了。」

香蘭把報紙拿了過來，小出和川喜多看著她，好奇她受傷的心怎樣看待這則報導。香蘭：

「裡頭這樣寫著，日本女子賣了身，但分文不取，這麼卑微？」

「應該不至於，記者誇大、扭曲事實。」

「就像演電影，誇張才會有票房。攻擊小蘭的報導也是這樣。」小出。

「這有點像魯迅小說所寫的精神勝利法。在軍事上把日本打敗了，但民族的尊嚴還沒完全恢復，就用這個來虛張聲勢。」

川喜多這樣說時，還是對中國充滿著善意和理解，他相信這個殘破的國度雖然暫時解除了外力的壓迫和宰制，但基本上還是躺著喘息。小出比野口對中國或上海更無感，只心繫祖國：

「我們日本投降了，難道就任人羞辱？」

「還好，還好，小出！我一言，你一語，這只是言語上的爭鋒。當初如果日本只是用言語羞辱中國，沒有生命財產上的殺戮和毀損的話，中國人會是很感激的。中國人語言攻擊能力強，忍受被言語羞辱、攻擊的能耐也強，小蘭是吧？」

「羞辱，小意思。中國人可以忍，我們日本人又有什麼好說嘴的。」香蘭發覺自己言詞過當，隨即溫柔地看著小出，把問題轉開，「中國古代的知識份子可以寫出一篇詞藻美麗的文章，但面對皇帝時又自稱奴才。這就是恆久的忍受。」

「看來任何國與國或人與人之間的衝突，不再用武力和暴力，訴諸文字或語言，就好多了。小出兄，是不是？」

「副董這樣說，確實有道理。我常想，雖然身在戰亂年代，和中國同事一直都處在有對話的環境裡，即使有些不愉快，一下就過去了。不像那些年輕人開赴前線，少則一兩年，甚至把命都交了出去，一直生活在戰火當中，忍耐到最後還是忍耐。」

小出說過後，香蘭附和他的說法，也把他的話衍伸出去：

「戰士戰死了，也就化成灰了，僥倖活著的，也是綁死在前線。把日本撐下來的還是在後方艱苦度日的老弱婦孺。」

野口回來了，悶壞的川喜多開了酒，大家又都展開新的話題，度過這個週末。

迫切期待的週一來臨了，三位男士一大早騎著單車一起出門，到虹口區海寧路時取下臂章，折向西行，在比較偏遠的恆豐橋渡過蘇州河，直取川喜多小沙渡路公館。川喜多隨後前往河南路軍政處洽公，野口和小出留在公館內「搜括」可用來賣錢的物品。兩人回到興業坊後沒多久，川喜多也回來了，四人難得中午聚在一起。

小出在房間休息，野口在廚房幫忙，川喜多也湊了過去，幫香蘭把餐桌上的雜物搬走：

「我到軍政處走了一趟，見了交通司長，我出示《新聞報》的那篇文章，他說，『哦，這篇報導，亂寫一通，我們要求他們寫一下道歉啟事，報社也刊出來了。』」

「這樣啊！」

香蘭說著把菜炒進盤子裡。川喜多：

「因為是兩天前的事，那位司長一時找不到那份報紙，但有把剪報給我看。」川喜多從口袋取出一張便條，「看，我抄下來了。」

「來，我看一下。」

香蘭放下鍋鏟，拿著字條坐在餐桌旁：

「9 月 26 日敝刊二版〈川島芳子、李香蘭 死難逃〉報導，記者疏於查證，率爾操觚，給軍政部帶來莫大困擾和信譽損失，謹在此向軍政部致上最深的歉意⋯⋯」

香蘭看過後，把便條交給野口，野口看得吃力，川喜多稍稍作了解釋。用完餐大家討論新搬物品的價格，書寫價碼牌，累了才進入房間休息。

野口躺在沙發上，意識昏蒙，朦朧間覺知車子的馳入和引擎的呼呼聲，但又繼續昏沉。一連幾陣急切的吆喝驚醒野口的睡意，噼哩叭啦的咒罵和哭叫，讓他警覺有狀況了。川喜多、小出和香蘭同時醒來衝出房間，野口正憑窗外探，川喜多和小出移動沙發堵住大門的同時，大門響起了重重的搥擊聲。這兒的住戶，有的有門鎖，有的沒有，川喜多這一戶沒有，屋裡有人時才能夠用木閂將門反鎖，不過窗戶都裝設了鐵柵。現在換野口和小出顧門防，川喜多和香蘭緊張地倚窗外眺。

三輛吉普車，兩大一小，首尾相連停在巷道上，引擎呼呼響個不停，七八名赤腳士兵，有的搬留聲機，抬起單車丟進大型的吉普車內，有的在旁吆喝、指揮。川喜多屋門再度響起槍托撞擊聲的同時，名喚葉宏鐘的高個兒衛兵揹著槍急急跑來：

「你什麼單位的，來打劫！走開！」

「你什麼東西，俺就不走。」

「不走？」

「打人了啊！」

川喜多進入香蘭房間抱著留聲機放在餐廳一角，用一些雜物蓋住後，要求她和小出躲在餐廳，他和野口坐在門後的沙發上。野口和川喜多不在窗邊，大門那一頭士兵和衛兵的吵嚷，完全看不到，香蘭遠在餐廳更看不見。大家各自據守一方乾著急。

「喂！蔡頭！走了！收操了！」

車隊中有人呼叫香蘭屋門口的士兵，俄頃間，三名士兵湧向門口，一陣擾嚷、推擠，川喜多移步客廳，從窗口望出去，衛兵葉宏鐘被推到巷道內，士兵上車後快速離去。不少住戶湧向屋前的通道開始咒罵，日語的罵聲連珠炮，憤恨的眼神灼人，衛兵葉宏鐘承受太多「流彈」，只好竄入樓門內。

「應該都走了。」川喜多看向門口，「以後門閂隨時要閂好。」

野口和小出合力把大沙發推回原位，小出和香蘭也回到客廳，大家坐了下來。川喜多：

「好在那些士兵沒有衝進來，不然我們三台腳踏車和留聲機不保。」

「我看我還是把腳踏車放在餐廳。」

野口說著起身把放在牆邊的單車舉了起來，牽到後面的餐廳。香蘭雙手緊握，抑卻心中的浮動和緊張：

「或許留聲機也可以賣了，我來到這兒後，一直少有心情聽唱片。」

川喜多顰眉蹙額，左手搔首支頤，香蘭繼續說：

「住在這兒隱密性大大降低，很不自在。」

「因為跟我們住在一起。」

小出說著，野口回到客廳了。香蘭：

「當然不是。我指的是外面。譬如那兩位衛兵，尤其是那位姓竹的學生，對我雖然很好，但也承認是在監控我，總在我們房子附近巡來巡去，我放唱片時，都不敢太大聲。」

野口落座後，全身癱在沙發上，釋放心中的餘悸。川喜多看向野口：

「三輛都放在餐廳太擠了？」

「外面的民生商會有一些工具，找個時間去買些回來，在餐廳一邊的木牆上安裝一個支架，把單車掛在牆上也不壞。」

「也是好主意。至少不會讓那些打劫的軍人一抬就走，搞不好他們要取下來，要經過一番『搏鬥』。」

川喜多說完，小出開始質疑衛兵的角色：

「一個人要巡視這麼多住戶，嚇嚇老百姓可以，但碰到土匪兵就……」

「嚇阻搶匪兵，他也盡了一點力。事情發生時，他可能躲起來或什麼，但我直覺最後他跑著過來是刻意要保護我們這一家的。我們的小蘭若出了事，他麻煩就大了。」川喜多神情溫婉地看向香蘭，「那些衛兵當然主要是來監看妳，也是來保護妳的。但至少妳說的那位姓竹的上兵，可能早就知道妳是李香蘭，也對妳印象不錯，監視妳，也樂於接近妳。」

小出和野口曖昧地咧嘴，緩解了監看話題的氣氛。川喜多開這種玩笑，香蘭覺得無傷大雅。由於語言不通，小出和野口對那兩名衛兵，多以沉默和嚴肅以待，川喜多有時開開衛兵的玩笑，大大可以緩和監控和被監控方的關係。香蘭想著反手拍了一下川喜多的肩身：

「副董幾時變得伶牙利嘴了？」

川喜多笑著正要解釋，敲門聲傳了過來。

「我來。」

川喜多說著起身，慢慢拉開門閂。門外：

「我住隔壁，是警察，可以進來嗎？」

「啊！請進。」

自稱阿部的警察在川喜多的介紹下，和每一人握手。

「這位是山口淑子。」

川喜多說著，阿部手伸向香蘭：

「大家都知道，你們這邊住著一位李香蘭。面對面相見，果然氣質非凡。」

聽阿部這麼一說，小出和野口頭臉都笑著往後仰。阿部坐下後，香蘭離座從廚房取出茶盤，裡頭盛著幾只倒滿半杯水的茶杯走了過來。

「不敢當。」阿部接過清水，想像著香蘭以前在川喜多旗下演藝的情景，「上海總領事有地富也就住你們樓上，我是總領事館的駐館警察。」

「這樣啊。中華電影聯合公司除了我們四人外，不曉得其他基層員工有沒有住這裡的。」

川喜多說著好奇地看著眼前這張憨厚的臉孔，想像他過去當警衛的樣狀。阿部：

「你們住在一起就很好了。這次阿兵哥行搶，你們有沒有損失？」

「差一點，好在沒闖進來。那你呢？」

「腳踏車放在門口，想待會再牽進來，沒想到他們來了，一陣風，就被拉走了。」

「他們是那單位的，第三方面軍，地方部隊，還是游擊隊？」

「不清楚，或許都是，或許都不是。」阿部環視左右疑惑的眼神，「湯恩伯的第三方面軍本來駐防中國西南一帶，戰時損失了一些兵馬，調到上海、南京一帶進行整補，很可能就吸收到這邊原本屬於南京國民政府的部隊。你也知道，這一陣子幣值大跌，日本、中國老百姓生活都很苦，那些地方部隊也一樣，紙鈔變成廢紙，可以拿來賣的東西才是王。」

川喜多點頭稱是，再次打量警察阿部：

「不管怎樣，還是要向日僑管理所反映。」

「很多人都會講，日本人不是這麼好欺負的。現在日僑管理處還沒成立，各地的管理所還是歸軍方管，事權還沒統一，效率就比較差。」阿部頭兒低垂，越過川喜多望向香蘭，「李小姐的事，我看過中文報了解了一些，應該沒事吧。」

「明天要到軍政處接受偵訊。」川喜多聲調放緩，眼神無奈，「第一次被約談。」

「我以為既然住進這兒，應該就沒事了。不過，現在很多日本人都知道李香蘭是自己國人，也希望她趕快回國。越多人這樣想，對李香蘭證明自己的身分越有利。」阿部越想越覺得香蘭像那位明星，「有一位水久保澄子的明星，大家有沒有印象？」

「星玲子跟我提過，我知道她出道很早，但太任性，演藝生涯來得快去得也快。」

見香蘭接下話頭，阿部話興更開了，也非常滿意自己主導的話題。

「我和老婆前幾天拜訪過她，她對妳非常了解，說妳應該是日本人。」阿部瞬了一眼香蘭不斷點頭的樣狀，「她住的公寓離這裡不到百米，是比這裡更高級的公寓。」

小出到廚房提著水壺過來，給都見底的茶杯斟滿水。川喜多喝了半杯水：

「水久保澄子給人的感覺非常清純，當年我也很注意她，但她消失得太突然太快了。聽說她後來到菲律賓？」

「說來話長。」阿部把 11 年前的往事拉回，「大概十年有了吧，她本來是松竹演員，在下加茂攝影所和林長二郎，就是後來的長谷川一夫合演古裝劇《月形半平太》時，突然鬧自殺，不久又和她那跳舞的姊姊一起跳槽到日活。在多摩川片廠拍攝《綠色的地平線》時，又突然和菲律賓留學生結婚，一起前往菲律賓定居。」

野口本來對阿部這位不速之客有些感冒，但這個話題引發了他一點興趣：

「她那《綠色的地平線》有拍完？」

「拍了一半就走人，日活氣炸，馬上叫星玲子救火。水久保自然是永不錄用，不只是日活，全電影界都把她視為拒絕往來戶。那時她還沒滿 19 歲。」

「實在可惜。」小出心裡嘆了一下，「日本人嫁給中國人還聽過，嫁給菲律賓人，真是聞所未聞。」

「她自己說，她的菲律賓老公騙她說是個大戶人家，生活像王子，結果嫁過去才知是破落戶，她不但不像是女主人，倒像個傭人，在那邊待了一年就逃回日本。」

阿部說著喝了一杯水，繼續講水久保來上海探親，結果外海戰情緊張，被困在上海回不去的情事。對香蘭來說，在這艱難的時刻，別人的傳奇會讓她共鳴，然後帶來一點慰藉。她思量自己的過往：如有些報紙所言，她在東亞三國拍片、演唱，也算是傳奇的話，現在外加一章無可逃避、違抗的輿論追殺和刑庭凌虐。她寧像水久保那樣，人生泰否榮枯，自作自受無怨尤，毋須勞動他人凌遲。川喜多看向右邊側座的小出和野口：

「怎麼樣？找一天咱們也去拜訪看看。」

「沒問題。」

「我剛說過她就住這兒附近，叫做大陸新邨，是一棟三樓紅磚連棟公寓，高雅、現代。」阿部欣見自己的話題有了很好的回響，「聽說魯迅以前就住在這棟長屋裡面。」

55. 一週三審 香蘭接招

早上，秋陽穿透窗玻，興業坊二號樓 183-21 一樓內，三位男同事陪著等待，香蘭好像待嫁新娘，心情波動不已。香蘭：

「謝謝川喜多大哥願意陪我前往。」

「軍政處戒備森嚴，我不確定能不能真正陪同，我上次到軍政處是在一樓會客室，交通司長親自下來說明。」川喜多避開香蘭惶然的眼神，「偵訊重地應該不會讓外人進入。」

「即使不能進去，在小蘭旁邊也好。」野口。

「正合我意。我想，來接香蘭的車子不會讓我搭，但我還是要設法前往，我如果什麼都不做，心難安。」

川喜多語多無奈，一室的不安再度轉為焦灼的等待。

吉普車來了，川喜多開了門想探一下虛實，迎面而來的是「李香蘭！李香蘭在嗎」的粗重呼叫。川喜多看到駕駛兵和上尉的同時，香蘭和野口、小出也都出來了。上尉要求香蘭出示傳票後，示意她坐在後座。

「我是她的監護人，可以同車嗎？」

川喜多說著迎來上尉詫異的眼神。上尉：

「你是中國人？」

「日本人。」

川喜多說完，秀臂章上的名字給上尉看。

「當然不行。我們負責李小姐的安全。」

香蘭向川喜多他們揮手時，竹若松也走了過來：

「請保重。」

「謝謝。」

香蘭幽幽轉過頭，直視剛啟動的車子的前方。對她這種「要犯」，衛兵應該很兇悍才對，偏偏這位衛兵對她一直很貼心，她懷著一點溫馨，多少想到兒玉。車子一路南下，她把視線鎖在車內，腦筋持續空白。車子過了蘇州河，在她多半熟悉的街道轉動，她希望車行不停，車子每過一個路口，她的心便下沉一次。很快就要下車了，她舉步有如千斤重。

上海軍政處位在山西路的一棟六樓大樓內，貫通三樓的希臘式石柱，建構出衙門的威嚴，香蘭下了車，駕駛兵把車開走。她隨著上尉登上門階，上尉出示傳票給衛兵看過，兩人進入門房，香蘭用滿洲國身分證換取藍色的公務牌，經過陰暗的長廊，在廊中的樓梯上了二樓，梯口衛兵還是向上尉行持槍禮。

上尉安排她坐在走道的長條椅上，她抬起頭，「偵訊室」的木牌赫然進入眼簾。

「坐著等，有人叫才進去。」

上尉說著走了，香蘭把墨鏡放進皮包等了許久，沒看見人影，終於有人從走道另一頭走了過來。走過來的兩名軍官對她視若無睹，依舊談笑風生，好像走在另一時空裡頭。她繼續枯等，她知道沒人聞問的等待是一種懲罰，故意用來消磨人的意志和銳氣。

「李香蘭小姐！」

尖銳帶有殺氣的女聲從斜對面的門縫傳了過來。香蘭向前走了兩步，門開得更大了。香蘭忐忑地走了進去。偌大房間空蕩蕩的，中央擺了一張椅子。女聲再度傳來：

「李小姐，坐在妳前面的那張椅子上。」

香蘭坐了下來，前所未有的孤單裹著她，她兩眼低垂，不敢張望。

「妳叫李香蘭？」

男聲從前面傳來，香蘭張望了一下：

「李香蘭是我的藝名，我的本名是山口淑子，是日本人的名字。」

「那妳父親呢？」

香蘭據實以答，也才看到前面大桌後面坐著一名中國陸軍中校。中校繼續追問她父母親的職業，和她求學的過程。由於問題簡單，直覺沒有陷阱，香蘭心情稍稍放鬆，瞄了一下右前方的女書記，直覺應該就是剛剛一直呼喚她的女士官。中校：

「妳說妳的中文是父親教的。他既是日本人如何教妳中文？」

「他幼年跟隨祖父學中文，熱愛中國文化，年輕時就讀北平中文專門學校『同學會』……」香蘭對於父親與中國文化的結緣作了較多的描述，「結婚後在滿鐵撫順炭礦擔任安檢人員，晚上就在公司給同仁開設華語進修班，帶著我去上課。」

中校把書記士官叫到身邊，交頭接耳了一陣，書記回座後，中校：

「為什麼取名李香蘭？」

香蘭把幼時拜李際春將軍為義父的過程交代出來。中校：

「既然妳說父親是日本人，日本人一向高傲自大，怎麼會叫妳結拜中國義父？」

「父親和李將軍是結拜兄弟，……，李將軍家大業大，父親一介平民，受他照顧頗多。」

中校向書記使了個眼色，低聲問：

「李際春到案了沒有？」

女書記士官搖頭。中校：

「李際春怎樣照顧妳家？」

「我們住奉天，對不起，瀋陽時，他的大房子就免費讓我們住。」

中校點點頭，將偵訊的主題轉移到她在北平的日子：

「……妳說妳那時取名潘淑華，跟潘毓桂的關係也跟李際春類似嗎？」

「是的，父親收入不多，子女又多，我就讀翊教女中四年期間吃住他家，後來家搬到北平，房子也是他幫忙物色，我們只付了很少的租金……」

香蘭的偵訊告一段落，中校和書記又低聲討論了一會。中校好好端詳了香蘭一眼：

「你剛剛說李潘兩人有恩於妳。」

「是。」

香蘭有些不安地點頭。中校：

「他們家大業大，是魚肉老百姓的，但妳卻把他們當成恩人。」

香蘭沒有回話，臉色蒼白，迎來了書記有點同情的目光。中校見香蘭欲言又止：

「妳有什麼話？說！」

「我根深蒂固的想法是，中國是養育我的母親，我一直深懷感激。」香蘭察覺有股意念在體內流動，且在情急之下，進入她腦裡，「剛剛我講的兩位大爺對我們家的恩情，追根究柢，其實是平民百姓對我們家的恩情。」

「請妳再說清楚一些。」

「飲水思源，我們家承受的恩情其實來自一般平民百姓，兩位大爺家只是媒介。」

中校咀嚼香蘭的話，和書記相視笑開，隨即板起臉孔：

「妳知道潘毓桂在盧溝橋事變時出賣情報給日軍，結果害我國多少學生被狙殺，害兩名將官喪命嗎？妳這是認賊作父。……一下子山口淑子，一下潘淑華，一下子李香蘭，人生如戲，把世界當攝影棚。妳越說越不能證明妳就是山口淑子。」

中校強詞奪理，話語像連珠砲，香蘭有些氣餒：

「我的身分證在門房。」

「偽滿的證件不可信。今天到此為止，坐在這邊，待會有人會送妳回去。」

中校和書記走了，香蘭又孤伶伶坐在偌大的偵訊室。被問話疲勞轟炸，被孤寂浸透，是她被偵訊的初體驗。上尉和駕駛兵來了：

「李小姐，跟我走。」

一行人下了樓，經過走道、會客室，在門房換回身分證，走出門房，和川喜多撞個滿懷。川喜多：

「還好吧？」

「還 ok.」香蘭看著前面的上尉再瞥向川喜多，「問一些基本問題。」

下了階梯，大家停在人行道邊，駕駛兵前去取車時，上尉刻意離香蘭遠些，臉露些許不悅。香蘭問川喜多：

「來多久了？」

「半小時了。我上不去，只好在下面等著妳出來。」

「不好意思讓你白跑一趟。」

「不會。第一時間看見妳，還是很高興。妳的墨鏡呢？」

香蘭指著提包，上尉走了過來，看了川喜多一眼：

「這位先生不是早上見過面的嗎？」

「是。長官。」

「中國話說得很好。怎麼來的？」

「騎腳踏車。」

川喜多說著時，車子來了。香蘭和上尉上了車，川喜多只得拚命踩回去。

審訊進行得很快，第二次偵訊隔了一天進行，川喜多為求得一份心安，還是騎單車前往。

第二次偵訊，主要是訊問香蘭旅行各地演唱、拍片的過程，重點不在她演出電影的內容，而在她生活動態面的探詢。這一次，川喜多提早出門，到了軍政處，在會客室和香蘭見了面，講了幾句話便分開。由於沒有大狀況，香蘭勸川喜多別再浪費時間，拜六早上的第三次偵訊，就由香蘭單獨前往。

軍政處的偵訊既然分三次，好戲自然在後頭。同樣的審訊人，同樣的場景，香蘭再度坐在空曠室內中間的椅子上。

「妳作為李香蘭，備受爭議的還是妳主演的電影。妳為什麼投入電影的拍攝，動機是什麼，都要據實以答。」中校語帶威嚇，「尤其是妳在滿映期間和日本電影公司合作拍的電影。首先，妳為什麼要搞電影，電影欠了妳什麼？」

「這要從我小時候修習音樂開始講起……」

香蘭從 13 歲獲波多列索夫夫人栽培，隨後被奉天放送局發掘，最後被滿映青睞，一頭栽進便是六七年的過程大致交代出來。女書記振筆疾書，中校有時喝茶、看報，甚至起身走動。香蘭述說完後，中校開始詢問她在滿映拍攝的電影，再及於滿映和東寶、松竹合作的電影，最後才詢問她在華影的表現。

「看來滿映是配合日本國策，把妳形塑成政治演員。」

「我不同意這種說法、這種形容，這對我是……」

「這不是形容，我在講事實，凡走過必留下痕跡，妳出演的電影會說話。」中校神情篤定，等著香蘭入彀，「妳在拍攝《支那之夜》時演中國女子，被男主角摔耳光後死心塌地地愛上他，不就是侮辱中國的女性，政治動機明確嗎？」

「我們拍攝時沒有想這麼多。」

「我只是問妳，別說『我們』。」

「我只是在導演的指導下，依照劇本演出。這場戲只是傳達日本傳統男女觀念，表示女子挨了揍後，會服從男子的權威。凡是女性都是這樣，不管她是中國或是日本女性，和政治沒有關係。」

香蘭說著時，一直繃著臉的女書記笑了起來：

「講話不經大腦，我們中國女孩不會這樣賤。」

「妳閉嘴。我在審理！」中校瞪了書記一眼，回望香蘭：「既然知道電影有侮辱中國女子的情節，為什麼還要演？」

「電影表現人生百態，有著無限可能。」香蘭自覺說得有些離題，「如果我的演出造成中國人不悅，我道歉。演出的當下沒想這麼多。」

「妳還是有些逃避我的問題。」

被逼著要給答案，香蘭覺得厭惡，拍那個鏡頭的當時，她實在沒想這麼多，只擔心拍打老闆娘侍奉的葛湯不夠用力，再次 NG。至於挨巴掌一事，也不用她演，她只要閉著眼睛，承受剎那來到的痛擊和灼熱即可。香蘭：

「你說的那個場景，我當下確實很猶豫，在導演和男主角的鼓勵下演了，但演出後也引發朋友的批評和指責。」

「妳必須適時表示懺悔，我們考察妳過去的所作所為，也在觀察妳的心性。」

再次被要脅，香蘭不願開口。

「《白蘭之歌》情節更嚴重，一連串的背叛簡直是驚世駭俗。」

中校說著停頓了一下，見香蘭沉著臉，繼續說：

「妳在電影裡頭背叛自己的親人、自己的游擊隊，還出賣游擊隊的情報給日軍。我不是跟妳討論電影情節，而是問妳為什麼要演出這種角色。」

「作為演員，就是要揣摩各種角色，藉著演出磨練演技。我是在演電影，並非實際做出那些事情，所以沒有叛國不叛國的問題。」

「妳要知道妳是名聲極高的演員，影響力極大，就是要慎選妳的角色。妳的演出讓全國婦女都蒙羞。」

香蘭發覺掉進中校的陷阱，被栽贓的感覺不好受，幾乎從椅子上跳起來：

「我是日本人，我沒有背叛國家民族。」

「是日本人，中國人，不是妳說了算。」中校刻意壓抑心中的怒火，冷冷地回應香蘭的憤怒，「就算妳是日本人好了，妳常演出這種中國人，不是有目的的污衊中國婦女嗎？」

香蘭聞言渾身顫抖，就像古人說的「欲加之罪，何患無詞？」

她在電影裡頭扮演一個角色，就換來有目的污衊中國婦女的滔天大罪。中校見香蘭微張的雙唇開始抖動：

「那妳知罪，就要認罪！」

偌大室內一片死寂。被審訊了這麼多次，香蘭一直用眼角的餘光感知中校和書記官的存在，一直不太敢正視他們，擔心因此招來他們報復性的神情。語氣嚴厲的中校終於作出「宣判」，香蘭當下很震驚，想了一下，也覺得不意外。

「我只是演個電影，在導演的指導下演出，有沒有目的，要問導演。」香蘭有理難伸，有苦無處訴，有些氣極敗壞，「就當我都演壞女人好了，大反派好了。」

「這不是反派，是反動了。」中校看向書記，交換了一下眼色，再望向香蘭，「妳在《熱砂的誓言》表面上光鮮亮麗，實際上也是通風報信的告密者。妳早期效忠滿映，效忠大日本帝國的大陸三部曲，電影裡講著華語，實際做的都是為敵人張目，欺騙國人的勾當。」

一堆帽子連番扣下，香蘭招架無力，直覺正式的罪名即將落下，不想多說。

「為什麼叫做大陸三部曲。」中校見香蘭沒開口，「所謂大陸就是大陸政策，也就是侵略中國大陸的政策。這三部電影拍攝或故事發生的地點，分別在東北的遼寧、熱河，北方的北平、察哈爾，和中部的上海、蘇州，平均分布在當時的日本佔領區，可以說是日軍攻下佔領區，日本移民隨之而來的行動標竿。妳是女主角，是日本侵略中國大陸政策的棋子，再明顯不過。……」

中校見香蘭不再接招，不再多說，斷然結束偵訊。由於時間不早了，接送她的上尉要她自行在一樓門口等待，他隨後就過來。

香蘭神情疲憊地下樓，走過走道，大門的陰暗處突然閃出一個人：

「如果妳拿出五千美金，就判無罪。」

對方突如其來，講的又是英語，香蘭好似跌入遙遠的時空，半晌才回過神來，看了對方一眼，感覺不像是軍政部的職員。陌生男繼續說：

「說話算話，這是軍政處主管的意思，拿錢擺平就把妳放了。」

五千美金讓香蘭啞然失色，她真不知道那邊有這筆錢，呆呆地望著神秘客。

「好，三千也行。」

神秘客降了價，但香蘭心裡的無奈有增無減，戰時她或許可以籌到這筆錢，但戰後幣值崩跌，她身上僅存的現金只夠餬口。再說，她直覺不妙，即使有這筆錢，也不會拿出來冒險：

「不。謝謝。」

神秘男被潑了冷水，華語隨即噴出：

「說的也是，李香蘭身價大不如前啦，再說日本女子值不了三千日圓，遑論美元，根本高估了妳。」

被中校羞辱夠了，神秘男又在傷口灑鹽，香蘭甩頭就走，差一點忘了換回身分證。香蘭悻悻地走到外面。

「沒有禮貌，甩頭就走。」

香蘭回頭一看，還是那傢伙，濃聚室內暗處的神秘面孔攤在陽光下後確有幾分猙獰。香蘭躲在柱子後面，神秘客的話：「我只要慫恿劉少將幾句，包妳吃不完兜著走，等著瞧！」還是追了過來。

香蘭回到興業坊，下了車，又餓又渴，提著包包在住屋門口晃了兩下，衛兵竹若松走了過來：

「辛苦了。」

「謝謝。」

「有什麼事要我幫忙，儘管吩咐。」

「還是這句台詞。」

「我再想一想，換個說詞也好。」

香蘭取下墨鏡，友善地向他笑笑走進大門。野口正在客廳玩短波收音機：

「早上情況怎麼樣？」

「還是老樣子，審問電影的內容，還是一對一問答，過程很累。」香蘭避重就輕，看著野口的西屋牌短波收音機，「每天把收音機分解開來再分開藏，也很辛苦。」

「確實不便。有時沒有拆開，就直接塞進沙發坐墊一角，或衣箱裡。」

小出端來一碗已涼的綠豆湯：

「李香蘭，就在這邊吃吧。」

「不好，我回房間用好了。」

「這邊正好。」野口收拾茶几上的一些雜物，「邊吃邊聊今天的情況，大家都想聽。」

「客廳可是你的房間，可是大家還是習慣性地給忘了，造成你的困擾。」

被香蘭這麼一說，野口忙說沒關係，彼此彼此。香蘭：

「副董還沒回來？」

「是。」

………………

川喜多傍晚才回來。他今天主要是回應上海《文匯報》不久前徵求讀者提供香蘭言行舉止和身分證明的廣告。大夥聚在餐桌上，川喜多看著香蘭：

「我帶著梁樂音前往報社，卜萬蒼後來趕到，他強調妳有日本助理－名字也給了記者。當然兩個人都談了很多。」

「可能很難扭轉報紙造成的我是中國人，是漢奸的刻板印象。」香蘭。

「妳有日籍助理一事很有說服力，在那種時代氛圍下，中國明星不可能擁有日籍助理。……當然啦！講了這麼多，記者也勤於筆記，會刊出多少，也不太有把握。」

川喜多報告一日成果的同時，也很想知道香蘭這一天被訊的情況。香蘭據實以告。

「看來他們真正向妳開戰了。」川喜多眼神溫潤地望著香蘭，「他們現在正在塑造妳的原罪，把妳當成日本帝國的棋子，講不好聽就是鷹犬，比如，川島芳子從事軍事滲透，這是一般的共識，他們可能會把妳說成妳藉著拍電影自願從事文化滲透。」

昏暗的罩燈下，空氣陰鬱了起來，小出看著香蘭慘白的臉：

「那豈不是要把小蘭打成文化間諜？」

「這叫置之死地而後生。」川喜多眼露霸氣，把每一雙眼睛都看得低垂下去，「小蘭要在絕境裡建構破解中國政府單位惡意栽贓的方法。譬如，他們說小蘭拍電影是有目的、有計畫、有政治意圖，配合上級指示，小蘭就得站在電影藝術的角度思考、反擊，譬如強調導演、編劇創作的自主性，演出只是描述人生，刻畫人性，反映時代……」

「我確實應該好好回味以前演過的每一部電影，找出裡頭的藝術因子，整理好每一份保命符。這樣生命比較有保障，就好像……」

香蘭思緒有些不繼，但思路明晰，給大家很大的信心。川喜多：

「另外，小蘭拒絕用金錢解決自己的困境，我想這是對的。還好她也沒有錢。不然很可能賠了錢，事情沒辦好，一場空。」

「事情越來越複雜了，有人想趁機敲一筆。至於那位痞子口中的劉少將，是真有其人，還是隨意說出……」

野口還沒說完，把話打住，兩眼悠然望向天花板。川喜多：

「應該不是主管或是部隊長，比較有可能是，比如第三方面軍的參謀或上海軍政處的顧問……不管怎樣，人在暗處，等他現形了再做定奪。」

四人隨後一起下廚，有說有笑，暫卻香蘭的煩憂。

56. 斡旋軍方 阻卻少將

如果川喜多不說今兒是禮拜二的話，大家也都不曉得這一天是九月還是十月幾號。大家都沒外出，小出和野口的地攤暫時收了，實在沒有多少東西可賣了，現在「家裡」重要的資產－留聲機和三部單車，暫時保留，待遣返在即，再脫手不遲。香蘭在房間聽龔秋霞送的唱片，輕盈的歌聲突然被突穿。

「糟了！糟了！」的聲音讓她心驚魄散。她急著關掉留聲機，用衣服蓋住時，「李香蘭呢！李香蘭要成為劉少將的第八夫人了」的呼叫又起，好像是范姨的聲音。香蘭開了門，范姨拿著報紙衝了進來。香蘭看著四開大小的《新聞報》時，大家都出來了。

香蘭看過新聞標題：「上海軍政界花邊又一聞 / 劉少將納妾李香蘭 有一撇 / 踏鐵鞋覓傾城名花 賓果」，再看內文：「人稱劉少將，近來在上海軍政界頗有影響力的劉勤志，一向仰慕美聲歌后－金魚美人李香蘭。唯一直在中國人還是日本人之間糾纏不清，飽受輿論攻擊的李香蘭宛若從人間蒸發，但劉少將鍥而不舍，終於找到……」

香蘭大致看完，把報紙交給川喜多時，大家都想從她靜穆的臉龐讀出一些訊息。

「劉少將得不到妳誓不甘休。」

范姨說著時，香蘭用手指封嘴再指著川喜多，示意范姨安靜，讓川喜多專心看報，實際是希望范姨少談她。川喜多看了一半，用日語開口：

「昨天才提到劉少將，不知是何方神聖，現在他不打自招露相了，但報紙還是沒交代他是那單位的，名字也可能是化名。亂世就是這樣，很奇怪的報導，莫名其妙的報紙。」

接著他把新聞大概內容交代出來，然後用華語問范姨：

「妳看這個報導可靠嗎？」

「外面早在傳劉少將對李香蘭頗為賞識，想納香蘭為妾，可見不會是空穴來風，得小心提防著。」

「不瞞妳說，李香蘭前幾天到軍政部受審的時候就遇到劉少將的人。」

「是嗎？手伸過來了。」

「軍人就是好色，日本、中國都一樣。」野口笑看范姨，試著用淺顯的日語敘述，「他都已經有七個老婆，每天輪一個，一星期剛好輪完，現在豈不多了一個。」

大家笑開，范姨也笑得臉上皺成一團。川喜多看著范姨帶來的提袋，用華語：

「范姨，妳又給大家帶來了什麼好吃的？」

「糯米飯，有摻一點雜糧，甜甜的，做起來簡單，吃起來爽口。」

「實在不敢當。」川喜多看著范姨取出，用玻璃紙包著的糯米飯，看著野口，「我們都到餐桌上好了，每次都佔用你的『房間』，不太好。」

「沒關係，范偶巴嗆也是客人，難得有客人來，就用客廳好了。」

「我在想，」小出俏皮地看了香蘭一眼，兩眼靈動地再望向每一人，「小蘭目前為官司所苦，劉少將好像是及時雨，小蘭把他當救命索，攀附上去，或許就可以不再被審訊了。」

「這是什麼話嘛？」香蘭。

「小出是開玩笑的。」

川喜多忙著緩頰，香蘭兩眼突然炯向范姨：

「那位少將不是什麼好東西吧。小出兄竟然拿他來開我的玩笑。」

范姨被香蘭看得滿頭霧水。她聽不懂小出嘀咕的日語，但從香蘭眼角的餘波推知她正生小出的氣。范姨擔心自己的警告走了調，抖擻起精神：

「那少將可不是好惹的，以前被日本軍人俘虜，有過一陣拷打，毀了容，很醜，知道妳是日本人後，也有可能會找妳洩憤。」

香蘭如獲至寶，把她的話轉達出去，小出一直回以傻笑，川喜多還是認為小出一時覺得好玩，不用太在意。香蘭最後只好認為自己有些精神耗弱，以致反應過度。

「這種事情基本上可以折射出很多笑料，但是大家還是認真一點，提高警覺，像劉少將這種軍閥氣息濃重的人，很可能會用強硬的手法把人帶走。」

收納川喜多的警告，大家體內的警鐘隨時準備響起；往後幾天，茶餘飯後的閒聊中，也會論及劉少將在什麼時候，以什麼樣態出現，大家都認為車隊是最能顯示軍容壯盛，軍人威風的方式。

為了對傳聞中的劉少將有進一步的了解，川喜多再度拜訪老友－知軍的銀行家陳家強，得知劉少將是上海軍政處督察，少將可以當督察長，但非黃埔出身，素行不良，心中無戰略，但好女色，只能佔個閒差，軍風一旦整飭，很可能會中箭落馬。此外，川喜多也帶回來上海市民開始準備慶祝勝利後第一個國慶，街頭一片歡樂的消息，也帶給香蘭一封珍貴的家書。信寄到百老匯，川喜多回去巡視時發現，信很厚，香蘭小心地拆開，發現裡頭夾帶兩張照片，一張是她和父親的合照，一張是她小時候的全家福，信由媽媽山口愛親筆用日文書寫：

「……上次妳父親寄過去的信收到沒？現在一家人都擔心妳，我們越擔心，壞的消息就越多。避免看報，但也知道報紙對妳的攻擊有增無減，妳弟妹在外頭看到了，不買回來看也不行。最近還傳出有人建議把妳處死的恐怖報導。天呀！妳到底犯了什麼罪，需要被如此對待，妳父親承受不住壓力，天天喝悶酒，他的身體實在承受不住，最近得了重感冒，病倒了。還好他身體底子好，燒也退了。……寄上兩張照片，主要是給妳作為妳是日本人的佐證，全家福那一張，全家都穿和服，妳難得也穿和服，不過小時候容貌和現在落差甚大，妳和父親合照那一張，容貌比較接近，但可惜兩人都穿西服或洋裝，知道妳身邊大量照片都是穿旗袍的，這麼中國化，沒有人讚美妳，也無助於妳目前的困境。另，大家生活都困苦，妳也不例外，尤其是幣值大貶後，貧富都拉平了，妳在家的許多旗袍可以拿來賣嗎？……」

香蘭看過信，轉給川喜多看，川喜多看完後：

「應該可以寫信，用中文寫，試試看，信封別寫目前的地址，寫在信裡面，簡單就好，我代妳拿到外頭投投看。」

香蘭隨即修書一封給父母，除了報平安，慰問病情，表示自己物品任憑處置外，沒多說太多。信轉交川喜多後，她心裡踏實了一些。

天氣明顯轉涼，電扇似乎用不上，可以拍賣了。香蘭一早起來，除了用餐時和同伴聊幾句外，一直待在房間看書，她的房門被敲了一下。

「趕快躲起來。」

香蘭聽見野口在外面呼叫，趕緊開門。

「吉普車隊！」

被野口這麼一叫，香蘭來不及看外面，直衝屋後的廁所。她站在廁所裡面，既緊張又羞憤，不禁想起 11 年前初次搭火車前往北京時，擔心懷裡的鉅款被列車服務員搜出，逃往車廂後端，把自己反鎖在臭氣嗆鼻的廁所裡面的情景，還好現在廁所沒這麼臭。

「李香蘭在那裡？快出來！」

軍人的叫聲凌厲，香蘭在廁所裡面躲得更緊，氣憋得更久。只要幾名軍人進來，看過房間後馬上就可以把廁所門踢開，香蘭屏息以待。

「將軍，久仰，久仰。」

是川喜多的聲音。

「你中文講得不錯，日僑嗎？」

「是的，你要找的李香蘭不在。被人接去偵訊了。」

「你別唬弄我。軍政處的偵訊已經告一段落。」

「現在輪到警備司令部。」川喜多推開香蘭房門，「你看，這是她房間。」

「我只是想請她參加一個晚會，唱幾首歌。那，這一間呢？」

「是我的房間。」川喜多看著站在沙發邊的野口，指著客廳，「這是他的『房間』。」

「算了。我們走！」

香蘭聽見了軍人離去的招呼，不敢逕自開門出來，直到野口在門外呼叫，才開門出來換換空氣。「一家人」又在客廳聚首。川喜多：

「小蘭真是一日數驚呢。」

「那表示待會還會有驚嚇？」小出看著整好裝，準備外出的川喜多，「又要去刺探軍情啊？」

「沒有錯。處處挨打，不能反抗，也不是辦法。多了解情況，或許可以先行閃避一些攻擊。」

川喜多說著時，野口已把單車從廚房牽了過來，川喜多到廚房牽車子時，小出：

「副董真要到軍政處？」

「上次僥倖，交通司長見了他，不知這次見不見？」野口看了香蘭惶惑的臉孔一眼，「會儘量有技巧地探聽劉少將的事。」

「交通司長的位階比劉少將還低吧？」

「低一階。」川喜多牽著單車出門，看著香蘭和小出，「妳說的那個叫竹若松的衛兵明明知道妳在房子裡面，也幫忙掩護妳，可見劉少將一定是惡名昭彰的壞蛋。我就去找一些中國的朋友問問，再多了解一些這傢伙的底細。我和野口一起出去，小出，照顧好小蘭。」

小出和香蘭跟著出去送行，好像川喜多和野口要遠行一般。竹若松瞇著眼看著香蘭笑開：

「剛剛好像拍電影。」

「不好意思，造成你執勤上的困擾。」

「是他沾惹妳，騷擾妳，應該怪他。」竹若松把肩上的步槍往上提，「我也是聽他部下叫他，才知道他是劉少將。」

「他好像很有名。」

香蘭說著時，小出自覺沒事先回屋裡了。

「以好色有名，強佔人妻、良家女子，但時代變了，這種習氣開始被唾棄了。」竹若松轉身走開，旋又回過頭，「劉少將的出現對妳也不全然是壞事。在報紙看到妳的情況，確實有一股很明確的力量。」

「什麼很明確的力量？」

「就是要把妳往死裡打。但劉少將代表一股要妳活下去的力道。」

「謝謝你的點醒。」

「不客氣。有什麼困難，跟我講，我會盡可能幫助。」

「謝謝，你剛剛就幫了我一個大忙。」

「怎麼說？」

「你明明知道我在屋子裡，但不告訴劉少將，就是一大幫忙。」

「阿哈！但我只能跟妳講兩分鐘，講多了不好。」

「了解，站衛兵都這樣，再見。」

香蘭回到屋裡後不久，和小出簡單用過中餐，同時轉達了竹若松的看法，小出頗為同意，也默默稱許他認為劉少將的魯莽給香蘭帶來一線生機的看法，認為兩人所見略同，實在是好預兆。小出想了一下看向香蘭：

「可以逃避劉少將，但別羞辱他。」

用過餐，香蘭待在沙發上看書，心情漸漸平靜，兩小時一班，兩人互輪的衛兵換了好幾次。她正在看日文版的《大衛·高柏菲爾》，她對於男主角終究與愛米麗無緣，不時掩卷興嘆。

「咚咚」敲門聲響起。香蘭認為是川喜多回來了，起身開門，身形巨大，黝黑的軍人赫然在眼前。香蘭右手遮住驚啟的雙唇。

「哦！李香蘭被我找到了。」劉少將抽動著鼻頭，隨後大笑，「我就不相信被軟禁的妳能躲到那裡。」

香蘭驚見少將右耳的殘肉一陣心悸。小出也出來了。少將看著眼前的一男一女，好似怪物看人的眼神，有點激動地指著自己的耳朵和腳：

「看到很奇怪？那是擔任馬占山將軍的參謀時被日軍俘虜，嚴刑逼供下弄成的。」

香蘭被少將睜開的眼睛盯得挺不舒服，瞅了小出一眼，要小出退下，小出不敢大意，還是就近坐在沙發上。少將繼續說：

「明天是國慶，晚上我們要舉行戰勝國聯歡派對，招待美軍幹部，我們想讓他們聽聽中國最紅的女歌手演唱中國名曲〈夜來香〉，我們當然會好好招待妳。」

關押在這兒三個禮拜以來，香蘭第一次聽到外面傳來的正面訊息，不再是生死線上的偵訊、審判。誠如竹若松說的，她感受到了活存的曙光，但爭取存活，並不意味著必須犧牲名節，成為少將的妾。再說，這位少將，爭議多，亂源一個，出了事，跟著陪葬，死更慘。審訊擔子重，夜長夢多，自己扛起來，也比和別人的恩怨牽扯一塊漂亮多了。香蘭：

「我已經不是李香蘭，而是戰敗國日本的國民，現在正接受貴國軍政部的調查，處於軟禁狀態，當然不再能唱什麼歌了。再說，我的喉嚨已經壞了，真的不能唱了。」

「好像軍營裡面的小兵，理由特多。」少將欣喜香蘭願意跟他對話，放低聲音，「我以前年輕的時候，叫口令叫到嗓子啞了，多喝水潤潤喉就好了。」

「不一樣，將軍那是喉嚨疲勞，我的是真壞了。喝再多水也沒用。是麻木了，沒有喝水療癒的可能。」

劉少將沒有回話，帶點諷意地望著香蘭。香蘭有些心虛：

「就像馬，滿肚子水，硬是牽到河邊，牠還是不會喝水。」

「比喻怪怪的，不成理由。看來妳的口才沒有歌喉好。」

「我本庸才，合乎古人女子無才便是德的標準。」

「我看妳是關太久了，心意消沉，我帶妳到外面，重新回到世界，什麼都會變好。看看那些美國人。在戰爭期間，他們吃好穿暖，個個聲如宏鐘。」

「老外是老外，我是我。」

「還不是一樣，都是亞當、夏娃的子孫。」少將被自己的機智逗得大笑，「沒問題的。跟老外一樣，多吃美食，喉嚨就會好得不得了。不管怎樣，我明天下午派車來，歡樂晚會大家都想聽妳唱〈夜來香〉呢。」

少將說完又哈哈大笑起來，然後一拐一拐地走出去。

香蘭放膽走出門外，看著少將在兩名下官的陪同下努力拐向停在樓門內的吉普車。

車子駛離，香蘭回宅，小出問起她剛剛和少將談話的內容，香蘭據實以告。

「看來邀妳參加派對只是幌子，他的最終目的是要得到妳。不過，……」

「怎樣？」

「他也並非特別壞，並沒有當場把妳擄走。」

香蘭點點頭，沒有回答。小出看香蘭頭兒抬起想說什麼的樣子，兩三秒後，香蘭：

「我想他不敢擄我，要是要犯李香蘭不見了，上海軍政處豈不炸鍋了。」

「看來妳被囚在這兒也算是受到某種保護。」小出狡猾地笑開，「看劉少將那樣嚷嚷，想來他也並非一方之霸，想納妳當妾，軍方那兒恐怕也有阻力。」

川喜多和野口回來後，知道少將再度上門，十分震驚，臉色一沉：

「這種事情雖然不是他一人說了算，他只要使出謀略，一個不對稱的戰爭應該難不倒他。」

「不過小蘭也不用太擔心。」

野口說著，川喜多兩掌互握，看向香蘭：

「當然啦，他也不是無敵艦隊。我剛剛深入虎穴，再到上海軍政處找交通司長聊。劉少將算是他的上級，他也不便多說，他說少將在處裡風評很差，佔了一個閒缺，一般人如果這樣一定會更加謹慎。」

「副董還真神，已經是半個臣虜了，在中國官方還這麼吃得開。」

香蘭說著，川喜多笑得信心滿滿：

「中國那邊還是很重視和日本的關係，他們知道日本沒有被瓜分，在美國的扶持下還是會起來，由於我在中國人之間建立的信譽和友誼，那些官員都知道我，也願意和我交流。」

「那少將好像跟美國人頗有交情。」香蘭。

「別被他唬了，基本上，劉少將算是一位小軍閥。」川喜多眉頭緊鎖，「如果本性發作，把妳押走，妳在移動的過程可能會有危險。少將如果擺不平上級，也會惹禍上身。」

「那個軍政處王司長還跟你說些什麼？」野口。

「他說那位少將行事過於招搖，不是好東西，看在這個處處強調革新的蔣氏政府眼裡很刺眼。有可能被撤職查辦，財產充公，到時候他的這麼多妻妾也會亂成一團。」川喜多皺了一下眉頭，看著野口，「又佔用你的『房間』。」

「現在是客廳，不是房間了。問題是，我們好像有點在逃避，儘在貶損劉少將的能耐，認為他不可能這樣、那樣。明天他要派車來，萬一他一時衝動，真的把小蘭押走。」

野口說著瞧了一眼香蘭靜穆、嚴肅的臉，川喜多把他的眼神接了過去。

「他明天下午要派車接小蘭。我差點忘了。」川喜多頗推敲了好一會，「現在都快下班了，只能明天一早出門想辦法。」

「實在對不起，為了我的事情……」

「沒事，沒事。目前妳的情況，越簡單越好，我會儘量防堵劉少將。」

川喜多對於明天的行動草草有了一個腹案，但沒有把握能夠順利進行，所以沒有明說。香蘭對川喜多的心意似懂非懂，懵懵懂懂過了一個漫長的夜晚，她怕見到第二天，但淺夢纏眠，醒來後想再睡，就是睡不著。川喜多一早出門，他要野口和小出好好顧好香蘭：

「我想了許久，交通司長王上校說可以拿他的名片去見憲兵司令部的管上校，或許他是有意利用我來穿針引線，防止劉少將製造一些糾紛。」川喜多兩眼直射掉了漆的餐桌，「憲兵司令部那這麼容易進去，不過王司長看來確實不樂見中國的軍官和日本平民有什麼糾紛，才會出這個險招。」

「軍人階級再高還是怕憲兵的，只要阻止劉少將再陷下去，等於救了他一把。王司長可謂用心良苦。」

野口說完，川喜多前額靈光乍現：

「不管怎樣，事不宜遲，先擋了再講。」

川喜多抱著很大的決心出去，這種決心讓他少了幾分猶豫。留守的三人忙著商討對策，小出提議請外面的衛兵做內應，但兩名衛兵，一冷一熱，兩小時輪一次，香蘭認為求助他們，連累別人，徒增事情的複雜，而加以回絕。整個屋子只有前門，軍人只要進來，完全是甕中捉鱉，廁所、衣廚毫無隱蔽，躲無可躲，他們觀察再三，最後同意木製沙發下面勉強可以藏身，想叫香蘭試試看，但又不好啟齒，大家只好繃緊神經，隨時準備應變。午餐過後，沒人敢午休，敲門聲響起，三人跳離沙發，小出和野口正要抬起沙發，川喜多的呼叫讓大家暫卸心防。

看見川喜多，香蘭安堵了一些。川喜多報告上午的行程，展現他的布防，野口和小出漸漸聽出信心。原來川喜多一早先趕到溧陽路日僑管理所，管理所長官聽到日僑集中區嫌犯李香蘭晚上要出現重要場合演唱，知道事態嚴重。川喜多：

「劉少將公然挑釁日僑集中區的秩序，已不是新聞，如果把李香蘭弄到層級特高的場合演唱，管理所臉往那兒擱。我這樣提醒管理所所長。所長當然要擋下這種事，但也怕和少將正面衝突。」

「我現在根本就臭名遠播了，少將還纏著我不放。」

香蘭說著苦笑了一下。川喜多：

「這只是立場的問題，他們都認為妳很好。只是報紙把妳醜化了，沒辦法。管理所的上校所長也認為這種事情由憲兵司令部出面解決非常有必要，於是叫他的副手丁中校開車載我到河南路憲兵司令部。到了司令部，原來管上校就是副司令。大家開門見山直接談，管上校表明國際飯店確實有這一場晚宴，劉少將指的應該就是這一場。當然我也十分客氣先說，如果當局真的正式邀請小蘭去演唱的話，希望憲兵隊接送，而非少將人馬，而且要保證小蘭安全回來。」

川喜多說著吃了一口飯。這是香蘭為他準備的遲來的午餐。川喜多：

「管副司令被我這一講臉紅了起來，趕忙認定政府不可能邀請小蘭演唱，果如是，天下大亂，漢奸審判會審不下去。他說，最直接的影響就是晚宴現場一定馬上區分為擁蘭派和反蘭派，搞不好兩邊會起衝突。老美聽見一名日本間諜嫌疑人在現場一定大呼小叫，懷疑日本軍人回來了。老美有什麼意見，一定當場表達，鬧到全世界都知道，讓蔣委員長顏面掃地。他的意見大概這樣，表示他是朝這方向想。」

「被關在這裡這麼久了，不知道外面變成怎樣了。看來，李香蘭有著成為亂源，變成政治衝突點的潛能呢。」

香蘭的自我解嘲，大家都理解。但也只能睜眼看著大環境的變化，把她形塑成難以理解的角色。

「報紙喜歡挑撥，誇大其實，知識程度高的人應該比較不會吃扭曲報導李香蘭的那一套，我是這麼想。」野口看著香蘭注視川喜多吃飯的可愛神情，「不過，心意比較不會改變的知識份子畢竟比較少。」

「音樂家、歌手到頭來都會嘆知音少。」香蘭右手托腮，露出倦容，「最後結果怎樣？那位管副司令有打電話去處理這件事嗎？」

「他說時間緊迫，會積極處理這件事，就叫丁中校送我回管理所。」川喜多放下筷子，「他們處理事情時當然不會讓外人看。我回到溧陽路管理所，騎上腳踏車就回來鞏固這兒的防禦陣線了。」

川喜多一邊用餐一邊把交涉的重點報告出來後，飯後在三名同伴的詢問下，補充遺漏的部分，大家聯手治這位魯莽的少將構成一個很好的網絡。有了中國軍政的奧援，四個人信心大振。川喜多：

「最壞的情況是，少將還是來了，但態度沒這麼囂張。」

「那小蘭還是得躲在沙發下。」小出。

「容得下一個人嗎？」川喜多站了起來看了沙發一眼，「中間有橫樑，空間可能不大，小出你躺下，先趴在地上。」

小出俯臥地板，頭部怪難過，川喜多、野口和香蘭合力抬起沙發壓了下去。小出憋在地板的嘴唇：

「不行。背部不舒服。」

川喜多和野口急忙拉起沙發，讓小出改成躺姿，三人再合力把沙發覆上。沙發底下傳出的聲音：

「這樣好多了。」

仰躺確實比較舒服，頭臉和脖子不致被地板擠壓、變形，用肚皮抵擋沙發橫樑也比較安全。川喜多：

「就這樣辦，情非得已時，李香蘭就只好躺下去。小蘭身子小，腳也不會露出來，拿一件床單放在沙發墊下面當沙發布套，這樣就可以完全遮蔽。」

沙發鋪上床單後，四人開始討論對付劉少將的劇本：劉少將人馬若來了，川喜多立刻隻身到外面，儘量阻延軍人的進入。士兵強行進入後，小出和野口故意口角，吸引少將和軍人的注意，讓對方忘了客廳的存在，也讓他們以為香蘭早就逃走，只逐房搜索一遍。不過他們華語不靈光，用日語吵架，怕演得不夠味而露出破綻，川喜多要他們演練，但往往「吵」沒三句，就洩氣地笑開，只好讓他們臨場再應變。

大家繃緊神經，但又有些茫然，時間一分一秒地過去，少將終究沒有出現，晚餐時刻，確信少將不可能來了後，川喜多神清氣爽，自信這次斡旋成功，對於自己在中國人之間的份量頗為自豪，決定下次有機會會向軍政處交通司王司長和憲兵司令部管副司令致謝。若能再見到管上校，或許可以窺知香蘭日後受訊的一些內情。川喜多知道很多案子偵訊一段時間後都移至憲兵司令部。他們幾個日本人還是習慣稱呼憲兵司令部的人馬為憲兵隊。

57. 槍決預報 一夕數驚

這一天，川喜多長政沒有太多行程，比平常早回家休息。午餐時刻，他看向香蘭：

「川島芳子，妳知道吧！不久前妳的名字還和她掛在一起，在報紙標題上。」

香蘭看了川喜多一眼，沒有搭腔。川喜多：

「她被抓了。我在憲兵隊看了報紙。」

「我以為她早被抓了。現在已是戰後快兩個月了。」香蘭閉目垂思，吐了一口氣，「她是個大嘴巴，希望別提到我。」

「妳跟她認識？」

「學生時代就認識她了，老實說，她對我非常照顧。雖然我一直在抗拒。」

香蘭說著，每人都面露驚異，她依小出的要求，作了較詳細的敘述，甚至及於北京和福岡的種種，把山家也扯了進來。

川喜多有些忐忑，就怕聽到兩人之間過於複雜的關係。川喜多：

「妳還是學生的時候，她來找妳，這還好，就怕妳踏進演藝圈後，她來找妳的事被擴大解讀。」

「當然最怕她口無遮攔，亂講話。以前，她就是因為喜歡亂放話，差一點被多田駿滅口。」

不安開始蔓延，川喜多三人對香蘭有些脆弱的信心，蒙上了一層陰影。川喜多頗思索了一下：

「川島芳子的官方紀錄自然很多，她的檔案裡頭應該沒有妳的名字。」

小出和野口想到香蘭和川島時常被相提並論，直覺副董的推理只是用來安慰香蘭。事實上，川喜多也實在參不透這一層。他一方面不知道香蘭過去和川島交往多深，也擔心川島把香蘭拖下水。川島固然信用不佳，但如果為了減刑把香蘭供出來，在這不重實證，只求快意散播的年代，一直懷疑香蘭介入軍政的文痞豈不見獵心喜，打蛇隨棍上，香蘭就會陷入最艱困的境地。川喜多想著看向香蘭：

「山家被關了快兩年，在終戰以前，妳、白光和川島都沒事，證明他沒有牽拖別人。所以凡事不用想得太複雜。」

「最重要的是，小蘭這幾年除了拍電影和唱歌，最多加一項勞軍外，根本就沒有從事任何政治方面的事。另外，相信川島芳子小姐在她最困難的時候還是會善盡保護小蘭的責任。我們就不用在這方面煩惱下去了。」

野口的話勉強給一室的無奈定了心，香蘭委實也裝不下更多煩惱，只能把川島的事擱置一邊了。

往後果然如川喜多所料，李香蘭案改由憲兵司令部審理，但進度很慢，有一搭沒一搭地，老在他們設定的議題裡打轉，不願釐清香蘭提出的問題。審訊時，軍官一字排開坐上頭，香蘭一個人坐在冷椅上，一樣沒有律師，也不准陪伴。審訊團一直用老是到日本軍營勞軍演唱，明顯背叛國家一事猛攻她。香蘭：

「我說過我是日本人山口淑子，你們可以把我當敵人打入大牢，但我不願背負叛國的罪名而死。」

「妳作為日本人的證據太薄弱了。妳提交的照片，尤其是全家福的照片，妳小時候的樣貌和妳現在差太遠了。」

少校說著睨了香蘭一眼。香蘭：

「我可以提出我父母，甚至我弟妹寫給我的信當成佐證嗎？」

「好吧。妳下次可以提出來。」

中校主審官溫和地點了頭，香蘭壯了膽：

「有一件事，你們一定想到，但是故意不去做。」

「妳說。」

主審官再次點頭，神情轉為嚴肅。

「你們可以把我的父母和家人請過來當證人，如果你們不相信我的身世，可以讓我和父母當面對話。」香蘭見審訊團竊聲竊語，交頭接耳商量，「或許你們可以把我押到北平蘇州胡同我的家裡取證。你們不願跨出那一步，問題永遠無解。」

「放肆！」中校審判長用木槌敲擊桌面，「妳的身分由有關單位認定，本庭只是追究妳行為的動機，要知道妳是被告。」

「我的身分沒有獲得澄清，我的動機就會被曲解，也就不會有公平的審判。」

香蘭反擊有力，審判長自知理虧，不再發作，休息五分鐘再審時開始轉換問題，香蘭提出的請求也就不了了之。

第二次審訊時，也是問一些老問題，不願碰觸香蘭身分驗證的事。香蘭問訊完畢，回來向同房報告後，小出和野口甚至有了審訊只是形式的感覺，連川喜多也都鬆懈下來了。

日子過得很快，過了十月，深秋也就來了。野口剛住進來時，白天會把棉被收在客廳一隅，漸漸天氣冷了，棉被有時不收，直接攤在沙發上。香蘭在房間裡也是躲在棉被裡看書。

「快！趕快！」

野口的叫聲伴隨著敲門聲，香蘭驚坐起，開了房門一臉驚恐，野口笑了起來：

「沒事，沒事，趕快，妳的歌要播出了。」

野口說著回到客廳，上半身鑽進覆在地板上的棉被，伸出一隻手招向香蘭，香蘭只好躲進被野口身體撐起的棉被裡頭，藉著一點微光看著右手轉動短波收音機調音鈕的野口黝暗的身影。收音機傳來男主持人的聲音：

「首先是〈夜來香〉……」

前奏接著響起，那是服部良一指揮上海交響樂團奏出的樂音，是多麼令人懷念的倫巴樂音，四五個月前她的歌聲重回耳際，又好像隔了好幾十年。「夜來香，我為你歌唱，夜來香，我為你思量」在香蘭心裡轉化成「夜夢多，誰為我分憂？夜夢多，誰為我解困」時，香蘭淚水撲簌簌掉了下來，好在隱身棉被裡，野口看不到。歌聲暫時結束，第二遍的前奏開始了。

「劉少將那傢伙就是希望聽妳唱這首歌。我很了解他的心情。」

野口說完，香蘭情緒平復了一些。

「李香蘭躲在棉被裡唱夜來香？」

小出的聲音傳進被裡，野口立刻掀開被子，香蘭吃了一驚，也趕快收掉淚水坐了起來。野口把收音機聲音調小：

「是小蘭六月在大光明大戲院唱的，上海廣播電台播出。不想讓衛兵看到或聽到，所以躲起來聽。」

野口說著時，川喜多也出來了。

「難得聽到小蘭的歌聲。」野口把收音機的聲音調大一些，「上海電臺放送，沒有提李香蘭的名字，只提那次大光明和蘭心戲院演唱的曲目，主持人提到〈夜來香〉，我猜是李香蘭唱的，所以請她出來聽聽看。」

〈夜來香〉的歌聲結束了。川喜多：

「其他歌手的名字都有提嗎？」

「蘭心、大光明或中國歌手名字的中文發音，我大多聽得出來。我的理解是：主要是播放四五個月前眾歌手在蘭心戲院唱的曲目，中國那些歌手，誰唱什麼曲子，都有介紹，蘭心那一場，小蘭沒唱〈夜來香〉，但主持人想放這首歌，特地把小蘭在大光明唱的拿過來放。」

「上海電臺這種並不完全否定小蘭的做法，是不是具有某種指標的意義？」川喜多。

「副董的意思是？」野口鄭重地看了川喜多一眼，「是國民黨政府對小蘭釋放一種善意？」

「希望如此。」川喜多轉向小出，「你看呢？」

「偶爾一次，很可能只是播音員或節目主持人個人隨興的行為。如果常常聽到的話，就可以這樣樂觀看待了。」

小出說著兩眼落在地板上的棉被堆，想著剛剛滑稽的一幕，不覺莞爾。川喜多：

「有道理，野口兄還是要多收聽，這樣才比較好判斷。」

野口受命，也頗認真聽了一陣，但李香蘭的歌聲像絕唱一般，沒再出現過。

川喜多三人想聽香蘭唱歌，香蘭實在沒有心情。

「難道被關久了，就變失聲畫眉了嗎？」

面對野口的憂心，香蘭不諱言自己想成為不啼的夜鶯。野口播放香蘭的唱片，看她聽音傷情的樣狀，也就不再為難她。

沒有了香蘭的歌聲，野口還是緊抱著短波收音機，聽古典或爵士音樂、歌曲，有時四人會湊在一起聽。上海日僑管理處成立後發行了一些刊物，《改造日報》或週刊一直以贈閱的方式分送日僑集中區，原則上每戶都有。11 月中旬小出從《改造日報》得知寶塚歌舞團 12 月中要前來演出的消息，簡直不敢相信，告知每個人後，大家也都很期待。川喜多甚至想向管理處申請，讓香蘭也去觀賞。香蘭全然婉拒，看到大家都很期待寶塚，也都替他們高興。

第二天，還是第三天，四人在餐廳喝茶，「不好了！不好了！」聲音從門口衝進來，大家才驚覺沒有關好門戶，好在是范姨的聲音。范姨手持一張四開的小報紙，直接進餐廳，看見野口，「不得了不得了」說著，直接把報紙拿給野口，指著標題「『槍斃』文化漢奸李香蘭的下場 / 將于十二月八日在上海跑馬場行刑」給他看。野口看著「李香蘭、槍斃」幾個字，知道不妙，直接把報紙給了川喜多。川喜多拿著《益世報》看過標題，為了看清楚內容，特地站了起來，把報紙貼近燈光。香蘭承受了范姨太多關切、同情的眼光，身體抖顫顫地看著川喜多抖動的兩手。

川喜多落了座，神情肅穆地把報紙推向香蘭。香蘭看到了標題，簡直不敢相信自己的眼睛，看了幾行內文字，把報紙推走，開始要承受這個現實。川喜多閉目沉思了一會，睜開雙眼：

「記者亂寫亂報，這一段期間以來，大家也都目睹過，一系列這方面的報導都是逞記者一時之快，不負責任，到最後都禁不起考驗。再說現在還在偵訊，那有偵訊還沒結束，法院還沒審判，記者就自己當法官了。」

「報紙說已經偵訊完畢。」

香蘭好像在說別人的事，川喜多怯怯地看向她：

「就我的理解，是還沒結束，還在收集證據，重要的是審判，屆時我可以申請旁聽，審判結束後還要公告，貼布告欄，才能夠執行。」

川喜多說著，野口、小出，甚至范姨也開始講些記者亂報，事情沒這麼糟一類的安慰話。死亡，香蘭也不是沒有想過。媒體持續叫囂的漢奸審判，唯一死刑是一般的要求，況且戰爭期間死了這麼多人，她親眼看到的也不少，死亡雖然不曾走進她的生活，但一直相距不遠，至少她不用再懷想兒玉，可以直接去找他了，甚至一歲多便過世，一直被她遺忘的小弟，她也會找到。川喜多把報紙抓回來看了許久：

「原來是天津出的報紙，怪不得不常看到，要追查消息來源也很困難，下午我會到軍政處了解。但整篇報導漏洞百出，依據什麼判決、執行……的敘述也沒有，標題的文字也不通順……」

川喜多手指著標題字，表示「文化漢奸」和「李香蘭」之間要空半個字，否則念起來拗口，隨後繼續用日語舉出這篇報導的盲點，小出和野口據以安慰香蘭，范姨也認為記者迎合輿情故意愚弄讀者……。小出從流理臺下的雜物堆中取出一瓶老黃酒，再取來幾只杯子，給每人斟了淺杯酒，野口和范姨喝過後外出張羅午餐，川喜多和小出繼續陪香蘭喝悶酒。一餐下來，香蘭喝糊了。

香蘭醉眼惺忪，川喜多、野口……桌子、牆壁，都像水流一樣，晃蕩、漂移，什麼都渾沌一片，她漸漸爽快了起來，貧富、貴賤和生死的界線都泯除了，死亡並不可怕，滿是詩意，或者說是詩情的根源，年輕的死更是詩人歌頌的題材。不過，死刑、槍決還是有點可怕，毋寧說是有點刺激。香蘭站了起來，蹣跚了兩步，步向洗手間。小出：

「沒看小蘭醉成這樣。」

香蘭停下腳步回過頭：

「我只是有點醉，國民政府要定我罪，那位記者把我看成罪人，我就先當個醉人襯他意。他們要斃了我，在華麗的醉夢中，子彈或許不這麼恐怖。」

大家用苦笑回應，川喜多甚至說出：「真的醉了」。香蘭不再回頭，逕自走著，感覺背後的笑聲、話語就像燦開的煙火，倏忽滅逝。

香蘭回來了，腳步也穩定了些。大家都欣見她暫卻槍決消息帶來的痛苦。野口：

「酒醒了一些？」

「減掉了一點重量，好像是走過了生死關。」香蘭落座後，向大家舉杯，「如果我決心赴死，死就不這麼可怕，大家的壓力也就沒這麼大了。」

川喜多欲言又止，生怕一句不得體的話壞了她好不容易獲致的悟性。她靜穆的神情自然吸引他的目光。她先前的恐懼和生死交戰顯然被醉意平伏，被捲雲一般的髮絲輕覆的額頭泛著幾許知性的自信。川喜多知道香蘭酒醒後，酒意釀造出來的悟性雖然會退轉，但還是會殘存一點，不會白忙一場。

小出和野口的酒興又升高了幾許，腦中也閃爍著生死的思量，但沒有說出。川喜多下午還要趕到軍政處，只是淺酌。范姨喝了一點，扶香蘭上床後，搭車回去了。

香蘭入睡了，在半醉半睡間，好像石沉大海，感覺被一個渾濛的龐大物體包覆著，沉入幽眠的底層。

一切酒幻隨著睡夢消散，香蘭在渾身的疲累中醒來，酒醒後的無力伴隨著憂傷讓她賴在床上，急迫的尿意逼迫她起床時，憂傷立刻轉為對死亡的恐懼。

晚餐由野口和小出出去張羅，從軍政處和憲兵司令部趕回來的川喜多陪香蘭解悶。香蘭沒有食慾，吃了一條內包紅豆餡的糯米糕後便躺在沙發上，舍友圍著茶几用餐，川喜多再提起已跟香蘭報告過的下午行事：

「……今天王司長公出不在，等了很久一位盧姓中校來會客室。我向他報告來意，也把報紙給他看。他說一直以來，有關李香蘭或其他藝人，包括以前我們華影的演員李麗華、陳燕燕……不實的傳言很多，他們查證、闢謠也是疲於奔命。他說，光是這一點，就可不用太擔心。謠言的成份居多。」

「白紙黑字，大眾媒體刊出來。小蘭嚇得半死，他倒說得不痛不癢。」野口。

「我們又能怎樣，他願意見我，就已經很感謝他了。」川喜多攤開兩手，面露無奈，「盧中校只說，李香蘭事件，他們軍政處會報到南京軍政部，由部向天津益世報查證，效果會比較好。當然他們軍政處也會發函查證。」

「中國官府辦事效率不會這麼快。」小出狡猾地笑開，「我這是持平之論。」

「也不見得。這位盧中校聽過李香蘭的歌，似乎很同情小蘭，請南京軍政部協助查證一事，他也馬上辦了。結果我一等就是 20 幾分鐘。」川喜多挾了一點菜，吃了一口飯，「他下來了，說南京部裡希望拿到報紙，再據以向天津報社查明這件事。我把報紙給了他，如果真的去查，也要好幾天才能知道結果。」

「中國地方這麼大，要查明一件事不容易。搞不好，那位記者故意躲在天津發這種沒有良心的消息。」

野口說著嘆了一口氣。川喜多：

「那篇報導，記者署名狂夫，確實是化名，似乎怕負責任。盧中校一直很關心小蘭的情況，也提到幾點要小蘭稍稍寬心的事。第一，我早上說過的還沒審判，就不可能有執行的事，另一點更有力，如果小蘭真是死刑犯，20 天後就要執行，就不可能還讓她住在外面。」

「對對。如果小蘭這樣『重要』的話，早就關進大牢，禁止跟任何人聯絡了。」小出看了香蘭一眼，眼帶打氣，「那位小混混記者說謊也不打草稿，真是的。」

「現在戰爭雖然結束了，但還是亂世，小道消息趁機作亂。日文報紙停掉了，以前因為日本佔領而停掉的中文報都還沒復刊。現在消息比較可靠的是從重慶搬回來的中央日報。」川喜多停頓了一下，腦筋轉了一圈，「我和盧中校廣泛地交換了意見，他認為小蘭這種消息，中央日報沒有報導，沒有人聽過，如果有人聽過的話，早就開始議論紛紛。從這個角度來看，這個小道消息就沒有公信力，那位記者用這個不實報導逞個人好惡的可能性就很大。」

小出和野口信心大振，川喜多繼續講其他藝人所遇的困境，最後提到在憲兵司令部吃了閉門羹敗興而歸的過程。川喜多因為無法給香蘭帶來更多的保證，感覺歉意，香蘭掀開棉被，從沙發上坐起：

「情勢如此，我只能真實地面對，再多的安慰話到時候也無濟於事，只是讓我習於逃避。副董，我不相信你拜託過的那些人都講些對我有利的話，我之所以繼續被審訊，相信他們一定還有更悲觀、更不利於我的看法或事證沒說出來。」

川喜多頗沉吟了一會。有些話該不該說，他早先頗思量了好一會，現在香蘭既然有了承受的勇氣，他就索性脫口了：

「因為情況不明，所有各種可能。那位盧中校提到軍統，妳聽過軍統，軍事調查統計局。如果它出手的話，可就會跳過一些程序、規定，出現令人驚詫的結果。」

香蘭閉目，但未垂首：

「謝謝！我必須做最壞的打算。我在想：軍政部應該已內定判我死刑，所有偵訊只是演戲，做個樣子，結果被消息靈通的記者報了出來。」

香蘭說完，四人沉默良久，空氣凍結似的。香蘭見狀，有些自責：

「我所謂消息靈通的記者會比政府部門裡頭的高級幹部更早得到訊息。」

情勢如此艱困、無助，川喜多帶來了一點壞的觀點，香蘭也展現了態度，小出和野口稍展眉頭，腦筋開始動了起來。

「處死小蘭事小，恐怕爆發政治原爆。中國政府野蠻地槍殺無辜的日本國民歌手，一股怨氣會從日本吹來，年輕、美麗死亡的力量會感染中國民眾，直接讓這個政權垮台。」

野口說完，小出叫好，川喜多悶笑了起來，最後香蘭也噗哧地笑開。

這一笑，香蘭再度思考死亡的事，生命只剩 20 天時，能做什麼？寫訣別書？實在沒有對象。那就寫一封寄不出去的家書。她不提演戲或演歌的事，專門回想和家人相處的過往。人之將死，其言也善，於是墨水流情，她和家人的感情－這幾年欠家人的情感，在字裡行間再次昇華。她想著寫著，有時用中文詩的形式表現，對雙親的感懷形成了動人的篇章。

58. 壓驚晚宴 四人涕零

既然被判了死刑，激動和恐懼從戰慄當中漸漸沉澱下來後，香蘭開始思考死亡，也試著從古今被極刑伺候的案例中尋求生命的意義，最後總在歷年政治的黑暗前掩面太息，當她覺得自己成為冤屈洪流的一個微波時，心中的痛苦大大地放下。這種思維暫卻死刑的急迫感，香蘭得以暫時不再用苦臉或臭臉示人。為了香蘭的事，川喜多有時一人，有時攜伴跑遍相關軍政單位，也間接得到《益世報》對軍政部的答覆。《益世報》的說法是：記者當初信誓誓旦旦，消息正確，如今避不見面，形同離職。報社似乎在包庇記者，也似乎在粉飾事情的不堪。香蘭既已千夫所指，記者再補一刀，也沒什麼。不過補的是致命性的一刀。川喜多奔走求援，戰戰兢兢，好像拆解一顆炸彈，生怕炸彈突然爆裂。

憲兵司令部又寄來了偵訊香蘭的傳票，川喜多特地跑到司令部見管副司令，管上校最後同意川喜多陪訊，但不能坐一起，坐後面最好。

「那個報導把你嚇壞了，你擔心李香蘭被載走後一去不回。為了導正新聞報導的歪風，就讓你陪訊，全程看著，但不要干擾偵訊。我們中國很多方面還收得很緊，不敢太開放，貴國要負很大的責任。」

「是的，說來也慚愧。對不起，謝謝。」

川喜多爭取到陪訊，香蘭也比較放心赴審。和軍政處一樣，審訊時也都問一些問題，香蘭有著在一個冗長程序裡頭慢慢走動的實感，不至於一下子就奔赴上海跑馬場，但一出偵訊室，12 月 8 日的夢魘馬上來襲，深恐突然被置入凌駕法律和程序之上的行刑專案內。

香蘭和川喜多回來後，野口和小出放心了一些，認為陪訊獲准是好兆頭。川喜多獨自在外和竹若松聊天。香蘭知道川喜多就她的事向竹若松探風向。川喜多進來了：

「如妳說的，衛兵不能聊太久。」

「在日本，聊都不能聊，待會再出去，他還是會跟你說幾句，但你也要知趣地走開。」香蘭揚起眉頭，「聊我的事，也勞你們費心了。」

「軍政方面的事，有時問問基層，也能獲得意想不到的收穫。」

川喜多說著提到竹若松明年開學前希望能順利退伍，以便回到廣西大學就讀。香蘭相信川喜多把她的死劫告訴了竹若松，竹若松在香蘭屋外出現的頻率更多了。這處住屋是整棟住宅的首宅，兩面採光，L 形外牆的窗口不時可見竹若松走來走去，甚至往內探視，弄得住客廳的野口有些煩。

香蘭在野口的客廳小坐，準備回房時，敲門聲響起。香蘭嚇得急奔房間。野口小心地應門，門外的竹若松一臉歉然：

「想找李小姐講話。」

「你嚇到她了。」

簡單的中文對話，野口還應付得過去。竹若松這一敲也把小出和川喜多驚出來了。

「沒關係，我叫她。」

川喜多把香蘭叫出來後，驚魂甫定的她走出屋門時，竹若松已若無其事地在通道裡站他的崗了，看見香蘭出來，迎了過去：

「不好意思把妳嚇到了。」

「還好。竹同學找我有什麼事？」

「沒什麼。」竹若松把步槍往肩上挺，「妳的事情，川喜多先生跟我講了。我聽了很震驚，但我認為是謠傳。」

「每個人都這樣安慰我。」

「聽說妳熬了很久？」

「是啊，算算還有一個禮拜。」

「做惡夢也會……」

「聽到吉普車的聲音就嚇壞了。」香蘭看著竹若松一身厚外套，「老是關在屋裡，久沒出來透氣，才知上海變得太冷了。」

「進去穿個外套，別急著出來，我巡到另一頭，折回來也要好幾分鐘。」

香蘭進去片刻穿外套出來時，竹若松剛好回來。竹若松：

「妳說的吉普車通常是載《改造週刊》，或載《改造日報》的，一大早就來了，一般比較不會驚動居民。」

「是麼？」香蘭不自主地微哂，「我時常在精神上武裝自己，死神來提領了，就從容赴約，但一聽到聲音，就腿軟了。」

「我和同事談過，真要這樣辦妳的話，不會讓妳一直待在外面。」竹若松走開三四步後再度回頭，「妳這一身紫黑色的緊身外套看起來就暖多了。」

香蘭笑了一下，垂首看著自己這一身看得很不慣的裝扮，她第一次穿著長褲過冬。竹若松：

「我看妳的宣傳照，都是穿旗袍的。」

「是的，沒錯。我一直很喜歡穿，從學生時代算起也穿了十多年。」香蘭攤開兩手，「但穿出了漢奸罪嫌，舍友也希望我別穿了。」

「妳以前穿清朝民服也很好看。」

「我幾時穿過？」

「《萬世流芳》。」

竹若松說著哼了〈賣糖歌〉的頭三句，香蘭笑開，全然忘了一直壓在心頭的那篇死亡報導。

「啊！對不起，要交班了。」

竹若松看著走過來的葉宏鐘，兩人持槍相互敬禮，接下勤務後，葉宏鐘立刻走向巷子的另一端。香蘭走向竹若松：

「你現在輕鬆了。」

「馬上要回去營區。還是有勤務的。」

香蘭點點頭。竹若松繼續說：

「卸下衛兵職務，若遲遲不見回去，營區會緊張，以為攜械逃亡了。」

香蘭再次點頭，同時責備自己的愚蠢。竹若松：

「我陪妳聊個兩分鐘」

「那位葉先生為什麼和你不一樣，老是離我們日僑遠遠的。」

「他是上海人，八年前中日戰爭剛開打的時候，日軍轟炸上海，把他們的家炸毀了，炸死了父親，哥哥也失去了一條腿。」

「這樣啊！」

「所以對他來說，不管妳是日本人或是很親日本的中國人，妳的原罪難以清洗，他也就會耿耿於懷下去。」

香蘭收納竹若松的箴言，向他揮手道別，看著遠在巷道一端的葉宏鐘，神情落寞地移步。

香蘭進了門，把門反鎖，直接走向舍友所在的餐廳。

「服部良一後天上船，很幸運第一批遣返。」川喜多把剛剛發行的《改造日報》遞給香蘭，「他接受記者訪問特別提到妳。」

香蘭看了一下標題：「搭上首批遣返船班 / 服部良一心繫李香蘭」，還沒看內文，耳邊響起了野口的話聲。

「服部不知道妳被關押了或住在那兒的日僑集中區。」

香蘭繼續看內文，「李香蘭其實是日本佐賀縣人山口淑子，最近飽受流言、記者的攻擊，萬人擁戴的明星一夕間跌落地獄，個人遣返在即，深深感受她的壓力和痛苦……盼望她早日洗清冤情回到家鄉。」

香蘭合上報紙，服部的祝福靜靜流淌在她心頭有如火山口的憂懼當中。小出：

「再熬一個禮拜，小蘭的冤情就自動洗清了。」

「我都不去想了。」

被拖去刑場的恐怖景象早就沾滿香蘭全身，滲入她心血變成身體的一部份。日子日益迫近，讓她靜下來的思維空間日益壓縮。她越不去想那事，但恐懼一直在她裡面，在她週身。川喜多：

「中午還是小酌一下好了。這樣時間會過得比較快。」

當然，日子難過也得熬。吉普車的引擎聲幾乎掐住香蘭心臟的這種事連演了兩次，時序終於來到 12 月 6 日，距離要命的 8 日只剩兩天，川喜多按原先計畫給香蘭辦個壽喜燒宴。小出和野口一早就去備料，大蔥、豆腐和白菜早早就取得，很多食品，日僑民生商會沒賣，他們脫掉臂章，前往傳統市場，指手畫腳也買到了牛肉和杏鮑菇。料差不多都有了，川喜多也從廚房的天花板取出兩瓶威士忌，至於要不要邀請第五者，川喜多看竹若松很順心，但小出認為先不要：

「副董是太浪漫了，或許此舉會讓他惹上像小蘭一般的麻煩。」

大家想想也覺得有理，決定四人相濡以沫，相互慰藉即可。食材放進鍋裡煮時，也不勞香蘭費心，不過菜入鍋的先後秩序還是依照她的意見辦理。因陋就簡的壽喜燒鍋煮好搬到餐桌上後，川喜多給每人杯子斟滿酒。大家向香蘭舉杯後，野口：

「現在覺得怎樣？」

「儘量不去想自己的事。」

「說著不去想，還是想了。不過，說出來釋放了一點壓力，想不想都比較好了。」

川喜多語帶調侃，香蘭忍不住笑開，用華語：

「副董，以前親日的南京政府主席叫汪兆銘的。」

「是的，去年在東京過世。」

「他年輕時候寫過一首詩很有名，叫什麼什麼引刀成一快，不負少年頭。」

「是，我知道這一首，是他被抓進大牢面臨大刑前作的絕命詩。……」

川喜多還沒說完，野口和小出很好奇他們說些什麼。

「我想起來了。」

香蘭說著急奔房間。沒多久，她把寫著「慷慨歌燕市，從容作楚囚，引刀成一快，不負少年頭」的一張紙攤在桌子上，小出和野口看了，分別向川喜多和香蘭投出請求的眼神。

「這首詩是相當能解除小蘭的痛苦的。」

川喜多恢復用日語，兩個人是更加豎耳傾聽了。

「日本有戰國時代，中國也有，但時間更古遠，大家可能聽過。那時候秦國最強，其他燕國、楚國……也是一方之霸。這個『燕市』就是燕國首都的鬧區，一位刺客奉命要前往秦國刺殺秦王之前在『燕市』的一個餐飲店吃飯喝酒，情緒激昂地唱歌。我們知道，小蘭剛剛提到的汪主席年輕時候也是企圖刺殺不久前垮台的滿洲國皇帝的父親。」

「了解。」野口吃了一塊牛肉，很高興理解這一段敘述，「滿洲國的康德當時是清國的小朋友皇帝。」

「沒錯，當時汪兆銘就是想刺殺小皇帝的父親，結果被捕。」川喜多咬了一塊菇肉，「剛剛說的古時候刺客因為任務失敗被殺，現在這個汪先生被抓了，也是死罪難逃，那時都是砍頭，結果他在獄中寫了這首詩。這首詩感動了另一位王爺，也就是有名的川島芳子的父親，川島的父親極力爭取，終於說服朝廷饒汪先生一命，改判終身監禁。這個『楚囚』就是囚犯，被關進大牢的意思。」

香蘭指著詩裡頭的「楚」字：

「這個字就是指楚國，我印象是中國戰國時代早期一位楚國官員被抓到另一國關押起來，後人就用『楚囚』來表示被關的犯人。副董是不是？」

「應該沒錯。這個『從容』就是很坦然、自在地去坐牢。」川喜多指著詩句，隨即抬頭，以便開口，「那知清國被革命黨推翻，汪先生放出來後成為英雄，一路官運亨通……」

「我們的小蘭如果寫出這樣的詩，感動那些審訊官……」

小出還沒說完，野口：

「小蘭不用寫詩，唱一首歌就夠了。」

香蘭被逗得忘懷生死，自覺有些放肆，但隨即覺得大家開心反而好。她向大家舉杯，四人同時痛飲後，野口指著詩句中的「刀」字：

「這是指砍頭的屠刀吧？」

「逐字解，我覺得有些困難，整句的意思應是被砍頭不但不痛苦，反而痛快。下面一句的『少年頭』就是汪先生估計自己年輕的頭顱會被砍下來。」川喜多感覺解釋得太嚕嗦了，「解釋太多反而失去原味，意思是我為革命犧牲的精神永存。頭被砍下來了，損失慘重，但也值得。」

「副董的意思是，用鮮血換得的革命精神影響深遠，並不辜負被砍下來的頭顱。」

香蘭喝得快，酒意順著血流，通體舒暢，笑談刑戮，野口和小出也聽懂七八成。

「真是好詩，意味深遠。」小出看了香蘭恍然的神態一眼，「那位汪主席被現在的政府視為叛徒，但我們的小蘭在她人生最艱困的時刻提出這首詩，表示要用這首詩陪著走一段最痛苦……」

川喜多擔心這席話會刺激到香蘭。香蘭：

「正是，它給了我勇氣。那一刻來時，我心裡會誦念這首詩。」

空氣突然凝住，四人相互望眼。川喜多：

「菜都涼了，我們說得多，但筷子跟不上。」

四人開始夾菜食用。野口：

「我們這麼鬧，會不會吵到衛兵？」

「五六點時是竹若松值勤。六點到八點最後一班應該是那位葉先生。反正他很少在這裡出現。」

香蘭說著大家開始放心地交杯喝酒。川喜多：

「剛剛汪主席的詩，『慷慨歌燕市』，我不曉得他執行任務前有沒有唱歌，小蘭妳就給我們唱一首吧。」

「我身心好像在融解了。」香蘭喝了不少，但兩眼觸物的恍惚感還不是很大，「我現在看到的每個人都像一首歌。」

「好！把妳看到的歌唱出來。」川喜多精神亢奮了起來，「很久沒聽妳唱歌了。」

「好，那我唱〈荒城之月〉好了。」

香蘭站起展喉，酒氣隨著退散。

「春上高樓賞花樂，觥籌交錯花醉影……」

清越的高音騰起，在高檔盤旋，撐高了低矮的餐室，歌聲隨後稍稍下迴，但盈滿室內，匯成一股清流，小出和野口像水洗過後，酒醒了一些。

「……陣地蕭瑟冷秋霜，飛雁成群鳴啾啾，孤劍插地映寒月，昔日光景今何在。」

用高音階來表現景色的荒涼，香蘭心生宗教的莊嚴，她逐句唱著，歌聲在每一人心裡撐起祭儀的高度。一曲終了，香蘭再唱另一輪歌詞：

「……世事榮枯隨流水，過眼雲煙今在否？……」

歌畢，小出拍了手，看見沒人跟進也就打住。川喜多：

「這首歌越聽越不像歌，反倒像聖詩。」

「我每次勞軍都會唱這首歌。」

「為什麼？」小出。

「這首歌的側面是年輕的死亡。作曲人瀧廉太郎只活了 24 歲。」香蘭吐了一口氣，「我以前勞軍時常想，聽過這首歌後，有些士兵可能就戰死了。」

「妳現在也才 25 歲。」

川喜多俯著臉說著時，野口把臉埋在桌面，小出察覺氣氛的驟變，看著香蘭的淚眼：

「對不起。」

「我勞軍時唱這首歌時就會想到年輕的死亡。現在這時候也是如此。活著原來是一場夢。」

大家相對無言愁滿肚。清唱的餘音還在川喜多耳邊嫋嫋，「世事榮枯隨流水」好像是他近日困境的寫照，香蘭藉由她的痛苦和歌聲把他破產的絕望洗練過後，他在痛苦中掙扎出奮發可期、希望重燃的未來，想到香蘭生命可能結束，即或不然，也正在煉獄煎熬。他兩眼閉了一下，香蘭悽愴的淚顏存入他眼底時變成另一種甜美，是他從妻子賢子那兒領受不到的那種醉人心弦的甘美。瞬刻，他睜開雙眼，看向小出的淚眼。小初把頭撇開，野口哭臉擠出一絲笑紋收納川多的眼光。

野口淚眼噙著香蘭靜穆的臉，那張等待死神的臉，這是一張比他畫過的任何一幅電影海報更扣人心弦的畫，不管到頭來，她有沒有付出生命的代價，他都會把這張臉變作永恆的畫像，不是商業海報，而是滿載生命的藝術。小出孝瞬了野口和川喜多一眼，不敢正視香蘭。過去在華影，他慶幸和一代歌女同事，曾經想一親芳澤，但整個公司在戰爭的邊緣戰慄，熬到戰爭結束，在興業坊變成同舍，他本可以就近一飲芳醇，那知香蘭面臨刑訴，且愈演愈烈。如今她既已唱了絕命歌，他的心意也已冷，還沐在歌聲帶出來的蒼涼情境，如歌中唱出的孤劍插地，此刻葬身一個戰場才能盡洩他的痛苦。香蘭語帶哽噎：

「現在想來，當時唱這首歌等於唱出自己的命運，唱給自己。觥籌交錯花醉影，昔日光景今何在。繁華落盡，一切空一場。」

香蘭淚水盈眶，三位男子已哭倒餐室，臉顏埋肘，淚濕桌面了。香蘭想到了兒玉，想到他 30 歲就已捐軀，她決定把和他之間的一切埋心底，但淚水濮漱漱地落下。川喜多舉杯：

「大家敬小蘭。」

「眼淚都滴在酒裡面了。」野口舉杯，「生平第一遭。」

「對不起，我的鼻涕……」

小出說著轉身從口袋掏出手巾。共同舉杯不成，大家灑淚笑成一團。

夜不是很深，黃湯持續下肚，些微笑鬧的波紋又滅入巨大的恍然裡頭，不知覺間，每個人都回房休息或入睡了，野口也橫在沙發上，蓋上棉被了。香蘭唱完歌後喝得比較少，蟄伏在酒醉中的痛苦慢慢釋出，覺得動一下比較好。她從房裡出來巡了一下廚房，把火鍋剩菜倒進碗公，然後置入裝有一層淺水的鍋裡，弄好蓋上鍋蓋後，發現川喜多坐在餐桌邊：

「副董，還不睡？」

「妳也一樣。」

「我馬上就要睡了。」

「坐過來吧。」

香蘭覺得川喜多喝多了，但還是把座位挪了過去。川喜多：

「我今天一直在想妳的事，我對妳是否能熬過後天的惡夢開始悲觀。」

「多謝你這段期間的鼓勵，我相信可以熬過去。」

「萬一那消息是真的，一切煎熬都是白搭了。」

突如其來的恐懼讓香蘭酒醒了三分，難道她真的是軍統局專案處置的對象。不行，她鼓起酒後餘勇，心裡咬緊牙根，心意既已決，不用想太多，反而沒這麼恐怖：

「副董聽到新的消息？」

「沒有。一切消息如舊。」川喜多神情淡然，瞄了香蘭一眼，「我覺得我們與其坐以待斃，還不如自己想辦法。」

香蘭沒有回答，感到有些被侵犯，後天她要面對的事，變成「我們」的。恐懼和醉意在她體內持續交戰，臉孔的酒紅轉成了焦灼。川喜多：

「我認為不用再賭，不用再冒險了。我帶妳一起逃到延安或重慶。這兩邊我都有門路，都有人接應。」

香蘭本能地離座想坐到對面的座位，但手臂被拉住了。她心裡的焦灼再度驅退了醉意，想著身在北平的賢子，甚至他們的女兒和子會做何想。川喜多大她 17 歲，賢子也大她 12 歲，她一向把他們夫婦當成半個長輩，難不成她和川喜多如此朝夕相處就為了一場不倫，難不成川喜多早就計畫好，把妻女留在北平，然後拉攏她進來同住。或許他只是酒後失性。她把手掙脫後坐到對面：

「第一，我不能對不起賢子。第二，只要逃亡，為了證明自己清白所做的努力，包括你的，全都附諸流水，而且罪上加罪，野口和小出也會遭到調查。」

香蘭說著眼神溫暖地看著他，他報以歉意，但不敢正視她的眼神：

「那就剩下不到兩天了。」

「熬了將近 20 天，還是堅持到底要緊。」

香蘭說著站起，鼓勵的眼神看著一直點頭的川喜多，逕自走向洗手間。冷靜下來後，她直覺川喜多酒後失態，有點亂性。第二天晨醒後也這麼認為。

清晨酒醒了一些，小出已從昨夜椎心疾首的戰場退卻了一些，野口筆畫佳人的心念仍強，大家把昨晚的剩菜拿來當早餐，川喜多還致上歉意，小出和野口認為昨晚大家都很盡興，是副董太客氣了。川喜多舒了一口氣：

「倒數最後一天了，一分一秒地接近……」

「感謝大家一路相陪，到時候會是好聚好散。」

香蘭說著，大家沉默了下來。川喜多跨出昨晚的尷尬，看了香蘭一眼：

「有些話昨天就應該講的，或許現在講更適合。」

香蘭閉目垂首，小出和野口靜靜等待。川喜多繼續說：

「跑馬場，我跑了一趟，到目前為止，沒有被用來當做刑場，沒有人在那兒被用刑。再來，我剛剛想到以前南京政府的重量級人物，像周佛海、陳公博，或我們以前的老董林柏生，甚至川島芳子，都照正常的審理程序走，沒有一個被軍統局專案處理。」

「那些大員都如此，也沒被任何報紙指名那月那日要怎樣，我們的小蘭只是唱歌、拍片，更不可能享受那種帝后級的待遇了。」小出。

倒數最後一天的心理負擔畢竟太重，川喜多的話讓每人心理緩了一下，但沒人笑出來。

「感謝副董一直以來奔走各方，探聽各種情況。還有兩位也是，分憂分勞。」香蘭說著照例獲得大家的打氣，川喜多表明晚上再來一場，希望時間過得快一點。

59. 營舍遇搶 柳芭來訪

要命的 12 月 8 日終於來到，天空陰霾氣溫低，興業坊住戶多瑟縮在家，川喜多這一戶也是如此，三位男士為香蘭守家，不時留意外面的情況。中飯，香蘭食不下嚥，川喜多要她喝酒熬過，但她婉謝了，小出覺得在家守候難過，要求到興業坊大門外的馬路監看，川喜多同意了。

小出坐在大門斜對面一棵樟樹下的石頭上，看著熙來攘往的車子和行人，兩點不到，一輛黑頭車轉進興業坊大門，小出追著過去，車子鳴著喇叭進門，駛過 183 － 21 號四人宅前，停在整排宅屋的中段，小出稍稍放心，待車內走出一名拄著拐杖，由人扶助的長者時，小出才大大放心。小出先回到住處的外面，和背著步槍的竹若松相視而笑，隨即隔著窗戶向野口報告情況，看著轎車駛離後回到馬路邊繼續監控。三點五分，他又回到住處外面，和一直守候窗邊的野口打照面，知道香蘭還在後回到原地繼續監看。

五點，天色昏暗，小出撤崗，到民生商會買了一些食物回來當晚餐。在餐桌上，香蘭還是心有餘悸，擔心遲來的執行令：

「謝謝大家的操心和關心，小出還為我到外面站崗。」

「聽到車子的聲音，妳一定是嚇壞了。」

「我心想準是這一輛車沒錯，全身蜷縮在椅子上，等待有人敲門，聽到野口說，車子停在別處，載傷患下車後，才稍稍鬆口氣。」

香蘭說著，川喜多笑了起來：

「小出也為小蘭做了幾小時的間諜。」

「被動地承受車子來了的那種壓力讓人窒息。」小出打開紙袋，露出一疊葱油餅，「主動發現，事先掌握車子的動態，總比等著挨打好。」

「沒錯。我在協助處理小蘭的事情也是基於這種態度。這樣反而會引發對方的尊重。」

川喜多說著，大家開始食用葱油餅，有一陣子，聽不到說話聲，香蘭和川喜多咀嚼這一陣子的驚恐和辛苦，小出和野口都細細回想川喜多的發現：舊南京國民政府的大員都納入司法體系審理，小蘭何辜，被謠言折騰至此。

天黑得很快，大家在心理上漸漸覺得 12 月 8 日已然過去，壓抑一旦移除，四人話匣子大開，不久酒興又來了。

第二天，香蘭一早起來就坐在餐廳，似乎想向大家證明她好端端地度過恐怖的 12.8，野口在外張羅早餐回來後，四人圍著餐桌相視而笑，小出手持報紙輕拍香蘭肩膀：

「新的一天，很有感吧。」

「想趕快過去。」

「發表一下感言。」

香蘭順著川喜多的意思，立刻站起三鞠躬：

「這一期間，大家替我擔心，實在很過意不去，但也謝謝大家一路相挺，相扶持。」

香蘭過關歡喜，讓她高興的事似乎不只這一樁。

川喜多繼續他的中國軍政商界拜會，回到百老匯大廈探視以前的住房，順便看看有沒有自己或同夥的書信時，結果遇見了在香蘭舊房間外面張望的黃髮藍眼的女士，川喜多下意識就覺得是香蘭提過的俄籍朋友，一問果然是柳芭。川喜多把消息帶了回來。香蘭急切地問：

「真的嗎？她現在為什麼不過來？跟你一起過來。」

川喜多耳聽香蘭急切的詢問，眼接剛進來的野口好奇的眼光。大家聚在川喜多和小出的房間。野口：

「遇見誰啦？」

「小蘭的俄籍，應該說是蘇聯籍的朋友柳芭。」

川喜多接著把剛剛跟香蘭報告過的邂逅柳芭的過程講了一下。

「真是奇遇。小蘭是提過這位朋友。」

「我們從樓上聊到樓下，在路邊繼續聊，但不能說太久，一輛公務車等著她。」川喜多臉孔轉向香蘭，「我跟她談到妳的近況，她透過報紙早知道妳被攻擊，現在知道妳被軟禁、偵訊，她非常震驚，尤其是 12 月 8 號的事件。『我好不容易有了淑子的消息，結果她的事情這麼嚴重。當初只以為有人罵她，潑她一點髒水，那知她已經進入嚴厲的司法程序。現在國與國之間很敏感，同樣是同盟國，現在中國、美國和蘇聯互相猜忌，因為蘇聯是共產黨國家，我是共產黨員，如果貿然和淑子－李香蘭見面，可能讓她罪上加罪，讓她的間諜嫌疑更加明確。……』」

好像親自聽見柳芭這樣說一般，香蘭垂首看向地面。川喜多：

「她會儘量在不妨礙妳的情況下抽空前來看妳。」

香蘭知道柳芭會設法過來，會克服一切困難前來，但她被困居這兒，長時懾於審訊官的威嚇，是有些期待倦怠了。

「看見小蘭很失望的樣子。有一則消息，我還是不說好了。」

「副董！你就說啊！難道會比 12.8 還糟。」野口。

「這只是傳聞，下級單位在猜測。」川喜多環顧室內，一臉苦笑，「就是小蘭的案子，軍政處、憲兵隊審訊久沒結果，有可能移交南京軍政部或轄下的軍事法庭審理。」

香蘭抑制心中的驚詫，臉上現出嘲諷的神色：

「那就是說，我必須離開各位。柳芭好不容易有我的消息，也找不到我了。」

小出和野口不捨地望向香蘭，六目交睫後，香蘭兩眼閃向地面，老是讓人這麼失望，讓自身不安，她的原罪又開始湧向心頭。川喜多：

「香蘭要和我們分離還不是最壞的情況，南京專門處理政治犯、高級漢奸。」

「那豈不是又把小蘭推回 12.8。」小出。

「惡運如此，也是無可如何之事。我還是把重話講在前頭，讓每個人的身心產生抗體。」川喜多看著一臉淡陌的香蘭，再及於野口和小出，「至少還只是傳聞，不像 12 月 8 日白紙黑字。現在傳言甚多，很少禁得起檢驗，這是稍稍可以為慰的地方。」

川喜多的警語在先，香蘭的偵審轉至上海警備司令部在後，大家稍稍鬆了口氣。日本兵庫縣的寶塚歌劇團來上海慰僑，分別在公平路練武館舊址和虹口日進劇場演出，在實質上或精神上陪訊的川喜多或野口、小出不得不暫別煩憂，一腳踩進歌舞場，小出甚至兩場都看。川喜多希望香蘭至少看虹口場，計畫說服衛兵，但被香蘭婉拒了。

歌劇團演出的重頭戲－主題歌舞劇，以「日本重建」為主題，強調滯中逾兩百萬軍民是重建主力，提振了待遣返日僑的士氣，經過小出和野口的轉述，香蘭不禁黯然神傷，「每一個人都要回去為祖國效命了，我還要留在這兒為自己的清白奮戰，且生死未卜」。

上海警備司令部的偵審不再窮究香蘭的「辱國叛民」，開始正視她的國籍問題。中校主審官：

「……李小姐，妳的中國話說得這麼好，又是一副中國人臉，這是你成為中國人的環境證據，我只能說很抱歉，這兒政治氣氛一向很差，偽滿給妳的身分證，上級怎樣都不會做為證據。我們一直不承認它是一個國家，但日本，不久前還是一個可怕的敵國，但它畢竟是一個國家，所以妳如果能出具日本開出的證明文件，情況自然會改觀，審理也不會一直在原地打轉。」

「我想過這個問題，我的監護人川喜多先生也提過。我父母親那邊可能有，但他們人在北平，他們不能來，我也不能去。」

中校看向左右副審，隨後面對香蘭：

「自己想辦法。天無絕人之路。」

川喜多沒有獲准陪訊，從香蘭那兒聞知審訊官重視她的身分認定，認為是轉機：

「我往後的努力重心就放在這兒，促成中國官方設法取得妳的戶籍謄本，最好是派人到北平照相取證。」

「但我一直樂觀不起來。」香蘭消極含怨，「他們出一張嘴，就是不願意為我們花一點物力、人力，還風涼話－天無絕人之路。」

「現在已從野蠻時代進入次野蠻時代。前此是戰爭，人命不值錢，現在是民眾權利不受重視，人民義務變成勞務，儘量壓榨，權利完全被漠視，尤其是像妳這種『嫌犯』。」

「我看老天真的絕了我的路。」

「讓我試試看。那些單位裡面的軍官或職員，或許有人到北平出差，順便幫妳把戶籍謄本帶過來。」

川喜多很有想法，而且可行，同樣的話也向警備司令部和軍政處說了，但都沒有獲得正面的回應。

「有問題的中國人或日僑這麼多，要政府幫每一個人跨國或遠地取得證件，要耗費多少人力、物力。不妨你們先行營造有利的條件，中國政府再從旁協助會比較實際。」

這種無濟於事，敷衍塞責的論調聽多了，川喜多也有些心灰意懶了。

一切是這麼消沉、灰暗、無精打彩，不知覺間，新的一年倒數計時了。

新曆年的年初對中國人來說，反而是年尾，窮人容易被比出來，饑寒起盜心也適用於軍隊。第三軍司令部雖然三令五申，有些官兵為了過好年，還是會下海幹一票。

一連幾聲急促的煞車聲，引擎不熄火，氣呼呼地喘氣，吆喝聲隨即傳來，野口身在客廳首當其衝，還來不及通知香蘭和川喜多，一陣狂亂的敲門聲響起，驚動室內三人，槍托幾乎把門敲破，川喜多還是把門開了。三名赤腳士兵闖了進來。

「新年好！恭喜發財！」

這時距元旦還有三天，為首的士兵叫完，三人隨即闖進廚房和房間，一人提著一瓶老黃酒和喝了一半的威士忌，一人提著腳踏車，但車尾被小出拉住，引發士兵怒臉相向，進入香蘭房間的士兵興奮地抱著留聲機，搶單車的士兵眼睛一亮，放開單車，三人隨即歡呼離去。

四人相對望眼，就近坐在沙發上，香蘭一臉懊惱，看向川喜多：

「對不起，丟了留聲機。」

「那東西這麼大，很難藏，被搶走就算了。反正妳也很少聽。」

「但至少可以賣一筆錢。」

「花錢消災，碰到這種事情也只能順勢而為。硬是抵抗很可能出人命。」

「看來衛兵是虛設的。」小出。

「衛兵主要是用來嚇阻善良的住戶，跟抵抗外力沒有關係。」川喜多站起，頭兒探出窗外，「現在值班的該是姓葉的士兵。」

洗劫過後，大家心神不定，香蘭躺在床上發呆，野口和小出討論賣掉一部腳踏車，畢竟三人不會一起外出，川喜多同意了。另外，大家手頭開始拮据，川喜多也決定把 Nikon 相機給賣了。他走到外頭，剛上班的竹若松向他招呼：

「實在很抱歉，剛剛你們被洗劫了。」

「葉宏鐘跟你講了？這種事情，你們衛兵怎麼看？」

「司令部一再強調要嚴辦，看來是看大不看小。」

「？」

「看大，就是研究如何堵共，打共產黨。不看小就是，日僑被搶在他們看來只是小事一樁，不用太在意。」

「上級也不會要求你們阻擋這種事？」

「阻擋就沒命了。我們只負責收容所的秩序。出了這種事，我們只需向上報就行了。」

「理解。」

「有一件東西，請轉達李小姐。」

竹若松說著從口袋取出一張紙，川喜多收下後，向竹若松道別，進了門把紙攤開，知道是一首詩，隨即交香蘭。香蘭打開紙，看了一下。「李樹知春開滿園，香氣引蝶舞翩躚，柏動松搖風雨暴，蘭垂樹下醉欲仙。」這幾句看起來滿有文采的，她玩味再三，走到外面，走向竹若松：

「你寫的詩我看了。我在演藝界待了這麼長時間，第一次有人寫詩給我。」

「真的？如果處在文藝圈，收到贈詩的可能性就大多了。」

「只有你有這份雅興。你把我的名字當作句首，為什麼跳過第三句。」

「這三句句末的園、躚和仙有押韻，剛好對上妳的名字。這種詩的格式，第三句不押韻，所以妳的名字便跳過去。不巧的是，柏動松搖，裡面有我的名字。」

「你是不是想避開？」

「一開始就想到這兩種樹，發現撞了自己的名後，想改用其他樹種，但念起來不順，就順其自然了。」竹若松發覺講多了，急著煞車，「若竹、松都入詩，就非改不可了。」

「你們所謂的藏頭詩就是指這？」

「送妳的這首，關鍵字藏在句首，藏在句中或句尾的，也有人寫，不過比較難。」

「太好了。謝謝。」香蘭嬌嗔著看了竹若松一眼，「但可別當情詩哦。」

「表達含蓄感情的比較多是把字藏在句尾－藏尾詩。」竹若松收歛笑顏，把有些滑落的槍枝提上肩，「其實看妳平安，我就很高興。尤其是妳挺過了 12 月 8 日。」

香蘭收納了竹若松的善意，繼續走警備司令部的偵審程序。

這一天，一輛黑色轎車駛進興業坊，遠在巷子另一頭的葉宏鐘急急跑來，一位黃髮白膚的女子從車裡出來。站在窗口的野口都看在眼裡。女子出示一張文件後跟著葉宏鐘走向 183-21 號宅門，野口立刻想到該女子應是柳芭。敲門聲響起，白膚女子用日語：

「山口淑子，李香蘭小姐住這兒嗎？」

「妳柳芭？」

「是的。」

川喜多走出房門，看見柳芭立刻呼叫香蘭出來。香蘭看見柳芭睜亮眼，展開雙臂，柳芭隨手放下手提的大包小包，和香蘭相擁釋懷。川喜多把小出和野口介紹過後，招呼柳芭在客廳小坐。小出趕忙給每人倒一杯開水，柳芭看著香蘭：

「中國過年，我們領事館也放假，覺得應該來看妳了。」

「柳芭小姐開車前來？」

野口說著看了香蘭一眼。香蘭望了柳芭一眼：

「妳開車來？」

「同事載我來，很好的同事。」

「那請他也進來。」

「不打緊，他知道我們的情況，不願打擾我們。」

「妳還帶來這麼多東西。」

「都是一些罐頭，放著不會壞。」柳芭轉頭迎向每一張笑臉，再回看香蘭，「中國人慶祝新年太熱鬧了，聽說妳不能外出，看不到外面情況。這樣也好。」

「今年市區應當特別熱鬧，我的兩位舍友看了，更加想回家。」

香蘭說著看向野口和小出，用眼神引導柳芭再認識她剛剛提到的人。川喜多拿出威士忌待客，柳芭受寵若驚，同舍也嚇了一跳。大家把杯中一點水喝完後，川喜多給每人斟了一點酒，引導柳芭喝了一口，柳芭皺了一下眉頭：

「空腹喝酒我不太行，我帶來的罐頭開兩罐配酒如何？」

川喜多欣然同意，於是取來開罐器、盤子和湯匙，開啟了精緻的飯前酒會。川喜多：

「我和李香蘭一直等妳，等得忘了妳答應要來的這件事。」

「實在很抱歉。自從知道淑子住在這棟公寓後，我透過外交途徑了解淑子－李香蘭的情況，知道中國官方開始傾向不認為淑子是間諜後，才決定前來探望。」

柳芭說完，川喜多急切地問：

「我有一個問題。淑子的案子我一直很關心，甚至陪訊，從沒有一位審訊官用間諜的角度審她，妳為何認為，或從那邊聽到她涉入間諜案？」

「可能是看事情的角度不同，就像我們領事館也負有收集這邊民情，甚至工商資訊的任務，有時也被認為是間諜。」柳芭絞了一下腦汁，「或許中國外交部人員向我們述說時，故意帶上『間諜』的字眼，向我們示警。」

「妳別把我們的李香蘭嚇壞了。」

「很多事情，我們實在是身不由己，中國蔣先生的國民黨正和共產黨鬥得不可開交，我們蘇聯又是共產黨，剛好在中國兩大黨的夾縫裡，不知什麼時候會被驅逐出境。所以得利用有限的時間善盡善良人的責任，一方面友善對待中國人民，一方面幫淑子解決難題。」

柳芭語多政治意含，但眉目含笑，香蘭覺得舒服。柳芭的工作涉入政治，香蘭有些失望，但也不能全怪她，她畢竟是被父親牽拖，身不由己。柳芭面向香蘭：

「小淑子，我向中國外交部人員說，我從小認識山口淑子－李香蘭，他們跟我說，口說無憑。妳有沒有能證明自己國籍的可靠文件或闔家身分證一類的證書？如果沒有，那些官員說，妳演辱華電影，慰勞日本軍隊，還是會被重判。妳只要清楚證明自己是日本人，就可無罪獲釋。或許我可以幫忙？」

「警備司令部人員向我提過，但他們不願到北平，也就是北京，或行文北平幫我向家人拿。」

「妳的證件在北平，哦，在伯父母那裡？」

「是的。那是日本地方政府的證明文件，我這兒也有，以前帶在身邊。現在掉了。我在北平的小孩現在跟著她媽，暫時沒有問題，若是早出生，現在不再是小孩，又有爭議，肯定很麻煩。」川喜多懇切地看著柳芭，「聽說您最近到哈爾濱出差。」

「是的。順便到奉天，現在叫瀋陽，看看以前家裡的店，探望朋友。」

「是否也有機會到北平洽公？」

「應該會有。」柳芭腦裡靈光乍現，思路突然貫通，「小淑子剛剛說，審訊單位不願意幫她去取戶籍文件。我回去後馬上編一個理由前往北平。」

香蘭馬上抄兩份北平的地址給柳芭：

「那就拜託妳了，到北平洽完公順便到我家向我父母要戶籍謄本。」

川喜多見狀大喜，右手敲了兩下額頭：

「還有什麼？我想想……小淑子把父母寄來的信給柳芭帶去當憑證，讓妳父母知道柳芭和妳剛見過面。還有最近的照片也可以用來當憑證，最後還是由妳父母收存，用來慰問老人家的思念。」

香蘭的困局露出曙光，川喜多見大家都鮮少用酒，於是引導大家吃些點心，喝飯前酒，帶出氣氛。香蘭趁機回到房間書寫一封簡短的家書託柳芭帶走。川喜多自忖被貶到這兒近四個月，難得有客人同桌共飲，想邀柳芭和同車男子共餐，但柳芭婉謝了。柳芭：

「開車載我來的是我的上級，對我很好，但日語不溜，共餐可能讓他困窘。不如我請他吃飯，打通讓我前往北平的第一道關卡。」

川喜多覺得這樣也好，和大家一起外出，送別柳芭。

大家一起做中餐，用餐時，一度相對無言。川喜多：

「小蘭好不容易和柳芭見面，但不能私下好好面談，是有些遺憾。」

「今天這種情況，見了面談事情就很 ok。她要顧慮到車上的長官，不能在這裡待太久。她要協助我解決問題，至少副董要參加意見，所以我和她私下單獨敘舊的空間也有限。」

香蘭說著，川喜多放下筷子：

「確實如此，擔任蘇聯這麼大國家的領事館的職員肯定不輕鬆。她坐公務車過來，多少代表她的政府、她的國家，談私事確有些不便。」

「等到她離開那個職位，我又恢復自由身，就會比較自然吧。」香蘭自信滿滿，「我直覺我和柳芭都會改變，我們都是被戰爭推向很奇怪境地的人，一個時期過後，都會走回自己的路。」

「沒有錯。蘇聯政府是一個可怕的政權，柳芭現在在遠東，天高皇帝遠，將來如調回反猶太強烈的莫斯科，恐怕會被排擠，也很難適應那種刀光血影的政治氣候。她幸運的話就做一個普通的上班女郎，要不然就在猶太人圈子裡取暖。」

川喜多的話，大家頗有同感。香蘭固然想掙脫目前的困境，柳芭何嘗不想遠離政治，過著低風險的生活。大家除了祈禱柳芭順利完成任務，對她的未來也寄予更多的祝福。

1946

60. 鴻門驚宴 審訊轉晴

柳芭的來訪，讓葉宏鐘吃了一點驚，兩天後凱迪拉克的出現也讓竹若松感覺意外，而且直覺和香蘭有關係。凱迪拉克頭部巨大，有著車王的霸氣。一名體面的青年從車裡走了出來，出示一式兩頁的公文，竹若松一看是日僑管理處核發的公文，主旨欄寫著：邀請李香蘭參加新年藝文團結論壇暨餐會。

在竹若松的引導下，自稱市府秘書袁家駒的青年敲門進來了。袁家駒雖說有公事找香蘭，但口口聲聲要見川喜多，見了川喜多後出示公文，川喜多見了公文，沉吟良久，看了香蘭一眼，再注視袁家駒：

「就憑這兩張紙？」

「這裡頭有我們處長王光漢中將的簽名。相信我，我絕非可疑人物。」

袁家駒言詞懇切，香蘭和川喜多雖然都聯想到了劉少將，但多少也折服於他的風度。袁家駒繼續說：

「我知道要請到李小姐，一定要徵求川喜多先生您的同意。」

「那我陪同前往。」

「對不起，我們只請李小姐一人。屆時我一定用車把人送回來，請務必相信我。」

川喜多知道這位年輕秘書外表禮貌，但軟中帶硬，「請務必相信我」的意思是，不相信他就撕破臉。袁家駒見川喜多沒答話，知道他陷入困思：

「您不能陪同，我有我的難處，請您一定要相信我，請李小姐用餐，主要是請她幫忙解決一件事，事後我一定把李小姐安全送回來。」

「幫忙什麼事？」

「這個還要上級直接向李小姐說。」

川喜多無奈地兩眼示意，香蘭看了公文勉強點頭，「民國 35 年元旦」的字樣淡淡浮過她腦際。袁家駒看香蘭心裡遲疑，立刻催她上路。香蘭：

「要我談什麼？」

「主要是用餐，邊吃邊說。」

香蘭回房換衣服，上了洗手間後跟著袁家駒出門，其他人自然出去相送。竹若松見狀，憂喜交加，欣見香蘭和外界有了初步接觸，但也擔心這只是一個陷阱。

袁家駒親自開車，話不多，有時會安慰香蘭，請她不用擔心，車子越過了白渡橋，袁家駒：

「川喜多先生這樣呵護妳，果然是位好長官。」

「是啊，若沒他，我現在的情況是不敢想像。」

「他這樣替妳奔走，算是上海軍政界的一個小傳奇。」袁家駒想了一下，「妳的案子，有人看得很重，有人主張從輕發落。人心不是鐵一塊，川喜多先生的努力，大家看得見，多少會改變人心的。」

這段貼心的談話讓香蘭放心了不少，也撤掉了一些心防。

「是的，剛剛我看你跟川喜多講話的樣子，就知道你對他了解不少。」

「我也是聽來的。可見他的努力有相當多人知曉。」

香蘭沒有搭腔，為了知曉經過的道路，她身體不自覺地往右移動。

「咦！現在車子都靠右行駛了。」

「是啊。元旦開始改回來了。有點不習慣？」

「反正不開車，只是坐車，久了習慣就成自然了。」

「元旦那幾天，街上就很亂。」袁家駒想了一下，「李小姐的人生有沒有想過要改變一下方向啊？」

「我現在身陷嚴重官司，行動不自由，不敢想未來，還有什麼改變方向可言。」

「古人說：山窮水盡疑無路。妳現在面臨的偵查、審判都是人做出來的。如果人的想法改變了，可能就柳暗花明又一村了。」

「你說人的想法會改變。聽不懂是什麼意思。」

這一陣子，香蘭確實感覺審訊氣氛緩和了一些，審訊官不再把她往死裡打，但她保守以對，不敢喜形於色。以免空歡喜，跌落一身傷。香蘭沒有進一步追問，袁家駒繼續說：

「李小姐，妳也可以改變。」

「現在談什麼都太早，等審判定讞後再說吧。」

「對不起。」

袁家駒說著，不再講話。事實上，單位裡的長官談到李香蘭案時，他很少置喙，只聞長官開出很多條件，計畫從香蘭獲得相對應的回應後才會給予一定的自由，但聽長官的口吻，又好像只是想試探她。他想：自己既無法給予確切的承諾，就不該挑動她的期待。

兩人不再開口，不久車子來到原法國租界區，轉進霞飛路後右轉，一整排法國梧桐，葉子早已枯黃，或呈褐色，部份落滿地面，一棟棟紅瓦白牆的洋樓透過褐黃枝葉的縫隙展露一點鮮明的色彩，車行漸慢，隨後轉入連絡道停在一棟高級洋樓前。

香蘭隨著袁家駒登上石階，穿過大廳後右轉進入一間寬敞的內室，內室擺著一張大圓桌，桌上擺滿了碗筷、湯匙，坐在內室一隅沙發座的十位體面紳士先後站了起來，香蘭，幾乎可說是待決的重大嫌犯，受到這種場面的歡迎，她感覺有些錯亂。袁秘書一一為她介紹眼前的紳士，這些紳士，有的西裝筆挺，有的一身長袍馬褂，有的是市府顧問、局長，也有的是軍政處或日僑管理處的幹部、第三軍的參謀。香蘭一開始便覺得這場餐會不單純，不太想認識那些官員，所以每個人的身分和姓名對她來說，都有些模糊。

宴前閒聊，大家都避談她演出的電影，恭維她歌唱得好，可以開心唱中國歌曲。午宴開始了，袁家駒給她倒紅酒，但被她拒絕了。上海菜一道道進來，香蘭食慾大作，但想到吃多了恐怕要付出昂貴的代價，幾度停箸，經人勸進，才輕舉筷子。在座賓客都十分客氣，為了避開香蘭的敏感話題，與她交談也都是蜻蜓點水，隨後再和其他人談笑風生。香蘭有些尷尬，又不能吃太多，時而呆望牆面，時而看看賓客，試圖在嘈雜中捕捉他們的話題。最後一道菜清蒸鱸魚端上桌，坐在香蘭對面主座，身著長袍，好像是軍政處長官的男子，語氣平緩地說：

「李小姐，這段時間真是辛苦妳了。妳面臨這麼多審訊。」

「還好。謝謝。」

「這段偵訊工作結束，就會進入軍事審判。我想李小姐應該希望避免被起訴，儘快恢復自由吧。」身著長袍的長官不疾不徐，棉裡藏針，「若妳希望繼續住在中國，我們可以幫忙取消審判，並將這棟房子送給妳，還有秘書、傭人、司機，乃至於凱迪拉克，妳想得到的全部供應。當然我們會給妳非常充裕的生活費，妳想到任何地方旅行都暢行無阻……」

「為什麼？」香蘭直覺一個環套已經套進她的脖子，必須立刻反應，「你們希望我做什麼？」

「我們可以不判妳漢奸罪，但交換條件是，請妳三不五時前往東北－舊滿洲，協助考察情勢。妳很了解當地，認識很多中國人，妳在那兒也有很多朋友。再說，妳的北京官話也說得比一般中國人流利。希望妳能協助我們掌握共產八路軍出沒各地的動態。」

香蘭傻眼，原來這一些人要她當臥底間諜，如果答應了，且做了，榮華富貴也會很快成為過眼雲煙，被共產黨抓了，就是真正的間諜、國民黨特務，像川島芳子一樣，賴也賴不掉。她張眼瞬了同桌這一夥人，相信他們剛剛都是虛報名號，他們不是軍統局幹部，就是青幫份子，或者兩種身分都有。

香蘭對中國的政治了解甚少，經過四個月的審訊，對於中國軍政的氣氛略有體會，但實際情形對她來說還是一大片空白。她聽說中國政府為了加強內部控管，向集權國家學了一點東西，可怕的藍衣社就是一例。但如何可怕？沒有人告訴她。斜對面，一位穿西裝，好像是自稱市府顧問的先生：

「我說，李小姐，妳的歌聲氣長聲遠，歌女當之無愧。但當歌女還不如當俠女，發出浩然正氣，為國家民族冒險犯難，撼人心弦的程度遠超過電影的演出。」

對面的長官想補上幾句，正要開口，香蘭站了起來，看向長袍長官：

「我非俠也非義，您剛剛說，不判我的漢奸罪，我本來就不是漢奸，我其實是日本人，本名叫山口淑子，過去取『李香蘭』這個中國藝名從事演藝工作。我身為演員，一切作為都配合日本國策。現在接受偵訊，等候審判，無非是要證明我是日本人，還我清白。」

香蘭說著停頓了一下，並沒有坐下，瞬了面面相覷的賓客一眼，繼續說：

「到今天為止，我從未從事任何間諜活動，今後也不打算做間諜，容我再次強調，回顧我的演藝過往，面對這次審判，我只希望洗刷間諜與漢奸的嫌疑。」

香蘭說出了自信和些微勝利感，同座多數人都臉顏朝下吃點心或凝視桌面，對面的長袍長官悠閒地吸煙卷，似乎在掩飾心裡的焦灼。香蘭繼續說：

「即便審判耗時五年、十年，甚至因此必須住進看守所，我也不在乎。畢竟我出生於中國，在中國長大，對這個國家有深切的感情。」

「好了，我了解了。那也辛苦妳了。」

長袍長官，語洩不耐，兀地站了起來，高大、魁梧的身形讓香蘭有些吃驚。其他賓客見狀也都紛紛起身。長袍長官向香蘭欠身離去後，其他賓客比較客氣，離去時都和香蘭握手致意。每人離開後，載她來的袁家駒載她回去，幾乎走來時路。袁家駒：

「可惜了，妳終究沒有得到這部車子。」

「剛剛那位長官講的那種工作，不是每一個人都做得到的。」

「李小姐，妳今天的表現很好，也作了正確的選擇。誠然，除非是已經習慣了刀尖舔血，有把握不被破獲的職業間諜，一般人是不敢去承受那種豪華的待遇。」

「沒錯。」

袁家駒沒有搭腔，開始不太講話，香蘭知道他擔心言多有失。香蘭有些好奇那人的身分，想了一下，還是不問為妙。另一方面，她覺得那些人表面上要她做間諜，好像也在測試她的思想。回到興業坊，袁家駒要她忘掉今天的事，強調沉默是金。

香蘭不可能不向川喜多和舍友報告，她也知道跟他們說不會怎樣。香蘭述說時，舍友是越聽越有興味，聽到香蘭回覆有關到東北當間諜的那一段時，也為香蘭一貫不為利誘，不受脅迫的行事風格擊節稱賞。川喜多：

「我看測試妳的成份居多。如果要妳當密探，不會當著這麼多人面前說。」

「是的，我也同意。」小出試著置身那座洋樓的宴客廳，「我想那些人一定從另一個角度審查小蘭，如果李香蘭不顧間諜工作的危險，對榮華富貴動了心，如果李香蘭對政治有興趣，就表示她不是一個純粹的藝術工作者，也表示以前的演藝事業多少是對間諜行為的掩護。」

「好在小蘭嚴正的立場破解了這個陰謀。起初那位年輕人和副董講話的樣子，我一看，就覺得小蘭的事情有點撥雲見日了。剛剛小蘭這樣一說，我也覺得李香蘭戰勝了那位長官，也就是說打敗了試探她的魔鬼，眾賓客向小蘭握手意味著恭喜她通過考驗。」

野口語帶樂觀，目的是給香蘭打氣，川喜多開始通盤考量，思考下一步怎麼走。

「別一廂情願往那方向想。誰知道他們葫蘆裡賣什麼藥。」

香蘭大潑舍友一盆冷水，案子還在她心底沉甸甸的，她無法輕易地作樂觀想。她必須這樣想：要羞辱，要整她的人虛晃一招後，很可能扣她更大的帽子。

偵訊單又來了，是限時送達，要求香蘭第二天到憲令部接受偵訊，不過同意川喜多陪訊。川喜多看了綻開笑容：

「我還是維持李香蘭案往好方向走的看法。」

看著野口和小出一臉欣然，香蘭對於審訊地點變來變去，沒什麼想法，也不想多說。

偵訊雖然改回憲令部，但還在簡易庭偵訊，只有一位中校主審法官和一名少尉書記官，座位也沒有特別高，且允許香蘭和川喜多並肩坐，氣氛輕鬆了許多。中校：

「李香蘭小姐，或者山口淑子小姐，這幾個月辛苦了。」

香蘭楞了一下，川喜多笑意燦開：

「謝謝。」

「經過這幾個月的偵查，根據中國與日本關係人的證詞，李香蘭是日本人山口淑子一事已大致確定。」中校臉顏轉向香蘭，「不過一般中國人還是相信妳是中國人，或者至少有一半中國血統。亦即大部份中國人都認為李香蘭是中國人，戰爭期間以大明星身分出賣祖國，戰後怕被定罪才宣稱自己是日本人躲進日僑區，打算逃到日本。那一陣子坊間流傳妳被判死刑的消息，無非是反映這種輿情，也就是說，大家都希望把妳從日僑集中區拉出來丟進監獄，重重判刑。在這種情況下，妳身上若有一點中國人的血統，漢奸罪是跑不掉的。」

香蘭像聽訓的小學生，頭一直抬不起來。她認為川喜多三人替她打氣，情有可原，她還是清醒些好，不用跟著起舞。在這個軍審世界，法官或偵訊官說了算，只要認定她有 25% 或 13% 中國血統，她就完了。川喜多：

「感謝貴庭用這種嚴謹的態度審理本案，貴庭並沒有為李香蘭或山口淑子聘雇辯護律師，我替她辯護的機會也有限，但我向貴庭保證李香蘭是純粹的日本人，絕無欺罔。她的父母現在還住在北平市蘇州胡同，派人一查便明白。或許你們軍事單位稽查民間事務礙手礙腳，但如果我們出示關鍵物證，或者權威性的文件或資料，漢奸的嫌疑就可解除吧。」

「李香蘭的案子在好幾個單位流轉，但資料和偵訊內容是連貫的，你和李小姐早先提供的線索，我們都有在查，也獲得了不少證據和證詞，只要當事人提供的物證具有說服力，我們憲令部或將來的軍事法庭絕對根據事實辦案，不會做出爭議性很大的心證。」

「我希望能夠取得李香蘭的戶籍謄本。這是一種戶口登記的做法。」

「我也聽過，但不是很了解。」

「我們日本是由市或町、村管理戶口，市町村役所相當於貴國的鄉鎮區公所，日本國民必須以家為單位到市或町的戶政單位登錄戶口，家中所有成員的姓名、出生年月日、就讀學校、職業、配偶等資料全部登記在案，登記好後，成員有什麼異動，如死亡、結婚、離婚……都要向戶政單位提出修改。這些資料都存在戶政單位，當然每一戶人家都要有一份謄本，也就是用手寫的複本，寫好後，市町村長、戶政機關首長和承辦人都要簽章才有效，作為整個家庭的身分證……」

「很好。很好。和我國做的差不多。現在照相術發達，照個相更快，不用再抄謄……」

「我也這樣想。」

「那下次開偵訊庭時，就提出戶籍謄本，讓我們見識一下。」

「我們儘量做到。」

川喜多這樣說著和中校道別時，接他們來這兒的中尉早在外面等著。

「對不起，川喜多先生和李小姐，軍政處一位長官想見你們，在會客室，跟我來就是。」

兩人到了會客室，一名上校軍人已在座，相互招呼過後，香蘭接過上校遞過來的名片：軍法司長葉德貴。葉德貴看向香蘭：

「一場又一場的偵訊，李小姐夠累吧。」

「還好。今天氣氛就比較好，比較沒這麼緊繃。」

「畢竟還是很疲憊，難得有點輕鬆。」葉德貴看了同樣笑開的川喜多一眼，「和開演唱會相比，那個比較累？」

「各有不同的累法。回去後要好好想想，分析看看。」

香蘭說完，葉德貴和川喜多都笑開懷。

「妳在蘭心戲院演出的那一場，我有去聽，唱得實在好。希望這種歌聲能夠延續下去。」葉德貴收斂笑容，頭臉偏向川喜多，「感謝李香蘭小姐在偵訊期間的高度配合，以前的偵訊好像都在兜圈子，接下來會加快步調，審判也會很快展開。兩位這幾天會更加辛苦。」

「不論結果如何，我們也希望步調越快越好。畢竟心思懸在半空中太久了。」

「好。」

葉德貴說著起身，川喜多和香蘭道別葉司長後跟著中尉離去。

中尉很客氣，但川喜多和香蘭一上車還是避談偵訊的事。回到住處，香蘭正想和川喜多談論戶籍謄本的事，野口說一位先生來訪，川喜多看了名片，原來是匯豐銀行副董陳家強。川喜多不敢掉以輕心，趕忙騎車到溧陽路日僑管理處商借電話，電話打了過去，方知陳家強主要是要介紹一位留日青年黃進榮給他認識，因為沒有電話可連絡，只好親自跑一趟山陰路的興業坊。

陳家強表示，黃進榮是退役上將的公子，和不少少壯派將領交好，剛好住在虹口區，離興業坊不遠，借力使力，或可助成一些雜事。川喜多電話打了過去，黃進榮表示李香蘭可以是中日兩國的橋樑，很願意為她效勞。雙方約定次日早上在黃宅見面。

這個早上，川喜多如約到黃宅，兩人相談甚歡，一起用中餐。川喜多回到住處吃晚飯時，香蘭憂心柳芭任務失敗。

「萬一北平家裡根本沒有戶籍謄本，如何向憲令部的審訊官交代？」

「應該會有，妳們家人口多，為了應付警察或戶政單位查察，一定會有一份。我的雖然掉了，但還有日本發的身分證，還可以應付目前的情況。」川喜多知道香蘭有了輕度的憂鬱症，要把她過往少憂淺慮的歡樂年代召喚回來並不容易，「中國人辦事都是情理法兼顧，就像妳在北平的家人，即使沒有了戶籍謄本，憑藉過去滿洲國發的身分證，還是可以順利遣返。」

「但是我就不行。」

「現在審訊的調子完全變了，他們辦案的態度也比較開放了，即使一時拿不到戶籍謄本，我會再次說服他們直接向妳父母取證。」

聽川喜多這樣說，香蘭還是很無奈，小出把話題引開，川喜多開始談論下午的行事。

61. 戶籍有影 審判轉向

香蘭的焦慮持續著，第二天依舊沒有柳芭的消息。香蘭悶在心裡，沒再提這件事。又次日，川喜多到她的小房間小坐，提到戶籍謄本的事。她聽見有人敲大門，和川喜多從房間出來，野口剛好開門，竹若松和屋內人打了個照面。竹若松捧著一個小小的長方形木盒：

「這是有人拿來要送給李小姐的。」

香蘭接下木盒：

「郵差送來的？」

「一個自稱是傭人的男子送來的。」

香蘭感覺奇怪，她一心期待戶籍證明，感覺這個來路不明的木盒有些亂入。

「打開來看。」川喜多看了還沒走的竹若松一眼，「竹同學基於職責，必須看看裡面是什麼東西。」

「沒事沒事。」竹若松有些尷尬，「知道一下，上頭問了也比較好回答。」

香蘭試著打開木盒，還是野口手快，把木盒打開，取出一個用報紙和牛皮紙混著包起來，外面繫著細繩的包裹。香蘭解開細繩，野口和小出合力扯開包裝紙，露出一個漂亮的人偶。香蘭：

「這是我最喜歡的人偶，應該是家母特地從北平託人帶過來的。」

「那太好了。」

竹若松說著轉身走出大門。小出把門關上後，香蘭看著舍友一臉悠然：

「這個人偶叫藤娘，記得是小時候我住撫順時媽媽回日本特地買來送我，一路跟著我到奉天，再到北京，一直放在我的衣櫥上面，是我最喜歡的娃娃。」

「這不用說，一定是柳芭帶來的，而且只是一個掩護。」

川喜多說著查看箱子，大家共同翻查藤娘的衣服、袖子和斗笠，都看不到文書或信件。「難不成媽媽拿這個來安慰我？」香蘭想著一再端詳人偶，不意發現藤娘身上和服的腰帶有點不自在的膨脹，解開一看，裡頭果然有一條紙片，但腰帶兩端被縫住了，為了不傷害紙條，小出拿來小剪刀把線剪斷。腰帶取出後，香蘭小心翼翼地把紙條抽出來，攤平一看，果然是山口文雄一家的戶籍謄本。

「戶籍謄本原來長這樣。我好像是第一次看到。」香蘭兩眼移向最後一欄，「山口弘成是最小的弟弟，很小就走了。我一直都把他忘了。」

川喜多從香蘭手中接過來看了一下：

「昭和三年，那時妳才八歲……最後的註記欄還寫著：以上所記屬實無誤。還有杵島郡北方村村長的捺印和簽名。」

戶籍謄本太薄了，川喜多看著時，小出和野口在旁瞄了幾眼，深怕弄壞了，並沒有拿過來看，只是東問西問一番。

「如果是柳芭帶過來，但又故做神秘不現身，委託人偽稱傭人送過來，好像是電影情節。」

小出說著，大家都往這個方向想，心中的謎團難解。野口：

「戶籍謄本的夾帶方式也一樣，很詭異，柳芭人不在，到底是小蘭的父母把謄本縫進衣帶，還是柳芭動的手腳，費猜疑。」

「我猜應該是我媽媽這樣做，或許也沒告訴柳芭。」香蘭。

「本來是很簡單的一件事，只要把戶籍謄本放進防水信封，小心攜帶即可，結果搞得這麼複雜，好像在運送什麼機密文件，一件這麼大的東西轉來轉去，沒有出一點差池，算是萬幸。」川喜多冷卻心裡的些微激動，開始推敲，「既然帶來了戶籍謄本，一定是柳芭去了一趟北平。謄本縫在娃娃的衣服上，一定是媽媽的謹慎和用心。柳芭好不容易把娃娃帶來上海，人一定也到了興業坊，但某種原因或顧慮未能進來，才託領事館的雇員帶進來。」

「柳芭自己說過，總領事館的人老是被人視為準間諜，她大概為了保護我，做事才有點拐彎摸角吧。」

香蘭說著，心思還在推理狀態的川喜多也認為很有可能：

「或許她上次來我們這兒後，被上級警告。不管怎樣，關鍵證物到了，我要趕快行動，現在就趕到留日的黃進榮那兒，一起到憲令部。中飯在外面吃。」

川喜多開始詢問有關這個謄本申請的時間、背景，但香蘭答得很模糊，不管怎樣，有了一張紙，川喜多好像穿上了鎧甲，勇往直前，野口和小出高興，香蘭更是表現出遲來的樂觀。

川喜多騎車到了黃宅，黃建榮正在做室內運動，川喜多和黃父黃母打過招呼後，隨即被引入二樓黃建榮的房間。

「李香蘭的救命符來了。」

「哦。」

川喜多打開隨身攜帶的雜誌，取出夾在裡頭的山口文雄一家的戶籍謄本，黃建榮看著那張泛黃、薄得有些透明的紙，想拿過來看，躊躇了一下，從櫃子裡取出 Nikon 相機：

「裡面還有幾張底片，拍一下存底。」

戶籍謄本無法固定在牆上，只好放在茶几上，黃金榮站在矮凳上拍攝，謄本全部和局部都拍了幾張，但也花了不少時間。川喜多：

「先不用洗，有需要時再來。」

「我們現在要到憲令部？」

「我跟那邊的副司令管上校見過幾次面。」

「找他也可以。那就一起去了。」

川喜多小心翼翼地把戶籍謄本夾在雜誌裡，把雜誌放進公事包後，將加裝帶子的公事包背在身上。

兩人騎著單車一路南下，春節過了十來天，元宵將至，大樓或小戶人家春節前掛的燈籠還高掛門牆，天氣冷，路上行人不多，偶爾可見幾位兒童在路邊玩爆竹。兩人從南京路轉河南路時，已近中午，只好就近找個餐館用餐，在公園休息了片刻才前往憲令部，依規把證件押在警衛室後被帶到會客室。

同樣領到外賓證，黃進榮像是識途老馬，直接在大樓走動，不認識他的軍官還以為他是文職人員。川喜多等了十來分鐘，屏風隔著的另一邊的賓客剛剛離去，管副司令和黃進榮進來了，彼此於是相互寒暄握手致意。

「你還在為李香蘭的事奔波，感受到你對屬下的那種暖意，就非常舒服。」

管恩慶上校說著心底升起香蘭無辜的形影，但一個聲音隨即在耳畔響起：別感情用事，糊塗了，冷靜一點，根據實情辦事。管上校繼續說：

「好在現在輿論對李小姐的批判沒這麼強烈了，社會的氛圍開始對她有利。」

「關於李香蘭的國籍問題，我現在拿到了她的戶籍謄本。」

川喜多說著打開雜誌，把謄本呈給管恩慶。管恩慶看著時，川喜多繼續說：

「記得李香蘭以前接受審訊時有上交一份她們家全家福的照片。」

「全家福！嗯，資料都在金少校那兒。」

管上校說著撥了一通電話，隨後神秘地笑開，看了黃進榮一眼：

「你們兩個怎麼認識的？」

「匯豐銀行副董陳家強介紹的。」

川喜多說著，彼此聊了一下。金少校進來了，向川喜多和黃進榮打過招呼後坐了下來，然後把紙袋裡的相片取了出來。管恩慶看了一下山口文雄一家的全家福和香蘭、父親的合照，再給黃進榮過目。管恩慶取回照片，開始將照片中人比對謄本的名字，同時瞬向川喜多：

「謄本裡頭的戶長山口文雄、母親山口愛就是照片後面的兩位大人？」

「對。」

「李香蘭，山口淑子，聽你們說是長女，就是前面一排小孩最左邊的這一位？」

「正是。」

「現在問題是：沒有相片或指紋可資比對，隨便取來一紙謄本，說那個什麼子的女子就是李香蘭，審訊官或法官還是很難採信。」

「這是從日本發出的正式文件，以前李香蘭由滿洲政府發出的身分證，附有照片，但你們說是偽滿的證件，不能採信，現在好不容易取得了日本的正式文件，你又在挑毛病。事情真的很難辦。」

川喜多說著，黃金榮拿著一大一小的全家福和父女照，看了好一會。

「真是女大十八變，小朋友的山口淑子和少女時代的，不過過了六七年，就完全像不同一個人，做父親的山口文雄也一樣，面貌丕變。」黃金榮放下照片，「戶籍謄本如須附上照片，也必須時常更新，會造成戶政人員工作負擔和作業的紊亂，身分證附照即可。現在滿洲國已經滅亡，政治的敏感已經消失，山口淑子用舊的身分證表明身分即可，戶籍謄本可用作佐證。」

「就算我們認可了她的偽滿身分證。這張戶籍謄本的佐證價值在那裡？」

被管上校這一問，黃進榮興起了吊人胃口的想法：

「如果我手邊有一百個家庭的全家福照，戶籍謄本就這一份，能夠吻合這張謄本的照片會很多，還是很少？」

「應該很少，甚至可能沒有。」

黃金榮收納管上校的解答，瞬了川喜多一眼。川喜多：

「這就好像對彩票一樣。第一，謄本註記一位老人石橋近次郎，全家福裡頭也有一位老人，『文圖』對照無誤，一千張全家福，看看裡頭有沒有一位老先生，很可能一下就 700 張出局了。男女主人就不說了，謄本裡頭的小朋友有六位，符合的照片可能只剩 50 張，而小朋友是四女二男，符合的可能只有 20 張。這六位小朋友的長幼排序是：女男女女女男，符合的可能就只剩三張，最後逐一細心比對，照片中人完全符合謄本人名的，就只剩一張，也就是中大獎的。」

管恩慶笑得身體後仰，不住地點頭：

「確有佐證的功能。聽你說來，好像是偵探辦案。」

川喜多接著把謄本中的人名和照片中人逐一比對說明。管副司令不住地頷首：

「那父親抱著的是么兒弘成？」

「正是，但不瞞您說，沒活多久，早夭。」

「但謄本沒有註記。」

「必須回到日本佐賀縣杵島郡才能註銷。」川喜多笑了一下，把謄本照原樣折好，夾進雜誌內，「這也說明了，當初家長山口文雄一定拍完這張全家福後，1928 年，也就是昭和三年，帶著照片和每個小孩的出生證明回到故鄉佐賀辦理戶口，並申請戶籍謄本。」

「你如何知道她父親山口文雄回日本辦理戶口？」

「戶口的申報都是家長誠實提出。也必須家長親自到戶政單位。」川喜多點了幾下頭，示意管副司令留意聽，「山口淑子當時八歲，她印象裡頭並沒有回日本，她直到 18 歲到日本演出才第一次到日本。既然小孩都沒回日本，媽媽當然也留在撫順。」

「所以山口文雄回日本是你的推測。」

「也是山口淑子的推測。現在山口文雄遠在北平，你們都不願意花一點物力、人力把他當證人帶過來證明。不然我們也不用在這裡多費唇舌。」

管恩慶把手伸向茶几上的雜誌，川喜多知道他想再看謄本，於是把謄本直接取出給他。管恩慶對謄本瞄了一眼：

「這個謄本太乾淨了，不能反映住戶居住的現況，比如戶籍人口搬遷、亡故、職業變化，應該隨時向居住地的郡役所申報、補正。」

川喜多一時語塞，正想著說詞時，黃進榮：

「山口文雄先生一家當時住在撫順，後來搬到瀋陽，最後又搬到北平，戶籍內容的註記或補充，當時日本應該有一套佔領區的作法，登錄到當地發的文件內。」

「沒有錯。」川喜多指著管上校前面的謄本，「如果在那張紙上註記、補資料，那張謄本很快就偽滿化了，你們豈會認帳？」

管副司令臉紅了起來：

「好，我相信你。」

「謝謝。」

「與其相信你和進榮今天的辯解，倒不如相信你長久培養出來的信譽。戰爭時期，你對待中國人的寬厚和你現在營救李香蘭的心是一致的。現在李香蘭還卡在軍法審判這一關，軍審是軍政處主持，我會建議那邊的軍法司長葉上校趕快審判，說你們有了關鍵證物。」

管恩慶的這番話，川喜多感覺十分受用。他漸漸覺察出一些有見識的中國人知曉，也欣賞他過去的作為，但是基於民族自尊，或是一時的利害，不輕易表露出來。現在拜戰勝之賜，他們的自尊慢慢恢復，也就開始接受並讚賞他過去友華的行止了。

軍事審判很快展開，川喜多和香蘭同搭軍方的吉普車前往軍政處，法庭設在二樓，和當初她被審訊的偵訊室似乎在不同方位。香蘭難得現出比較輕鬆的樣子。進入第一審判庭，旁聽席依舊空蕩蕩，也沒有辯護律師，她和川喜多坐在被告席上，隔了一道欄杆，三四名身著軍服的法官一字排開坐在高位上，後面是一對斜交的國旗和黨旗，黨國權威高懸，對被告有一定震懾力。一位便衣書記獨立坐在較矮的座位上，比較靠近香蘭，依然在欄杆內。法庭四個角落各站著一名憲兵，十分刺眼。書記首先宣讀到目前為止的偵訊結果，

「……被告李香蘭涉嫌出賣中國利益，經數次審訊，答辯，被告始終堅持是日本人，本庭本勿枉勿縱的原則，收集了一些環境證據，但這些證據並無直接效力。被告一切行為依舊適用本國法律規範。」

書記官宣讀時，香蘭是聽得了後文，便忘了前文，只覺得官樣文章聽過就好。坐在中間的中校主審法官：

「被告有什麼需要申辯的嗎？」

香蘭不知該說什麼。川喜多：

「我這裡有呈堂證物。」

「什麼？請說。」

「是被告李香蘭小姐一家人在日本加賀縣取得的戶籍謄本。」

「可以讓本庭收執做為本案的參考嗎？」

「當然。」

書記獲得授意後從川喜多手中接過戶籍謄本呈主審法官。中校頗看了一會：

「這裡頭大正九年生的山口淑子就是李香蘭嗎？」

「正是。」

川喜多說著用手碰了香蘭的身子。香蘭：

「沒錯，就是本人。這份戶籍謄本和我之前呈給偵訊庭的全家福照片完全吻合。」

「這種比對我聽過了，所以照片也帶來了。李小姐，妳可以坐證人席。」中校主審官把照片和謄本交給兩邊的少校和上尉，「你們下去看看。」

香蘭坐在書記旁邊的證人席，面對幾名環繞身邊的軍官：

「這個抱著最小弟弟的是父親山口文雄，明治 22 年，也就是 1889 年生，母親愛抱著玲子，明治 27 年，1894 年生，我最左邊，大正九年生，再來是……」

審判長也下來了，指著山口文雄懷中的小孩：

「川喜多先生前天在憲令部說最小的弟弟已經走了。」

「是的。」香蘭抬頭看了中校一眼，「照片裡頭最小的和最老的我外公，都不在世間了。」

在一陣輕輕的喟嘆和笑聲中，軍官都回到法官席，香蘭也就回到被告席。中校拿著謄本：

「照圖說故事，妳可以自圓其說，但也無法證明這張紙上記載的山口淑子就是妳本人。照片也一樣，妳小時候的照片和妳本人現在差異頗大，連結不起來。」

「可以請專家來鑑定。」

川喜多說了，中校想了一下：

「這是最後手段，暫不考慮。」

「容我提出一個建議。大家實事求是，掃除政治的偏見。」川喜多探了一下中校的神色，「李小姐在偽滿時期發的身分證，裡頭照片跟現在容貌接近，又註記藝名李香蘭，父親欄也是山口文雄，母親欄山口愛，一切都連結得好好的，為什麼要用政治的偏見無視這種實情。」

「這不是政治偏見，是大是大非的問題。這個問題容後再議。」中校有些不耐地把臉孔轉向香蘭，「還有李小姐，這裡還有一張妳和父親的合照，偵訊紀錄寫著是妳 14 歲時照的。14 歲的妳和現在還有八分像，但當時的妳父親和全家合照時的妳父親卻不像同一人。僅僅六年就變化這麼大，可見照片不足以當證據。」

「那時中國和日本關係緊張，父親擔憂太多，一下子老了、瘦了許多。父親只是一介平民，和中國一般的老百姓一樣，也是在擔驚中過日子。」

香蘭說著，陪審的軍法官們輕聲笑開，中校主審還是扳著臉孔：

「說到妳父親，妳父親有兩個頂頂大名的漢奸朋友，一個潘毓桂的已經被關押了，另一個李際春，遲遲沒有歸案，不知躲在那裡，或許妳可以提供線索，這是妳戴罪立功的大好機會。」

香蘭一早還好的心情，早已轉為氣悶，此刻更是憋了一肚子氣。案子不好好審，現在要她做些背後陰人的卑鄙事。

「李際春將軍家大業大，政軍商關係良好，交遊廣闊，他的世界不是我們可以了解於萬一的。」

「她不是收妳為義女，還給妳取名李香蘭嗎？」

「當時，我們處處仰仗他，他和家父雖然是朋友，但政商企圖心強，事業多，常四處奔波，只是撥一點時間給父親。父親都不知道他世界的廣闊，何況是我。」

「妳說妳們處處仰仗他，怎麼說？」

「我們住撫順時，他邀父親搬到瀋陽，他家外面的一棟樓房無償借我們住，過年過節都會送禮……」

「連日本家庭都仰賴他，可見他剝削了多少民脂民膏……」中校眉角揚起，「李小姐，剛剛對話只是順著妳的供詞展開，並不意謂著我們承認山口文雄是妳父親，而妳就是山口淑子。」

香蘭頗感無奈，面露虛無，中校作了無關緊要的陳述，宣布休庭。兩人枯等了 20 來分鐘，中校和兩三名陪審軍官回來後，表示有些事證尚待釐清，剛剛開的仍是偵查庭，真正的審判擇期再召開後，直接宣布散庭。兩人借用軍政處的洗手間，在接送的林中尉的陪同下走到一樓走道時，剛剛的主審中校追了過來：

「不好意思，葉司長說，明天早上九點，請你和李小姐準時出庭，同樣第一庭。」

「不再用書面通知了。」

「是的。他說，會讓李小姐的官司告一段落。」中校笑著看了林中尉一眼，「明天早上八點半還是麻煩你再去接人。」

「是。」

三人步出軍政處上了車。「官司告一段落」是什麼意思，中尉在場，她不好意思問，車子轉進四川路，中尉略略回過頭：

「恭喜李小姐。」

「哦？」

「明天官司就會結束。」

「會不會無罪開釋？」川喜多。

「這個我不敢保證，應該會輕輕放下。」中尉讓車子緩緩滑行，在紅燈前停下幾秒，綠燈亮了，「如果李小姐的情況形勢嚴峻，剛剛主審法官也就不會追過來了。」

「主要是事情轉變得太快，讓我有點傻眼。」

「據我從旁了解，李小姐的案子那些軍事法官都在揣摩上意，所以一直沒下定論，都在打泥巴戰。」中尉轉動方向盤，稍稍往後偏一下臉，「現在上意直接介入，情況就明朗了。」

「這樣啊？」

川喜多喃了一下，直覺是戶籍謄本起了作用。前幾天他向憲令部管上校報告謄本具佐證效力的話一定傳到了葉司長的耳裡。剛剛審訊過後，葉司長一定立刻取得香蘭的戶籍謄本，瞄了一眼後決定速審速決，馬上叫主審官下來追人。中尉：

「人之常情，飛快地通知人家，而且神情輕鬆，一定是好消息。」

香蘭噗哧笑了一下，吐了一點悶氣，但隨即覺得自己太輕浮。現在情況確實好了些，但還是起伏不定。這一段時日的審訊，都是校級軍官控場興風浪，一個小小的尉官胡謅什麼。別聽了他的好話迎來的卻是難堪的場面，香蘭心中有戒，也就不隨他起舞。川喜多：

「你說輕輕放下意味著什麼？」

「就是服一些勞役。比如到軍隊勞軍演唱，或是和某音樂家合作，錄完幾張唱片才讓她遣返回日本。」

「這是你一廂情願的想法。」

林中尉乾笑了兩聲，沒有回答。川喜多繼續說：

「剛剛在庭上的時候，主審的中校一副高高在上，不太理會我和李香蘭的意見，但一散了庭，他帶著葉司長的口信跑來時，又一派謙恭樣。」

「中國官場常見的情形，前倨後恭，也就是見風轉舵。」

中尉說著笑了兩下，川喜多也跟著笑開。不過他很快收起笑容，想，如果風向真變得比較順了，還是不可大意，事情一夕數變都有可能。

兩人回到住處，野口和小出承接了川喜多的樂觀，香蘭還是一臉淡然。在個人運勢走弱的時候，她提醒自己別得意忘形，一旦喜形於色，便會被命運嘲弄，而陷入更尷尬的情境。

62. 無罪開釋 登船遇阻

第二天早上，香蘭和川喜多準時到達軍政處，在庭外頗等了一會，被允許進入時，整排法官座坐滿了人。軍法官和書記加起來有十個人，穿便服的可能是文職法官。之前的偵審庭，香蘭從沒見過這麼大的陣仗，不免有些擔心，難道案情又有了轉折，這次要來一場重判？但發現坐在中央，應該擔任審判長的葉德貴上校，心情才稍稍放鬆了些。葉德貴看了香蘭和川喜多一眼：

「被告李香蘭。」

香蘭順勢站起，回答葉德貴有關姓名、出生年月日的詢問後，和昨天一樣，書記官開始宣布到目前為止的偵訊重點：

「被告昨天提交的日本佐賀縣發出的戶籍謄本，這個戶籍謄本清楚記載被告和父母親、弟妹的關係，已成呈堂證物。」

葉德貴見書記落座，攤開兩手，看著手中的備忘字條：

「李香蘭案經過四個多月的偵查，最近焦點轉向當事人國籍的認定。也就是說，被告的日本人身分，我們陸續掌握了不少人證和物證，她昨天提出戶籍謄本後，我們綜合各方證據反覆研判，被告李香蘭確實是日本人山口淑子。所以被告並未觸犯漢奸罪。」葉德貴看著面露微笑的川喜多和淚水盈眶的香蘭，「本席宣判，被告無罪，當庭開釋。」

葉德貴說完，咚地敲了一下手中的木槌。隨即扳起臉孔：

「但即使判決無罪，也不代表被告完全無可議之處。本案主旨在於審理中國人背叛國家和隨後要負的刑責。既然被告已證明為日本人，自然無罪。然而，李小姐，應該說山口小姐，即使獲判無罪，還是有倫理上或道義上的責任。妳以中國人的藝名演出《支那之夜》一系列的電影，在法律上來說，並未觸犯漢奸罪，但如此為虎作倀，還是令人遺憾。」

適才木槌聲響起後，香蘭感思如湧，隨著被禁錮多時，鬆綁訊號終於響起的自由情緒擴散開來，她淚眼迷濛，雙唇微張，好似發出無聲的嘆息，在座的法官頗為動容，等待她開口。香蘭：

「我可以說幾句話嗎？」

「當然。請。」

「我的過往最後發展成案子，煩勞這麼多長官勞力費心，實在很對不起，也很感謝。我的案情引發最大爭議的莫過於演出一系列頌揚日本，貶低中國的電影。但那系列電影的企劃、製作和劇本，都不是我能主導。當然，那時候我還年輕，但也必須承認，確實是思慮不周，這類電影才一演再演，真的很抱歉。」

她說完深深一鞠躬，良久頭才抬起。

「事情從另一個角度看，有時很簡單，我們之所以花這麼多物力、人力來處理這個案子，主要還是爭個大是大非，警醒世人，尤其是演藝人員。剛剛聽李香蘭小姐一番話，我們對演員又多了一份信心。畢竟演員都是單純的，目的是把戲演好。」葉德貴看著抬起頭的香蘭和川喜多，把話頭轉開，「我們有時想從一個有些爭議的事情裡頭爭個是非。但也有人一直就走在正確、是非分明的道路上。川喜多先生，父親年輕時就為中國犧牲，他本人在戰爭期間對旗下的中國演員不用說，對一般中國人，也是一視同仁。這是一個範型，值得傳揚。」

葉德貴說著宣布閉庭。法官散去了，葉司長直接走到川喜多和香蘭面前，要求川喜多把他的另兩名同舍的名字給他：

「在樓下會客室等一下。我去處理一些事，然後有一些事情要相告。」

川喜多和香蘭到了會客室，找一處沒有人的假隔間坐下。川喜多：

「沒想到那位葉司長也把我審判了一下。」

「那也叫審判？很多人是求之不得呢。」

「雖然是讚美，那也是出自他的法官之眼，他批判人習慣了。」

兩人有事沒事地聊著，約莫十來分鐘，葉德貴出現了。

「我剛剛交代第五處連繫日僑管理處，儘可能安排你們趕快離境。」葉德貴帶點歉意地看著香蘭，「尤其是李小姐，還是說山口小姐好了，備受煎熬，應該早一點回去休息。不過妳最好別大剌剌地回去。若媒體知道李香蘭即將返回日本，恐怕會引起騷動。我建議妳混入一般民眾，以平凡日本女子的樣子悄悄回國，避免成為焦點。」

「這場審判好像一直都未公開，即使這麼漫長的審訊，也都沒看過記者。」

川喜多說完，香蘭想著也是：從頭到尾，從偵訊到審判，檢察官和法官分不清，一個辯護律師也沒有。現在陡然獲判無罪，歡欣之中還是有那麼一點不太踏實。葉德貴看著香蘭歉然道：

「現在是軍政時期，民國這些年建立起來的審判制度就暫時擱在一邊，連律師都沒有。」

「有點像秘密審判。」

葉德貴聽得出川喜多開玩笑的口吻，笑著說：

「別說得這麼恐怖。因為不希望被記者渲染、放大，再度造成輿論審判，所以沒有請律師、記者。我們憑自己的良心良能審判。說關門審判比較貼切。山口小姐，妳說是嗎？」

香蘭摀著嘴笑，川喜多決定附和葉司長的說法：

「這也是一種方式。如果請了律師，消息就會走漏，記者聞風而來，門就關不起來了，避免李香蘭一直成為報紙的熱門，也算是對她提供了很好的保護。」

「還有一件事，李香蘭既然是自由身，我們就不派車送回了。可能要你們自己搭電車回去。身上有錢吧？」

「這麼長時間勞貴處和相關單位接送。實在謝謝。」川喜多拱手致謝，「我正想回以前的公司看看。」

「華影？」

「對，很近，走一下就到了。」

川喜多說著起身，帶著香蘭向葉德貴道別，然後走出大樓大門。

香蘭跟著走，從機關林立的河南路轉進車水馬龍的福州路，她不想回舊公司，但想到川喜多為她拚死拚活，實在不好忤逆他。走到漢彌爾登大樓，川喜多拾級而上，進入電梯間。香蘭：

「你真要進去？」

「在外面看看就好。」川喜多看著牆上各樓層分布表，知道中國電影廠製片部在二樓，「爬樓梯上去。」

來到二樓電梯間，川喜多朝製片部看了一下，隨即兩手靠著馬路邊的窗口：

「以前接收的是羅學濂的中央電影攝影場，現在叫中國電影製片廠。辦公室座位的方向也變了。」

「以前朝著東方的東京，現在他們自然要改回來。」香蘭用提包碰了川喜多的手，「我們走吧。副董難道想進去？」

「我也很怕進去，現在思緒很亂，平靜一下再走。」

兩人搭電車回到住處，焦急等待的小出和野口，知道結果自然高興，香蘭洗手煲飯做羹湯，睡過午覺後，川喜多帶著野口開始敦親睦鄰，竹若松知道香蘭冤情昭雪，很是高興，希望香蘭回國時到碼頭送行，川喜多認為千萬不可。

「船班時間很難掌握，抓準大概時間後，你請那位葉上兵換班或代班，他如果連站四小時就很吃不消，如果連站六小時，那要人命。」

竹若松被說動了，不再堅持，很多住戶這時才知道附近住著大明星李香蘭，不少鄰戶登門造訪，知道香蘭要衣著樸素上船，特地送她一套日本農女穿的厚重裙褲。

一小疊紙：遣返證、搭乘船班簡介、出關程序、攜帶行李、金錢相關規定，很快由郵差送到，小出和野口返家的實感開始沉澱，開始出清不合規定的物品，有的送給鄰舍，把兩輛單車賣掉，剩下的一些酒，邀集左鄰右舍前來歡聚共飲。

香蘭很久沒聽到歡呼聲了。她和三名舍友側身在擠了近 30 人的軍車上。軍車開來時，車上已有十幾人，到了興業坊，又有十來人上車。歡送的居民，有的最近認識香蘭，不認識香蘭的，經由現場即時傳播，也都知道香蘭了。送行者對車上人揮手道別，但呼叫、雀躍聲幾乎都針對香蘭，香蘭四人都站著，管理處的日籍志工不時呼籲大家讓座老弱：

「只有十公里路，忍耐一下。待會虹口還有一批人上來，請大家彼此包容，只有一小段路。」

「蛤！」

許多人驚叫了一下，隨即沉默。

虬江碼頭位在上海東北隅，相當偏僻。最近遣返潮興起，香蘭才知道有這地方。

車子一路前行，過了楊樹浦，一輛軍卡變成三輛連行，從寬闊，頗有起伏的軍工路拐進好幾棟巨大倉庫並排的碼頭，好像駛入低漥區。車內很擠，經過一番顛簸搖晃後，似乎鬆弛了些，但看到碼頭成百上千的人，感覺更擠了。大家下了車，在日籍志工的帶領下，男女分開進入健檢和檢疫的行列。在各檢疫站蠕動的人越看越多，同車來的人都在排隊時利用雙眼加強相互的印象，香蘭的同車也不例外，深怕被打散，消失在群眾中。

檢查項目十分繁雜，一夥人檢測視力、口腔、排洩物、心肺和四肢功能，提著行李一關過一關，檢查完畢，遺返證獲蓋「檢疫完畢」的章後，安排住進倉庫。

倉庫裡面四排床鋪，檢疫過後的日僑陸續進住。中國人口繁多，他們對於人海的管理確有一套，容納三四百人的臨時宿舍床位，按照遣返證的號碼編排好。香蘭和同舍或同車大致睡在同一區塊，現在才感知眼前所見才是真正的集中營，日籍志工還是跟著他們，要求大家不要離開營地，免得檢疫結果被註銷，耽誤回國。

三四百人共睡一室，即使八點半便熄燈，還是隆冬天氣，但群聚的燥熱、最後一晚的昂奮持續悶燒，加上人多事繁，小孩哭鬧，人兒進進出出，到了 11 點好不容易靜了下來。香蘭躺在床鋪，思前想後，還是覺得往日風光如夢似幻，憾恨才最真實，最刻骨銘心。她想到思竭慮盡才入睡，但直覺沒多久便被起床號吵醒。

清晨五點就要集合，很多人幾乎沒睡，三點多便起來上廁所、盥洗，早餐一人一個饅頭，由日僑管理處志工領取。香蘭他們隨身帶有一些乾糧，餓得難受時可以療飢。在一片晨冷中，三四百人的動作，帶出一點熱鬧和暖意。香蘭所住營舍由一個港務警備中隊負責，中隊長率領小隊長和隊員前來協助帶隊，部隊從營舍帶到中央集合場時，大致已依號碼順序排好。好幾支大隊在晨曦微濛中蜿蜒進場，沒辦法像軍隊那樣答數開步走，拖著行李，拖著疲累、睡意、破產，或者親人亡故的憾恨，步履沉重，有點拖行，警備隊員的吆喝此起彼落，好像週邊稀疏的燈火。

夜暗一點一點地剝離，艨艟巨輪的輪廓漸漸在晨霧的湧動中浮現出來。兩千名日僑排成一個巨大的方陣。這裡離長江僅五、六公里，海風吹來異常凜烈，方陣裡，人兒呼吸吐出的白煙串成一氣，逐漸上升，和晨霧融成一氣。警備隊員在管理處志工的協助下不斷整隊，把站錯位的人調了回去。隨後每位隨車志工把他服務的人員按照名冊順序排好，當著警備隊員的面點名。一般說來，點名過程順利，警備隊員不用過問，就知道這些人已按照號碼排好。

天色亮開，警備隊員開始檢查行李，還沒受檢的抱著行李盤坐在沙石地上。香蘭搭過多趟客輪，每次都在港廳的候船室候船，第一次看到客輪以非常高的姿態俯瞰它的乘客群，而乘客群完全匍匐在它跟前。人兒分組坐著攤開行李受檢，一位老婦帶著兩名幼孫茫茫望著江水，準備受檢。從這個角度看這一群日僑，簡直就是一個難民群。川喜多看著坐著的同夥：

「李香蘭，妳在想些什麼？」

「這麼壯觀又動人的景象，拍了這麼多電影，都沒拍過這種場面。」

「正合我意。」川喜多奮地昂起頭，眉梢沾到第一道晨光，「這種難民的景象本身就是史詩的一部份，找幾個家庭倒敘回去，就構成一個動人的故事。」

「這很有意思。每一個家庭都攤在我們眼前。仔細看他們的互動，很耐人尋味。」香蘭兩眼望著人群掃了一遍，「以前搭火車遠行時，就很喜歡觀察同車的旅客。」

「說不定也有人正觀察著妳呢。」

「觀察我？」

香蘭因循川喜多的目光，看著自己一身不搭配的穿著：農婦穿的褲裙裡面還穿著一件緊腿褲。川喜多：

「不要說別人，我看見妳頭髮亂成這樣，就禁不住多看妳幾眼。」

「快輪到我們了。」

小出孝說著，川喜多雙腳蹲著看向漸漸接近的警備隊：

「看來他們檢查的速度滿快的。野口，你的收音機還是拿出來好。」

「留在倉庫的床上。看誰幸運讓他撿去。」

川喜多點頭稱好。小出：

「我現在想到了。你可以不用丟掉，把它隨便放在偏遠一點的草叢裡，檢查過後，再撿回來。」

「還是不要冒這種險，上百雙眼睛四處張望，萬一被看到了更麻煩。」

香蘭說著，野口更加釋懷，不再去想收音機：

「有沒有注意到，這是一艘貨輪，不是客輪。」

「確實。」川喜多看著黑色的龐大船身，和浮在船首，紅色油漆有些剝落的英文字「LIBERTY」，「全部都用鐵皮封住了。若是客輪，客艙就像兩三層樓房一樣疊起來，又有窗戶；這一艘什麼都沒有。」

「有人開始上舷梯了。結果我們都還沒受檢。」小出遙望孤懸船側的舷梯，擔心支撐不住太多乘客的攀登，「看來甲板一天到晚都會擠爆人。」

「要到甲板，大家一起行動。但到了晚上，儘量不要去。」

川喜多的警告，大家都聽進去了。在這多災多難的時代，生活的經驗早告訴大家夜暗的可畏，尤其是茫茫大海的夜暗。常常發生的落海失蹤不是生命的結束，而是詭異傳說的開始。小出和野口相信這些傳說早在海上形成磁場一般的能量，會趁著夜暗把人吸了過去。

行李檢查完畢的人員一律住右移動，排入登船的隊伍後，逐步往船身挪動。他們看著漸漸了解受檢時要做什麼動作，然後相互提醒。五人一組的警備隊檢查小組終於來了，受檢的人早已把行李打開。小隊長手持的木桿一指，十個人同時站了起來，香蘭看了一下，同舍都在裡頭。小隊長用簡單的日語喊出敬禮的口令後，香蘭他們向檢查者行舉手禮，獲得回禮後，被命令坐下。

十人分成兩組，野口、小出和川喜多先受檢。第一個檢查員看著名冊上的照片，再端詳受檢人的長相，核對好遣返證後，把名冊交給另一檢查員查核，所有人都受檢後，名冊由小隊長收回。警備隊員要求受檢人出示所帶金錢後，開始檢查行李。受檢的人實在太多，大行李的翻檢沒這麼仔細，隨身行李的檢查比較嚴。檢查川喜多的隊員從川喜多的隨身行李取出一個小玻璃瓶，臉露疑惑。川喜多：

「這是阿斯匹靈，預防心臟病，治療頭痛的藥。」

隊員驚訝受檢人會講華語，再看了他一眼：

「那來的？」

「買來的。」

隊員玩弄一下瓶子交給區隊長。區隊長看了川喜多一眼。川喜多不知該說什麼：

「德國拜耳藥廠出品的。」

區隊長二話不說，直接把藥瓶丟進沒入袋裡面。

第二組開始受檢，香蘭有些緊張，看著專門檢查女士的女隊員。女隊員從小隊長手中取得名冊，瞅著香蘭，看過她的遣返證後再看著名冊的照片，香蘭神情淡漠地望向江邊。女隊員突然變臉：

「李香蘭！站起來！」

其他四名男警備隊員快步走來：

「李香蘭嗎？」

「終於抓到大尾的。」

警備小隊好像緝私小組，見獵心喜。現場騷動了起來，同車前來，部份興業坊的住戶最近認識了香蘭，把話轉出去後，不認識李香蘭的日本人：

「李香蘭現在居然冒充日本人想混出去了。」

「李香蘭想逃到日本，不幸被抓到了。」

「大家不要亂講。她是日本人，證明在這裡。」川喜多高舉香蘭的遣返證，怒眼看向亂講的日僑，改用華語，語氣也緩和了起來，「她已經經過憲兵司令部偵訊，軍事法庭判處無罪，日僑管理處也已發給遣返證。」

小隊長從川喜多手中接過山口淑子的遣返證，看了一下，轉向女隊員：

「遣返證看來沒有偽造，有自治會長官的章。」

「報告長官。從來沒聽過李香蘭獲判無罪的消息，可能是冒名蒙混。」女隊員看向有些猶豫的小隊長，「我覺得報告上級，進一步查證比較保險。」

「明明是合法的證件，這位長官也認同。」川喜多。

「我並沒有說她不行走，等上級查明，獲得明確指示後，再走不遲。」

女隊員的頑強阻撓，引來中隊長的關切，中隊長要求沒事的幹部繼續工作，了解情況後：

「那山口淑子，或李香蘭小姐必須留下來接受調查，立即前往港務警備總隊報到，其他同夥可以排隊上船了。」

小出和野口面露不捨和猶豫交雜的神情，香蘭避開他們的目光，又落入命運的思維。前一陣子偵訊後期，川喜多有時釋出審訊樂觀的訊息，但她一直喜不形於色，說得實際一點，根本不敢有喜悅的感受。當時怕命運嘲弄，如今都到眼前。川喜多看著香蘭迷茫的面孔：

「這樣好了，我也留下來。身為華影的負責人，我不能留下員工不管。如果港務警備隊不能給個合理的交代，我要直接向軍政處軍法司葉德貴司長交涉。」

川喜多說完，上尉中隊長看向小隊長、女警備隊員，再看向川喜多。川喜多看著面露猶豫的小出和野口：

「你們先走。我留下來處理。」

受檢過的歸鄉客移動得很快，野口和小出提著行李向留步的舍友揮手轉身後，很快便融入向江邊移動的隊伍。中隊長搖動手中的小木棍，面向川喜多：

「這樣好了。那兩輛軍用卡車，看到沒？兩車之間有一輛吉普，你們先到吉普車那兒休息。過些時候，我的事辦完了，我再送你們到港務警備總隊，把事情弄清楚。」

「警備總隊在那？」

「海關大樓附近。」

吉普車停泊處地勢較高，冬雲把天空壓得低低的。各路歸鄉的隊伍慢慢蠕動，像打開的扇子一樣，在碼頭上面匯聚成一條向上移動的扇柄。龐然的鄉愁不斷移動，沿著舷梯向上。川喜多：

「那個竹若松說要來送妳，被我勸阻了。不然他也會很失望。」

「你是說，若他看到我被攔了下來會……」

「這是一回事。主要是，並沒開放送行。如果他真要送行，也會被擋在碼頭外面。」

「還是很感謝他。」

香蘭說著望向「自由號」貨輪。貨輪的甲板站滿了人，他們憑欄遠眺，好像站在雲端，香蘭被遺棄的失落感自然塞滿心田。川喜多：

「我們關在興業坊，跟中國朋友失去聯繫，即使有些還有互動，但他們有的還是有些顧忌，所以有些也不知道我即將被遣返。」

「如果華影還在，你還是副董，全華影的演員、導演都會到碼頭歡送。」

「我確實曾經這樣幻想。」川喜多伸手挑掉黏在褲腳上的鬼針草，「偵訊的過程和審判的結果，完全避開記者，如果有公開的報導，就不會產生這種誤解了。」

香蘭兩眼從蠕動的鄉愁移向牢牢地鎖住這兒江邊曠地的彤雲。看來獲判無罪只是一場夢，回去興業坊，或其他什麼地方，會不會再進入另一輪的審判？

「以前說妳背叛，漢奸，報紙登得大大的。結果獲判無罪，報紙一個字也沒有。上海人還是認為妳是背叛的中國人。」

川喜多再度開口，只是把香蘭的視線拉回。碼頭人群迅速縮小，在舷梯上的人腳步也在加快。一整隊警備隊員和幾名港務人員站在碼頭上。待會貨輪起錨時，就剩這些警備隊員和港務人員給船上的遠行客揮手送行吧。

香蘭想著時，中隊長和一名隊員走了過來。中隊長：

「一起上車吧。」

「哦。」川喜多。

「一起到港務警備總隊那裡。」

63. 回興業坊 友人濟助

川喜多和香蘭無言地上了車。回程還是走軍工路，一路顛簸，煤渣路兩旁是一座座老式倉庫、工廠，和正在建立，有著左右轉動吊臂的裝貨卸貨區，不時還傳來輪船的汽笛聲。回到楊樹浦，車行平穩後，總算回到了城區。再往西來到虹口，就開始行經香蘭比較熟悉的路段了。坐前座的中隊長終於開口了，他頭稍往後偏：

「對不起，這位先生，剛剛檢查你們的是江灣中隊的隊員。」

「是的。」川喜多不知該說什麼，想了一下，「你們管全上海市？」

「漢口街總隊隊本部管全上海碼頭。我是從總隊前來現場支援的。」

「所以你載我們到總隊，順便回隊本部。」

「是。」

車上恢復沉默，良久，任由黃浦灘路的街景和江邊碼頭的景象從車窗滲進來。

上海港務警備總隊在交通銀行大樓後面一棟大樓內，隔著漢口街和海關大樓相望。車子停妥後，香蘭和川喜多下了車，隨著上尉中隊長走進大門，在會客室頗等了一會。上尉回來了：

「總隊長同意見你們。跟著來。」

兩人隨著上尉上了樓進入總隊長室。總隊長室十分寬敞。總隊長座位上方掛著孫文畫像，門口上面懸著蔣中正像。一側牆掛著獎牌，對面牆上掛著日軍佔領前歷任總隊長的肖像。總隊長從座位站起，手伸得老長快步走了過來：

「李香蘭小姐，沒想到竟光臨我這間小辦公室。還有這位川喜多先生，請坐。」

總隊長陳政中上校自我介紹後，和川喜多、香蘭一起坐在獎牌下的沙發組。陳總隊長：

「聽說兩位的遣返證都好了，李小姐被攔了下來。」

川喜多和香蘭把遣返證都交給陳政中。陳上校看了一下：

「這些證明書貨真價實，自治會長的印看來也不像是偽造的。我們女隊員一時緊張，擔誤兩位的行程。其實李香蘭的案子，報紙有透露出正在審訊的消息，但隨後一個字都沒有。我如果在現場突然遇到這種情況，也會陷入矛盾，想了解情況，再做更週圓的處理。」陳政中再次看了香蘭的遣返證，「李香蘭就是山口淑子，一定是判決確定後，才獲發這張證明。」

「我們的事給總隊長帶來這麼大的困擾，實在很抱歉。」川喜多。

「那裡。別客氣。你在上海中國人圈子裡的名聲，很多人是有耳共聞的。我在這個單位服務，接觸外國人的機會多，是比較有國際觀。像李香蘭，我一直就用比較浪漫的角度去看待，不用政治的思維……。」陳政中打量了香蘭一眼，「李小姐雖然刻意樸拙打扮，但靈氣仍然逼人，難怪我的女隊員一眼就識破。」

「這只能說貴部屬眼力過人。」

川喜多說著，陳政中面露一絲欣慰。

「眼力過人，但見識不廣。如果是我遇到這種情況，見到你前來說情，然後想到過去你對中國人的友善，我很可能就當場放行。……坐一下，我有些事到外面交辦。」

陳政中說著欠身走了出去。川喜多和香蘭相視笑開，沉默了半晌，川喜多：

「這次被攔了下來，算是很大的挫折，但比起先前報紙死刑執行的報導，接下來的惡意的偵訊，這次溝通不良導致上船失敗算是輕微的。」

香蘭想了想：

「希望如此。」

「太順利的話也不夠味，事情來一個轉折，也比較符合妳的故事。」

香蘭聞言抿唇笑了，心裡的情緒還是抑制著。陳政中進來時，一名婦人端著茶盤跟著進來。

婦人倒好茶離開了。陳政中舉起茶杯，香蘭和川喜多隨著舉杯。

「現在每一個船班都很順利全員出去，我印象中一連五個船班都沒有人被留下來。結果李小姐被攔了下來，李香蘭不愧是萬人選一的人才。」陳政中再次舉杯，看著羞紅臉的香蘭，「至於自動留下來的，這一陣子十萬日僑回歸了，只有川喜多先生一位。所以川喜多先生也算是十萬選一。」

香蘭抑制著的笑容燦然笑開，川喜多也釋懷大笑。

在川喜多的引導下，陳政中撥電話到軍政處軍法司，葉貴德剛好接到。葉德貴了解情況後非常懊惱，拜託他聯絡吉祥路日僑管理所，把香蘭和川喜多發回興業坊暫住。川喜多接過電話，葉德貴詳細詢問當時的情況，也回覆了川喜多一些問題。電話結束後，陳政中馬上撥打吉祥路日僑管理所，女職員敲了門進來後，把一只蒸熟的便當放在陳政中桌上。陳總隊長掛了電話：

「我們到會議室，我給兩位準備了兩碗麵，千萬別客氣。」

川喜多和香蘭跟著陳政中走到隔壁的會議室，香蘭看見桌上這麼一大碗麵，肚子雖然有點餓，還是嚇了一跳，趕忙用筷子把一些肉片和麵條夾到川喜多碗裡。陳政中坐在稍遠處，打開便當：

「慢慢吃，用過餐後休息一下，我再派車送你們到吉祥路日僑管理所。我印象中你們日僑的管理所不就在溧陽路嗎？」

「溧陽路的那一家後來升格為處。」

「所以就近管到興業坊的是吉祥路那一家？」

「沒錯。」

「葉司長跟你講了些什麼？」

「他還是堅持關門原則。他問我這件事有沒有給記者看到。我說沒有。」

「這種事情是這樣的，第一次遣返出航當然很轟動，大小報社都到現場爭相報導。現在每天都有船班出海，記者都不太去現場，到管理所或新聞處領了新聞稿和照片，可能綜合四五天才作一次報導。」

「改造日報每天都報。」

「那是專門給日僑看的，當然每天報。」

香蘭插了嘴，對話中止，陳政中隨即轉換話題，維持熱絡的氣氛。

香蘭和川喜多到了吉祥路日僑管理所時，不到兩點。中校所長：

「剛剛走了十幾個人，住房不是問題，有一戶 183 之 32 號二樓的，本來住兩對夫妻，一對返回了，你們塞進去剛好。」

川喜多看著香蘭不想決定的神情：

「這樣也好。我們兩人如果住進一間空房，別人要進來住，管理所會很難安排。」

「沒錯。現在如果有兩戶都住兩個人，單身或年輕夫婦要加進來，自然很好塞，但如果一個四五人的家庭要來住，就要拆成兩半了。」

中校說著看向香蘭，香蘭心情早已轉為舒泰，欣然應允。

32 號二樓的年輕夫婦本來暗算新人補齊前，會有兩三天的空窗期，他們正好可以重溫神仙眷侶的日子，那知天外殺來一個程咬金，害他們夢碎。

這棟房屋的格局，和川喜多他們過去住的一樣，原住夫婦住主臥房，香蘭一樣住門口的小房間，川喜多住客廳。陪同香蘭和川喜多前來敲定住居的職員不想用大明星的帽子壓原住戶，只簡單稱移入者是川喜多先生和山口小姐。看著原住戶永井夫婦一直閉戶不出，除了如何緩解和他們的關係，川喜多最擔心的還是生活問題。這次遣返，每人身上只能帶 100 日圓，在這之前，身上的錢不是花光，便是施捨鄰戶，剩下的錢剛好應付檢查。最近他把手頭上的金條和一些珠寶托匯豐銀行副董陳家強保管，加上他薄有資產，只好寄望於他。第二天他前往虹口找黃進榮，黃進榮對於香蘭和他的遭遇，甚是驚訝。黃建榮：

「川喜多兄，陳家強知道你要回去嗎？」

「他知道我隨時會被遣返，所以不便驚擾。我想回到日本後再寫信給他。」

「我可能夏天以後才會到學校教書。現在有空，下午都往城區跑。我最近和他見面會提到你的事。」

「不用啦！不要驚動他。」

「沒關係。見了面當話題。」

川喜多一再要求黃進榮別叨擾陳家強，但心裡盼望著他這麼做。

回到興業坊，川喜多在通道遇見竹若松。竹若松嚇了一跳：

「您不是昨天搭船走了嗎？」

川喜多把過程約略講了一下，看向自己和香蘭的住處。川喜多：

「李香蘭不住一樓，要看到她不容易。」

竹若松沒有回答，只顧憨笑。川喜多：

「至少她已經判決無罪，隨時可以出來走動，跟你聊幾句的機會反而多了。」

「對。就是喜歡跟她聊。可惜職務在身，長話只能短說。」

「不是有休假嗎？」

「休假時多跟連上弟兄到街上走逛。如果回到這裡找李小姐玩，可能變成擾民。執勤時偷個閒鬥鬥嘴，大概這樣就最好了。」

「她一直很感謝你的關心。」

川喜多說著拍了一下竹若松的肩膀，逕自回到住處，上了樓推開門。

「妳不是李香蘭嗎？」

「長得有點像而已。」

香蘭說著垂頭走向小房間，川喜多迎向從廚房走過來的永井太太：

「她正是。」川喜多看著永井太太驚訝的眼神，「她本來昨天要上船回日本，結果一位女警跟妳一樣眼尖識破她，以為她要逃回日本。」

川喜多說著請永井太太坐在沙發上。

「她到底是日本人還是中國人？」

永井太太說著看向香蘭的房門。川喜多把昨天在碼頭上的見聞大致講了出來。香蘭在房間裡面聽了，直覺副董久失事業，心智無所憑依，變得有點像說長道短的婦人。香蘭有點煩地走了出來，永井太太冬子眼睛亮開，熱切地招呼過後，頭兒左轉：

「老公，出來，快來拜見李香蘭小姐。」

永井先生出來了，初見李香蘭有些驚喜，但太太在旁邊，加上對男女之事有些斷念，帶著客氣的淺笑開始傾聽川喜多談論李香蘭的審判。事實上，川喜多有些疲憊，也不是很想談這些事，被香蘭瞅了一下，順勢鬆了一口氣。

「原來你是華影的川喜多，以前在報上常看見你的大名。」

永井說完，太太冬子：

「關門審判，我還是第一次聽到。中國那些明星我是滿注意的。陳燕燕、李麗華那些人受審時，門怎麼也關不起來，影迷圍在法院外，記者大量湧入，旁聽席都是親友，為什麼李香蘭被審時這麼孤單。」

香蘭避開冬子要她回答的目光。川喜多：

「一方面李香蘭面對的是軍法審判，一般明星是司法審判。另外，審判長擔心開放審理後情勢失控，如果輿論的審判狂壓法理審判的判決，可能造成社會問題，甚至政治問題。」

冬子似懂非懂，川喜多繼續說：

「比如，一般法院如果像現在的軍法法庭一樣證明李香蘭是日本人，有些中國人不相信，咬定她是長期助日的中國人，加以煽動，很可能會造成社會事件。再來，若她被輕判，有些上海人不服判決，要求重新審判未果，導至大批市民攻進虹口日本人集中區，中日關係再度緊張，造成國際事件，都有可能。」

「是有可能。」

「我沒這麼偉大啦。」

香蘭嬌嗔了一句。川喜多：

「我只是在推測，那一年妳給人們帶來希望，結果在臺灣和東京劇場演出大轟動。妳不久前，應該是去年了，在大光明那一場也很熱，結果妳受審了，不管判決結果怎樣，對那些曾經對妳非常熱情的上海人來說，妳現在不是騙子就是叛徒，這種從崇拜到想加以摧毀的反作用力，恐怕會很大。」

川喜多的重話雖屬假設性質，還是撩弄了每一個人的敏感神經。四人沉默了一會，冬子：

「所以才要關門審判。我很喜歡這個名詞。關門審判其實就是秘密審判，都不對外開放，但聽起來沒有秘密審判這麼恐怖。」冬子睇了川喜多一眼，尋求欣賞的眼神，「或許真有差別，行恐怖統治的國家，就搞秘密審判，民主國家就行公開審判，中間的國家做的就是關門審判。」

香蘭覺得冬子講得有道理，不自覺地微哂了起來：

「這兒的大門有掛鎖嗎？」

「門鎖壞了，但有門閂可以反鎖。」

永井難得聽到香蘭開口，感覺舒服。川喜多：

「和我們以前住的一樣。幾個月前，我們四人被丟進這裡住下來後，李小姐禁止外出，我們幾個人外出時，就勞李香蘭小姐看家，但不肖官兵時常來騷擾或行搶，後來就儘量留一個人陪她。有時，我陪李香蘭去法庭，其他兩個男的非出去不可時，就只好讓門虛掩著，一直就沒有好好把門關好上鎖的那種安全感。」

「我們這樓上還好，那一陣子官兵來搶的時候，都只光顧樓下，沒有上樓。」永井看了一下錶，「12 點半了，大家一起到外面吃吧……」

四人愉快出門，對冬子來說，香蘭是從天上墜落人間的星星，自己雖然小她兩歲，但濁氣有餘，不若她氣質天成。至於永井，川喜多對他來說是成功的企業家，川喜多和香蘭雙雙出現眼前，算是對他人生的妝點。

第三天傍晚時分，黃進榮來訪，帶來陳家強的口信，還給他捎來一封信。他打開一看，是一萬元法幣，香蘭也嚇了一跳。內附一封短信，取出一看：

「……聞兄護花放棄遣返，俠義本色不改。依政府政策，了解兄日前遣返之際，捐資棄物，囊無餘錢。近日幸蒙兄信賴，託付以重物，今弟忝居銀行屍位，所得皆民脂民膏，今以紙鈔數張相贈，切勿棄嫌。蓋兄投資華影，活人無數，竟血本無歸，上海市民欠兄多多，今『還款』一萬元，難抵萬萬之一也，……」

川喜多非常感動，想寫一封回函，但遲遲寫不出來。黃進榮：

「乾脆立個字據，我好跟他交差，回去後我先打電話給他，會面時再轉交字據，說你感慨萬千，一時不知如何回信。」

「這樣也好。」

「還有一點，一萬元乍看很多。但現在物價飛漲，一個月，甚至一個星期就漲一倍。還是要酌量使用。」

「是，當然。」

「哦，對了。葉德貴司長說他正在處理你和香蘭的事情，過個幾天，甚至一個禮拜再去找他。」

「太謝謝你了。」

「你和香蘭的遣返證交還給管理所了吧？」

「交還了。」

黃進榮稱善，拱手就要道別，川喜多和香蘭那會這樣就讓他走，多聊交心，然後共膳，當然是免不了的。

過了兩天，川喜多帶著香蘭到匯豐銀行向陳家強道謝，陳家強第一次面見香蘭，甚是歡喜，邀來兩位朋友作陪。共餐過後，川喜多帶香蘭到附近，尤其是南京東路走逛。走了幾分鐘，香蘭覺得格格不入，很想逃離，川喜多只得陪她到社區公園小座，然後搭車回家。

事實上，川喜多也沒有多大玩興，他惦記著葉德貴是否已經把他和香蘭歸返的關節打通。港務警備總隊長陳政中大人大量，對他和香蘭釋出相當的好意，但不保證下屬會用同樣的眼光看待他，尤其是香蘭。他想了解葉德貴的工作進度，身邊沒有電話確實很不方便，只好再等幾天看看。

上次準備遣返前，川喜多和香蘭分別寫信給北平的妻子和父母，要求不用回信。此刻，他們再度揮筆報告近況，只是對上船受挫的事輕描淡寫，「各方保證會順利遣返，勿念」。寫完後，兩人交換看。川喜多：

「『遣送單位和執行單位沒有溝通好，致上船受阻，必須重新安排船期。』令尊和令堂看了，憑著長久被訓練出來的嗅覺，一定會覺得場面難堪，甚至火爆。」

「但是我們也不能大剌剌地說日僑管理處沒有把李香蘭的判決結果通知港務警備總隊。信件如果被查扣送到那兩個單位，大家肯定會很不爽。」香蘭收納川喜多的微笑，「你寫『各方保證會順利遣返』，太座看了很籠統的『各方』，一定直覺事情不是那麼順利。」

「但是我們也不能直說軍政處積極協調各單位。事實上，葉司長目前事情處理得怎樣，我們也還不曉得。」

「真的很難哦。」

「把信寫好，勝過一切。」

川喜多說著把兩封信糊上醬糊準備寄出。

冬子也寫了一封家書，於是偕同香蘭到外面遞信。香蘭不再覺得自己是影歌星，也樂於與冬子作伴。兩人時常一起閒逛，享受這兒的市郊小鎮般的風情，而永井只好常聽川喜多的電影經，喝茶，下棋。不過也還好，晚上八九點以後的永井小倆口的夫妻生活，誰也無法介入。

晨起，用過早餐，川喜多邀大家到客廳喝茶，永井抓起《改造日報》看了一下：

「這篇文章有點看頭。」

川喜多接過來一看，「遣返者被貼標籤 受歧視」標題這樣寫著，內容指出，關東地區遣返者，不管是從滿洲、北平或上海返歸的，都被人從一直在內地打拚的民眾當中劃分開來，而且屢被攻詰。被遣返者心生怨氣，不排除像中國各地的同鄉會一樣成立組織，用團結對抗歧視。川喜多：

「天可憐見。我們小蘭這兒的漢奸標籤還沒完全去除，難道回到日本，遣返者的標籤又要貼在她身上。」

「習慣了。」香蘭深知盛名早晚會褪色，標籤遲早要被撕下，「到目前為止，遣返的軍人或平民不算多，才會被標籤化，等到全都回去了，兩三百萬多為青壯人口，是日本重建的主力，看他們還敢貼標籤嗎？」

「李香蘭講得沒錯。留在國內沒有被調去作戰的都是一些老弱，酸言酸語特多。」

永井說完，川喜多：

「在我看來，貼標籤只是集體意識的一環，一群人經過宣傳，很可能就陷入其中而不自知。就拿李香蘭來說，一群不認識她的人被宣傳感染後，就認為她是漢奸，但看過她本人，不管認為她是中國人或日本人，都不會用那種歧視的眼光看她。最近來過這裡的青年黃進榮就是最好的例子。」

「確實，對於不同種族的人，沒見過面，就會用既有的刻板印象概括他。但有了接觸，就不一樣了。如你說的黃先生……」

永井說著，大家開始談論黃進榮，再及於中國上等家庭，香蘭本來想把以前寄身李際春和潘毓桂大宅院的事情講出來，但想到這兩家應已敗破，才閉口不言。敲門聲響起，川喜多開門驚見黃進榮：

「說到曹操曹操就到。」

「快！一起到軍政處，李小姐也來。我向父親以前的部下借了一輛車。」

川喜多請永井夫婦陪黃進榮一會後，拿起西裝和外出褲就往餐廳移動。他換好衣服回到客廳，留日的黃進榮和永井夫婦談得正好，待李香蘭出來，三人立刻往樓下移動。

64. 最後一程 訣別上海

軍政處會客室，裡側屏風後面，一名婦人正在低訴，川喜多三人聽不清楚她在說什麼。葉德貴很快便下來了：

「這次作了更充份的協調，應該不會有問題。」

「實在感謝。」

川喜多說著兩手握住葉德貴的手。

「船班方面，我希望李小姐早一點回去，以便完全結案。但日僑管理處表示插隊有困難，因為很多船班前置作業已完成。所以會安排在月末，還有半個月。」

「這樣就很好了。勞司長這麼費心，實在慚愧。」

「正是櫻花盛開的季節。」

葉德貴好似自言自聽，說著點了幾下頭。

「也是杜鵑啼血的季節。」

香蘭說著，葉德貴大笑，川喜多和黃進榮也跟著笑開。川喜多：

「看到街頭斷垣殘壁，瓦礫一堆堆，櫻花盛開，開得這麼美，杜鵑真的會啼出血。」

「所以不要再打仗了。李小姐，啊！山口小姐回去好好唱歌，撫慰大家的心情。」

葉德貴說著望向香蘭，香蘭一時泫然，避開了他的眼神。葉德貴不要再打仗的呼籲觸動了香蘭的心弦，要她唱歌慰藉戰爭的倖存者，也說中了她的心意。在中國，她無緣看見南京屠城、重慶大轟炸，也總在話題和訊息接收上避開了，一旦回到東京，街頭的慘景自然會呈現她眼前。對多數人來說，戰爭其實還沒結束。這幾天，她一直在想，也和川喜多談到戰後重建的事。日本方面，上百萬軍人和平民還沒回去，中國，還在清算，漢奸審查和審判雷厲風行。少數著手重建的人看到滿目瘡痍的景象，腿就軟了。她的生活和情緒長久被禁錮，體內感情常滿，一點情緒波動都會讓那些感情變成眼淚。此刻，她努力抑制湧到胸口的情感，才不致讓場面尷尬。

「港務警備總隊那一邊比較難搞，總隊長陳政中這個人雖然很開明，但他下面一些幹部可不這麼想，他們擔心一旦工作疏失讓漢奸逃到國外，罪責難逃。」葉德貴的眼神從川喜多轉向香蘭，「上次把李小姐攔下來的相關警察有被陳政中叫過來，並沒有責備他們，只是跟他們說，李小姐是日本人，也已判決無罪。不過那些基層警察怪罪我們沒有溝通好。要求查看重要漢奸審判的判決書。」

「司長也真難為呢。」川喜多。

「職務在身就要做點事，也可以說，那些警察給我們機會，也給他們自己一個機會。」葉德貴喝了一口茶潤喉，「我們把重要的人犯的判決書加以拍照，洗出三份，所有人犯審理、判決情形列成表，一共好幾頁，再複寫幾份，拿到港務警備總隊開會，應該說是給他們上個課。」

「光是準備資料就要好幾天吧。」

香蘭說著，對於別人的事關注得這麼細，有些驚訝，川喜多欣見香蘭已從自身的悲苦走出了一些。

「當然，但也已經過去了。」葉德貴看了一下自己帶來的便條，「另外檢疫方面，我也設法讓你們通關。陳總隊長表示，依他們的執行標準，檢疫過後離開受檢的地方，檢疫的結果就無效。我說，既然你也相信川喜多他們，就讓他們不用再受檢。『檢疫是衛生局的事。遣返證應該會換新，行李檢查的章，我這兒可以先蓋。』他這麼一說，我才覺得自己老糊塗了。」

「葉司長這麼用心，我真是很感動。」香蘭收納葉德貴和黃進榮投射過來的溫暖眼光，「上個禮拜，如果順利上船也就體會不到司長的為人了。」

「那裡，那裡。」葉德貴高興得攤開兩手，「我說，那簡單，我這兒多聯繫一下，設法讓日僑管理所發的遣返證取得衛生局的檢疫完了章。『這就對了。』陳總隊長鬆了一口氣，表示，『我們的隊員都是看章辦事，這樣就不會有問題。』」

「您引述的陳總隊長說的話，都在開會時講的嗎？」川喜多。

「沒有錯，他都當著部屬面前講。」

葉德貴說完，川喜多覺得差不多了，思量著葉司長公務時間寶貴。大家閒話了幾句，川喜多站了起來：

「謝謝司長。我看就不再擔誤您寶貴的時間。」

葉德貴欣然和川喜多握手，隨後也握住香蘭的手：

「那一天，我會去送行。」

「不敢當。」

「這次絕不能出錯。我會很負責地看著你們上船，看著船離港才離去。屆時甲板會很擠，兩位務必及早靠在船舷，我們幾雙眼睛相互搜尋⋯⋯」

葉德貴說著握住黃進榮的手：

「如果見李小姐上了船我就離開，萬一李小姐又被送下船，那我們的努力豈不白費。」

三人滿懷感激離開軍政處，於是就近找了一家餐廳，坐下來好好消化心裡的感受。

過了一個禮拜，永井夫婦收到了遣返證，香蘭不免沮喪了起來。

「如葉司長所言，我們的證件必須知會衛生局和警備隊，公文旅行的時間多，所以慢了。」

香蘭收納了川喜多的慰藉，也就不再多想。兩天後，郵差來敲門，果然收到了遣返證，亮眼一看，果然蓋好了行李和檢疫檢查完畢章。拿來和永井夫婦的證件對照看，號碼果然連在一起。川喜多：

「被號碼綁住了，檢疫和檢查行李時，我和李小姐還是要排隊。檢查人員如果認章的話，就會直接叫我和李小姐過關。」

永井夫婦似懂非懂，川喜多於是把上船的過程大致交代了一下。再看看登船程序，發覺 3 月 27 日傍晚開船，接駁的軍車當天早上八點前來。

「在金利源碼頭上船。這是上海最大的客運碼頭。就在舊城區的外面。」川喜多近幾年回日本都搭飛機，此刻努力召回對這個碼頭的印象。「客運站很大，檢疫應該會在裡頭進行，當天檢完，當天就走。」

「不用在碼頭過夜。這樣好。」

香蘭天真地叫了起來。川喜多：

「檢疫完後可能在站內休息，等候行李檢查。」

如行程表所言，3 月 27 日這一天，接駁車一早就來接人。初春天氣，朝陽和煦，住戶的心情都不壞。不知誰憑窗用日語喊了一聲「萬歲」，引來一陣竊笑，押送的中國士兵充耳不聞，發聲的人自覺無趣，不再胡鬧。經過宅前通道趕到運兵車的日僑很快都到齊了。

兩輛軍卡在虹口一帶停了三四次，隨後載滿日僑直馳外灘。這條路段承載日僑多少回憶，以前他們到鬧區都走這一條路。但過沒多久，這兒的一切回憶都要被大海拋在後頭，不再開戰的中國和日本會是什麼情況，他們無從想起，大概是很冷淡，中國上海或任何地方，不再能滿足他們的佔有慾了，以致這最後一趟，大部份日僑心裡滿是斷念。

金利源碼頭客運站，也如川喜多所言，頗具規模，候客廳非常寬敞，西北段作為旅客集結區，東南段的座椅全挪到牆邊或西北段，乘客進場時大都按號碼坐好，首批百人從側門離開，經過碼頭走到檢疫區受檢，香蘭和舍友一樣排隊，且排得很前面，檢疫時，檢疫員看了遣返證直接叫她和川喜多外出到碼頭等候。碼頭這兒有懂日語的警備隊的中隊長招呼排隊。整隊時，也是警備隊大小幹部吆喝輔導。整好隊，大家席地就座，開始攤開行李接受檢查。檢查員看過香蘭和川喜多的遣返證後，沒有翻大行李，隨身行李也只瞄了一下，川喜多新買的阿斯匹靈順利過關。

雲仙號泊在岸邊，看起來比上一次的自由號小得多，香蘭想著剛剛在候客廳所見，乘客也似乎比上次在虯江碼頭時少了一半。船舷不斷排水，船身看起來不滿百米，船艙也只有一兩層，這麼小，房間這麼少的船要容納上千人，恐怕很多人無艙可住，吃住睡都在座位上。香蘭想著雞皮疙瘩了起來。從船票看，她應該和川喜多、永井夫婦擠一個房間，或許這個房間擠六個人甚或八個人。不管怎樣，上千人搶幾間或擠好幾十間廁所，也是十分艱困的事。比起四年前在黃河邊拍片時可能還要艱困好幾倍。

像群鴨聚集的乘客開始形成上船的隊伍，一輛黑色轎車緩緩駛進碼頭，下車的果然是葉德貴，不過這次他不穿軍服，而是傳統的長袍馬褂。香蘭和同舍的號碼排在前頭，很快就進入登船序列。

和上次一樣，香蘭打扮得像農婦，褲裙裡面穿著一件緊腿褲，足蹬黑布鞋，斜背隨身行李，提著皮質大行李，把遣返證交給臨時櫃檯的海關人員蓋過章後，收證上船。四人上了鬧哄哄的甲板，隨即浴在笑聲、叫聲和招呼聲的波湧中。初上船和即將歸國的興奮，讓不少日本男士對著還在碼頭上的同胞、不太認識的警備隊員，乃至港務人員揮手呼叫，或說再見。

川喜多一行比較早上船，甲板不算太擠，費了一點力氣，分別擠到船舷，倚著欄杆，川喜多兩眼朝黑色轎車掃描，看到了葉德貴，揮了一下手，葉司長也看到他了。川喜多秀出軍人式的敬禮，香蘭默默地向葉德貴行禮，葉德貴也回以輕輕的點頭。甲板離地面不遠，大概不喜歡大眼瞪小眼，葉德貴和司機回到車內後，香蘭、川喜多和永井夫婦開始尋找房間，發現四人同房後，放心了一些。

行李放置妥當後，香蘭換下農裝，和川喜多再度回到甲板邊。遣返客陸續離開舷梯登上甲板，一樓甲板太擠了，開始往二樓甲板移動。葉司長的座車還在，他一定還躲在車內。香蘭：

「我想躲一下。」

川喜多有些不解地看向香蘭：

「在船上不是安全了嗎？」

「很難講，說不定有一個人突然把我帶走。」

「我陪妳去。」

「不用，一個人才安全。」

香蘭說著閃退到擠過來的一票人後面，川喜多回過頭已不見她的蹤影，想她大概是回到房間了。但也希望她快回來，好讓葉司長看著她隨著船離去。

誠如葉德貴早先講的，上了船還是有被帶下來的可能。她跑進廁所把門反鎖，心裡浮現幾次到廁所避難的往事，12 年前獨自搭火車前往北京，在山海關遇檢，懷著鉅款躲進暗黑廁所的驚恐，現在想來還特別有感，比起躲避跛腳少將恐怖多了。世事詭譎多變，如今被葉司長護著，說不定另一個暗黑勢力正窺伺著她。「咚咚！」有人敲門，她摒住氣息，以輕輕的叩門聲回應。敲門聲不再，這可能只是一般的乘客，如果持續敲，敲聲迫人的話，那就有鬼了。

「咚－咚－」

外面傳來餘音嫋嫋的銅鑼聲，這是起霧或昏暗中，警告別的船隻勿靠近的警告聲。隨著「嗚嗚」的汽笛聲灌進廁所裡面，絞盤拉起錨鏈的「戈咚戈咚」聲和船員的吆喝聲，讓她快速地衝出廁所，在船舷看到川喜多高大的背影，擠了進去，川喜多旁邊的男子讓開了。川喜多帶著責備的口吻高聲說：

「剛剛我想到了，妳不應該離開這麼久，葉司長沒看到妳，以為妳又被帶走了，我看他驚惶的臉顏，不斷跟他打手勢，大聲說妳內急，他好像理解了。」

「對不起，我疏忽了。」

「快向他揮手。」

香蘭拚命揮手，看著轎車旁的葉司長擺動伸長的右臂，也感知川喜多開始揮手了。

碼頭上的警備隊員排成兩列，後面一列是港務工作人員，兩個樓層甲板上的乘客倚著船舷揮手，「莎喲那啦」呼聲不絕，碼頭上的隊伍也不斷揮舞手臂、呼喊。葉德貴和司機持續揮手，歇手一會的香蘭再次跟著川喜多揮手。雲仙號駛向江心，碼頭上的隊伍也隱在薄暮的昏黑中。

船舷邊的乘客退去了一些，也安靜了許多。香蘭：

「警備隊員兇巴巴的，沒想到也向返鄉的日僑揮手致意。」

「他們執勤時，跟我們乘客關係是有些緊張，但工作結束，距離拉開了，而且不再面對特定個人，是面對一群人整體，天色又這麼朦朧，距離產生美感、情愫，很自然就善意互動了起來。」

香蘭一直點頭，表示理解，眺望江畔樓群上面的彩霞。川喜多：

「以前日本軍警對他們兇，現在他們兇了回來，可以平起平坐，和平相處了。」

江畔的樓群完全背光，好像一紙灰色的城市剪影。已落入地平線下的太陽照著天上的彩霞，雲霞上的餘暉似乎點亮了江邊樓群的稀疏燈火。匯豐銀行的圓頂外面的燈光亮了幾盞，把圓頂渲成透明樣。香蘭第一次看到圓頂這麼小，平常經過黃浦路，從路的另一端望過去，總覺得圓頂覆蓋了寬闊大樓的大部份。川喜多：

「祝陳副董事業順利發展。」

「他應該下班了。」

香蘭說著想起前兩天陪同川喜多前往銀行向陳家強道別，並歸還所借款項餘額的情景。真的衷心感謝他，祝福他。香蘭的祝福現出一絲憂愁，抹向海關大樓暗鬱的主體。但是大樓頂樓的鐘樓的燈亮了，宏亮的聲響吸住大家的耳朵，不少準備離去前往餐廳的乘客再度把眼光投向那座節節高升的鐘樓。

「現在不是下午六點嗎，怎麼響這麼多響？」

聽見旁邊的乘客這樣說，川喜多面向香蘭：

「這只是前奏，是鐘樓內一組古鐘敲出來的。現在注意聽……」

「噹！噹！……」

「剛好六響，對不對？而且跟我們家裡的時鐘發出的聲音一樣。這真的是時鐘發出來的，和剛剛古鐘發出的聲音不一樣。」

「再見了，鐘樓，跟妳分別時才對妳多了解了一些。」香蘭想著時，交響樂的樂音響起，是〈夜來香〉的前奏，香蘭摒住氣息，難道有人要唱嗎？由於聲音宏亮，乘客紛紛回望船艙，船艙外牆的喇叭吐出了歌聲，正是香蘭的唱腔。香蘭兩手緊握船舷的欄杆，全身顫抖。川喜多：

「妳還好吧？」

「不知是命運之神捉弄我，用這首歌向我道別，還是有人刻意安排的。」

「應該是上海廣播電台播放的。跟上次妳和野口躲在棉被裡面聽到的一樣。」

「應該是。」

「或許不是現在播放的，是有人把錄音帶拿到船上播放。」川喜多望向比較低矮的交通銀行和華俄道勝銀行大樓，「妳已經獲判無罪，但中國當局並沒有，也不認為有必要公開宣布，他們可能希望中國人趕快把妳忘記，然後把妳全然交還日本。現在這艘船是日本船，船上都是日本人，可以說是日本的領土。他們可能是想用這首歌把妳和船上的同胞連結來。或者向日本僑民暗示，李香蘭在船上。」

「那為什麼不播放我唱的日本歌？」

「或許他們一時找不到。剛好這首歌妳唱得最紅，就倉卒上路了。」川喜多看向台灣銀行和麥加利銀行大樓，看著燈光在希臘式巨柱投下的陰影，「但也有一種可能。這可能是我一廂情願的想法。他們希望日本人也帶一點中國的什麼回去，讓日本和中國隔閡不這麼多，建立一點互信的基礎。」

「你對中國和日本的互動體會這麼深，才講得出這種話。」

體內不欲人知的真意被香蘭識破，川喜多感到欣慰：

「上千人擠一艘小船，妳煩我悶，大家都悶，我會建議船方讓妳唱幾首日本歌。船上應該不會有樂隊，清唱更好。」

黑油油的江水被船體切出一波波湧浪，彩霞映照在碎裂、翻滾的浪流，「啊……我為你歌唱，我為你歌唱。夜來香……」歌聲隨著浪花的馬賽克跳動、消失。

此時，沙遜大廈頂樓金字塔銅頂的下緣被燈光渲染得鮮綠帶白，塔頂的墨綠和夜空連成一氣。大廈的主體華懋飯店，香蘭和川喜多都去過，飯店辦的多項活動，他們也曾參加。香蘭：

「飯店還開嗎？」

「不清楚。聽說被蔣先生的妻舅買去，目前還沒開業。」

揮別了共同的記憶，香蘭同時向中國銀行大樓道別。

外白渡橋車燈閃鑠，百老匯大廈的燈光多數亮起，不久前，香蘭和川喜多還住這兒，有些不堪回首。川喜多雙眼迷濛，沾著夜光，似乎不想去想投資那兒的房產被沒入的遺憾。不管怎樣還是再會了。客輪開始轉彎，低矮的亞士都飯店的燈光全然亮開，宛若鑲著鑽石的巨大皇冠。香蘭：

「這家飯店有著我最早的上海回憶。我拍《支那之夜》時就住這家。」

「飯店雖然不高，但有西方皇宮的格局。日本人接手經營，算是揀到便宜，後來呢？賠更多。」

「現在又換一手了？」

「聽說又回到英國人手裡，但不是禮查家族。」

「我還是喜歡禮查飯店的舊名。」

「世局動蕩，變化太快，投資人賺得了一時，但賠了一世，樓宇不堪摧折，也容易老。」川喜多回望了一下乘客變得很少的甲板，雙手緊握欄杆，默默望著燈火愈發稀疏、遙遠的街屋。「乘客都吃飯去了。我們也去吧。」

「餐廳一定一團亂，擠得像監獄。我想做點心裡準備。」

船行至楊樹浦，對香蘭來說算是十分陌生的郊區。別了，上海。不，入夜了，整個中國已然被拋在視線外。江水沒入昏暗，她的憶思反而潮湧。撫順、奉天、新京、哈爾濱、北京、天津、上海、蘇州……串起她的童年、學生時代、演藝生涯，和她的生活、朋友，一切的一切，像場夢。想著想著，不禁淚濕襟衫，飢寒兩忘。

後記

知曉我在寫《亂世麗人李香蘭》（以下簡稱《亂世麗人》），冷眼旁觀者多，潑冷水的也不少，移居日本埼玉縣的前北京大學教授劉錦雲倒很認真看待這件事，也給了實質的幫助。其實，我自己也不怎麼看好這本著作，但出於一種責任，還是克服萬難完成了。

1991 年 5 月我有事赴北京，受《客家》雜誌總編之託將劉教授的稿酬轉給她，開啟了友誼之路。後來我數度前往北京，都與她見面敘誼，1994 年秋我在北京住了近兩個月，更常造訪她家，承她和夫婿黃書雄教授熱誠接待，也承她幼弟的介紹，認識了遠在她家鄉廣東大埔縣的女子，進而結成連理。有了這層關係，和他們的關係就比其他在大陸認識的友人維繫得久遠些。

2003 年夏天，劉錦雲教授蒞臺，在臺灣師範大學發表論文，也關心拙荊的現況，結果和我一家大小都見了面。再兩三年，記得是我剛接編《客家》雜誌不久，她先生黃書雄教授來臺，約我參加臺北大埔同鄉會的歡迎宴。在南京東路一家餐館開懷暢飲，一場簡單的宴席展現了大埔同鄉會不小的能量。

隔了幾年，劉錦雲把她的近作《百侯往事》寄給我，我們開始 e mail 聯繫，她除了寄來該書的電子檔，方便《客家》雜誌擇宜發表外，也讓我得知她的一雙留學日本的兒女，分別在日本和新加坡工作，愛子且已結婚生子；她從每年到日本探親半年，到最後在日本和愛子同住。臺日之間交流頻繁，e-mail 往來順暢，這給我們往後的交流提供更好的渠道。

2015 年年初，我開始書寫《亂世麗人》，她得知我書寫該書資料收集辛苦後，在賣場取得《東京百年一瞥》（目で見る東京百年，東京都政史料館，1968 年 9 月）、《關東大震災》（世論時報社，1993 年 9 月）兩本圖文並茂的精裝巨冊，和東京地圖出版社發行的〈最新東京全圖〉。為了寫《亂世麗人》，透過三民書局購買了不少北京和上海二戰前後出版舊地圖的複印版。她買給我的這張東京地圖未註明出版年月，出版社電話四碼，整體街道繪製和印刷風格看起來老氣，地圖內關有電車路線小圖，未繪製 60 年代成形的地鐵網，再細看地圖內的地鐵線路和從閱讀中得知的二戰時期的地鐵路線相吻合，故拙作敘述李香蘭前往東京訪友、工作和遊歷時，該舊地圖起了很好的參考作用。再說《東京百年一瞥》一書，〈從復興到廢墟〉這一篇記載東京在關東大地震災後努力重建，且成果輝煌，但不幸又在二戰中再次淪為廢墟。這一段時期的東京剛好迎來李香蘭的拍片和演歌，該書的雜煮食堂、國民酒場、日章旗便當……文圖正是當時戰時艱困生活的寫照，凡此都融入拙作的篇章裡頭。《關東大地震》這本參考性較少，但整本斷垣殘壁堆疊出來的時代荒涼一直橫亙在寫作的心情中，裡頭甘粕正彥和同僚受審的照片一般網路找不到，給拙作有關甘粕的敘述提供一個很好的基點。

2017 年年尾，劉錦雲教授偕愛女、日籍女婿搭乘遊輪來臺。她先生黃書雄教授本欲同行，臨出發前摔了一跤，終究沒來。我和內人前往基隆迎接，彼此相見歡，隨後她愛女與夫婿夜遊士林夜市，她本人與我在一家小店共餐。她對於所送的書給我寫作幫助甚大，十分高興，也十分高興拙作經過近四年的經營，終於寫到尾聲－李香蘭脫離滿映，來到上海華影。當晚相談甚歡，臨別前小漫步，看見了燈火熠熠的臺北 101，開心地向我道別。

她返回日本後，我們照例通了幾封信，最後她更表示：小女心想事成，來了一趟臺北，終於有喜，足見參拜松山慈祐宮，有拜有保庇。

時間形成記憶，也造成失憶。三四年了，一直沒有她們的消息，向們夫妻報告拙作已完成，也沒有回音，想來應是貴人多忘事。《亂世麗人》完成後，諸多不順。這是其一。不過想到那一年她的協助，還是十分感謝。

國家圖書館出版品預行編目資料

亂世麗人李香蘭（參）江畔鐘聲 / 大荒 著
--初版-- 臺北市：博客思出版事業網：2023.10
面；　公分. --（現代文學；78）
ISBN：978-986-0762-55-6(平裝)

863.57　　112009661

現代文學 78

亂世麗人李香蘭（參）江畔鐘聲

作　　者：大荒
編　　輯：塗宇樵、古佳雯、楊容容
美　　編：塗宇樵
封面設計：塗宇樵
出　　版：博客思出版事業網
地　　址：臺北市中正區重慶南路1段121號8樓之14
電　　話：(02) 2331-1675 或 (02) 2331-1691
傳　　真：(02) 2382-6225
E - MAIL：books5w@gmail.com或books5w@yahoo.com.tw
網路書店：http://5w.com.tw/
https://www.pcstore.com.tw/yesbooks/
https://shopee.tw/books5w
博客來網路書店、博客思網路書店
三民書局、金石堂書店
經　　銷：聯合發行股份有限公司
電　　話：(02) 2917-8022　　傳真：(02) 2915-7212
劃撥戶名：蘭臺出版社　　帳號：18995335
香港代理：香港聯合零售有限公司
電　　話：(852) 2150-2100　　傳真：(852) 2356-0735
出版日期：2023年10月 初版
定　　價：新臺幣600元整（平裝）
I S B N：978-986-0762-55-6